INSATIABLE

Titre de l'édition originale : *Effortless*

La présente édition a été publiée en accord avec l'éditeur américain :

Pour la traduction française :
Image de couverture : © Fotolia
Graphisme : Sylvia Galante

Ouvrage dirigé par Audrey Messiaen
Collection dirigée par Hugues de Saint Vincent

Département de Hugo et Cie
38 rue La Condamine 75017 Paris
www.hugoetcie.fr

ISBN : 9782755615128
Dépôt légal : juillet 2014
Impimé en France (Corlet)

NEW ROMANCE

S. C. STEPHENS

INSATIABLE

Roman

Traduit de l'anglais (États-Unis)
par Typhaine Ducellier

Hugo Roman

Un grand merci à tous les fans qui ont aimé
Indécise et qui ont demandé une suite !

Je tiens tout particulièrement à remercier Monica, Nicky, Becly, Jenny, Natalie et toutes les personnes qui m'ont aidée.
Si cette histoire est publiée, c'est aussi grâce à vous !

S. C. Stephens

1

Mon petit ami la star

Le monsieur météo de Channel Four avait dit que c'était l'été le plus chaud jamais enregistré à Seattle, et même si j'étais là depuis à peine plus d'un an, je voulais bien le croire : je pouvais sentir la chaleur de l'après-midi sur la peau collante de toutes les personnes qui me bousculaient et me ballotaient de droite à gauche. Ça m'était insupportable de sentir des étrangers se frotter contre moi, et ça m'agaçait encore plus de voir que certains pensaient qu'être serrés comme des sardines leur donnait l'autorisation d'envahir mon espace. Je m'étais pris plus de mains aux fesses en une après-midi que depuis que je travaillais au Pete's Bar.

Je sentais la sueur dégouliner dans mon dos et, l'espace d'un instant, je maudis la tenue que je portais. Je levai les yeux pour observer le ciel azur sans le moindre nuage et le soleil de midi m'aveugla. Je remontai les manches de mon tee-shirt noir et m'appliquai à faire un nœud au-dessus de mon nombril, puis je souris, en me rappelant pourquoi je portais cette tenue et pourquoi je me trouvais parmi cette foule en sueur. Mon regard survola les quelques rangées de spectateurs devant moi, et je sentis une vague d'énergie et de nervosité me submerger. Si j'étais nerveuse, c'était pour mon copain. C'était un grand jour pour lui et son groupe, et je sautillais d'impatience en attendant de le voir monter sur scène.

Je savais qu'il allait apparaître d'un moment à l'autre et que la foule allait laisser éclater son enthousiasme à grands cris. Soudain, une main attrapa mon bras.

– Tu te rends compte ? Ils jouent au Bumbershoot[1] !

Je me tournai vers ma meilleure amie, collègue et confidente, Jenny. Son visage ne dégoulinait pas de sueur comme le mien, mais la même excitation brillait dans ses yeux. Pour elle aussi, c'était la première fois que son copain jouait au festival, et je laissai échapper un petit cri d'excitation en agrippant son bras.

– Je sais ! Je n'arrive pas à croire que Matt ait réussi à leur décrocher une place.

Je secouai la tête, impressionnée de savoir que mon copain allait jouer sur la même scène que celle où devait se produire Bob Dylan le soir même. Hole et Mary J. Blige étaient aussi prévus à l'affiche pour les jours suivants.

– Evan dit qu'il s'est vraiment donné du mal. C'est un super créneau, en plus ! Un samedi après-midi, l'été, entre deux gros groupes. Ils auraient difficilement pu faire mieux.

Elle pencha la tête en arrière pour regarder le ciel et les rayons du soleil firent briller l'inscription blanche de son tee-shirt, identique au mien, qui glorifiait le nom de notre groupe préféré : les Douche Bags (même s'ils l'avaient abrégé en D-Bags[2] sur les tee-shirts, pour des raisons de marketing).

– Je sais, Kellan a dit que…

Une soudaine éruption de cris vint interrompre notre conversation et mon regard se dirigea vers la scène pour voir

1. Festival musical et artistique qui a lieu tous les ans à Seattle.

2. Version abrégée (et donc politiquement correcte) de *douche bags*, qui signifie « connards ».

ce qui captivait l'attention du public. C'étaient nos D-Bags, qui avaient enfin décidé de nous honorer de leur présence.

Les personnes amassées juste devant les barrières se mirent à sauter et à brailler quand Matt et Griffin apparurent. Matt semblait calme et réservé, comme à son habitude, et il salua les fans avec un petit sourire et un signe de la main. Puis il se dirigea rapidement vers son micro et passa la sangle de sa guitare. Ses yeux bleu clair scannèrent la foule et je criai son nom, mais la cacophonie ambiante l'empêcha de m'entendre.

Griffin, aussi exubérant que son cousin était discret, était perpétuellement en chaleur et en quête d'attention. Il courut le long de la scène, tapant dans la main des spectateurs du premier rang et brandissant le poing en l'air. Il balaya également la foule du regard et ne tarda pas à nous repérer, Jenny et moi. Il nous montra du doigt, mit ses doigts devant sa bouche en forme de V et fit des trucs avec sa langue qui enflammèrent mes joues encore plus que le soleil estival.

Je détournai immédiatement les yeux pendant que quelques personnes autour de nous riaient en nous regardant, ce qui m'embarrassa deux fois plus.

– Quel porc ! s'exclama Jenny, avant de rire à son tour.

Je secouai la tête en regrettant que ma sœur Anna soit à sa séance photo pour le calendrier Hooters[3]. Elle aurait pu essayer de contenir les ardeurs de son pseudo petit ami.

Evan fit son apparition à ce moment-là. En voyant le petit jeu auquel se livrait Griffin, il regarda vers nous et nous sourit avant d'envoyer un baiser à Jenny, qui fit semblant de l'attraper au vol et lui en renvoya un. Il eut un nouveau sourire puis eut l'air de soudain prendre conscience de là où il se trouvait, et son regard s'assombrit. Je ris en voyant sa tête : il prenait le temps de réaliser ce qu'il était en train de vivre.

3. Chaîne de restaurants qui se caractérise par la tenue particulièrement sexy des serveuses.

D'un coup, les cris se firent si stridents que mes oreilles se mirent à siffler. Des filles derrière moi, âgées de quatorze ans au maximum, commencèrent à s'agripper les unes aux autres et à crier.

– Regardez, il est là ! Qu'est-ce qu'il est beau !

Je souris, amusée de voir l'effet que mon copain rockeur pouvait produire. J'étais bien placée pour le savoir, étant donné qu'il avait provoqué le même sur moi dès le début, et que ça continuait. Rien qu'à le regarder entrer sur scène avec détermination et en prendre possession avec la moindre fibre de son être me donnait des fourmis.

Kellan avança lentement jusqu'au micro. Ou peut-être qu'il marchait normalement et que c'était mon esprit qui tournait au ralenti ? En tout cas, j'eus l'impression qu'il mettait une éternité à l'atteindre. Il leva une main pour saluer la foule électrisée qui l'acclamait et passa son autre main dans ses cheveux en bataille. La chaleur et la sueur les ébouriffaient encore plus que d'habitude et il était tout simplement à croquer.

Je me mordis la lèvre en le voyant avancer d'un pas nonchalant avant de balayer la foule du regard tout en ajustant la hauteur de son micro. Je savais parfaitement ce que les spectateurs au premier rang éprouvaient en sentant ses yeux bleus passer sur eux. Kellan avait cette façon de vous regarder qui vous donnait l'impression d'être seul au monde, même au milieu d'une foule. Ajoutez à ça son demi-sourire sexy et vous obtenez un homme qui peut vous mettre le feu en un regard.

J'étudiais les lignes de son visage sexy à mourir tandis qu'il scrutait le public, et les filles derrière moi en pensaient visiblement autant, à en juger par les phrases telles que « Je le ramènerais bien à la maison ce soir » et autres « Ça doit être un super bon coup » que je distinguais parmi les cris. Je résistai à l'envie de me retourner pour leur dire qu'il était à moi et me concentrai sur lui.

D'un seul coup, comme par magie, ses yeux se posèrent sur moi. Jenny lui fit signe avant de siffler entre ses doigts et je souris en voyant son regard intense et en lisant «Je t'aime» sur ses lèvres.

Les pauvres filles derrière moi se mirent à se pâmer en croyant qu'il s'était adressé à elles et, une fois de plus, je résistai à l'envie de leur dire qu'il était avec moi. Cela ne changerait rien et ne ferait que les encourager à poser des questions sur notre vie privée, dont je n'avais absolument pas envie de parler avec des étrangers. J'en avais assez bavé à la fac, et ce avant même qu'on commence à sortir ensemble.

J'articulai «Je t'aime» à mon tour et levai mes pouces en l'air. Il rit et secoua la tête d'un air amusé, comme s'il n'avait aucun doute quant au fait qu'il allait casser la baraque. Il avait raison : il avait passé des années à se préparer pour ce moment, en jouant dans des petits bars et des boîtes de Los Angeles et de Seattle.

Il passa la sangle de sa guitare par-dessus son épaule et attrapa le micro pour parler, et les cris redoublèrent d'intensité.

– Salut, Seattle !

Les filles autour de moi se mirent à sauter dans tous les sens en hurlant son nom. Je ris et tentai de m'écarter de celles qui avaient l'air le plus hystériques, mais je n'avais nulle part où aller et je finis par rentrer dans le groupe de garçons qui se trouvaient devant moi. Ils se retournèrent et je bredouillai des excuses au moment où la voix de Kellan retentissait de nouveau.

– On est les D-Bags, au cas où vous ne seriez pas au courant…

Il marqua une pause et le public se déchaîna.

– Et on a quelque chose pour vous… si ça vous tente.

Il haussa les sourcils et adressa aux femmes au premier rang un regard un peu trop lascif à mon goût, mais je savais que c'était pour le spectacle. Son visage avait beau dire « On baise tout à l'heure », ce n'était pas ce qu'il ressentait. Il n'y avait que moi dans son cœur. J'étais même tatouée sur son cœur, ou du moins, mon nom l'était, et je souris en pensant qu'aucune des femmes ici présentes ne savait qu'il était tatoué à cet endroit-là, à part Jenny.

Il leva un doigt en l'air pour faire taire la foule, qui lui obéit docilement.

– Alors… ça vous tente ? demanda-t-il d'un air suggestif.

La foule indiqua à grands cris qu'elle était tentée, et en voyant Jenny crier à l'unisson, je décidai de l'imiter.

Je vis Matt secouer la tête en souriant, tandis qu'Evan, assis à la batterie, se balançait d'avant en arrière à un rythme connu de lui seul en faisant tourner une baguette entre ses doigts. De son côté, Griffin essayait de persuader des filles au premier rang de soulever leurs jupes, et je détournai le regard avant de voir si elles le faisaient ou non. Kellan porta une main à son oreille.

– Alors si c'est ça, je veux vous entendre le demander.

Le public se déchaîna dans un concert de hurlements et les commentaires des filles derrière se firent encore plus crus, mais je m'en fichais. Je me fichais de tout le monde, parce que Kellan me regardait droit dans les yeux, et la joie que je pouvais lire sur son visage me faisait oublier tout le reste.

Le voir me sourire était comme assister à la naissance de son âme. Il adorait la musique. À part moi, c'était la seule chose qui comptait dans sa vie. Il avait beau faire comme si ça n'avait pas vraiment d'importance, comme si ça ne faisait que l'occuper le soir, après avoir passé autant de temps avec lui, je commençais à comprendre que c'était juste une parade pour se protéger parce qu'une partie de lui craignait que tout ne s'arrête. Il n'avait pas grandi sous les meilleurs auspices, bien au contraire : après une enfance aussi horrible et traumatisante que la sienne, beaucoup de gens se seraient réfugiés dans la drogue ou l'alcool. Kellan, lui, avait trouvé la musique, et c'était ça qui l'avait sauvé. Enfin, ça et une vie sexuelle bien remplie…

Kellan fit un petit geste de la main et Evan se mit immédiatement à jouer à son signal. La chanson était rapide et entraînante, et même si je l'avais entendue un milliard de fois, je commençai à sauter dans tous les sens. Il y avait quelque chose d'électrisant à être au milieu de tous ces gens qui se pressaient les uns contre les autres sous le soleil éclatant. Si moi-même je débordais d'excitation, je pouvais à peine imaginer ce que Kellan devait ressentir.

Sa voix vint se greffer à la musique dans un tempo parfait. Peu importe ce qui se passait en coulisse, Kellan était toujours pro sur scène. Les incalculables concerts qu'ils avaient donnés dans le coin avaient porté leurs fruits : sa voix était spectaculaire. Un cri suraigu de femme retentit tandis que sa voix envahissait l'espace. Ils avaient entamé une chanson plus ancienne, un classique de leur répertoire, et les gens autour de moi connaissaient les paroles. Pour l'avoir vu en train d'écrire des chansons, c'était magique d'entendre ses textes repris par le public.

Il rayonnait tandis qu'il chantait, un sourire sexy des plus perturbateurs aux lèvres. Jenny leva les mains en l'air pour encourager son homme, et j'en fis autant, heureuse d'être là pour le soutenir, et pour soutenir le reste du groupe. Enfin, à part Griffin, peut-être.

À la fin de la chanson, le public était en délire et j'étais aux anges pour les garçons, car ils le méritaient. Kellan posa sa guitare pour le morceau suivant et détacha le micro de son pied. La scène était plus grande que celle du Pete's, et il y avait davantage d'espace à occuper. En attaquant la chanson suivante, Kellan regarda la foule de l'air séducteur qui m'était habituellement réservé, et si cela me contraria un peu, je décidai de ne pas y penser. Il était juste excité et heureux d'être là, et il retombait dans la peau du mec à la sensualité agressive que j'avais vu sur scène la première fois. Son attitude salace m'avait semblé exagérée à l'époque, mais le public qui était là avait l'air d'adorer ça. Les mains se tendaient vers lui, y compris celles des spectateurs derrière moi, et je me demandais ce que toutes ces filles pouvaient bien espérer. Qu'il se jette dans la foule ? Je fronçai les sourcils en espérant qu'il ne fasse pas un truc pareil. Il pourrait se blesser… ou se faire tripoter jusqu'à ce que mort s'ensuive.

Il posa le pied sur un haut-parleur et se pencha en avant pour prendre la main d'une fan, et je me demandai pourquoi il avait choisi celle-ci. Aimait-il ses cheveux ? Était-elle la plus excitée de la rangée ? Était-ce elle qui avait le plus de… coffre ? Je secouai la tête et me forçai à ignorer mes doutes. Il était concentré sur tellement de choses en même temps qu'il n'y avait sûrement même pas réfléchi. Il n'avait fait que réagir face à une fan qui réclamait son attention, et il était normal que les fans veuillent le toucher. Je n'étais pas non plus une de ces harpies incapables de supporter le moindre contact… Enfin, dans la limite du raisonnable.

Kellan était plutôt doué pour séparer la scène du reste. Il ne se comportait jamais comme ça dans la vie de tous les jours, et quand il n'était pas derrière le micro, vous n'auriez jamais deviné que c'était une star du rock. Ceux qui ne le connaissaient pas pouvaient même penser qu'il était un peu paresseux au premier abord, mais je savais qu'il avait toujours le cerveau en ébullition, même quand il était tranquillement en train de boire une bière au bar.

La température augmentait au fur et à mesure du concert et Kellan essuyait la sueur sur son front à intervalles réguliers avec le devant de son tee-shirt, révélant ses incroyables abdominaux. À en juger par les cris à chaque fois qu'il faisait ça, je voulais bien parier que la foule ne verrait aucune objection à ce qu'il retire son tee-shirt et je me demandai s'il allait se déshabiller. Il l'avait déjà fait dans le passé d'après ce que j'avais entendu dire, mais je n'étais pas sûre que ça me plaise de voir toutes ces femmes le mater de cette façon, et je n'étais pas sûre que ça me plaise que son tatouage soit exposé à la vue de tous. C'était surtout ça qui me dérangeait, en réalité. Mais après s'être essuyé le visage, il laissa retomber son tee-shirt blanc. Je préférais me dire qu'il aimait garder son tatouage à l'abri des regards, comme un secret seulement connu de nous deux. Même si c'était sur son corps à lui, c'était extrêmement personnel pour moi aussi : ça le connectait à moi quand on était séparés et ça scellait nos retrouvailles quand on était réunis.

À la fin du set, chaque membre du groupe salua le public et Kellan le remercia de les avoir écoutés. Je ne l'avais jamais vu aussi heureux, jusqu'à ce qu'il recule de quelques pas et que ses yeux rencontrent les miens. Je m'étais trompée : maintenant, il avait l'air plus heureux que jamais.

Les gens autour de nous commencèrent à s'éparpiller, certains restant là pour le concert suivant tandis que d'autres partaient vers d'autres scènes. Une douzaine d'artistes jouaient en même temps, qu'il s'agisse de grands noms internationaux ou de groupes comme les D-Bags. Après être venue au festival l'an dernier, quand Kellan et moi étions juste amis, c'était un peu irréel de voir leur nom sur les affiches. D'ailleurs, j'en avais piqué je ne sais pas combien en souvenir.

Jenny passa son bras sous le mien et m'attira vers le côté de la scène. Les garçons débranchèrent leur matériel entre deux saluts, puis Kellan attrapa sa guitare chérie et gagna les coulisses, sans manquer de me faire un sourire, et Jenny et moi nous approchâmes des barrières qui empêchaient les spectateurs d'accéder aux coulisses. Comme si les barrières ne suffisaient pas, quelques agents de sécurité étaient aussi disséminés ici et là pour faire circuler le public.

L'espace d'un instant, j'ai regretté de ne pas être aventureuse au point de me glisser derrière les barrières. Je voulais rejoindre Kellan et le prendre dans mes bras pour le féliciter mais il était inaccessible pour le commun des mortels, et je ne voulais pas faire de scandale en me faisant arrêter par des videurs qui faisaient trois fois la taille de ceux du Pete's.

Je soupirai en voyant Evan et Matt disparaître à leur tour pendant que Griffin léchait la poire d'une blonde avant de finalement quitter la scène. Une fois de plus, je regrettai que ma sœur ne soit pas là : elle faisait tourner la tête de tous les mecs sur son passage, et elle n'avait aucun problème pour obtenir ses entrées dans des endroits interdits aux filles ordinaires comme moi.

Après ce qui me sembla être une éternité, Kellan apparut, seul et sans guitare. Il se précipita vers moi et sauta par-dessus les barrières qui nous séparaient. Les videurs le regardèrent d'un sale œil mais ils étaient plus occupés à empêcher les gens d'entrer que de sortir. Un petit groupe qui attendait lui aussi son dieu du rock laissa échapper quelques cris, mais il se dirigea directement vers moi.

Il me prit dans ses bras et me serra de toutes ses forces. Exubérant comme il savait l'être, il avait sûrement envie de me mettre par-dessus son épaule et de me faire tourner dans les airs. Si je n'étais pas sûre qu'il en profite pour me taper sur les fesses, je l'aurais peut-être laissé faire, mais je préférais que ce genre de choses se produise dans un cercle un peu plus restreint, et Jenny et moi n'étions pas les seules à attendre que le groupe fasse son apparition.

Tout en riant pendant qu'il me soulevait, je m'assurai que mes bras étaient fermement autour de son cou quand son odeur me frappa instantanément. Un arôme qui était si typique de lui, frais, masculin, séduisant, que ça me hantait jusque dans mes rêves. Il rit à son tour et me serra contre lui si fort que j'étais à bout de souffle lorsqu'il me reposa.

– C'était génial ! Je suis tellement content que tu sois là… Ça t'a plu ?

Ses yeux étincelaient au soleil tandis qu'il me prenait par les épaules et s'abaissait légèrement pour être à ma hauteur. Sa question me fit rire. À son avis ? Bien sûr que ça m'avait plu. J'adorais le voir sur scène. Son expression était tellement adorable, sa joie si infantile… presque innocente.

– J'ai adoré, dis-je en caressant sa joue. Vous avez été géniaux. Je suis tellement fière de toi.

Son visage s'illumina puis il eut l'air de remarquer quelque chose qu'il n'avait pas vu avant. Ses yeux descendirent sur ma poitrine, et je jure que je sentis ma température corporelle monter en flèche. Son regard s'arrêta sur mon nombril dénudé, un sourire machiavélique apparut sur ses lèvres et le désir dans ses yeux suffit à faire accélérer ma respiration. Les moments d'innocence de Kellan ne duraient jamais bien longtemps.

– J'aime bien ta chemise, dit-il d'une voix qui dégoulinait de sexe.

Il arrivait encore à me donner l'impression qu'il me regardait pour la première fois et je sentis comme une nuée de papillons dans mon estomac. J'allais lui répondre quand il fut attaqué par des mains de femmes qui lui attrapèrent les bras et le firent se retourner. Il rit et me lâcha pour se consacrer à ses fans, dont certaines me regardèrent en haussant les sourcils pour m'oublier aussitôt. Ça m'allait très bien : je préférais de loin ne pas être sous le feu des projecteurs.

J'oubliais toujours qu'il était célèbre et je trouvais cela complètement surréaliste de le voir signer des autographes et poser pour des photos. J'avais l'habitude des filles chez Pete, bien sûr, mais ici, ça n'avait rien à voir, et c'était un peu compliqué de voir sa popularité le précéder dans un endroit comme celui-ci. Dans une tentative désespérée d'attirer son attention, une des filles baissa son débardeur pour dévoiler son soutien-gorge et le supplia de lui faire un autographe sur sa poitrine. Il me jeta un bref regard mais il le fit quand même, et croyez-moi, il y avait assez de place pour qu'il signe de son nom complet, si vous voyez ce que je veux dire.

Je sentis une boule de tension se former dans mon estomac. Oui, j'essayais d'être cool par rapport à son style de vie, mais le voir avec la tête entre les seins de cette fille en train de signer un autographe sur sa poitrine, ça commençait à faire beaucoup. Ça et voir la fille lui peloter les fesses. Pile au moment où j'envisageais de frapper cette garce, je sentis une main agripper fermement mon épaule.

– Il t'aime, Kiera. Ça ne veut rien dire.

Je regardai par-dessus mon épaule et reconnus Evan, qui m'avait rejointe pendant que j'étais occupée à observer le petit manège de Kellan. C'était un de ses pouvoirs sur moi : il arrivait à me faire oublier tout ce qui m'entourait. Cette habitude de me laisser tellement envelopper par sa présence que tout le reste autour devenait flou était mon point faible, et j'essayais vraiment de travailler là-dessus.

Evan sourit en passant son bras tatoué autour de la taille de Jenny, et elle leva les yeux vers lui avec adoration. Kellan était le chanteur et il était beau comme un dieu, ce qui voulait dire qu'il attirait davantage l'attention, mais les autres membres du groupe avaient aussi leurs fans. Et celles d'Evan attendaient qu'il veuille bien lâcher sa copine.

– C'est son boulot, dit-il en le pointant du doigt. Faire en sorte que les fans en veuillent toujours plus.

Je regardai de nouveau vers lui : à présent, il était coincé entre deux filles qui l'embrassaient sur chaque joue pendant qu'une troisième immortalisait ce grand moment avec son appareil. Je soupirai en pensant que la photo serait sûrement sur Internet dans quelques heures. Au moins, il ne les laissait pas l'embrasser sur la bouche depuis qu'il était avec moi. C'était loin d'être le cas avant. Eh oui, ces photos-là aussi étaient sur Internet… Je haussai les épaules en me retournant vers Evan.

– Je sais. Si seulement il n'était pas aussi doué…

Mon ton était des plus maussades et Evan pouffa de rire en me donnant une tape sur l'épaule avant de se diriger vers ses fans. Accompagné de Jenny, il signa quelques autographes, et je les observai à l'écart du chahut, impressionnée de voir à quel point ils étaient à l'aise. J'aurais préféré mourir plutôt que de devoir discuter avec des inconnus comme ils le faisaient.

Je regardai de nouveau vers Kellan et vis qu'une femme avait placé une main bien trop bas sur ses reins. Je détournai le regard, consciente que ça ne servait à rien d'entretenir ma jalousie, et vis Matt qui s'était silencieusement joint au reste du groupe et avait l'air aussi mal à l'aise que moi. Lui, il adorait jouer, être sur scène et composer. C'était ça, sa passion, à mille lieues des bains de foule. Mais il hochait poliment la tête et posa tout de même pour quelques photos entre quelques autographes.

Accrochée à son bras se trouvait sa tout aussi discrète petite amie, Rachel. D'origine latino et asiatique, elle était splendide avec sa peau mate et ses longs cheveux sombres. Elle tenait la main de Matt, sans paraître jalouse de l'attention dont il faisait l'objet mais sans avoir non plus l'air de vouloir prendre part à tout ça. Elle n'était pas fan de la foule et avait regardé le concert sur l'herbe, à l'écart. Elle était encore plus timide et réservée que moi, ce qui n'était pas peu dire. Elle vivait en coloc' avec Jenny et avait commencé à sortir avec Matt au printemps dernier, plus ou moins en même que temps que Kellan et moi. Leurs personnalités s'accordaient à merveille et ils étaient adorables tous les deux.

Le dernier D-Bags à se mêler à la foule était loin d'être aussi adorable. Je levai les yeux au ciel en voyant Griffin apparaître dans mon champ de vision, avec ses mains qui se baladaient sur tout ce qui était à sa portée. Ses autographes incluaient généralement un roulage de pelle en prime, et rien que le regarder me retournait l'estomac. Je ne voyais vraiment pas ce que ma sœur lui trouvait.

Le quasi clone de Matt relâcha une fille à qui il venait de nettoyer les amygdales pour se mettre en quête d'une nouvelle proie, et malheureusement, son regard pervers se posa sur moi. Il avança dans ma direction avec un sourire familier et je reculai instinctivement. Avec sa tendance à tripoter tout ce qui bougeait, je préférais garder mes distances. Il ramena ses cheveux blonds mi-longs derrière ses oreilles et écarta les bras, ce qui lui permit d'effleurer la poitrine d'une fan au passage.

– Kiera, ma future maîtresse ! Ravi que tu sois venue me voir. Tu as aimé ce que tu as vu ? demanda-t-il en prenant son… truc en coupe dans sa main.

Au bord de la nausée, je tournai les talons pour m'éloigner mais il parvint à attraper ma main. Je crus qu'il allait la placer sur son entrejambe et j'étais déjà horrifiée quand, soudain, je ne sentis plus ses doigts sur les miens. C'était Kellan, qui s'était immiscé entre nous et le poussait.

– Casse-toi, Griffin.

Le bassiste haussa les épaules et partit à la recherche d'une nouvelle victime. Je soupirai de soulagement et me blottis contre Kellan.

– Merci.

– De rien, répondit-il en riant. Je sais à quel point tu adores converser avec Griffin.

De fait, Griffin était la dernière personne avec laquelle je souhaitais discuter. Kellan fit enfin signe aux fans pour leur dire au revoir. Elles avaient sûrement espéré qu'il resterait pour papoter avec elles toute la journée.

Son bras fermement enserré autour de ma taille, il s'éloigna de la sortie des artistes pour gagner la partie principale du parc. Presque inconsciemment, comme s'ils étaient prêts à le suivre partout sans réfléchir, les autres membres du groupe lui emboîtèrent le pas. Matt et Evan avançaient au bras de leurs copines, tandis que Griffin avançait en se grattant l'entrejambe. D'une certaine façon, ils suivaient Kellan partout : quand ses parents étaient morts et qu'il avait tout plaqué pour venir ici, ils l'avaient accompagné sans hésiter, et depuis, ils n'avaient pas bougé.

Je reportai mon attention sur l'homme à mes côtés et passai mon bras autour de sa taille pour le serrer contre moi. J'étais incapable d'imaginer l'épreuve que ça avait dû être pour lui. Il avait toutes les raisons du monde de détester ses parents : c'étaient des gens sans cœur qui l'avaient maltraité et tenu responsable de leurs malheurs… mais c'était quand même sa famille et leur décès l'avait profondément affecté.

Il n'avait que dix-neuf ans à l'époque. Fatigué de se faire traiter de la sorte, il était parti pour Los Angeles après le lycée. Juste après le bac, d'après ce que j'avais compris. Il ne les avait pas prévenus qu'il s'en allait, et ils n'avaient pas pris la peine de le chercher. Il me confia que quand il les avait finalement appelés, quelques mois après sa disparition, pour leur dire qu'il était toujours en vie et leur indiquer où il se trouvait, ils s'étaient montrés totalement indifférents. Comme s'ils avaient rempli leur mission et qu'à présent il pouvait bien vivre ou mourir tout seul. C'était un miracle que Kellan s'en soit aussi bien sorti. Les enfoirés !

Il fallut que Griffin nous rattrape, accompagné de Matt et Rachel, et tape sur l'épaule de Kellan pour que je sorte de ma rêverie.

– On va aller voir d'autres groupes, dit-il en montrant une scène du doigt au loin. Vous venez ?

Kellan regarda Evan et Jenny, mais ils étaient trop absorbés par leur propre conversation pour nous entendre. Kellan allait me demander ce que je voulais quand mon corps répondit à ma place : mon estomac gargouilla si fort que même Jenny se mit à rire. Je fermai les yeux un instant et sentit Kellan pouffer de rire à côté de moi, et quand je les rouvris pour le regarder, il se marrait encore plus.

– Je pense qu'on va d'abord aller grignoter un truc. On te rejoint plus tard.

On regarda les cousins et Rachel se fondre dans la masse et Kellan me sourit.

– Si on te trouvait quelque chose à manger, gloutonne ?

Puis il m'embrassa, et quand je sentis sa main sur ma joue, ses doigts dans mes cheveux, et sa bouche pressée sur la mienne jusqu'à ce que j'écarte un peu les lèvres pour laisser sa langue venir me caresser, j'oubliai instantanément ses taquineries.

Je passai ma main dans ses cheveux et penchai la tête pour mieux sentir sa langue sur la mienne. La sentir partout sur moi ne m'aurait pas dérangée non plus… Il s'écarta ensuite en riant doucement. Rien que ce court moment d'intimité avait suffi à faire s'accélérer les battements de mon cœur et ma respiration. Il n'avait vraiment aucun mal à m'exciter.

– Besoin d'une minute ? demanda-t-il en souriant, les sourcils haussés.

Reprenant mes esprits, je lui envoyai une bourrade dans les côtes et m'éloignai au pas de course. Est-ce que je n'avais pas dit juste avant que je devais arrêter de me laisser ensorceler de la sorte ? Il y avait encore du pain sur la planche…

Un peu étourdie, je me dirigeai vers la zone où je pensais que se trouvaient les stands de nourriture, et Kellan m'attrapa par le coude pour me faire pivoter en riant. Il avait ce sourire diaboliquement séduisant quand il hocha la tête vers une allée qui allait dans le sens contraire.

– Pour manger, c'est par là. À moins que tu n'aies autre chose en tête ?

Je nous imaginai instantanément dans un coin reclus du campus, moi laissant sa langue me faire… tout un tas de choses plus délicieuses les unes que les autres. Je me forçai à ne plus y penser et empruntai l'allée pour rassasier au moins un de mes appétits. On n'allait certainement pas faire l'amour dans un lieu public. Il aurait adoré ça, mais j'avais tout de même un minimum de self-control.

Encore en train de rire à mes dépens, Kellan me rattrapa sans difficulté et repassa son bras autour de ma taille. Evan et Jenny suivaient à quelques mètres de là.

– Tu es tellement adorable, qu'est-ce que je vais bien pouvoir faire de toi ? murmura-t-il à mon oreille.

Lorsqu'on arriva au camion à pizza, j'avais déjà imaginé une bonne demi-douzaine de choses qu'il aurait pu me faire.

Une fois qu'on fut rassasiés de nourriture, de musique, et qu'on eut assez de souvenirs pour que cette journée reste gravée dans nos mémoires, on retourna récupérer les instruments des garçons, à part la batterie. Comme c'était encombrant, tous les groupes utilisaient la même, à part les grands noms internationaux, qui étaient les seuls à avoir le droit d'utiliser leur propre batterie.

Avec leurs étuis à l'épaule, les D-Bags attirèrent encore plus l'attention qu'auparavant. Le parc avait une sortie spéciale pour les artistes, mais naturellement, Griffin insista pour sortir par la porte principale. Entre tous, c'était lui qui aimait le plus être sous les feux de la rampe : il était déjà en train de vivre pleinement son quart d'heure de gloire.

Avec les pauses pour les autographes et les photos, on mit une éternité à regagner le parking. Une fois arrivés aux voitures, Jenny me prit brièvement dans ses bras en me disant qu'elle me verrait au travail le lendemain. Evan me serra dans ses bras à son tour, ajoutant en riant que lui aussi me verrait au travail.

Je leur fis signe de la main en souriant tandis qu'ils grimpaient dans la voiture de Jenny. Ils allaient sûrement se rendre directement au Pete's, étant donné que Jenny était de service. De mon côté, j'avais pris ma soirée pour rester avec Kellan. Lui et les autres membres du groupe avaient pris leur soirée aussi, ce qui n'allait pas les empêcher d'aller au bar de toute façon. Ils ne pouvaient jamais rester loin du Pete's bien longtemps.

Je félicitai Matt en passant brièvement un bras autour de ses épaules. Il n'était pas aussi démonstratif qu'Evan, et je tentais de respecter sa timidité. Il me remercia d'être venue avec un petit sourire réservé, et Rachel se contenta de nous faire un signe amical. Puis ils allèrent mettre les instruments de Matt et de Griffin dans le van.

Griffin, ne manquant pas de remarquer que j'étais en pleine distribution de marques d'affection, décida qu'il voulait aussi la sienne. Il avança vers moi et je levai la main pour l'arrêter, mais je crois que ce fut le raclement de gorge de Kellan qui le stoppa. Il leva les yeux au ciel et se contenta de nous faire un signe de la main à la place.

– On va chez Pete. À plus tard.

Kellan rit et lui donna une tape dans le dos avant d'ouvrir la portière de sa voiture. C'était une Chevelle Malibu de 1969, d'après ce que Kellan m'avait dit à plusieurs reprises. D'un noir brillant avec du chrome dans tous les sens, c'était, en plus de ses guitares, le seul bien matériel auquel il tenait réellement. Il l'avait trouvée à Los Angeles dans un état déplorable, et il avait passé l'intégralité de son premier été là-bas à la remettre en état. C'était son petit bijou, et il ne m'avait jamais autorisée à la conduire depuis la fois où je la lui avais piquée sans le prévenir.

On se glissa tous les deux sur les sièges en cuir.

– Chez toi ou chez moi ? demanda-t-il d'une voix exagérément rauque.

Je ris en me penchant pour l'embrasser. Au lieu de nous précipiter tête la première, on avait décidé de prendre notre temps, et c'était pour cette raison qu'on ne vivait pas ensemble.

– Chez moi, répondis-je dans un souffle, en essayant d'être aussi sexy que lui et en ne l'étant sûrement pas du tout.

Il se mordit quand même la lèvre et je remis une mèche de cheveux derrière mon oreille pour me donner une contenance.

– Anna va rentrer tard alors on a l'appart pour nous tout seuls.

Son sourire s'agrandit tandis qu'il démarrait la voiture et faisait ronfler le moteur.

– Les cours reprennent bientôt, dis-je en secouant la tête, et je dois commencer à préparer mes affaires.

Ce n'était pas vraiment ce que j'avais envie de faire, mais son regard intense me mettait sens dessus dessous et je détestais avoir autant de mal à le cacher. J'aurais tellement aimé être plus subtile…

– Hum hum… préparer tes affaires, répéta-t-il en contenant un rire. Bien. Je suis très doué… pour préparer les affaires.

Il m'offrit un sourire à couper le souffle puis il quitta le parking du festival, qu'il avait complètement enflammé.

2

La paix

Vingt minutes plus tard, on arrivait sur le parking de l'appartement que je partageais avec Anna, et Kellan affichait toujours le même sourire radieux lorsqu'il gara la voiture. Je savais qu'il était encore dans l'euphorie du concert. Je n'aurais rien pu imaginer de pire qu'être le centre d'attention de centaines d'inconnus, sans parler de chanter devant eux, mais pour Kellan, c'était toute sa vie.

On sortit de la voiture, lui fredonnant une de ses chansons, et je passai un bras sous le sien en souriant. Je n'avais aucune envie de vivre sa vie, mais j'étais heureuse d'en partager les à-côtés. Le chemin pour nous rejoindre avait été semé d'embûches, mais désormais, tout ce qui faisait son bonheur faisait le mien.

Après avoir ouvert la porte dans un grand geste théâtral, il m'entraîna à l'intérieur de l'appartement. C'était grand comme un mouchoir de poche, mais on avait une vue spectaculaire sur le lac Union. Je posai mon sac sur une petite table et Kellan ferma la porte, avant de me tirer en avant et de me plaquer contre elle en un clin d'œil.

Le corps de Kellan était pressé contre le mien et sa bouche dévorait avidement la mienne. Mon cœur battait si vite que j'avais l'impression d'être sur le point de m'écrouler, mais l'étreinte ferme de Kellan m'en aurait empêchée de toute façon. Chaque centimètre carré de son corps était contre le mien, de son ventre musclé à ses hanches sensuelles, comme s'il voulait que nous ne fassions qu'un.

Un incendie se déclencha en moi et l'excitation qui m'envahissait était la seule chose à laquelle je pouvais penser. Ma respiration s'accéléra, tandis qu'il avait déjà le souffle court. Sa main glissa jusqu'à mes fesses puis caressa l'arrière de ma cuisse, et il souleva ma jambe pour l'enrouler autour de lui. Nos deux corps étaient parfaitement alignés, et le sien faisait pression sur le mien pile là où il fallait.

Je lui tirai doucement les cheveux en grognant et collai ma bouche à la sienne. Un gémissement s'échappa de sa gorge, qui fit redoubler de vigueur l'incendie qui faisait rage en moi. Je le voulais. Tout de suite.

Arquée contre la porte, j'écartai mes lèvres des siennes.

– Kellan, dis-je dans un murmure. La chambre…

Ses lèvres couraient le long de mon cou et sa langue caressait tous les points érogènes qui se trouvaient sur son passage, me faisant geindre de nouveau tandis que je me frottais douloureusement contre lui. Un petit rire lui échappa pendant qu'il laissait courir sa langue sur mon épaule. Ça l'amusait follement de me provoquer de la sorte. Je le poussai en fronçant les sourcils et il haussa les épaules en souriant d'un air innocent. Entre ça et le désir dans ses yeux, il était incroyablement sexy.

Puis son attitude changea du tout au tout : il lâcha ma jambe et recula d'un pas tandis que j'essayais de recommencer à respirer normalement.

– Tu comptes revenir vivre chez moi, un jour ?

Je battis des paupières, surprise par ce soudain changement de cap. J'étais comme dans du coton tout en ayant une envie furieuse de le pousser dans le salon et de lui grimper dessus sur notre affreux canapé orange. Il m'aurait sans doute laissé faire, d'ailleurs. Est-ce qu'il venait vraiment de parler de revivre ensemble ? Je fis un pas pour m'éloigner un peu, un pas qui me rapprochait du couloir, et donc de ma chambre, par la même occasion, ce qui ne tarda pas à ranimer les flammes dans son regard.

Il hocha la tête avec un sourire espiègle.

– Parce que vraiment, je déteste faire l'amour sur un futon. Enfin, ça ne veut pas dire que je ne vais pas le faire, ajouta-t-il avec un clin d'œil.

Je lui souris et lui pris la main.

– C'est toi qui m'as fichue dehors, dis-je avec légèreté, même si c'était un souvenir douloureux.

– Ça avait l'air d'être une bonne idée, sur le moment.

– C'était une bonne idée, en effet, dis-je en lui caressant la joue. Il fallait qu'on prenne de la distance, et qu'on se remette les idées en place.

Je vis un voile de tristesse passer sur son visage tandis qu'on se dirigeait vers le couloir, mais ça ne dura que quelques secondes. L'instant d'après, il haussa les épaules en rigolant. Le couloir était minuscule, et la grande chambre tout au fond était celle d'Anna. Notre petite salle de bain était au milieu, suivie de ma chambre. La maison de Kellan n'était pas très grande, mais elle avait l'air d'un palace en comparaison. Je marquai une pause devant ma porte et il reprit la parole.

– Elles le sont, maintenant… alors pourquoi tu ne reviens pas ?

Il se rapprocha et passa ses bras autour de moi.

– Je sais qu'on a dit qu'on voulait prendre notre temps, mais j'ai quand même envie d'avancer… et je veux le faire avec toi, dit-il avec des yeux pleins d'amour.

Je voulais avancer, moi aussi, et j'avais vraiment envie de vivre avec lui, mais j'essayais de m'endurcir et d'apprendre à me débrouiller seule, et je savais que si je retournais chez lui, il serait de nouveau le centre de mon univers. Je me noierais dans notre relation. Avec un sourire d'encouragement, je passai ma main dans mes cheveux et son regard sérieux s'adoucit un peu.

– Je pense que c'est mieux qu'on attende encore un peu, dis-je d'une voix aussi douce que possible. C'est comme si je me retrouvais en vivant avec ma sœur, et je ne veux pas retomber dans un schéma où j'ai besoin d'un homme pour me sentir complète.

Je me mordis la lèvre en espérant ne pas l'avoir vexé. Il inspecta mon visage dans les moindres détails et me serra un peu plus fort en inspirant profondément.

– Et si c'était moi qui avais besoin de toi ?

Je l'avais rarement vu aussi sérieux. Il finit par hausser les épaules et un petit sourire naquit sur ses lèvres.

– Je déteste dormir tout seul.

Même s'il avait dit qu'il détestait dormir seul, je savais que ça allait plus loin que ça : en réalité, Kellan détestait être tout seul. On avait ça en commun, mais je savais néanmoins qu'on avait besoin de cette séparation.

– Mon pauvre chéri, dis-je avec un grand sourire.

Il afficha un air mécontent qui me fit rire, et je passai mes bras autour de son cou.

– On finit presque toujours par passer la nuit ensemble, de toute façon.

Kellan sourit et tendit le bras derrière moi pour ouvrir la porte de ma chambre.

– Justement, dit-il en poussant la porte, pense aux économies qu'on ferait.

Il me fit avancer à l'intérieur à reculons.

– Et puis, tu n'aurais pas de loyer à payer. Tu pourrais moins travailler et te concentrer davantage sur tes cours.

Il haussa les épaules, comme si c'était tout à fait sensé et logique. Le pire, c'est que ça l'était. Mais mon instinct me disait qu'on était bien comme ça pour le moment, et que c'était peut-être mieux de ne pas provoquer le destin. Je me libérai d'une main pour allumer la lumière en soupirant.

– J'aime bien ma vie comme elle est, Kellan. Je me sens enfin… épanouie.

Il ferma la porte en la poussant du pied et posa ses mains sur mes fesses avec un sourire machiavélique.

– Très épanouie, même.

Il rit et je lui donnai une tape sur l'épaule. Il finit par soupirer en m'attirant à lui pour m'embrasser doucement.

– Comme tu voudras.

Je m'abandonnai à ses lèvres et savourai le goût délicieux de ses baisers, enveloppée par son parfum. Il s'écarta un instant pour retirer ses chaussures et fronça les sourcils en voyant mon vieux futon.

– Franchement, ça craint. Je ne peux pas t'acheter un lit, au moins ?

J'enlevai mes tongs puis lui pris la main pour le guider jusqu'à ce lit qu'il détestait, à raison : il était tout défoncé, avec une barre au milieu qui nous rentrait dans le dos, mais il était grand et il y avait largement la place pour… s'étaler.

– Si tu veux. Tu pourrais même m'aider à l'étrenner, dis-je en l'attrapant par le bas de son tee-shirt.

Il avait de nouveau son sourire de séducteur et il m'aida à lui retirer ses vêtements.

– Hum, on dirait que tu m'as convaincu.

Je ris en passant mes mains sur les lignes bien définies de son torse. Sa respiration s'accéléra quand mes doigts effleurèrent mon nom tatoué à l'encre noire sur son cœur. Il n'y avait rien de plus beau que ce tatouage, à part peut-être l'homme qui le portait.

– Dès que ça finit sous la couette, tu es toujours convaincu.

Il poussa mon épaule et je m'assis sur le lit qui était un peu affaissé à l'endroit où on s'asseyait quand il était plié. Je glissai vers le milieu du matelas, où la barre était apparente, et je sentis une vague de chaleur me submerger en voyant Kellan s'approcher.

– C'est vrai, murmura-t-il d'une voix rauque.

Il me rejoignit, se pencha au-dessus de moi et ma respiration devint si rapide que c'en était gênant. Il irradiait de sex-appeal, et j'avalais difficilement ma salive. J'avais toujours du mal à croire que cet homme m'appartenait. Qu'il m'ait choisie, moi, parmi toutes les femmes avec qui il aurait pu être, me paraissait toujours aussi miraculeux qu'incompréhensible.

– Salaud, murmurai-je en souriant tandis que mes mains se promenaient sur son torse parfait.

Il rit en s'allongeant à côté de moi.

– Allumeuse, souffla-t-il en me caressant les cheveux.

J'éclatai de rire en entendant ces mots qu'on avait jadis utilisés pour se faire du mal et qui résonnaient comme une plaisanterie, à présent. C'était comme ça avec Kellan : froid à un moment, puis brûlant une seconde plus tard, alors on essayait d'y aller doucement pour mettre toutes les chances de notre côté. Kellan n'avait pas l'air de craindre que notre passion ne s'éteigne, mais ça m'inquiétait parfois. Après tout, il pouvait avoir n'importe qui, et même si c'était la première fois qu'il ressentait quelque chose d'aussi profond – un véritable amour –, ma plus grande peur était que maintenant qu'il s'était ouvert à l'amour, il ne le trouve de nouveau avec une autre.

Qu'est-ce que je pouvais détester cette idée…

Je me forçai à penser à autre chose et à me concentrer sur mes certitudes. En ce moment même, Kellan me voulait.

Il m'aimait, et il n'aimait que moi. Et surtout, ma sœur n'était pas censée rentrer à la maison avant plusieurs heures.

Vêtu uniquement de son jean usé IKKS qui lui allait si bien, il m'embrassait tout en me caressant les cheveux. Mes mains étaient également occupées à jouer avec ses cheveux ébouriffés, et il sourit contre ma bouche. Puis je les laissai courir dans son cou, sur ses épaules, et enfin bien sûr, dans son dos. Je caressai sa peau douce au niveau de la taille de son jean, avant de remonter jusqu'à ses épaules, puis de redescendre à nouveau, cette fois en rentrant doucement mes ongles dans sa peau.

– Ne me cherche pas, grommela-t-il.

Je ris doucement en me souvenant avec quelle violence je l'avais griffé une fois… dans un stand à expresso, rien que ça. Ç'avait été un moment plutôt gênant pour moi, et Kellan interrompit notre baiser en remarquant mon léger malaise. Il me caressa la joue.

– Est-ce que tu sais seulement ce que ça m'a fait, quand tu m'as griffé ?

Il sourit à ce souvenir, mais j'étais incapable de l'imiter, et je me contentai de secouer la tête.

– Je pense que c'est ça qui m'a fait jouir.

– Je savais pas que t'aimais le sado-maso, dis-je en riant malgré moi.

– C'est toi qui m'as griffé.

– C'est toi qui as aimé ça.

– Parce que ça t'a déplu de le faire ?

Je me mordis la lèvre et détournai les yeux. Bien sûr que ça m'avait plu. Mon corps avait aimé ça autant que le sien. Mais je me sentais quand même coupable de lui avoir fait mal et de l'avoir griffé jusqu'au sang. J'avais dépassé les bornes.

Par surprise, je le fis basculer sur le ventre. Il essaya de venir au-dessus de moi mais je réussis à le tenir à l'écart d'une main tout en utilisant mon autre main pour me dégager, et avant qu'il n'ait le temps de protester ou de reprendre le dessus, j'étais à califourchon sur lui.

À en juger par le grand sourire sur ses lèvres, je savais qu'il était sûr que ce genre de jeu allait nous mener sous la couette. L'idée que je sois au-dessus l'excitait sûrement. En même temps, Kellan était toujours excité. Je ris plus fort en appuyant sur ses épaules et en maintenant sa poitrine collée au matelas. Il se tordit le cou pour me regarder.

– Qu'est-ce que tu fais ?

Je le caressai quelques instants avant de répondre.

– Je me sens un peu coupable de t'avoir fait mal…

Il tourna la tête un peu plus en souriant.

– Ne t'ai-je pas dit que ça m'avait fait jouir, aussi ?

Je rougis en l'entendant dire ça. Ce n'était pourtant pas un gros mot, mais cela me rappelait ces moments d'extase et de passion dévorante. Et l'entendre prononcer ce mot me donnait encore plus envie de lui.

– Je veux juste m'assurer que tu n'es pas abîmé…

Je me penchai au-dessus de lui pour effleurer son dos avec mes cheveux et constatai avec bonheur qu'il frissonnait.

– Il n'y a qu'une seule cicatrice qui soit vraiment de ta faute.

Ses yeux se rivèrent aux miens et l'amour que j'y lus me laissa sans voix. Je ne m'habituerais sans doute jamais à l'adoration dans son regard. Ça rendait les scènes auxquelles j'avais assisté un peu plus tôt sans importance, car il ne regardait aucune de ses fans comme ça. Aucune d'entre elles n'accéderait plus jamais à ce niveau d'intimité avec lui. Evan avait raison : même s'il jouait avec elles, son cœur était à moi.

Je sentis mes yeux se remplir de larmes en me repassant la scène qu'il venait d'évoquer. Le coup de couteau qu'il avait pris alors qu'il prenait ma défense. C'était un des actes de bravoure les plus incroyables et les plus horribles auxquels j'avais assisté. Incroyable parce qu'il était venu à mon secours, et horrible parce qu'il avait été blessé. Mes doigts coururent le long de ses côtes, puis je m'enroulai autour de lui et embrassai sa cicatrice. En sentant mes lèvres effleurer son ancienne blessure, il retint son souffle et je sentis les muscles de son estomac se contracter.

Je souris et déposai une pluie de baisers sur son dos en me rappelant d'une autre blessure qu'il s'était faite à cause de moi. Celle-ci n'avait pas de cicatrice (la fracture s'était remise sans qu'il ait besoin de se faire opérer), mais je connaissais les dégâts qu'elle avait faits sous la surface. Je le caressai et pressai son bras droit, qu'il avait cassé des mois plus tôt lors d'une bagarre avec Denny, mon ex.

J'embrassai son bras et vis son regard s'adoucir, signe qu'il comprenait mon geste.

– C'est aussi pour toutes tes cicatrices que je t'adore, dis-je en me penchant sur lui pour l'embrasser.

Il m'attrapa par le cou pour donner un tour plus intense à notre baiser et des ondes d'excitation me parcoururent lorsque je sentis sa langue caresser la mienne. Puis je m'écartai et réussis à me libérer adroitement de sa main qui m'emprisonnait.

– Ça suffit, dis-je en lui donnant une tape sur l'épaule. Je n'ai pas fini mon examen.

Il soupira en levant les yeux au ciel.

– Tu peux te magner ? Que je puisse te faire l'amour à toi, et pas à ce matelas pourri, dit-il en donnant un coup de hanche pour illustrer son propos. On pourra peut-être changer de position quand tu auras fini ?

Je ne répondis pas et me rassis à la base de sa colonne vertébrale pour examiner son dos. Apparemment, il n'avait pas la moindre trace de mes griffures, et je me penchai pour l'embrasser. C'est alors que je les remarquai : elles étaient si discrètes qu'il était impossible de les voir à moins d'avoir le nez dessus. De fines lignes blanches qui couraient le long de son dos, comme un souvenir de notre nuit de folie qui resterait peut-être toujours avec lui. Je détestais lui avoir infligé de la douleur, mais une partie de moi était contente que cette trace puisse l'accompagner partout.

– Ah, je les ai trouvées, marmonnai-je.

Il ouvrit la bouche pour me demander quoi mais je suivis la fine ligne blanche du bout de ma langue et il garda le silence tandis qu'un frisson le parcourait. Audacieuse, je laissai ma langue se promener entre ses épaules et sur sa nuque. Kellan se tortilla et laissa sa tête s'enfoncer dans l'oreiller. Un nouveau souvenir me revint, et je le mordis tout doucement dans la nuque, ce qui le fit grogner.

Avant que j'aie eu le temps de réagir, il parvint à se retourner en dessous de moi et à m'attraper par les bras pour m'allonger sur le lit. Je ris quand il vint se placer au-dessus de moi, avant de se mettre à m'embrasser à pleine bouche. Je le repoussai et il ronchonna, les yeux brûlants de désir.

– Je t'ai dit de ne pas me chercher.

Je souris en passant un doigt sur sa bouche entrouverte.

– Bien fait pour toi, dis-je en haussant les sourcils. Au moins, je n'ai pas fait ça dans une boîte pleine à craquer.

Il eut l'air étonné, comme s'il avait oublié ce moment où il m'avait fait la même chose au milieu d'une piste de danse blindée de monde pendant que Denny et Anna étaient dans une autre partie de la boîte. Il fronça les sourcils.

– Ce n'était pas très sympa de ma part…

Je passai mes bras autour de son cou en secouant la tête.

– Non… même si ça m'a plu.

La complicité fit place à la culpabilité tandis qu'il se remémorait la soirée en question.

– Je ne pouvais pas résister, dit-il en levant mes bras au-dessus de ma tête. Tes bras étaient comme ça…

Il attrapa mes poignets d'une seule main, caressant le bout de mon nez et ma bouche de l'autre.

– Tu dansais en te mordant les lèvres.

Je me mordis les lèvres en voyant ses yeux gourmands et ses doigts descendirent sur ma bouche, puis entre mes seins. Je fermai les yeux mais il continua et amena sa main jusqu'à mon nombril. Puis il joua avec le bouton de mon short avant de poser sa main sur ma hanche.

– Et ces hanches… Elles m'ont rendu complètement cinglé, dit-il en amenant son visage si près du mien que nos lèvres se touchaient.

Il m'embrassa et me lâcha les mains, et je m'agrippai fermement à son cou.

– Tu me regardais ?

– Sans arrêt, dit-il entre deux baisers dans mon cou. Je dois me racheter pour beaucoup de choses, et je déteste ce qui s'est passé entre nous ensuite, mais jamais je ne serai désolé d'avoir goûté ta peau ce soir-là.

Je me pressai contre lui et penchai la tête pour qu'il recommence à m'embrasser dans le cou, ce qu'il fit sans se faire prier. D'un seul mouvement habile, il souleva le tissu sombre par-dessus ma tête et ses yeux restèrent posés sur moi un instant, avant qu'il ne dégrafe mon soutien-gorge précipitamment. Mon excitation décupla au contact de ses yeux brûlants. Il posa sa tête sur mon ventre et soupira.

– J'ai envie de toi, murmura-t-il tandis que sa langue explorait ma peau.

– Moi aussi, j'ai envie de toi, Kellan.

– Je veux voir ton visage quand je fais ça, dit-il en laissant sa langue glisser entre mes seins jusqu'à ma gorge.

Je fermai les yeux et grognai en guise de réponse.

– Je veux t'entendre quand je fais ça.

Je sentis sa langue lécher la pointe de mon sein et arquai le dos en enfonçant mes doigts dans ses cheveux.

– Oui, continue…

Le souffle court, il vint titiller le lobe de mon oreille.

– Je veux être en toi. Aussi profondément que possible.

Ses mots me transpercèrent et mon short devint de plus en plus embarrassant à mesure que le chatouillement entre mes cuisses augmentait pour devenir presque douloureux. Je gémis bruyamment et essayai de l'embrasser mais il se mit hors de ma portée et je ne pus qu'admirer son corps d'Apollon.

– Et je veux que tu me supplies.

– S'il te plaît, Kellan. Je te veux. J'ai tellement envie de toi.

Ces mots n'étaient rien, comparé à ce qu'on ressentait réellement : en vérité, il voulait savoir s'il était vraiment celui avec qui je voulais être, et je venais de lui affirmer qu'il l'était.

Je le suppliai encore tandis que nos corps transformaient nos désirs en réalité. Le souffle court, on se déshabilla l'un l'autre précipitamment, et il fit exactement ce qu'il avait dit.

Je me réveillai le lendemain avec un grand sourire aux lèvres. Je baillai et je m'étirai, sans que mes bras ou mes jambes ne rencontrent d'autre corps tiède dans la froideur de mon lit. Ça n'avait rien d'étonnant : Kellan était presque toujours levé avant moi. Je ne savais pas trop pourquoi, mais il se levait aux aurores tous les matins, alors qu'il se couchait à des heures impossibles. Quand le manque de sommeil le rattrapait, il dormait comme une masse pendant douze heures de suite, mais le fait qu'il puisse passer plusieurs jours d'affilée presque sans dormir m'impressionnait toujours.

Je secouai la tête puis pris une grande inspiration qui me fit sourire encore plus. Ma deuxième odeur préférée, après celle de Kellan, flottait dans la maison : celle du café. Kellan était en train d'en préparer dans la cuisine. Encore un des nombreux avantages de se lever avec lui.

J'ouvris un œil et vis qu'il avait laissé la porte de la chambre entrouverte. Je pouvais donc entendre le bruit de la cafetière et de Kellan qui sortait des tasses en fredonnant. Je décidai de rester au lit encore une minute pour profiter de la musique, et je l'imaginai dans la cuisine en train de chanter en caleçon.

Le bruit d'une clé dans la serrure me sortit de ma rêverie, immédiatement suivi par le vacarme de la porte d'entrée. Je m'appuyai sur mes coudes en fronçant les sourcils. Anna rentrait seulement à la maison ? Je savais qu'elle était du soir la veille et elle avait dit qu'elle sortait après avec des collègues, mais c'était vraiment tard, même pour elle. Sauf si, bien sûr, elle avait découché…

Peut-être qu'elle était allée retrouver Griffin pour le féliciter pour le concert, mais ça aurait aussi très bien pu être un inconnu rencontré en soirée. Anna et Griffin avaient une drôle de relation : quand ils étaient ensemble, ils étaient inséparables – un peu trop, même –, mais quand ils étaient séparés, vous n'auriez jamais deviné qu'ils se voyaient. J'avais du mal à comprendre leur fonctionnement, mais ça avait l'air de leur convenir, alors je gardais mes commentaires pour moi.

Quand j'entendis Anna crier « Bonjour », je priai pour que Kellan ne soit pas juste en sous-vêtements dans la cuisine. Heureusement, en inspectant le sol de la chambre à la recherche de ses vêtements, je constatai qu'ils n'y étaient pas. Même si la relation entre lui et ma sœur ne dépassait pas l'entente cordiale, je n'avais pas besoin qu'elle le mate encore plus qu'elle ne le faisait déjà. Elle avait gardé ses distances avec lui depuis qu'elle avait compris qu'il y avait quelque chose entre nous, mais elle continuait à le regarder en coin. Je ne pouvais pas la blâmer, cela dit…

– Salut, Kellan.

– Salut, Anna. Tu rentres tard… ou tôt, ça dépend.

Elle soupira et je l'entendis laisser tomber son sac par terre.

– Ouais, je suis allée au Pete's et je suis tombée sur les garçons.

Kellan rit doucement. Il venait sûrement d'en déduire la même chose que moi : elle était allée s'amuser avec Griffin jusqu'au petit matin. Je sentis mon estomac se tordre légèrement en pensant à tout ce qu'ils avaient bien pu faire et je me forçai à me lever et à penser à autre chose en attrapant un bas de pyjama dans mon armoire.

– On m'a dit que vous aviez assuré. Je suis désolée d'avoir raté ça, dit-elle avec un soupir triste.

– C'était juste un concert, t'inquiète.

Je secouai la tête en enfilant un tee-shirt. Juste un concert ? Il avait l'air de prendre ça avec un tel détachement, mais dans le fond, je savais qu'il était plus excité et survolté que jamais, comme le montrait la façon dont il m'avait plaquée contre la porte d'entrée la veille. Impatiente de le retrouver, je sortis de ma chambre sans faire de bruit.

De là où j'étais, je pouvais les voir dans la cuisine. Kellan était face à moi, adossé au plan de travail et les bras croisés pendant qu'il discutait avec Anna, qui me tournait le dos, et dont les longs cheveux brillants tombaient en une cascade parfaite en dépit de sa longue nuit.

En les regardant, je ne pus m'empêcher de me dire que si ma sœur était arrivée à ses fins l'an dernier, ils auraient fini ensemble et que c'est deux amoureux que j'aurais trouvé dans la cuisine, au lieu de deux amis. En voyant Kellan sourire doucement tout en lui parlant, ce n'était pas difficile d'imaginer le superbe couple qu'ils auraient fait.

Je relevai la tête et pris une grande bouffée d'air. Ça n'était pas arrivé. Il ne l'avait pas touchée. Ma sœur ne connaissait pas la sensation de ses lèvres, de ses mains, les bruits qu'il faisait quand il faisait l'amour. Elle ne l'avait jamais entendu dire *Je t'aime*. Alors que moi, si.

Je parvins à retrouver un peu d'assurance alors que j'entrais dans la cuisine. Ils se tournèrent tous les deux vers moi en m'entendant arriver et le sourire de Kellan devint radieux.

– Bonjour, Belle au bois dormant, dit-il en m'embrassant sur le front tandis que je passais mes bras autour de sa taille.

Je soupirai de satisfaction.

– Bonjour, répondis-je en enfouissant mon visage dans son cou.

Ma sœur soupira et me donna une petite tape sur le bras.

– Ce que vous êtes mignons… ça m'agace !

Elle leva les yeux au ciel et je souris.

– Bonjour, Anna. Grosse soirée ?

Elle prit un air malicieux et se mordilla la lèvre.

– Oh oui ! Et je peux vous garantir que c'était loin d'être aussi mièvre que la vôtre.

Je rougis et détournai le regard et elle rit, d'un rire grave et séduisant comme je n'en aurais jamais. Kellan rit avec elle et me serra un peu plus fort.

– Ce n'est pas non plus le mot que j'emploierais pour décrire notre soirée.

Je lui donnai une tape sur le torse en rougissant encore plus. Notre vie sexuelle était peut-être moins sauvage que ce à quoi il avait été habitué (et ce à quoi ma sœur était toujours habituée, apparemment), mais je n'avais pas envie qu'il en parle pour autant. Par chance, il n'ajouta rien. De toute façon, il était plutôt discret sur sa vie en général, ce qui incluait notre intimité.

Anna renifla, un sourire taquin aux lèvres.

– Je veux bien te croire, je vous connais.

Je pâlis, bouche bée, et elle rit en désignant le couloir.

– Ma chambre n'est pas loin de la tienne, tu sais. Peut-être que vous pouvez essayer de vous en souvenir la prochaine fois, dit-elle en haussant les sourcils.

Je couvris mon visage d'une main et me blottis contre Kellan. C'est vrai que j'avais tendance à l'oublier, parfois. Être avec Kellan pouvait être tellement… prenant. Ce fut lui qui lui répondit alors qu'il me caressait le dos.

– On fera un effort, Anna. Merci.

Anna s'esclaffa et me frotta l'épaule.

– Je plaisante, Kiera. Crie autant que tu veux, ça ne me gêne pas. Dieu sait que j'en ferais autant, dit-elle en regardant Kellan des pieds à la tête.

Il secoua la tête et m'embrassa sur le front à nouveau, et Anna me tapota le bras avec un clin d'œil.

– Je vais me coucher, je suis claquée.

Elle tourna les talons et se dirigea vers sa chambre d'un pas léger, les courbes de ses hanches accentuées par son pantalon moulant. Elle était si belle et si provocante… C'était dur de vivre avec quelqu'un d'aussi parfait parfois, mais c'était ma sœur et elle avait volé à mon secours au moment où j'avais le plus besoin d'elle. Elle m'avait aidée à me remettre sur pied quand les deux hommes que j'avais dans ma vie m'avaient quittée. Elle nous avait trouvé un endroit où vivre quand je n'avais nulle part où aller. Elle m'avait aidée à recoller mon cœur brisé quand je m'en croyais incapable. Et elle avait même contribué à ce que je me remette avec Kellan. Elle pouvait bien être excentrique, je l'aimais de tout mon cœur.

– Je serai dehors à la vitesse de la lumière si jamais vous voulez remettre ça, dit-elle par-dessus son épaule.

Je soupirai et Kellan rit de bon cœur.

– Arrête de l'encourager ! Vous ne pourriez pas trouver une autre occupation qu'essayer de me mettre mal à l'aise ?

Il me fit pivoter jusqu'à ce que je sois face à lui.

– Tu n'aurais pas à t'inquiéter de ce genre de choses chez moi. Et je suis sûr que je trouverais plein d'autres moyens de te mettre mal à l'aise.

Il haussa les sourcils et je voulus le frapper une fois de plus, mais son sourire était tellement sexy que je finis par l'embrasser.

Il passa l'après-midi avec moi et m'aida à m'organiser pour la fac. J'allais bientôt rentrer en dernière année, et même si tout était prêt – mon emploi du temps et mes livres –, je ressentais quand même le besoin de tout passer en revue pour me détendre.

J'étais bien incapable de dire pourquoi j'étais aussi anxieuse à l'idée de reprendre les cours. Après seize ans passés à l'école, j'aurais dû avoir l'habitude, mais ce n'était pas le cas. Ma phobie du premier jour d'école m'avait même contrainte à retarder d'un an mon entrée à la fac. Mes parents étaient furax, mais j'étais vraiment trop perturbée. Ma mère s'était fait retirer une tumeur maligne au sein à l'époque et j'avais utilisé cette excuse pour rester à la maison avec elle pendant qu'elle était sous traitement. Elle détestait l'idée que je manque les cours mais cela s'avéra être une bonne chose, car je pus lui prodiguer tous les soins dont elle avait besoin tout en retardant quelque chose qui me terrifiait.

Elle était parfaitement guérie bien avant la fin de l'année scolaire, et elle m'avait suppliée d'arrêter de perdre mon temps et de prendre l'année en cours. Mais j'avais refusé de commencer au début du second semestre. J'aurais même retardé les choses d'une année supplémentaire si je l'avais pu, mais Anna avait piqué une crise et pris les choses en main. Elle m'avait traînée jusqu'au bureau des inscriptions après mon année de pause et m'avait obligée à m'inscrire à l'université de l'Ohio. Et naturellement, une fois inscrite, tout s'était bien passé. Le plus difficile pour moi était toujours de passer la porte, mais j'y travaillais.

Mon année sabbatique fut probablement une bonne chose, finalement. Sans cela, je n'aurais jamais rencontré Denny, et par conséquent, je n'aurais jamais rencontré Kellan. Et même si je détestais la façon dont les choses avaient commencé et le mal qu'on avait fait à Denny, j'étais quand même reconnaissante que le destin m'ait amenée à Seattle.

Kellan trouvait ça mignon que je sois aussi nerveuse. Rien n'avait jamais l'air de le stresser. Il aurait sûrement pu arriver à son premier jour de cours avec trente minutes de retard et nu comme un ver sans que cela lui pose problème. Sa peur à lui, ce n'était ni les endroits ni les gens : c'était les sentiments. Me dire qu'il m'aimait pour la première fois l'avait sûrement terrifié encore plus que tous mes premiers jours d'école réunis. En tout cas, c'était rassurant de savoir qu'il y avait au moins une chose qui le rendait nerveux.

Ma matière principale cette année était la littérature anglaise, et Kellan n'arrêtait pas de m'embêter en me disant que la psychologie sexuelle me conviendrait bien mieux. Il était incorrigible pour ces choses-là, et en même temps, j'étais mal placée pour parler, étant donné le mal que j'avais à me contrôler quand il était près de moi.

Après une journée passée à tout mettre au point, l'heure arriva pour moi d'aller travailler. Tandis qu'on traversait le parking, j'attrapai le trousseau de clés dans sa main.

– Je peux conduire ? demandai-je malicieusement en marchant à reculons pendant que j'essayais de lui arracher les clés.

Il fronça les sourcils et écarta sa main en secouant la tête.

– Hors de question.

Je m'arrêtai et mis mes mains sur les hanches en faisant la moue.

– Et pourquoi pas ?

– Parce que… c'est mon bébé, et je ne la partage pas.

– Je croyais que c'était moi, ton bébé.

Il m'attira à lui en souriant.

– Toi aussi.

Il m'embrassa passionnément, et la sensation familière d'incendie refit son apparition. Je mourais d'envie de retirer son tee-shirt, et j'allais passer mes mains sous le tissu quand il s'écarta de moi.

– Et toi non plus, je ne te partage pas.

Je me sentis fondre comme neige au soleil, et j'allai de bonne grâce m'asseoir du côté passager. Encore perdue dans sa déclaration d'amour, je remarquai à peine qu'on était arrivés au Pete's. C'était un peu ma deuxième maison à Seattle, ou plutôt la troisième : la maison de Kellan serait toujours mon foyer, en dépit des mauvais souvenirs que j'y avais.

Il gara sa Chevelle sur la place qu'il utilisait si souvent qu'elle était officieusement connue comme étant « la place de Kellan », puis coupa le moteur. J'aurais aimé qu'il puisse m'éteindre si facilement. J'étais encore un peu retournée par ce qui s'était passé sur le parking, ce qui n'était pas l'idéal pour commencer mon service. Je sortis de la voiture au moment où il la contournait pour venir ouvrir ma portière, et il fronça les sourcils en voyant que je ne lui avais pas laissé le temps de jouer au preux chevalier. Il me tendit la main et on se dirigea ensemble vers le grand bâtiment rectangulaire où Kellan se sentait tellement bien.

Si je trouvais le bar familier et réconfortant, pour Kellan, c'était un vrai refuge. Il venait pour y jouer, voir ses amis, et à une époque, trouver des filles. Mais je pense qu'il venait surtout ici pour échapper aux dures réalités de la vie et se vider la tête. Au moment où j'étais déchirée entre deux hommes, j'étais venue perturber la tranquillité de son sanctuaire, mais tout était revenu à la normale à présent, et son sourire parlait pour lui au moment où on franchit la porte.

Il me guida galamment à l'intérieur et embrassa le dos de ma main. Il avait toujours un geste tendre quand on entrait dans le bar, que ce soit un bisou sur la joue, ou son bras autour de ma taille. Comme pour annoncer aux personnes présentes que j'étais à lui. Maintenant que notre relation n'était plus secrète, il voulait le montrer à tout le monde. Y compris à Rita, la barmaid qui nous regardait en faisant la tête.

Rita faisait partie du décor au Pete's bien avant l'arrivée du groupe de Kellan. À la seconde où elle avait posé les yeux sur lui, elle avait décidé qu'elle lui mettrait le grappin dessus, peu importe qu'elle soit déjà mariée. Ça me donnait envie de vomir de savoir qu'elle y était parvenue. Elle avait au moins le double de son âge, une peau tannée comme du cuir après trop de rayons UV, des cheveux blonds décolorés et un style vestimentaire qui laissait peu de place à l'imagination. Je n'avais jamais posé de questions à Kellan sur ce qui s'était passé entre eux, et honnêtement, je préférais ne jamais le savoir.

Il lui fit un simple signe de tête pour lui dire bonjour, mais à en juger par sa réaction, c'était comme s'il avait couru jusqu'à elle pour lui lécher le visage. Avec force sourires mielleux et regards de braise, elle se pencha par-dessus le vieux bar qui courait le long du mur à côté des portes d'entrée.

– Salut, Kellan, susurra-t-elle en ronronnant presque. Kiera.

Elle avait clairement du mal à se rappeler mon existence. Je lui adressai un petit sourire satisfait avant de me retourner vers Kellan.

– Je vais mettre mes affaires dans la réserve. Comme d'habitude ?

Il mit une mèche de cheveux derrière mon oreille et se mordit la lèvre d'un air séduisant au possible.

– Oui. Merci, Kiera.

Je souris et m'apprêtais à l'embrasser sur la joue mais il tourna la tête pour m'embrasser sur la bouche. Rita et tous les clients devaient être en train de nous observer, mais je me laissai quand même aller à une petite démonstration d'affection. Je m'interrompis néanmoins brusquement lorsque je sentis sa main descendre pour me pincer les fesses. Kellan n'était pas vraiment du genre subtil en public.

Je le poussai et agitai mon index sous son nez, mais il se contenta de rire et de hausser les épaules avec son sourire qui voulait dire *Je suis innocent.* C'était un mensonge : Kellan était tout sauf innocent, mais son sourire était quand même adorable et je ris en tournant les talons.

Tandis que je me dirigeais vers le couloir, je passai à côté de cinq tablées de femmes dont les yeux allaient de moi à Kellan. Je pouvais sentir leurs regards à chacun de mes pas et je baissai la tête en accélérant un peu. C'était une chose que Kellan soit l'objet de l'admiration du public, mais que les gens jugent si j'étais ou non digne de son affection en était une autre. Et à voir leur air pincé, j'étais loin de satisfaire leurs attentes. Je tentai de ne pas y penser, mais l'ego est une petite chose fragile…

Je soupirai de soulagement en atteignant la réserve, où se trouvaient les casiers des employés. Kate et Jenny étaient sur le point de partir quand j'arrivai. Kate, une fille grande et gracieuse avec la plus parfaite des queues-de-cheval, me fit un grand sourire. Je l'avais déjà vue enchaîner deux services d'affilée deux jours de suite, et elle était toujours super bien coiffée. Je ne savais pas quel produit elle utilisait, mais elle aurait pu être dans une pub pour la marque.

– Salut, Kiera. Il paraît que le concert était génial !

Une longue mèche auburn s'enroula autour de son cou. Il était si fin et si élégant qu'il aurait mérité d'être entouré d'une rivière de diamants.

Je hochai la tête avec enthousiasme.

– Oui, ils ont été incroyables !

Je souris en repensant à quel point Kellan était parfait sur scène. Certaines personnes étaient nées pour être sous le feu des projecteurs, et il en faisait partie. Et je me demandais ce que ça impliquerait pour nous… sur le long terme.

Jenny pencha la tête et me regarda curieusement, son uniforme rouge mettant en valeur les courbes que tant d'hommes admiraient. Elle était absolument adorable, et folle amoureuse d'Evan.

– Ça va, Kiera ?

– Oui, je suis juste nerveuse pour les cours.

Et à l'idée que Kellan devienne une star mondialement connue… C'était bizarre de vouloir que quelque chose arrive à quelqu'un et de le redouter désespérément en même temps. Je voulais vraiment qu'il réussisse, mais je ne voulais pas avoir à le partager. Encore un truc sur lequel il fallait que je travaille… Jenny sourit et me tapota le bras.

– T'inquiète pas, t'es super intelligente, tu vas cartonner.

Je hochai la tête en me sentant ridicule. Jenny avait raison, et Kellan aussi : à la fac, j'étais sur mon terrain. Je connaissais les étudiants, les profs, et j'avais une bourse qui couvrait pour ainsi dire tous mes frais de scolarité. Je n'avais rien à craindre, à part ma peur.

– Tu es bien plus intelligente que moi, ajouta Kate. J'ai laissé tomber au bout d'un semestre. Au fait, Kellan est là ? Je voudrais lui demander comment était le concert.

Je souris en imaginant Kellan assis sur sa chaise, centre d'attention tandis qu'il attendait que je lui apporte sa bière.

– Oui, il est là.

Elles rirent en voyant mon sourire niais et quittèrent la pièce en même temps. Quoi ? Mon copain était un musicien super sexy avec un corps à se damner et mon nom tatoué sur la poitrine. Il y avait de quoi sourire. Je mis mes affaires dans un casier et m'attachai les cheveux à la hâte. C'était loin d'être aussi parfait que la queue-de-cheval de Kate... Les dimanches soir étaient généralement assez calmes étant donné que le groupe ne jouait pas, mais il y avait quand même pas mal de clients, et c'était pratique de ne pas avoir les cheveux dans la figure.

Quand je retournai dans la salle principale, je vis que Kellan n'était plus seul : confortablement installé sur sa chaise, il discutait avec Sam, le videur. C'était une armoire à glace avec le crâne rasé et un air intimidant qui, ajouté à sa carrure, le rendait encore plus menaçant. Sam et Denny étaient devenus amis quand celui-ci était venu passer un an dans un lycée de Seattle. C'était lui qui avait hébergé Denny après notre rupture, quand il ne voulait plus vivre chez Kellan (ce qui était compréhensible, étant donné les circonstances) et depuis, ils continuaient à se donner des nouvelles de temps en temps.

Kellan aussi était allé au lycée avec eux, et c'était là qu'ils s'étaient rencontrés. Même si Kellan était un peu plus jeune, il n'avait pas tardé à devenir très proche d'eux, et lui aussi était toujours en contact avec Denny, ce qui ne manquait jamais de m'impressionner.

Heureusement, Kellan et Sam parlaient de sujets bien plus agréables que le drame de l'an dernier. Kellan souriait de toutes ses dents et gesticulait de temps en temps, et Sam l'écoutait avec un petit sourire. À en juger par son expression, Kellan devait sûrement être en train de lui parler du concert, et je me dirigeai vers le comptoir pour aller chercher sa bière. Je n'arrivais toujours pas à croire qu'il avait joué à un festival aussi important. Même si ça devait rester le seul gros concert du groupe, ça serait quand même une super histoire à raconter à ses petits-enfants. Je souris encore plus en m'approchant de Rita. Kellan avec des enfants... Rien que l'idée me donnait la chair de poule.

Quelques heures plus tard, le reste du groupe arriva. Kellan était au bar quand ils firent leur entrée, coincé par Kate, qui voulait tout savoir sur le concert. Il lui parlait comme si ce n'était rien de spécial, mais Kate insistait et lui posait mille questions, la plupart du genre « Est-ce que tu étais stressé ? », ou encore « Tu n'as pas cru que tu allais te pisser dessus ? ». Kellan riait en lui assurant que non, mais elle n'avait pas l'air de le croire.

Après un long interrogatoire, il eut presque l'air soulagé quand il se retourna et vit que les autres membres étaient là. Une fois les quatre garçons réunis, il y eut une explosion d'applaudissements et de sifflets dans le bar, et je me joignis aux autres, aussi fière d'eux que les habitués. Evan regardait autour de lui en souriant, d'un air heureux et reconnaissant. Matt avait l'air terriblement gêné et il rougit en regardant vers l'issue de secours, comme s'il voulait se sauver. Kellan rit et leva la main en l'air pour remercier tout le monde. Ils avaient tous l'air émus, en tout cas.

Tous, sauf Griffin, bien sûr. Il envoyait des baisers à la ronde entre deux saluts théâtraux, et si Kellan ne lui avait pas donné un coup dans les côtes pour qu'il arrête son cirque, il se serait sûrement lancé dans un discours digne des Oscars.

Une fois que les bruits se calmèrent, Kellan remercia calmement la foule, et Matt se dirigea à grands pas vers leur table, ravi de pouvoir s'esquiver. Evan rit et alla retrouver Jenny pour la serrer dans ses bras.

– Ma nouille accepte avec plaisir toutes les formes de compliments… Si quelqu'un veut me féliciter en privé.

C'était Griffin, bien sûr, et Kellan le poussa en avant pour lui faire fermer son clapet, le tout accompagné d'une tape à l'arrière de la tête. Ma sœur devait vraiment avoir une case en moins pour sortir avec ce type. Si toutefois on pouvait appeler ça « sortir ».

Une fois les garçons installés, Pete, le patron du bar, vint les féliciter. Avec un sourire quasi imperceptible, il leur serra la main chacun leur tour. S'il n'avait pas l'air trop inquiet à l'idée de perdre le groupe, il n'avait pas l'air ravi non plus.

Kellan m'avait expliqué une fois qu'il était nul pour trouver des groupes, et que c'était pour ça que les D-Bags jouaient si souvent au bar. Pete et son associé Sal avaient conclu un marché avec le groupe en leur accordant l'exclusivité tous les week-ends. Ça leur donnait un endroit où jouer régulièrement et où conserver leurs instruments en toute sécurité, et ça évitait à Pete et Sal de chercher des nouveaux groupes susceptibles d'attirer des clients. Tout le monde était gagnant, car les D-Bags attiraient du monde.

À en juger par le léger froncement de sourcils de Pete lorsqu'il serra la main de Kellan, c'était évident qu'il commençait à se dire que le groupe était susceptible de vraiment décoller. Ce qui voudrait dire chercher un remplaçant.

Puis Pete regagna son bureau en donnant une tape dans le dos d'Evan au passage et le bar reprit son activité habituelle. La plupart des gens reprirent leurs conversations, et quelques rares clients allèrent féliciter les garçons en personne. Par chance, personne ne félicita Griffin de la manière dont il l'avait suggéré un peu plus tôt. Quelques fans dévisageaient Kellan, mais ce n'était rien d'autre que les regards amourachés habituels. Cependant, aucune ne semblait assez courageuse ou soûle pour aller à sa table, ce qui me convenait très bien.

Plus tard dans la soirée, les D-Bags finirent par quitter le bar un par un. Matt partit en premier, une heure ou deux après être arrivé, en nous disant avec un sourire timide qu'il avait des projets avec Rachel. Griffin leva les yeux au ciel tandis que son cousin partait, tout en mimant des gestes répugnants. Par chance, il partit une heure plus tard, au bras d'une bimbo blonde qui le regardait d'un air provocateur. Elle allait sans doute lui donner ce qu'il avait réclamé en début de soirée… Je fis en sorte d'ignorer le fait qu'il partait au bras d'une autre fille. Ça arrivait tout le temps, après tout. J'en avais parlé à Anna une fois mais elle s'était contentée de hausser les épaules en disant qu'elle s'en moquait. Il était libre de faire ce qu'il voulait, et elle aussi.

Evan resta jusqu'à la fermeture et partit avec Jenny à la fin de son service. Kellan aussi était encore là, les pieds sur une chaise, occupé à me regarder avec un petit sourire provocant pendant que je nettoyais les tables. Et Rita, de son côté, le regardait d'un air tout aussi provocant.

Oui… tout était revenu à la normale.

Kellan nous ramena chez lui à la fin de la soirée, bien décidé à ne pas passer une autre nuit dans mon vieux lit. Il avait un petit sourire paisible sur les lèvres en tournant dans sa rue et je ne savais pas si c'était parce qu'il était content de retrouver son chez-lui ou si c'était parce que j'étais là. Sans doute un peu les deux.

Sa petite maison était plongée dans l'obscurité lorsqu'on arriva dans l'allée. Quand on y vivait tous les trois, Kellan, Denny et moi, cela débordait toujours d'activité, mais c'était plus calme maintenant qu'il n'y avait plus que Kellan. Alors qu'il ouvrait la porte, je me dis que c'était peut-être pour ça qu'il souriait : parce qu'il allait y avoir quelqu'un ce soir. Kellan préférait une maison animée : je l'avais découvert en lui demandant s'il avait prévu de relouer la chambre d'amis.

– J'y ai pensé… Mais j'ai toujours l'impression que c'est ta chambre, et je ne veux pas que quelqu'un d'autre l'occupe.

Ses mots m'avaient vraiment émue, et je lui avais ensuite demandé s'il n'avait pas besoin de l'argent du loyer.

– Je n'ai jamais loué la chambre pour l'argent, avait-il répondu. C'est juste parce que je n'aime pas être seul.

Il avait vraiment le don de me briser le cœur, parfois.

Une fois dans l'entrée, mes yeux balayèrent l'espace familier. D'un côté, j'adorais être ici avec Kellan, et j'adorais les souvenirs des moments passés avec lui à nous faire des câlins sur le canapé ou à faire l'amour dans sa chambre… mais il y avait Denny. C'était comme si son spectre planait toujours aux endroits où il s'était tenu : appuyé contre le plan de travail avec une tasse de thé… allongé dans le canapé à regarder la chaîne des sports… dans la salle de bain pour prendre une douche, parfois avec moi… Notre chambre, la première chambre que nous avions partagée en tant que couple, était la chambre que Kellan refusait de louer à nouveau. C'était là que son fantôme était le plus présent, si oppressant que je refusais d'entrer dans la pièce. Je ne pouvais même pas regarder la porte, et en passant devant pour aller dans la chambre de Kellan, je me dis que lui non plus n'y entrait sûrement jamais.

Il posa sa guitare dans un coin de la pièce et me regarda m'asseoir sur le lit. Puis ses yeux allèrent se poser sur la porte fermée de l'autre côté du palier.

– Ça va ?

Je souris avec tout l'enthousiasme dont j'étais capable, et le visage de Kellan s'illumina.

– Bien sûr que ça va.

C'était presque vrai. J'avais tiré un trait sur Denny et j'avais doucement commencé à me pardonner de lui avoir été infidèle. Mais c'était parfois difficile d'être là et Kellan le savait. Je pense que c'était pour ça qu'il ne me mettait pas davantage la pression pour que je vienne vivre chez lui. Je n'étais pas encore prête à affronter ces fantômes tous les jours. Il vint s'asseoir à côté de moi et posa une main sur ma cuisse, ce qui m'excita immédiatement.

– Je suis content que tu sois là, murmura-t-il.

– Je n'avais pas le choix, dis-je en le prenant par le cou. Tu n'as pas voulu me laisser conduire, je te rappelle.

Il rit et se pencha vers moi pour m'embrasser, et je me laissai aller contre les oreillers en l'entraînant avec moi.

Une seconde plus tard, ses mains couraient sur moi tandis que son corps se collait contre le mien. Je me mis à penser à toutes les femmes qui avaient eu envie de lui ce week-end, toutes les femmes avec qui il avait flirté l'espace d'un instant, ou à qui il avait juste dit bonjour, ou qu'il avait parfois complètement ignorées, et je sentis mon cœur enfler dans ma poitrine. Il ne voulait pas d'elles. C'était moi qu'il voulait. Moi qu'il aimait. Et Dieu sait que je l'aimais aussi.

3

Distractions

Il faisait encore noir dans la chambre quand j'ouvris les yeux. La lumière de la lune filtrait à travers la fenêtre, éclairant faiblement les objets qu'il avait accumulés avec les années. Il n'y avait pas grand-chose : quelques livres de poche dans la bibliothèque, quelques CD, le poster des Ramones que je lui avais acheté l'été précédent. En plus d'un peu de monnaie et de blocs-notes usés jusqu'à la corde, la seule chose présente sur la commode était un pot de gel. Apparemment, c'était une femme au lycée qui le lui avait fait découvrir et depuis, il n'avait utilisé que ça pour « mettre un peu d'ordre » dans sa tignasse. À en juger par l'éclat dans ses yeux, j'étais quasi sûre que les mots « femme » et « découvrir » n'étaient pas juste liés à du produit pour les cheveux… J'avais toujours un peu peur des histoires concernant ses années de lycée.

À part nos vêtements éparpillés sur le sol, la seule chose qui attirait l'œil dans sa chambre était ses guitares. Sa guitare principale, encore dans l'étui noir, était appuyée contre le mur à côté d'une autre guitare bien plus ancienne, dont il ne se servait jamais. C'était la première qu'il avait eue, et le seul objet qu'il avait emmené avec lui à Los Angeles quand il était parti. C'était sans doute la seule chose de son enfance qui lui rappelait de bons souvenirs. Et puisque ses parents s'étaient débarrassés de toutes ses affaires quand ils avaient emménagé dans cette maison dont il avait hérité, c'était de plus son seul souvenir matériel. Son enfance aussi me faisait toujours un peu peur, mais pour d'autres raisons.

Tout en jouant avec la guitare en argent que je portais autour du cou, un cadeau de Kellan qui ne me quittait jamais, je tournai la tête pour regarder ce qui m'avait réveillée. Enroulé dans les draps, les sourcils froncés et l'air apeuré, Kellan remuait dans tous les sens à côté de moi, en secouant la tête et en murmurant des mots incompréhensibles. Je tendis la main pour lui toucher la joue mais il tressaillit comme si je lui avais fait mal.

– Kellan… Tu es en train de faire un cauchemar, réveille-toi.

Il serra le drap dans son poing et sa respiration s'accéléra tandis qu'il secouait la tête en gémissant. Je me calai à côté de lui pour le prendre dans mes bras et le réconforter, et, en passant un bras autour de son torse, je sentis à quel point son cœur battait vite. Les larmes me montèrent aux yeux tandis que je me demandais de quoi il pouvait bien être en train de rêver. Avec lui, ça pouvait être tout un tas de choses plus horribles les unes que les autres.

– Réveille-toi, c'est juste un mauvais rêve.

– Non… S'il te plaît… dit-il d'une voix entrecoupée.

Il détourna la tête en grimaçant et se roula en boule, et je le secouai doucement.

– Kellan, réveille-toi.

Il tremblait de tous ses membres et respirait avec difficulté. Au moment où j'allais allumer sa lampe de chevet, il ouvrit les yeux et se redressa sur ses coudes. Ses yeux étaient écarquillés et il avait l'air complètement perdu, comme s'il ne savait plus où il était. Il déglutit plusieurs fois et je pris son visage entre mes mains pour l'obliger à me regarder.

– Kiera ? demanda-t-il en plissant les yeux.

– Je suis là. Tout va bien, c'était juste un cauchemar.

Il se détendit un petit peu et ferma les yeux en secouant la tête.

– Juste un cauchemar, murmura-t-il.

Je sentis mon cœur se serrer en voyant son visage. Les cauchemars de Kellan n'étaient pas juste des mauvais rêves : ils étaient des souvenirs affreux qui revenaient à la surface. Je ne connaissais pas les détails du calvaire qu'il avait vécu, mais je savais que ça l'avait terrifié.

Il prit plusieurs grandes respirations pour se calmer, puis il leva les yeux vers moi.

– Désolé de t'avoir réveillée, dit-il en se passant une main tremblante sur le visage.

Je le pris dans mes bras et serrai mon corps nu contre le sien de toutes mes forces. Il m'entoura de ses bras et je pus une nouvelle fois sentir les battements rapides de son cœur.

– Ça ne fait rien.

Je l'embrassai sur la joue en attendant qu'il retrouve complètement son calme. Il se redressa contre les oreillers et se pinça les ailes du nez comme s'il avait mal au crâne.

– Tu veux en parler ?

– J'étais à la maison et mon père…

Il s'interrompit et avala sa salive.

– Ce n'est rien. C'était juste un rêve.

Je me mordis la lèvre pour retenir un soupir. Il n'aimait vraiment pas évoquer son passé, et je savais que j'étais la seule personne au monde à qui il en avait réellement parlé. Evan savait qu'il avait été battu, – un soir Kellan le lui avait dit après avoir trop bu – et Denny aussi était au courant, puisqu'il en avait été le témoin une fois. Mais Kellan ne leur avait jamais raconté que son père n'était pas son père biologique. Personne ne savait que sa mère avait été infidèle à son mari et qu'elle s'était retrouvée enceinte d'un autre homme, puis que cette horrible femme avait prétendu avoir été violée. À cause de ce mensonge, ou peut-être à cause de la vérité, l'homme qui avait élevé Kellan l'avait brutalisé sans cesse, et sa mère n'avait rien fait pour l'en empêcher.

Je les détestais tellement tous les deux.

– Tu es sûr que tu ne veux pas en discuter ?

Il s'étira en prenant une grande inspiration puis il rouvrit les yeux et me fit rouler sur le côté. Il vint se presser contre moi et posa une main sur ma joue avant de m'embrasser dans le cou.

– Certain. Assez parlé.

Mon cœur se mit à battre plus vite tandis que sa main descendait progressivement. Je savais qu'il utilisait mon corps pour se vider la tête, mais j'étais incapable de lui résister. Il me fit rouler sur le dos et vint au-dessus de moi tout en couvrant ma gorge de baisers. Ma respiration s'accéléra tandis qu'il me caressait tout en prenant soin d'éviter les endroits que j'avais vraiment envie qu'il touche. Ça me rendait folle, et lorsqu'il se mit à embrasser la base de mon cou, je poussai sa tête pour qu'il descende plus bas. Il rit mais s'exécuta néanmoins, et au moment où sa bouche se posa sur la pointe de mon sein et où sa langue commença à la titiller, on avait tous les deux oublié son cauchemar.

Je criai et cambrai mes hanches vers lui, ce qui lui arracha un long soupir de satisfaction. Il avait l'air aussi ravi de me donner du plaisir que je l'étais d'en recevoir. Tandis que ses dents se promenaient délicatement sur mon corps pour me mordiller, il glissa doucement sa main entre mes jambes. J'étais déjà prête pour lui. À vrai dire, j'étais dans un état constant de semi-excitation rien qu'en étant à côté de lui. Puis le mouvement de son doigt se mit à faire écho à celui de sa bouche et je grognai. J'étais tellement dépassée par mes propres sensations que j'étais incapable de dire quoi que ce soit de cohérent. Sa bouche passa à mon autre sein et je fermai les yeux dans un gémissement, incapable de lutter.

Kellan grogna doucement à son tour, et sa langue passa de ma poitrine à mon cou. Son doigt aussi changea de position, glissant enfin en moi. Je gémis de nouveau et l'embrassai passionnément, et quand un second doigt rejoignit le premier, je geignis en lui tirant les cheveux. Son pouce vint s'ajouter pour décrire des cercles autour du point le plus sensible de mon anatomie. Je criai une fois de plus et m'agrippai à ses épaules en essayant de l'attirer au-dessus de moi, mais il résista en riant doucement.

– J'adore voir à quel point tu as envie de moi.

Je me tortillai avant de me remettre à bouger en parfaite harmonie avec le rythme de sa main. Je détestais la facilité avec laquelle il me transformait en un tas d'hormones suppliant… mais j'adorais ça en même temps.

– J'ai envie de toi… maintenant… s'il te plaît.

Je pouvais le sentir sourire tout en m'embrassant. Il adorait que je demande, et lorsqu'il pressa son corps contre le mien, je pus sentir à quel point il avait envie de moi, lui aussi. Il retira sa main et vint se placer entre mes jambes, et je sentis son sexe dur tout contre moi. Je gémis mais il ne fit rien, à part continuer à m'embrasser.

C'était une torture exquise et délicieuse, mais c'était de la torture quand même. Le sentir si proche de moi me rendait folle, et j'essayais de tout faire pour qu'il se mette dans la position que je voulais, sans succès.

Il avait le souffle court, la bouche brûlante, et il grogna tandis que ses doigts exploraient mon corps. Il murmura mon nom en enfouissant sa tête dans mon cou, et je fis descendre ma main le long de son abdomen, incapable de résister une seconde de plus. J'enroulai mes doigts autour de son sexe et je le sentis pulser. Je perçus une légère humidité sur mon pouce en caressant sa verge, et il referma son poing sur le drap.

– J'ai tellement envie de toi, murmura-t-il.

Il décala légèrement ses hanches et plongea enfin en moi, nous faisant tous les deux jubiler de passion et de soulagement. Puis on commença à bouger ensemble, nos lèvres cherchant celles de l'autre entre deux respirations. Il ne tarda pas à m'amener au bord de l'orgasme, et mes cris devenaient plus intenses à chaque nouveau coup de reins. Au moment où j'arrivais au point de non-retour, il s'immobilisa soudain. J'enfonçai mes doigts dans la peau de son dos pour qu'il recommence, mais il ne bougea pas.

– Attends, Kiera, murmura-t-il d'une voix tendue.

Je ne savais même pas si j'en étais capable. J'avais l'impression que j'allais exploser, et je crus que j'allais me mettre à pleurer au moment où il recommença à bouger. C'était comme un incendie qui faisait rage en moi. Je n'avais jamais rien connu d'aussi bon. Il recommença deux fois son petit manège, puis il se remit à bouger sans plus s'arrêter cette fois. Je pense qu'il aurait été incapable de stopper, même si je le lui avais demandé. Il râla d'une manière si érotique que je me contractai instantanément autour de lui et que je jouis enfin. Il cria et je le sentis jouir à son tour. Après quelques derniers va-et-vient, il s'immobilisa et se laissa aller contre moi, à bout de souffle.

J'avais la tête qui tournait légèrement et je fermai les yeux en le serrant dans mes bras. Quand nos deux respirations reprirent un rythme normal et que notre température corporelle redescendit de quelques degrés, je baissai les yeux sur lui : il n'avait pas bougé d'un millimètre… et il était toujours en moi. Inquiète qu'il s'endorme comme ça, je le poussai légèrement.

– Tu as l'intention de bouger ?

Il maugréa avant de s'étirer, sans se retirer pour autant.

– Nan. Je suis bien, merci.

Je ris en lui caressant les cheveux.

– Tu ne peux pas rester là éternellement, tu sais.

– Je nous fais juste gagner du temps, dit-il avec un grand sourire. Tu sais, quand tu seras prête pour la deuxième mi-temps…

Je levai les yeux au ciel, et même si une partie de moi y pensait, je le poussai. Il rit et se retira enfin avant de s'allonger près de moi.

– C'était juste pour rendre service, murmura-t-il.

Il déposa un baiser sur mon épaule et ferma les yeux, et j'embrassai son front en soupirant. Blottie contre lui, je repensai à son visage avant nos ébats. Ce qu'il venait de faire pour se changer les idées avait été un vrai délice, mais maintenant que c'était fini, j'y pensais de nouveau. J'espérais que lui n'y pensait plus, en revanche.

– Ça va ? demandai-je en lui caressant le torse.

Je ne voulais pas le lui rappeler mais je voulais quand même m'assurer qu'il allait bien, et il émit un petit raclement de gorge satisfait.

– Ça va très, très bien, dit-il avec un sourire joueur.

Je lui donnai une tape sur l'épaule et il ouvrit un œil. En voyant mon air sérieux, son sourire s'évanouit.

– Je vais bien, Kiera, assura-t-il.

Je hochai la tête, me pressai contre lui, et il passa un bras autour de moi.

Je gardai un œil sur lui les nuits suivantes, étant donné que je couchais chez lui presque tous les soirs, mais il dormit à poings fermés. Il remuait un peu dans son sommeil, comme tout le monde, mais on était loin de l'agitation caractéristique d'un cauchemar.

C'était réconfortant de sentir son corps près du mien lorsque je commençais à m'endormir, mais je pense que c'était encore bien plus important pour Kellan. Parfois, il me rejoignait au petit matin après un concert dans un bar ou une boîte des environs de Seattle. Son excuse était qu'il n'aimait pas se glisser dans un lit froid. Ou plutôt, sa formulation exacte était « Si je dois me coucher aux aurores, je préfère être réchauffé par ton corps tout nu et si sexy ».

En réalité, je ne dormais pas nue, sauf si Kellan me mettait au lit comme ça. Autrement, je portais toujours un pyjama, une habitude dont il essayait de me débarrasser.

– Pourquoi tu mets ça en sachant que je vais te l'enlever ? demandait-il toujours.

Mais en réalité, tout ce qu'il voulait, c'était être au chaud avec moi plutôt que d'avoir froid seul dans son lit.

Après plusieurs jours passés à l'observer pendant son sommeil, je finis par arrêter de m'inquiéter à propos de ses cauchemars, et au lieu de ça, je commençai à stresser de plus en plus à l'idée de reprendre les cours. J'avais un emploi du temps chargé cette année, ce qui voulait dire que j'allais devoir passer tout mon temps libre à réviser. Et même si je faisais partie de ces personnes un peu bizarres qui adorent l'université, j'étais loin d'être enchantée par le fait que je n'allais pas avoir une minute à moi. Heureusement, Kellan était patient et il m'aidait toujours à réviser (quand il n'essayait pas de me distraire), et comme il ne travaillait pas la journée, on réussirait quand même à passer pas mal de temps ensemble.

Cela dit, je pensais ce que je lui avais dit, à propos du fait de vivre avec ma sœur et de l'équilibre que cela m'avait apporté. Je savais que j'avais besoin de passer du temps avec d'autres personnes. C'est pour ça que j'avais accepté d'aller à un cours de dessin avec Jenny et Kate. On se retrouvait tous les lundis et tous les mercredis matin, et on en profitait souvent pour prendre un café ensemble avant le début du cours.

Le dernier cours eut lieu le lundi avant la rentrée. Heureusement qu'on n'était pas notés, sinon, j'aurais eu mon premier zéro pointé.

– C'est un choix de couleurs… intéressant, mademoiselle Allen.

Le cours était dirigé par une charmante prof d'art à la retraite qui enseignait désormais chez elle. Elle me donna une petite tape dans le dos en me faisant le seul compliment possible sur mon saladier de fruits tropicaux digne de l'école élémentaire. J'avais beau avoir passé trois semaines à travailler dessus, on aurait dit l'œuvre d'un enfant de six ans.

Puis elle alla voir Kate et fit l'éloge des parfaites proportions de son travail. Je me demandai soudain si elle avait été en poste au moment où Kellan était au lycée et s'il avait été son élève. Peut-être qu'il avait suivi son cours et qu'elle l'avait complimenté sur ses représentations du corps féminin. Et si elle avait appris à Kellan autre chose que le dessin ?

Un rire vint me tirer de mes sombres pensées, et je tournai la tête vers Jenny, qui m'observait.

– Ce n'est pas si mal, Kiera, dit-elle en pointant ma tentative de reproduction du courant réaliste du bout de son crayon. On dirait presque… du Picasso.

Je fronçai les sourcils puis ne tardai pas à rire avec elle. Ce n'était pas vraiment ce que j'avais essayé de faire mais en même temps, l'art était subjectif. Une croûte pour certains était une toile digne d'un Monet pour d'autres, alors peut-être que j'avais un avenir, après tout ? Je ne tardai pas à changer d'avis en voyant le dessin de Jenny : de nous toutes, c'était elle, la véritable artiste. Cela faisait longtemps qu'elle avait laissé tomber les natures mortes pour se consacrer au portrait, et ce qu'elle avait créé juste avec un crayon me laissa sans voix.

Elle avait dessiné un portrait du groupe sur scène : Griffin et Matt qui jouaient de la guitare, Evan avec un grand sourire à la batterie, et Kellan qui chantait dans le micro. Elle avait même réussi à capturer le sourire sexy de Kellan lorsqu'il chantait. C'était exceptionnel, et je soupirai.

– C'est génial, Jenny. Tu es vraiment douée.

– Merci, dit-elle avec un grand sourire.

Elle effaça une ligne sur la guitare de Matt et se tourna vers moi.

– Je pensais demander à Pete de l'accrocher dans le bar, pour rendre hommage aux garçons, dit-elle en plaisantant.

– Je pense que c'est une super idée. Ça leur ferait vraiment plaisir, tu sais.

Elle hocha la tête et se remit au travail. En voyant sur quel mec elle travaillait, je ne pus m'empêcher de renifler.

– Tu devrais dessiner une fille seins nus quelque part pour Griffin.

– C'est clair, dit-elle en riant. Il y a quoi entre lui et ta sœur ? Ils sont ensemble ou pas ?

Je haussai les épaules en regardant mes fruits mal dessinés.

– Aucune idée. Ils se comportent comme s'ils n'étaient pas ensemble, en tout cas. Et s'ils le sont, ils ne sont certainement pas monogames. Mais ils… enfin, ils se voient souvent.

– Je sais. Il en parle à chaque fois. Je lui ai demandé ce qu'il y avait entre eux et il a répondu que…

Elle se mordit la lèvre et ne finit pas sa phrase. Je n'étais pas sûre de vouloir savoir ce que Griffin disait sur ma sœur.

– Il a dit quoi ? finis-je par demander prudemment.

Elle soupira en évitant mon regard puis regarda autour d'elle, ce qui n'était vraiment pas bon signe.

– Il a dit que c'était son plan cul, dit-elle à voix basse en se penchant vers moi.

Puis elle fit une grimace en levant les yeux au ciel et je laissai échapper un petit bruit dégoûté. En voyant mon air, Jenny secoua la tête et recommença à dessiner.

– Je sais… C'est vraiment un abruti.

Elle posa sa gomme au niveau de sa taille et sourit méchamment.

– Peut-être que je devrais le castrer ?

J'éclatai de rire, et toute la classe se tourna vers moi. Je devins écarlate et me cachai la tête dans les mains, sans pouvoir m'arrêter de rire. Si seulement c'était aussi simple.

Ni Kellan ni moi ne travaillions ce soir-là, et j'allais chez lui après mon cours. Sur la route, je me rendis compte à quel point c'était rare qu'on ait une soirée à deux. Ça n'arrivait presque jamais. Peut-être que Kellan avait demandé à Matt de ne pas prévoir de concert pour la soirée en sachant à quel point j'étais nerveuse de reprendre la fac. Ça ne m'aurait pas étonnée.

Jenny et Kate me déposèrent chez lui. J'avais toujours la vieille Honda de Denny, mais Anna s'en servait tout le temps. Elle demandait toujours l'autorisation, mais en réalité, j'étais soulagée qu'elle l'utilise autant. Ça faisait de la Honda sa voiture, et non la voiture de mon ex, et de toute façon, j'étais nulle quand il s'agissait de conduire une manuelle.

La porte était fermée à clé à mon arrivée, signe que Kellan était sorti. Sa voiture était dans l'allée, il avait donc dû profiter du soleil pour aller courir, et je fouillai dans mon sac à la recherche de la clé. On avait échangé un double récemment, « une nouvelle étape », selon Kellan. Surprise par le froid qui régnait dans la maison, je posai mon énorme sac par terre avec soulagement. J'avais supposé que je resterais dormir, et j'avais donc apporté tout ce dont j'avais besoin pour le lendemain : des vêtements, mes livres et mes affaires de cours.

Je vérifiai mon sac de cours pour la centième fois. Pile au moment où je me demandais si j'avais bien pris mon bouquin de littérature, la porte s'ouvrit et Kellan apparut sur le seuil. Il avait dû avoir chaud pendant son footing car il avait jeté son tee-shirt sur son épaule et son corps musclé ruisselait de sueur. Il prit son tee-shirt pour s'essuyer le visage, encore à bout de souffle, et ses abdominaux se contractaient d'une telle façon que je ne pouvais pas en détacher mon regard.

– Tu es vraiment obsédée, tu sais ? dit-il en riant.

Je rougis instantanément, mais il montra mon sac du doigt.

– Je suis sûr que tout va bien se passer.

– Je sais, dis-je en levant les yeux au ciel. Je ne sais pas pourquoi je me rends malade comme ça.

Il ferma la porte d'entrée en souriant et je le matai discrètement.

– Je sais comment te changer les idées.

– Vraiment ? demandai-je en voyant la lueur dans ses yeux.

Il me rejoignit et passa son bras autour de ma taille.

– Ah bon ? dis-je en posant une main sur son torse.

Il haussa les sourcils et me regarda de haut en bas.

– Laisse-moi juste prendre une douche, dit-il en riant avant de m'embrasser sur la joue.

Je hochai la tête puis le regardai passer à côté de moi en me demandant ce qu'il allait bien pouvoir me faire. Il me donna une tape sur les fesses avant de monter l'escalier quatre à quatre, et je gagnai le salon en essayant de penser à autre chose qu'à lui sous la douche. Entendre l'eau couler n'aidait pas, et je m'obligeai à allumer la télé et à me concentrer sur un reportage sur la faune marine.

Au moment où je commençais à être vraiment intéressée, il revint au rez-de-chaussée et je ne l'entendis pas arriver, complètement absorbée par le documentaire. Pas habitué à ce qu'on l'ignore, il grommela et se pencha pour m'embrasser dans le cou et je sursautai en sentant ses lèvres sur ma peau. Puis je souris, fermai les yeux et inclinai la tête pour lui offrir un meilleur angle.

– C'est comme ça que tu as prévu de me distraire ?

Il rit, m'attrapa par la taille et me fit me lever du canapé.

– Non. J'ai une meilleure idée.

Il portait mon tee-shirt préféré, un tee-shirt bleu qui mettait incroyablement ses yeux en valeur, et je fis la moue.

– Quoi, tu ne veux pas jouer avec moi ?

Je pensais vraiment que c'était ce qu'il avait prévu. Il sourit d'un air qui me donna envie d'arracher ses vêtements, tout en secouant la tête.

– J'ai bien l'intention de jouer avec toi, dit-il en me prenant la main pour m'emmener dans la cuisine. Mais pas comme ça. Enfin, pas tout de suite.

Il me fit m'asseoir à table et m'embrassa sur la joue, et je fronçai les sourcils en me demandant ce qu'on fichait là. Kellan fouillait dans les tiroirs en chantonnant, avec un petit sourire. Au moment où j'allais lui demander ce qu'il cherchait, il poussa un petit cri de joie et attrapa quelque chose, qu'il brandit triomphalement.

– Un jeu de cartes ? On va passer l'après-midi à jouer à la belote ?

– La belote ? Tu nous prends pour des retraités ou quoi ?

Il sortit les cartes de leur boîte, les mélangea et vint s'asseoir en face de moi.

– Non, on va jouer au poker.

– Je suis nulle au poker.

– Ça tombe bien, parce qu'en vrai, on va jouer au strip poker.

Je me levai immédiatement mais il attrapa ma main.

– Allez… Ça va être drôle, promis.

Je me rassis avec hésitation.

– Kellan… Je ne suis vraiment pas sûre…

– Tu as déjà joué, au moins ?

– Non, dis-je après un soupir.

Il sourit et hocha la tête sans cesser de battre les cartes.

– Tant mieux, ce sera une nouvelle expérience. Tu sais que j'adore te faire découvrir de nouvelles choses.

Il posa sur moi un regard de braise et soudain, j'eus envie de jouer comme si ma vie en dépendait. Je ne me souvenais même plus à quoi il voulait m'empêchait de penser, preuve que sa tactique était efficace. Je ramenai mes cheveux derrière mes oreilles et fis un geste en direction des fenêtres grande ouvertes.

– Et les voisins ?

– Quoi, les voisins ?

– Je ne veux pas qu'ils me voient.

Il se leva en riant et alla baisser les stores.

– C'est mieux ?

Je hochai la tête, sans réussir à croire que je m'apprêtais réellement à faire ça.

– Ça t'aide si je te dis que je ne suis pas très doué non plus ? Je suis souvent le premier à finir à poil.

– Tu as déjà joué ?

Question stupide. C'était Kellan après tout, le mec pour qui faire un plan à trois était aussi banal qu'aller acheter un litre de lait. Bien sûr qu'il avait déjà joué au strip poker. À ça et à tout un tas de trucs que je préférais ne pas savoir.

Il se contenta de sourire et de hocher la tête d'un air amusé, puis il entreprit de distribuer les cartes et de m'expliquer les règles. Je soupirai en l'écoutant et me félicitai intérieurement de porter plusieurs couches légères de vêtements.

Au cours de l'après-midi, je perdis mes chaussures, mes chaussettes, mon jean, et tous mes hauts à part mon tee-shirt à manches courtes. Kellan n'était pas mieux : il avait dû retirer son tee-shirt dès la première partie, et son jean après une tentative de bluff vraiment nulle. Heureusement que les filles avaient tendance à porter davantage de vêtements. Plus détendue qu'au début du jeu, je ris en le voyant se baisser pour retirer sa dernière chaussette après lui avoir triomphalement collé une paire de reines sous le nez.

– Me faire avoir par la reine… C'est l'histoire de ma vie.

Je ris et redistribuai les cartes. Il rangea ses cinq cartes dans sa main sous la table et les étudia avec une expression indéchiffrable sur le visage. Non pas que je regardais vraiment son visage : son torse nu était bien trop tentant. Il avait l'air parfaitement à l'aise, presque nu à côté du réfrigérateur, et j'essayai d'adopter la même attitude décontractée, mais c'était bizarre d'être assise à la table du petit déjeuner en ne portant rien d'autre qu'une culotte et un tee-shirt. Je jouais avec mon collier en étudiant mes cartes : ce n'était pas mauvais, mais ce n'était pas génial non plus. Il me fallait trois cartes, et de la chance. Je levai les yeux et vis que Kellan me dévisageait avec un petit sourire.

– Nerveuse ?

Son regard se porta sur mon collier et j'arrêtai immédiatement de jouer avec. À vrai dire, la perspective de retirer mon tee-shirt me rendait bien plus nerveuse que mes cartes. En revanche, si je gagnais, Kellan devrait enlever son boxer. Et j'étais prête à parier qu'il n'en portait qu'un seul. Je souris à cette idée et secouai la tête.

– Non. Et toi ? demandai-je en le regardant.

– Pas du tout. D'ailleurs, je n'ai même pas besoin de cartes.

Je me retins de froncer les sourcils. Je n'avais qu'une paire de trois, et Kellan saurait que mon jeu n'était pas bon si je demandais d'autres cartes. Je ne voulais surtout pas lui donner ce plaisir, surtout en voyant son petit sourire narquois. Puis je me souvins qu'il était nul au poker et qu'il n'avait sûrement rien dans son jeu, de toute façon.

– Pareil, j'ai ce qu'il faut.

Il humecta sa lèvre inférieure avant de la mordre doucement.

– Ça, je sais… murmura-t-il en posant ses cartes.

Je l'imitai, mes yeux fixés sur sa bouche, sans même regarder son jeu. C'est seulement lorsqu'il rit que je repris mes esprits.

– Et merde.

Il avait une paire de quatre… Il m'avait fait croire qu'il bluffait, et malheureusement, il m'avait eue.

– Vraiment ? demandai-je avec des yeux de chien battu.

Il rit et croisa ses bras sur son torse.

– Un marché est un marché, dit-il sans quitter ma poitrine des yeux.

En soupirant, je soulevai le tissu et retirai mon tee-shirt. Ce n'était pas comme s'il ne m'avait jamais vue comme ça, et surtout, je portais encore mon soutien-gorge, mais il y avait quelque chose de stressant dans le fait de me déshabiller en pleine journée sous son regard implacable.

– Je n'en reviens pas d'avoir accepté de jouer à ça.

Maintenant qu'il pouvait voir mon soutien-gorge (un truc blanc en coton purement pratique), ses yeux brillaient d'un éclat que je connaissais bien, et j'eus du mal à ne pas mettre mes bras sur ma poitrine pour me cacher. Il me regardait comme si je portais la lingerie la plus fine du monde et comme si j'étais la plus belle créature qu'il ait jamais vue.

– J'adore ce jeu, dit-il en me regardant enfin dans les yeux.

Je ris et lui jetai mon tee-shirt à la figure. Il l'attrapa au vol, et on sonna à la porte d'entrée au moment où il le portait à son visage pour le renifler. Je tendis tout de suite la main pour le récupérer mais il se leva et fit un pas en arrière avant de le poser sur le comptoir.

– Tiens, le dîner est arrivé.

Je croisai les bras et les jambes, soudain gênée d'être si dévêtue. Quant à Kellan, le fait qu'un unique minuscule bout de tissu dissimulait au monde la partie la plus intime de son anatomie n'avait pas l'air de le déranger.

– Quel dîner ? De quoi tu parles ?

– Je me suis dit que tu n'allais pas tarder à avoir faim, alors j'ai commandé une pizza pendant que tu étais aux toilettes.

Là-dessus, il tourna les talons pour quitter la pièce.

– Kellan !

Il se retourna et je montrai du doigt son corps dénudé. Il tapota son torse, puis ses fesses.

– Ah oui, c'est vrai.

Il se dirigea vers la pile de vêtements près de la table, et je crus qu'il allait enfiler son jean, mais il se contenta de prendre son portefeuille dans l'une des poches.

– C'est mieux d'avoir de quoi payer, tu as raison.

Il m'embrassa brièvement et partit dans l'entrée avant même que j'aie eu le temps de dire quoi que ce soit…

J'attrapai mon tee-shirt pour le mettre devant ma poitrine. On ne pouvait pas me voir de l'entrée, mais si le livreur voyait Kellan comme ça, il en déduirait certainement qu'il n'était pas tout seul. Je me pris la tête dans les mains : voilà ce que c'était d'être avec quelqu'un qui n'avait pas le moindre complexe. Il savait qu'il avait un corps parfait, et il n'avait aucune gêne à le montrer. Parfois, j'aurais donné n'importe quoi pour avoir la même assurance. Ça aussi, cela faisait partie des choses sur lesquelles je devais travailler.

Je l'entendis ouvrir la porte et dire bonsoir, puis j'entendis un rire… de femme. Je soupirai : bien sûr, il fallait que le livreur soit une fille, pile le soir où Kellan avait décidé d'ouvrir la porte en petite tenue. Je l'imaginai appuyé contre l'encadrement de la porte, avec tous ses muscles apparents, tandis que la fille bavait par-dessus le pepperoni. Au moins, elle verrait mon nom sur son torse.

Désolée, ma grande, mais le canon qui est en train de te tendre un billet de vingt dollars est déjà pris. Regarde, c'est marqué dessus.

Les gloussements continuèrent jusqu'à ce qu'elle reparte, et j'eus l'impression d'attendre pendant une éternité. Quand il referma la porte et qu'il revint dans la cuisine avec un carton à pizza dans la main, Kellan rayonnait. Son sourire s'évanouit quand il vit que je tenais mon tee-shirt devant moi, et il fit un geste vers moi de son autre main, qui tenait une boîte plus petite.

– C'est de la triche. Tu n'es pas supposée te rhabiller.

– Même pendant que tu dragues la fille des pizzas ? demandai-je en laissant tomber mon tee-shirt par terre.

– Je ne l'ai pas draguée.

– Ah bon ?

Je me levai, soudain en proie à un accès de confiance. J'allai me placer juste devant lui et mis une main sur ma hanche, à la manière des mannequins de lingerie.

– Et ça alors, c'est quoi ? demandai-je en pointant la petite boîte du doigt.

– Elle avait des gressins en rab, elle a demandé si on en voulait.

Je secouai la tête et il laissa échapper un petit rire. Puis il posa les boîtes sur le comptoir, passa ses bras autour de ma taille et m'attira contre lui.

– Je n'y peux rien si j'attire les femmes, dit-il entre deux baisers dans mon cou. Mais moi, c'est toi qui m'attires.

Ses mains allèrent se placer sur mes fesses et je plaquai ma bouche contre la sienne. En fait, il aurait pu lui faire un strip-tease pour avoir des gressins s'il voulait, ça m'était égal. Enfin, pas vraiment, mais ce n'était pas si important. Il était peut-être l'objet du désir de beaucoup de gens, mais j'étais le seul objet de son désir à lui.

Au moment où j'envisageais de lui retirer son boxer, il recula et me fit tourner sur moi-même avant de me ramener contre lui. Je ris et il recommença aussitôt, en riant lui aussi.

Et c'est ainsi qu'on se retrouvera à danser dans la cuisine… en sous-vêtements.

On laissa en plan notre partie de poker et on engloutit des parts de pizza entre deux pas de danse. Il était parvenu à me faire oublier à quel point j'appréhendais la rentrée, et à me faire oublier mes complexes. Arrivés au milieu de la pizza, je remuais les hanches devant lui et riais en le voyant imiter mes mouvements. Il avait enfin réussi à m'insuffler un peu de son assurance.

Son regard, son toucher, son sourire, son rire… c'était tout cela qui me faisait me sentir aussi valorisée, pour la première fois de ma vie. Je me sentais capable de tout tandis que je dansais avec lui dans la cuisine, et je sus, sans l'ombre d'un doute, que tout se passerait bien le lendemain.

4

Ragots

Je me réveillai le lendemain matin bien plus tôt que prévu, avec un mauvais pressentiment que j'essayai d'ignorer. Je savais que le rêve que je venais de faire ne serait pas prémonitoire et que je n'allais pas trébucher devant toute ma promo. La seule gêne que j'allais devoir affronter, c'était de marcher dans les couloirs au bras d'une rock star. J'étais certaine que Kellan se sentirait obligé de m'accompagner à mon premier cours, comme une petite fille qui entre à la maternelle, mais ça ne me dérangeait pas. L'avoir près de moi détournait l'attention sur lui.

Je jetai un coup d'œil dans la chambre vide en me demandant où il pouvait bien être. J'enfilai mes sous-vêtements et pris un de ses tee-shirts dans un tiroir. En le passant par-dessus ma tête, je me rendis compte qu'il sentait délicieusement bon et eus envie de le porter pour aller à la fac. Mon premier cours était un cours de littérature britannique axé sur le féminisme à la fin du siècle dernier. Décédées depuis longtemps, ces écrivaines très en avance sur leur temps auraient sûrement compris l'attrait que représentaient les vêtements de Kellan Kyle, non ?

Il était bien trop tôt pour que je commence à me préparer et je descendis rejoindre Kellan. Comme on pouvait s'y attendre, il était dans la cuisine, vêtu de son jean IKKS et d'un tee-shirt, en train d'attendre que le café soit prêt. Je souris en sentant les arômes du café se mélanger à son parfum et me dirigeai vers lui.

– Salut.

– Bonjour, répondis-je en glissant mes bras autour de sa taille avant de bâiller.

– Tu n'as pas besoin de te lever si tôt, tu sais.

Blottie contre son torse, je levai les yeux vers lui : son regard bleu intense ne trahissait pas le moindre signe de fatigue.

– Je préfère être debout avec toi. Mais pourquoi tu te lèves aussi tôt, puisque tu n'as rien à faire ?

Il soupira et détourna le regard.

– J'ai pris l'habitude de me lever à l'aube quand j'étais petit. Disons que je préférais me réveiller tout seul que me faire réveiller, et j'ai gardé l'habitude en grandissant.

Je détestais penser aux mauvais traitements que ses parents lui avaient infligés, et à l'effet que ça avait encore sur lui, bien qu'ils soient morts depuis longtemps. Je secouai la tête en voyant son air mélancolique et me forçai à sourire.

– Les matins passés tous les deux sont parmi les meilleurs souvenirs que j'ai avec toi.

Il sourit gaiement et passa une main dans mes cheveux.

– Moi aussi. J'avais toujours hâte que tu descendes. Même si ça ne durait pas longtemps, ça me donnait quand même l'impression qu'on était ensemble.

Je posai une main sur sa joue en voyant son sourire s'évanouir.

– Mais on l'était. Même si c'était juste pour un moment.

Les souvenirs de tous nos instants volés me revinrent tandis que je caressais son visage : les rires, nos conversations à voix basse, les étreintes, les moments où j'étais en colère contre lui ou follement jalouse de la garce avec qui il venait de passer la nuit, même si je n'en avais pas le droit. C'était dans cette cuisine que notre histoire avait commencé.

J'étais tellement perdue dans mes pensées que la sonnerie du téléphone me fit sursauter. Ce fut Kellan qui décrocha.

– Allô ?

Il me sourit puis il regarda par la fenêtre en entendant la voix au bout du fil.

– Salut, Denny. Ça fait un bail.

J'écarquillai les yeux en entendant mon petit ami dire bonjour à mon ex. C'était... bizarre. Je savais qu'ils se parlaient encore, et je parlais aussi à Denny, mais c'était rare que ça arrive avec Kellan et moi dans la même pièce. J'allais sortir de la cuisine pour laisser Kellan parler avec celui qu'il considérait toujours comme un membre de sa famille, malgré tout, mais la voix de Kellan me fit m'arrêter.

– Oui, elle est juste là. Ne quitte pas.

Il me tendit le vieux combiné vert et haussa les épaules.

– Il veut te parler, murmura-t-il.

Il avait dit ça le plus normalement du monde, mais je vis tout de même son visage s'obscurcir légèrement et je me demandai ce qu'il pensait vraiment du fait que je sois toujours en contact avec Denny. Il n'avait aucun souci à se faire : il n'y avait plus rien entre nous, sans parler des dix mille kilomètres qui nous séparaient depuis qu'il était retourné en Australie. J'offris un sourire rassurant à Kellan et attrapai le téléphone. Il resta là où il était, au lieu de sortir pour m'accorder un peu d'intimité, mais je comprenais.

J'avais des papillons dans l'estomac en portant le combiné à mon oreille. Il y avait environ deux mois que je n'avais pas parlé à Denny, et ça me rendait nerveuse. Ça et le fait que Kellan se tenait à un mètre de moi, mais après tout, Denny était encore notre ami à tous les deux.

– Bonjour, Denny.

Son rire me rappela les après-midis passées tous les deux dans l'Ohio, et je sentis mon cœur se serrer. Même si on n'était plus ensemble, il continuait à me manquer.

– Bonjour. Enfin, c'est le soir, ici. Je te réveille ?

Son accent était plus prononcé maintenant qu'il était reparti, et l'entendre me ravit.

– Non, on était déjà levés.

Je me mordis la lèvre : il avait appelé ici pour me parler et venait de me demander s'il m'avait réveillée. Il avait donc dû se dire que j'avais passé la nuit ici, et que j'avais dormi avec Kellan. C'était le cas, mais je détestais qu'il y pense, tout comme je détestais penser à lui avec sa nouvelle copine. Elle s'appelait Abby et ils étaient ensemble depuis un moment. Depuis plus longtemps que Kellan et moi, en fait.

Denny ne réagit pas, mais Kellan sourit malicieusement.

– Tant mieux. J'ai raté la date ? demanda-t-il nerveusement.

– La date de quoi ?

Kellan m'interrogea du regard et je haussai les épaules.

– Ton premier jour de cours. C'est aujourd'hui, non ?

– Tu m'appelles pour me souhaiter bon courage pour la rentrée ?

Il était tellement adorable que j'en eus les larmes aux yeux. Après tout ce que je lui avais fait, il aurait dû me maudire… mais Denny n'était pas comme ça. Je l'entendis s'éclaircir la gorge et je l'imaginai se passer la main dans les cheveux en souriant.

– Oui. Je sais que ce genre de trucs te rend nerveuse.

Il marqua une pause et je sentis un nœud se former dans ma gorge. Kellan plissa les yeux en voyant ma réaction, mais il ne dit rien.

– J'ai eu tort de t'appeler ?

– Non, dis-je en secouant la tête. Tu as bien fait, oui, c'est bien aujourd'hui, et oui, je suis super nerveuse…

Consciente de la tension qui s'était soudain installée, je parlais à toute vitesse. Kellan croisa les bras sur sa poitrine mais Denny rit.

– D'accord. Tant mieux. Je voulais juste te souhaiter bon courage, et te dire que je penserai à toi aujourd'hui.

Il s'éclaircit la gorge à nouveau et je battis des paupières pour ne pas me mettre à pleurer. Il était tellement gentil… Parfois, je me disais que j'étais vraiment stupide de lui avoir fait du mal. Enfin, je me disais ça tout le temps, en vérité.

– Merci. C'est vraiment gentil de ta part.

Je levai les yeux vers Kellan et me sentis rougir. Il renifla en détournant les yeux et de nouveau, cette bonne vieille culpabilité m'envahit.

– De rien, répondit-il doucement. Je sais que Kellan va sûrement beaucoup t'aider aujourd'hui, alors tu n'en as sûrement pas besoin, mais je te souhaite bonne chance.

– Merci, Denny, dis-je dans un murmure.

Kellan ne me regardait toujours pas et il fit un pas en arrière. Je lui pris immédiatement le bras et il s'immobilisa, sans pour autant lever les yeux.

– Oh, et dis à ta sœur que je suis désolé. J'ai appelé chez toi en premier et je pense que je l'ai réveillée.

Je ris doucement : s'il y avait bien une chose qu'Anna détestait, c'était d'être réveillée tôt le matin.

– Je transmettrai.

Le bras de Kellan se raidit sous mes doigts mais il resta là où il était, les yeux fixés sur la cafetière comme si c'était la huitième merveille du monde. Je détestais voir que ça le dérangeait autant. Il n'y avait plus rien entre Denny et moi, et il le savait. Je caressai son bras et entendis Denny rire.

– Je vais devoir te laisser. On est à une soirée pour le boulot avec Abby, et elle va me tuer si je passe tout mon temps au téléphone.

– D'accord. Dis bonsoir à Abby de ma part et amuse-toi bien. Et merci encore de t'en être souvenu. Ça représente beaucoup. Je suis tellement désolée, ajoutai-je enfin.

Il renifla et garda le silence un moment avant de répondre.

– Je sais, Kiera. Passe une bonne journée. À plus.

– Au revoir, dis-je en fermant les yeux une seconde.

Je raccrochai et me tournai vers Kellan : il était toujours hypnotisé par la cafetière, et si son visage était impassible, je pouvais voir mille émotions passer dans ses yeux. Il finit enfin par me regarder et je lui souris.

– Ça va ?

Il m'adressa un sourire radieux, mais forcé.

– Très bien. Denny t'a appelée pour te souhaiter bon courage, c'est sympa de sa part.

Il n'y avait aucune trace de jalousie ou de sarcasme dans sa voix, mais je savais qu'il n'en pensait pas moins, et je soupirai en passant mes bras autour de son cou.

– Tu sais que ça ne veut rien dire, hein ? Tu sais que je t'aime et que Denny est juste un ami maintenant, pas vrai ?

Il tourna de nouveau la tête et je dus prendre son visage dans mes mains pour l'obliger à me regarder.

– Oui, je sais, dit-il avec un vrai sourire. Je sais exactement ce que vous êtes, Denny et toi.

Je ne savais pas exactement ce qu'il voulait dire par là, mais je décidai de ne pas chercher de sous-entendu.

– Tant mieux. Parce que même s'il compte pour moi, tu comptes encore plus, et je ne veux pas que notre amitié te fasse souffrir.

Il écarquilla les yeux, comme s'il était réellement surpris de m'entendre dire ça, et cela me fit mal de voir qu'il n'avait toujours pas compris.

– Je sais à quoi tu penses, et tu te trompes. Tu n'es pas la roue de secours. J'aurais pu courir vers lui mais je suis venue vers toi. Je ne pouvais pas vivre sans toi, et c'est toi que j'ai choisi. C'est toi que j'aime.

Il déglutit, les yeux pleins de larmes.

– C'est encore surréaliste, je pense. Je n'ai pas l'habitude d'être aimé. Je m'attends toujours à me réveiller d'un moment à l'autre.

Je me mordis la lèvre et secouai la tête.

– Tu ferais bien de t'habituer. Parce que je ne vais nulle part.

Après le petit déjeuner, Kellan m'aida à me préparer pour aller en cours. Ou plutôt, il resta allongé sur son lit à me regarder pendant que je m'habillais. Bien sûr, avant cela, j'avais dû lui préciser que je n'avais pas besoin de lui pour prendre ma douche. J'enfilai mon soutien-gorge sous ma serviette et il leva les yeux au ciel.

– Je t'ai déjà vue toute nue, tu sais.

– Je sais, mais ce n'est pas pareil.

Il renifla et je le regardai par-dessus mon épaule en enfilant ma petite culotte, toujours sous ma serviette.

– C'est juste de la peau, Kiera.

Il se redressa et vint s'asseoir au bord du lit pour poser sa main sur mon genou.

– Et la tienne est bien trop belle pour être couverte.

J'adorais les frissons qui me parcouraient mais je ne pouvais pas passer la journée au lit avec lui – malheureusement –, alors je m'écartai et lui fis signe de reculer.

– Je n'ai pas besoin de t'exciter encore plus que tu ne l'es déjà en t'offrant un peep show.

J'enfilai mon jean avec ma serviette toujours enroulée autour de ma poitrine.

– Comme tu voudras, grommela-t-il d'un ton maussade. Mais je m'en souviendrai la prochaine fois que tu voudras me mater.

Je soupirai, sachant que c'était un de mes passe-temps préférés, et finis par laisser tomber ma serviette par terre. Son visage s'illumina tandis qu'il regardait mon soutien-gorge, et je détournai le regard, gênée et un peu excitée à la fois.

J'attendis encore quelques secondes puis j'enfilai mon tee-shirt et attachai mes cheveux encore humides. Il continuait à regarder ma poitrine malgré le tee-shirt et je levai les yeux au ciel. Les mecs…

Je m'éclaircis la gorge et il leva enfin les yeux.

– Bon, maintenant, je suis excité, alors il va falloir que tu restes ici.

Je ris et me penchai sur le lit pour l'embrasser. Il dut prendre ça pour un feu vert car il me prit dans ses bras et m'amena au-dessus de lui. Je ris tandis qu'on bougeait lentement l'un contre l'autre, contente de voir qu'il était de meilleure humeur qu'en début de matinée. Je comprenais néanmoins : je lui avais fait tellement de mal quand j'étais avec Denny. Je leur avais fait du mal à tous les deux, et je ne voulais plus jamais recommencer.

Notre baiser s'intensifia et le corps de Kellan commença à me dire qu'il ne plaisantait pas quand il disait être excité. Je m'écartai à contrecœur.

– Je préférerais rester ici, crois-moi. Je n'ai vraiment pas envie d'y aller.

Il soupira en prenant mon visage dans ses mains.

– Un jour, j'arriverai à te faire constamment te sentir aussi confiante que la femme qui se dandinait en sous-vêtements dans la cuisine hier soir. Tu es belle, intelligente, et tu as un petit copain qui t'adore. Tu n'as aucune raison d'avoir peur. Jamais.

– Pour toi, c'est facile à dire, monsieur la star.

– Moi aussi, ça m'arrive d'être stressé.

Je souris d'un air narquois. Kellan Kyle nerveux, mais bien sûr. Pas à propos de son corps ou de son look, en tout cas.

Il transpirait la confiance dans tout ce qu'il faisait.

– C'est vrai, renchérit-il en haussant les épaules. J'étais nerveux sur scène, au début.

– Et maintenant, laisse-moi deviner, tu imagines le public tout nu ?

– Nan, j'ai dû arrêter de faire ça. Ça m'excitait.

– Tu es impossible, dis-je en riant malgré moi.

Je posai une main sur son épaule et laissai son parfum apaisant m'envelopper. J'avais renoncé à l'idée de porter son tee-shirt mais peut-être que son parfum pourrait rester sur mes vêtements ? Heureusement que j'avais dit qu'il fallait que j'arrête de le laisser m'ensorceler.

L'heure de partir en cours arriva bien trop vite, et comme prévu, Kellan me conduisit à la fac. Il souriait paisiblement, une main sur mon genou et l'autre sur le volant, avec l'air de quelqu'un qui reprend son activité préférée après une longue absence. Je souris de le voir si heureux d'être mon chauffeur. N'importe qui se serait lassé au bout de quelques semaines, mais pas lui. Il ne se plaignait jamais. C'était un des moyens qu'il avait de me prouver ses sentiments. Pour quelqu'un qui n'avait jamais été en couple avant, il était plutôt doué. Mais encore une fois, Kellan était bon en tout, à part peut-être au billard… et au poker.

Je souris et me mis à repenser à lui dans son boxer noir avec une part de pizza à la main pendant qu'il me faisait tourner sur moi-même. Soudain, je me rendis compte qu'on était arrêtés et il coupa le moteur.

L'université de Washington. Située à l'opposé du centre, de l'autre côté du lac Union, c'était un campus énorme, qui ressemblait davantage à une petite ville. Nombre des magasins qui l'entouraient survivaient uniquement grâce à l'afflux d'étudiants qui débarquaient chaque année. Je commençais à bien connaître les environs après tout ce temps déjà passé ici.

Ce n'était pas tant les cours qui me rendaient nerveuse, mais plus le fait de devoir rentrer dans des salles pleines d'inconnus. Je détestais être le centre de l'attention, et marcher au bras de Kellan était une bénédiction doublée d'un enfer. Bénédiction parce que j'adorais être près de lui, et aussi parce que, quand il était avec moi, c'était lui que les gens avaient tendance à dévisager. Il avait une aura qui attirait les gens, et surtout les femmes.

Mais c'était un enfer parce que maintenant qu'on était en couple, on ne se contentait plus de se tenir amicalement la main : on était collés l'un à l'autre, et les gens nous regardaient donc encore plus. Tandis qu'il riait en se remémorant une remarque de mes parents la semaine précédente (il faudrait qu'il trouve un moyen de gagner honnêtement sa vie, car être dans un groupe n'était décidément pas un choix de carrière pour l'homme qui sortait avec leur fille), je remarquai que de nombreux regards coulaient de lui sur moi. Comme au bar, les gens jugeaient si, oui ou non, j'étais digne de lui appartenir. Et avec mon manque de confiance en moi, je ne pouvais pas m'empêcher de penser que je n'étais pas à la hauteur à leurs yeux.

Je me forçai à les ignorer et relevai la tête. Ce que des étrangers pensaient de notre relation n'avait pas d'importance. Lui pensait que j'étais à la hauteur, et c'était tout ce qui comptait. Je rentrai presque dans un petit groupe agglutiné dans le couloir, et Kellan me tira en arrière juste à temps pour m'empêcher de bousculer un type qui devait bien faire deux mètres de haut. Il se tourna vers Kellan et un grand sourire illumina son visage.

– Hey, ce n'est pas toi, le chanteur des D-Bags ?

– Si. Je m'appelle Kellan.

Tout le groupe l'entoura alors, tous désireux de parler à la star qu'ils venaient de croiser au hasard. Le premier prit la main de Kellan et la serra.

– Vous étiez géniaux au Bumbershoot, mec.

Puis ce fut un festival de compliments et de questions, et au bout d'un moment, je commençai à avoir peur d'arriver en retard si on restait trop longtemps. Kellan répondit poliment à toutes leurs questions et les remercia courtoisement, puis il leur fit un signe de la main, après avoir été invité à au moins trois soirées différentes. On se dirigea vers ma salle et je secouai la tête en riant.

– Quoi ?

– Regardez-moi ça… Des fans masculins.

Il rit en m'ouvrant la porte.

– On a toujours eu des mecs parmi nos fans, Kiera. C'est toi qui fais une fixette sur les nanas.

Je le frôlai en passant à côté de lui et approchai mon visage tout près du sien.

– Peut-être parce qu'elles font une fixette sur toi, murmurai-je en effleurant ses lèvres.

Il se mordit la lèvre et grogna doucement.

– Regardez-moi ça… Une vraie séductrice.

Je m'éloignai immédiatement mais il me rattrapa Je sentis ses lèvres douces sur ma joue et ses mains sur mes hanches.

– Amuse-toi bien.

J'eus envie de me blottir contre lui mais des rires féminins me rappelèrent que je n'étais plus seule avec lui dans sa chambre. J'étais devant une classe, en train de me donner en spectacle avec mon copain. Écarlate et gênée, je l'embrassai brièvement puis je fonçai vers une place libre au milieu de la salle, loin des filles qui regardaient les fesses de mon copain tandis qu'il s'éloignait.

Après un débat enflammé sur le sexisme et son influence sur les débuts de la littérature féministe, j'étais de nouveau dans mon élément, et je me sentais mieux. Je savais que tout se passerait bien. J'avais un cours d'éthique après mon cours de littérature, et j'avais hâte de commencer, même si j'avais le sentiment que ça impliquerait pas mal d'introspection. L'éthique et moi nous étions croisées dernièrement, et je n'étais pas certaine d'avoir été du bon côté de la frontière de la moralité. J'étais même sûre d'avoir complètement foiré. Ça serait cathartique de devoir écrire un essai là-dessus.

En entrant dans le bâtiment, mes yeux se posèrent sur quelqu'un que j'aurais préféré éviter. En passant les portes, je reconnus cette crinière rousse familière, en train de discuter avec deux copines à elle, que je reconnus aussi. Candy et ses comparses. Chacune d'entre elles m'avait interrogée sur Kellan l'an dernier, surtout Candy, qui avait un jour découvert à quel point coucher avec lui était un passe-temps agréable.

Malheureusement pour elle, cette époque était révolue. Elle n'avait plus qu'à aller jouer ailleurs. Je les regardai glousser et marcher dans le couloir, quelques pas devant moi, et ne tardai pas à soupirer en voyant qu'elles entraient dans ma salle. J'avais déjà eu un cours en commun avec Candy au printemps dernier, quand Kellan et moi étions enfin réunis. Et bien sûr, il fallait que j'en aie de nouveau un cette année, et bien sûr, c'était le cours que j'avais tous les jours, et un cours d'éthique par-dessus le marché. Mon karma devait être mort de rire.

Je rentrai dans la pièce avec une boule au ventre. Tout le monde s'installa rapidement sans faire attention à moi, à part elles, qui ne me quittèrent pas des yeux jusqu'à ce que j'aille m'asseoir. Et même après, je pouvais sentir leurs regards sur moi pendant que je sortais mes affaires.

Je m'attendais à ce que Candy vienne s'asseoir à côté de moi, et je me raidis en sentant quelqu'un s'approcher. Heureusement, c'était juste un étudiant guindé dont le visage avait l'air de dire *Elle n'a pas l'air bavarde, peut-être que je pourrai écouter le cours si je me mets à côté d'elle.* Il s'assit à côté de moi et je fus soulagée que l'ex de Kellan ne vienne pas me déranger.

Elle me laissa tranquille… jusqu'à la fin du cours. J'étais encore absorbée par l'explication du prof sur la différence entre l'éthique et la morale, et Candy me prit par surprise. Avant que j'aie eu le temps de réagir, j'étais entourée par son petit groupe. Je regardai à l'extérieur et priai pour que Kellan m'attende sur le parking et pas à la sortie de ma salle.

– Alors comme ça, il paraît que vous êtes ensemble, Kellan Kyle et toi ? demanda-t-elle en se rapprochant de moi.

Pendant un instant, j'envisageai de lui tendre la main froidement, puisqu'on n'avait jamais été présentées, mais je me contentai de hausser les épaules.

– Oui.

Elle et ses amies eurent un petit rire moqueur.

– Alors ça ne te dérange pas que ce soit un gigolo.

Je restai figée et me demandai si c'était possible de gifler une nana en plein milieu de la fac sans avoir de problème. Après tout, tout était question de liberté d'expression à l'université, non ?

– Je t'interdis de parler comme ça.

Mon ton était glacial et je fus fière que ma voix sorte sans trembler. Elle mit ses mains sur ses hanches et les deux autres vinrent se placer derrière elle.

– Tu as raison. Les gigolos se font payer, au moins. Lui, il fait ça juste pour le plaisir.

Je dus m'agripper de toutes mes forces à mon sac pour ne pas lui sauter à la gorge. Finir au poste pour agression n'était sûrement pas une bonne idée, et je traversai le couloir en quatrième vitesse, mais elle me suivit.

– Ben alors, on a du mal à entendre la vérité ? Je voulais juste te prévenir qu'il continue à coucher avec tout ce qui bouge. Ne va pas croire que tu l'as miraculeusement transformé en gentil garçon. Kellan est accro au sexe, point barre.

Avec des larmes de rage dans les yeux, je me tournai vers elle.

– Tu ne sais rien de lui. Tu n'as aucune idée de ce qu'il a traversé. Tu as peut-être couché avec lui, mais ne confonds pas sexe et intimité.

Énervée qu'elle ait réussi à m'atteindre, je me précipitai vers la porte. Heureusement, Kellan n'était pas là.

– Je te rends service, dit-elle en m'emboîtant le pas. Tu crois qu'il a changé et qu'il est devenu fidèle du jour au lendemain ? Queutard un jour, queutard toujours. D'ailleurs Tina l'a vu après un concert au Square, la semaine dernière, dit-elle en montrant une de ses copines du doigt avant de m'attraper par le coude. Il était torse nu et sur le point de conclure avec une pétasse.

– Ouais, et tout ça dans un placard à balais. La classe, ajouta Tina.

Je sentis mon sang se glacer dans mes veines. Kellan avait donné plusieurs concerts pendant la semaine, et il était rentré super tard à chaque fois, parce qu'il avait dû aider les garçons à remballer le matériel. Il aurait très bien pu… Je secouai la tête. Non, pas après tout ce qui s'était passé. Il ne me ferait jamais ça. *C'est ça, comme toi tu n'aurais jamais fait ça à Denny*, dit une petite voix dans ma tête.

Je tentai de l'ignorer et plissai les yeux.

– Tu as du mal voir. J'ai confiance en lui.

Là-dessus, je dégageai mon bras et m'éloignai à toute vitesse, et j'entendis des bruits de pas derrière moi.

– Tu sais, ce n'est pas parce qu'il a ton nom tatoué sur la poitrine qu'il ne s'amuse pas avec d'autres parties de son corps.

Je me retournai vers elle, bouche bée. Très peu de gens étaient au courant pour son tatouage, et il ne se mettait plus torse nu pendant les concerts, alors comment ces filles pouvaient être au courant ? Est-ce que Tina l'avait vraiment vu torse nu ? Je refusais de la croire et pourtant, je ne pouvais pas m'empêcher de l'imaginer déshabillé, le souffle court, les lèvres d'une autre sur les siennes. Puis je l'imaginai en train de fermer la porte et de lui faire tout un tas de choses plus immondes les unes que les autres, et je sentis mon estomac se soulever. Les filles rirent puis Tina m'adressa un faux sourire d'excuse tandis que Candy haussait les épaules.

– Comme je disais, queutard un jour queutard toujours…

Je me mordis la lèvre et me forçai à m'éloigner à pas mesurés au lieu de partir en courant. Elles mentaient. C'était sûr.

Je repérai tout de suite la Chevelle de Kellan sur le parking et compris pourquoi il n'était pas venu me chercher à la sortie de mon cours : cinq filles l'entouraient, et il était négligemment adossé à sa voiture en train de leur parler tandis qu'elles gloussaient comme des ados de quinze ans. De là où j'étais, je pouvais voir son petit sourire amusé, ce qui n'arrangea rien après ma petite entrevue avec Candy.

Les poings serrés, je me dirigeai vers lui. J'aurais voulu me calmer, mais ma colère augmentait à chaque pas. Où est-ce qu'elles avaient vu son foutu tatouage ? Où est-ce qu'il l'avait montré ? Est-ce que j'étais naïve de croire que ce qu'il y avait entre nous était si spécial qu'il n'irait jamais voir ailleurs ? Est-ce qu'il était encore un coureur de jupons ?

Il rit à ce que l'une d'entre elles venait de dire, puis il tourna la tête et remarqua ma présence. Son visage s'éclaira, puis s'assombrit en voyant mon expression. Ses groupies ne bougèrent pas d'un millimètre et je dus jouer des coudes pour arriver jusqu'à lui.

– On y va.

Les sourcils froncés, il hocha la tête et ouvrit la portière du côté passager, qu'il referma derrière moi avant de s'adresser à sa cour.

– Désolé mais je dois partir. Ravi de vous avoir rencontrées.

Il monta en voiture, son départ accueilli par une salve de protestations qui m'énerva encore plus. Il me regarda avec curiosité en faisant démarrer le moteur, puis il recula prudemment en prenant garde de n'écraser personne avant de s'éloigner.

– Tu as envie de me dire ce qui t'arrive ?

Je serrai les dents en voyant dans le rétroviseur les filles suivre la voiture du regard.

– Pas vraiment.

Il soupira en posant sa main sur ma cuisse, et je me demandai immédiatement où sa main avait bien pu se balader.

– Tu veux bien me le dire quand même ?

Je le regardai d'un air aussi charmant que mon humeur et il fronça les sourcils avant de se concentrer de nouveau sur la route.

– C'est toi qui as dit qu'il fallait qu'on parle quand ça n'allait pas. Et on dirait bien que ça ne va pas.

Je grognai, en regrettant amèrement de lui avoir dit ça, et je croisai mes bras sur ma poitrine.

– J'ai encore un cours avec Candy cette année. Et elle n'a pas manqué de venir me dire bonjour.

– Candy ?...

Il plissa les yeux et pencha la tête d'un air confus que j'aurais trouvé adorable s'il ne m'avait pas donné envie de le gifler. C'est sûr que quand une liste de conquêtes est aussi fournie que l'annuaire, ça doit prendre un moment pour se remémorer tout le monde. Enfin, sa lanterne eut l'air de s'éclairer et il regarda vers moi.

– Ah oui, Candy. Qu'est-ce qu'elle a dit ?

Je serrai les poings pour résister à l'envie de le frapper.

– Elle a parlé d'un de tes concerts de la semaine dernière. Tu as joué à Pioneer Square, c'est ça ?

Il leva les yeux en l'air, et je ne savais pas s'il essayait de scanner sa mémoire ou s'il préparait un mensonge express. Regarder vers la gauche voulait dire l'un, et regarder vers la droite voulait dire l'autre. Sauf que je ne me rappelais plus lequel était lequel.

– Oui, pourquoi ? Elle était là ? Elle n'est pas venue nous voir, en tout cas, ajouta-t-il rapidement, comme si c'était rassurant de me dire qu'il ne l'avait pas vue.

Je plissai les yeux encore plus en le dévisageant. Est-ce que j'avais fait l'amour la veille avec un homme qui couchait avec un tas d'autres filles en même temps ? Ça me rendait malade, rien que d'y penser.

– Une copine à elle t'a vu… dans les coulisses.

Je dis ça d'un air soupçonneux et il me dévisagea bizarrement.

– OK… et qu'est-ce que ça a à voir avec le fait que tu aies l'air d'un pitbull enragé ?

J'expirai le plus calmement possible avant de répondre.

– Parce qu'elle dit qu'elle t'a vu faire des trucs avec quelqu'un d'autre que moi.

Il écarquilla les yeux et arrêta la voiture sur le bord de la route, si brusquement que je dus m'agripper à la poignée. Il se tourna pour me faire face et soutint mon regard d'un air plus sérieux que jamais. Je sentis des larmes me monter aux yeux tandis que toutes mes peurs remontaient à la surface.

– Je ne fais rien du tout avec qui que ce soit d'autre que toi. Je ne sais pas ce qu'elle t'a dit exactement, mais elle a menti.

Je relevai courageusement le menton mais je sentis une larme rouler sur ma joue.

– Elle était au courant pour le tatouage.

Il posa sa main sur ma joue et l'essuya.

– Soit elle l'a vu quelque part, soit quelqu'un d'autre le lui a dit, car je n'ai rien fait avec qui que ce soit.

Il défit sa ceinture de sécurité pour se rapprocher de moi et il colla son front contre le mien.

– Il n'y a que toi qui partages mon lit. Que toi qui me vois nu. Que toi avec qui je couche. C'est toi que j'ai choisie. Je t'aime et je ne suis intéressé par personne d'autre. D'accord ?

Je hochai la tête en sentant davantage de larmes couler sur mon visage. Je sentais qu'il disait vrai, avec des mots qui ressemblaient aux paroles de réconfort que je lui disais si souvent. Je détestais que cette garce jalouse et sournoise ait réussi à me faire douter de lui. Ça n'aurait pas dû arriver, mais Kellan avait un passé sentimental long et sordide jonché de mauvaises décisions.

Il se pencha vers moi pour m'embrasser, et je me laissai aller à l'infinie tendresse qu'il y avait dans son baiser en essayant d'oublier mes doutes. On avait traversé tellement de choses que j'étais sûre que son cœur m'appartenait. Je savais qu'il ne risquerait pas de tout perdre juste à cause d'une pulsion, surtout s'il pouvait la satisfaire avec moi. Surtout s'il dormait avec moi tous les soirs, et qui plus est dans le nouveau lit qu'il venait de m'acheter.

Notre baiser s'intensifia, nos deux corps se rapprochèrent et nos respirations se firent plus rapides. Je voulais lui rappeler ce que je représentais pour lui, et lui rappeler ce qu'il y avait entre nous : un lien qu'aucune groupie ne pourrait jamais briser. Il me restait deux heures avant de prendre mon service, et il n'y avait personne à l'appartement.

– Montre-moi que tu as envie de moi, murmurai-je à son oreille. Amène-moi à la maison.

Une nanoseconde plus tard, on était de nouveau en route.

5

Un rêve

J'étais toujours étonnée de l'influence que Kellan pouvait avoir sur mon humeur. Une minute, j'étais certaine d'avoir fait une erreur et que ça ne marcherait jamais entre nous, et la minute d'après j'étais au lit avec lui, avec un sourire crétin sur le visage comme si tout allait pour le mieux dans le meilleur des mondes. Aux anges, je lui donnai un dernier baiser avant d'aller dans la salle de bain pour me préparer. Je posai mon fer à lisser sur l'étagère envahie par les produits de beauté d'Anna et entendis Kellan chantonner dans ma chambre, ce qui me fit sourire encore plus.

Je soupirai en voyant l'état de mes cheveux et commençai à les démêler en pensant à cette capacité qu'avait Kellan de tout détruire ou de tout magnifier. Candy essayait d'interférer dans notre relation parce qu'elle était une harpie jalouse, ce que j'essayais précisément de ne pas être. Je l'avais entendue se vanter d'avoir couché avec une rock star. Si je souhaitais parfois qu'il soit un illustre inconnu, elle adorait qu'il soit célèbre, au contraire, et c'était en grande partie ça qui l'intéressait. Elle aurait pu sortir avec lui juste pour que son nom soit associé au sien. Les gens obsédés par la gloire me dégoûtaient. Pour moi, le statut de Kellan compliquait nos vies : ç'aurait été tellement plus simple si personne ne savait qui il était.

Quand j'eus fini de rafraîchir mon maquillage et de dompter mes cheveux en une queue-de-cheval, je retournai dans ma chambre. Kellan était vautré parmi les oreillers sur le matelas queen size qui dominait ma petite chambre. Il était rhabillé et plongé dans la lecture d'un de mes romans d'amour avec un petit sourire amusé sur les lèvres. Je secouai la tête en voyant la couverture qui représentait un monsieur muscle bronzé qui serrait une femme pas très habillée contre son torse nu.

– Qu'est-ce que tu fais ?

– Je lis tes bouquins porno.

– Ce n'est pas du porno. C'est un roman d'amour.

– Vraiment ? Écoute-moi ça : « Elle en eut le souffle coupé quand elle sentit son sexe en érection glisser sur sa peau, et il grogna en sentant son désir à elle. Ils étaient tellement prêts à être ensemble, sans culpabilité et sans remords… enfin. Elle enroula ses jambes autour de lui et ondula les hanches, amenant son sexe tout contre elle… »

Je rougis en me rappelant du passage qu'il venait de lire. C'était une scène assez chaude qui m'excitait toujours un petit peu. Et sa façon de lire était tellement sensuelle… Gênée qu'il ait raison, je lui pris le livre des mains et le rangeai dans un tiroir. J'étais sûre que j'imaginerais la voix de Kellan la prochaine fois que je le lirais, et rien que le fait d'y penser m'excitait déjà.

– Tu vois ? Du porno, je te dis. Et du plutôt bon, en plus. Ça me dirait bien d'essayer ce truc en page…

– Mets tes chaussures, il faut qu'on y aille.

Il rit tout en se levant.

– Comme tu veux. Peut-être une prochaine fois.

En arrivant chez Pete, un peu plus tard, je fus accueillie par une Kate surexcitée.

– Salut !

– Salut, Kate.

Je lui souris et tentai de me détacher de Kellan pour aller poser mes affaires. Au moment où nos doigts se séparèrent, il me prit par la taille pour m'amener contre lui.

– Je prendrai la même chose que d'habitude.

– Je sais ce que tu aimes.

Il sourit de toutes ses dents et glissa sa main dans la poche arrière de mon jean.

– Tu es bien placée pour le savoir, en effet.

Je me rendis compte du sous-entendu que je venais de faire et le poussai en rougissant. Il était vraiment pervers, parfois. Ou plutôt, tout le temps.

– Tu es vraiment adorable. Je t'ai déjà dit à quel point ça m'excite ? chuchota-t-il.

– La question serait plutôt : qu'est-ce qui ne t'excite pas ? répondis-je en riant.

Il sourit avant de se diriger vers sa table et je soupirai en regardant ses fesses. À côté de moi, j'entendis Kate soupirer aussi.

– J'adore ses cheveux, dit-elle d'un ton rêveur. On dirait toujours qu'il vient juste de se lever. Comment il fait ?

Je haussai les épaules en priant pour ne pas me mettre à rougir. Je ne me voyais pas vraiment lui dire que s'il avait l'air de sortir du lit, c'était justement parce qu'on avait couché ensemble juste avant de venir. Elle sortit une poignée de sucettes de la poche avant de son tablier et me les tendit.

– Tiens, Pete en a commandé plein pour les clients.

Elle enleva le papier d'une sucette avec « Pete's Bar » écrit dessus et la mit dans sa bouche.

– J'oublie tout le temps de les donner. Elles sont à la pomme, précisa-t-elle en souriant.

Je souris, la remerciai et allai ranger mes affaires dans la réserve. De retour dans la salle principale, je décidai d'en manger une aussi. J'adorais le parfum pomme, bien plus que les vraies pommes en fait. Rita avait déjà préparé la bière de Kellan avant même que je la commande, et elle me la tendit d'un air renfrogné.

– Tiens. C'est pour Beau Cul Belle Gueule.

Je la lui pris des mains, la remerciai à peine et m'éloignai en levant les yeux au ciel. C'était insupportable de savoir que toutes les femmes le déshabillaient du regard à longueur de temps. Et dire que les gens pensaient que c'étaient les hommes, les obsédés… Je commençais à avoir des doutes.

Je sortis ma sucette de ma bouche en approchant de sa table et lui tendis sa bière.

– Tiens. Comme d'habitude.

Il sourit en la prenant et son autre main attrapa ma main qui tenait la sucette. Il referma ses doigts sur les miens, approcha la sucette de ses lèvres et la mit dans sa bouche, puis il la suça quelques instants sans me quitter des yeux. C'était terriblement érotique, et j'entendis des petits soupirs en provenance d'une table de filles pas loin. J'avais envie de goûter la pomme sur sa langue, mais à la place, je décidai de me rebeller un peu.

– Beurk. Kellan, c'est à moi.

Que sa bouche soit sur ou près de quelque chose qui m'appartenait m'était complètement égal en réalité, mais c'était pour le principe. On ne suce pas la sucette de quelqu'un d'autre sans y être invité.

– Quoi ? Je peux bien mettre mes lèvres sur ta…

Je mis une main sur sa bouche et regardai vers la table voisine : toutes les filles s'étaient subtilement penchées en avant pour entendre ce qu'il disait.

– Kellan ! sifflai-je.

Il retira ma main de sa bouche, sans en démordre.

– Mais je ne peux pas profiter de ta sucette ?

Je souris sans pouvoir m'en empêcher. Il fronçait les sourcils en me faisant des yeux de chien battu, et c'était sexy à mourir. Résignée, je glissai la sucette dans sa bouche en soupirant.

– Tu pourrais au moins demander la permission.

– Je ne pensais pas que je devais demander l'autorisation pour sucer ton… bonbon.

Je secouai la tête et me penchai pour l'embrasser. Le goût était aussi délicieux que je l'avais imaginé, et j'ignorai les bruits dégoûtés en provenance de la table voisine.

– Pose la question, la prochaine fois.

Je le laissai seul, content comme un gamin avec sa sucette.

Un peu plus tard, je racontais ma journée à Kate (en omettant l'épisode avec Candy) quand les portes s'ouvrirent en grand. Je tournai la tête : Matt venait d'entrer, rayonnant, et son regard se porta tout de suite vers leur table. En voyant Kellan, il sourit encore plus et courut presque jusqu'à lui. Ce n'était pas son genre d'être aussi exubérant, et je me demandai ce qui se passait. Puis ce fut au tour de Griffin et d'Evan d'entrer, avec un air aussi ravi que celui de Matt. Ils se précipitèrent vers lui, qui était en train de parler avec Kellan en faisant de grands gestes.

– Qu'est-ce qui se passe ? demanda Kate en les pointant du doigt.

Ils étaient assis à présent et ils parlaient tous en même temps, à part Kellan, qui avait l'air abasourdi et se contentait de poser une question de temps en temps quand les autres se taisaient plus d'une seconde.

– Je n'en ai aucune idée, murmurai-je.

J'avançai vers leur table et Kellan leva les yeux vers moi. Il passa une main sur sa bouche, et une réelle inquiétude se lisait dans ses yeux, à tel point que j'hésitai à avancer encore. Je pensais que c'était une bonne nouvelle en voyant la tête des autres, mais l'attitude de Kellan semblait indiquer le contraire. On avait l'impression qu'on venait de lui annoncer la fin du monde.

Surexcités, les autres lui tapèrent sur l'épaule et essayèrent de le faire sourire, mais Kellan secoua la tête et leur murmura quelque chose sans me quitter des yeux. Ils tournèrent tous la tête vers moi et je reculai d'un pas en voyant leur regard. Celui d'Evan était plein de sympathie, ce qui m'effraya. Celui de Matt était inquisiteur, ce qui m'inquiéta. Et celui de Griffin était agacé… ce qui ne changeait pas de d'habitude.

Kellan se pencha en avant et prit la parole à voix basse, et les autres secouèrent la tête instantanément avec des gestes d'exaspération. Je ne les avais jamais vus se disputer auparavant et quelque chose me disait que c'était à cause de moi.

Un client m'interpella pour passer commande mais je fus incapable de répondre. Un truc important était en train de se passer. Un truc qui réjouissait tout le monde, sauf Kellan, et qui avait l'air de me concerner. Je sentis mon sang se glacer dans mes veines tandis que j'essayais de comprendre, en vain.

– Putain, Kellan, t'es pas sérieux ! cria soudain Griffin.

Kellan leva la main pour lui faire signe de se calmer et dit quelque chose en secouant la tête. Griffin secoua la sienne, croisa les bras sur sa poitrine et le fusilla du regard tandis que Matt baissait la tête d'un air déçu. Evan donna une tape dans le dos de Kellan et se pencha pour lui parler en me montrant du doigt.

Kellan me regarda, soupira et passa sa main sur son visage. Il se laissa aller contre le dossier de sa chaise et regarda ses amis, puis, sans rien dire, il hocha la tête et se leva lentement. Ses yeux rencontrèrent les miens, il soupira encore, et je crus que mon cœur allait exploser en le voyant s'approcher de moi. Il y avait une telle tension que j'avais presque envie de m'enfuir. Peut-être que c'était juste dans ma tête, mais un silence de mort semblait régner dans le bar. On s'était déjà donnés en spectacle en nous disputant devant tout le monde, et même si je n'étais pas sûre de ce qui allait se passer, les habitués, eux, avaient l'air de s'attendre à une nouvelle scène.

Kellan vint jusqu'à moi, la tête baissée, et je retins mon souffle.

– Je peux te parler ? Dehors ? ajouta-t-il d'un air fermé.

Je hochai la tête, même si je n'avais aucune envie d'aller dehors avec lui. J'étais incapable de bouger mais il prit ma main et m'entraîna derrière lui. Un concert de murmures démarra au moment où on passait les portes, puis elles se refermèrent derrière nous et ce fut le silence.

Kellan me lâcha pour passer une main dans ses cheveux et balaya le parking des yeux, comme s'il voulait éviter de me regarder. Je sentis des larmes monter tandis que l'angoisse me retournait l'estomac.

– Kellan ? murmurai-je d'une voix tremblante.

Il me regarda enfin et posa sa main sur ma joue.

– J'ai quelque chose à te dire et je ne sais pas par où commencer.

– Contente-toi de me dire ce que c'est, parce que là, tu commences vraiment à me faire peur.

Il déglutit et baissa les yeux, et sa main vint se poser sur mon bras.

– Matt a beaucoup bossé pour le groupe cet été. Il nous a trouvé plein de dates, de l'équipement pour qu'on puisse isoler l'appart d'Evan pour les répèt', il a réussi à nous décrocher un créneau au Bumbershoot…

Je savais déjà tout ça et je hochai la tête en attendant la suite. Il fit un pas vers moi et se mit à me caresser le bras.

– Un groupe qu'il avait essayé de contacter plusieurs fois nous a vus là-bas. Ils ont été super impressionnés et…

Il soupira et me prit la main de sa main libre.

– Ils veulent qu'on participe à leur tournée, murmura-t-il.

– Vous êtes invités à participer à une tournée ? Une vraie tournée ?

Il hocha la tête avant de hausser les épaules.

– C'est un gros truc. Il y a déjà six groupes, d'après ce que Matt sait. On serait en bas de l'affiche, mais c'est mieux que rien.

Je me jetai à son cou, débordante de fierté.

– Mais c'est génial !

Il soupira et je le serrai dans mes bras avant de m'écarter. Il évitait mon regard et ma joie s'évapora aussitôt.

– Tu n'es pas content…

Je pris son visage dans mes mains, et soudain, je compris.

– C'est à cause de moi, c'est ça ?

– C'est une tournée de six mois. À travers tout le pays.

Je me mordis la lèvre et sentis mes yeux me brûler en comprenant ce que ça impliquait pour nous. Il allait devoir partir. Longtemps. Néanmoins, je me forçai à sourire et à ne pas me laisser aller à la mélancolie comme lui.

– C'est bon. Six mois, ça passe vite. Et puis vous aurez des jours de repos, non ? On arrivera quand même à se voir.

– Je ne suis pas obligé d'y aller. Je peux dire non.

Je restai bouche bée en comprenant pourquoi ils s'étaient disputés. Il leur avait dit non dans le bar, parce qu'il ne voulait pas me laisser. Je le regardai, incrédule.

– C'est ton rêve, et c'est peut-être la chance de ta vie. Ce n'est pas ce que tu veux ?

– J'aime bien ma vie comme elle est, dit-il en regardant le bar par-dessus mon épaule. Jouer ici… être avec toi.

Je passai une main dans ses cheveux et me serrai contre lui.

– Mais tu as trop de talent pour faire ça toute ta vie. Même si j'aimerais t'avoir pour moi toute seule, je sais que je ne peux pas te mettre sous cloche. Et puis ce n'est pas juste ton rêve, tu sais à quel point c'est important pour les autres aussi. Tu ne peux pas dire non juste à cause de moi.

– Je sais, dit-il dans un soupir. Si je t'en parle, c'est uniquement à cause d'eux. Ils veulent tous y aller, forcément. Mais il te reste une année à la fac. Tu ne peux pas venir avec moi, et je ne veux pas te laisser.

– Ne refuse pas à cause de moi.

Je déglutis, en tentant de me débarrasser de l'énorme boule que je sentais monter dans ma gorge. Il allait atrocement me manquer mais je ne pouvais pas l'obliger à rester. Je ne voulais pas jouer ce rôle une fois de plus.

– Je n'empêcherai pas un autre homme de réaliser son rêve, chuchotai-je.

Il me serra contre lui de toutes ses forces et j'eus envie de me mettre à pleurer, mais je pouvais le sentir trembler, et je me forçai à être forte.

– Tu as peur. Pourquoi ? Tu n'as jamais peur.

– C'est faux. J'ai tout le temps peur. Je n'ai pas oublié.

Je fronçai les sourcils et l'interrogeai du regard.

– Je n'ai pas oublié, quand Denny est parti. Dans quel état tu étais. Je n'ai pas oublié comment ça a commencé, entre nous.

Il pensait que je le tromperais s'il partait. Que je me sentirais si seule et pathétique sans lui que je me jetterais dans les bras du premier venu… comme je l'avais fait avec Denny. Je ne pouvais pas lui en vouloir de penser ça, mais je sentis quand même la colère m'envahir et je le repoussai.

– Tu ne veux pas me laisser parce que quand Denny est parti…

– Je sais que tu n'aimes pas être seule, m'interrompit-il à voix basse.

– Je ne vais pas péter un plomb parce que tu pars et te tromper, éructai-je. Je ne suis pas… Jamais je… Pourquoi tu penses que je ferais un truc pareil ?

– Parce que j'étais là… quand Denny pensait exactement la même chose. Quand il croyait que tu ne le tromperais jamais.

Il voulut me prendre dans ses bras mais je reculai.

– Ce n'est pas juste. J'ai changé, et toi et moi, on était dans une situation complètement différente. Tu ne peux pas me balancer ça à la figure.

Il secoua la tête, un air d'excuse sur le visage.

– Je sais tout ça. Et je sais que tu as changé, mais…

Il ne finit pas sa phrase et détourna le regard.

– Alors quoi ? Tu n'auras jamais confiance en moi ? murmurai-je.

J'aurais tellement aimé qu'on soit dans une de ces relations où on peut sourire, féliciter l'autre et savoir que tout ira bien. Mais ce n'était pas le cas. On était dans une relation pleine de peur et de doutes, même si, naïvement, j'essayais parfois de faire semblant du contraire.

– Tu n'es pas mieux. Pas plus tard que cette après-midi, tu pensais que je t'avais trompée. Tu ne vas pas t'inquiéter quand je serai parti ? Si je pars en tournée pendant des mois… avec Griffin… ça ne va pas te traverser l'esprit ?

– Maintenant, si.

Je croisai les bras sur ma poitrine et le fixai jusqu'à ce qu'il baisse les yeux. Il soupira et je l'imitai en sentant ma colère s'évanouir petit à petit. Je ne pouvais pas lui en vouloir de se poser les mêmes questions que moi.

– On ne peut rien faire à part essayer et se faire confiance.

Il hocha la tête solennellement et soudain, en regardant le parking vide autour de nous, je pris conscience d'autre chose.

– Tu m'as amenée dehors parce que tu pensais que j'allais m'effondrer ?

– Je me souviens du soir où Denny t'a dit qu'il partait. Je t'ai tenue dans mes bras pendant que tu pleurais, et j'ai vu dans quel était tu étais quand il a pris l'avion. Tu étais dévastée, comme si une partie de toi était partie avec lui. Je ne veux pas te faire souffrir comme ça.

Son regard était triste et je l'embrassai doucement avant d'appuyer mon front contre le sien.

– Tu es déçu que je ne sois pas dans tous mes états ? C'était un test ?

– Non, ce n'était pas un test, mais je m'attendais au moins à ce que tu pleures et à ce que tu me demandes de rester.

– Crois-moi, à la seconde où tu vas partir, je vais pleurer comme une madeleine. Mais je pense ce que j'ai dit, Kellan. J'ai changé. Il s'est passé beaucoup de choses depuis le départ de Denny cette fois-là. J'ai mûri.

Je secouai la tête en me rappelant comment j'étais à l'époque.

– J'avais tellement peur d'être seule. Je n'aime toujours pas ça, mais j'ai moins peur maintenant. Mes erreurs m'ont aidée à grandir.

– Ah ! pleine de sagesse à vingt-deux ans, dit-il avec un petit sourire.

Mon sourire n'était pas rayonnant non plus, mais il aida la tension à se dissiper un peu.

– Tu as peut-être beaucoup plus d'expérience, mais ne fais pas comme si t'étais plus âgé de moi. J'ai vu ta date de naissance sur ton permis de conduire.

– Le vrai ? demanda-t-il d'un air malicieux.

Je secouai la tête et pris son visage dans mes mains.

– Tu crois que j'aimais plus Denny à cause de ma réaction quand il m'a annoncé qu'il partait ?

Il haussa les épaules et son visage se voila de tristesse.

– Tu ne peux pas m'en vouloir de penser ça.

– Je suppose que non, dis-je en le prenant dans mes bras.

On ne dit rien pendant un moment, et je me sentis envahie par un mélange de paix et de tristesse.

– Je n'aimais pas Denny plus que toi, finis-je par dire. Je t'aime plus, *toi*. Je t'aime assez pour te laisser partir et vivre ton rêve. Tu ne comprends pas ? Je t'aime plus que tout.

Il sourit doucement et je dégageai les cheveux qui lui tombaient sur le front.

– Et oui, tu vas atrocement me manquer, mais je sais que c'est la bonne décision, et toi aussi, tu le sais.

Il secoua la tête d'un air buté.

– Non. Ce que je sais, c'est que je veux être avec toi. Le reste, c'est des détails.

Je souris et l'embrassai.

– Mais rappelle-toi, ce n'est pas juste ton rêve. C'est aussi celui d'Evan, Griffin et Matt, et il a travaillé dur pour ça.

– Je sais…

– Et c'est pour ça que tu vas y aller.

– Je sais, dit-il encore en nichant sa tête dans mon cou.

On resta l'un contre l'autre pendant une éternité, jusqu'à ce que Kellan s'écarte.

– J'imagine qu'il vaudrait mieux que je rentre pour annoncer la bonne nouvelle à Matt.

Je hochai la tête en luttant contre l'envie de me mettre à pleurer. Je m'étais toujours dit que ça finirait par arriver un jour, mais pas aussi vite.

– La tournée commence quand, au fait ?

– Début novembre, répondit-il à voix basse.

– Oh, dis-je en baissant les yeux.

On était déjà fin septembre… Ça voulait dire dans à peine plus d'un mois. On garda le silence encore un peu, conscients du peu de temps qui nous restait, puis Kellan me prit la main. Il la serra dans la sienne, hocha la tête en direction des portes, et je pris une grande inspiration en hochant la tête à mon tour. Une partie de moi ne voulait pas rentrer, comme si je savais que plus rien ne serait pareil une fois que j'aurais passé le seuil. C'était ridicule car tout avait déjà changé.

Kellan me guida à l'intérieur et les habitués nous dévisagèrent, sûrement curieux de voir si j'étais en furie ou si Kellan avait un œil au beurre noir, mais comme ce n'était pas le cas, ils ne tardèrent pas à retourner à leurs conversations. Kellan se dirigea vers sa table en soupirant. Les garçons étaient toujours là, en train d'attendre sa réponse. C'était le leader du groupe, et sans lui, ils ne pouvaient pas faire grand-chose. Ils pourraient le remplacer par un autre chanteur, mais ça ne serait pas pareil sans le talent de Kellan. Je ne pouvais même pas imaginer les D-Bags sans lui, et je savais que c'était pareil pour eux, surtout pour Evan. Il préférerait tout laisser tomber que partir sans Kellan. C'était pour ça qu'ils étaient tous assis là, à attendre qu'il leur dise si, oui ou non, leur rêve allait se réaliser.

Les bras croisés, Griffin me jeta un regard mauvais qui me donna l'impression d'être la jumelle maléfique de Yoko Ono. Il y avait davantage de respect dans le regard de Matt, mais il avait quand même l'air déçu. Evan était le seul qui avait l'air partagé. Je savais que c'était ce qu'il voulait – quel musicien ne voudrait pas que son groupe devienne célèbre ? –, mais son cœur était ici avec Jenny. Il devrait partir sans elle tout comme Kellan devrait partir sans moi, et il me sourit avec sympathie tandis que je m'approchais d'eux.

Kellan se passa une main dans les cheveux et s'éclaircit la gorge, et tous les regards se tournèrent vers lui. Il prit une grande respiration puis regarda Matt dans les yeux.

– C'est d'accord, dit-il simplement.

Fou de joie, Matt sauta sur ses pieds tandis que les autres poussaient des grands cris. Evan attrapa Kellan par le cou et lui ébouriffa les cheveux en riant. Griffin se glissa entre Kellan et moi et le prit dans ses bras en lui tapant sur l'épaule. Ils parlaient tous en même temps et je finis par être obligée de reculer de quelques pas pour observer la scène. Kellan regarda vers moi l'espace d'un instant, avant d'être de nouveau sollicité par les autres, et je tournai les talons en soupirant. Je devais retourner travailler, de toute façon.

Je me dirigeais vers un couple qui venait d'arriver quand de joyeux éclats de rire me parvinrent depuis la table des garçons. Plusieurs habitués me demandèrent ce qui se passait, et je leur répondis d'un air morose.

– Ils partent avec un gros groupe en tournée. Ils vont jouer dans tout le pays, une maison de disques va les remarquer et leur proposer un contrat, puis ils passeront à la radio toutes les cinq minutes et ils auront leur propre tournée à travers le monde. Ils seront tout le temps sollicités, ils passeront sans arrêt à la télé, ils joueront à toutes les cérémonies et Kellan sera élu « Homme le plus sexy de l'année ». Après ça, il sera sans cesse invité par des groupies et des stars, et il finira par sortir avec une starlette avec qui il fera la couverture des magazines people. Et moi, je serai là, à vous servir à boire en parlant de la rock star avec qui je sortais avant.

Bon, d'accord, peut-être que je leur ai seulement dit la première phrase, mais le reste de mon discours passait en boucle dans ma tête. On pouvait essayer de se faire confiance, bien sûr, mais ça ne voulait pas dire qu'il n'allait rien faire derrière mon dos. Il n'y avait aucune garantie qu'il reste avec moi une fois qu'il serait exposé à… la terre entière.

Les clients étaient ravis et plusieurs fans allèrent jusqu'à la table des garçons pour les féliciter. Bizarrement, la seule personne qui avait l'air aussi contrariée que moi était Rita. Elle faisait une tête de dix pieds de long quand j'approchai du bar pour commander une nouvelle tournée de bières pour le groupe. Ses lèvres injectées de collagène faisaient la moue – ou quelque chose qui y ressemblait – tandis qu'elle préparait leurs boissons.

– Je n'arrive pas à croire qu'il s'en aille, murmura-t-elle. Tu ne vas rien faire pour l'en empêcher ?

Je regardai Kellan, il souriait en serrant la main de Sam, et il avait enfin l'air heureux à l'idée de partir en tournée.

– Non, répondis-je en secouant la tête. Il le mérite. Je ne vais pas l'empêcher de vivre son rêve.

Elle se pencha par-dessus le comptoir pour me donner une tape sur l'épaule, et je la fusillai du regard tandis qu'elle rajustait son décolleté.

– Alors tu es vraiment stupide. Il va devenir célèbre, et puis il se rendra compte qu'il est connu, beau comme un dieu, et qu'il peut sauter n'importe qui. Et tu crois vraiment qu'il va rester avec la serveuse du coin après ça ?

J'attrapai mon plateau avec humeur, en renversant une partie des consos, et je relevai la tête vers elle avec une assurance que je n'étais même pas sûre d'avoir.

– Tu ne le connais pas. Il n'est pas comme ça, la célébrité, le pouvoir, les femmes, il s'en fiche. Il n'y a que moi qui l'intéresse, dis-je en baissant le menton.

Elle croisa les bras et sourit d'un air narquois.

– Mais bien sûr. Et jamais il ne te tromperait, parce que c'est un modèle de vertu.

Elle me regarda de haut en bas et je rougis en sachant parfaitement à quoi elle faisait référence. On n'avait jamais avoué avoir eu une aventure, Kellan et moi, mais nos disputes en public, suivies de la bagarre entre Kellan et Denny – on continuait à prétendre que Kellan s'était fait agresser – et du départ de Denny en Australie, tout cela était suffisant pour que les gens devinent ce qui s'était réellement passé. Et sachant en plus qu'elle faisait partie du tableau de chasse de Kellan, je n'avais aucune envie d'avoir cette conversation.

– Tu ne le connais pas, répétai-je avant de me diriger vers leur table.

Après deux autres tournées, les garçons partirent pour donner un concert dans un autre bar, Kellan un peu à la traîne tandis que les autres sortaient sous les applaudissements des clients. Griffin marqua une pause avant de passer la porte.

– Merci à tous, mes loyaux serviteurs. Et ne vous en faites pas, je ne vous oublierai pas une fois que je serai célèbre. Je ferai juste semblant de ne pas me souvenir de vous !

Tout le monde rit en pensant que c'était une blague, mais connaissant Griffin, je savais qu'il ne plaisantait peut-être qu'à moitié. Quel pauvre type ! Il allait vraiment falloir que je parle à Anna. Elle méritait vraiment mieux… Enfin, au moins, elle ne pouvait pas trouver pire.

Kellan leva les yeux au ciel et secoua la tête en s'approchant de moi.

– Qu'est-ce qui va le perdre en premier, à ton avis ? La drogue, l'argent ou les femmes ?

Je souris en passant mes bras autour de sa taille.

– Sûrement un mélange des trois.

Il rit et il allait m'embrasser quand je l'interrompis.

– Et toi ? Qu'est-ce qui précipitera ta chute ?

– Qu'est-ce qui te fait dire que cela arrivera ?

Je regrettai d'avoir posé la question mais c'était trop tard.

– Je me dis juste que tu es sur la route de la célébrité, et que la célébrité comporte certains… dangers.

Je soupirai, bien consciente que ce n'était pas le moment de parler de ça, mais j'étais lancée à présent.

– Tu seras entouré par tellement de tentations. Et j'ai vu *Behind the Music*[4]. Je sais comment ça se passe.

Il plissa les yeux avant de se mettre à rire.

4. Émission américaine où l'on interviewe des groupes et des chanteurs célèbres, notamment sur leurs vies privées et les dérives liées à la célébrité.

– *Behind the Music* ? On dirait que tu as déjà tracé mon plan de carrière. Alors, ce sera quoi, à ton avis ? L'alcool, le jeu ? Les voitures de sport ?

– Non, pour toi, ce sera les femmes. Comme toujours.

Son sourire l'abandonna.

– Il faut qu'on se fasse confiance, Kiera. Je sais que je ne trouverai jamais mieux que toi, mais peut-être que toi tu te lasseras, une fois que le groupe tombera dans les oubliettes. Peut-être que tu penseras que tu peux trouver mieux et que tu commenceras à sortir avec un des Jonas Brothers.

Je parvins à rire et lui donnai une tape sur l'épaule.

– Jamais de la vie. Tu m'appartiens, ringard ou pas.

– Tant mieux, parce que rien de tout ça ne va arriver, de toute façon. C'est juste une tournée de six mois avec d'autres groupes, et la plupart sont à peine connus, comme nous. Quand on sera tous entassés dans un bus puant, je regretterai de ne pas être à la maison avec toi. Et quand les six mois seront finis, c'est exactement là que tu me trouveras : au lit avec toi.

Je hochai la tête, au bord des larmes.

– J'espère bien, murmurai-je.

– Je te le promets.

Puis ses lèvres trouvèrent les miennes et je passai mes mains dans ses cheveux dans un baiser bien plus entreprenant que ce qu'on s'autorisait normalement en public. Je ne tardai pas à oublier les gens autour de nous et à me concentrer uniquement sur lui. Il était à moi, et j'étais à lui, et il n'y avait aucune raison que la tournée change cet état de fait. Cela ne serait qu'une brève séparation pendant laquelle il allait vivre une expérience que la plupart des gens n'auraient jamais la chance de vivre. On serait fidèles l'un à l'autre, puis on serait de nouveau réunis et plus heureux que jamais.

Et après ça… Après ça, on aviserait.

6

Le temps file

À partir du moment où vous arrivez à l'école, on vous enseigne que le temps est constant. Que c'est une de ces choses qui ne changent jamais, sur laquelle on peut toujours compter, un peu comme la mort et les impôts. Il y aura toujours soixante secondes dans une minute, soixante minutes dans une heure, vingt-quatre heures dans une journée, et le temps passera à la même vitesse tout au long de votre vie.

Eh bien, c'est la plus grosse connerie que j'aie jamais apprise à l'école. La vérité, c'est que le temps fluctue. C'est facile de perdre des heures ou même des jours en un clin d'œil, et parfois, passer d'une heure à une autre est une torture. C'est un flux et un reflux aussi implacables que les marées, et tout aussi puissants. Les moments dont vous souhaiteriez qu'ils durent toujours sont ceux qui passent à toute vitesse, et ceux que vous voudriez abréger avancent avec la lenteur d'un escargot. C'est ça, la vérité. Et de mon côté, ma vie avançait en accéléré sans que je puisse faire quoi que ce soit.

J'avais l'impression que c'était la veille que Kellan avait accepté à contrecœur de partir en tournée, et soudain, il ne restait plus que quelques jours avant son départ. On était lundi matin, et il partait samedi. Et même si les dernières semaines avaient filé à la vitesse de la lumière, je savais que les six mois à venir seraient cruellement interminables. Je compterais chaque seconde durant notre séparation, et ça allait être horrible, mais il le fallait. Je ne voulais pas égoïstement contraindre un autre homme à tout abandonner pour moi, peu importait à quel point cela allait me faire souffrir.

J'entendis frapper à la porte de mon appartement et je me forçai à afficher une mine réjouie. Kellan aussi avait du mal à gérer la séparation, et je ne voulais pas rendre les choses encore plus difficiles. J'avais élevé l'excitation feinte au rang d'art ces derniers temps. Ça ne voulait pas dire que je n'étais pas excitée pour lui, ou infiniment fière. Mais je ne voulais pas qu'il s'en aille. S'il avait pu réaliser son rêve tout en restant près de moi, là, ma joie n'aurait pas été forcée.

Je passai à côté de la table pliante chancelante que ma sœur et moi appelions pompeusement la table à manger et souris en voyant le paquet cadeau posé dessus. J'ouvris la porte et découvris Kellan appuyé contre l'encadrement. Il me sourit et je fis un pas en arrière pour le laisser entrer.

– Bonjour, murmura-t-il.

Il m'embrassa dans le cou et m'attira tout contre lui, et je ris en faisant attention de ne pas faire trop de bruit pour ne pas réveiller Anna.

– Bonjour.

Il soupira en passant ses bras autour de ma taille.

– Ça va me manquer de ne pas te conduire à la fac tous les jours. Ce sera presque le moment de ta remise de diplôme quand je reviendrai.

Mon cœur se serra mais je me forçai à sourire.

– Au moins, tu seras rentré à temps pour me voir traverser la nef et assister à la cérémonie.

– J'adorerais te voir traverser la nef.

Mon cœur se mit à battre un peu plus vite tandis que je me demandais si on parlait bien de la même chose. Je cherchais quelque chose à dire quand Kellan aperçut le paquet rouge sur la table.

– C'est quoi ?

– C'est pour toi. Disons que c'est un cadeau de départ.

– Il ne fallait pas, tu n'as pas beaucoup d'argent.

Je me collai contre son dos et le poussai vers la table.

– Il y avait une offre spéciale. Et puis, c'est un peu un cadeau pour nous deux.

– C'est des menottes ? demanda-t-il en avançant lentement vers la table. T'as pris celles avec la fourrure ? Parce que c'est vraiment agréable sur…

– Non ! m'exclamai-je en lui donnant une tape derrière la tête.

Il rit en attrapant le paquet, tandis que j'étais déjà en train de l'imaginer menotté sur mon lit… Bien sûr, il avait eu assez d'expérience avec des menottes pour avoir un modèle préféré… Ç'aurait été un bon moyen de le garder près de moi, cela dit.

– Qu'est-ce que c'est ? demanda-t-il d'un air confus après avoir ouvert la boîte.

– Je sais que tu es un peu en retard sur ton temps, mais ça s'appelle un téléphone portable. C'est comme ton téléphone à fil, sauf que tu peux marcher en téléphonant. Tu peux même l'utiliser dehors, murmurai-je d'un air conspirateur.

– Je sais ce que c'est. Mais pourquoi tu m'offres ça ?

Je souris et sortis un téléphone portable assorti de ma poche.

– Pour qu'on puisse rester en contact. On pourra toujours se joindre, comme ça. Pour rester proches l'un de l'autre même en étant séparés.

Je sentis ma gorge se serrer, et il déglutit plusieurs fois, en proie à la même émotion.

– C'est une super idée. Merci.

Je fermai les yeux tandis qu'on s'embrassait de nouveau, savourant chaque seconde. Quand il s'interrompit pour regarder mes lèvres, le souffle court et les yeux brillants, j'eus la nette impression que s'il n'avait pas dû me conduire à la fac, il m'aurait amenée dans ma chambre. Et même si je savais que les cours étaient importants et que je devais me concentrer sur ma dernière année, je mourais d'envie qu'il le fasse.

– Je peux t'envoyer des textos cochons avec ça ?

Je ne répondis pas et attrapai ma veste en riant tandis qu'il rangeait le portable dans la poche de sa veste en cuir. Soudain, j'entendis une porte s'ouvrir et Kellan tourna la tête, prêt à dire bonjour à Anna. Sauf que ce n'était pas Anna, et que l'intrus était nu comme un ver.

Griffin bâilla en grattant ses parties qui se balançaient librement, et il plissa les yeux.

– Qu'est-ce que tu fous ici à cette heure-ci ?

Je détournai immédiatement le regard et Kellan sourit.

– Il est dix heures et demie, Griffin.

– C'est bien ce que je dis, tu as vu l'heure ?

Kellan leva les yeux au ciel. Tout ce qui était avant onze heures relevait de l'aube pour Griffin. Je l'entendis se rapprocher de nous et je me figeai, luttant contre l'envie de lui hurler d'aller s'habiller.

– Au fait, Matt m'a chargé de te dire que si tu ratais encore une répèt', t'étais viré.

– Vraiment ? demanda Kellan en haussant les sourcils. Désolé. J'ai eu la tête ailleurs, ajouta-t-il à mon attention.

– Eh bien, remets ta tête sur tes épaules et remets-toi au boulot. On a besoin de toi.

– C'est bon, répondit Kellan en soupirant. Je serai là, d'accord ?

– T'as intérêt.

– Au fait, reprit Kellan au moment où Griffin s'éloignait, tu pourrais arrêter de te balader à poil au milieu de l'appart de ma copine ? Je préférerais qu'elle ne voie pas d'autre paquet que le mien, si ça ne te dérange pas.

J'écarquillai les yeux et regardai Griffin sans le vouloir.

– Si elle regarde d'autres zobs que le tien, c'est un problème entre elle et toi. Hulk a besoin de respirer.

Kellan se mordit la lèvre pour ne pas rire et je plaquai une main sur ma bouche. Il nous regarda tous les deux d'un sale air avant de regagner la chambre d'Anna, et Kellan et moi éclatâmes de rire dès qu'il ferma la porte.

– Hulk ? parvins-je à articuler entre deux éclats de rire. Il devient vert quand il grandit ?

– Je n'espère pas, répondit-il en se tenant les côtes, mais viens, allons-nous-en avant de le savoir.

J'attrapai mon sac IKKS et on quitta l'appartement à la hâte. Une fois dans le couloir, notre crise de rire se calma et je souris à Kellan.

– Merci d'avoir essayé, en tout cas. S'il y a bien une chose qui ne me manquera pas, c'est de voir Griffin en tenue d'Adam.

– J'aimerais pouvoir en dire autant, dit-il en passant un bras autour de mes épaules, mais le mutant vert vient avec moi.

– Et toi, t'as un surnom pour… ça ?

– Aucun qui vienne de moi, mais d'après ce que j'ai entendu dans ta chambre, ce serait sûrement quelque chose du genre « Le Oh mon Dieu-Oui-Plus fort-Plus vite-Continue-Arrête-Oui-C'est trop bon ». Mais bon, c'est un peu long.

Je lui donnai un coup de coude dans l'estomac. Parfois, il pouvait être aussi nul que Griffin. Enfin, presque.

– Je plaisante. Allez, viens, je t'emmène. Et pendant que tu es en cours, peut-être que j'irai acheter des menottes et tu pourras me trouver un nouveau surnom.

Après m'avoir déposée sur le campus, Kellan partit pour… faire ce qu'il faisait pendant que j'étais en cours. Peut-être qu'il cherchait de nouveaux moyens de me coller la honte. J'espérai qu'il plaisantait à propos des menottes…

Au cours des dernières semaines, j'avais fait plus ample connaissance avec quelques étudiants de ma promo et je les rejoignis avant mon cours d'analyse pratique. C'était un cours plutôt intense et on s'était tous mis d'accord pour se retrouver et étudier ensemble pendant une heure avant le début du cours. Assise au milieu d'un groupe de six ou sept personnes sur la même longueur d'onde que moi, à étudier l'importance des pratiques d'interprétation dans le cadre d'études portant sur la littérature et la culture, j'avais enfin l'impression d'être moi-même. Un individu à part entière, avec mes propres envies et mes propres rêves, et pas seulement un membre de l'entourage de Kellan. Je me sentais complète et ça rendait son départ à venir moins stressant. Enfin, un tout petit peu moins…

Le cours de presque deux heures me mit le cerveau en bouillie, et à la fin, j'étais soulagée d'enchaîner sur mon cours d'éthique, plus simple, même si ça voulait dire voir Candy. Je serrai les dents et fis ce que je faisais à chaque fois que j'entrais dans l'amphi : je les ignorai, elle et ses amies, ce qui était plutôt facile étant donné qu'elle avait commencé à en faire autant. Après sa tentative ratée pour me faire rompre avec Kellan, elle avait l'air d'avoir laissé tomber. Ou alors elle était occupée à mettre au point un plan machiavélique, mais je préférais me dire qu'elle avait mieux à faire.

Rapidement absorbée par le cours, j'oubliai totalement Candy et ses amies assises quelques rangées devant moi, et quand celui-ci s'acheva, je ramassai mes affaires et commençai à réfléchir à l'essai que je devais écrire le soir. Le sujet était la responsabilité éthique des sites Internet, et je pensais me concentrer sur les sites populaires d'avis médicaux, pour illustrer à quel point il est important de fournir des informations correctes aux patients potentiels.

J'étais déjà en train de faire l'esquisse du plan de mon devoir dans ma tête quand je cognai dans Kellan dans le couloir. Il m'attrapa par les épaules pour m'immobiliser et il me fallut une seconde avant de sourire et de le prendre dans mes bras.

– Salut. Tu ne m'as pas attendue dehors ?

– Non, il pleut. Et j'ai préféré aller nager plutôt que d'attendre dans ma voiture.

– Parfait. Comme ça, je peux te parler de ma dissert, même si cela ne t'évoqueras sans doute pas grand-chose.

Kellan se servait très rarement d'un ordinateur, et pour ce qui était d'aller sur Internet… c'était une vraie aventure.

– Dis-moi tout, dit-il en souriant.

Pile au moment où j'allais commencer, quelqu'un me bouscula si violemment que je lui lâchai la main. Je fronçai les sourcils en me tournant vers la personne qui se prenait pour le cow-boy des couloirs et je reconnus Candy, qui me fusilla du regard. Je soupirai et allais repartir, mais Kellan ne l'entendit pas de cette oreille.

– Bouge pas, j'en ai pour une seconde, dit-il entre ses dents avant de se diriger vers elle, qui lui souriait béatement.

Agacée mais curieuse, je restai là et le regardai. Tina et Geneviève avaient l'air sur le point de s'évanouir, et j'en déduisis qu'elles ne s'étaient sans doute jamais retrouvées aussi près de lui. De son côté, Kellan semblait être sur le point de leur arracher la tête, et quand ses yeux se posèrent sur Candy, elle fit un pas en arrière en voyant l'expression sur son visage.

Il la prit par le bras, se pencha sur elle et lui murmura quelque chose à l'oreille. Je n'entendais pas ce qu'il disait, mais elle secoua la tête et dit quelque chose en montrant Tina du doigt. Tina leva les mains en l'air en bafouillant à son tour et s'interrompit quand Kellan lui lança un regard assassin. Puis il lâcha le bras de Candy et leur dit quelque chose à toutes les trois, ce à quoi elles répondirent en hochant rapidement la tête avant de s'éloigner sans demander leur reste.

Kellan se tourna vers moi en souriant le plus naturellement du monde et il me prit la main pour m'entraîner vers la sortie. Je m'attendais à une explication, mais il n'avait pas l'air d'avoir l'intention de m'en donner une, alors je m'éclaircis la gorge.

– Quoi ?

– C'était quoi, ça ?

– Je leur ai juste fait comprendre que ce ne serait pas très prudent de colporter d'autres ragots sur moi. Et je leur ai conseillé de te laisser tranquille, aussi.

Avec un sourire jusqu'aux oreilles, il m'ouvrit la porte et fit un pas de côté pour me laisser passer. Tout en m'apprêtant à affronter la pluie, j'essayais d'imaginer ce qu'il avait bien pu utiliser comme menaces pour qu'elles aient l'air effrayé à ce point. J'avais déjà vu Kellan en colère plusieurs fois et il pouvait être assez intimidant quand il le voulait. Avec un peu de chance, elles allaient peut-être me laisser tranquille jusqu'à la fin de l'année.

– Est-ce qu'elles ont dit comment elles étaient au courant pour le tatouage ?

– Tina m'a vu faire de l'exercice dans le parc à côté. J'avais chaud, et j'étais sans tee-shirt.

Ça expliquait tout, en effet. Je le dévisageai un moment, en essayant de déterminer s'il disait ou non la vérité tandis qu'il soutenait mon regard, mais il avait l'air sincère.

– Bon, tu vas sortir, un jour ? La porte fait son poids.

Je ris et l'embrassai avant de me préparer à courir jusqu'à la voiture. Au bout de trois pas, j'étais déjà trempée et je me précipitai jusqu'au parking en râlant et en regrettant de ne pas avoir pris un parapluie. Kellan arriva derrière moi et me donna une tape sur les fesses.

– Allez, la tortue, dépêche-toi !

Il rit en se passant la main dans les cheveux et le voir trempé lui aussi me rappela un souvenir bien moins agréable. Je me forçai à ne pas y penser et reportai mon attention sur lui.

– Ce n'est pas juste ! criai-je en ajustant la sangle de mon sac. Tu ne portes rien !

Il rit sans s'arrêter pour autant, et au moment où je le rejoignis, il était déjà dans la voiture, les pieds sur mon siège et le dos appuyé contre la portière du côté conducteur. Il avait les yeux fermés, comme s'il s'était endormi en m'attendant. J'attrapai sa cheville et le secouai mais il m'ignora et ne bougea pas d'un poil, et je finis par ramper au-dessus de lui, ce qui attira enfin son attention.

Il ouvrit les yeux en souriant et je me contorsionnai pour fermer la portière avant de balancer mon sac sur la banquette arrière. Il me prit alors dans ses bras et plaqua mon corps trempé contre le sien, puis il s'allongea complètement et plaça ses hanches pile au niveau des miennes.

– Voilà, c'est mieux.

Il avait un regard lascif et le souffle court, et pas seulement parce qu'il venait de courir. Mes longs cheveux tombaient de chaque côté de mon visage et gouttaient sur ses vêtements, et son odeur se mélangeait à celle de la pluie. Je pris son visage entre mes mains et soupirai.

– Tu es l'homme le plus séduisant que j'aie jamais vu.

Avec l'impression d'être complètement seule avec lui, je me penchai sur lui pour l'embrasser. Ses lèvres douces se pressèrent contre les miennes, et après un moment bien trop court, il secoua la tête.

– Je ne le serai peut-être pas toujours. Je pourrais me faire attaquer par un ours en traversant la rue demain et être défiguré. Tu voudrais toujours de moi ?

– Bien sûr que oui. Ce n'est pas seulement ton visage qui te rend séduisant, Kellan, et ce n'est pas pour ton apparence que je t'aime.

Il sourit et je sentis ses mains courir le long de mon dos avant de me serrer contre lui.

– Et puis bon… Un ours ? Sérieusement ?

Il rit et on commença à onduler doucement l'un contre l'autre. Le pare-brise se recouvrit rapidement de buée, et même si je pouvais entendre des gens passer à côté de la voiture, le bruit de la pluie et la buée sur les vitres me donnaient l'impression qu'on était seuls au monde.

– Maintenant, je vais être obligé de faire quelque chose que je n'aurais jamais cru faire, murmura-t-il soudain.

– Et on peut savoir ce que c'est ?

– Je vais être obligé de te faire l'amour dans la voiture, dit-il d'une voix basse et rauque.

Il essaya alors de venir se mettre au-dessus mais je m'assis rapidement pour l'en empêcher. J'avais beau me sentir seule avec lui, je savais que ce n'était pas le cas et je n'avais pas l'intention de faire ça dans la voiture. Il se redressa sur ses coudes, essoufflé.

– Pourquoi tu t'es arrêtée ?

Je poussai ses pieds pour pouvoir m'asseoir confortablement sur la banquette et le pointai du doigt d'un air aussi accusateur que possible.

– Parce que tu dois aller répéter, et que si tu es absent, Matt va te virer du groupe.

Il se redressa et passa ses bras autour de moi.

– C'est *mon* groupe. Ils ne peuvent pas me virer.

Il commença à m'embrasser dans le cou et j'essayai de ne

pas m'abandonner, de ne pas respirer trop vite et de ne pas m'agripper à ses vêtements. Je le repoussai et plantai mon index entre ses côtes.

– Je ne vais pas coucher avec toi sur le parking de ma fac.

Il regarda autour de lui avec malice.

– Personne ne s'en rendra compte. Tu l'as déjà fait dans une voiture ?

Je ramenai mes cheveux derrière mes oreilles, embarrassée.

– Oui, Denny et moi, on…

Je ne finis pas ma phrase et vis son sourire joueur s'évanouir. Il me lâcha, alla s'installer derrière le volant et hocha la tête.

– Ah oui… votre road trip.

Il soupira et chercha ses clés dans sa poche. De là où j'étais, je n'arrivais pas à voir s'il était fâché ou non.

– Ça va ?

Il sourit et me regarda en faisant démarrer la voiture.

– Oui. J'aurais juste bien aimé que tu le fasses avec moi pour la première fois. J'ai raté ma chance.

– Je suis sûre qu'il y a plein de choses que je n'ai pas encore faites et que je peux faire avec toi, Kellan, dis-je en posant ma main sur sa cuisse.

– Je sais, dit-il en faisant marche arrière.

J'aurais voulu pouvoir remonter dans le temps et éviter de mentionner ce moment intime avec mon ex mais c'était trop tard, et je gardai le silence sur le trajet qui nous menait à la répétition.

En général, les garçons se réunissaient une fois par jour pour composer ou répéter. Cela pouvait sembler beaucoup mais c'était de cette façon qu'ils gagnaient leur vie, et ils prenaient ça très à cœur. Mais ces derniers temps Kellan avait raté pas mal de répétitions pour passer du temps avec moi, et Matt commençait à en avoir marre. Car même si, techniquement, c'était le groupe de Kellan, c'était Matt qui le dirigeait : c'était lui qui trouvait des concerts, s'occupait du marketing, organisait les répétitions et essayait d'inculquer un peu de professionnalisme à ce quatuor de mecs d'à peine plus de vingt ans qui se laissaient distraire pour un oui ou pour un non. Ce groupe, c'était le bébé de Matt.

En route vers le pont qui reliait le campus au centre de Seattle, je regardai la Space Needle à travers la fenêtre. Elle était belle et iconique, et surtout, c'était là que Kellan m'avait ouvert son cœur. Il s'était dévoilé et m'avait confié des secrets qu'il n'avait jamais dits à personne. Cela me rendait incroyablement triste de penser que sa vie aurait pu être tellement différente s'il avait parlé à quelqu'un à l'époque. Peut-être que les services sociaux seraient intervenus et l'auraient placé dans une famille d'accueil aimante. N'importe quoi aurait mieux valu que ce cauchemar.

Je posai ma main sur son genou et il sourit à mon contact. Une petite partie de moi se demandait s'il avait été séduit, s'il était resté avec moi, tombé amoureux de moi juste parce que son psychisme perturbé désirait la peine que je lui avais infligée. Peut-être qu'il avait un penchant maso. Si c'était le cas, je n'avais pas manqué de l'attiser… C'était vraiment un miracle qu'il ait bien voulu me reprendre.

Je posai ma tête sur son épaule et il laissa aller sa tête contre la mienne, sa main posée sur ma cuisse. La Needle et tous les gratte-ciel emplis d'hommes et de femmes d'affaires qui l'entouraient ne tardèrent pas à disparaître de mon champ de vision tandis qu'on s'approchait de la zone industrielle où se trouvait le loft d'Evan. C'était l'endroit parfait pour répéter, car ce n'était pas un quartier résidentiel, et les rares voisins n'étaient pas gênés par le bruit, tant que les garçons ne jouaient pas trop tard le soir.

Lorsque nous arrivâmes devant chez Evan, Kellan coupa le moteur, ouvrit sa portière et attrapa sa guitare sur la banquette arrière. Je sortis et l'attendis à côté de la voiture. Heureusement, le plus gros de l'averse était passé, et il ne tombait plus que des petites gouttes.

Evan habitait au-dessus d'un garage, et les mécaniciens adoraient que les garçons répètent pendant qu'ils travaillaient. Parfois, ils leur demandaient de laisser la porte ouverte pour mieux entendre. L'un des employés m'avait avoué un jour qu'écouter le groupe leur donnait l'impression d'être à un concert de rock. Je connaissais ce sentiment: c'était comme ça que je me sentais à chaque fois que je travaillais au Pete's les soirs où ils jouaient.

Une des portes du garage s'ouvrit alors qu'on passait à côté. Un homme était en train de pousser une voiture hors du garage de façon à ce que son propriétaire ne recule pas dans la fosse mécanique. Une fois qu'il eut terminé, il sourit et fit un signe de la main à Kellan.

– T'étais passé où ? Matt va te tuer.

– C'est ce qu'on m'a dit, oui.

L'homme rit tandis qu'une femme couverte de cambouis sortait de la voiture qu'elle venait de garer juste à côté du garage. Elle marcha jusqu'à Kellan et lui donna un coup de poing dans l'épaule.

– Tu vas tout déchirer en tournée, Kell.

Elle poussa un soupir dramatique et je levai les yeux vers le ciel nuageux. Peut-être qu'elle pouvait flirter avec lui à l'intérieur, au sec ? Elle secoua sa touffe de cheveux hirsute et fronça les sourcils.

– Vous allez nous manquer. Ce sera pas pareil sans personne chez Evan.

Kellan lui sourit et je me renfrognai en voyant la chaleur sur son visage. Je savais que Kellan avait des amies – Jenny était l'une d'entre elles –, mais je me demandai instantanément à quel point cette fille avait été amicale avec lui. Je serrai sa main plus fort et me collai à lui comme par réflexe.

– J'en doute, Rox. Vous n'allez même pas remarquer notre absence. Et puis, ce sera enfin assez silencieux pour que tu puisses bosser sur ce bouquin.

Elle rit et son visage s'illumina, et je détestai me rendre compte qu'ils savaient des choses l'un sur l'autre. Ils abrégeaient même leurs prénoms. Autant de familiarité me déplaisait et je sentis une vague de jalousie me submerger. J'avais envie de venir me planter entre elle et Kellan en grognant mais un sifflement en provenance de l'intérieur du garage les obligea à retourner travailler. Kellan leur fit un signe de la main, et Rox, Roxie ou Roxanne, peu importe, se retourna une dernière fois pour le regarder avant de rentrer, avec cet air intéressé que j'avais vu bien trop souvent. Pas une fois elle ne s'était adressée à moi, comme si j'étais sans importance, et j'eus envie de lui tirer la langue, mais me comporter comme une enfant de cinq ans n'était pas la solution. Du moins, pas encore.

En essayant d'ignorer une fois de plus le désir qu'il inspirait chez une autre, je le suivis dans l'escalier qui menait chez Evan. Kellan entra sans frapper, comme s'il était chez lui, et Matt nous sauta dessus à la seconde où on entra.

– Pas trop tôt !

Il fusilla Kellan du regard mais Rachel lui dit quelque chose à l'oreille et il parut se calmer un peu. Je fis signe de la main à Rachel, et à Jenny qui était assise sur les genoux d'Evan, derrière la batterie. Les deux étaient en train de jouer et Jenny riait pendant qu'Evan l'embrassait dans le cou. Kellan ferma la porte derrière nous et fit la grimace en croisant le regard de Matt.

– Désolé, j'ai eu plein de trucs à faire.

Être chez Evan était comme être dans un Pete's miniature : à part une petite cuisine, un salon avec un canapé en face de la télé et un lit avachi dans un coin de la pièce, avec d'un côté une commode et de l'autre une table de nuit, le reste était une scène. Les garçons entreposaient leur matériel ici entre deux concerts, à l'exception de celui qu'ils laissaient chez Pete. Ça ne risquait rien : tout le monde là-bas savait que toucher aux affaires du groupe impliquait de se faire mettre immédiatement dehors.

Chez Evan, ils avaient la sono, une deuxième batterie, la basse de Griffin et la guitare de Matt. Kellan, lui, préférait garder sa guitare avec lui et la transporter d'un endroit à l'autre. Avec leurs instruments qui les attendaient derrière les micros, il ne leur manquait que des spots et un ou deux videurs pour pouvoir donner un concert. Ils avaient même commencé à installer un studio insonorisé pour pouvoir enregistrer. Les murs étaient construits mais pas assemblés et les matériaux traînaient contre le mur derrière la batterie. Avec le Bumbershoot, et maintenant la tournée à venir, ils avaient été obligés de suspendre leurs travaux, mais ce serait sûrement leur priorité à leur retour.

Kellan posa l'étui de sa guitare sur le comptoir de la cuisine et l'ouvrit, et je souris en voyant la photo de nous deux qu'il gardait à l'intérieur. Au moment où il sortait sa guitare de l'étui, Griffin arriva et lui donna une tape dans le dos.

– Des trucs à faire ? T'appelles ça comme ça, toi ?

Griffin se tourna vers moi et ses yeux se fixèrent sur mes seins. Je savais que, dans sa tête, il était en train de nous imaginer au lit, et sentir son regard sur moi était horrible. Je croisai les bras sur ma poitrine pour me cacher et son sourire s'agrandit mais Kellan finit par remarquer son manège et lui donna une tape derrière la tête.

– Arrête de la déshabiller du regard comme ça.

Il renifla d'un air indigné et haussa les épaules.

– Quoi, on n'a même plus le droit de rêver maintenant ?

Kellan leva les yeux au ciel avant de s'éloigner et Griffin se tourna vers moi en me souriant d'un air perfide.

– À tout à l'heure, murmura-t-il.

Je me sentais tellement sale que j'avais envie de prendre une douche et je lui tournai le dos pour aller rejoindre Rachel et Jenny. On se mit à genoux sur le canapé, penchées en avant pour soutenir nos hommes depuis le premier rang de ce concert très privé. Je soupirai en voyant Kellan discuter avec Matt et Evan pendant que Griffin attrapait la guitare de Matt et faisait semblant de jouer comme s'il était Slash. Ils allaient me manquer.

Rachel et Jenny soupirèrent aussi et je les observai en train de regarder leurs copains. Jenny avait pleuré quand le groupe avait annoncé qu'il partait en tournée. Elle était excitée pour Evan, mais elle n'avait aucune envie d'être séparée de lui. La différence entre elle et moi était qu'elle n'avait pas peur qu'Evan la trompe, et la confiance absolue qu'elle avait en lui était une vraie source d'inspiration. J'aurais tellement aimé être comme elle. Quand j'étais avec Denny, j'avais cette foi quasi inébranlable qu'il ne me tromperait jamais, un réconfort que, bizarrement, j'avais perdu après l'avoir trompé. Et à présent, j'avais l'impression que tout le monde était capable de faire n'importe quoi, et c'était horrible.

– Je n'arrive pas à croire qu'ils partent samedi. C'est passé tellement vite, dit soudain Jenny.

– Je sais… Quand je repense à Bumbershoot, j'ai l'impression que c'était hier.

Je regardai de nouveau les garçons. Kellan avait passé la sangle de sa guitare autour de son épaule et hochait la tête tandis que Matt lui montrait un accord, sous le regard d'Evan. Griffin, lui, s'en moquait complètement, trop occupé à saluer une foule imaginaire.

– Matt organise une soirée de départ chez lui vendredi soir après leur concert, annonça Jenny d'un air morose. Leur dernier concert.

Ses yeux étaient aussi vitreux que les miens. C'était tellement difficile de laisser les gens poursuivre leurs rêves, surtout quand ils les emportaient à des milliers de kilomètres. Je hochai la tête et pris Jenny dans mes bras, qui reniflait discrètement. Rachel passa un bras autour de chacune de nous et on commença notre soirée spéciale copines abandonnées. On ne tarda pas à être interrompues par un petit rire : c'était Kellan, qui nous regardait en souriant.

– Y a un câlin de groupe et je ne suis même pas invité ?

Rachel et Jenny rirent et je lui donnai un petit coup dans l'estomac. Il attrapa ma main et vint se coller à moi pour m'embrasser, et je me laissai faire en oubliant la présence des autres. Je gémis doucement quand sa langue frôla la mienne, et des rires nerveux me parvinrent, mais je les ignorai. Ce fut la voix de Griffin qui me ramena sur terre.

– Bon, on joue ou on baise ?

On s'écarta l'un de l'autre et Griffin sourit en posant sa main sur sa braguette.

– Moi, tout me va, c'est juste pour savoir quel instrument je dois sortir.

Kellan se releva et je rougis jusqu'aux oreilles sous les rires de Rachel et Jenny, qui me donna une tape amicale dans le dos. J'entendis Griffin se faire taper dessus, et j'eus le temps de le voir pousser Kellan et se masser le bras. Kellan sourit en allant s'installer derrière le micro et il attendit qu'Evan commence à jouer, ses yeux plongés dans les miens.

Matt et Evan commencèrent à jouer dans une synchronisation parfaite et le son de leurs instruments remplit la pièce. Je pouvais sentir l'air vibrer autour de nous et Kellan sourit. Griffin les rejoignit quelques secondes plus tard, et Kellan fut le dernier. Au milieu de tous les sons qui se mélangeaient à la perfection, il se mit à chanter.

Il déclamait les mots et les phrases sans effort, sa voix était claire, puissante, et il était juste… incroyable. J'aurais pu l'écouter à longueur de journée, et si j'avais eu un iPod, ses chansons auraient été en mode « Repeat ». La chanson qu'ils interprétaient était un nouveau titre sur lequel ils avaient travaillé et que Matt voulait inclure à la tournée. Ils avaient prévu de la jouer vendredi soir, comme pour remercier les fans de la première heure qui les avaient soutenus depuis le début.

Matt organisait les répétitions en fonction des plannings de chacun, ce qui voulait dire qu'ils se voyaient parfois tard le soir, quand j'étais au travail, mais je faisais néanmoins un effort pour venir à celles qui avaient lieu avant mon service. J'adorais être là lors du processus créatif. J'avais regardé Kellan écrire des paroles dans la cuisine autour d'une tasse de café, et je les avais observés, lui, Evan et Matt, travailler sur la mélodie au bar. C'était fascinant de voir l'idée de quelqu'un germer et grandir pour devenir une chanson. Celle-ci parlait d'arriver à la croisée des chemins et de devenir quelqu'un de plus fort. C'était une chanson magnifique et j'aimais me dire qu'elle parlait de nous.

Arrivé au refrain, Kellan fronça les sourcils et s'arrêta brusquement de chanter.

– Tu fais quoi ? C'est l'interlude, pas le refrain, dit Kellan en montrant du doigt la guitare de Matt.

– Tu vois bien, j'avais raison : t'es complètement largué, en ce moment. Étant donné que t'as manqué des répèt' et que tu nous as laissés sans chanteur, on a fait des changements avec Evan. On a inversé les deux sections et c'est vachement mieux comme ça. Tu le saurais si tu avais daigné venir.

Kellan leva les mains et fit un pas en arrière.

– C'est bon, du calme. Je posais la question, c'est tout. Écoute, je suis désolé, mais je suis là maintenant, alors… dis-moi juste où on en est, d'accord ?

Matt se pinça les lèvres mais hocha la tête.

– Y a d'autres changements dont je devrais être au courant ?

– Non. Ah, si, on a ajouté un solo pour moi avant le dernier refrain, dit-il en souriant doucement.

Kellan détourna le regard et finit par rire progressivement.

– Bien fait pour moi.

Il posa les yeux sur moi et sourit.

– Ça valait le coup, murmura-t-il à mon intention. OK, on reprend, dit-il plus fort à l'intention des garçons.

Ils finirent la chanson sans autre interruption de la part de Kellan, et Matt eut l'air ravi pendant son solo. À la fin, je fus obligée d'admettre qu'il avait raison : les changements avaient amélioré la chanson. Ils allaient casser la baraque vendredi.

Quand la répétition fut finie, c'était l'heure d'aller travailler pour Jenny et moi. Les garçons vinrent avec nous au bar, impatients de se détendre avec une bière après leur « dure » journée. Parfois, j'enviais la facilité de leur style de vie : boire, faire la fête, jouer de la musique toute la nuit, être entourés de filles… Mais dans le fond, je voyais bien qu'ils bossaient dur et, en vérité, leur travail n'était pas plus facile que le mien. Au moins, j'avais des horaires fixes, alors que pour eux, c'était vingt-quatre heures sur vingt-quatre, sept jours sur sept. J'en eus la confirmation en voyant deux étudiantes s'approcher de leur table plus tard dans la soirée. Ils discutèrent aimablement avec les fans, Kellan refusa poliment les avances de la blonde et secoua la tête quand elle indiqua les portes en haussant les sourcils dans ce qui était clairement plus qu'une invitation à jouer aux cartes.

Je m'assombris en regardant la scène, prise d'une envie irrépressible de lui renverser « accidentellement » mon plateau sur la tête. Non, vraiment, par certains aspects, leur métier ne leur laissait jamais de répit… malheureusement.

7

Le poids du passé

Après s'être fait enguirlander par Matt pour avoir raté les répétitions, Kellan voulait assister consciencieusement aux suivantes. Malheureusement, cela ne collait pas avec mon emploi du temps, et je le vis moins souvent au cours de cette semaine que lors des précédentes, où on n'avait pas hésité à laisser en plan les amis ou à esquiver certaines obligations pour passer quelques heures au lit tous les deux. Ce n'était pas très malin, étant donné qu'il avait raté des répétitions importantes et, moi, quelques cours tout aussi importants. Mais on avait eu besoin de ce temps ensemble alors que chaque jour qui passait nous rapprochait de la séparation.

Voir Kellan reprendre de bonnes habitudes et être concentré à nouveau était loin d'être facile pour moi mais je m'adaptai et me consacrai aux cours, au travail et à mes amis. Kellan m'envoyait des textos lorsqu'on était séparés, et il avait déjà interrompu plusieurs de mes cours avec des commentaires totalement déplacés. Il arrivait à me faire rougir jusqu'aux oreilles même avec un simple téléphone, et j'adorais ces petites distractions.

Mais le vendredi finit par arriver. Quand je me réveillai dans mon grand lit ce matin-là, il y avait un parfum d'au revoir dans l'air. J'étais dans les bras de Kellan, la tête posée sur son torse, et je sus qu'il était réveillé, lui aussi, car il me caressait les cheveux. Je m'étirai et relevai la tête pour le regarder. Mes yeux rencontrèrent les siens, plus bleus et plus profonds que n'importe quel océan, et il sourit en me caressant la joue.

– Salut.

– Bonjour.

Je l'embrassai doucement, puis on resta là pendant au moins une heure, serrés l'un contre l'autre. C'était une des choses les plus réconfortantes qui soient, et je savais que je n'oublierais jamais ce matin-là, et que ce souvenir m'aiderait plus tard, quand il me manquerait tellement que j'en aurais physiquement mal.

Après ce qui me sembla être une courte éternité au paradis, ce fut l'heure pour moi d'aller en cours. Je me levai à contrecœur et Kellan me suivit avec un sourire espiègle dans la salle de bain, puis sous la douche. Je regardai l'eau couler le long de ses muscles et le laissai me chouchouter et me caresser. Il me savonna avec douceur, sans toutefois donner une tournure sexuelle à ce qu'il faisait. On se contenta de se laver l'un l'autre, et je trouvai cela très réconfortant aussi.

Puis il s'enroula dans une serviette et partit faire du café, et je me dépêchai de m'habiller pour le rejoindre. Quand j'ouvris, je tombai pile sur ma sœur qui sortait de sa chambre. Elle avait du mal à ouvrir les yeux, même s'il était onze heures et demie, et elle se gratta la tête d'un air endormi.

– Salut, frangine. Tu pars bientôt ?

Je vins me placer devant elle pour obstruer son champ de vision, en priant pour qu'elle n'aille pas dans la cuisine.

– Oui. Kellan m'emmène, alors tu peux te servir de la voiture.

Elle hocha la tête en bâillant. Elle avait la voiture presque tous les jours alors ce n'était pas vraiment une nouveauté. Elle s'étira, son tee-shirt dévoilant ses hanches, et fit un signe en direction de la cuisine.

– Il est là ? Je vais lui souhaiter bon courage pour ce soir.

J'entendis Kellan fredonner et j'essayai encore plus de bloquer la vue d'Anna. Elle s'en moquait peut-être que je voie son copain à poil, mais je n'avais pas besoin qu'elle mate Kellan. Ça, c'était mon boulot.

– Oui, il prépare du café.

Elle me sourit et fit un pas en avant et je posai une main sur son épaule, les sourcils levés.

– Ça te dérangerait de t'habiller avant ?

– Il s'en fiche, Kiera. Je suis comme une sœur, pour lui.

– S'il te plaît, insistai-je.

– Bon, d'accord, finit-elle par dire en voyant mon air tandis que je regardais ses courbes.

Elle retourna dans sa chambre et je me précipitai dans la mienne à la recherche des vêtements de Kellan. Puis j'accourus dans la cuisine et m'arrêtai un instant en le voyant adossé nonchalamment au plan de travail.

Il était torse nu, ses cheveux mouillés en bataille gouttant de temps en temps sur ses épaules. Une goutte suivit la courbe de sa clavicule avant de rouler sur son tatouage. Puis elle descendit le long de son flanc et suivit la ligne en V du bas de son abdomen avant d'atteindre la serviette enroulée autour de ses hanches. C'était la goutte d'eau la plus chanceuse du monde.

– Kiera ?

Sa voix amusée me ramena sur terre.

– La vue te plaît ?

Je lui balançai ses vêtements et il parvint à les rattraper au vol, de justesse.

– Tu peux t'habiller, s'il te plaît ? Anna est levée.

– Tu es sûre que tu veux pas que je reste comme ça ? demanda-t-il en me voyant me mordre la lèvre.

– Oui.

Je jetai un coup d'œil inquiet vers la chambre d'Anna, mais par chance, la porte était encore fermée. Quand je tournai la tête vers lui, il haussa les épaules et défit sa serviette, qu'il laissa tomber par terre en plein milieu de la cuisine. Je rougis et le regardai s'emparer lentement de son caleçon. Il était vraiment impossible… J'avais à la fois envie qu'il se dépêche et qu'il prenne encore plus son temps. Lorsqu'il eut fini de s'habiller, je soupirai tristement et passai mes bras autour de son cou.

– Tu vas me manquer.

– Toi aussi, tu vas me manquer.

On était en train de s'embrasser quand ma sœur arriva.

– Et merde, il était juste en serviette ? demanda-t-elle en montrant du doigt la serviette encore par terre.

– Désolée, tu as raté le spectacle, répondis-je en souriant.

Elle poussa un soupir dramatique et alla chercher des tasses à café dans le placard.

– Je ne suis jamais là quand il faut, dit-elle en nous tendant une tasse à chacun.

Kellan rit et se détacha de moi pour pouvoir servir tout le monde.

– Bon courage pour le concert, au fait, dit Anna une fois servie. Je vais essayer de finir un peu plus tôt pour venir voir la fin.

Kellan sourit et me tendit une tasse pas trop remplie, pour que je puisse rajouter du lait. J'étais incapable de boire du café noir comme lui et ma sœur.

– Merci. Je suis content que tu puisses venir. Ça devrait être sympa, dit-il en me souriant, comme si c'était un concert habituel et pas un concert d'au revoir.

Je me mordis la lèvre pour lutter contre les larmes qui me montaient aux yeux. C'était trop tôt pour être émotive : j'aurais bien le temps de pleurer plus tard.

– Je ne voudrais pas rater ça, assura-t-elle.

Elle lui donna une petite tape d'encouragement sur l'épaule et partit, nous laissant profiter tranquillement de ce début de matinée.

Kellan me conduisit à la fac et m'accompagna jusqu'à mon cours. Les étudiants s'étaient habitués à le voir dans les couloirs, était donné qu'il m'escortait presque tous les jours, mais les filles continuaient à le fixer du regard. J'avais failli sécher ce jour-là pour qu'on puisse passer davantage de temps ensemble, mais Kellan s'y était fermement opposé. D'après lui, j'avais déjà raté trop de cours, et comme je savais qu'il avait raison, j'avais fini par changer d'avis.

À ma grande surprise, il rentra dans la salle.

– Je peux me débrouiller toute seule, tu sais, dis-je alors qu'il m'amenait jusqu'à une rangée de places libres. Tu n'as qu'à aller… faire la sieste, je ne sais pas.

Il secoua la tête en riant et me prit la main avant de remonter l'allée à reculons.

– Je ne viens pas t'aider à t'asseoir.

Il dépassa deux filles bouche bée et s'assit avant de me faire signe de m'asseoir à côté de lui.

– Je viens assister au cours, dit-il en souriant de toutes ses dents.

Je l'observai, abasourdie : il m'avait déjà dit qu'il viendrait en cours avec moi un jour, mais je n'avais jamais cru qu'il le ferait. Il était loin d'être idiot, mais il n'était pas non plus du genre académique. Il allait s'ennuyer à mourir s'il restait là pendant que le prof s'épanchait sur les clauses de moralité dans les accords contractuels.

– Comme tu voudras, dis-je en prenant place près de lui.

Il passa son bras autour de moi en riant.

– Interdiction de t'endormir, ordonnai-je. Et ne me déconcentre pas, je dois vraiment écouter.

Il leva les yeux au ciel et porta la main à son cœur.

– Je jure d'être un étudiant modèle. Et sinon, murmura-t-il, tu pourras toujours me punir plus tard.

En détournant le regard pour échapper à son sourire de séducteur, mes yeux se posèrent sur Candy, qui était assise avec ses copines et se dévissait le cou pour regarder Kellan, l'air encore plus surprise que moi. Son expression changea en me voyant me coller contre lui et poser la tête sur son épaule et je la vis faire la grimace avant de se retourner. Je souris et attendis le début du premier cours de fac de mon petit ami, en espérant que ça allait lui plaire.

Je fus étonnée de constater que Kellan était vraiment l'étudiant idéal. Il écouta attentivement et resta concentré, et durant le débat, il intervint même avec quelques questions très pertinentes. Je souris en le voyant discuter avec un autre étudiant assis quelques rangées plus loin : les arguments de Kellan étaient bien plus convaincants, et l'autre étudiant finit par reconnaître qu'il avait raison. Le professeur le complimenta sur ses perspectives, tout en ayant l'air de se demander qui il était et s'il était vraiment étudiant, mais il finit par nous libérer sans poser de questions.

J'étais vraiment fière de Kellan. Dans une autre vie, il aurait sûrement eu d'excellents résultats à la fac. Il souriait jusqu'aux oreilles quand je lui pris la main, ravie que le cours lui ait autant plus. Tout allait bien, jusqu'à ce qu'on croise un groupe de filles en train de glousser : en proie à un accès d'audace, elles nous bloquèrent le passage, ce à quoi Kellan réagit en souriant.

– Mesdames ? demanda-t-il poliment.

Elles gloussèrent encore plus, ce qui m'exaspéra instantanément. Il y avait quelque chose chez lui qui transformait n'importe quelle femme en collégienne, y compris des cinquantenaires matures et éduquées. J'avais assisté à la scène bien trop souvent. La plus audacieuse du groupe fit un pas en avant.

– Tu es Kellan, c'est ça ? On adore ton groupe.

Il hocha la tête, et une drôle d'expression passa sur son visage tandis qu'il observait le groupe devant lui, un peu comme s'il essayait de remettre un nom sur un visage. Elles ne le remarquèrent sûrement pas, mais moi si.

– Je suis ravi de l'entendre. On donne notre dernier concert au Pete's ce soir. J'espère vous y voir.

Sa voix était tellement sensuelle que je haussai les sourcils. J'étais habituée à le voir flirter, mais là, c'était trop. Elles étaient aux anges, bien sûr, et Kellan sourit en dévisageant une des filles au fond. Je la regardai à mon tour : elle se mordait la lèvre et le regardait d'une manière qui indiquait clairement qu'elle avait une longueur d'avance sur les autres fans. C'était le regard que j'avais vu chez celles qui l'approchaient ou parfois même se pointaient chez lui à l'improviste, le regard d'une femme qui avait été dans son lit et qui aimerait sans doute bien remettre ça.

Kellan ne la quittait pas des yeux et je finis par réussir à interpréter l'expression sur son visage à lui. C'était celle qui voulait dire *Je te connais… Mais je ne sais plus qui tu es.* Agacée, je commençai à m'éloigner, et il s'excusa auprès de sa cour.

– J'ai été ravi de vous voir. À ce soir.

Je pestai en entendant sa dernière phrase. Maintenant, elles se disaient sûrement qu'il allait réellement passer du temps avec elles pendant la soirée, et quant à madame « j'ai couché avec toi », elle allait certainement s'attendre à un déluge d'attentions.

– Qu'est-ce qu'il y a ? demanda-t-il en remarquant mon visage renfrogné.

– J'espère que vous pourrez venir. À ce soir, mesdames, l'imitai-je en le fusillant du regard.

– J'étais juste sympa avec des fans, Kiera, dit-il en s'immobilisant. Ça ne veut rien dire.

Je m'immobilisai à mon tour. Les fans ne me dérangeaient pas, sincèrement, mais celle du fond m'avait vraiment tapé sur les nerfs. C'était insupportable de savoir qu'autant de filles étaient passées dans son lit, et il en apparaissait toujours de nouvelles. Elle, Candy, Rita, la fille du garage aussi, sans doute. Et ce n'était que le petit cercle que je voyais souvent. Je savais que la liste était infiniment plus longue que ça.

– Tu as couché avec cette fille, lâchai-je en désignant le bâtiment dont on venait de sortir.

Visiblement surpris par mon ton, il rougit légèrement.

– Et alors ?

Je n'en revenais pas qu'il n'essaie même pas de le nier.

– Et alors ? Alors, j'en ai marre de toujours tomber sur des filles qui savent ce que ça fait de faire l'amour avec toi.

– Personne d'autre que toi ne sait ce que ça fait de faire l'amour avec moi. Même moi, je ne savais pas ce que c'était avant de te rencontrer, dit-il en pressant son front contre le mien. Ce qui s'est passé avec cette fille, c'était purement sexuel, c'était un acte physique sans sentiment et sans signification, et je ne m'en souviens même pas. Tandis qu'avec toi, je me rappelle de toutes les fois où on l'a fait. Même avant qu'on soit ensemble, être avec toi me hantait jour et nuit. Je serais incapable d'oublier, même si je le voulais. Et tu es la seule à me faire un effet pareil, et je t'aime.

Je reniflai et passai ma main sur mes yeux pleins de larmes.

– Moi aussi, je t'aime, finis-je par articuler.

Il m'embrassa, et je sentis dans son baiser à quel point il était sincère et passionné. Elles avaient été avec lui, mais pas de la façon dont je l'étais. Pour une raison quelconque, j'étais différente à ses yeux, mais je pensais toujours à ses conquêtes tandis qu'on était en route vers chez lui. Quand on arriva, j'allai m'asseoir dans le canapé, un peu mélancolique, et il vint me rejoindre.

– Kiera ? Tu es encore fâchée ?

– Je ne suis pas fâchée. C'est juste que…

– Que quoi ? demanda-t-il, nerveux.

Je savais qu'on devait avoir cette conversation tôt ou tard, et je serrai les dents avant de me lancer.

– Je suis curieuse. À propos de toutes ces filles.

Il détourna le regard et soupira, comme s'il s'y attendait.

– Kiera, tu sais pourquoi je faisais ça…

– Oui, je sais pourquoi. Mais je ne sais pas combien.

– En quoi ça fait une différence ?

Je soupirai, les yeux rivés au sol.

– Je suppose que j'ai envie de savoir combien d'autres filles je suis susceptible de croiser. Tu sais combien il y en a ?

Il avala sa salive en évitant mon regard.

– Kiera, ça me met vraiment mal à l'aise. Je n'ai pas envie de parler de ça aujourd'hui, pas la veille de mon départ.

J'aurais aimé être capable de laisser tomber, mais je l'avais fait trop souvent, et c'était justement le moment opportun pour en discuter.

– Il faut qu'on en parle. On aurait dû avoir cette conversation il y a longtemps, mais on avait d'autres problèmes à régler, et je n'ai pas arrêté de repousser l'échéance. Mais on doit en discuter, c'est important.

– Pourquoi ? C'est de l'histoire ancienne. Je ne suis plus comme ça, et je ne le serai plus jamais. On ne peut pas faire comme si ce n'était jamais arrivé ?

– Pas si on veut une relation solide. Et la fille de tout à l'heure prouve justement que ce n'est pas si ancien que ça. On va sans arrêt en croiser d'autres comme elles, et… j'ai juste besoin de savoir l'étendue de la concurrence.

– Mais ce n'est pas de la concurrence.

Je ne répondis pas et il me regarda, avec dans les yeux l'espoir que j'abandonne. Mais quand il vit que je gardais le silence, il poussa un soupir résigné.

– Je ne sais pas combien il y en a eu. Je suis désolé. Je suppose que si tu comptes… j'ai commencé à coucher avec des filles il y a dix ans, alors à raison de deux ou trois filles par semaine en moyenne, ça fait…

J'avais déjà calculé la réponse et je retins mon souffle. Un instant plus tard, il cligna des yeux.

– Merde. Ça fait plus de mille cinq cents filles, ce n'est pas possible.

Malheureusement, ça l'était… Même s'il n'avait couché qu'avec deux filles par semaine, ça faisait plus de cent filles par an. Il avait commencé jeune, et il avait fait ça pendant dix ans, ce qui faisait donc mille filles environ. Et encore, c'était la moyenne basse. Quelque chose me disait que certaines années, ça avait été bien plus que deux ou trois par semaine. Plutôt deux ou trois par jour.

Il avait presque l'air malade en y réfléchissant, assis sur son canapé. C'était évident qu'il n'avait jamais vu les choses sous cet angle auparavant.

– Je suis vraiment un salaud.

– Je comprends mieux pourquoi tu ne te rappelles pas de toutes, murmurai-je en posant une main sur son genou.

Il leva les yeux vers moi, horrifié.

– Je suis vraiment désolé, Kiera. Je ne me rendais pas compte…

– Il ne s'agit pas de te faire sentir coupable, Kellan. C'est juste que… on devrait pouvoir en parler ouvertement.

Il soupira et se laissa aller contre le dossier du canapé.

– Qu'est-ce que tu veux savoir ?

– Je sais que tu ne te rappelles pas de tous les noms, mais

est-ce que tu te rappelles de leurs visages ? Tu les reconnaîtrais si tu les croisais de nouveau ?

– Les filles des dernières années, sûrement, mais avant ça, je ne pense pas. Leurs visages sont flous dans ma tête. Je ne demandais même pas leur nom parfois, dit-il, tête baissée.

Je décidai de lui poser une autre question, une question pour laquelle j'avais vraiment besoin d'une réponse mais qui me terrorisait.

– Tu t'es protégé avec toutes ?

Mon cœur battait à tout rompre. Bien sûr, les MST et toutes les autres infections transmissibles me faisaient peur, mais ce qui me terrifiait encore plus, c'était l'idée qu'il y avait peut-être une femme quelque part qui avait eu un enfant de lui après une aventure d'un soir. Ça arrivait tout le temps, après tout. Et si, un jour, une femme frappait à sa porte avec un bébé aux yeux bleus dans les bras ?

– Oui, murmura-t-il d'un ton assuré.

– Ce n'est pas la peine de me mentir pour que je me sente mieux. Je veux que tu sois honnête.

Il posa sa main sur ma joue.

– C'est la vérité. Même la toute première fois, j'ai utilisé des préservatifs, et après, j'en avais toujours sur moi. Je ne voulais pas laisser une fille avec un autre *moi* sur les bras.

Je le regardai sans rien dire : je n'en revenais pas que les circonstances de sa propre conception soient ce qui l'avait effrayé et rendu responsable à douze ans.

– Comment tu peux en être sûr, si tu ne te rappelles pas de toutes les filles ?

– Parce que c'était ma règle et que je l'ai toujours respectée. C'est la seule chose que j'ai faite correctement.

– Tu ne l'as pas respectée avec moi, dis-je en repoussant sa main. Ça ne t'a même pas traversé l'esprit.

– C'est parce que c'était toi… J'avais tellement envie

de toi… comme je n'avais jamais eu envie de personne. Je t'aimais déjà la première fois et je ne voulais rien entre nous. Je voulais…

Il se recula et tourna la tête, et je pris son visage dans mes mains pour l'obliger à me regarder.

– Tu voulais quoi ?

– Je voulais te posséder, avoua-t-il d'un air coupable. Je voulais une partie de moi en toi, et je voulais te laisser une trace. Je voulais que tu sois à moi, et parce que je savais que tu ne l'étais pas vraiment, ça me faisait me sentir plus proche de toi, d'une certaine façon. Je suis désolé, je n'aurais jamais dû faire ça.

Les larmes aux yeux, j'amenai ma bouche près de la sienne.

– Je t'aime.

Je m'allongeai sur le canapé et l'attirai vers moi. Il vint au-dessus de moi, et nos baisers ne tardèrent pas à s'intensifier. Je me sentis fondre sous lui, rapidement prête à ce qu'il prenne possession de moi une fois de plus, mais quand je passai les doigts dans ses cheveux en tirant légèrement dessus, il se recula.

– Ne le prends pas mal, mais ça t'embête si on se fait juste des câlins jusqu'à ce que tu partes travailler ? J'ai juste envie d'être près de toi.

– Bien sûr.

Il sourit doucement et m'embrassa une dernière fois avant de s'allonger près de moi. Sa tête sur mon épaule, il passa sa jambe autour de la mienne et entrelaça ses doigts dans les miens en soupirant.

– Je t'aime, Kiera, murmura-t-il.

Je l'embrassai sur le front et collai ma joue contre sa tête, me laissant envahir par la sensation de son corps sur le mien. C'était *ça*, la chose la plus réconfortante au monde.

On resta ainsi, à se cajoler en silence, jusqu'à ce que ce soit l'heure pour moi d'aller travailler. À peine étions-nous arrivés au bar que Sam tendit à Kellan un shot de je ne sais quoi.

– C'est ton soir, mec ! Allez, bois, dit-il en lui donnant une tape dans le dos.

Kellan but sans hésiter.

– Merci, Sam, dit-il en lui tendant le verre vide. Je n'aurais jamais cru que toi, tu m'encouragerais à boire.

Kellan rit mais Sam se départit de son sourire.

– Étant donné que tu ne risques pas de finir sur le pas de ma porte, ça ne me dérange pas.

Je fronçai les sourcils en me remémorant la fois où Kellan s'était soûlé et avait fini sur le paillasson de Sam à cause de moi. J'avais dû m'occuper de cet idiot ivre mort, sans même savoir pourquoi il s'était mis dans cet état. C'était étonnant qu'il arrive à en rire, mais avec la vie qu'il avait eue, il avait appris à rebondir.

– Tu vas nous manquer, Kell.

– Merci.

J'essayai de l'accompagner à sa table, mais à chaque pas, quelqu'un l'arrêtait pour lui offrir un verre et trinquer pour le féliciter. Il accepta à chaque fois et but les shots d'un trait en remerciant chaque personne. Après le quatrième arrêt, j'abandonnai et l'embrassai sur la joue en lui disant que je devais aller travailler et il hocha la tête avant de descendre un autre shot. J'espérai qu'il ralentisse bientôt, autrement, il serait incapable de monter sur scène, et les fans risquaient de ne pas apprécier si je devais le ramener complètement soûl avant même le début du concert.

Au moment où je commençai officiellement mon service, une foule bruyante l'entourait. Tout le monde avait l'air de vouloir passer un peu de temps avec lui avant son départ. J'étais contente qu'on ait pu profiter l'un de l'autre à la maison, et triste que notre moment d'intimité soit fini et que je doive le partager.

Une heure plus tard, le reste du groupe arriva et une explosion de cris les accueillit. Tout le monde était fier d'eux et voulait leur souhaiter bon courage. Le bar était déjà plein à craquer, alors que le concert ne commençait pas avant plusieurs heures. En entendant tout ce raffut, Pete sortit de son bureau. Il soupira d'un air abattu à la vue des garçons, puis il leva les mains en l'air et tout le monde se tut. Kellan traversa la foule pour rejoindre les autres membres du groupe et regarda Pete dans les yeux.

– Kellan... les garçons... vous avez fait des merveilles dans ce bar et je ne l'oublierai jamais. Si vous revenez, vous aurez toujours une place ici.

Kellan sourit, baissa les yeux, et les autres D-Bags se firent de grands sourires entre eux pendant que Pete reniflait, gagné par l'émotion.

– Enfin, bref... tournée générale !

Une salve de cris accueillit la nouvelle et j'écarquillai les yeux face à tant de générosité. Il y avait vraiment du monde... Pete partit discuter avec le groupe et Jenny, Kate et moi nous mîmes à distribuer des bières. Il nous fallut une éternité pour servir tout le monde, mais on y parvint avec l'aide de Rita et Troy, le barman. Des murmures satisfaits résonnèrent bientôt dans le bar et je m'adossai au comptoir en soufflant, déjà épuisée.

Kate et Jenny vinrent me rejoindre et Kate repoussa une mèche de son visage. C'était bien la première fois que je la voyais avec les cheveux dans les yeux.

– Ils vont me manquer, mais je sens que la soirée va être longue.

Rita arriva derrière nous et nous servit un shot à chacune.

– Et une tournée pour les dames.

Troy arriva à côté d'elle et elle lui versa aussi un verre en lui coulant un regard suggestif.

– Et pour toi aussi, je suppose.

Je dissimulai un sourire et ne pris pas la peine de lui dire que j'étais presque sûre qu'il ne s'intéresserait jamais à elle. Il avait plutôt l'air d'être intéressé par… mon petit copain, par exemple. On trinqua et on but tous rapidement, et l'alcool me brûla en descendant avant de se transformer en une sensation chaude et relaxante. C'était pile ce qu'il me fallait pour m'aider à gérer cette soirée. Rita et Troy allèrent servir des clients et Jenny laissa sa tête tomber sur mon bras.

– Evan va me manquer… et les garçons aussi. Ça ne sera pas pareil ici, sans eux.

– Je sais… Rien ne sera plus jamais pareil.

Kate soupira à son tour.

– J'ai tellement de bons souvenirs avec eux. Comme quand ils m'avaient kidnappée pour mon anniversaire il y a deux ans, dit-elle en riant. Evan m'avait obligé à porter ce chapeau d'anniversaire débile, tu te souviens, Jenny ?

– Oui, c'était marrant. Je me rappelle quand ils ont donné un concert à Eastern Washington. On a décidé de partir à plusieurs et de les suivre, mais on a dû s'arrêter à mi-chemin parce que le van de Griffin était tombé en panne à cause des routes de montagne, et on a dû camper sur une aire d'autoroute.

Jenny se mit à rire, bientôt imitée par Kate et moi.

– Matt n'a plus jamais organisé de concerts au-delà du col après ça.

Jenny pleurait de rire, me faisant regretter de ne pas avoir été là à l'époque.

– Tu te rappelles le coup du parc aquatique ? demanda Kate.

– Pas qu'un peu. Griffin n'a toujours pas le droit d'y entrer.

Elles rirent toutes les deux de bon cœur et je me demandai ce que ce crétin avait bien pu faire.

– Et la fête sur le toit ? demanda Jenny, qui pleurait de rire à présent. Matt s'est mis à avoir le vertige et il a passé toute la nuit pile au milieu du toit. Kellan a dû le porter sur son épaule en repartant.

Je ris avec elle en imaginant la scène. J'avais vraiment raté des bons moments.

– Et tu te rappelles la fois où tu nous as surpris, Kellan et moi, au nouvel an ? dit Kate.

Mon rire s'évanouit immédiatement et je tournai la tête vers Kate. Elle cessa de rire instantanément, se rappelant soudain de qui j'étais.

– Quoi ? demandai-je en plissant les yeux, comme si ça venait juste d'arriver. Kellan et toi ?

Mon ton était aigri et Jenny posa une main sur mon épaule pendant que Kate pâlissait à vue d'œil.

– On n'a pas couché ensemble, ce n'est pas allé aussi loin…

Elle pointa Jenny du doigt.

– Elle…

Kate se mordit la lèvre et Jenny haussa les épaules d'un air sincèrement désolé.

– Pourquoi tu m'as jamais rien dit ?

– Qu'est-ce que tu voulais que je dise ? « Au fait, j'ai failli coucher avec ton mec » ? C'était il y a super longtemps et on était vraiment soûls. Je pense même pas qu'il… Il faut que je retourne travailler.

Les joues en feu, je ne répondis rien et elle s'éloigna rapidement. Il avait couché avec Rita, il avait voulu sortir avec Jenny, et maintenant, j'apprenais qu'il s'était passé quelque chose avec Kate. Est-ce qu'il y avait une personne au Pete's avec qui il n'avait rien fait ?

En me voyant enrager, Jenny vint se placer devant moi et posa ses deux mains sur mes épaules.

– Il a changé, Kiera. N'en veux pas à Kate d'être tombée dans le panneau. Tu sais à quel point il peut être convaincant.

– Je sais. Mais parfois, j'aimerais bien que le monde entier n'ait pas couché ou flirté avec l'homme que j'aime.

Elle rit doucement et se baissa pour capter mon regard.

– Je comprends, Kiera, mais ce n'est pas la terre entière non plus. Regarde, il ne s'est jamais rien passé avec moi. Je ne l'ai même jamais embrassé.

Elle fronça les sourcils et recula d'un pas, les yeux soudain dans le vague.

– Oh…

Je restai bouche bée en la voyant secouer la tête, puis je lui donnai une tape sur l'épaule.

– Tu l'as embrassé, c'est ça ?

Elle releva les yeux vers moi et grimaça.

– Il y a eu cette fois où il m'a ramenée chez moi après le travail.

J'ouvris la bouche encore plus grand et elle secoua la tête.

– Je suis désolée, j'avais oublié. Ce n'était pas longtemps après que je commence à travailler ici. Il avait l'air triste et seul et il m'a proposé de me ramener. J'ai dit oui, et une fois dans mon allée, il s'est penché sur moi et il m'a embrassée, mais je l'ai repoussé en lui disant que je voulais pas. Je pense que c'est à la suite de ça qu'il s'est mis à me tourner autour, jusqu'à ce que je mette les choses à plat.

Elle haussa les épaules en me regardant, comme si ce n'était pas grand-chose. Je fermai les yeux un instant, les rouvris et me dirigeai à toute vitesse vers la réserve. J'avais besoin d'aller dans un endroit où il n'y avait personne susceptible d'avoir embrassé ou couché avec Kellan. Et ça voulait dire que j'avais besoin d'être seule.

8

Le premier au revoir

M'isoler loin du bruit du bar m'aida à me calmer un peu. Ce n'était pas vraiment la faute de mes amies, et je n'aurais pas dû être en colère. Ce n'était pas non plus la faute de Kellan. Il avait cherché quelque chose, une connexion sincère avec quelqu'un, mais il avait tout fait de travers, en se jetant à corps perdu dans l'aspect physique de la relation sans rien construire du côté des sentiments. Pas étonnant que ses relations n'aient jamais duré, ni qu'il ait papillonné d'une personne à l'autre, malheureux et désespéré.

Le passé était le passé, et tout cela était derrière lui. Il avait enfin trouvé ce qui lui manquait, et la seule personne avec laquelle il avait des relations intimes, c'était moi. Et c'était très bien ainsi.

Je repensai aux histoires que les filles venaient de raconter en rangeant des étagères qui n'avaient pas besoin d'être rangées. Je les imaginais bien, tous, à boire du mauvais café dans une aire d'autoroute au milieu de nulle part, à râler contre la voiture pourrie de Griffin. Puis j'imaginai Kellan en maillot de bain au parc aquatique alors que je repliais un uniforme pour la troisième fois. J'allais bien devoir finir par y retourner… Et si je remplissais toutes les salières ? J'entendis la porte s'ouvrir et se refermer et je soupirai, agacée qu'on vienne me déranger dans ma retraite spirituelle. Sûrement un employé sur le point de m'arracher la tête en voyant que je me cachais ici pendant la plus grosse soirée qu'on avait jamais eue… Je ne me retournai pas et m'appliquai à avoir l'air terriblement occupée à chercher… je ne sais pas quoi.

Soudain, je sentis une présence juste derrière moi. Bien trop près. Une alarme sonna en moi et je tentai de me retourner, mais des mains puissantes vinrent se poser sur les étagères et je sentis quelqu'un se presser contre mon dos.

– Ne te retourne pas, susurra la personne dans mon oreille.

Mon cœur battait si fort que je pouvais sentir ses pulsations dans mes tempes et des images commencèrent à défiler dans ma tête à toute vitesse. Est-ce que j'étais en train de me faire agresser ? Est-ce que j'allais me faire violer ? Est-ce qu'on m'entendrait si je criais ? Est-ce que quelqu'un volerait à mon secours ? Où était Kellan ?

Paniquée et terrorisée, j'essayai de nouveau de me retourner mais les mains empêchèrent ma tête de bouger et le corps me plaqua contre les étagères. Je pouvais sentir à quel point l'homme derrière moi était excité, et je me mis à trembler de peur. Allais-je vraiment me faire violer ?

– Je t'ai dit de ne pas te retourner.

Alors que je réfléchissais à quelle partie de mon corps utiliser en premier pour le frapper, mon agresseur se mit à rigoler, et en reconnaissant le petit rire amusé, la peur glacée qui s'était emparée de moi disparut.

– Kellan ! Tu m'as foutu une de ces trouilles ! dis-je en lui envoyant un coup dans la poitrine.

Il recula d'un pas puis m'attira tout contre lui.

– Tu n'es pas très obéissante…

Avec un petit sourire diabolique, il me plaqua de nouveau contre l'étagère et approcha son visage du mien. Son haleine sentait l'alcool.

– Je vais devoir te punir, murmura-t-il.

C'était tellement érotique que j'eus tout de suite envie de lui. Je détestais le fait que mon corps se soumette si rapidement, mais j'arrivais à peine à y penser, avec son entrejambe pressé contre moi pile là où il fallait. Il attrapa ma jambe pour la soulever et se pressa encore plus fort contre moi. Je grognai doucement et fermai les yeux en passant mes bras autour de lui.

– Arrête. Je suis fâchée contre toi.

Un petit grognement s'échappa de sa gorge et il plaqua sa bouche contre mon cou.

– Ça m'excite quand tu es en colère, murmura-t-il avant de laisser sa langue aller de mon cou à mon oreille.

Je retins mon souffle et penchai la tête en arrière tandis qu'il frottait son corps contre le mien.

Et merde.

Ses doigts défirent les boutons de mon uniforme et il se mit à caresser ma poitrine d'une main tout en mordillant le lobe de mon oreille. Il poussa un nouveau grognement et, avant d'avoir le temps de comprendre ce qui m'arrivait, j'avais le souffle court, mon corps le suppliant silencieusement de me prendre.

– J'ai tellement envie de toi.

Il glissa son autre main dans mon jean et j'ouvris les yeux dans un souffle.

– Kellan, arrête, dis-je en attrapant sa main avant que ses doigts ne puissent m'atteindre.

S'il arrivait à me toucher, on serait déshabillés dans la seconde, et j'avais appris à mes dépens que la réserve n'offrait aucune garantie en matière d'intimité. Il fronça les sourcils et se recula pour me regarder. Ou plutôt, il essaya de me regarder, mais ses yeux étaient un peu dans le vague.

– Pourquoi ? demanda-t-il en battant lentement des paupières.

Je soupirai et tentai de repousser sa main mais il parvint à la descendre encore un peu.

– Tu es soûl ? demandai-je en utilisant mes deux mains désormais.

Il rit doucement, sa main toujours au même endroit en dépit de mes efforts.

– Sûrement… Et j'ai envie maintenant.

Je secouai fermement la tête.

– Hors de question que je couche avec toi dans la réserve.

Il colla sa bouche à la mienne, et j'essayai de lui résister, mais sa langue contre ma peau eut bientôt raison de mes bonnes résolutions.

– Pourquoi pas ? J'ai demandé à Pete de réparer la porte. C'est fermé à clé, si c'est ça qui t'inquiète.

Sa main descendit encore d'un centimètre, et je le laissai faire.

– Et en plus, c'est *ma* soirée.

Je dus faire un effort surhumain pour m'écarter de lui.

– Et on peut savoir pourquoi tu as demandé à Pete de réparer la porte ?

– Je n'en sais rien. J'aime bien cette pièce, j'ai des bons souvenirs dedans.

– Des bons souvenirs ? Nous deux en train de nous hurler dessus, tu appelles ça un bon souvenir ?

Je me raidis en me rappelant de cette soirée où on avait explosé. C'était la pire dispute que j'avais eue de ma vie et j'espérais ne jamais revivre ça.

Il sourit paresseusement, son visage trahissant le fait qu'il avait trop bu.

– Tu te rappelles de ce que j'ai dit ? Que ça m'excitait de te voir en colère ?

Le bout de son doigt décrivit un cercle entre mes jambes et je retins ma respiration en essayant mollement de le repousser.

– C'est ici que je t'ai dit que je t'aimais, dit-il en souriant. J'aurais dû te le dire plus tôt.

Je répondis à son sourire et lui caressai la joue.

– Oui, tu aurais dû. Et j'aurais dû te le dire en retour.

Il eut l'air sérieux l'espace d'un instant et il pressa son front contre le mien, les yeux clos.

– Oui, tu aurais dû. Si tu n'étais pas têtue comme une mule… ajouta-t-il en riant. T'as mis une éternité à reconnaître que tu avais des sentiments pour moi.

Je fronçai les sourcils et il rit.

– Quoi ? Tu sais bien que j'ai raison.

Quand sa langue vint effleurer la mienne, je gémis doucement et me mis à envisager de le laisser me faire ce qu'il voulait. Il avait fait réparer la porte, après tout…

Peut-être qu'il lut dans mes pensées, ou qu'il était trop soûl pour réfléchir, mais sa main descendit et je sentis ses doigts contre moi. Je grognai, dévorée par le besoin de le sentir aller plus loin, mais sa main resta là sans bouger tandis qu'il m'embrassait passionnément. Quand je tendis la main pour le caresser, je sentis que lui aussi brûlait de désir. J'eus envie de lui crier de me prendre, mais je me rappelai soudain du bazar qui régnait dans le bar.

– Tu dois aller jouer, dis-je en le poussant doucement. Enfin, si tu y arrives.

– Je sais faire tout un tas de choses quand je suis soûl.

Il rit et je me rembrunis en me rappelant les révélations de mes collègues.

– Oui, j'ai entendu dire que tu faisais des trucs avec les serveuses du Pete's quand tu avais trop bu.

Il me regarda sans comprendre, un sourire idiot sur les lèvres.

– Quoi ?

– Kate, abruti. Tu ne m'as jamais dit que tu avais failli coucher avec elle. Ah, et avec Jenny, aussi.

Il leva les yeux au ciel et haussa les épaules.

– Je suis loin d'avoir failli coucher avec Jenny. Elle a dit non. Et Kate… elle ne compte pas.

– Ça veut dire quoi, « elle ne compte pas » ?

– Elle ne compte presque pas.

Je parvins enfin à repousser sa main une bonne fois pour toutes et il fit la moue avec des yeux de chien battu qui m'arrachèrent un sourire.

– Qu'est-ce que je vais bien pouvoir faire de toi ?

Sa moue se transforma en un sourire sensuel tandis qu'il posait ses yeux sur ma braguette.

– J'ai des idées, si tu veux…

Je ris et lui fis faire volte-face, en espérant que sa… situation ne soit pas trop voyante quand il retournerait dans le bar. Ça pourrait être un peu gênant pour lui. Cela dit, les situations qui auraient mortifié n'importe qui le laissaient totalement indifférent. Il se contenterait sûrement de hausser les épaules et de commander une autre bière.

Il sourit quand je le poussai en avant et je ris en me rendant compte de quelque chose.

– Qu'est-ce qu'il y a de si drôle ?

Je ris encore plus en voyant son petit air insolent.

– Dis-moi, Casanova… étant donné que tu vis ta soirée à fond, devine ce que je vais avoir le droit de faire tout à l'heure ?

– Me faire l'amour sauvagement ?

Il se pressa de nouveau contre moi, et même si la sensation était délicieuse, je le repoussai en agitant un index menaçant sous son nez.

– Non, dis-je en tendant la main pour ouvrir la porte. Je vais enfin conduire la Chevelle.

Il allait protester mais je le poussai hors de la réserve. Il était hors de question que je le laisse conduire après la fête qui suivrait le concert. Au moment où il s'engageait dans le couloir en marmonnant qu'il était parfaitement en état de conduire, son téléphone portable se mit à sonner. Toujours pas habitué à en avoir un, il regarda autour de lui comme s'il ne savait absolument pas d'où venait le bruit. Des clients passèrent à côté de nous en nous regardant bizarrement, et il rit tout seul.

– Ah, c'est mon portable. Pendant un moment, j'ai cru que c'était ma bite qui sonnait.

Il sortit son téléphone et en l'entendant répondre, je me demandai qui ça pouvait bien être, et si Kellan était vraiment en état de parler.

– Allô, j'écoute ? dit-il joyeusement en prenant une voix suraiguë de standardiste.

Je secouai la tête en ayant pitié de la personne au bout du fil, et je vis soudain Kellan ouvrir grand la bouche, sous l'effet de la surprise.

– Mec ! Denny ! Tu tombes super bien ! Ce soir c'est mon dernier concert au Pete's et avec Kiera, on était justement en train de…

J'essayai de m'emparer du téléphone. De toutes les personnes avec qui Kellan aurait pu parler en étant ivre, Denny était la pire. Il y avait bien trop de sujets délicats dont il pouvait commencer à parler sans le vouloir. Kellan me regarda d'un sale air et s'écarta pour être hors de ma portée.

– C'est bon, Kiera, détends-toi, j'allais pas lui dire que tu viens juste de me sucer.

Il avait parlé directement dans le combiné et je restai bouche bée, mortifiée. Son cerveau embrumé par l'alcool se rendit alors compte de ce qu'il venait de dire, et il essaya de se rattraper.

– Oh, Denny, je rigolais, elle ne vient pas de me sucer. Elle ne traîne pas souvent dans ce coin-là, de toute façon, si tu vois ce que je veux dire.

Il marqua une pause pour ricaner.

– Enfin, tu vois sûrement ce que je veux dire, justement.

J'essayai encore une fois d'attraper le téléphone avant que ce crétin dise à Denny autre chose qu'il n'avait pas besoin d'entendre, mais il recula en fronçant les sourcils.

– Désolé, mec. Tu n'as sûrement pas envie d'entendre ce genre de conneries.

Il y eut une pause durant laquelle Denny dit quelque chose, et Kellan rit.

– Ouais, c'est sûr. Au moins, je ne t'ai pas dit que tu nous avais interrompus en pleine partie de jambes en l'air. Ça, ça aurait été bizarre.

Je fermai les yeux et secouai la tête. Quel imbécile ! Denny n'avait pas besoin de nous imaginer ensemble… Kellan ne disait plus rien, et je rouvris les yeux.

– Denny ? T'es encore là ?

Au bout de quelques secondes, il souriait de nouveau.

– Non, la tournée commence demain. C'est notre dernière soirée à Seattle.

Je fis la grimace. Je ne savais pas que Kellan avait dit à Denny qu'il partait pendant plusieurs mois, et j'imaginai sans peine ce que Denny devait en penser. Il ne lui avait sûrement rien dit, mais il avait dû comparer ça au moment où lui m'avait laissée.

Kellan continua à parler et je me demandai une fois de plus comment l'empêcher de balancer à son ami une autre stupidité, qui pourrait potentiellement ruiner l'amitié déjà fragile qui les unissait encore.

– Ouais, je sais. Six mois dans un bus, un vrai bus de tournée, tu te rends compte ?

Il marqua une pause et pencha la tête.

– Je suis hyper content, carrément. Pourquoi ?

Il avait l'air un peu confus et j'en profitai pour lui prendre le téléphone des mains. Quand je le collai à mon oreille, j'entendis le rire de Denny.

– Allô, Denny, c'est moi. Désolée, il a commencé à fêter ça il y a plusieurs heures…

– J'avais compris, dit-il en riant de nouveau. Ça va, toi ?

Je savais que sa question portait sur le départ de Kellan, mais je répondis comme si rien n'était.

– Super. J'ai pas mal de travail au bar et encore plus avec la fac, mais ça va.

Il y eut une pause durant laquelle j'observai Kellan. Il avait croisé ses bras sur sa poitrine et tapait du pied comme une adolescente vexée, et j'eus toutes les peines du monde à ne pas rire.

– Non, Kiera, reprit Denny avec le plus grand sérieux. Je parlais du départ de Kellan.

– Je sais. Et ça va, je t'assure.

Je souris à Kellan et il me sourit en retour.

– C'est une super opportunité pour lui. Je ne vais pas tout gâcher en…

Je me mordis la lèvre et ne finis pas ma phrase. Ce fut Denny qui la finit à ma place.

– En le quittant pour qu'il plaque tout et revienne en courant, même si c'est déjà trop tard.

– Denny…

Il s'éclaircit la gorge et je l'entendis renifler.

– Désolé. Ce n'est pas ce que je voulais dire, je t'assure.

Il s'éclaircit de nouveau la gorge, mal à l'aise.

– Je rappellerai quand il aura dessoûlé. Je voulais juste lui souhaiter bon courage pour la tournée, même s'il n'en a pas besoin.

– Je vais lui dire. Merci d'avoir appelé, je sais que ça représente beaucoup pour lui.

– Sûrement, finit-il par dire après un silence. Bonne soirée, Kiera.

– Au revoir, Denny.

Je raccrochai et restai un moment avec le téléphone dans la main avant de me tourner vers Kellan, qui m'observait en clignant lentement des yeux. Quand je lui tendis son portable, il le prit sans dire un mot puis il le glissa dans sa poche et fit la grimace.

– J'ai faim. Ça te dit de partager une portion de frites ?

Je laissai échapper un soupir, soulagée qu'il ne me fasse pas une scène parce que je venais de parler à Denny.

– Si tu veux. Je vais passer commande en cuisine.

Il hocha la tête en me faisant un grand sourire puis déposa un baiser sur ma joue avant de regagner la salle principale en titubant. Chaque personne qu'il croisait l'interpellait, et je priai pour qu'il ne soit pas malade avant la fin de la soirée.

Une heure plus tard, il monta enfin sur scène, et toutes les personnes présentes se mirent à hurler. Les garçons se mirent en place, Kellan avec une expression adorable sur le visage, un mélange de joie, de contentement et d'excitation avec une pointe de mélancolie et une bonne dose d'alcool. Même s'il avait un peu dessoûlé après avoir mangé, il était loin d'être sobre.

Il passa la sangle de sa guitare sur son épaule et attrapa son micro, son autre main levée pour saluer la foule qui s'était déplacée en masse, à tel point qu'il y avait encore des gens qui attendaient à l'extérieur. Tandis que les autres accordaient leurs instruments, Kellan balaya la salle du regard d'un air incrédule.

– Waouh… Ça en fait, du monde, dit-il en souriant.

Un concert de cris retentit, ce qui le fit sourire encore plus. Il détacha le micro de son pied et avança jusqu'au bord de la scène, et je priai pour qu'il ne tombe pas.

– Merci à tous d'être venus et de nous avoir soutenus pendant si longtemps.

Il marqua une pause, en attendant que le volume sonore revienne à un niveau tolérable, et la nostalgie pouvait se lire sur son visage tandis qu'il croisait le regard de certains fans au premier rang. Il soupira en secouant la tête.

– Ça va me manquer.

Il leva les yeux et m'aperçut. Il lui fallut une seconde pour ajuster son regard, après quoi son visage s'illumina à nouveau tandis qu'il gloussait.

– Je suis complètement bourré, bafouilla-t-il.

La foule cria de nouveau et je levai les yeux au ciel. Pourvu qu'il soit encore capable de jouer… Je détesterais que son dernier concert soit un échec. Je sentis une pointe de mélancolie percer en moi mais je la repoussai. J'aurais tout le temps de me morfondre plus tard. Pour le moment, le concert allait démarrer et je voulais en profiter. Je lui souris et retournai travailler, et je l'entendis rire dans mon dos tandis qu'Evan attaquait l'intro de la première chanson.

Ils jouèrent la nouvelle chanson en premier, et j'écoutai attentivement, à l'affût d'une fausse note de la part de Kellan. Mais sa voix était parfaite, de même que son jeu. En l'écoutant, vous n'auriez jamais deviné qu'il était incapable de marcher droit.

Après leur nouvelle chanson, ils enflammèrent le bar avec leurs plus grands tubes, et je ne ratai jamais une occasion de les observer. Kellan souriait et flirtait comme à son habitude, comme s'il faisait partie du décor. Il n'y avait rien de plus naturel pour moi que de le voir chanter avec ses amis, le mur noir derrière eux décoré de plusieurs guitares. J'étais excitée pour eux, mais tout cela allait quand même me manquer.

Kellan joua ma chanson au milieu du concert et je pris ma pause pour pouvoir l'écouter. C'était la chanson qu'il avait chantée le soir où on s'était remis ensemble, la chanson qu'il avait écrite sur nous, quand je lui avais brisé le cœur. Je la détestais tout autant que je l'adorais.

Je parvins à me faufiler entre les fans et à atteindre le premier rang, et je sentis des bras autour de moi. C'était Anna, qui était venue après son service chez Hooters et s'était mêlée à la foule. Je lui souris puis reportai mon attention sur Kellan, dont le regard me transperçait tandis qu'il chantait son ode mélancolique.

Comme à chaque fois, les larmes me montèrent aux yeux. Il s'approcha du bord de la scène et les fans hurlèrent en le voyant aussi près, avec leurs mains tendues dans l'espoir de le toucher. Il les ignora et mit un genou à terre juste devant moi, sans porter attention au monde extérieur ni aux fans qui tiraient sur l'ourlet de son jean. Il plongea ses yeux dans les miens et chanta de toute son âme, et lorsqu'il arriva à la fin de la chanson, j'avais le visage baigné de larmes.

Il me fit signe de m'approcher et se pencha en avant, et je m'avançai vers lui pour l'embrasser, oubliant l'espace d'un instant qu'on était au milieu d'une salle pleine à craquer. Les cris et les sifflets qui retentirent quand nos lèvres se touchèrent me rappelèrent qu'on avait de la compagnie et je voulus reculer, mais il s'agrippa à mon cou et me retint dans un baiser encore plus intense.

Quand il s'écarta, j'étais écarlate et tout le bar avait les yeux fixés sur nous. Il souriait malicieusement, sachant très bien à quel point ce genre de choses me mettait mal à l'aise. J'aurais préféré être cachée dans un coin plutôt que d'être jaugée par toutes les femmes présentes. Je lui donnai une tape sur le bras, accompagné d'un regard qui signifiait *On en reparle tout à l'heure*, mais il se contenta de se relever en souriant.

Certaines fans me prirent d'assaut en me posant des questions tandis que les autres essayaient de prendre ma place dans l'espoir d'obtenir elles aussi un baiser. Je passai à côté d'elles et de ma sœur en essayant d'ignorer tous ces gens qui étudiaient le moindre de mes faits et gestes. J'étais mortifiée, même si mes lèvres brûlaient délicieusement.

À la fin du concert, ce fut une explosion d'applaudissements et de sifflets. Kellan souriait de toutes ses dents et paraissait un peu plus sobre après deux heures sur scène. Evan salua le public en levant en l'air ses baguettes, Matt baissa les yeux en détachant la sangle de sa guitare et Griffin releva le menton en regardant la foule avec l'air arrogant d'un roi qui passe ses sujets en revue.

Kellan attrapa le manche de sa guitare et leva une main pour indiquer au public qu'il souhaitait prendre la parole, et le silence se fit aussitôt.

– Avec le groupe, on veut encore une fois vous remercier, déclara-t-il en souriant chaleureusement. Vous êtes les meilleurs fans dont on puisse rêver et ça va nous manquer de ne pas jouer pour vous tous les week-ends.

Il marqua une pause, comme pour absorber l'image de toutes ces personnes pendues à ses lèvres, puis il montra Matt du doigt avec un sourire diabolique.

– Et maintenant, on se retrouve tous chez Matt pour la cuite du siècle !

La foule hurla son enthousiasme tandis que Matt regardait Kellan en fronçant les sourcils. Griffin lui donna une tape dans le dos puis ils sautèrent tous au bas de la scène pendant que Kellan remettait sa guitare dans son étui et le passait à son épaule. Je pensai que Matt et Griffin allaient peut-être prendre leurs instruments aussi, étant donné qu'ils n'allaient pas revenir avant un long moment, puis je me rappelai que les filles et moi avions proposé de remballer tout le matériel à la fermeture pour qu'ils puissent profiter de leur dernière soirée à Seattle.

J'en étais là dans ma réflexion quand je vis Kellan tenter de traverser la foule pour me rejoindre. C'était loin d'être chose facile : à chaque pas, quelqu'un lui tombait dessus et il se trouva même nez à nez avec la fille qu'on avait croisée sur le campus l'après-midi. Mais il s'en débarrassa rapidement, et je ne pus m'empêcher de sourire en voyant à quel point elle était déçue.

Une fois à côté de moi, il me prit dans ses bras et me serra de toutes ses forces.

– Je n'arrive pas à croire que c'était notre dernier concert ici. C'est comme une deuxième maison pour moi.

– Tu reviendras.

Ma voix résonnait comme une évidence et Kellan sourit. En réalité, on ne savait pas si le groupe allait revenir. La tournée pouvait leur ouvrir de nombreuses portes qui donneraient nécessairement sur quelque chose de mieux que la possibilité de jouer tous les week-ends dans le même bar. Mais je n'avais pas envie d'y penser, et je montrai sa guitare du doigt.

– Pourquoi tu ne vas pas mettre ça dans le coffre avant de partir avec Matt ? Tu dois avoir hâte d'arriver à la soirée.

Je remarquai ma sœur derrière lui et lui fis un petit signe de la main tandis qu'elle partait au bras de Griffin.

– Je me disais que je pourrais t'aider à tout ranger, comme ça, on pourrait partir ensemble.

C'était touchant mais je fronçai les sourcils.

– C'est ta soirée… Tu n'as pas envie d'y aller ?

J'observai les clients quitter le bar et évaluai le bazar qu'ils laissaient derrière eux.

– Je risque d'en avoir pour une heure.

– Pas si je reste avec toi pour t'aider. Et puis de toute façon, c'est avec toi que j'ai envie de passer la soirée, pas avec un tas d'idiots bourrés que je connais à peine.

– Comme tu voudras. Va mettre ta guitare dans la voiture et reviens après, alors. Et n'oublie pas de me donner tes clés, dis-je avec un petit rire.

– J'ai dessoûlé sur scène, je vais très bien.

– Ah bon ? Alors tu dois te souvenir de ce que tu as dit à Denny, au téléphone, avant le concert… tu sais, que je n'allais pas trop « traîner dans ce coin-là » ? demandai-je en désignant sa braguette.

Il écarquilla les yeux puis eut l'air de se rappeler la discussion affreusement embarrassante qu'il avait eue un peu plus tôt. Il se mordit la lèvre et recula comme s'il avait peur que je lui colle une gifle.

– D'accord, balbutia-t-il. Je vais te donner les clés.

Je souris en hochant la tête. Me laisser conduire était la moindre des choses après ce qu'il avait fait.

Il finit par discuter avec certains des habitués les plus anciens au lieu de m'aider, mais ça ne me dérangeait pas. Au moins, il était avec moi et c'était toujours mieux que de l'imaginer à une soirée entouré d'un tas de filles mourant d'envie de lui faire un petit cadeau avant son départ. Des filles à qui le fait d'aller « traîner dans ce coin-là » ne posait sans doute pas le moindre problème.

Quand le dernier client partit enfin, le bar était dans un état plus ou moins acceptable pour l'équipe du lendemain midi et Kellan et moi allâmes à sa voiture. Kate, Jenny et même Rita nous suivirent jusque chez Matt et Griffin. Kellan m'indiqua la route à suivre, tout en boudant pendant le trajet parce que c'était moi qui conduisais. Bizarrement, Matt et Griffin vivaient en colocation dans une maison en banlieue de Seattle, ce qui ne collait pas du tout avec la personnalité de

Griffin. Si ça avait été légal, je l'aurais plutôt imaginé dans une maison de passe ou quelque chose du même genre.

On se gara à deux rues de la maison et on arriva tous ensemble. Tandis que Kate et Jenny racontaient d'autres anecdotes à Rita qui riait aux éclats, j'observais le voisinage bien propret et me demandai à quel moment les voisins appelleraient la police pour tapage nocturne.

Kellan ouvrit la porte et entra – encore un endroit où il se sentait comme chez lui. La musique était assourdissante, sans parler du bruit produit par les dizaines de personnes présentes et qui augmenta encore plus quand Rita referma la porte d'entrée derrière elle. Kellan hocha la tête en direction de là où il voulait aller et je le suivis après avoir déposé mon manteau et mon sac dans un placard déjà plein à craquer.

Il nous guida sans hésiter parmi la masse de gens qui peuplait le salon, qui avait l'air assez spacieux par rapport à celui de Kellan. Il y avait assez de place pour danser et un groupe de fêtards passablement éméchés étaient déjà en piste. Un garçon assez bien portant faisait la danse du ventre devant un groupe de filles hilares et Kellan lui donna une petite tape sur l'épaule pour qu'il nous laisse passer. Inutile de préciser que les filles oublièrent aussitôt le danseur, obnubilées par Kellan.

Je m'accrochai fermement à sa main et on finit par réussir à gagner la salle à manger, où un groupe était assis autour d'une immense table. Elle était éraflée par endroits, et elle avait clairement connu des jours meilleurs, mais les alcooliques présents étaient trop occupés avec leurs jeux à boire pour y prêter attention. Kellan observa le chaos pendant quelques secondes d'un air amusé et Matt fit le tour de la table pour nous rejoindre.

– Ah, enfin. Tout le monde se demandait où tu étais.

Je souris en voyant le visage un peu rouge de Matt et son regard légèrement embrumé. Lui aussi s'était adonné aux plaisirs de la fête, apparemment. Derrière lui, Rachel posa son menton sur son épaule et me fit un sourire, les yeux clairs et brillants. Si Matt s'était laissé aller, elle s'était bien gardée de l'imiter. Je lui souris, soulagée de voir qu'il y avait au moins une personne encore sobre et responsable ici.

– Tu veux boire quoi, Kiera ? me demanda Matt. On a de tout.

Je regardai vers la cuisine : les grands plans de travail étaient recouverts de toutes les sortes de bières et d'alcools imaginables. Ils avaient l'air d'être encore mieux fournis que le Pete's, et Rita était déjà dans la cuisine en train de servir à boire comme si elle était au bar.

– Rien, merci, répondis-je en secouant la tête.

Matt hocha la tête mais Kellan n'avait pas l'air de cet avis.

– Non, il faut que tu boives quelque chose.

– Tu veux me soûler ?

Il colla sa bouche à mon oreille et je retins mon souffle en sentant le sien dans mon cou.

– Non, mais j'ai pas envie que tu passes la soirée à penser à mon départ. Et c'est ce que tu vas faire, pas vrai ?

Mon désir disparut aussi vite qu'il était apparu et je hochai la tête à contrecœur. Son départ imminent était effectivement la seule chose que j'avais en tête, et même toutes les distractions de la soirée ne suffisaient pas à me changer les idées pendant plus de quelques secondes. Il soupira à son tour en passant ses bras autour de ma taille.

– Je veux juste que tu te détendes et que tu t'amuses un peu. Tu crois que tu peux faire ça ?

Je me tournai vers Matt, occupé à bécoter Rachel dans le cou, et je lui tapai sur l'épaule. Quand il me regarda enfin, je désignai la cuisine.

– Je voudrais quelque chose de sucré…

Son visage s'illumina et il me prit dans ses bras. Je ris, pas habituée à ce genre de démonstration venant de lui.

– Je m'en occupe ! s'exclama-t-il avec autant de ferveur que si j'étais une princesse qu'il devait contenter absolument.

– Merci, murmura Kellan en m'embrassant dans le cou.

J'allais lui répondre qu'il le regretterait sans doute plus tard, quand je vomirais dans sa voiture, mais un cri retentit dans le salon. Je me mis à rire instantanément en voyant ce qui se passait : Evan portait Jenny sur son épaule et tournait sur lui-même en lui donnant des tapes sur les fesses pendant qu'elle poussait des cris et riait tout en se cramponnant à lui. Kate était en train d'essayer de la libérer quand Jenny m'aperçut.

– Kiera, viens m'aider !

Elle battit des pieds et des mains mais il la tenait fermement. Il nous sourit et fit un signe de la main à Kellan, qui me sourit avec une drôle de lueur dans les yeux.

– N'y pense même pas, Kellan Kyle, dis-je en reculant.

Je me dirigeai vers la table de la salle à manger et une des filles assises là se leva en chancelant et m'attrapa par les épaules.

– Vas-y, à toi de jouer. Moi, j'arrête, dit-elle en me forçant à m'asseoir à sa place.

Une seconde plus tard, Matt était à côté de moi, un grand verre rempli d'un liquide rose orangé à la main.

– Tiens, Kiera, quelque chose de sucré. Comme toi, dit-il en riant.

J'étais en train de le remercier quand quelqu'un posa deux dés devant moi. Je fronçai les sourcils en regardant la brunette qui venait de me les donner et secouai la tête. Je n'avais jamais eu l'intention de jouer, mais elle mit les dés de force dans ma paume et me les fit jeter.

La table se mit à rire en voyant que j'avais un double un. Ils avaient tous l'air de savoir ce que ça voulait dire, mais moi, je n'en avais pas la moindre idée. Kellan rit aussi et je lui jetai un regard irrité. Matt me tapota l'épaule pour me réconforter en murmurant qu'il allait m'en préparer un autre et Kellan montra mon verre du doigt.

– Les yeux de serpent, ça veut dire que tu dois boire ton verre cul sec.

Je le regardai sans comprendre et Rita lui tendit une bière, laissant sa main un peu trop longtemps sur son épaule.

– Cul sec, ma belle, dit-il en levant sa bière.

– Je n'étais même pas vraiment en train de jouer.

Toute la table commença à me huer et quelqu'un me balança même une capsule. Kellan rit et je finis par boire une gorgée, avant de repenser à ce qu'il m'avait dit : il voulait que je me détende et que je m'amuse, et c'était sûrement un moyen comme un autre. Je décidai donc de boire tout mon verre aussi vite que possible.

Et bon sang… c'était fort ! Arrivée à la fin, je toussais et j'avais les yeux qui brûlaient. Une agréable boule de chaleur s'était formée dans mon ventre, et j'avais la tête qui tournait un petit peu. Je souris à Kellan et toute la table m'applaudit. À les entendre, on aurait pu croire que boire était un sport olympique et que je venais de remporter une médaille.

Matt me tendit un autre verre rempli du même liquide, et un des garçons autour de la table s'adressa à Kellan.

– Dis donc, mec, elle a une sacrée descente. T'en as de la chance.

Kellan se mit à rire puis arrêta immédiatement en voyant mon regard glacial. Il attrapa ensuite le commentateur par le col de sa veste et le força à lui laisser sa place.

– À mon tour, dit-il en s'asseyant.

Je souris tandis que quelqu'un lui tendait les dés, en espérant qu'il tombe sur les yeux de serpent, lui aussi.

Alors que la soirée avançait, ma chance n'alla pas en s'améliorant. À chaque fois que quelqu'un avait des gorgées à distribuer, ça tombait toujours sur moi. Mon verre n'était jamais éloigné de mes lèvres bien longtemps, et j'avais la tête de plus en plus embrumée tandis que ma boisson me semblait de plus en plus douce, à tel point que j'avais l'impression de manger des bonbons.

La garce brune à côté de moi, qui était à l'origine de ce fiasco, rit en m'attribuant cinq gorgées. Je jurai et commençai à boire quand elle fit une œillade à Kellan.

– Désolée, Kellan, je n'essaie vraiment pas de soûler ta copine.

Kellan lui sourit mais ses yeux revinrent vers moi avant que ma jalousie ait le temps de monter.

– Mais vas-y, soûle-la, répondit-il sans me quitter des yeux. J'aurai encore plus de chances de conclure, comme ça.

En temps habituel, j'aurais été vraiment mal à l'aise, mais à ce stade, j'avais bien trop bu pour être gênée.

– Et depuis quand tu as besoin d'aide pour conclure ? parvins-je à articuler entre deux gorgées.

Kellan haussa les sourcils tandis que tout le monde riait autour de nous. Il avait peut-être dessoûlé un peu sur scène, mais avec ce qu'il avait bu depuis qu'on était arrivés, il n'était pas beaucoup mieux que moi.

– C'est vrai, dit-il en se penchant par-dessus la table.

Il était assis en face de moi et nos pieds se touchaient sous la table. En dépit des gens assis là et de la pièce pleine de spectateurs, je sentis mon corps s'affoler sous le regard ardent qu'il portait sur moi. Il se mordit la lèvre inférieure et reprit la parole de cette voix typiquement grave et sexy qu'il n'utilisait que dans l'intimité.

– Mais peut-être que tu pourrais faire ce truc avec ta…

Je me rappelai soudain qu'on n'était pas seuls et me penchai en avant pour lui couper la parole.

– Boucle-la, Kellan Kyle !

Il rit et se laissa aller contre le dossier de sa chaise, et le rire de plusieurs personnes dans la pièce lui fit écho tandis que je devenais rouge comme une tomate.

– Je disais ça comme ça…

Je plissai les yeux et les rires redoublèrent.

– T'es vraiment adorable quand t'as bu, Kiera.

Je souris, à nouveau de bonne humeur, et je me levai. Il me regarda me pencher sur la table tandis que tout le monde avait arrêté de jouer, les yeux fixés sur nous. Pour une fois, je m'en moquais : je voulais juste qu'il m'embrasse, même s'il fallait que je grimpe à quatre pattes sur la table.

Je souris en imaginant la scène et lui fis signe de s'approcher, et nos lèvres se rencontrèrent à mi-chemin. Mon cerveau dans le brouillard crut distinguer quelques rires et quelques sifflets mais j'étais bien trop absorbée par la peau douce de Kellan, à tel point que j'avais presque envie qu'il m'allonge sur la table.

– Bon, ce n'est pas tout ça, mais on joue au jeu de la bouteille ?

Kellan et moi nous tournâmes vers le trouble-fête qui venait de nous interrompre : c'était Griffin, bien sûr, debout à côté de la table. C'était d'ailleurs étonnant qu'il ait mis aussi longtemps à se manifester. Soudain, j'aperçus ma sœur appuyée contre le mur derrière lui, avec un air satisfait sur le visage. Je préférais ne pas savoir ce qu'ils venaient de faire.

Griffin rejoignit Kellan et lui donna une tape dans le dos, mais ce dernier se redressa et secoua la tête.

– Non, Griffin, on ne joue pas au jeu de la bouteille.

Griffin l'ignora et s'empara d'une bouteille de bière vide qu'il allongea sur la table avant de la faire tourner. Tout le monde se mit à rire et je me rassis, mal à l'aise. Je n'avais pas joué à ça depuis le collège, et je n'avais certainement pas envie d'y jouer avec Griffin, même soûle. La petite brune à côté de moi se mordit la lèvre en regardant Kellan. Je savais très bien sur qui elle espérait que la bouteille tombe quand viendrait son tour, et je n'avais pas l'intention de laisser son rêve se réaliser. Peu importait que ce soit contraire à la règle du jeu, ce soir, personne n'embrasserait Kellan à part moi.

Griffin avait l'œil lubrique en regardant la bouteille ralentir sa rotation. Tout le monde se tut en attendant le résultat et je regardai Kellan : il était toujours debout devant sa chaise, les bras croisés, en train de regarder Griffin avec un petit sourire en coin, et je me demandai s'il serait opposé au fait que j'embrasse quelqu'un d'autre que lui. Qu'est-ce qu'il ferait si la bouteille me désignait ? Griffin ne se contenterait pas d'un « non » de ma part. Il serait même capable de me courir après dans toute la maison.

Au moment où j'étais en train de me préparer psychologiquement à piquer un sprint jusqu'à la porte d'entrée, la bouteille arrêta de tourner et tout le monde éclata de rire. Je regardai sur la table et ris à mon tour en voyant qui le goulot avait désigné avec une extrême précision : Kellan.

Il fit la grimace puis se tourna brusquement vers Griffin qui était encore en train de regarder la bouteille comme s'il espérait qu'elle se remette à bouger. Puis il leva les yeux vers Kellan, qui secoua la tête de toutes ses forces.

– Oh que non.

Les rires redoublèrent, y compris le mien, et je sentis des larmes me monter aux yeux tandis que je me tenais les côtes. Matt et Evan firent irruption dans la pièce pour voir ce qu'il se passait, et Griffin haussa les épaules.

– Désolé, mec. C'est la règle.

– Griffin, on ne va pas…

Il n'eut pas le temps de finir sa phrase car Griffin prit son visage entre ses mains et l'attira à lui pour l'embrasser goulûment. Kellan se débattit pendant une seconde avant de réussir à se dégager et plusieurs personnes durent essuyer des larmes de rire, moi incluse. Il faut croire que je m'étais trompée quand j'avais dit que je serais la seule à embrasser Kellan.

– Mec, t'es malade !

Kellan fusilla Griffin du regard, et ce dernier recula en le regardant d'un air perplexe.

– Hum… Je ne vois pas pourquoi tout le monde en fait tout un plat, dit-il en haussant les épaules. J'ai connu mieux. Peut-être que si tu faisais ce truc avec ta langue…

Evan et Matt riaient si fort qu'ils étaient pliés en deux, bientôt imités par Jenny et Kate. Ma sœur n'était pas mieux, et même Rachel s'esclaffait doucement pendant que les quelques personnes qui avaient eu la mauvaise idée de boire essayaient désespérément de ne pas recracher ce qu'elles avaient dans la bouche. Je ne voulais pas vraiment me moquer de Kellan mais c'était trop drôle, et j'étais trop soûle. Je riais donc aussi fort que les autres, si ce n'est plus, car je ne pouvais rien imaginer de pire que d'embrasser Griffin.

Kellan lui donna une bourrade puis laissa échapper un petit rire en s'éloignant de lui.

– Casse-toi, Griffin.

Griffin recula en feignant un air offensé.

– Comme tu voudras, mec. C'était juste un conseil, t'en fais ce que tu veux.

Puis il prit ma sœur par la taille et l'embrassa à pleine bouche, et je me crispai jusqu'à ce qu'ils arrêtent.

– Je vais réserver mon talent à ceux qui l'apprécient vraiment, déclara-t-il en souriant face à ma sœur à bout de souffle.

Anna rit et l'embrassa de nouveau pendant que Kellan levait les yeux au ciel. Matt donna une tape dans le dos de Griffin puis ils quittèrent la pièce avec Anna et Rachel. Kellan ferma les yeux un instant, et quand il les rouvrit, il vit que j'étais encore en train de rire.

Il sourit en voyant que je m'amusais autant et balaya la pièce du regard. Tout le monde était encore en train de rire de sa mésaventure et il attrapa sa bière sur la table en faisant un geste en direction de la bouteille sur la table.

– Vous, je ne sais pas, mais moi, j'arrête.

9

Une nuit inoubliable

Tout le monde se remit à jouer aux dés après le départ de Griffin et la chaise de Kellan ne tarda pas à être occupée par un garçon qui avait l'air bien trop jeune pour boire de l'alcool. Kellan fit le tour de la table pour me rejoindre et me tendit la main alors que je continuais à siroter joyeusement mon verre.

– Vous dansez, mademoiselle ?

Il accompagna sa demande d'un petit sourire charmeur, et j'aurais pu jurer avoir entendu quelqu'un soupirer. Ou peut-être que c'était moi ? Je hochai la tête, pris sa main et en me levant, je pus sentir l'alcool me monter sérieusement à la tête. Si, assise à table, j'avais eu sentiment d'être pompette, maintenant que j'étais debout, j'avais l'impression d'être ivre morte. Je ris et titubai un peu quand Kellan passa ses bras autour de moi.

– Ça va ? demanda-t-il alors qu'il n'était pas mieux.

Je ris et hochai la tête à nouveau tandis qu'il m'emmenait à l'écart. Le petit nouveau venait de faire un double un et il grimaçait en regardant la quantité d'alcool qui restait dans son gobelet en plastique. Je ressentis un élan de sympathie pour lui et aussi un besoin étrange de lui faire un gros câlin et de lui dire que tout allait bien se passer. Je fis même un pas mal assuré dans sa direction mais Kellan me tira par le bras dans la direction opposée.

– Par ici, ma belle.

Je l'abandonnai donc à son destin et me retournai vers Kellan pour passer mes bras autour de sa taille. À pas mal assurés, on finit par rejoindre le centre du salon. Tous les gens qu'on croisait souhaitaient bon courage à Kellan mais il ne me quittait pas des yeux, même quand il les remerciait, comme s'il n'y avait que nous dans une maison pleine d'inconnus.

Un rythme sensuel envahit la pièce, et je sentis les mains de Kellan descendre dans mon dos avant de se poser sur mes hanches. Mon corps ultra sensible frémit à son contact, comme sous l'effet d'une décharge électrique qui s'intensifia encore plus quand il glissa sa jambe entre les miennes pour que nos corps se chevauchent.

Nos hanches ondulaient en rythme de manière si suggestive que j'aurais dû être gênée, mais ce n'était pas le cas. Encore un des petits miracles de l'alcool… Les mains de Kellan continuaient à me caresser, sa paume sur le devant de ma chemise rouge, et il appuya son front contre le mien. On était plus en train de se frotter l'un à l'autre que de danser, et sentir son souffle sur moi fit s'accélérer le rythme de ma respiration.

Lorsque sa main s'arrêta sur ma poitrine et qu'il la pressa légèrement, je gémis doucement et Kellan sourit en entendant ma réaction par-dessus la musique. À la fois engourdie par l'alcool et incroyablement excitée, je passai mes doigts dans ses cheveux et amenai son visage près du mien.

Décidément, je ne comprenais pas de quoi Griffin se plaignait : Kellan faisait des merveilles avec sa langue. Nos respirations se transformèrent en une suite de halètements et je gémis plus fort quand je sentis ses doigts titiller la pointe de mon sein à travers mon uniforme. Il soupira bruyamment et entreprit de poser une main sur mes fesses, entre le tissu de ma culotte et celui de mon pantalon.

Mais c'est de l'autre côté que je voulais sentir sa main. Je voulais que tout son corps vienne de l'autre côté, et je collai ma bouche à son oreille.

– J'ai envie de toi… maintenant, murmurai-je.

Du moins, j'eus l'impression de murmurer… Kellan recula pour m'observer, avec des yeux brûlants qui voulaient dire «j'ai envie de faire l'amour avec toi» et qui avaient le don de me mettre sens dessus dessous. Il colla ses hanches aux miennes et n'eut pas besoin de dire un mot: je pouvais sentir le renflement de son pantalon, qui indiquait que lui aussi en avait envie… tout de suite.

Il s'humecta les lèvres et regarda les gens soûls en train de danser autour de nous au milieu du salon de Matt. Puis il me prit la main et hocha la tête en direction du couloir.

– Suis-moi.

Je me mordis la lèvre et hochai énergiquement la tête. Je n'avais aucune idée de là où il comptait m'emmener ni même de ce qu'on allait faire exactement une fois qu'on y serait, mais ça m'était égal. Je voulais juste être seule avec lui.

Je me collai contre son dos en riant tandis qu'il se frayait un chemin parmi la foule. Quelques filles audacieuses lui caressèrent le bras et je les fusillai du regard mais Kellan les ignora, concentré sur sa mission. Je remarquai alors un trio de filles qui étaient ouvertement en train de mater ses fesses et j'eus envie de crier: «Matez autant que vous voulez, c'est avec moi qu'il va coucher!»

Heureusement, Kellan me tira vers l'avant pile au moment où j'allais ouvrir la bouche. Je trébuchai et il sourit en m'aidant à retrouver l'équilibre avant de m'embrasser de nouveau, et je gémis en sentant la douceur de son souffle et de sa bouche sur moi.

Il avança à reculons dans le couloir sans cesser de m'embrasser, se cognant parfois dans les personnes qui ne s'écartaient pas assez vite, puis il s'arrêta devant une porte fermée. Je ne savais pas où elle menait, mais quand sa langue effleura la mienne, j'eus juste envie qu'il l'ouvre le plus vite possible.

Au début il manqua la poignée, mais il finit par réussir à la tourner et on se précipita à l'intérieur. Il referma derrière nous puis alluma la lumière avant de verrouiller la porte, et je regardai autour de moi en priant pour qu'on ne soit pas dans la chambre de Griffin. Heureusement, ce n'était pas le cas… on était dans la salle de bain. Je regardai Kellan en fronçant les sourcils.

– C'est la salle de bain.

– Je sais.

Je voulus protester mais il plaqua sa bouche sur la mienne et je ne pus qu'émettre un cri de plaisir. J'avais tellement envie de lui que j'avais mal partout, et je pressai mon corps contre le sien dans un baiser frénétique qui faisait bouillir le sang dans nos veines.

– Je me sens tellement bien avec toi… Je veux que tu te sentes bien, toi aussi. J'ai tellement envie de toi, Kellan.

Je l'embrassai dans le cou et il pencha la tête en arrière, les yeux clos.

– J'adore quand tu es comme ça.

– Comme quoi ? demandai-je en relevant la tête. Soûle ?

– Non. Sûre de toi. Comme si tu avais enfin compris.

– Compris quoi ? chuchotai-je.

– Que je suis à toi… que tu peux m'avoir où tu veux, quand tu veux, comme tu veux. Partout, tout le temps. Que je t'appartiens.

Je sentis le désir me submerger.

– Alors si tu es à moi, je te veux ici et maintenant. Je veux te faire jouir, murmurai-je, étonnée de ma propre audace.

Il sourit et je le poussai contre une étagère en plaquant mes hanches contre les siennes. J'avais tellement envie de lui que je m'en fichais qu'on soit dans une salle de bain minuscule, au milieu d'une soirée blindée de monde. Quand sa langue caressa la mienne, je gémis dans sa bouche et il posa ses mains sur mes fesses, en me serrant encore plus contre lui.

– Tu sens à quel point j'ai envie de toi ?

Je geignis en guise de réponse, mes doigts courant sur son torse avant de tenter fébrilement de déboutonner son jean. Les gens frappaient à la porte, certains tambourinaient même, mais on les ignora et ils finirent par s'éloigner en marmonnant quelque chose que je ne compris pas à cause de la musique assourdissante dans le salon. Mes doigts malhabiles échouaient à défaire le bouton de son jean et quand il fit remonter mon uniforme le long de mes côtes, j'abandonnai le bouton pour l'aider à retirer ma chemise.

Je lui ôtai son tee-shirt et sentis son torse contre moi une seconde plus tard, la chaleur de nos peaux se faisant écho. J'amenai sa bouche contre la mienne et je sentis ses doigts jouer avec mon collier, puis il les posa sur ma poitrine et m'arracha un cri de plaisir qui résonna dans la pièce en pinçant mes tétons.

– Euh… Kellan ? Tu es là ?

J'ignorai la voix agacée derrière la porte et Kellan en fit autant. Sa bouche descendit pour se poser sur la pointe d'un de mes seins, qu'il entoura de ses lèvres avant de la lécher. Je grognai en pressant sa tête contre moi, avec un besoin impérieux de sentir son sexe dur contre moi.

– Kellan, je sais que vous êtes là, avec Kiera. Des gens vous ont vus entrer. Ouvre la porte.

Kellan se redressa en jurant, et je tentai de l'embrasser mais il me repoussa et déverrouilla la porte. Il l'entrouvrit et s'adressa à la personne qui se trouvait de l'autre côté.

– Tu veux quoi, Matt ?

Je posai la tête sur le torse de Kellan et vis Matt nous regarder à travers l'entrebâillement. Il n'avait vraiment pas l'air content.

– Est-ce que vous êtes sur le point de vous envoyer en l'air dans ma salle de bain ?

– Oui, répondit Kellan sans l'ombre d'une hésitation.

Sous l'effet de l'alcool, je trouvai sa réponse hilarante et me mis à rire tandis qu'il essayait de refermer la porte.

– Kell, on a seulement une salle de bain, dit Matt en bloquant la porte. Je n'ai pas envie que les gens pissent dans mon évier.

Kellan lâcha un soupir exaspéré et ouvrit la porte en grand. Matt regarda son torse nu puis ma poitrine à moitié dénudée, et Kellan haussa les épaules.

– Chambre ou salle de bain, dit-il.

Matt fronça les sourcils.

– Chambre ou salle de bain ? Tu choisis.

Matt leva les yeux au ciel en soupirant.

– C'est bon, mais magnez-vous.

Kellan referma la porte avec un grand sourire et je ris tandis qu'il fermait le verrou.

– Et nettoyez une fois que vous aurez fini, cria Matt à travers la porte.

Mais on avait déjà arrêté de l'écouter. Mon corps répondit instantanément sous ses doigts, comme si un incendie se déclenchait partout où il me touchait. Je me pressai contre lui et essayai de défaire son pantalon une fois de plus, sans succès.

– Tu n'es vraiment pas douée pour le déshabillage sous l'emprise de l'alcool, murmura-t-il en riant.

Il défit le bouton lui-même et baissa son pantalon, et je glissai immédiatement ma main dans son boxer. J'attrapai la partie de son anatomie que je voulais plus que tout et en pressai la base, et il geignit en me plaquant contre le mur. Je sentais sa respiration entrecoupée dans mon oreille, et il entreprit de me retirer le reste de mes vêtements, baissant brusquement mon jean tandis que je faisais glisser ma main de haut en bas sur son sexe.

Il s'écarta et repoussa ma main pour m'enlever mes chaussures et me débarrasser de mes sous-vêtements. Complètement nue devant lui mais trop excitée et ivre pour en avoir honte, je laissai mes doigts courir sur ma peau. Il jura à voix basse et retira lui aussi ses chaussures, ainsi que le reste de ses vêtements. Je m'humectai les lèvres en voyant son corps nu et lui chuchotai que je voulais le sentir en moi, mais il secoua la tête avec un sourire machiavélique.

– Pas tout de suite.

Soudain, il s'agenouilla devant moi et je ne compris pas tout de suite ce qu'il allait faire. Mais lorsqu'il prit ma jambe pour la caler sur son épaule et qu'il amena son visage entre mes jambes, je sus.

Je criai en laissant ma tête aller en arrière. Les sensations qu'il imprimait en moi tandis qu'il titillait, léchait et caressait la partie la plus sensible de mon corps étaient incroyables, et je produisis des bruits qui, en temps normal, m'auraient fait mourir de honte.

Au moment où je gémissais son nom et où j'arquais mes hanches contre lui, il se releva et m'embrassa passionnément. J'avais tellement envie de lui que je n'entendais même plus la musique, et j'avais l'impression qu'il régnait un silence de mort dans la maison. Je pris son sexe dans ma main et essayai de l'amener là où j'avais tellement besoin de lui, mais il repoussa ma main avec entêtement.

– Je veux te sentir en moi… maintenant, suppliai-je.

Il recula d'un pas et me fit crier en caressant ma chair humide du bout du doigt.

– S'il te plaît, Kellan… Prends-moi.

Il murmura un « oui » et embrassa mon cou et ma poitrine tandis que je me frottai à lui, désespérée et tellement excitée que j'avais l'impression d'être prête à jouir avant même d'avoir commencé. Il recula, se cogna dans quelque chose et se retrouva assis. Il regarda autour de lui, surpris, puis se mit à rire en se rendant compte qu'il était assis sur le couvercle des toilettes. Il sourit en me regardant, mais je ne souriais plus, trop obsédée par le besoin que je ressentais et qu'il devait absolument satisfaire.

Je m'assis sur lui à califourchon et son sourire s'évanouit lorsqu'il me pénétra. Il ferma les yeux et je l'observai en remuant les hanches. Le sentir en moi était la chose la plus satisfaisante que mon corps avait jamais ressentie et j'adorais voir l'effet qu'on avait l'un sur l'autre. Ondulant les hanches à nouveau, je cambrais le dos et criai son nom, et il ouvrit les yeux.

– Tu es tellement belle, murmura-t-il en caressant ma poitrine et la chute de mes reins.

Je sentis une vague de chaleur déferler en moi, le désir qui m'habitait était si fort que mon corps était endolori. La tête penchée en arrière, je criai de plus en plus fort sans pouvoir m'arrêter. C'était si bon… et j'étais si près…

– Putain, ce que c'est bon, dit-il en se redressant pour prendre mon téton dans sa bouche.

– Ne jure pas, dis-je entre deux gémissements.

Puis je me pressai plus fort contre lui pour l'accueillir encore plus profondément en moi et je m'appuyai sur mes talons pour pouvoir glisser sur lui de tout mon poids.

– Désolé… Et merde… Ne t'arrête pas, s'il te plaît.

Il m'attrapa par les hanches contre lui et commença à bouger plus vite, et je calai mon rythme sur le sien. Sauvage et anormalement audacieuse, je précipitai mon corps contre le sien et il gémit aussi fort que moi en sentant l'orgasme approcher. À en juger par l'expression sur son visage, je savais qu'il était proche du point de non-retour lui aussi, et je le suppliai de jouir avec moi. Il ouvrit la bouche, haletant, et je le sentis venir en moi avec un râle qui ne tarda pas à être étouffé par mes propres cris. Je m'agrippai à ses épaules et sentis ma vue se troubler quand je jouis, ce qui n'avait rien à voir avec mon état d'ébriété, cette fois.

Alors qu'on était blottis l'un contre l'autre, à tenter de reprendre notre respiration, je crus entendre des rires et des applaudissements dans le couloir, mais ça m'était égal.

– Je t'aime, murmurai-je en enfouissant mon visage dans son cou.

Il soupira de satisfaction.

– Moi aussi, je t'aime.

On resta comme ça pendant encore une minute, jusqu'à ce que je commence à grelotter de froid et que les gens recommencent à frapper à la porte. On parvint à se rhabiller tant bien que mal en titubant un peu, sans rien oublier derrière nous, ou du moins, je l'espérais : j'aurais détesté que Griffin trouve quoi que ce soit nous appartenant.

Quand Kellan ouvrit la porte et qu'on sortit de la pièce, tous les regards se braquèrent sur nous et je clignai des yeux en me demandant pourquoi tout le monde était en train de me dévisager. Puis des sifflets retentirent et les personnes les plus proches donnèrent des tapes dans le dos de Kellan. Pensant qu'ils le félicitaient pour la tournée, je haussai les épaules en souriant et ma réaction provoqua une nuée de rires.

Kellan me guida jusqu'au salon en réprimant un sourire et Griffin s'approcha de nous. Je fis un pas en arrière, comme d'habitude, mais il sourit de toutes ses dents et me tendit une bière.

– Kiera, je crois que je t'aime, déclara-t-il.

Raide comme un piquet, j'attrapai la bière et en bus une

gorgée pour le faire reculer d'un pas. Il rit et envoya une bourrade à Kellan.

– Tu as vraiment un bol monstrueux, enfoiré, dit-il à Kellan en lui tendant une bière à lui aussi. Je veux dire, je te détestais déjà avant, mais là, je ne peux vraiment plus te supporter.

Kellan hocha la tête et poussa Griffin, en me regardant sans arrêt d'un air inquiet, comme si j'étais une folle sur le point de piquer une crise. J'étais encore trop éméchée pour comprendre pourquoi et je portai ma bière à mes lèvres sans faire attention aux réflexions bizarres de Griffin. Je venais juste d'en prendre une gorgée quand il reprit la parole.

– C'était vraiment chaud… Vous devriez tourner un film porno, je l'achèterais sans hésiter.

Les gens autour de nous se mirent à rire et je m'étranglai avec ma gorgée de bière. Quoi ? De quoi il parlait ? Qu'est-ce qui était chaud ? Une minute… il avait parlé de film porno ?

Au moment où les commentaires, les rires et les regards des gens commençaient à s'assembler dans ma tête comme autant de pièces d'un puzzle, Kellan poussa Griffin et se dirigea vers la chaîne hi-fi pour augmenter le volume de la musique. Puis il monta sur la table basse et se mit à danser comme s'il était en boîte, et j'oubliai aussitôt l'énigme que je tentais de résoudre deux secondes plus tôt, préférant zapper Griffin et ses remarques déplacées.

Un groupe de filles avait déjà commencé à encercler la table quand il tendit la main vers moi et je le rejoignis en riant. Kellan chantait les chansons entraînantes à l'attention de la foule pour les encourager à continuer à faire la fête, mais il chantait les chansons plus douces juste pour moi tandis qu'on dansait à un rythme à la fois beau et érotique. À cause de la façon dont il me regardait et dont il dansait avec moi, j'avais enfin l'impression d'être aussi belle que les autres filles présentes dans la pièce. Pendant quelques heures de pur bonheur, on réussit à mettre de côté les moments douloureux qui nous attendaient, et on dansa jusqu'au bout de la nuit.

Quand je me réveillai le lendemain, j'avais l'impression que quelqu'un jouait du tambour dans ma tête. J'avais la bouche affreusement sèche et je mourais de soif, mais j'avais trop peur de bouger. Je n'avais pas envie que mon mal de tête se transforme en haut-le-cœur.

J'ouvris un œil et me risquai à regarder autour de moi mais je ne vis pas grand-chose à part un corps pressé contre le mien. Je m'immobilisai, en essayant de me rappeler comment et quand je m'étais endormie. Les souvenirs de la veille étaient tellement flous que je n'étais même pas sûre de là où j'étais.

Je tentai de lever la tête en priant pour que le corps étendu sous le mien soit celui de Kellan, et le bruit de tambour retentit encore plus fort, me brouillant la vue. Enfin, je parvins à me concentrer et je soupirai de soulagement en reconnaissant les traits familiers de Kellan.

J'avais des courbatures et j'étais engourdie, allongée presque tête-bêche avec lui dans un canapé étroit qui n'était ni le sien, ni le mien. J'avais l'impression que mes bras pesaient des tonnes. Mes jambes aussi avaient l'air d'être en plomb, et même mes parties intimes me donnaient le sentiment d'être courbatues, sans que je sache trop pourquoi.

J'allais sûrement payer mes excès de la veille avec une gueule de bois d'au moins trois jours. Je grinchai doucement et sentis des bras autour de ma taille.

– Bonjour.

Je tressaillis et fermai les yeux, puis en rouvris un à nouveau pour regarder Kellan.

– Je suis juste à côté de toi, pas la peine de crier, murmurai-je.

Il rit en s'étirant en dessous de moi et ouvrit les yeux.

– Comment tu te sens ? demanda-t-il en passant une main dans mes cheveux.

– Comme si j'avais une fanfare dans la tête.

Il avait l'air fatigué mais quand même en bien meilleure forme que moi.

– Ton estomac, ça va ?

– Ça peut aller… pour le moment.

Je fis la grimace et tentai d'avaler ma salive mais j'avais la bouche bien trop sèche.

– J'ai surtout soif, en fait.

Il hocha la tête, comme s'il s'y attendait.

– Matt est encore couché, mais je suis sûr qu'il ne t'en voudra pas si tu piques de l'eau dans le frigo. Sauf si tu préfères aller boire dans la salle de bain, ajouta-t-il avec un sourire provocateur.

J'écarquillai les yeux en apprenant qu'on était toujours chez Matt. Enfin, ce n'était sûrement pas plus mal, car aucun de nous n'aurait été en état de conduire. On avait dû danser jusqu'à épuisement. Je me rappelais vaguement m'être sentie fatiguée et m'être assise avec Kellan. J'avais dû m'allonger ensuite et m'endormir comme une masse.

En tournant la tête vers lui, je vis qu'il me regardait d'un air malicieux et fronçai les sourcils.

– Pourquoi tu as l'air de…

Soudain, sa réflexion me revint. La salle de bain… Des souvenirs encore plus vagues d'une petite pièce emplie de cris et de gémissements me revinrent et je me redressai brusquement, oubliant ma tête et mon corps endoloris.

– On a fait l'amour dans la salle de bain ? dis-je un peu trop fort.

Kellan se raidit en même temps que moi au son de ma voix, et j'en déduisis qu'il n'était peut-être pas si en forme que ça. Puis il rit et je sentis le rouge me monter aux joues tout en priant pour que personne ne m'ait entendue dire ça.

– Oh que oui, murmura-t-il d'une voix pleine de charme.

J'espérai que personne dans la soirée ne l'ait remarqué, mais en voyant le sourire satisfait de Kellan, de nouveaux souvenirs me revinrent… Les applaudissements… Les sifflets… Griffin…

Je me couvris la bouche en secouant la tête.

– Mon Dieu, c'est pas vrai !

D'un coup, mon mal de tête était dérisoire comparé à la honte que je ressentais.

– On nous a entendus ?

Kellan se mordit la lèvre en évitant mon regard.

– On ne peut pas dire qu'on ait été très discrets… Et c'est une petite salle de bain, donc…

Je laissai tomber ma tête sur son torse.

– Ce n'est pas possible, murmurai-je, mortifiée.

Je sentis Kellan rire en dessous de moi, et il me frotta le dos.

– Ne t'en fais pas pour ça. Tout le monde m'a dit qu'ils avaient trouvé ça sexy.

– Comment ça, tout le monde ? demandai-je en relevant brusquement la tête et en le regrettant immédiatement.

– Enfin, juste les personnes à qui j'ai parlé après que tu t'es endormie.

Je gémis de désespoir. Tout le monde à cette soirée m'avait entendue faire l'amour. Et plus j'y pensais, et plus je me rappelais à quel point ça avait été bon. Vraiment bon. Et bruyant, aussi. Plus jamais je ne pourrais m'afficher en public, sans parler du Pete's.

– C'est pas vrai…

Kellan m'embrassa sur le front en riant doucement.

– Tu t'es laissé aller. Et j'ai adoré ça. C'était la première fois que tu faisais ça dans une salle de bain au milieu d'une soirée ?

– Oui.

Il sourit et me prit dans ses bras.

– Tant mieux. J'adore te faire faire des trucs pour la première fois.

Je ne pus m'empêcher de sourire, mais ensuite un autre détail me revint.

– Griffin a vraiment dit qu'on devrait faire un film porno ?

Kellan fit la grimace et hocha la tête, et je cachai ma tête entre mes mains.

– Alors lui aussi nous a entendus. Ou plutôt, il m'a entendue, moi. Et merde…

Kellan rit en m'entendant jurer.

– Tu survivras. Et si ça peut te consoler, dis-toi que c'est une soirée que tu n'oublieras sans doute jamais.

Là-dessus, il n'avait pas tort. Je ne risquais pas d'oublier la remarque de Griffin.

– Ne sois pas gênée. Moi, je ne le suis pas. Tu étais belle et sexy, tous les mecs de la soirée auraient aimé être à ma place, et je m'en fiche qu'ils aient tous été jaloux, tant que tu es à moi.

– Je le suis, répondis-je en souriant.

– Parfait.

Il m'embrassa et je me blottis contre lui en essayant d'oublier la soirée pour me concentrer sur le moment présent. Il ne me restait que quelques heures à passer avec l'homme qui faisait battre mon cœur. Après cela, j'aurais bien le temps de me flageller en repensant à tout ça.

Je soupirai en essayant de ne pas penser à son départ, mais c'était impossible. À la place, j'essayai donc de me concentrer sur ce que mon corps était en train de me dire : il me fallait de l'eau… et de l'aspirine.

– Je vais aller me chercher de l'eau, tu en veux ?

Il s'étira en soupirant profondément.

– Non, mais un café ne me ferait pas de mal. Je viens avec toi.

Je hochai la tête et me préparai à bouger, mais c'était tellement confortable d'être allongée au-dessus de lui que mon corps n'avait pas l'air décidé.

– Besoin d'aide ? demanda-t-il en voyant que je ne bougeais pas d'un centimètre.

Je souris, la tête toujours appuyée sur son torse, à l'endroit de son tatouage. Il se redressa et je ne pus m'empêcher de l'imaginer nu en sentant ses muscles se contracter sous moi.

Puis on se leva enfin et je ronchonnai en sentant mon mal de tête s'accentuer, mais Kellan me soulagea en me massant un peu les tempes. De son côté, il avait les yeux un peu cernés mais il n'avait certainement pas la tête de quelqu'un qui avait passé la nuit à boire.

Je me détournai de son visage parfait, sachant que j'étais sans doute loin d'avoir l'air aussi appétissante. Il m'embrassa brièvement sur le front puis me conduisit à la cuisine. Apparemment, on n'avait pas été les seuls à rester dormir : on devait éviter des gens endormis à même le sol à chaque pas. Dans la cuisine, un garçon et une fille jouaient à ce qui avait l'air d'être du poker. Kellan leur fit un signe de tête et ils regardèrent autour d'eux en clignant des yeux, comme s'ils ne s'étaient pas rendu compte qu'il faisait jour et que la fête était finie. Ils auraient pourtant pu s'en douter en voyant le type qui ronflait en bout de table…

Kellan savait exactement où tout se trouvait chez Matt, et il prépara du café pendant que j'avais la tête appuyée contre son dos. Quand le café commença à passer, il attrapa un verre dans un placard et le remplit d'eau.

Je voulus boire trop vite et m'étranglai, et j'étais en train d'essayer de tousser en silence quand Matt arriva dans la pièce. Bâillant à s'en décrocher la mâchoire, il se gratta le torse et je baissai les yeux en me rappelant qu'il m'avait vue à moitié nue la veille.

– Salut, lança-t-il.

Je levai prudemment la tête. Il était soûl aussi, alors… peut-être qu'il ne s'en souvenait pas ? Ses bras autour de moi, Kellan hocha la tête en s'adossant contre le plan de travail.

– Salut. Comment ça va ?

Il se passa la main dans les cheveux et se massa les tempes, et j'en conclus qu'il devait avoir mal à la tête aussi.

– Super, marmonna-t-il en attrapant un verre.

Kellan rit et glissa ses doigts dans les passants de ceinture de mon jean. Matt se servit un verre d'eau et le bruit du robinet me transperça la tête. Je collai ma tête contre la poitrine de Kellan, en regrettant de ne pas pouvoir appuyer sur un bouton « avance rapide ».

– Qu'est-ce que ça peut être agaçant de te voir aussi joyeux le matin.

Matt but une longue gorgée d'eau et Kellan sourit en me berçant doucement.

– J'espère que tu n'es pas comme ça sur la route, parce que ça va vraiment me taper sur les nerfs.

Kellan rit mais je ne l'imitai pas. Je n'avais aucune envie d'y penser pour le moment, et ce que dit Matt ensuite n'arrangea rien.

– Le bus part dans quelques heures, on devrait commencer à réveiller les gens… surtout Griffin.

Kellan soupira en hochant la tête et je me mordis la lèvre. Je n'avais vraiment pas envie d'y penser. Matt finit son verre d'eau et me regarda d'un air préoccupé.

– Ça va, Kiera ?

Je tentai de sourire avec naturel et acquiesçai, et il me sourit en retour.

– Tu, euh… Tu t'es bien amusée hier soir ?

Il avait sans doute demandé ça innocemment au départ, mais il rougit légèrement et je sus qu'il n'avait pas oublié. J'aurais voulu rentrer sous terre.

– Oui. Merci de nous avoir laissé squatter la salle…

Ma voix s'évanouit quand je me rendis compte de ce que je venais de dire et Matt devint aussi rouge que moi.

– À manger, ajoutai-je précipitamment, mais trop tard.

Matt bafouilla quelque chose à propos des affaires qu'il devait préparer et quitta la pièce au pas de course. Kellan se retenait pour ne pas rire, mais à la seconde où le couple qui jouait au poker gloussa, il éclata de rire à son tour. Je lui donnai une tape mais ça l'amusa encore plus.

– Tu es vraiment trop adorable, Kiera. Ta maladresse va sérieusement me manquer.

Je me mordis la lèvre et cherchai son regard. Je sentais un parfum d'au revoir dans l'air mais je n'étais pas prête. Je ne voulais pas lui dire au revoir. Je passai mes bras autour de son cou et le serrai de toutes mes forces. J'aurais aimé ne jamais le lâcher mais je savais que c'était impossible. Je devais le laisser partir et vivre son rêve, même si ça me faisait terriblement mal.

Finalement, tout le monde finit par se réveiller et quitter la maison, non sans souhaiter bon courage à Kellan et à Matt. Au moment où les derniers fêtards partaient, Evan et Jenny apparurent sur le pas de la porte. Visiblement, ils n'avaient pas fait autant d'excès que nous : Jenny était fraîche et rayonnante, tandis que je me sentais crasseuse et épuisée. En voyant mon air fatigué, elle vint s'asseoir près de moi dans le canapé et me serra dans ses bras tandis qu'Evan disait bonjour à Kellan.

– Ça va, Kiera ? demanda-t-elle en riant.

Je grognai et enfouis ma tête dans un coussin.

– Très bien. Je ne me rappelle pas vous avoir vus partir, avec Evan, dis-je en relevant les yeux vers elle.

Elle rougit légèrement et jeta un coup d'œil en direction des garçons à l'autre bout de la pièce.

– Tu étais… occupée, à ce moment-là.

Kellan la regarda pile au moment où elle disait ça et elle

rit doucement. Je me pris la tête dans les mains, bien partie pour me sentir humiliée au moins jusqu'à la fin de la journée. Riant un peu plus fort, Jenny prit mes mains dans les siennes et me sourit chaleureusement.

– Je suis contente que tu te sois amusée. Avec Evan, on avait peur que tu ne passes la soirée à pleurer.

Je souris en regardant Evan : en dépit de tous ses tatouages, c'était un tendre, comme Jenny. Son regard croisa le mien et son sourire bon enfant me fit me sentir mieux. Ces gens-là m'aimaient, et ils ne feraient rien pour me faire regretter un moment d'insouciance avec mon petit ami. Surtout qu'on en avait vraiment besoin, à la lumière de nos adieux imminents.

Rachel nous rejoignit et s'assit dans le canapé pendant que Matt se douchait. J'écoutai jalousement l'eau couler, désespérée à l'idée de prendre une douche moi aussi. Ça aiderait peut-être mon mal de tête à passer… Mais ensuite, entendre Matt dans la salle de bain me rappela ce qui s'était passé la veille. Pile au moment où je rougissais, Kellan tourna la tête vers moi et me sourit, comme s'il savait exactement ce à quoi j'étais en train de penser.

– Kiera, ça te dirait qu'on aille barboter une fois que Matt aura fini ?

Je fusillai du regard le dernier membre du groupe à entrer dans le salon et Griffin me sourit d'une façon qui me déplut franchement. Son regard indiquait clairement qu'il m'imaginait dans une situation totalement déplacée.

– Je veux t'entendre crier mon nom comme tu as crié celui de Kellan, ajouta-t-il en m'envoyant un baiser.

Au moment où j'allais me lever pour aller lui en coller une, il était déjà en train de se faire frapper par quatre personnes différentes. Ma sœur, encore à moitié endormie et qui venait d'arriver derrière lui, lui donna une tape à l'arrière de la tête. Jenny lui balança un coussin en pleine tête, et même Rachel s'y mit en lui jetant la télécommande dans l'estomac. Mais ce fut Kellan qui perdit le plus son sang-froid. Il franchit à grands pas la distance qui les séparait, attrapa Griffin par les cheveux et amena son visage tout contre le sien.

– Boucle-la ou c'est moi qui te fais taire.

Son regard était glacial, tout comme le son de sa voix, et je sus qu'il ne plaisantait pas. Il en avait marre de Griffin, de la façon dont celui-ci me cherchait sans arrêt et m'agressait avec ses commentaires pervers et déplacés.

Une tension palpable envahit la pièce et Evan posa une main sur l'épaule de Kellan pour l'inciter à se calmer. Anna essaya de le repousser mais il ne bougea pas d'un pouce et son visage de marbre resta à quelques millimètres de celui du bassiste. Pendant un instant, la peur se lut dans les yeux de Griffin, puis il se mit à rire.

– Tu veux un autre bisou, c'est ça ? Il te suffit de demander, tu sais.

Exaspéré, Kellan le lâcha enfin et la tension se dissipa.

– Tu aurais dû voir ta tête, mec. C'était génial. J'ai vraiment cru que tu allais me cogner !

Kellan maugréa et tourna les talons tandis que Griffin riait et prenait Anna dans ses bras. Il le montra du doigt alors que Kellan partait dans la cuisine et rit de nouveau.

– Vas-y, Kellan, redis-le. Boucle-la ou c'est moi qui te fais taire, dit-il en essayant d'imiter sa voix.

Anna lui donna une bourrade sans pouvoir s'empêcher de rire et Griffin secoua la tête en souriant.

– Un grand classique !

10

Pas de au revoir entre nous

Une fois que les garçons eurent fini de tout ranger et de préparer les affaires, ce fut l'heure de partir. Kellan avait tout prévu et avait déjà un sac plein d'affaires dans son coffre. Il avait dû se douter que la fête durerait toute la nuit... Moi non, en revanche, et je portais encore mon uniforme du Pete's sous ma veste quand je montai en voiture avec lui.

Je détestai chaque minute du trajet. J'avais l'impression d'être une femme de soldat qui conduisait son homme à la guerre. Quoique, ça n'avait rien de comparable, en fait: ces femmes savaient qu'elles ne pourraient peut-être jamais revoir leurs maris, alors que dans mon cas, c'était loin d'être aussi dramatique... N'empêche que j'avais quand même ce sentiment, et la sensation que le risque de ne jamais le revoir était bien réel. Non pas parce qu'il pourrait mourir au combat mais plutôt se laisser emporter par la célébrité.

Une grosse maison de disques pourrait le remarquer et lui offrir un pont d'or, puis l'envoyer aux quatre coins du monde et faire de lui un pantin pris dans les rouages de l'industrie du spectacle. Auquel cas, il n'aurait plus une minute à me consacrer, sans arrêt entouré de personnes prêtes à tout pour lui faire plaisir. Et alors, peut-être qu'il ne voudrait plus de moi.

Je levai les yeux au ciel en regardant les feux arrière du van de Griffin et de la voiture d'Evan : je savais que Kellan ne voudrait jamais d'une femme qui serait uniquement intéressée par sa célébrité. Il n'avait connu que des relations superficielles pendant des années, et maintenant, il avait besoin d'autre chose. Il avait besoin de moi. Et même si son heure de gloire arrivait, il ne laisserait pas tomber ce qu'il y avait entre nous. Je ne devais surtout pas l'oublier.

– Ça n'arrivera pas, dit-il en posant une main sur mon genou.

Je le regardai avec étonnement, en me demandant comment il avait deviné ce à quoi je pensais, et il me sourit.

– Je ne sais pas quel film tu es en train de te faire, du genre je deviens riche, célèbre et je te laisse en plan… mais ça n'arrivera pas.

Renfrognée, j'inclinai la tête vers lui.

– Je croyais que tu ne savais pas lire dans les pensées.

– Je ne sais pas… Mais je sais comment toi, tu réfléchis. Tu penses que tu n'es pas assez bien pour moi. Que je tomberai dans le panneau à la première jolie fille que j'aurai sous le nez. Tu penses que je vais te tromper parce que je serai incapable de m'en empêcher.

Il avait l'air maussade et je soupirai.

– Et maintenant, toi, tu te dis que je me sentirai tellement seule et déprimée à t'imaginer avec la moindre starlette de bas étage, que je tenterai de me consoler dans les bras d'un autre. Tu penses que je vais te tromper parce que je supposerai que tu es déjà en train de le faire, de ton côté.

– On fait la paire…

– Jamais je ne ferai une chose pareille, l'assurai-je en posant ma tête sur son épaule. Même si je pense ça de toi, et je ne suis pas en train de dire que ça arrivera… je ne le ferai pas, de toute façon. Je suis à toi.

– Et moi non plus, je ne ferai jamais ça, parce que je t'appartiens.

Je fermai les yeux, prise d'une envie désespérée de le croire, et quelques instants plus tard, on arrivait à destination. Kellan se gara à côté d'Evan, coupa le contact, et on garda le silence pendant qu'Evan sortait de sa voiture. Il tapota à la vitre de la Chevelle avec un grand sourire, et Jenny descendit de voiture à son tour. Ils allèrent retrouver Matt, Griffin, Rachel et Anna, mais Kellan et moi étions encore dans la voiture, à essayer de profiter des derniers instants de silence avant qu'il ne doive partir.

Ça bouillonnait d'activité à quelques mètres de nous. Plusieurs personnes, qui étaient sans doute des membres des autres groupes, s'affairaient autour de trois énormes bus, certains discutant avec des chauffeurs en uniforme. Il y avait pas mal de garçons, et des filles qui les collaient en leur disant au revoir. Il y avait beaucoup de passagers, comparé au nombre de bus. Kellan avait raison, ils allaient être serrés comme des sardines. Il ne connaissait peut-être pas encore les autres groupes, mais ce serait le cas d'ici à la fin de la tournée. Au moins, avec autant de monde dans chaque bus, il n'y aurait pas beaucoup de place pour ramener des filles. Quoique… Rien n'empêchait les groupies de suivre les bus et de faire des pauses sur la route. Rien que cette idée me brisait le cœur et j'essayai de ne pas y penser.

Je continuai à observer la foule grouillante sur le parking du grand centre commercial quand Kellan retira les clés du contact et me les tendis.

– Prends soin d'elle pour moi, d'accord ?

Je refermai les doigts autour du trousseau sans y croire.

– Tu me laisses ta voiture ?

– C'est juste un prêt. Je compte bien la récupérer à mon retour.

Je souris en m'imaginant au volant et il fronça les sourcils.

– Surtout, n'oublie pas de faire la vidange et fais le plein avec du super. Ne la prends pas quand il neige, ni si tu as bu. Et ne laisse pas Anna la conduire, ajouta-t-il. J'ai vu ce qu'elle a fait de la voiture de Denny.

Non, je ne laisserais pas Anna transformer une autre voiture en dressing à moteur.

– Promis, murmurai-je. Je prendrai bien soin d'elle.

– Ce serait dommage qu'elle reste dans l'allée pendant que vous vous disputez avec Anna pour savoir qui conduit la poubelle, dit-il en parlant de la Honda. Je veux juste que tu puisses aller où tu voudras pendant mon absence.

Je hochai la tête, la gorge serrée. D'une certaine façon, le fait qu'il me donne les clés de sa voiture rendait les choses plus concrètes que de regarder sa future maison de l'autre côté du parking. Je mis les clés dans ma poche, au bord des larmes, et Kellan ouvrit enfin sa portière. Il y avait de l'électricité dans l'air alors que des techniciens chargeaient le matériel dans les camions qui devaient suivre les bus. Une vingtaine de garçons mettaient des sacs et des instruments dans les soutes à bagages en discutant tandis que d'autres embrassaient des filles dans la foule.

Matt et Evan étaient avec deux types que je reconnus comme faisant partie d'un plus gros groupe. Une ou deux de leurs chansons passaient à la radio et j'adorais ce qu'ils faisaient. À en croire Kellan, ils étaient la tête d'affiche de la tournée, c'était complètement surréaliste de les voir, et d'observer mes amis discuter avec eux.

Kellan attrapa sa guitare sur la banquette arrière et son sac dans le coffre, puis il me prit par la main et m'entraîna vers eux, mais je restai clouée sur place et il me regarda sans comprendre.

– Tu sais qui c'est ? murmurai-je.

– Oui, c'est même grâce à eux qu'on est là. Je vais aller leur dire bonjour. Tu ne veux pas les rencontrer ? Tu chantes leurs chansons quand elles passent à la radio, pourtant.

Je secouai énergiquement la tête et Kellan rit face à ma réticence en me tirant un peu plus fort par le bras.

– Ce sont des êtres humains comme toi et moi, Kiera. C'était des illustres inconnus au début, comme moi. Et pourtant, avec moi, tu arrives à parler, non ?

Je finis par le suivre, et je tremblais quand on arriva à côté d'eux.

– Tu trembles comme certaines de mes fans…, dit Kellan à mon oreille. Je suis un peu jaloux de ne pas te faire frissonner comme ça, je ne sais pas si je vais m'en remettre.

J'éclatai de rire et ils tournèrent la tête vers nous en me regardant comme si j'étais complètement folle. J'étais vraiment nulle quand il s'agissait de présentations… Kellan laissa glisser son sac par terre et leur tendit la main, et je me cramponnai à son autre main comme si ma vie en dépendait.

– Kellan Kyle, des D-Bags. Merci de nous avoir invités.

Justin, un blond au talent incroyable qui était le chanteur du groupe, serra la main de Kellan.

– On est honorés de vous avoir parmi nous. Vous étiez géniaux au festival.

– Merci, dit Kellan en rayonnant.

Il regarda par-dessus son épaule : j'étais cachée derrière lui, en train d'observer les tatouages de Justin.

– C'est Kiera, ma copine. Elle adore ce que vous faites. Plus que ce que je fais, moi, je pense.

Si seulement j'avais pu l'obliger à se taire. Justin tourna immédiatement la tête vers moi et j'eus envie de rentrer sous terre. Ses yeux clairs avaient la même expression amusée que celle de Kellan quand il croisait des groupies tremblotantes.

Avec un sourire des plus professionnels, Justin me tendit la main. La mienne était sûrement moite au possible et je ne voulais pas le dégoûter, mais je ne voulais pas le vexer non plus, et je finis par lui serrer la main.

– C'est toujours sympa de rencontrer des fans, dit Justin. Tu préfères quelle chanson ?

En sentant sa main dans la mienne, je fus soudain incapable de réfléchir. Impossible de me rappeler du moindre titre de chanson et je bégayai pitoyablement.

– Je les aime bien toutes…

Kellan se mit à rire et je me rendis compte que j'étais toujours en train de serrer la main du chanteur. Je la lâchai précipitamment et me blottis contre Kellan.

– On va bientôt partir, dit Justin. On se voit plus tard.

Kellan hocha la tête et les deux autres gagnèrent le premier bus. J'étais morte de honte.

– Tu n'as pas pu te rappeler d'un seul titre, c'est ça ?

Je baissai les yeux en haussant les épaules et il eut l'air un peu contrarié.

– Je ne suis pas sûr que ça me plaise de te voir aussi nerveuse à cause d'un autre. Je veux que ce soit à cause de moi que tu transpires.

Je frottai mes mains sur mon pantalon, atterrée.

– Mon Dieu, je transpirais ?

Il fit la moue et je ris en passant mes bras autour de son cou.

– Je suis ta plus grande fan, Kellan Kyle, ne l'oublie jamais.

– Ça tombe bien, j'adore faire plaisir à mes fans…

Il m'embrassa langoureusement en me serrant contre lui, et je laissai la passion m'emporter. Je m'abandonnai totalement, et au moment où notre baiser se fit plus intense et où je commençais à me dire que je n'aurais pas été contre un moment à deux dans le bus, quelqu'un lui tapa sur l'épaule.

– Kellan, on doit y aller.

C'était Evan, accompagné de Jenny, qui avait les yeux pleins de larmes. Derrière lui, Matt et Rachel se disaient au revoir en s'embrassant doucement et en se parlant à voix basse. Un peu plus loin, Griffin avait plaqué Anna contre le bus et lui faisait ses adieux avec sa classe habituelle.

Evan prit le sac de Kellan pour lui accorder un dernier instant de répit et me prit brièvement dans ses bras avant de se diriger vers le troisième bus avec Jenny. Incapable de les regarder se dire au revoir, je me tournai vers Kellan, qui prit mon visage dans ses mains.

– Ce n'est pas vraiment un au revoir, d'accord ? Il n'y a pas d'au revoir entre nous.

Il pressa son front contre le mien et je laissai son parfum m'envelopper une dernière fois, les larmes aux yeux.

– Cette tournée, c'est comme si je partais donner un concert, sauf qu'il est un peu plus long que les autres. Mais dès que c'est fini, je rentre à la maison et je me glisse avec toi sous la couette, comme je le fais à chaque fois.

Je hochai la tête, incapable d'articuler un mot.

– Je serai avec toi tous les soirs. Peu importe où je serai, j'imaginerai que je suis au lit avec toi. D'accord ?

J'acquiesçai sans rien dire et il baissa la voix.

– Il n'y a aucune raison que ça change quoi que ce soit. Ça dépend uniquement de nous. Alors on va faire en sorte que tout reste comme avant. OK ?

– OK, dis-je en sentant des larmes rouler sur mes joues.

– Ça va ? demanda-t-il, les yeux pleins de larmes.

Je me sentis soudain écrasée par le poids de son absence et étouffai un sanglot.

– Non, non, ça ne va pas. J'ai changé d'avis. Je ne veux pas que tu t'en ailles, je veux que tu restes avec moi, je veux que tu laisses tout tomber. S'il te plaît…

Je me détestai mais les mots sortaient de ma bouche sans que je puisse les en empêcher, et je me mis à sangloter. Je ne voulais pas qu'il abandonne son rêve… mais je ne voulais pas qu'il parte. Je l'aimais trop.

À ma grande surprise, il eut un soupir de soulagement et il sécha mes larmes en souriant.

– Je suis content que tu dises ça. Je pensais vraiment que ça te laissait indifférente.

Il m'embrassa tendrement et mes sanglots se calmèrent un peu.

– Moi aussi, je t'aime… plus que tout. Et tu vas me manquer à chaque instant.

Je hochai la tête et déglutis en essayant de me contrôler. J'avais l'impression que j'étais sur le point de m'effondrer d'une seconde à l'autre et je ne voulais pas que nos derniers instants se passent comme ça. Je voulais qu'il parte heureux, avec l'assurance que je serais là à son retour. Et comme Jenny se plaisait à le répéter, je devais avoir confiance dans le fait qu'il reviendrait.

Je fermai les yeux et tentai d'imaginer le moment où, dans six mois, il rentrerait à la maison. On se prendrait dans les bras, on se couvrirait de baisers, puis j'accepterais enfin d'emménager avec lui et on rentrerait ensemble à la maison, puis on ferait l'amour pendant des heures. On devait juste traverser l'hiver pour être réunis au printemps. Comme l'année précédente. Soudain, je rouvris les yeux.

– Tu ne seras pas là.

Il pencha la tête, sans comprendre ce que je voulais dire.

– Ce sera notre premier Noël, et tu ne seras pas là.

– La tournée s'arrête pendant les vacances, dit-il en souriant.

– Mais Dieu sait où tu seras à ce moment-là. Tu ne vas pas prendre l'avion et traverser tout le pays pour passer deux jours avec moi.

– Et pourquoi pas ? Les gens le font tout le temps.

Il avait raison, mais j'avais l'impression que c'était beaucoup lui demander que de prendre non pas une fois, mais deux fois l'avion pendant la période de plus grosse affluence de l'année.

– Tu seras où pour Noël ?

– Dans l'Ohio, avec ma famille. Je vais sûrement y passer les vacances.

– Alors je te retrouverai là-bas.

– Kellan…

Il m'interrompit avec un doux baiser.

– J'ai toujours voulu rencontrer tes parents et découvrir ta ville natale. Alors quand j'aurai des jours de congé, je viendrai te rejoindre, et on fêtera Noël avec ta famille. Ce sera génial, tu verras.

Je l'imaginai assis dans le canapé chez mes parents en train de boire du lait de poule et je hochai la tête, de guerre lasse.

– D'accord.

On se sentait un peu mieux et on s'embrassa une nouvelle fois pendant un long moment, sans prêter attention aux autres groupes qui passaient à côté de nous. Je parvins même à ignorer Griffin quand il me pelota les fesses en murmurant « Oh oui, Kellan, continue » à mon oreille. Mais le chauffeur du bus finit par menacer Kellan de partir sans lui, et on dut s'écarter l'un de l'autre, pour la dernière fois…

Je ne devais pas voir les choses sous cet angle, mais c'était le dernier baiser avant une éternité… Il fit un pas en arrière et nos mains glissèrent le long des bras de l'autre. Je dus faire appel à toute la volonté que j'avais en moi pour ne pas retenir ses doigts dans les miens, et un sanglot m'échappa malgré moi quand je ne sentis plus sa peau contre la mienne. Même si on avait prévu de se voir, j'avais quand même l'impression qu'un changement irrévocable était en train de se produire. On ne serait plus jamais Kiera et Kellan, ou du moins plus la Kiera et le Kellan qu'on était. J'espérais que la nouvelle Kiera et le nouveau Kellan seraient plus forts et qu'ils auraient davantage confiance l'un en l'autre… mais je ne savais pas vraiment ce qui allait se passer, et l'inconnu était quelque chose qui me terrifiait.

Kellan ajusta la sangle de son étui dans son dos, grimpa dans le bus et disparut de mon champ de vision. Jenny, Rachel et Anna vinrent me rejoindre. Plusieurs vitres s'ouvrirent, et des garçons inconnus se penchèrent pour dire au revoir à des filles inconnues. Enfin, les nôtres apparurent et Kellan me fit un petit signe de la main auquel je répondis avec les larmes aux yeux. Puis le chauffeur mit le moteur en marche et on se serra les unes contre les autres en reniflant de concert, même si on leur souhaitait tout le succès du monde.

Le bus s'éloigna et tous les garçons rentrèrent à l'intérieur avant de fermer les fenêtres. Tous sauf Kellan, qui resta à me regarder rapetisser à l'horizon à mesure que le bus accélérait. C'était comme une métaphore de toutes nos craintes, et j'étais incapable de continuer à regarder. Une fois qu'il fut assez éloigné pour ne pas s'en rendre compte, je fermai les yeux.

Lorsque je les rouvris, les bus avaient disparu. Les filles encore présentes sur le parking discutèrent un moment par petits groupes avant de se diriger vers leur voiture. La plupart d'entre elles avaient l'air d'aller très bien, comme si le fait que leurs copains empruntent le chemin de la célébrité et de la fortune n'était pas grand-chose. Certaines avaient même l'air joyeuses, et j'avais envie de courir vers elles en leur demandant pourquoi elles étaient si excitées, et si elles savaient qu'elles risquaient d'être remplacées en un claquement de doigts. Mais comme j'essayais de rester positive, je ne le fis pas.

Soudain, je n'eus qu'une envie, rentrer à la maison et pleurer en serrant contre moi une boîte de Kleenex. Mais apparemment, ce n'était pas prévu au programme : Jenny vint se planter devant moi et prit mon visage dans ses mains.

– Kellan m'a interdit de te laisser rentrer chez toi pour aller pleurer après son départ. Alors arrête d'imaginer toutes les horreurs que tu es en train d'imaginer et souris, que je puisse lui dire que j'ai fait ma part du boulot.

– Il t'a donné des instructions pour t'occuper de moi ?

Elle me prit les mains et Anna rit en mettant son menton sur mon épaule.

– Il m'a parlé aussi. Il a dit que je devais te pousser à sortir, m'assurer que tu t'amuses et t'empêcher de te morfondre dans ton coin. Il te connaît bien, on dirait.

– Il est vraiment inquiet pour toi, ajouta Rachel. Il veut être sûr que tu sera heureuse durant son absence.

– Il vous a parlé à toutes ? Je n'arrive pas à croire qu'il vous ait demandé de jouer à la nounou. Comme si j'allais avaler une boîte de Prozac ou essayer de me jeter d'un pont après son départ. Quel idiot !

On se mit toutes à rire et je pris un instant pour les regarder les unes après les autres. Même si elles souriaient, la tristesse se lisait dans leurs yeux à elles aussi et je me rappelai que je n'étais pas la seule à être malheureuse.

– Ça va, vous ? demandai-je en passant un bras autour de Rachel.

Elle haussa les épaules sans conviction.

– Ça peut aller… Matt m'a dit qu'il m'aimait et qu'il se moquait des autres filles. Il n'y a que la musique qui l'intéresse, de toute façon, alors ça devrait aller…

Elle avait raison : Matt n'était pas du genre à courir les filles alors qu'il en avait déjà une qui l'attendait à la maison, et il était déjà comme ça avant de sortir avec Rachel. Ce n'était pas son style. Jenny soupira, morose.

– Evan me manque déjà, mais je sais qu'il reviendra. On est amis depuis tellement longtemps… Je suis incapable de l'imaginer faire un truc aussi…

Elle se mordit la lèvre et jeta un coup d'œil vers Anna.

– Aussi stupide, acheva-t-elle.

Anna rit et tout le monde se tourna vers elle.

– On ne peut pas dire que Griffin et moi soyons un petit couple comme vous. Personnellement, je vais très bien ! Il me donne ce dont j'ai besoin quand il est là, et quand il n'est pas là… il y en a plein d'autres pour le remplacer, dit-elle avec un grand sourire.

Elle nous fit un clin d'œil et je ris de bon cœur. Elle n'était pas folle amoureuse de Griffin et peu importe ce qu'il pouvait faire, ça ne la blesserait pas. J'étais sûre qu'il n'allait même pas essayer de lui rester fidèle pendant son absence. Déjà qu'il en était incapable quand il était là… Mais elle ne lui était pas fidèle non plus, et ça avait l'air de leur convenir.

Jenny sourit tandis que Rachel fronçait les sourcils. Être avec Matt voulait dire que c'était elle qui voyait Griffin le plus souvent, étant donné que les cousins étaient inséparables, et comme elle avait tendance à me ressembler, elle aussi devait le trouver dégoûtant.

– Les orgasmes multiples, en revanche, ça va me manquer, dit Anna avec un soupir rêveur en appuyant sa tête sur mon épaule. Il tape toujours en plein dans le mille.

Jenny pouffa de rire et Rachel rougit furieusement. Je donnai une tape dans l'épaule d'Anna et la repoussai.

– Merci mais les détails, tu peux te les garder. Sérieusement.

Elle rit en voyant mon air écœuré. Je me sentais sale rien que de l'avoir entendue dire ça, sans parler de l'image que j'avais en tête à présent. Elle riait toujours quand je sentis une vibration dans ma poche. Surprise, j'attrapai mon téléphone dans ma poche et y lus les mots les plus merveilleux du monde : « Appel – Kellan Kyle ». J'aimais de plus en plus la technologie… J'appuyai sur le bouton et collai le téléphone à mon oreille.

– Allô ?

Une voix rauque me répondit, au milieu d'un brouhaha de rires et de voix masculines.

– C'est trop tôt pour m'ennuyer de toi ?

– Ce n'est jamais trop tôt. Toi aussi, tu me manques.

Anna leva les yeux au ciel tandis que Jenny et Rachel souriaient.

– Tant mieux. Et c'est trop tôt pour faire l'amour au téléphone ?

– Kellan !

Il rit et le son de son rire me mit immédiatement de meilleure humeur. Anna me regarda avec curiosité mais je l'ignorai, trop occupée à me demander comment c'était possible de faire l'amour par téléphone, étant donné que je n'avais jamais fait ça avant. L'idée me mettait terriblement mal à l'aise et en même temps… imaginer Kellan souffler dans mon oreille, se toucher en pensant à moi et gémir mon nom… Enfin, je n'allais certainement pas faire ça ici.

Je cherchai quelque chose à dire et il rit de nouveau.

– Je plaisante, Kiera. Je suis content de voir que ça va en tout cas. Je m'attendais à ce que tu répondes en sanglotant.

Anna, Jenny et Rachel s'éloignèrent et je me détendis un peu.

– Tes recrues ont bien travaillé, en tout cas, dis-je d'un ton un peu accusateur.

– La première partie de mon plan a fonctionné, alors.

– Comment ça, la première partie ? Quel plan ?

J'entendis les filles parler d'aller au Pete's pour finir de rassembler le matériel des garçons et tout apporter chez Evan, puisque Jenny avait un double des clés du loft. Mais je restai concentrée sur Kellan et sur son fameux plan.

– Juste des petites choses pour t'occuper pendant mon absence.

Je souris en me demandant ce qu'il avait en tête et Jenny me tapa sur l'épaule en me disant qu'elles partaient. Je me dirigeai vers la voiture et entendis Kellan soupirer.

– Je suis content que tu aies eu l'idée du téléphone. C'est bon de pouvoir te parler n'importe quand.

Je fis signe à Jenny au moment où elle ouvrait la portière de la voiture d'Evan avant de monter à l'intérieur avec Rachel. Anna m'envoya un baiser avant de se mettre au volant du van de Griffin, et je pris place derrière le volant de la Chevelle. C'était étrange d'être assise là sans Kellan, mais sa voix dans mon oreille et son odeur dans la voiture me donnaient l'impression qu'il était à côté de moi.

– Tu vois, je savais que ça te plairait davantage que des menottes.

– Je n'ai pas dit ça ! protesta-t-il en riant.

Je fis démarrer la voiture et il soupira de nouveau.

– Tu viens de mettre le contact de mon bébé ?

Je ris en attendant que Jenny et Anna se mettent en route.

– Je dois conduire jusqu'à la maison, donc oui.

– C'est dangereux de téléphoner au volant… Je vais te laisser.

Si seulement on avait pu passer les six mois à venir au téléphone… Certes, ce ne serait pas très pratique.

– D'accord. Je t'aime.

– Moi aussi, je t'aime. Je te rappelle ce soir.

Je hochai la tête, avant de me rappeler qu'il ne pouvait pas me voir.

– D'accord. Au revoir.

– Au revoir.

Il coupa la communication et ce fut le silence, un silence pesant que je détestais. Au moins, je pourrais lui parler à tout moment pendant son absence. Et si je m'en sentais capable, peut-être même qu'on pourrait tester ce truc de faire l'amour par téléphone un de ces jours. Je mourais de curiosité d'entendre sa voix en faisant ça… et je pouvais toujours simuler l'orgasme, de toute façon. Rassurée, je mis mon téléphone dans ma poche et posai les mains sur le volant. La puissance de la voiture me rappelait celle de son propriétaire : racée, sexy, résistante, elle s'accordait parfaitement à Kellan et je savais que je penserais à lui à chaque fois que je la conduirais.

De bien meilleure disposition que je n'aurais pu l'imaginer, je me mis en route vers le bar pour y ôter toute trace de la présence des garçons, et cette pensée ternit légèrement ma bonne humeur. En arrivant sur le parking, je me garai à la place habituelle de Kellan et restai là sans bouger, à l'imaginer en train de sourire au volant. Un petit bruit contre ma vitre me ramena à la réalité : c'était Anna, qui me faisait signe de descendre. J'inspirai une dernière fois l'odeur de Kellan et ouvris ma portière.

Elle passa un bras autour de mes épaules et Jenny et Rachel sortirent à leur tour de la voiture d'Evan. Je regardai ma sœur et mes amies et souris de nouveau en songeant qu'on aurait pu former l'équivalent féminin du groupe. Un truc comme les D-Bagettes. Je m'attendais presque au même accueil que celui que recevaient les garçons en arrivant, et je fus un peu déçue de constater que notre entrée n'attirait pas le moindre regard.

Troy, qui avait repris ses horaires de service habituels, nous fit signe d'un air maussade, comme si Kellan lui manquait, à lui aussi. J'avais presque envie de le prendre dans mes bras pour le consoler, mais puisque j'étais avec Kellan et que lui ne le serait jamais, ce n'était peut-être pas très judicieux. C'était sans doute mieux de le laisser ruminer sa tristesse tout seul.

Jenny fit signe aux deux serveuses plus âgées qui semblaient travailler au bar depuis la nuit des temps, et on grimpa sur scène. Je me dirigeai vers le micro de Kellan, au centre, et laissai mes doigts courir le long du pied en imaginant Kellan en faire autant. Je pivotai pour faire face aux clients qui nous ignoraient royalement et essayai d'imaginer ce que ça devait faire de se tenir à cet endroit. La piste de danse était vide mais je me la représentai pleine à craquer, comme c'était le cas les soirs de concert, et cette image me donna mal au ventre. Comment faisait-il pour ne pas rester pétrifié par l'angoisse ? Et maintenant, il allait jouer dans des endroits encore plus grands…

– Tu veux chanter quelque chose avant qu'on démonte tout ?

C'était Jenny, qui me regardait tout en jouant avec les baguettes d'Evan.

– On pourrait jouer une de leurs chansons. Être leur groupe de reprise, ajouta-t-elle en riant.

Anna trouva que c'était une excellente idée et passa immédiatement la sangle de la basse de Griffin sur son épaule. Rachel en fit autant avec la guitare de Matt, puis elles posèrent toutes les yeux sur moi, comme si j'étais la chanteuse de ce groupe bidon.

Je secouai la tête mais Jenny commença à donner un rythme en claquant les baguettes l'une contre l'autre, et elles se mirent toutes à jouer. Il y avait au moins une chose indispensable pour qu'un groupe ait du succès, il devait savoir jouer. Et vraisemblablement, ce n'était le cas d'aucune de nous : Jenny frappait n'importe comment les différentes caisses de batterie, Anna grattait toujours la même corde sur sa basse débranchée, et Rachel jouait de la guitare comme s'il s'agissait d'un ukulélé. Je riais tellement que j'en oubliai d'être gênée.

Quelques clients tournèrent la tête vers nous, mais étant donné que tout était débranché et que Jenny jouait de la batterie aussi silencieusement que possible, on ne faisait vraiment pas beaucoup de bruit et ils ne tardèrent pas à nous oublier. Toujours curieuse de savoir ce que ça pouvait bien faire d'être une rock star, je fermai les yeux et me mis à chanter une des chansons de Kellan dans le micro. Enfin, chanter était un bien grand mot : j'étais plus en train de murmurer, et ma voix se perdait dans le brouhaha du bar.

Je rouvris les yeux en entendant le rire des filles : elles étaient toutes en train de me regarder et redoublaient d'entrain en jouant de leurs instruments. Enhardie, je détachai le micro de son pied et me mis à chanter un tout petit plus fort. Puis je fis semblant d'être Kellan, en imitant les mouvements que je l'avais vu faire des milliers de fois. Je balayai la pièce du regard comme si elle était pleine de fans hurlants, et j'imaginai même Kellan parmi la foule en train de me sourire. Je me concentrai sur son image et tentai d'être sexy pour lui, étant donné qu'il l'était toujours pour moi.

Dans ma tête, le sourire de Kellan s'élargit et il se mordit la lèvre. J'entendis des sifflets d'encouragement derrière moi et l'image de Kellan disparut. Anna avait l'air de jouer un classique des D-Bags et Rachel grattait les cordes de sa guitare avec l'enthousiasme d'une animatrice de colonie de vacances. Quant à Jenny, elle était lancée dans ce qui était supposé être un solo et je ris en plein milieu d'un couplet en voyant le tableau qu'on formait.

À la fin de la chanson, les filles se joignirent à moi pour saluer le public, et j'entendis des applaudissements en provenance du bar : c'était Troy, qui battait des mains depuis le comptoir. Je sentis une pointe de gêne me transpercer, mais elle fut vite éclipsée par un éclair de fierté. Je l'avais fait. J'avais chanté sur scène. Avec un micro pas branché et personne pour nous écouter à part Troy, certes, mais quand même.

Kellan serait tellement fier de moi. J'avais vraiment hâte de lui raconter.

11

Loin des yeux, pas loin du cœur

Après notre petit concert, on entassa à regret tout le matériel dans le van de Griffin. C'était vraiment étrange de voir la scène vide : elle semblait sombre et abandonnée sans ses propriétaires. Je n'étais même pas sûre de là où ils étaient en ce moment. Matt nous avait donné à toutes un programme de la tournée, et leur premier concert devait avoir lieu le soir même à Spokane, tout à l'est de l'État de Washington. Ils s'apprêtaient probablement à passer les montagnes à présent. Les mêmes montagnes qu'on avait traversées avec Denny pour venir ici, et qui m'avaient conduite à un endroit où un amour en avait supplanté un autre. Et maintenant, c'était ces montagnes qui emportaient cet amour loin de moi. On pouvait dire que la boucle était bouclée…

Jenny avait l'air aussi mélancolique que moi. Soudain, elle se redressa et traversa le bar à toute vitesse, et on la regarda toutes partir avec curiosité. Elle revint quelques minutes plus tard avec un immense cadre sous le bras, et je souris en la voyant s'approcher de moi.

– J'avais presque oublié.

Elle retourna le cadre pour qu'on puisse le voir : c'était le portrait du groupe sur lequel elle avait travaillé. J'eus les larmes aux yeux en voyant la parfaite représentation de Kellan, et elle sourit en désignant la scène.

– Ce serait dommage de ne pas laisser une petite trace de leur passage, pas vrai ?

J'acquiesçai énergiquement et l'aidai à modifier l'emplacement des guitares accrochées au mur pour trouver une place à son dessin, qui, d'une esquisse au crayon de papier, s'était transformé en une magnifique œuvre en noir et blanc. J'avais presque envie d'embrasser l'image de Kellan et je passai un bras autour des épaules de Jenny.

– C'est magnifique. Je pense qu'il n'y a pas que les garçons qui vont devenir célèbres après leur passage ici.

Elle rit et rougit légèrement en baissant les yeux.

– Il n'est pas trop mal, dit-elle modestement.

Anna et Rachel étaient aussi admiratives que moi, et elles la félicitèrent également, en l'assurant que c'était bien mieux que « pas trop mal ».

Avant de partir, on alla dire au revoir aux membres de l'équipe : Sal, l'autre propriétaire du bar ; les deux autres serveuses, que tout le monde surnommait « Mon cœur » et « Ma chérie » ; et enfin, Troy. Lui aussi avait l'air ravi de la présence du portrait. Au moins, on avait réussi à égayer un peu sa journée.

On monta dans nos voitures respectives pour aller chez Evan, et quand je me garai devant le loft, la fille du garage se précipita à l'extérieur. Elle eut l'air profondément déçue en me voyant sortir de la Chevelle en lieu et place de son ancien… je ne sais quoi. Elle me fit signe de la main puis retourna dans le garage. Peut-être allait-elle écrire son livre, *Un amour de groupie*.

Agacée, j'allai prendre les instruments dans le van de Griffin et suivis Jenny et Rachel jusqu'au loft, avec Anna sur les talons. Je savais que j'exagérais avec la fille du garage, d'autant que je n'étais même pas vraiment sûre qu'il se soit passé quelque chose. Et même si c'était le cas, c'était du passé. J'étais jalouse sans raison, et il fallait que j'arrête ça si je voulais que ça marche entre Kellan et moi.

L'appartement d'Evan était étrangement vide quand on entra à l'intérieur. Les garçons avaient emporté leurs instruments avec eux, et il ne restait donc que la batterie d'Evan, étant donné qu'il allait faire batterie commune avec les autres groupes. Je souris en repensant à Kellan montant dans le bus avec sa guitare. Jamais il n'aurait accepté de jouer avec l'instrument de quelqu'un d'autre.

En posant la basse de Griffin, je remarquai un petit bout de papier collé derrière. En temps normal, je n'aurais rien touché appartenant à Griffin – même manipuler son instrument me semblait discutable –, mais mon nom était inscrit sur le mot. Je m'en emparai donc et le dépliai, m'attendant à une blague crue et déplacée, mais ce que j'y lus me fit le plus grand plaisir.

Je sais que tu détestes toucher aux affaires de Griffin, alors je me suis dit que j'allais essayer de rendre ça plus facile. Merci de faire tout ça pour nous. Je t'aime. Kellan.

Je glissai le bout de papier dans ma poche en souriant comme une idiote. J'étais tellement touchée qu'il me connaisse aussi bien et qu'il ait prévu de me laisser un message… Il avait dû le mettre là avant le concert. Est-ce que ça faisait aussi partie de son plan ? Je me demandai si j'allais trouver d'autres surprises qui m'attendaient cachées ici et là.

On finit de ranger, Jenny installa la seconde batterie d'Evan à côté de la première, puis elle vint me rejoindre en soupirant. Je caressai les cheveux de mon amie normalement si joyeuse, en essayant de la réconforter comme je le pouvais. Même si on manquait sûrement à Kellan et aux autres, être celles qui restaient était bien plus difficile qu'être ceux qui partaient. Je savais qu'on serait toutes en proie à des sautes d'humeur pendant un moment, et Jenny me le prouva en relevant soudain la tête avec un grand sourire sur le visage.

– Oh, il ne faut pas qu'on oublie de payer les voisins.

De quoi parlait-elle ? Du loyer ? Elle remarqua mon air ahuri et secoua la tête.

– Tu sais, les voisins de Matt et Griffin… Kellan ne t'a pas dit ce qu'il a fait ?

– Non, dis-je, déjà inquiète.

– Il a payé tous les voisins pour qu'ils n'appellent pas la police si jamais la fête devenait un peu trop… bruyante.

– Quoi ?

– Il savait que la soirée commencerait tard, et il a dû se douter que ça durerait jusqu'au petit matin. Les gens qui vivent en banlieue ne sont pas fans de ce genre de trucs, alors il leur a donné de l'argent pour les encourager à fermer les yeux et il leur a promis de doubler la somme s'ils n'appelaient pas les flics. On est donc supposées s'acquitter du paiement.

Il avait dû dépenser une fortune… tout ça pour que tout le monde puisse passer un bon moment pour la dernière soirée du groupe en ville.

– Mais ça a dû lui coûter les yeux de la tête ! C'est légal, au moins ?

– Aucune idée, mais je lui ai dit que je m'en occuperais. Il a laissé de l'argent planqué ici, je ne sais pas trop où.

Jenny commença à explorer l'appartement à la recherche d'une enveloppe et je fronçai les sourcils.

– Pourquoi il ne m'a pas demandé à moi ?

Anna m'entendit depuis le canapé.

– Sûrement parce qu'il savait que tu ferais cette tête et que tu te serais opposée à ce qu'il gaspille son argent comme ça.

Elle sourit d'un air suffisant et je la fusillai du regard. Bien sûr que je m'y serais opposée. Mais n'empêche que c'était moi, sa copine, pas Jenny, et verser des pots-de-vin aurait dû être mon boulot. Un rire détourna mon attention : Jenny et Rachel étaient dans le coin de la pièce où se trouvait la cuisine, en train de regarder à l'intérieur d'un pot de café en grains en riant. Je les rejoignis, curieuse, et Jenny sortit une grosse enveloppe du pot.

– Kellan et son café, murmura-t-elle.

Je rougis en songeant à Kellan et à un certain stand à expresso, deux images qui seraient à jamais érotiquement liées dans mon esprit. Jenny ouvrit l'enveloppe et compta rapidement l'argent, avant de découvrir un bout de papier dans l'enveloppe, qui portait mon nom.

– Tiens, dit-elle en me le tendant, c'est pour toi.

Je souris en m'en emparant, et encore plus en le lisant.

Ne sois pas fâchée. J'ai demandé à Jenny de faire ça parce que je savais que tu serais contrariée que je dépense autant. Mais je voulais vraiment que tu passes une soirée inoubliable, et de préférence sans qu'on finisse tous au poste… Même si, toi avec des menottes…

Enfin bref, ne fais pas la tête. Je l'ai fait pour toi, parce que tu méritais de passer une bonne soirée, et parce que je ferais n'importe quoi pour te rendre heureuse.

Je t'aime et tu me manques.

Kellan

Je regardai son écriture, tellement perdue dans ma contemplation hébétée que je ne remarquai pas que quelqu'un lisait par-dessus mon épaule.

– Il est adorable. Je ne me serais vraiment pas attendue à ça venant de lui, dit Anna.

Je pliai le papier et elle me prit dans ses bras.

– Tu as vraiment du bol, frangine. J'espère que tu le sais.

– Je le sais, répondis-je en souriant.

– Enfin, moi aussi, j'ai de la chance. Je vais avoir le beau-frère le plus sexy de toute la planète !

Je la poussai en riant.

– Mais il n'est pas… Enfin, on n'est pas…

Elle passa un bras autour de Jenny et continua sur sa lancée.

– Tu imagines à quoi mes neveux et nièces vont ressembler ?

Jenny rit et Anna poussa un soupir.

– Ces yeux bleu océan, cette bouche…

– Ces cheveux, ajouta rapidement Rachel.

Je rougis et donnai une tape à ma sœur pour la punir d'avoir commencé cette conversation gênante. Puisqu'on était de la même famille, j'avais le droit, ou plutôt non, le devoir de lui taper dessus. J'étais presque sûre qu'on avait abordé ce sujet pendant mon cours d'éthique. Elle s'écarta de moi et alla rejoindre Rachel.

– Et je vais en avoir des tas, tu sais, car leurs parents passent leur temps à faire des cochonneries. Il me faudra un plus grand appartement, pour que j'aie de la place quand les petits viendront me rendre visite.

Je me couvris le visage de mes mains.

– C'est bon, je disais ça comme ça.

J'avais fini de tout ranger, et je m'apprêtais à partir quand j'entendis ma sœur chuchoter dans mon dos.

– J'ai hâte de voir la tête de mon père en apprenant qu'une rock star a fécondé sa fille chérie. Ça va être énorme.

Elles riaient toutes quand je quittai la pièce, perturbée rien qu'à la pensée de porter un jour l'enfant de Kellan. Non pas que ce soit une pensée désagréable, bien au contraire… Je me demandais ce que Kellan pensait du fait d'avoir des enfants… Enfin, avant, il faudrait peut-être déjà savoir ce qu'il pensait du mariage. Histoire de faire les choses dans l'ordre.

Je souris en montant dans la Chevelle. Je n'avais jamais vraiment pensé au mariage avec Denny. Peut-être parce qu'on était très jeunes, ou peut-être parce que je savais qu'il ne voudrait pas se marier sans avoir une situation stable. Avec lui, ça avait toujours été comme un objectif lointain qu'on finirait par atteindre un jour, et je n'avais pas ressenti le besoin de presser les choses. Mais avec Kellan… Mon pouls s'accélérait rien qu'à l'idée de porter une bague venant de lui. Et en plus de l'honneur d'être sa femme, le voir porter une alliance dissuaderait peut-être les filles qui lui couraient habituellement après.

Je marquai une pause avant de mettre le contact : je n'aimais pas cette idée. Je ne voulais pas l'épouser juste pour qu'il ne soit plus « sur le marché », je voulais l'épouser parce qu'il était tout pour moi. Et c'était ce qu'il était… mais il y avait quelque chose dans le fait d'être sa femme qui me perturbait. Peut-être que je n'étais pas encore prête. Il fallait que je commence par arrêter d'être aussi possessive. Je devais être assez à l'aise dans notre relation pour ne plus accorder d'importance aux personnes extérieures.

Autrement dit… je devais apprendre à lui faire confiance. C'était quelque chose qu'on devait apprendre tous les deux, et cette tournée était exactement ce qu'il nous fallait. C'était l'opportunité de tester notre fidélité. Je savais que je ne m'écarterais pas du droit chemin, et je priais pour que ce soit pareil du côté de Kellan. Mais dans tous les cas, on le saurait avec certitude après cela.

Anna devait aller travailler, alors elle rentra à la maison, tandis que Jenny, Rachel et moi allions remplir notre mission. On glissa des enveloppes pleines de billets avec des petits mots de remerciement dans les boîtes aux lettres des voisins en riant, aucune de nous n'osant frapper aux portes pour donner l'argent en personne. On ne savait pas si c'était légal, après tout. On avait un peu l'impression d'être des espionnes : encore un truc à ajouter sur la liste des choses que j'avais faites dans ma vie. À ce rythme, j'aurais totalement complété ma liste avant le retour de Kellan. Enfin, à part peut-être la case « vieillir avec quelqu'un que j'aime »... J'avais besoin de Kellan, pour ça.

Par chance, il y avait un parc derrière la maison de Matt et Griffin, on n'avait donc à se soucier que des voisins d'en face et d'à côté. On effectua notre livraison en un clin d'œil et la dernière porte était celle d'une maison appartenant à une adorable vieille dame. Jenny était en train d'essayer de glisser l'enveloppe sous la porte quand celle-ci s'ouvrit brusquement, et un visage ridé nous sourit chaleureusement.

– Ah, mon argent du bingo ! Fantastique !

On échangea un regard avec Jenny puis elle lui tendit l'enveloppe. La vieille dame la soupesa et regarda derrière nous ; Jenny vint se cacher derrière moi, même si je soupçonnais la femme d'être incapable de voir à plus d'un mètre.

– Le beau garçon de la dernière fois n'est pas avec vous ?

– Non, madame. Il a dû quitter la ville pour un moment, ajoutai-je tristement.

Elle me caressa affectueusement le bras.

– Comme c'est dommage. Il était très agréable à regarder, dit-elle sur le ton de la confidence.

Je ne pus m'empêcher de rire. Elle avait raison.

– Il a de très jolies fesses aussi, ajouta-t-elle.

Jenny se plaqua une main sur la bouche pour étouffer un éclat de rire, et Rachel gloussa derrière moi.

La voisine fit un signe de la main en direction de la maison de Matt et Griffin.

– C'était une sacrée fête, dit-elle d'un air songeur. J'avais une bonne descente dans le temps, mais c'était illégal à l'époque, alors on se retrouvait dans des bars clandestins. Nous aussi, on devait payer les gens pour qu'ils n'appellent pas la police, dit-elle en soulevant l'enveloppe.

Je secouai la tête en souriant. Elle était bien plus âgée que je l'avais cru, et j'espérai être aussi bien conservée quand j'aurais quatre-vingt-dix ans. Elle dévisagea nos visages fatigués et plissa les yeux.

– Vous avez des têtes à faire peur. Entrez donc un instant, j'ai le remède qu'il vous faut pour les lendemains difficiles.

J'échangeai un regard avec Jenny en haussant les épaules. Mon mal de tête s'était bien atténué depuis le matin, mais il n'était pas complètement passé. Je n'avais pas mangé non plus et je commençai à avoir un peu la nausée. Je ne voulais pas pousser mon estomac à bout mais peut-être que l'ancienne reine de la fête avait vraiment un remède miracle. On devait écouter nos aînés, pas vrai ? Ça s'appliquait donc sans doute aux gueules de bois aussi.

C'est comme ça qu'on passa la majeure partie de l'après-midi à boire du mauvais thé avec une vieille dame étonnamment intéressante. Il faudrait que je raconte tout ça à Kellan à son retour, il l'adorerait. Enfin, je ne mentionnerais sans doute pas le fait qu'elle aimait bien ses fesses.

Après ça, je rentrai à la maison pour me préparer avant d'aller travailler. Anna était partie depuis longtemps et la maison était vide à mon arrivée. Je passai la main sur le dossier du fauteuil préféré de Kellan, celui qu'il m'avait donné quand j'avais dû déménager, et je me demandai où il pouvait être. Probablement au milieu de nulle part, sans couverture réseau.

J'allai prendre une douche brûlante pour me changer les idées. Après avoir passé la nuit à faire la fête, je me sentais affreusement crasseuse. Néanmoins, les horribles tasses de thé de la vieille dame eurent l'air de faire effet car je me sentais mille fois mieux après ma douche. Et surtout, j'étais affamée.

Vêtue de mon uniforme, mes cheveux ondulés domptés en

une queue-de-cheval, je me préparai un repas royal. En réalité, c'était juste une assiette de spaghettis mais j'eus l'impression de faire le meilleur repas de ma vie.

Une fois le ventre plein, j'eus enfin l'impression de revivre. Je sortis mon portable de ma veste et le fixai pendant quelques instants avec l'envie d'appeler Kellan. Peut-être qu'il était assez près d'une grande ville et qu'il avait du réseau. En y réfléchissant, les téléphones portables passaient presque partout maintenant, et le milieu de nulle part n'existait plus vraiment de nos jours.

Mais on s'était parlé le matin même, et il m'avait promis de me rappeler le soir. Je ne voulais pas être « comme ça » : la petite amie possessive qui vérifiait son portable toutes les heures à la même heure. Je voulais vivre pleinement, même s'il n'était pas là. C'était l'erreur que j'avais commise avec Denny, laisser mon bonheur dépendre uniquement de lui pendant si longtemps.

Quand Denny était parti pour Tucson, il avait laissé un vide dans mon cœur, que Kellan avait aisément comblé. Je ne voulais pas recréer le même schéma : je n'avais aucune envie que quelqu'un prenne la place de Kellan, maintenant que c'était lui qui partait. Alors j'allais devoir combler son absence autrement, et sainement. Je ne savais pas vraiment encore comment, mais j'étais sûre que je trouverais. Perdre Denny de la façon dont je l'avais perdu, et faire ce que je lui avais fait, m'avait aidée à grandir.

En proie à la culpabilité et aux regrets, je composai un numéro que je n'avais pas composé depuis un moment, et que j'aurais vraiment dû appeler plus souvent. Je plaquai le téléphone à mon oreille et me mordillai la lèvre en attendant que quelqu'un décroche, ce qui se produisit au bout de trois sonneries.

– Allô ? dit une voix familière et joyeuse.

– Euh, bonjour… C'est moi.

Ma voix hésitante m'agaça. Après tout ce qu'on avait vécu, pourquoi est-ce que j'étais toujours aussi mal à l'aise ?

– Oh, salut, Kiera.

L'accent de Denny enroba mon nom et je souris, avant d'entendre une voix de femme lui poser une question. Je calculai rapidement le décalage horaire et me raidis. Ici, on était samedi après-midi, ce qui voulait dire dimanche matin en Australie… Il était probablement en train de bruncher avec Abby.

En homme honorable qu'il était, Denny répondit honnêtement à sa question.

– C'est Kiera. J'en ai juste pour une minute, et après, je te montre comment faire des pancakes sans les brûler.

– C'est ta faute ! entendis-je de loin. C'est toi qui m'as distraite !

Denny rit et je me sentis ridicule de l'appeler. Il vivait sa propre vie, et il n'avait vraiment pas besoin que j'interfère. J'allais lui dire que je le rappellerais plus tard, mais il reprit la parole à ce moment-là.

– Quoi de neuf ? Tout va bien ?

Je soupirai en essayant de chasser de ma tête l'image de lui avec une autre femme.

– Oui. Tout va bien. C'est juste que… on n'a pas…

Je soupirai une fois de plus, incertaine de la façon dont je voulais formuler les choses. Il fallait vraiment que j'apprenne à dire ce que j'avais sur le cœur…

– C'est juste qu'on ne se parle plus aussi souvent, et la dernière fois qu'on s'est parlé, c'était un peu… bizarre. Je voulais juste m'assurer que tout allait bien.

Je me mordis la lèvre et me détestai d'avoir mis le sujet sur le tapis. Kellan lui avait parlé de notre vie sexuelle en étant soûl, alors que c'était quelque chose qu'il prenait soin de ne jamais faire d'habitude. Pas depuis la nuit où Denny lui avait cassé le bras et avait failli me briser le crâne.

– Kellan m'a déjà appelé ce matin. Il ne faut vraiment pas vous inquiéter pour moi, arrêtez de marcher sur des œufs. Je ne suis pas en sucre. Vous êtes ensemble et je sais ce que ça… implique. Et ça ne me dérange pas. Je t'ai quittée, mais je n'ai jamais voulu que tu finisses seule, ma ché…

Il s'interrompit et j'écarquillai les yeux. Il avait failli m'appeler « ma chérie » juste devant sa copine. Je fermai les yeux en l'entendant soupirer.

– Je sais, murmurai-je. Mais quand même… on ne veut pas te faire du mal. Tu es notre ami. Un bon ami.

– Vous aussi, vous êtes de bons amis, alors oublions ça, d'accord ?

– Mais…

– Tu veux savoir si j'ai mal ? murmura-t-il. Parfois, oui. Je veux dire, oui, ça craint que ma copine m'ait trompé.

Il marqua une pause et je baissai la tête.

– En réalité, le souci, ce n'est pas que tu m'aies trompé. C'est que tu sois tombée amoureuse. Si tu étais juste allée voir ailleurs une fois ou deux… je pense que j'aurais peut-être pu te pardonner. Mais tu es tombée amoureuse, et oui, ça fait mal.

Je reniflai et songeai que je n'aurais jamais dû l'appeler.

– Je suis désolée…

Il garda le silence un long moment.

– Je sais, Kiera. Tu n'as pas besoin de me le répéter sans arrêt. Tu n'y peux rien si tu es tombée amoureuse, ça ne se contrôle pas, et je le comprends, je t'assure. Alors s'il te plaît… arrête de t'excuser. Je ne veux plus entendre ça.

– D'accord, chuchotai-je en me retenant de m'excuser une fois de plus.

– Qu'est-ce que tu vas faire, avec Kellan parti pendant aussi longtemps ? finit-il par demander après un autre long silence. Enfin, je veux dire, tu vas faire quoi pour t'occuper ?

Un petit rire aigri et contraint m'échappa.

– Non, tu veux dire, est-ce que je vais le tromper ?

Il ne répondit rien et je soupirai.

– Non. Je ne veux plus jamais faire autant de mal à quelqu'un. Ce n'est pas le genre de personne que je veux être. J'ai eu un petit ami, une fois, qui était la meilleure personne que j'aie connue. Honorable, aimant, doux, sentimental… et j'espère lui ressembler un jour.

Je l'entendis rire.

– Tu as été bête de le laisser filer.

– Effectivement, je n'ai pas brillé par mon intelligence.

Denny rit encore et cela me soulagea.

– Et Kellan ? Tu penses qu'il sera… honorable ?

Je n'en revenais pas qu'il me demande ça. Comme si lui aussi remettait en question la solidité de ma relation. J'aurais aimé pouvoir lui répondre tranquillement « Oui, bien sûr, ne sois pas ridicule ». Mais cela était inutile avec Denny : on connaissait tous les deux le passé de Kellan, et on savait tous les deux comment on s'était retrouvés ensemble la première fois, Kellan et moi. Il était tout à fait capable d'être avec quelqu'un dans une situation immorale : notre relation en était la preuve.

Denny soupira avec sympathie.

– Je suis sûr qu'il se tiendra correctement.

Il marqua une courte pause, durant laquelle on réfléchit tous les deux à ce qu'il venait de dire.

– Il serait bien bête, dans le cas contraire.

Je souris et soupirai, en me sentant à la fois rassurée et un peu triste. Ce n'était pas comme si j'avais laissé une mauvaise relation au profit d'une meilleure. J'avais laissé une bonne relation au profit d'une relation différente. Les choses auraient été plus faciles si Denny avait été un crétin violent et insensible, mais ce n'était pas le cas. Il était le petit ami idéal par excellence, son seul défaut étant de passer trop de temps au travail. Et ce n'était rien, comparé à toutes les histoires horribles que j'avais entendues.

– Abby a beaucoup de chance, murmurai-je. Tu es vraiment un mec génial.

– J'ai bien essayé de te le dire… dit-il en riant.

Je ris brièvement à mon tour.

– Je sais… Tu me manques.

Il ne répondit pas et je changeai rapidement de sujet.

– Je ferais mieux de te laisser. Tu es attendu en cuisine.

Il me manquait… son amitié, sa gentillesse, sa loyauté me manquaient… Mais c'était stupide et inutile de lui dire des choses comme ça, car mon cœur appartenait à Kellan. Denny rit et je sentis la gaieté le regagner.

– Oui, Abby est beaucoup de choses, mais certainement pas une bonne cuisinière. Je ne comprends vraiment pas comment on peut rater des pancakes. C'est inratable, des pancakes.

Je souris en pensant que j'étais incapable de faire des pancakes mangeables, moi aussi. On avait au moins un point commun, Abby et moi. Ou plutôt deux : on tenait toutes les deux à Denny, même si c'était de manière différente.

– Au revoir, Denny.

– Au revoir, Kiera. Et tout ira bien, je te le promets.

J'allais lui répondre mais il raccrocha.

– J'espère, dis-je même si personne n'était là pour m'entendre.

En arrivant au Pete's, un peu plus tard, je ne pus m'empêcher de regarder vers la scène vide. Le dessin de Jenny trônait sur le mur, et voir les garçons ainsi immortalisés me réconforta un peu. J'aurais néanmoins préféré arriver et tomber sur le groupe en train de descendre une bière. C'était une des choses que j'aimais le plus dans mon travail chez Pete : servir les garçons. Même Griffin, aussi bizarre et inexplicable que cela puisse paraître.

La soirée était tranquille : avec le groupe qui n'était plus là, seuls quelques habitués étaient présents. Pete laissa Jenny partir plus tôt, mais je dus rester avec Kate jusqu'à la fermeture. À minuit, Kate me tendit un bout de papier avec un grand sourire et je fronçai les sourcils en me demandant à quoi elle jouait.

– Kellan m'a fait promettre de te donner ça à minuit pile, dit-elle en désignant le bout de papier.

Ses yeux turquoise s'illuminèrent et elle soupira.

– Il était tellement adorable quand il m'a demandé… Je dois vraiment me trouver un nouveau mec.

Elle me sourit une dernière fois puis s'éloigna, et je me demandai quand Kellan avait bien pu leur parler, à elle et aux autres, car il avait été débordé avant son départ.

Je fixai son mot dans ma main et sentis mon cœur s'accélérer. Je m'appuyai contre le comptoir mais Rita m'ignora, occupée à regarder la scène vide et le bar pas beaucoup plus rempli d'un air morose. Je dépliai le papier en me mordant la lèvre. Il n'était pas dans une enveloppe, et j'étais sûre que Kate avait dû le lire, mais en reconnaissant l'écriture de Kellan, ça me fut égal. J'étais juste aux anges qu'il m'ait laissé une autre surprise.

Au cas où je serais un idiot qui ne t'a pas encore appelée, je voulais juste te dire que ce n'est pas parce que tu ne me manques pas… parce que tu me manques. Si je ne t'ai pas appelée, c'est probablement à cause de Griffin. Je suis sûr que cet abruti va être insupportable sur la route. Au moins, il ne pourra pas te déshabiller des yeux pendant un moment… ça, c'est mon job. Et au cas où tu ne serais pas au courant… je le fais sans arrêt. Quand tu passes à côté de moi, j'imagine tes hanches fines, nues sous mes doigts. Quand tu te penches pour me donner ma bière, j'imagine ta poitrine et la pointe dure de tes seins pendant que tu me supplies de les lécher.

Écarlate, j'interrompis ma lecture et regardai Kate de l'autre côté de la salle. Est-ce qu'elle avait lu ça ? Quand elle vit que je la regardais et qu'elle se mit à rire, j'en déduisis que c'était certainement le cas. Au moins, il lui avait donné à elle, et pas à Rita. Si cela avait été le cas, je ne l'aurais sans doute jamais récupéré. Encore plus rougissante, j'envisageai de lire le reste de sa lettre en privé, mais ma curiosité l'emporta et je repris ma lecture de la lettre d'amour érotique de Kellan.

Tu te demandes pourquoi je suis constamment excité, eh bien voilà la réponse. Ton corps, le bout de tes doigts sur ma peau, ton souffle qui me caresse, tout ça me rend fou. Absolument tout chez toi est sensuel, et tu ne t'en rends même pas compte… Tu n'en as pas la moindre idée. Quand tu me regardes de tes yeux sombres et que tu me déshabilles du regard comme moi je le fais, mon sang bout dans mes veines, et j'ai envie de toi plus que tout. Je veux bien parier que peu importe où je suis en ce moment, j'ai tellement envie que j'en ai mal… parce que je pense à toi.

Je dus m'arrêter une fois de plus en sentant le désir poindre en moi. Si le simple fait de le lire me faisait un effet pareil, qu'est-ce que ce serait de l'entendre… Je me redressai, regardai autour de moi et retournai à ma lettre scandaleuse.

Ma journée est incomplète tant que je ne suis pas venu en toi. C'est seulement quand je sens ton corps enroulé autour du mien que je me sens complet. Mais ne pense pas que c'est purement sexuel et que c'est juste une alchimie entre nous… parce que c'est bien plus que ça. Tu m'as mis à nu d'une façon qui me rend vulnérable, fragile. Être avec toi, te faire l'amour, ne fait que renforcer ce que je ressens pour toi. Je sais que je suis devenu un de ces romantiques à la noix, mais la vérité, c'est que ces trois mots ne suffisent pas à exprimer ce que je ressens… Je t'aime.

Je fermai les yeux et lui adressai silencieusement ma propre déclaration d'amour, que je lançai dans le ciel en espérant qu'il l'entende. Puis je rouvris les yeux pour lire les dernières lignes.

Enfin bref, je voulais juste te dire que je suis désolé de ne pas t'avoir appelée. Et si je t'ai appelée… oublie tout ce que je viens de te dire. Kellan

Je ris en finissant la dernière phrase et quand je relevai la tête, je vis que Kate me dévisageait avec un sourire rêveur. Elle lisait pas mal de romans d'amour pendant son temps libre, et j'étais sûre qu'elle avait dû adorer la déclaration de Kellan. Sexy, passionnée et romantique à la fois… comme lui.

Je rangeai la lettre dans la poche avant de mon tablier et en profitai pour prendre une sucette. Elles étaient censées être pour les clients mais j'avais soudain un grand besoin d'avoir quelque chose dans la bouche.

Trois heures plus tard, au moment où je me blottissais sous la couette avec épuisement, mon téléphone sonna enfin, et Kellan avait l'air bien réveillé quand il murmura dans l'appareil.

– Salut, ma belle. Je te réveille ?

Je souris de toutes mes dents et m'étirai sous les couvertures.

– Non, je viens juste de m'allonger, dans mon grand lit glacé.

– Ça a l'air tentant. Si seulement j'étais avec toi…

Je soupirai en passant la main sur son côté du lit.

– Tu es là, tu te souviens ?

Il laissa échapper un petit rire amusé.

– C'est vrai, tu as raison. Si j'étais plus près, je passerais ma jambe par-dessus la tienne et j'enfouirais mon visage dans ton cou… Ton odeur me manque.

– J'allais te dire exactement la même chose.

Il rit à nouveau, tout doucement.

– Au fait, tu as trouvé mes petits mots ?

Je souris comme une idiote et roulai sur le dos.

– Oui, dis-je en riant. Quand est-ce que tu as trouvé le temps de faire tout ça ?

– Tu crois que je fais quoi quand tu es en cours ?

Je haussai les épaules, même s'il ne pouvait pas me voir.

– Je ne sais pas, j'aurais dit dormir.

– Pas cette semaine. J'avais des trucs beaucoup plus importants à faire.

– J'ai adoré tes petits mots. C'était presque comme si tu étais là.

– Tant mieux, parce que c'était le but. Kate t'a donné le sien aussi ?

Il dit ça d'une drôle de voix, comme s'il n'était pas sûr de ma réaction, et je rougis dans le noir en me rappelant de ce qu'il avait écrit. Il était doué avec les mots, en tout cas.

– Euh, oui, elle me l'a donné, murmurai-je d'une voix embarrassée, même si j'étais seule.

– Et… ça t'a plu ?

– Oui, parvins-je à articuler.

– Tant mieux, parce que je pense chaque mot. Ce que tu me fais, l'effet que tu as sur moi… Je sais que tu te dis que tu es juste une fille comme les autres, et que parfois tu crois que tu n'es pas assez attirante pour moi, mais tu l'es. J'ai tout le temps envie de toi, et je ne pourrai jamais rien faire contre ça.

– C'est pareil pour moi, Kellan. Tout ce que tu viens de dire… l'effet que tu as sur moi, à quel point je t'aime… tout.

Il soupira, l'air pleinement satisfait.

– Bien… Je suis content qu'on ressente la même chose. Quand je vois ça, je me dis que tout va bien se passer.

J'entendis résonner dans ma tête les mots que j'avais dits à Denny. *J'espère*. Mais je n'osai pas les dire à Kellan. Au lieu de ça, je lui demandai où il était et ce qu'il avait fait aujourd'hui.

Il me décrivit toutes les interviews pour des stations de radio auxquelles il avait dû répondre à peine arrivé, et je commençai à comprendre un peu mieux les contraintes auxquelles il était soumis en matière de temps et pourquoi il n'avait pas pu appeler. Cela dit, je ne m'étais pas vraiment attendue à ce qu'il appelle. Je savais qu'il était occupé, et que je lui aurais parlé dès qu'il en aurait eu l'occasion.

Quand il eut fini de me raconter sa journée, je lui racontai la mienne. Il parut aussi impressionné et fier que je l'avais espéré quand je lui parlai de notre petit concert avec les filles, et la voisine de Matt le fascina tellement qu'il proposa de lui rendre visite à son retour.

Je ne mentionnai pas le coup de fil à Denny. Ce n'était pas que je voulais lui cacher quoi que ce soit, mais je ne voyais pas l'intérêt de mentionner quelque chose qui pouvait réveiller ses insécurités. Je voulais qu'il se sente bien dans notre couple, pas qu'il continue à s'inquiéter à cause de Denny. Cette histoire appartenait au passé, et même si y repenser ramenait parfois des sentiments résiduels à la surface, ça n'était rien de plus que ça : des résidus. Ça ressemblait davantage à des souvenirs que je chérissais avec affection et qui n'avaient rien à voir avec ma situation actuelle. Mais comme je n'étais pas sûre de réussir à l'expliquer à Kellan, je préférais ne pas lui en parler. De plus, lui non plus ne m'avait pas parlé de sa conversation avec Denny le matin. Il y avait tout simplement des choses dont Kellan et moi n'avions plus besoin de parler.

12

L'amour à distance

Ce matin-là j'ouvris les yeux à contrecœur. Je dormais très mal depuis que Kellan et les D-Bags étaient partis. Il y avait une liste interminable de choses qui m'empêchaient de dormir chaque soir : faire la fermeture du bar, réviser pour la fac, Anna qui voulait me parler des textos que Griffin lui envoyait, Kellan qui m'appelait quand je m'apprêtais à aller au lit...

Tandis que le manque de sommeil me brûlait les yeux, je me demandai si Kellan commençait à ressentir les effets des soirées passées sur scène suivies des nuits passées sur la route. Est-ce qu'il continuait à se lever aux aurores ? Ça risquait de ne pas plaire à ses compagnons de voyage, contrairement à moi. Je devais faire moi-même mon café maintenant...

Je soupirai et me retournai en me préparant à ne trouver que le vide à côté de moi, mais étrangement, le lit n'était pas vide : Kellan était allongé là, un bras sur mon ventre, son visage en face du mien. Un grand sourire s'inscrivit sur mon visage et je me redressai pour le regarder.

Bien sûr, comment j'avais pu oublier... La tournée était finie et il était rentré à la maison. J'avais perdu la notion du temps. Les six mois étaient passés à la vitesse de la lumière et Kellan était à la maison… dans son lit.

Je regardai autour de moi : on était dans sa chambre, le poster des Ramones toujours à sa place sur le mur, et celui du Bumbershoot accroché juste à côté.

J'aurais vraiment cru que ces six mois passeraient plus lentement, et en même temps, je n'avais plus envie d'y penser. Je passai ma main sur sa joue et il bougea un peu la tête, mais ses yeux restèrent fermés. Je soupirai de satisfaction et caressai son cou et son épaule. J'avais tendance à piquer toutes les couvertures pendant la nuit et à laisser juste le drap à Kellan, et il avait dû avoir un sommeil agité car seul un coin du drap recouvrait son dos nu.

Mon doigt courut le long de son flanc et de la cicatrice sur ses côtes, et je me mordis la lèvre à la vue de ce détail dont presque personne n'avait connaissance.

Il expira dans ce qui ressemblait à un soupir, mais il avait toujours l'air profondément endormi. La tournée avait dû l'épuiser, car c'était rare que je me réveille avant lui. C'était étrange qu'il ne se réveille pas néanmoins, car il avait le sommeil très léger et le moindre frôlement avait tendance à lui faire ouvrir les yeux.

Curieuse, je posai ma main à plat dans le bas de son dos : aucune réaction. Inquiète, je glissai ma main sous le drap et la posai en bas de son dos. Puis je poussai ma main plus loin, sous son ventre. Il y avait quelque chose de follement érotique, et je respirai un peu plus bruyamment quand j'atteignis sa cuisse. Puis je ramenai ma main sur ses fesses et écartai le tissu pour voir sa peau nue, ce qui m'excita encore plus. Je levai les yeux vers lui mais il était toujours endormi. Je fronçai les sourcils, agacée qu'on ne soit pas sur la même longueur d'onde. J'étais de plus en plus excitée et lui était là, vautré dans le lit, complètement inconscient.

Je retins un grognement et glissai ma main entre ses jambes. Peut-être que je pouvais le réveiller autrement ? Il dormait peut-être pendant que je le caressai, mais toucher cette partie de son corps déclencherait forcément une réaction.

– Attention, tu es sur le point de me rendre très heureux, déclara soudain une voix rauque et encore un peu endormie.

Je souris et relevai la tête vers lui : ses yeux bleus me regardaient et il avait un sourire machiavélique sur les lèvres.

– Je peux t'aider ?

– On dirait, oui, dis-je en pressant mon corps contre le sien.

Son sourire s'élargit et il s'allongea sur le dos en soupirant profondément. Le bout de drap qui le recouvrait ne suivit pas le mouvement, et il se retrouva complètement nu, exposé à mon regard. Il croisa les mains derrière la tête et ferma les yeux.

– Vas-y, fais comme chez toi.

C'est là que j'ouvris les yeux.

Je sus que j'étais vraiment réveillée cette fois car mon lit était totalement et douloureusement vide, et parce que je pouvais me rappeler de chaque seconde qui était passée depuis le départ de Kellan, un mois et demi plus tôt. Les ellipses, dans la réalité, ça n'existait pas : chaque moment passé était enregistré dans notre mémoire. Malheureusement, on ne se réveille pas comme par magie un beau matin sans se rappeler des six derniers mois de sa vie.

Je m'assis dans mon lit en maudissant le rêve que je venais de faire. C'était vraiment injuste de m'être réveillée juste à ce moment-là. Je repoussai les couvertures, frustrée d'être dans un état qui aurait vraiment nécessité la présence de Kellan. Agacée, je décidai de me préparer pour la fac. Au moins, un peu d'éducation me calmerait.

Je pris une douche glacée, qui n'éteignit pas totalement l'incendie déclenché par mon rêve. En sortant, je dus faire des petits bonds pour activer ma circulation et je claquais des dents. Je souris en regardant le Post-it sur le miroir tandis que je me démêlais les cheveux. Mal réveillée et mélancolique, je l'avais trouvé le lendemain matin du départ de Kellan, à l'intérieur de l'étagère au-dessus du lavabo, caché derrière mon déodorant.

Rappelle-toi que tu es belle, et que je pense à toi.

Je l'avais collé sur le miroir et ma sœur avait collé un autre Post-it juste à côté.

Je suis jalouse et je te déteste… mais il a raison : tu es belle.

Je secouai la tête en regardant leurs missives respectives. Je n'en revenais toujours pas de tout ce que Kellan avait fait en prévision de son absence. J'avais découvert d'autres petits mots cachés dans toute la maison. Un dans le café me disait combien de mesures utiliser pour faire un café parfait. Un autre dans sa voiture me rappelait de conduire doucement. Un autre dans mon casier au travail demandait s'il me manquait. Un chez lui disait que je pouvais utiliser son lit si je voulais (ce qui impliquait de m'y amuser toute seule et pourquoi pas lui envoyer des photos si j'en avais envie).

Après avoir trouvé tout ça pendant les deux premières semaines, j'avais supposé que ça s'arrêterait là, mais petit à petit, j'avais continué à en trouver d'autres soigneusement cachés, comme dans une interminable chasse au trésor. Quand je n'avais rien à faire, je les cherchais, et c'est comme ça que j'avais trouvé l'objet auquel je tenais désormais le plus.

Kellan l'avait caché si soigneusement que j'était tombée dessus par pur hasard. Quand notre relation avait progressé et qu'il avait commencé à dormir régulièrement chez moi, je lui avais donné un tiroir de ma commode pour y ranger des affaires. Et parce que je l'aimais, je lui avais donné le tiroir du haut. Me demandant où ce grand malin avait pu planquer un autre petit mot chez moi, j'avais farfouillé dans ses tee-shirts et ses jeans. Après avoir vérifié toutes ses poches, j'avais commencé à regarder dans mon tiroir, juste en dessous. M'attendant à tomber sur quelque chose de coquin dans mes sous-vêtements, et j'avais été très surprise de ne rien y trouver du tout. Mais en refermant le tiroir, j'entendis un drôle de bruit, comme du papier qui frottait contre du bois.

J'avais sorti le tiroir de son logement, l'avais vidé et retourné, pour y trouver enfin mon cadeau, attaché en dessous. Je l'avais regardé pendant cinq bonnes minutes, presque sans respirer. Cette fois-ci ce n'était pas un petit mot, mais une photo. Une photo magnifique, en noir et banc, qui représentait son corps… à peine sorti de la douche. Je ne savais pas trop comment il avait fait pour la prendre mais elle commençait au niveau de sa mâchoire et s'arrêtait quelques centimètres au-dessus de ses parties intimes. Sa peau était couverte de gouttes d'eau qui couraient le long ses muscles, et c'était la chose la plus érotique que j'avais jamais vue.

J'avais rangé la photo dans mon sac pour l'avoir tout le temps avec moi, et parfois, je la sortais pour la regarder et lire l'inscription au verso, à l'encre rouge.

Je sais que tu aimes bien me regarder et je ne voudrais pas te priver de quoi que ce soit susceptible de te faire plaisir.

Et souvent, après avoir lu ça, j'utilisais la photo pour m'éventer.

Quand on s'appelait, je lui disais toujours ce que j'avais trouvé, et il riait en voyant combien il arrivait à me distraire même en étant loin. Mais je savais qu'il ne faisait pas ça juste pour me divertir : c'était aussi un moyen de s'assurer que je pense à lui. Comme si ce n'était pas déjà le cas à longueur de temps… Le soir où je lui dis que j'avais trouvé la photo de lui nu, il s'éclaircit la gorge avant de me répondre.

– Laquelle ?

Cela eut le mérite de me clouer le bec et il eut un fou rire pendant une bonne minute. Je ne savais pas s'il y avait vraiment d'autres photos qui traînaient, mais j'étais bien décidée à le découvrir.

Je soupirai et essayai de penser à autre chose qu'au fait qu'il me manquait. Il fallait que j'arrête de passer mon temps à me demander comment il allait et ce qu'il faisait. Je devais arrêter de me demander avec inquiétude pourquoi, à chaque fois qu'il m'appelait, j'entendais toujours une fille rire pas loin. Non, tout cela pouvait attendre : aujourd'hui, il fallait que je me concentre sur mon dernier examen avant les vacances de Noël.

Après cela, je pourrais penser à Kellan, et au fait que je le verrais enfin dans une semaine, quand il viendrait me rejoindre chez mes parents pour Noël. J'essayais de ne pas être surexcitée mais en réalité, je l'étais déjà. Mes parents, eux… n'étaient pas aussi ravis. Les convaincre de laisser Kellan se joindre à nous pour les fêtes n'avait pas été facile. Ils ne le détestaient pas, c'était juste qu'ils ne le connaissaient pas encore. Ils savaient simplement comment il gagnait sa vie, et pour mon père, c'était suffisant : il ne l'avait pas dit explicitement, mais je pense qu'il s'attendait à un hooligan fumeur de crack et porteur de MST. Il avait toujours eu tendance à nous couver un peu trop.

J'enfilai un jean confortable, mon pull le plus chaud et un gros manteau, puis j'attrapai mon sac IKKS et allai chercher la voiture de Kellan. Il demandait des nouvelles de son deuxième bébé presque aussi souvent qu'il demandait des miennes, et en faisant démarrer la voiture, le bruit du moteur me rappela le sourire de son propriétaire. J'avais tellement hâte de le voir…

Une fois à la fac, j'allai m'installer dans la salle et sortis mes notes. J'avais encore un peu de temps devant moi, et je les passai en revue avant l'examen final d'éthique. Quelques camarades de classe arrivèrent et je leur fis un signe de la main. Après avoir vu Kellan le faire de manière si naturelle, j'avais commencé à participer aux discussions de groupe, et étrangement, les gens m'écoutaient et étaient souvent d'accord avec moi. C'était un sentiment vraiment grisant et j'intervenais de plus en plus souvent. Par conséquent, les filles qui avaient pris l'habitude de mater Kellan tous les matins en se posant des questions sur moi m'accueillaient désormais avec des sourires chaleureux. Certaines demandaient même de ses nouvelles, comme Cheyenne, la fille assise à ma droite.

Blonde et pétillante, elle était le genre de fille que les hommes remarquaient. En plus d'être attirante, elle vous parlait d'une telle façon que vous étiez obligé de bien l'aimer. Presque toutes les filles de la classe étaient amies avec elle, mais elle essayait toujours de s'asseoir près de moi. D'après elle, le fait d'être près de moi avait une bonne influence sur ses résultats.

– Salut, Kiera. Alors, tu penses que tu vas assurer ?

Elle avait un léger accent du Sud qui rendait sa voix encore plus adorable. Je souris avec l'assurance que j'avais vue si souvent chez Kellan et haussai les épaules.

– Bien sûr… Enfin, j'espère, ajoutai-je avec une grimace.

Elle sourit et sortit ses notes à son tour.

– Je suis sûre que tu vas me mettre une raclée, dit-elle en jetant un coup d'œil aux pattes de mouche sur mes fiches. Tu as des nouvelles de Kellan ? Comment va-t-il ?

– Oui, il m'a appelée hier soir. Ça va, ils continuent à avancer vers la côte Est. Je crois qu'il est quelque part en Pennsylvanie.

– En Pennsylvanie ? J'ai toujours voulu y aller, ça a l'air d'être un endroit tellement intéressant… Il a de la chance de voyager.

– Oui, il a de la chance… répondis-je en tapotant mon bloc-notes de la pointe de mon stylo.

On se mit à passer en revue de possibles sujets d'interrogation pendant que les étudiants continuaient à arriver. Candy et ses amies entrèrent et s'assirent aussi loin de moi que possible. Je ne savais toujours pas ce que Kellan leur avait dit, mais elles avaient vraiment pris leurs distances depuis. Pour en avoir fait les frais dans le passé, je savais qu'il pouvait avoir un sacré tempérament, mais peut-être que Candy ne s'était jamais fait réprimander auparavant.

J'en étais là dans mes réflexions quand Candy pivota sur sa chaise. Elle me vit et me fusilla du regard avant de se tourner vers Tina et de dire quelque chose qui les fit toutes rire. Tina me regarda à son tour et je sentis la moutarde me monter au nez en pensant à toutes les insultes dont elle avait pu faire usage. Elle n'avait pas autant pris ses distances que je le croyais… Peut-être qu'elle avait repris confiance à la suite de la longue absence de Kellan ? Ça n'avait pas d'importance : que Candy me déteste ou pas ne changeait rien à ma relation avec lui.

Cheyenne remarqua leur petit manège.

– Candy a vraiment l'air de t'adorer… Qu'est-ce que tu lui as fait ? Tu es bien trop adorable pour que quelqu'un te déteste.

Je lui souris chaleureusement, en songeant qu'elle aurait dû me voir l'année dernière… J'avais été tout sauf adorable, à trahir Denny et à briser le cœur de Kellan un nombre incalculable de fois.

– Elle voulait sortir avec la rock star. Sauf que la rock star a préféré sortir avec moi, dis-je en regardant vers Candy avec un grand sourire.

Cheyenne eut un air amusé et marmonna quelque chose sur Candy et le fait qu'elle ferait mieux de passer à autre chose. Un type assez baraqué passa à côté de nous et vint s'asseoir juste devant moi, faisant grincer un peu sa chaise. Je remarquai alors un bout de papier bizarrement coincé dans le dossier de la chaise, presque invisible.

Je souris en me demandant si c'était Kellan qui l'avait mis là, comme un dernier message surprise. Sur un coup de tête, je me penchai pour m'emparer du bout de papier, que j'eus du mal à décoincer de son logement. Cheyenne m'observa avec curiosité et pointa le papier du doigt.

– C'est quoi ?

– Sûrement rien du tout.

Juste mon imagination hyper active. Je dépliai le bout de papier et je dus plaquer une main sur ma bouche pour ne pas éclater de rire au milieu de la salle qui devenait de plus en plus silencieuse. C'était Kellan.

Arrête de m'imaginer nu et travaille. C'est la plus éthique des choses à faire.

Je secouai la tête en riant. Comment savait-il que je faisais des rêves érotiques ? Je passai le bout de mes doigts sur le papier et me demandai si lui aussi rêvait de moi de cette façon. J'espérais que oui. Cheyenne rit à côté de moi.

– C'est de la part de Kellan ? Il est drôle. Canon et drôle. Tu m'étonnes que Candy te déteste.

Je ris et jetai un coup d'œil aux autres chaises. Comment il avait su que je m'assiérais là ? J'avais vraiment eu de la chance de trouver son petit mot. Mais en examinant les autres chaises de plus près, je dus me rendre à l'évidence que ce n'était pas de la chance : Kellan avait glissé des petits mots partout. Quand est-ce qu'il avait bien pu trouver le temps de faire ça ?

Et que disaient les autres ? Le prof venait d'arriver, et je devrais attendre jusqu'à la fin de l'heure pour le découvrir. Je souris pendant toute la durée de l'examen, et j'étais sûrement l'étudiante la plus ravie de toute la salle.

Cheyenne me dit au revoir à la fin de l'examen et me souhaita bon courage pour les résultats. Je la remerciai et pris tout mon temps pour rassembler mes affaires. Puis, quand la salle fut presque vide, je commençai à collecter tous les petits papiers, ce qui me prit un moment. À la fin, je me retrouvai avec une centaine de petits mots que j'emportai sans tarder pour les lire à la maison. Certains étaient sexy, d'autres étaient romantiques, et tous étaient une merveilleuse surprise. Il avait fait tellement de choses pour s'assurer que je ne l'oublie pas, comme si ça lui faisait peur. Je jouai avec mon collier, les larmes aux yeux. Comme si c'était possible que je l'oublie…

Je glissai un mot qui disait simplement *Je t'aime* dans ma poche et me préparai à aller travailler. Puisque aujourd'hui était le dernier jour de cours, on s'attendait à une grosse soirée au bar, et encore plus depuis que notre nouveau groupe avait commencé à rassembler de plus en plus de fans.

Je n'étais pas ravie de voir quelqu'un d'autre que Kellan sur scène mais je devais bien avouer que le groupe était bon. Evan et Kellan l'avaient trouvé et engagé avant de partir. La scène musicale de Seattle était un petit monde : tout le monde se connaissait et Kellan s'était dit que ce groupe conviendrait parfaitement au bar.

Quand je parle de groupe, il faudrait peut-être que je précise : il s'agissait de filles. Eh oui, Kellan avait engagé un groupe de filles pour le Pete's avant de partir. Comprenez-moi bien, elles étaient aussi douées que n'importe quel groupe de garçons, mais j'avais tiqué en les voyant la première fois, presque sûre que Kellan les avait choisies exprès pour m'empêcher de tomber dans les bras d'un autre chanteur.

J'étais en train de ranger mes affaires dans la réserve quand ma meilleure amie me tomba dessus.

– Salut, Kiera, dit Jenny en m'embrassant sur la joue. Ça a été, ton dernier exam ?

Je souris comme une cruche en repensant aux dizaines de petits mots d'amour éparpillés sur mon lit.

– C'était génial, dis-je d'un air rêveur.

Jenny me regarda comme si j'étais complètement cinglée. Mon soupir plein d'amour pouvait effectivement sembler bizarre au moment de parler d'un examen final...

– Qu'est-ce que tu veux, j'adore la fac.

– Tu es vraiment bizarre, dit-elle en souriant.

Je lui donnai une petite tape amicale sur le bras et on sortit de la réserve pour aller se mettre au travail, mais quelqu'un qui sortait des toilettes nous interrompit dans le couloir.

– Salut, les filles.

Une des membres du groupe me sourit. Elles s'appelaient Poetic Bliss, et la fille qui se dirigeait vers moi était la chanteuse. Son nom était Rain, mais j'étais presque sûre que ce n'était pas le nom qui figurait sur son bulletin de naissance, étant donné que les autres membres s'appelaient Blessing, Meadow, Sunshine et Tuesday...

J'avais toujours du mal à dire leur nom en gardant mon sérieux. Je ne savais pas si elles avaient changé de nom en intégrant le groupe ou si c'était le hasard qui avait fait se rencontrer ces filles aux noms singuliers, mais j'aurais eu tendance à opter pour la première hypothèse. La seule chose dont j'étais certaine, c'était que Rain connaissait Kellan de la façon dont pas mal de filles ici avaient l'air de le connaître : intimement. Et pour cette raison je me crispai à chaque fois qu'elle venait me parlait.

Elle se dirigea joyeusement vers moi et je tentai de ne pas l'imaginer dans les bras de Kellan, mais c'était loin d'être facile.

Elle était pleine d'énergie, le genre de personne qui ne tenait pas en place, et je ne pouvais m'empêcher de me dire qu'elle devait être plutôt… sauvage dans l'intimité. Et savoir que je n'étais pas précisément exceptionnelle au lit me donnait l'impression d'être inférieure. Mais l'amour et l'envie étaient deux choses différentes, et Kellan n'était pas tombé amoureux d'elle, donc je devais bien avoir quelque chose qui jouait en ma faveur. Et d'ailleurs, Kellan ne se plaignait jamais de notre vie sexuelle.

Arrivée près de moi, Rain me prit brièvement dans ses bras.

– Surtout, remercie encore une fois Kellan de ma part. C'est génial ici, j'adore cet endroit.

Elle faisait bien dix centimètres de moins que moi, une différence de taille qu'elle compensait avec des talons interminables. Avec ses cheveux noirs coupés court coiffés en pétard et ses yeux sombres recouverts d'ombres à paupières rose et grise, le tout complété par un tee-shirt plus qu'échancré et une mini-jupe à peine visible, elle avait tout de la rockeuse. Sans oublier son collier à clous.

– Pas de problème, je lui dirai.

Si seulement j'avais pu revenir en arrière et dire à un Kellan bien plus jeune que « non » est une réponse parfaitement acceptable à des avances et que le sexe et l'amour sont deux choses différentes… Mais il ne m'aurait sûrement pas écoutée, de toute façon.

– Passez une bonne soirée, ajoutai-je en tripotant son mot dans ma poche. C'est vraiment sympa, ce que vous faites.

– Merci ! dit-elle en sautillant un peu sur place. J'étais vraiment impatiente de jouer ce soir et j'avais hâte d'arriver, dit-elle en regardant le couloir presque vide. Et sinon, quand est-ce que les beaux mecs arrivent ?

Je me mordis les lèvres pour ne pas sourire. Normalement, ils arrivaient des heures avant leur concert, eux aussi.

– Attends encore une heure, il devrait commencer à y avoir du monde.

– Je vais aller jouer un peu au billard, alors. À plus !

Là-dessus, elle tourna les talons et traversa le couloir, les plis de sa jupe dévoilant bien plus de chair que ce que je n'oserais jamais montrer.

– Arrête tout de suite, dit Jenny en me prenant par le bras.

– Arrêter quoi ?

– De te comparer. Je sais que tu les as entendues parler de quand elles avaient couché avec Kellan, Rita et elle. J'ai vu ta tête quand elles se racontaient leurs nuits respectives. Et je comprends à quel point ça doit être pénible.

Je me raidis en me rappelant avoir surpris une conversation que j'aurais voulu ne jamais entendre. Apparemment, entre Rita et Kellan, ça s'était fait au bar, un soir après la fermeture. Et quand je disais au bar, c'était littéralement : il l'avait prise juste à côté du distributeur de boissons. J'avais arrêté d'écouter au moment où Rain expliquait qu'ils avaient tellement fait trembler la voiture de Kellan qu'elle avait eu peur de faire un tonneau. Je n'étais pas ravie d'avoir cette image dans la tête à chaque fois que je conduisais son bébé quelque part, désormais.

Je soupirai en me dirigeant vers le bar.

– Ça n'a pas d'importance. C'est du passé… et moi je suis son avenir, dis-je avec un faible sourire.

Enfin, si tout se passait bien… Jenny me donna une tape dans le dos avec un grand sourire.

– Exactement ! Et la prochaine fois que tu dis ça, dis-le sans cet air d'un chien battu.

Son commentaire me fit rire et je me sentis un peu mieux. Je triturai quand même plusieurs fois le petit mot de Kellan pendant mon service, surtout quand les Poetic Bliss montèrent sur scène.

En rentrant à la maison, ce soir-là, j'attrapai une valise dans mon armoire et commençai à préparer mes affaires. Je partais avec ma sœur lundi, et à cette heure-ci, la semaine prochaine, Kellan et moi serions réunis. Le simple fait d'y penser me rendait hyper active. J'étais incapable de dormir, et faire ma valise était une occupation qui en valait une autre.

Je rassemblai mes vêtements les plus chauds en fredonnant une chanson des Poetic Bliss, sans oublier mon sweat vert affreux qui me donnait l'air d'une femme au foyer mal fagotée. Mes parents me l'avaient offert l'année précédente et je savais que ma mère ferait une remarque si elle ne me voyait pas le porter. Et étant donné que j'avais presque invité Kellan de force, je voulais absolument éviter de les mettre de mauvaise humeur. J'étais en train de mettre des paires de chaussettes dans mon sac quand la sonnerie de mon téléphone me fit sursauter. Je rayonnai en voyant le nom sur l'écran.

– Salut, toi. Tu m'as manqué aujourd'hui.

Kellan rit, ce qui me fit légèrement frissonner.

– Toi aussi, tu m'as manqué. Quoi de neuf aujourd'hui ?

– On dirait que le service d'entretien de la fac se croit déjà en vacances. J'ai trouvé une centaine de bouts de papier qu'ils avaient oublié de jeter.

– Seulement une centaine ? Certains ont dû tomber entre les mains de tes camarades alors. J'espère qu'ils ont eu ceux qui étaient cochons.

Je rougis en me demandant ce qu'il voulait dire par là.

– Je suis en train de faire ma valise. J'ai vraiment hâte de te voir la semaine prochaine.

Je regardai par la fenêtre en direction de l'est, là où il se trouvait, à des milliers de kilomètres de moi.

– Tu as besoin de quelque chose chez toi ?

– Moi aussi, j'ai hâte de te voir. Et ça tombe bien que tu

me poses la question : j'ai acheté de la lingerie pour toi avant de partir. Je l'avais rangée en attendant mon retour mais tu peux l'apporter.

Je rougis encore plus, incapable de dire s'il plaisantait ou non.

– Euh, je ne…

Il rit en m'entendant bafouiller. Rien que la pensée de porter quelque chose de sensuel et qu'il me voie habillée comme ça me donnait des frissons.

– Je plaisante, Kiera. Tu n'as pas besoin de ça pour être sexy : tu l'es déjà.

Je baissai les yeux sur mon débardeur et mon bas de pyjama. Oui, c'était tout moi : sexy à mourir… Je soupirai et il m'entendit.

– Ça va ?

– Rain m'a chargée de te remercier… encore.

Je n'avais pourtant pas prévu d'en parler mais c'était sorti tout seul.

– Oh.

Il avait l'air surpris. Il ne s'attendait sûrement pas à ça.

– Dis-lui que ce n'est pas grand-chose. Leur groupe est vraiment bon et elles méritaient qu'on leur donne une chance.

– Oui. Et elle n'est pas du genre à rater sa chance.

Je me maudis aussitôt d'avoir dit ça à voix haute. Je détestai avoir l'air jalouse et mesquine. Naturellement, Kellan n'eut aucun mal à interpréter le ton de ma voix, et la sienne était un peu tendue quand il répondit.

– Elle te l'a dit, c'est ça ?

Je n'avais pas envie d'en parler mais c'était moi qui avais mis le sujet sur le tapis, et je savais que Kellan ne lâcherait pas le morceau jusqu'à ce qu'on ait réglé le problème.

– Non. Je les ai surprises avec Rita en train de comparer leurs performances.

J'avais prononcé le nom de Rita comme s'il était une insulte. Décidément, la harpie en moi était de sortie, aujourd'hui... Kellan soupira.

– Oh... tu savais déjà pour Rita ?

– Oui, dis-je d'un ton sec.

Je me forçai à me détendre. Le passé, le futur... il fallait que je me souvienne de ce mantra. J'étais sur le point de m'excuser quand Kellan reprit la parole.

– Je suis désolé, Kiera. Je n'ai jamais voulu que tu saches pour elles... Si je pouvais faire taire les rumeurs, tu sais que je le ferais.

– Tu n'as pas à t'excuser. C'est de l'histoire ancienne. Et toi, quoi de neuf ? demandai-je pour changer de sujet.

– On a donné un concert et passé pas mal de temps sur la route. Écoute, je suis désolé si je n'ai pas encore pu rentrer. Je n'ai pas encore eu assez de temps pour venir te voir.

– Je sais. Tu me manques tellement...

Je fermai les yeux et l'entendis rire doucement.

– Toi aussi, tu me manques. Je fais des rêves de folie... Si tu savais dans quel état je me réveille le matin.

Je sentis ma température corporelle augmenter rien qu'en l'écoutant. Quelque part, ça me réconfortait de savoir qu'on se réveillait frustrés tous les deux.

– Moi aussi, murmurai-je. Enfin, je ne me réveille sûrement pas avec le même souci que toi, mais...

– Je vois ce que tu veux dire... J'aimerais tellement être là pour te toucher quand tu te réveilles dans cet état, et sentir à quel point je te manque.

Je me mordis la lèvre et répondis dans un souffle.

– Moi aussi, j'aimerais que tu sois là...

Il expira en grognant légèrement.

– Ta voix... Si seulement tu pouvais me toucher en ce moment... sentir à quel point j'ai envie de toi.

– Je le veux… m'entendis-je murmurer.

Je ne savais pas si je voulais dire que je souhaitais le toucher ou bien continuer cette conversation. Il marqua une pause, et quand il reprit la parole, sa voix brûlante de désir m'envoya une décharge électrique.

– Kiera, j'ai tellement envie de toi. Et toi ?

Je me couvris les yeux d'une main en ayant l'impression d'être la dernière des idiotes. Je ne pouvais vraiment pas faire ça.

– Touche-toi. Fais comme si c'était moi, murmurai-je quand même.

J'avais envie de rentrer sous terre et de ne jamais ressortir. Je m'attendais à ce que Kellan rie, mais à la place, j'entendis du boucan et un bruit de fermeture Éclair.

– Je suis tellement dur, c'est tellement bon… Et maintenant ?

Je n'arrivais pas à croire que c'était réellement en train de se passer.

– Caresse-toi.

Je ne venais pas vraiment de dire ça… si ?

Il gémit dans mon oreille, le souffle court.

– Bon sang, Kiera, qu'est-ce que c'est bon. J'imagine que je suis en toi… que je te sens autour de moi…

– Tu veux me toucher ? dis-je, commençant moi-même à me sentir excitée.

S'il faisait semblant, peut-être que je devrais en faire autant ?

– Oui, s'il te plaît. Je veux toucher ta peau chaude et humide. J'ai besoin d'être en toi…

Je fis descendre ma main le long de mon ventre, sans réussir à aller plus loin. Même si j'étais seule et qu'Anna dormait depuis longtemps, j'étais bien trop gênée, mais ça, Kellan n'était pas censé le savoir.

– Est-ce que c'est bon ?

– Oui, murmurai-je.

Je ressentais vraiment des petits frissons alors ce n'était pas vraiment un mensonge.

– J'ai envie que ça aille plus vite… Plus fort…

– Oui, murmurai-je à nouveau. Vas-y, vas-y plus vite.

Je frottais mes jambes l'une contre l'autre tellement j'avais envie, mais j'hésitais encore à aller plus loin. Kellan, en revanche, n'avait pas l'air d'hésiter du tout.

– Oh oui, continue… C'est tellement bon, ne t'arrête pas.

Je gémis et il grogna profondément.

– J'ai envie de jouir. Jouis avec moi.

Je me passai la main dans les cheveux. Mon Dieu, il était vraiment en train de…

– D'accord, dis-je d'une voix rauque. Plus fort, Kellan… Je veux te sentir plus profondément en moi.

Ma main redescendit le long de mon ventre, et il eut l'air de passer à la vitesse supérieure.

– Oui… Kiera, tu es tellement sexy, c'est tellement bon… Je suis en toi en ce moment… Tu le sens ?

Je grognai plus fort et ma main glissa le long de l'ourlet de ma culotte.

– Oui… C'est tellement bon.

Ma voix était plus assurée à mesure que je commençais à me débarrasser de mes inhibitions. J'avais envie de lui, envie de faire ça, et qu'on aille jusqu'au bout… ensemble.

– Oui, prends-moi…

– Kiera, j'y suis presque… Jouis avec moi.

– Vas-y… Jouis pour moi.

Sans parvenir à croire que je venais de dire une chose pareille, je glissai enfin un doigt sous le tissu.

C'est alors que j'entendis quelque chose qui me fit l'effet d'une douche froide. Kellan cessa de respirer de manière aussi irrégulière et il y eut un bruit étouffé, puis je l'entendis parler à quelqu'un à voix basse.

– Je vais prendre une omelette, merci.

Je me cachai rapidement sous la couette, comme si on venait juste d'être surpris en pleine action.

– Kellan Kyle ! Tu es au restaurant ?

– Je n'appellerais pas vraiment ça un restaurant… Plutôt un boui-boui.

Il respirait encore rapidement, mais bien plus calmement qu'auparavant, et je fermai les yeux.

– S'il te plaît, ne me dis pas que tu es sur le point de te faire arrêter pour attentat à la pudeur.

– Non, rassure-toi.

– Alors, tu as fait semblant ? Pourquoi tu as fait ça ?

Je ramenai mes genoux sous mon menton, en me sentant un peu bizarre. Je savais qu'il était capable de faire semblant, mais quand même…

– Je n'aurais jamais cru que tu jouerais le jeu, alors quand tu l'as fait, je n'ai pas voulu t'empêcher d'en profiter… Et même si je ne peux pas jouir maintenant, j'ai quand même envie que toi, tu le fasses, murmura-t-il.

Je me mordis la lèvre, un peu coupable. Moi aussi, j'avais fait semblant.

– Peut-être que j'ai un peu exagéré aussi, de mon côté… Mais j'y pensais.

– On n'a qu'à dire que c'était pour s'échauffer. La prochaine fois, j'irai dans un endroit un peu plus intime et tu te toucheras pour de vrai. D'accord ?

– D'accord, bafouillai-je, gênée.

J'entendis une voix vaguement familière dans le lointain et me redressai dans le lit.

– Dis-moi que tu es assis tout seul.

Il ne répondit pas tout de suite, et c'était presque comme si je pouvais l'entendre débattre dans sa tête pour décider s'il devait me répondre ou pas.

– Pas vraiment… Les garçons sont là… et Justin aussi. Il te dit bonjour.

– Je rêve !

J'étais tellement mortifiée que je raccrochai. Non seulement il avait fait semblant, mais en plus, il avait fait ça devant ses amis et devant une célébrité que je ne pourrais plus jamais regarder en face. Vraiment, les hommes…

13

Des vacances à la maison

Une semaine plus tard, j'étais chez mes parents, en train de regarder l'arbre de Noël tout en comptant les minutes dans ma tête. Depuis mon arrivée à la maison, en début de semaine, je n'avais pas arrêté de prier pour que la tournée de Kellan se termine plus tôt que prévu et qu'il puisse me rejoindre. Ça aurait sans doute été mission impossible de convaincre mon père de le laisser dormir à la maison, mais même s'il avait dû rester dans un motel pas loin, au moins il aurait été avec moi, et pas… Dieu sait où.

Mais leur agenda de ministre avait obligé les garçons à travailler jusqu'à la veille de Noël. La nuit dernière, Kellan avait donné un concert à New York, leur plus grosse date depuis le début de la tournée. Kellan était surexcité quand il m'avait finalement appelée… à quatre heures du matin. Maintenant qu'il y avait moins de décalage horaire entre nous, j'étais au lit depuis longtemps quand il m'appelait, mais ça ne me dérangeait pas. Je parvenais toujours à lui grommeler quelque chose en guise de réponse quand il me racontait ses histoires.

Ma sœur me rejoignit sur le canapé de notre mère, recouvert d'une housse en plastique qui grinça un peu quand elle s'assit. Elle passa son bras autour de moi et me tendit une tasse de café de Noël. Je la pris en souriant et regardai les lumières des guirlandes se refléter dans la porcelaine. L'odeur de cannelle me rappela plein de souvenirs : les après-midis à cuisiner avec ma mère, les bougies que ma grand-mère faisait brûler sans arrêt, et bien sûr, Kellan. Tout ce qui avait trait au café me rappelait toujours Kellan.

On trinqua et Anna me fit un grand sourire.

– Joyeux Noël, Kiera.

Je bus une gorgée de café et lui souris à mon tour.

– Joyeux Noël, Anna.

Elle frissonna en regardant la neige légère qui commençait à tomber par la fenêtre.

– Tu dois avoir hâte de revoir Kellan. Ça fait quoi… presque deux mois ?

– Oui.

En réalité, c'était passé plus vite que je ne l'avais imaginé. Les appels de Kellan, ses messages, et sa petite chasse au trésor y étaient pour quelque chose, ainsi que le fait qu'il donnait très souvent de ses nouvelles. C'était rassurant, car ça confirmait à quel point je lui manquais, moi aussi. Anna soupira et se laissa aller contre le dossier.

– Oui, les garçons me manquent.

Elle fronça les yeux tout de suite après avoir dit ça. À part quelques appels et autant de photos de l'entrejambe de Griffin, on ne pouvait pas dire qu'Anna avait eu beaucoup de nouvelles de son soi-disant copain. Il ne venait même pas la voir pour Noël, ce qui m'arrangeait quelque part. Lui et Matt rendaient visite à leurs familles en Californie tandis qu'Evan rentrait à la maison pour voir Jenny. Rachel prenait l'avion pour aller voir Matt à Los Angeles, mais Anna n'avait pas vraiment eu l'air de vouloir en faire autant pour Griffin. Et j'étais presque sûre qu'il ne l'avait pas invitée non plus.

– Je suis sûre que tu lui manques, Anna. Il ne continuerait pas à t'envoyer des messages, sinon.

J'espérais avoir l'air encourageant, mais leur relation était vraiment un mystère pour moi. Elle leva les yeux au ciel et mit les pieds sur le canapé à propos duquel notre mère était tellement maniaque.

– Peu importe. On verra bien quand on se verra.

Sa voix était un poil tendue et j'eus l'impression qu'elle avait les yeux humides, mais je n'en étais pas vraiment sûre.

– Kellan arrive quand ?

Je regardai vers le couloir qui séparait le salon de la cuisine pour voir si l'un de nos parents écoutait. Notre mère était en train de découper la dinde au couteau électrique, et je l'entendis enguirlander mon père qui piquait des olives. Ils étaient sans doute bien trop absorbés par ce qu'ils faisaient pour m'entendre, mais je ne voulais pas parler de l'arrivée de Kellan sans arrêt.

– Je ne sais pas, dis-je en jetant un coup d'œil sur mon portable. Il doit m'appeler quand il saura l'heure exacte.

Pile à ce moment-là, mon téléphone vibra dans ma paume et Anna rit devant une telle synchronisation. Je m'empressai de lire le message affiché sur mon écran.

J'ai vraiment hâte de te voir ce soir. Je serai là vers neuf heures, est-ce que je te rejoins chez tes parents ?

Je n'arrivais pas à croire que ça allait vraiment arriver…

Non, demande au taxi de te déposer là…

Je lui envoyai l'adresse de mon parc préféré. Je savais que c'était romantique et mièvre de le rencontrer dans un endroit isolé au lieu de lui dire de venir à la maison, mais il était parti depuis une éternité et je voulais pouvoir le couvrir de baisers avant de le présenter à mes parents. Et en plus, il m'avait dit qu'il voulait voir tous les endroits que j'aimais.

C'est noté. Je t'aime.

Je lui répondis que je l'aimais aussi puis serrai mon téléphone contre ma poitrine avec un soupir de contentement. Qu'est-ce qu'il m'avait manqué. Anna me regarda, les sourcils haussés.

– Hum.

Je changeai de position pour ne plus avoir l'air d'une écolière et secouai la tête.

– Hum, quoi ?

Elle sourit et m'embrassa sur le front.

– Rien… Tu es vraiment accro, Kiera… J'espère juste que tu auras ce que tu veux.

J'allais lui demander ce qu'elle voulait dire mais elle se leva et quitta la pièce. Peut-être qu'elle transposait les doutes qu'elle avait quant à ses sentiments envers Griffin sur ma relation avec Kellan. Si elle savait quelque chose… j'étais sûre qu'elle me le dirait tout de suite.

Le reste de la journée passa si lentement que j'eus l'impression d'attendre deux mois de plus. Être avec Kellan, même pour une seule nuit, serait le plus merveilleux des cadeaux de Noël. Plus beau que n'importe quel cadeau matériel au monde.

On se mit tous sur notre trente et un pour le repas de la veille de Noël. On n'était que tous les quatre mais on préparait toujours un dîner de gala pour l'occasion. Notre mère avait même sorti son service en porcelaine et notre père avait mis sa veste préférée. Il faisait très académique et respectable, et je l'aurais bien vu dans un fauteuil en cuir en train de fumer la pipe tout en parlant littérature. Notre mère avait mis son collier de perles et une jolie robe, et j'avais déniché une robe noire toute simple en fouillant dans mon placard. Anna était la plus élégante, avec sa robe rouge moulante dans laquelle elle avait l'air de pouvoir à peine respirer.

Notre mère jeta un coup d'œil à la pendule sur le mur après avoir fini d'apporter la nourriture sur la table. Tout était tellement parfait que même Martha Stewart aurait approuvé.

– Est-ce qu'on attend Kellan, chéri ?

Mon père se pinça les lèvres, pas visiblement enchanté qu'un rocker fainéant et drogué vienne perturber ses traditions de Noël.

– Pas la peine. Il n'arrivera que dans deux heures, je vais lui mettre une assiette de côté.

Ma mère hocha la tête et commença à servir la volaille, et mon père fronça les sourcils.

– Au fait, Kiera, on n'a jamais vraiment parlé de là où Kellan allait dormir. Ce ne sera pas avec toi, en tout cas.

Je soupirai et baissai les yeux.

– Je sais, papa. Pas de garçons à la maison.

C'était vraiment comme si j'avais encore quinze ans… Anna croisa les bras sur sa poitrine.

– Ne sois pas ridicule, papa. Où tu veux qu'il aille ? Tout est complet à la veille de Noël, tu te souviens ?

– Anna ! intervint ma mère.

Anna soupira et haussa les épaules.

– Tout ce que je dis, c'est qu'il n'y aura de place nulle part. Tu vas le laisser à la porte ? Il est beau, l'esprit de Noël.

Je souris, ravie de voir Anna prendre sa défense. Je savais qu'elle avait une plus grande influence que moi sur nos parents et je ne dis rien, me contentant d'observer la scène et mon père qui réfléchissait en fronçant les sourcils.

Enfin, il finit par lever les yeux sur moi.

– Il peut dormir dans la tente dans le jardin. Je la monterai après le dîner.

– Une tente ? Papa ! m'exclamai-je enfin. Il neige, il va mourir de froid dehors. Tu allais laisser Denny rester ici l'an dernier, ajoutai-je en croisant les bras. Dans ma chambre.

Il soupira bruyamment, comme s'il venait d'essuyer une défaite cuisante. Il n'y avait pas grand-chose à répondre à ça. Mes parents avaient agi à la hâte l'année précédente, en essayant de m'attirer chez eux par tous les moyens quand ils croyaient que j'avais décidé d'aller en Australie avec Denny. Les choses ne s'étaient pas passées ainsi, mais il n'empêche qu'ils avaient proposé, à l'époque. Et ils devaient tenir parole, peu importe avec qui j'étais.

– C'était différent, marmonna mon père. On connaissait Denny… et même s'il a pris des mauvaises décisions et il t'a laissée seule au mauvais moment… c'était un homme bien.

Je soupirai tandis que ma mère remplissait silencieusement mon assiette.

– Oui, Denny est un homme bien… et Kellan aussi. Vous pourriez au moins lui donner une chance, dis-je en les regardant tous les deux. S'il vous plaît… C'est vraiment important pour moi.

Ma mère posa une main sur mon épaule et regarda mon père, qui soupira une fois de plus.

– Bon, c'est bon, il peut rester ici. Mais hors de question qu'il monte dans ta chambre, et il dormira dans le canapé.

Je levai les yeux au ciel mais décidai de ne pas pousser le bouchon. Le fait qu'il accepte que Kellan dorme sous notre toit était déjà une grande victoire. Anna me sourit en portant une fourchette pleine de farce à sa bouche, puis elle haussa les sourcils et je sus exactement ce qu'elle voulait dire : *Ne t'en fais pas, je te couvre.*

Après un dîner agréable et une énorme portion de tarte à la noix de pécan, c'était enfin l'heure d'aller retrouver Kellan. Je mourais d'impatience en imaginant nos retrouvailles. J'enfilai des vêtements chauds et mon père me tendit les clés de sa voiture d'un air grognon, en se plaignant : si Kellan était vraiment un gentleman, il m'aurait retrouvée à la maison. Je dus expliquer que c'était mon idée de le retrouver dans le parc, parce que je voulais lui montrer un peu le campus.

Étant très fier de notre université, mon père se dérida un peu. Il me dévisagea quand même quand je m'emparai des clés, et je savais qu'il guetterait mon retour. Nos retrouvailles ne seraient pas un tête-à-tête bien longtemps… Je montai dans la Volvo de mon père et me mis en route.

Il ne me fallut que quelques minutes pour atteindre notre point de rendez-vous malgré la neige. Le parc était vide, ce qui n'avait rien d'étonnant : on était la veille de Noël et la plupart des gens étaient déjà au fond de leur lit à attendre le lendemain matin. Mais moi, j'avais un rendez-vous amoureux, et j'étais morte d'impatience.

Je traversai le parc et son tapis délicat de neige fraîche au-dessus de la couche de neige déjà existante. J'avais envie de courir jusqu'à l'endroit où j'avais dit à Kellan de me rejoindre, mais je me retins. J'espérai que les indications que je lui avais envoyées étaient assez précises. Je marchais sur l'herbe, mes bottes crissant sur la neige, et arrivai près d'un banc devant un petit étang. J'avais passé je ne sais pas combien d'heures dans ce parc quand j'étudiais ici, et il me rappelait celui à la maison, que Kellan et moi appelions « notre parc ». C'était étrange de me dire que je considérais Seattle comme ma maison, et que mon lieu de naissance était désormais un endroit où je venais en visite.

Je déblayai la neige sur le banc et m'assis sous la lumière pâle de la lune. Il n'y avait aucune trace à part celles de mes pas et tout était magnifiquement immaculé. J'attrapai mon téléphone dans mon sac et regardai l'heure : vingt et une heures trente. L'aéroport n'était pas très loin, et en supposant que son vol était à l'heure, il aurait déjà dû être là. Et pourtant, j'étais seule au milieu des collines enneigées.

J'essayais d'être patiente, mais je ne l'avais pas vu depuis tellement longtemps que j'en étais incapable. Je me mis à faire les cent pas devant le banc, sous la neige qui continuait à tomber doucement. Il faisait bien trop froid pour rester assise, et je finis par maudire mon idée romantique entre deux reniflements. J'aurais dû lui dire de me rejoindre chez mes parents, tout simplement. Au moins, il ne se serait pas perdu, et en plus, un parc n'était pas vraiment le meilleur endroit dans lequel attendre en pleine nuit… même une veille de Noël.

Je me demandai soudain s'il n'y avait pas quelqu'un ou quelque chose derrière moi, et la vibration de mon téléphone me fit sursauter. Le petit bip qui accompagnait la vibration me parut affreusement bruyant et je jurai entre mes dents. La buée qui sortit de ma bouche recouvrit l'écran de mon portable, et j'essuyai la condensation en fronçant les sourcils… avant de sourire.

Nouveau message de Kellan Kyle.

C'était mes mots préférés, juste après « Appel entrant – Kellan Kyle ». Il avait quarante-cinq minutes de retard à présent et j'appuyai impatiemment sur le bouton pour découvrir ce qu'il avait à dire. Mon cœur se brisa dans la seconde.

Je suis désolé… Je ne peux pas venir.

J'essayai de ne pas laisser la déception me terrasser, mais c'était difficile. J'avais l'impression qu'une tornade venait de me frapper de plein fouet. Pourquoi est-ce qu'il ne pouvait pas ? Est-ce qu'il était coincé par la neige ? Je répondis en tapant gauchement avec mes doigts frigorifiés.

Vraiment ? Mais c'est Noël…

Je ne voulais pas qu'il pense que j'étais en train de me plaindre. Je savais qu'il était débordé et qu'il faisait vraiment un gros effort en venant me voir. J'essuyai une larme au coin de mon œil et reniflai, mais pas à cause du froid, cette fois. J'avais tellement envie de le présenter à ma famille, de passer cette fête avec lui… De le voir, tout simplement.

Sa réponse arriva au moment où je m'essuyai le nez avec le revers de ma manche.

Je sais… J'ai fait tout ce que j'ai pu. Je suis vraiment désolé.

J'essayai de trouver une réponse encourageante et gentille, et pas désagréable et immature, mais mon téléphone vibra à nouveau.

Ça va ? Tu ne pleures pas, au moins ?

Je reniflai et fronçai les sourcils : il pensait que j'étais déjà dans tous mes états. C'était vrai : j'avais l'estomac noué et les larmes roulaient sur mes joues, mais je n'avais pas forcément envie qu'il le sache.

Non, ça va… Je sais que tu as fait de ton mieux. Je vais bien, sincèrement.

Je songeai soudain que je n'avais pas la moindre idée de quand je le verrais à nouveau, et un sanglot m'échappa. Mon téléphone sonna à nouveau et je dus m'essuyer les yeux pour réussir à lire le message.

Tu mens.

De nouvelles larmes se mirent à couler et je secouai la tête en regardant l'écran.

– Non, je ne mens pas, dis-je à haute voix d'un ton acerbe, comme si le téléphone pouvait me comprendre.

Pile au moment où j'allais taper un message qui répétait que j'allais très bien, même si ce n'était pas le cas, mon portable bipa à nouveau.

Si, tu mens.

Je regardai mon téléphone comme s'il venait de prendre forme humaine. J'avais parlé toute seule, alors peut-être que j'avais tapé en même temps sans m'en rendre compte ? Le trajet, le séjour et mes parents m'avaient fatiguée, mais quand même…

– Comment tu sais ça, Kellan ? murmurai-je en vérifiant mes messages envoyés.

Mon téléphone vibra à nouveau et je retournai dans la boîte de réception.

Je le sais parce que je sais tout.

J'écarquillai les yeux encore plus. Un autre message était arrivé pendant que je lisais celui-ci et je l'ouvris.

Et aussi parce que j'ai menti… Tourne-toi.

Le cœur battant et la gorge nouée, j'obéis. C'était comme sortir d'un rêve, ou plutôt entrer dans un rêve : sortant de l'ombre d'un chêne en bas de la colline, Kellan rangea son portable dans la poche de sa veste en cuir et fit un pas vers moi.

Il était plus beau que jamais.

Je restai bouche bée, et des larmes me montèrent aux yeux

une fois de plus, sauf que c'était des larmes de joie. Il avait un peu de neige dans les cheveux et il sourit en posant les yeux sur moi.

– Kellan, dis-je dans un souffle.

Puis je me précipitai vers lui sans même me rendre compte que j'étais en train de courir. Il rit et continua à marcher dans ma direction, mais il était bien trop lent et j'accélérai encore. Ça faisait des semaines que je ne l'avais pas serré contre moi. Des semaines que j'avais dû me contenter de sa voix dans mon oreille. À présent, il m'en fallait bien plus.

Arrivé à lui, je me jetai dans ses bras et me pendis à son cou, et la chaleur de nos retrouvailles me fit oublier le froid glacial qui avait envahi mon corps. Je ne m'étais jamais sentie aussi apaisée. Il me souleva et me fit tourner dans les airs et je riais quand il me reposa.

Il s'apprêtait à m'embrasser quand je le poussai. Ma tristesse s'était peut-être volatilisée mais je n'appréciais pas du tout son humour.

– Tu plaisantais ? Tu es vraiment un enfoiré.

– Je croyais que j'étais un abruti ?

Je secouai la tête, pris son visage dans mes mains et l'attirai jusqu'à moi. On pourrait discuter sémantique plus tard. Il me fallait plus que des mots à présent. Il passa ses bras autour de moi puis nos lèvres se rencontrèrent enfin dans un mélange de chaud et de froid.

– Désolé d'être en retard, murmura-t-il dans un nuage de buée.

– Je suis tellement contente que tu sois là.

Après un autre baiser doux mais intense, il appuya son front contre le mien et scruta mon visage, comme pour voir si j'avais changé au cours des dernières semaines.

– Tu m'as tellement manqué…

– Toi aussi, tu m'as manqué.

On s'embrassa de nouveau sous la neige, à quelques mètres du petit étang sur lequel les étudiants faisaient parfois du patin à glace quand il était suffisamment gelé. On s'embrassa jusqu'à ce que je ne sente plus mes doigts dans ses cheveux, mais je continuai. J'avais besoin de ses lèvres sur les miennes, de son corps pressé contre le mien, et je m'en moquais si on se transformait en statues de glace, tant qu'il était avec moi.

– On ferait mieux d'y aller, tu es gelée.

Il me regarda de la tête aux pieds et je sentis toute sensation de froid m'abandonner.

– Ça va, dis-je en claquant des dents.

Apparemment, j'avais plus froid que ce que je croyais.

– Tu claques des dents, Kiera…

Je me mis sur la pointe des pieds et essayai de ramener son visage près du mien.

– Je m'en fiche.

Il rit, me prit par la taille et me fit pivoter.

– Pas moi, murmura-t-il en passant ses bras autour de ma poitrine.

Je collai mes hanches aux siennes et sentis la chaleur de son corps contre le mien. Je fermai les yeux et me laissai aller contre lui, le souffle chaud de sa respiration dans mon cou. Ça m'avait tellement manqué.

– En plus, je ne peux pas te faire l'amour ici.

J'ouvris les yeux, le pris par la main et me mis en route.

– Tu as raison… Il commence à faire froid.

Il me suivit avec un sourire amusé.

– Je sais que c'était méchant de faire ça, mais ça m'a prouvé quelque chose de très important.

Je passai mon bras sous le sien et levai les yeux vers lui.

– Quoi, à part le fait que tu n'as pas changé et que tu es toujours un abruti ?

– Certes, mais aussi que…

Il rit et je le regardai avec un petit sourire, mes yeux dans les siens.

– Que je t'ai vraiment manqué, murmura-t-il en ayant presque l'air étonné.

Je m'immobilisai et posai ma main sur sa joue.

– Bien sûr que tu m'as manqué. Chaque jour, chaque heure… presque chaque seconde.

Il sourit et détourna le regard, comme s'il était gêné d'avoir abordé le sujet.

– J'ai cru comprendre. C'est juste que… je n'ai jamais manqué à personne avant…

Sa voix était presque inaudible, mais j'entendis à quel point il était ému.

– Tu me manques quand tu n'es pas là, tellement que j'ai l'impression de ne pas pouvoir respirer. Je pense à toi si souvent que ça vire à l'obsession. Je t'aime si fort…

Il avala sa salive et je vis que sa mâchoire tremblait. Il hocha la tête, incapable de répondre.

Après avoir récupéré ses affaires sous le chêne, on monta en voiture pour aller chez mes parents, avec le chauffage au maximum. Kellan avait un sourire paisible sur les lèvres, qui me réchauffait plus que le chauffage. Il avait enfin compris ce que ça faisait d'être aimé et de manquer à quelqu'un… et il se délectait de cette sensation, parce qu'il ne l'avait jamais ressentie.

Il était plus tard que prévu quand on se gara dans l'allée de mes parents, et je regardai la fenêtre de leur chambre. Les lumières étaient toutes éteintes, ce qui était plutôt bon signe. Mon père avait dû vouloir attendre mon arrivée avec mon voyou de petit ami, et ma mère avait dû l'en dissuader, à moins que ce ne soit Anna. Elle n'avait pas peur de nos parents et n'hésitait pas à dire à notre père qu'il se comportait comme un idiot lorsque la situation l'exigeait.

Elle n'hésitait pas non plus à l'envoyer dans sa chambre, comme si c'était lui l'enfant. J'adorais ma sœur…

Je coupai le contact et Kellan regarda vers la maison, avant de tourner la tête vers moi.

– Je te montre ma chambre ?

Je rougis, en ayant l'impression d'avoir de nouveau seize ans. Même si, en réalité, je n'avais jamais fait entrer un garçon en douce dans la maison.

– Avec plaisir.

Il attrapa son sac dans le coffre et on entra silencieusement dans la maison. Je fis signe à Kellan de ne pas faire de bruit et il secoua la tête en étouffant un rire. Ça l'amusait peut-être que sa première visite chez mes parents ait des allures de cambriolage, mais il comprendrait pourquoi je m'inquiétais si jamais on réveillait mon père.

Heureusement, mes parents étaient des couche-tôt, et aussi des lève-tôt. En m'interrompant pour guetter le moindre bruit, je distinguai clairement les ronflements de mon père au premier. Je l'imaginai endormi dans son fauteuil, son livre sur les genoux… Le pauvre. Il s'en voudrait sûrement à mort de s'être endormi pendant son tour de garde. Je souris en me demandant si Anna s'était faufilée dans sa chambre et avait éteint sa lumière, comme un signal pour moi qu'il était endormi et que je pouvais… retrouver Kellan.

Je montrai le canapé du doigt et chuchotai à Kellan qu'il pouvait laisser son sac là, puisque c'était là qu'il allait dormir. Il fronça les sourcils, visiblement mécontent à l'idée de dormir aussi loin de moi. Je lui donnai un bref baiser et installai le sac de couchage et l'oreiller que ma mère avait laissés pour lui. Il secoua la tête et retira ses chaussures et sa veste, comme s'il s'apprêtait à se glisser dans le lit où mes parents s'attendaient à ce qu'il dorme.

Il allait s'allonger quand je lui pris la main pour qu'il se relève.

– Tu ne vas pas vraiment dormir ici, idiot, murmurai-je à son oreille.

Il sourit en regardant vers le premier étage.

– Tu es sûre ? Je ne veux pas te créer de problème.

Je hochai la tête et reculai d'un pas.

– Oui… Tu es avec moi.

Il sourit et me donna un baiser passionné. Je trébuchai en montant les marches et faillis tomber mais Kellan me rattrapa, et il gloussa quand je me raccrochai à lui.

– Chut, chuchota-t-il.

Je ris doucement et l'embrassai de nouveau. On parvint à monter les marches sans réveiller personne. Nos respirations étaient entrecoupées tandis que je sentais la douceur de sa bouche et la chaleur de sa langue. J'avais imaginé l'embrasser pendant des semaines, mais ce n'était absolument rien comparé à la réalité. S'il y avait un avantage dans le fait que Kellan ait été aussi précoce… c'était qu'il savait vraiment ce qu'il faisait. Au moment où on ouvrit la porte de ma chambre, la moindre fibre de mon être était en feu.

Kellan m'avait retiré ma veste dans l'escalier et la jeta à l'aveuglette dans ma chambre. Je fermai la porte sans faire de bruit et pris un instant pour le plaquer contre elle. Il soupira bruyamment en sentant mon corps pressé contre le sien.

– Tu m'as manqué, murmura-t-il.

Je gémis en guise de réponse et sentis ses mains descendre le long de mon dos, jusqu'à mes fesses. Il se baissa, m'attrapa et me souleva avant de s'éloigner de la porte. Sans cesser de m'embrasser, il me porta jusqu'à mon lit, et je sentis une décharge d'adrénaline me traverser. Je n'avais jamais défié mon père avec autant de culot. Il serait furieux s'il apprenait que Kellan était avec moi dans ma chambre, et sur le point de… faire de moi une femme, vu qu'aux yeux de mon père, j'étais sans doute encore vierge.

Quand Kellan arriva près de mon lit, il se pencha et m'allongea dessus, et je me décalai pour qu'il puisse me rejoindre. Il se mit à quatre pattes puis s'allongea au-dessus de moi, et on retint tous les deux notre souffle. Les sourcils froncés, Kellan regarda mon lit et se redressa de façon à mettre tout son poids sur ses mains, puis il poussa le matelas, qui grinça bruyamment. Je n'avais jamais remarqué que mon lit faisait ça, auparavant. En même temps, je n'avais jamais été dans mon lit avec un garçon tandis que mon père dormait dans la pièce à côté. Kellan refit le même mouvement et le bruit me fit l'impression d'un coup de tonnerre. C'était un son qui ne pouvait vouloir dire qu'une seule chose : *Eh, écoutez, on est en train de s'envoyer en l'air !*

– Ton père a fait exprès de t'acheter le lit le plus bruyant du monde ?

– Sûrement, oui…

Fichu papa poule. Quand il ne nous avait pas sous les yeux, il trouvait quand même un moyen de nous mettre des bâtons dans les roues avec sa technologie du Moyen Âge.

Je me tortillai sous Kellan, avec une envie désespérée de bouger plus, mais le moindre mouvement produisait un grincement sonore. En y réfléchissant, on avait aussi fait un boucan impossible en grimpant sur le lit. J'arrêtai de bouger immédiatement, par peur de réveiller mon père.

– Clairement, ton père me connaît mal s'il pense que ça va suffire à m'arrêter, dit Kellan avec un sourire.

Il se leva et me fit signe de l'imiter, et je lui obéis, curieuse de voir ce qu'il allait faire. Il attrapa toutes les couvertures et les étendit sur le sol, puis il y ajouta les oreillers avant de sourire en écartant les bras.

– Ton nid d'amour est prêt.

Amusée, je croisai les bras sur ma poitrine, et Kellan me prit par la main pour me conduire à notre nid d'amour. Mon cœur se mit à battre plus vite et il me serra contre lui une fois debout au milieu des couvertures.

– Kiera ? murmura-t-il.

Il se pencha pour m'embrasser dans le cou, juste sous mon oreille, et je fus incapable de répondre. Je commençai à trembler et il m'embrassa à nouveau.

– Veux-tu…

Il marqua une pause pour embrasser la base de mon cou et je penchai la tête et fermai les yeux, prise de vertige. Il embrassa mon épaule puis promena son nez de mon cou à mon oreille.

– … faire l'amour avec moi ? dit-il enfin.

Je me sentis fondre comme neige au soleil.

Je l'embrassai de toute mon âme, le souffle court. Rapidement mais silencieusement, on se débarrassa de toutes les couches de vêtements entre nous. Une fois nus, on s'allongea sur mon dessus de lit et on se serra l'un contre l'autre.

Sa peau chaude me donnait l'impression que la mienne était en satin tandis que nos corps s'entrelaçaient. Ses lèvres déposaient des pluies de baisers sur ma peau soyeuse et je me sentais sensuelle, séduisante et aimée. Quand je laissai mes doigts courir sur la partie la plus intime de son corps, il laissa échapper un petit grognement et mon désir grimpa en flèche, dans un mélange d'amour et de manque engendré par notre séparation forcée.

En prenant soin de ne pas faire de bruit, je l'attrapai par les hanches et le pressai de me prendre. Il riva ses yeux aux miens et je m'emparai de sa bouche, puis je hochai la tête et alignai mes hanches sous les siennes. Je le voulais plus que tout.

Ses yeux assombris par l'obscurité de ma chambre

détaillèrent le moindre centimètre carré de mon corps. Puis il enroula une de mes jambes autour de lui et mon cœur s'accéléra de le voir rester ainsi au-dessus de moi, son corps pressé contre le mien mais immobile. J'étais bouleversée d'être si près de lui, de sentir son parfum, et ça me donna encore plus envie de lui.

– Il n'y a rien qui vaille ça… susurra-t-il.

Je me demandai ce qu'il voulait dire par là mais il ferma les yeux et me prit enfin, me privant de l'usage de la parole. Je m'agrippai à ses épaules et fermai les yeux en faisant tout mon possible pour ne pas crier, et je l'entendis étouffer un gémissement alors qu'il nichait son visage dans mon cou.

On se mit à bouger ensemble. Les semaines d'attente, les heures passées à se provoquer au téléphone, l'impatience que j'avais ressentie toute la journée rendaient ce moment plus intense que tout ce que j'avais imaginé, et mon corps fut au bord de l'orgasme très rapidement. Je luttai contre le plaisir qui montait en moi, pour rester au même niveau que lui, et il prit mon visage dans ses mains pour me regarder dans les yeux tandis que je me battais contre moi-même.

– Laisse-toi aller…

Je secouai la tête mais il insista.

– Ne t'en fais pas pour moi… laisse-moi te donner ce que tu veux.

Il poussa un peu plus fort et je perdis le peu de contrôle qui me restait. L'euphorie explosa en moi tandis que je me cambrais en faisant tous les efforts du monde pour ne pas crier. Je tremblai comme une feuille et enfonçai mes ongles dans les épaules de Kellan. Je ne m'étais jamais sentie aussi comblée.

Quand je rouvris les yeux, l'expression sur son visage n'était que désir et amour, et il continuait à bouger doucement contre moi. Il avait l'air émerveillé et enchanté de voir la satisfaction qu'il parvenait à m'apporter.

– Bon sang, Kiera… C'était…

Il s'enfouit un peu plus profondément en moi et je fermai les yeux. À ma grande surprise, l'incendie qui avait commencé à s'éteindre se raviva et je l'embrassai en me demandant si je pouvais ressentir la même chose une seconde fois, mais cette fois en même temps que lui. Je l'encourageai à bouger aussi vite qu'il le souhaitait et il ne tarda pas à gémir, ce qui décupla de nouveau mon désir.

La bouche entrouverte, il baissa la tête mais je mis ma main sur sa joue pour l'obliger à me regarder. J'observai le bonheur sur son visage et au moment où ses hanches s'immobilisèrent, il se raidit, comme s'il avait mal. Ça ne dura qu'une seconde, puis un râle s'échappa de sa gorge. Il se mordit la lèvre pour le contenir, mais le son, mélangé à l'expression de plaisir pur sur son visage, m'amena à nouveau jusqu'au point de non-retour.

Je gardai les yeux ouverts pour ne rien manquer et sentis l'orgasme m'envahir une nouvelle fois. Ce n'était pas aussi intense que la première fois : c'était plus paisible et plus parfait, en quelque sorte. Quand il s'écroula sur moi, je fermai les yeux et laissai le moment d'extase qu'on venait de partager m'emporter.

14

Joyeux Noël

Je me réveillai le lendemain matin délicieusement fourbue. En étirant mes muscles endoloris, je sentis une douleur au niveau de ma hanche après avoir passé la nuit par terre, et mon bras était complètement engourdi. C'était sans parler des courbatures que je ressentais ailleurs, après des semaines de séparation. Mais rien de tout ça ne me dérangeait vraiment… parce qu'un bras tiède était étendu sur mon ventre.

Je tournai la tête et enfouis mon visage dans le cou de Kellan. Me réveiller à ses côtés m'avait tellement manqué… Il passa ses bras autour de ma taille et les mots qui m'avaient manqué plus que tout résonnèrent dans mon oreille.

– Bonjour.

Il soupira doucement et s'étira. Il était sûrement aussi courbatu que moi, à part peut-être au niveau de… C'était sans doute un effet secondaire réservé aux femmes, mais ce n'était pas désagréable… Je préférais voir ça comme un souvenir.

– Bonjour, toi.

Je l'embrassai dans le cou et ouvris les yeux. Le voir à moitié endormi à côté de moi était la plus belle vision du monde.

– Joyeux Noël, Kellan, chuchotai-je à son oreille.

Il ouvrit les yeux à son tour et m'effleura la joue.

– Joyeux Noël.

Il me caressa les cheveux et allait m'embrasser quand la porte de ma chambre s'ouvrit et je m'immobilisai en me rappelant soudain où je me trouvais.

– Kiera ? Tu es où ?

Je me redressai en reconnaissant la voix de ma sœur. Elle entra dans la pièce, avec sa queue-de-cheval et son pyjama camouflage rose et vert, et rit en s'asseyant au bout de mon lit.

– J'allais te souhaiter un joyeux Noël et te demander si tu voulais descendre avec moi, mais je vois que tu as déjà déballé ton cadeau.

Elle sourit à Kellan, qui lui rendit son sourire avec un air amusé.

– Contente que tu sois là.

– Moi aussi.

Je remontai la couverture pour cacher le tatouage de Kellan ainsi que ses pectoraux, étant donné qu'Anna était clairement en train de profiter de la vue, et je soupirai.

– Il est quelle heure ?

– L'heure du petit déjeuner. Maman est en train de préparer à manger.

Je me redressai d'un seul coup, en serrant le drap sur ma poitrine.

– Le petit déjeuner… Papa est levé ?

– Oui, dit-elle avant de pointer Kellan du doigt. Et il ferait mieux de sortir d'ici avant que Papa ne se rende compte qu'il n'est pas dans le canapé.

Je secouai Kellan pour qu'il se lève mais il se débattit. Apparemment, il n'avait aucune envie de bouger de là.

– Kiera, détends-toi.

Je secouai la tête et le secouai plus fort.

– Non, Anna a raison, il va te tuer s'il te trouve ici.

– Qu'est-ce qu'il va faire ? Te punir ?

– Oui, mais seulement après t'avoir castré.

Kellan soupira et se leva... sans prendre la peine de se couvrir. Ma sœur sourit en le voyant nu et je plaquai une main sur ses yeux. Elle essaya de repousser mes doigts et je regardai Kellan se rhabiller.

– Je vais me glisser dans le couloir, il croira que j'étais aux toilettes.

– Tu ferais mieux de sortir par la fenêtre. Fais-lui croire que tu es allé faire un tour à pied.

Il me regarda, bouche bée, et j'arrêtai de me battre avec Anna étant donné qu'il venait de mettre son pantalon. Elle fronça les sourcils quand elle vit qu'il n'était plus nu mais sourit en voyant qu'il n'avait pas encore enfilé son tee-shirt.

– On est au premier étage, Kiera, dit-il en désignant la fenêtre.

– S'il te plaît... Il ne croira jamais que tu étais dans la salle de bain. Il y a une épicerie au coin de la rue qui est sûrement ouverte, tu pourrais aller chercher du lait... Tu marquerais des points avec ma mère.

– Mes chaussures et ma veste sont en bas, dit-il en secouant la tête.

– Non. Je les ai mises dehors en me levant, dit Anna.

Je la regardai, surprise, et elle rit.

– Ce n'est pas la première fois que je planque un garçon, Kiera, dit-elle avec un clin d'œil.

Kellan maugréa en enfilant son tee-shirt.

– La dernière fois que je suis sorti par la fenêtre, j'avais quinze ans.

Je levai les yeux au ciel et Anna rit encore.

– Kellan, on devrait vraiment prendre le temps de se raconter nos histoires, un de ces jours.

Il lui fit un sourire complice et je me levai et le poussai vers la fenêtre. Il regarda le paysage hivernal qui se déployait devant ses yeux, ainsi que le treillis gelé qu'il allait devoir descendre.

– Tu es adulte, Kiera, il l'accepterait sûrement plus vite que tu ne le crois.

Je ne lui avais pas raconté à quel point ça avait été difficile de convaincre mon père de le laisser dormir sous le même toit que moi.

– Il allait te faire dormir dans une tente dans le jardin.

Il commença à rire, puis s'arrêta en voyant que je ne plaisantais pas.

– Bon, d'accord. Mais tu me revaudras ça, je te préviens.

Il m'embrassa sur la joue et me pinça les fesses, puis il nous fit un petit salut et sortit par la fenêtre. Je le regardai en retenant mon souffle et en espérant qu'il ne tombe pas, et lui souhaitai bonne chance quand il arriva au bord du toit.

De la buée lui sortait de la bouche et il tremblait dans son tee-shirt à manches longues. Anna vint me rejoindre à la fenêtre et il nous sourit à toutes les deux.

– Heureusement que la nuit dernière valait le coup.

Je rougis et elle éclata de rire, puis Kellan commença à descendre. Je l'appelai à voix basse et il leva les yeux sur moi, des flocons de neige sur les joues.

– Prends aussi du lait de poule, dis-je en souriant.

Il ferma les yeux et secoua la tête d'un air incrédule, puis reprit sa descente. Je fermai silencieusement la fenêtre, enfilai un pyjama et remis les couvertures en place sur mon lit avec l'aide d'Anna. On était assises au bord de mon matelas, à rire en nous rappelant de la tête de Kellan quand ma porte s'ouvrit brusquement.

Je souris en voyant la tête de mon père, scrutant l'intérieur de ma chambre d'un air inquisiteur, à la recherche d'un intrus. Ses cheveux commençaient à grisonner, et en le regardant froncer les sourcils dans notre direction, je me dis qu'on y était sûrement pour quelque chose.

– Joyeux Noël, Papa, dis-je gaiement en me dirigeant vers lui pour le prendre dans mes bras.

En voyant qu'il n'y avait pas de garçon dans ma chambre, il se détendit et me serra contre lui.

– Joyeux Noël, ma chérie. Est-ce que ce fameux Kellan a décidé de ne pas rester, finalement ? Je ne l'ai pas vu en bas, dit-il en faisant de son mieux pour contenir un sourire.

Je fronçai les sourcils et regardai Anna.

– Ah bon ? Pourtant, il y était hier soir quand je suis allée me coucher, dis-je d'une voix aussi neutre que possible.

Heureusement, ou malheureusement, l'année précédente avait fait de moi une bien meilleure menteuse que je ne l'aurais voulu. Notre père fronça les sourcils et Anna se leva pour nous rejoindre.

– Je l'ai croisé ce matin, il m'a dit qu'il allait chercher du lait pour Maman. C'est gentil, non ?

Voilà une question à laquelle il ne pouvait pas répondre par la négative, et il prit un air pincé et marmonna quelque chose entre ses dents. Anna et moi échangeâmes un sourire avant d'escorter notre père au rez-de-chaussée et je la remerciai silencieusement en bas des escaliers.

– Je vous ai entendus, chuchota-t-elle. Pas la peine de me remercier, vous en aviez besoin.

Je rougis et on entra dans la cuisine, où ma mère battait des œufs pour faire une omelette. L'odeur du bacon en train de cuire se mélangeait à l'arôme des roulés à la cannelle et me donnait l'eau à la bouche. Je rejoignis ma mère, posai ma tête sur son épaule, et les bruits et les odeurs réconfortants me rappelèrent tous les matins de Noël passés en famille.

Les cheveux de ma mère étaient encore de la même couleur que ceux d'Anna et moi, mais ça n'avait rien à voir avec son patrimoine génétique. Son arme secrète était un produit dont le slogan était « Battez-vous avec les meilleures armes », et ça me faisait toujours rire quand je voyais le flacon de teinture dans la salle de bain. C'était le genre de slogan que Denny aurait pu inventer… L'espace d'un instant, je me demandai s'il était en train de passer la journée de Noël avec Abby.

Ma mère passa un bras autour de ma taille et regarda par-dessus son épaule : mon père était assis à table en train de lire le journal, pendant qu'Anna répétait à quel point elle était impatiente qu'on ouvre les cadeaux. Elle avait offert la même chose à toute la famille, et mon père hocha la tête d'un air absent. Ma mère tourna la tête vers moi et me regarda de ses yeux verts brillants, un cadeau dont Anna avait hérité.

– Tu as passé une bonne soirée hier ?

Je rougis un peu en me demandant si elle savait. Elle se levait plus tôt que mon père… Je jouai avec ma queue-de-cheval en essayant d'avoir l'air nonchalant.

– Oui, c'était bon de revoir Kellan. Il m'a manqué.

Elle se remit à battre les œufs avec un sourire complice.

– Hum hum.

Je m'apprêtai à tourner les talons en priant pour qu'elle ne nous ait pas entendus, quand je la vis secouer la tête.

– Je suis sûre que c'est un gentil garçon, et que tu es très amoureuse de lui, mais… pas dans la maison, d'accord ?

Je hochai la tête, incapable de répondre, et partis retrouver ma sœur. Anna sourit, passa un bras autour de moi, et commença à me parler d'un client mignon qui venait souvent au restaurant. J'eus envie de froncer les sourcils mais je ne le fis pas, car elle n'était pas vraiment avec Griffin et ils avaient le droit de voir qui ils voulaient. N'empêche, un type qui passait son temps chez Hooters... Ce n'était pas un club de strip-tease, mais les hommes célibataires qui s'y rendaient n'y allaient que pour une seule chose, et ce n'était pas les ailes de poulet. Ma sœur n'avait pas besoin d'un chien en chaleur. Elle en avait déjà un... mais au moins, je le connaissais, et il était plutôt inoffensif. Ce n'était pas un pervers, ou un violent, et même s'il était vulgaire et insupportable, il n'était pas si mal comparé à tous les malades qu'Anna aurait pu croiser. Mon Dieu, est-ce que j'étais en train de défendre Griffin ?

Des coups à la porte vinrent me tirer de ma rêverie, et Anna me fit un petit sourire en se levant.

– J'y vais.

– Assieds-toi, intervint mon père. Je m'en occupe.

D'un coup, je me sentis nerveuse. Pourvu que mon père y aille doucement avec Kellan. C'était Noël, et même si aller faire des courses était une excuse pour nous couvrir, il avait quand même accepté d'aller à l'épicerie pour acheter du lait pour toute la famille... et du lait de poule aussi, avec un peu de chance.

On suivit mon père dans l'entrée, lequel ajusta le bouton de son haut de pyjama et se redressa autant que possible avant d'ouvrir la porte. Je ne pus m'empêcher de sourire car Kellan était plus grand que lui. Ce n'était donc pas de cette façon qu'il allait l'intimider.

Notre père ouvrit lentement la porte et notre mère arriva derrière nous pour compléter le comité d'accueil. Kellan apparut sur le pas de la porte avec un sourire de star de cinéma et j'entendis notre mère murmurer derrière moi.

– Mon Dieu...

Je rougis et Anna gloussa. Elle avait vu Kellan en photo, bien sûr, mais en chair et en os, c'était une autre histoire. Notre père, qui, heureusement, ne l'avait pas entendue, le dévisagea de la tête aux pieds, et Kellan lui tendit la main.

– Monsieur Allen, je suis ravi de vous rencontrer enfin. Je suis Kellan Kyle.

Mon père mit un instant avant de prendre sa main, et il la serra pendant une éternité tandis qu'il jugeait silencieusement s'il était digne de moi. Je savais déjà que Kellan ne passerait pas l'examen avec succès : il avait fallu presque trois mois d'interaction quasi quotidienne pour que mon père ne dise pas le nom de Denny avec un petit reniflement dédaigneux, même s'il l'avait vraiment apprécié ensuite.

– Hum, dit mon père en guise de présentations.

Ma mère soupira avec agacement et se dirigea vers lui. Elle sentait peut-être que son mari n'était pas très accueillant en ce matin de Noël, et elle s'adressa à Kellan à son tour.

– On est très contents de faire ta connaissance, Kellan. Mais rentre donc, il gèle dehors.

Kellan sourit tandis qu'elle obligeait mon père à faire un pas de côté pour le laisser entrer.

– En effet, répondit-il en me regardant en coin.

Je détournai les yeux pour ne pas rire, et quand je le regardai de nouveau, Kellan était en train de tendre un sachet à ma mère. Mon père avait les mains sur les hanches, visiblement mécontent d'avoir un autre mâle sous son toit, qui essayait de lui voler sa petite fille. Je ne pris pas la peine de lui dire que je n'étais plus une petite fille depuis longtemps...

– Madame Allen, j'ai remarqué que vous n'aviez presque plus de lait alors je suis allé en acheter. Et j'ai aussi pris du lait de poule au cas où quelqu'un en voudrait.

Ma mère sourit et s'empara du sac.

– Merci, Kellan, c'est très gentil de ta part.

Il haussa les épaules et regarda par terre avec un petit sourire.

– C'est la moindre des choses, étant donné que vous m'accueillez pendant plusieurs jours.

Les bras de mon père lui en tombèrent et il se tourna vers moi.

– Plusieurs jours ?

J'avais peut-être oublié d'en parler quand on avait discuté de la venue de Kellan… La vérité, c'était que je ne savais même pas combien de temps il pouvait rester.

– Papa !

Il secoua la tête en soupirant mais n'insista pas. Je savais qu'il reviendrait à la charge plus tard, mais il fut assez aimable pour ne rien ajouter devant lui. Ma mère nous regarda avec curiosité, puis invita Kellan à retirer sa veste et à faire comme chez lui. J'accrochai sa veste pour lui et frissonnai en prenant sa main. J'étais tellement contente de l'avoir près de moi… Je savais que la prochaine séparation serait horrible, mais je m'en occuperais le moment venu.

Kellan sourit en sentant la combinaison de café, de cannelle et de bacon, et il s'assit à table en face de mon père, parfaitement à l'aise. Je lui servis une tasse de café pendant que mon père le fixait comme s'il allait perdre les pédales d'une seconde à l'autre et sortir un fusil. Kellan lui sourit et lui demanda s'il était fan des Reds de Cincinnati ou des Indians de Cleveland. Le visage de mon père s'illumina un instant, puis il reprit un air grognon et grommela que les Reds n'étaient pas trop mal.

On échangea un regard avec ma mère avant de lever les yeux au ciel. Il adorait les Reds : c'était son équipe préférée et il était scotché devant la télé dès qu'il y avait un match. C'était bien connu à la maison : si vous vouliez quelque chose, il valait mieux attendre une victoire des Reds pour demander. En revanche, s'ils avaient perdu, ce n'était même pas la peine de poser la question.

Je regagnai la table au moment où Kellan rentrait dans les détails de leur dernier match, et je fus surprise de constater qu'il en savait bien plus que je le croyais. C'était plutôt le genre de Denny d'être fan de sport, lui et mon père s'étaient d'ailleurs rapprochés en regardant des matchs ensemble. Mais Kellan en savait assez pour engager une conversation avec mon père et capter son attention jusqu'à ce qu'on apporte les plats sur la table avec ma mère.

Je me servis du lait de poule et allai m'asseoir à côté de Kellan, qui regarda mon verre en souriant. Je pressai sa jambe sous la table pour le remercier, et quand son regard croisa le mien, je dus faire tous les efforts du monde pour ne pas l'embrasser.

Mon père s'éclaircit la gorge et Kellan regarda dans sa direction tandis qu'Anna lui tendait le plat de bacon.

– Kiera nous a dit que tu jouais dans un… groupe ?

Il avait dit ça comme si c'était un mot appartenant à une langue étrangère et qu'il ne savait pas trop comment le prononcer. Pour mon père, être dans un groupe était quelque chose que vous faisiez à l'adolescence. Les vrais hommes allaient à l'université, passaient des diplômes et devenaient ensuite de gentils employés. Les choix de vie de Kellan le dépassaient complètement. Je fronçai les sourcils en le regardant par-dessus la table : il aurait mieux compris s'il avait été au courant son histoire, mais ce n'était pas mon rôle de la raconter, et Kellan n'était pas du genre à en parler facilement.

Il se servit en bacon puis me tendit le plat avec un sourire.

– Oui, monsieur. On est en tournée en ce moment, et notre prochain concert sera à Washington, le soir du Nouvel An.

Mes épaules s'affaissèrent un peu à cette nouvelle. Avoir une date de départ était loin d'être réjouissant, mais bizarrement, ça eut l'air d'enchanter mon père.

– Oh, alors tu es souvent absent avec cette… tournée ?

Anna lui jeta un regard agacé.

– Oui, répondit Kellan à voix basse.

Il me passa le plat de roulés à la cannelle et en profita pour me caresser doucement la main. Je pouvais voir dans ses yeux combien il était désolé de devoir nous quitter si tôt, de repartir pendant si longtemps, et d'être une nouvelle fois séparé de moi.

Mon père sourit en se servant en bacon.

– Vous avez du succès, c'est bien.

Kellan secoua la tête et prit un peu d'omelette, et mon père reprit la parole.

– Votre groupe s'appelle comment, au fait ?

Je me raidis en sachant que ça n'allait pas lui plaire. Anna rit et Kellan baissa les yeux. Il n'avait pas l'air d'être sûr de devoir répondre à l'homme qu'il essayait d'impressionner, mais il savait aussi que mentir n'était pas une bonne idée.

– Les D-Bags, finit-il par lâcher.

Mon père s'étrangla avec sa nourriture.

– Pardon ?

Kellan s'éclaircit la gorge et leva les yeux vers lui.

– Le groupe… On s'appelle les D-Bags… C'est juste… C'est censé être drôle.

Mon père plissa les yeux, visiblement pas très amusé.

– Si on devient vraiment connus, peut-être qu'on changera.

– Vous n'avez pas intérêt… dit Anna. J'adore que vous vous appeliez les Douche Bags.

Ma mère poussa un petit cri indigné en entendant ma sœur jurer et Kellan se mordit la lèvre pour ne pas rire. Mon père ne dit rien de plus, et le reste du repas se déroula tranquillement. Ce petit déjeuner que ma mère avait préparé était tout simplement délicieux. Quand je mordis dans un roulé à la cannelle, Kellan me regarda d'un air un peu coquin. Je lui donnai un coup sous la table pour lui dire de se tenir à carreau mais il sourit malicieusement et mit un bout de rouleau dans sa bouche, et je détournai le regard. Soudain, je m'imaginai en train de lécher de la cannelle et du sucre directement sur sa peau… Ce n'était sûrement pas le genre de choses auxquelles j'étais censée penser en famille le matin de Noël. Kellan rit et je croisai le regard de mon père, qui nous observait d'un air mécontent. Il jeta un coup d'œil en direction du salon et je priai pour qu'il ne réalise pas ce qui s'était vraiment passé.

Ce qu'il dit quand il reprit la parole me fit l'effet d'une douche froide, et après réflexion, j'aurais préféré qu'il me pose des questions sur la nuit précédente.

– Alors, Kellan… C'est vrai, ce que tout le monde dit à propos des rock stars ?

Kellan finit de manger son roulé puis secoua la tête sans comprendre.

– De quoi parlez-vous ?

Mon père marqua une pause pour prendre une bouchée de bacon et je me raidis. Cette conversation pouvait prendre tout un tas de tournures différentes, aussi mauvaises les unes que les autres.

– Vous savez, les femmes qui suivent les groupes partout pour essayer de… faire leur connaissance.

Anna en laissa tomber sa fourchette.

– Quelqu'un veut de l'omelette ? demanda ma mère avec une gaieté forcée.

Kellan l'ignora, les yeux rivés sur ceux de mon père.

– Certaines femmes sont comme ça, c'est vrai, mais elles sont bien moins nombreuses que ce que vous…

– Mais c'est vrai, l'interrompit mon père. Est-ce qu'elles tentent de vous séduire ? De vous détourner de ma fille ?

Je sentis la moutarde me monter au nez. Je détestais qu'on parle de notre vie privée de cette façon.

– Papa !

Il m'ignora et continua à fixer Kellan, qui le regardait sans ciller. Soudain, je compris de quoi mon père avait vraiment peur en me voyant sortir avec une rock star. Ce n'était pas vraiment parce que ce n'était pas un vrai métier, ou à cause de la drogue ou de l'alcool : le problème, c'était qu'il pensait qu'il était impossible que Kellan me reste fidèle. C'était comme voir ma peur se refléter en lui, et d'une certaine façon, ça la rendait encore plus réelle.

– Oui, finit par murmurer Kellan à côté de moi.

Je le regardai, ébahie qu'il réponde aussi franchement et blessée de savoir qu'il recevait des propositions. Même s'il les rejetait, ça faisait quand même mal de savoir que ça avait lieu. Je commençai à avoir les larmes aux yeux et Kellan évita mon regard.

Mon père se pencha en avant et je le regardai en priant pour ne pas me mettre à pleurer. Il était hors de question que je pleure devant mes parents : ils ne lui feraient jamais confiance s'ils pensaient que j'avais des doutes. Anna s'exclama que ce n'était pas ses affaires mais il persista.

– Tu ne penses pas que ce serait mieux pour Kiera si vous faisiez une pause pendant que tu n'es pas là ? Afin qu'elle ne soit pas blessée par tes… admiratrices ?

Kellan secoua la tête.

– Jamais je… Je ne…

Il lui fallut un instant pour reprendre ses esprits.

– J'aime votre fille, reprit-il, et je ne ferai jamais rien qui soit susceptible de lui faire du mal.

Ma mère se leva et prit l'assiette de mon père.

– Bien sûr que non, mon cher. Martin se comporte comme un crétin, voilà tout.

Mon père fronça les sourcils et je regardai ma mère, interdite. Jamais elle ne parlait comme ça à mon père, et encore moins en public. Quand il leva les yeux vers elle pour protester, elle lui lança un sacré regard. Celui qui voulait tout dire en une fraction de seconde. Elle aurait tout aussi bien pu crier : « Tu en as assez fait, et si tu dis un mot de plus, je vais te faire vivre l'enfer pendant les six prochains mois ! C'est le matin de Noël et je ne vais pas te laisser faire pleurer notre petite fille alors qu'elle est venue nous voir et qu'on ne la reverra sûrement pas avant l'hiver prochain, parce que tu la fais douter du garçon dont elle est clairement folle amoureuse ! »

Mon père garda sagement le silence, et après ce qui parut être une éternité, ma mère reprit la parole.

– Si on ouvrait les cadeaux ?

– C'est une bonne idée, madame Allen.

Ma mère lui sourit, les bras chargés d'assiettes.

– Je t'en prie, appelle-moi Caroline.

– Caroline, merci pour le petit déjeuner. C'était délicieux. Est-ce que vous pourriez m'indiquer les toilettes ?

– Bien sûr, c'est à l'étage.

Kellan sourit et s'excusa. Il avait l'air content et serein en quittant la table, mais je le vis se pincer les ailes du nez alors qu'il se dirigeait vers l'escalier. Je le connaissais assez pour savoir que la conversation l'avait perturbé et qu'il avait besoin d'une minute. Quand il ne fut plus à portée de voix, je me tournai vers mon père.

– À quoi tu joues ?

Anna croisa les bras et le regarda d'un air mauvais. Pour une fois, il avait presque l'air penaud.

– Je suis désolé si j'ai dépassé les bornes, Kiera, mais ce sont des questions que tu dois te poser si tu envisages une relation sérieuse. Est-ce qu'il est sur la même longueur d'onde ? Est-ce qu'il t'aime vraiment ? Est-ce qu'il est capable de repousser une femme après l'autre ? Et si vous allez plus loin, est-ce qu'il te sera fidèle dans le mariage ?

Je rougis et baissai les yeux, trop nerveuse pour répondre. Ce fut Anna qui répondit à ma place.

– C'est un mec bien, papa. Tu ne le connais même pas.

Ma mère nous rejoignit et posa ses mains sur mes épaules.

– Tu aurais pu faire ça en privé, Martin.

– Je suis inquiet pour notre fille, c'est tout.

– Je suis assez grande pour m'occuper de moi. Tous les doutes que tu as, je les ai eus, d'accord ? J'y pense, et moi aussi je suis inquiète, mais je l'aime. Je peux peut-être lui donner une chance avant de le condamner, non ?

Mon père se rassit sur sa chaise et me sourit doucement. Puis il secoua la tête, le visage illuminé par un éclat de fierté paternelle.

– Tu as toujours été trop mûre pour ton âge.

– Pas vraiment, mais j'essaie de le devenir.

Je me mordis la lèvre. Je ne voulais pas trop en dire sur mes erreurs passées. Mes parents ne savaient toujours pas pourquoi Denny et moi avions rompu : ils pensaient qu'il avait quitté le pays à cause de son travail, et ça m'arrangeait bien de les laisser le croire.

– Je l'aime, papa. Et il est hors de question que nous fassions une pause.

J'entendis un bruit dans l'entrée et relevai la tête : c'était Kellan qui nous écoutait sans rien dire. Quand son regard croisa le mien, il avait un sourire apaisé sur le visage. Mon père soupira : peut-être qu'il comprenait enfin qu'il avait vraiment perdu sa petite fille. J'allai rejoindre Kellan et pris son visage dans mes mains.

– C'est hors de question de ne pas être à toi.

Il hocha la tête et se pencha pour m'embrasser, et je le laissai faire. Tant pis pour mon pauvre papa.

Vingt minutes plus tard, c'était comme si la conversation n'avait jamais eu lieu. Kellan se comportait comme si de rien n'était et mon père avait l'air de regretter d'avoir abordé le sujet. Il arrêta même de le regarder d'un air morose et désapprobateur. Il n'était pas non plus chaleureux avec lui, mais au moins, il cessa de jouer au père protecteur.

Anna eut l'air d'oublier l'incident à la minute où elle regarda sous le sapin. Prendre le petit déjeuner avant d'ouvrir les cadeaux était un vrai supplice pour elle. Ça ne faisait pas longtemps qu'on procédait de cette façon, depuis que le côté « famille » avait supplanté le côté « cadeaux », mais au fond d'elle, elle était toujours la petite fille impatiente de déballer ses paquets.

Kellan vint s'asseoir près de moi sur le canapé tandis qu'elle commençait la distribution. Elle nous tendit à chacun un carré plat recouvert de papier cadeau et nous dit de l'ouvrir tous en même temps. Je ris en voyant de quoi il s'agissait : on était maintenant les heureux propriétaires du nouveau calendrier Hooters. J'écarquillai les yeux en regardant les trois femmes fatales vêtues de blanc et d'orange sur la couverture.

– Tu es en couverture ?

Elle était tellement excitée qu'elle battit des mains.

– Oui ! J'avais peur que vous le voyiez dans un magasin, je voulais vous faire la surprise.

Je me levai pour la serrer dans mes bras, et les autres m'imitèrent. Je savais qu'elle apparaissait au mois d'avril, mais la couverture… c'était quelque chose. Je me rassis et tournai les pages pour voir le mois où elle apparaissait. Elle était vraiment jolie… Je refermai immédiatement le calendrier et Kellan me prit la main. Je remarquai qu'il n'avait pas regardé la photo et l'embrassai sur la joue.

Puis ce fut un défilé de cadeaux plus traditionnels : des vêtements, des livres, de la musique, des films… L'atmosphère était joyeuse et tout le monde semblait ravi. Kellan regardait la scène d'un air doux et incertain, et il écarquilla les yeux quand Anna lui tendit un paquet de la part de mes parents. Il ne s'était pas attendu à recevoir un cadeau de leur part, et honnêtement, moi non plus.

Mon père était occupé à jouer avec un nouveau gadget mais ma mère l'observa tandis qu'il retournait le cadeau entre ses doigts.

– Ouvre-le, dis-je en lui donnant un petit coup de coude.

– Il ne fallait pas, dit-il à ma mère.

– Ça nous fait plaisir, dit-elle en souriant.

Il arracha enfin le papier : c'était une boîte blanche toute simple avec un petit album à l'intérieur. Kellan sourit en tournant les pages et je regardai par-dessus son épaule sans en croire mes yeux : c'était un album sur nous deux. Il y avait des photos de moi, certaines de quand j'étais beaucoup plus jeune, des photos de Seattle représentant la maison de Kellan, le bar, ou encore la Space Needle, et aussi des photos de nous deux.

La plupart avaient été prises sans qu'on s'en rende compte. Il y en avait une de Kellan en train de me regarder au travail. Je m'occupais d'un client, le dos tourné, et l'expression sur son visage débordait d'amour tandis qu'il m'observait à mon insu. D'autres photos nous montraient en train de nous sourire ou de rire ensemble, d'autres encore en train de nous embrasser. Et la dernière photo était un gros plan de nous deux dans les bras l'un de l'autre, endormis sur mon affreux canapé orange. Même en dormant, Kellan avait un doux sourire sur les lèvres.

Je dévisageai ma mère et ma sœur, et Anna se mit à rire. Kellan secoua la tête, incrédule.

– Anna m'a donné un coup de main. Comme ça, tu as quelque chose qui te rappelle la maison quand tu es sur la route, dit ma mère doucement.

– Merci… merci beaucoup, dit Kellan, les larmes aux yeux.

Il renifla discrètement puis entreprit de fouiller dans son sac, derrière le canapé.

– Moi aussi, j'ai des cadeaux pour vous.

Avec un grand sourire, il donna un cadeau à Anna, un autre à mes parents, et un à moi, et je montrai du doigt l'endroit où j'avais caché son cadeau, derrière le sapin.

– N'oublie pas le tien.

Il alla le chercher puis revint s'asseoir près de moi. Ma famille commença à ouvrir ses cadeaux et Kellan et moi échangeâmes un regard.

– On ouvre en même temps ? murmura-t-il.

Je hochai la tête et on commença à les déballer simultanément, mais je ne tardai pas à arrêter pour le regarder. Il fit la même chose, ce qui me fit rire, et je désignai le cadeau qu'il avait commencé à ouvrir avec impatience.

– Toi d'abord.

Quelques minutes plus tard, il avait ce que je lui avais offert dans les mains. C'était difficile de lui faire des cadeaux car il n'avait pas vraiment besoin ou envie de quoi que ce soit. Mais il y avait des choses qui lui tenaient à cœur, et c'était de ça que je m'étais inspirée quand j'avais commencé à chercher quoi lui offrir. D'abord, il aimait écrire. Il passait son temps à gribouiller des paroles sur des cahiers à spirales qu'il conservait dans un tiroir de sa commode. Je lui avais donc acheté plusieurs beaux carnets, pour les paroles qu'il souhaitait conserver. Il essayait aussi de composer davantage, et un des carnets était un cahier de partitions.

Ensuite, il adorait écouter de la musique. En étant coincé dans un bus bruyant, je m'étais dit qu'il aimerait peut-être s'isoler un peu parfois, et je lui avais trouvé un Discman à un prix défiant toute concurrence. J'avais aussi gravé tous ses standards de rock préférés sur des CD. Ce n'était pas la pointe de la technologie, mais Kellan avait encore un lecteur de cassette dans sa voiture, alors ce serait sûrement déjà bien assez moderne pour lui.

Kellan aimait aussi le sexe. Je n'avais pas voulu lui donner quelque chose susceptible de m'embarrasser devant mes parents, alors j'avais pris une photo d'une tenue un peu sexy qui l'attendrait à son retour à la maison. Je l'avais achetée juste avant de venir ici, après qu'il eut dit en plaisantant qu'il m'avait acheté de la lingerie. Je savais qu'on n'avait sans doute pas les mêmes goûts, et si je devais porter quelque chose comme ça, j'aimais autant choisir moi-même.

Trouvant la photo entre les pages d'un des carnets, il me regarda en haussant les sourcils, et quand je lui montrai les menottes dans un coin de la photo, son sourire devint brûlant. Il faudrait que je sois très, très soûle pour m'en servir, mais l'expression sur son visage valait le coup.

La dernière chose que j'avais glissée dans la boîte, je l'avais choisie sur un coup de tête. C'était une miniature de voiture, et pas n'importe quel type de voiture : c'était une muscle car. Je n'étais pas sûre qu'il s'agisse d'une Chevelle, mais ça y ressemblait beaucoup. Sa voiture était la dernière chose qui avait vraiment de l'importance à ses yeux et j'avais acheté cette miniature pour qu'il sache que je prenais soin de son bébé.

Quand Kellan la vit au fond de la boîte, il l'attrapa et me dévisagea longuement, la bouche entrouverte. Ses yeux se remplirent de larmes et il secoua la tête.

– Comment as-tu su ? murmura-t-il.

Puis il me prit dans ses bras et me serra de toutes ses forces.

– Merci, Kiera. Tu n'imagines pas combien j'aime tout ce que tu m'as offert. Ni combien je t'aime, toi.

Son jouet dans la main, il désigna le paquet sur mes genoux.

– À ton tour.

Je me mordis la lèvre en finissant de déballer mon cadeau, curieuse de découvrir ce qu'il avait bien pu m'offrir. En voyant la forme de la boîte, mon cœur se mit à battre à tout rompre. C'était un écrin. Je m'immobilisai, incertaine de devoir l'ouvrir.

Est-ce qu'il était en train de me demander en mariage ? Et si oui, qu'est-ce que je devais dire ? Honnêtement, une partie de moi était surexcitée à l'idée de devenir sa femme, mais mon père n'avait pas tort sur toute la ligne. On avait encore des choses à régler avant de pouvoir ne serait-ce que penser à aller plus loin. On ne vivait même pas ensemble, pour le moment.

Sachant qu'il ne me quittait pas des yeux, et ne voulant pas qu'il croie que j'avais des doutes, j'ouvris la boîte. Elle contenait deux anneaux en argent, un sobre pour un homme et un autre orné de petits diamants pour une femme. Je le regardai sans comprendre et il me sourit avant de s'emparer de l'anneau pour homme.

– Ce sont des anneaux de promesse.

Il prit celui pour femme, souleva ma main et le glissa sur mon doigt.

– Tu en portes un…

Puis il passa l'autre anneau au sien.

– … et moi j'en porte un. C'est la promesse que personne ne viendra se mettre entre nous. Qu'on appartient l'un à l'autre, et à personne d'autre.

– J'adore, murmurai-je, émue, avant de l'embrasser.

On se serait sûrement embrassés plus longtemps si je n'avais pas reçu une boule de papier cadeau dans la figure. C'était ma sœur, qui riait en agitant un flacon de parfum hors de prix.

– Merci, Kellan. C'est mon préféré.

Il hocha la tête en riant et j'entendis mon père se râcler la gorge depuis l'autre canapé.

– Oui, merci, Kellan.

Ma mère sourit en serrant dans sa main ce qui ressemblait à des billets d'avion. Au moment où j'allais leur demander où ils allaient, Kellan se pencha sur moi.

– Je leur ai pris des billets pour Seattle. Pour qu'ils viennent à ta cérémonie de remise de diplôme en juin.

– Kellan… tu n'aurais pas dû…

– Tes parents méritent de voir le résultat de tout le travail que tu fournis, et les billets coûtent cher, alors…

Il haussa les épaules et je me blottis contre lui, dans l'atmosphère joyeuse de ce matin de Noël. J'entrelaçais nos doigts et regardai les anneaux s'aligner avec un sourire de satisfaction, heureuse de voir une représentation physique de notre engagement l'un envers l'autre. Soudain, je remarquai qu'il était encore en train de tripoter la petite voiture dans son autre main,

– Pourquoi tu as réagi comme ça quand je t'ai offert la voiture ?

Il baissa les yeux pour regarder nos mains et sourit.

– Pour rien.

– Dis-moi.

Il me regarda avant de balayer du regard la pièce pleine de personnes que j'aimais. Anna était dans les bras de notre mère, en train de la remercier pour le pull en cachemire qui avait dû leur coûter une fortune, tandis que notre père était en train de feuilleter le calendrier tout en assurant à Anna qu'elle était très… jolie.

– C'est tellement agréable et paisible… presque idyllique. Je continue à attendre le moment où tout le monde va se mettre à crier. Ça représente tellement pour moi que tu me laisses partager ce moment… Je pense que c'est mon nouveau meilleur Noël.

– En dépit de la descente par la fenêtre et de l'interrogatoire ? demandai-je à voix basse pour que mon père ne m'entende pas.

Il hocha la tête en souriant. Je savais qu'il n'avait pas dû passer beaucoup de bons moments dans son enfance et je me demandai quel pouvait être son meilleur souvenir. Quand je lui posai la question, son regard se perdit dans le vague.

– J'avais cinq ans, on était la veille de Noël. Mon père était en colère à cause de... je ne sais plus quoi, et il m'a cassé le bras en me poussant contre le mur.

C'était ça, son bon souvenir ? Il ignora mon air ahuri et passa son bras autour de moi.

– Il l'a cassé juste là, dit-il en montrant son coude.

Je réalisai avec horreur que c'était au même endroit que Denny lui avait cassé le bras et il haussa les épaules.

– Ils m'ont emmené aux urgences, et ma mère a passé son temps à se plaindre qu'ils seraient en retard à la fête où ils étaient invités. Je me demande pourquoi je me rappelle de ça... Enfin bref, ils ont attendu que je sois dans une chambre et ils sont partis. Je ne les ai pas revus jusqu'au soir de Noël.

Il s'adossa contre le dossier du canapé, son sourire s'élargissant à mesure que son histoire empirait.

– Il y avait une infirmière à qui ça a dû faire de la peine de voir que j'étais tout seul le matin de Noël. Elle m'a offert trois petites voitures : un camion de pompiers, une voiture de police et... une muscle car exactement comme celle-là. J'ai joué avec toute la journée, dit-il en faisant rouler la petite voiture sur mon bras, et c'était la muscle ma préférée. C'est la seule chose que j'ai regretté de ne pas avoir prise avec moi à Los Angeles. Mais je l'ai oubliée, et après... mes parents l'ont balancée. C'était le meilleur Noël parce que je n'étais pas à la maison, et c'était le plus beau des cadeaux, encore plus que ma guitare. Mes parents m'avaient offert la guitare pour que je leur fiche la paix, mais ça... c'était un vrai cadeau désintéressé. Je n'ai jamais retrouvé le même modèle depuis. Comment tu as deviné ?

– Je n'ai pas deviné... Je me suis juste dit que ça te ressemblait, dis-je avec les yeux pleins de larmes.

– Kiera, je ne t'ai pas raconté cette histoire pour que tu sois désolée pour moi. Je vais bien.

Il me caressa la joue et je hochai la tête, mais une larme coula néanmoins. Il l'essuya avec son pouce et me sourit.

– Je voulais que tu comprennes ce que cela signifie pour moi. Et te remercier de me laisser partager ce Noël avec toi et ta famille. Ça représente plus que tout ce que tu peux imaginer.

– Je crois que je comprends.

Je l'embrassai doucement mais ma lèvre tremblait, et il devina que j'allais me mettre à pleurer si on ne changeait pas de sujet.

– Je crois que je vais me faire un lait de poule. Tu en veux ? proposai-je.

– Non merci. J'ai tout ce qu'il me faut.

Je l'embrassai sur le front et me précipitai dans la cuisine. Il ne voulait pas de ma pitié, et il n'en avait pas besoin. Il avait fait la paix avec son passé depuis longtemps. Je m'essuyai les yeux et tombai nez à nez avec ma mère, en arrivant dans la cuisine, en train de faire du café.

– Kellan a l'air de passer un bon moment.

Si elle savait à quel point… Je me forçai à sourire.

– Oui. Merci beaucoup d'avoir convaincu Papa de le laisser venir. Je sais que c'est grâce à toi, et je suis vraiment…

– Ce n'est rien, m'interrompit-elle en me prenant dans ses bras, l'air un peu inquiète. Pas la peine te mettre dans des états pareils.

Je soupirai et la serrai dans mes bras.

– Je sais…

Je laissai aller ma tête sur son épaule et elle me caressa le bras avant d'observer la bague à mon doigt. Elle fronça les sourcils puis regarda Kellan dans le salon.

Je suivis son regard et vis qu'Anna était assise à côté de lui dans le canapé. Ils étaient en train de regarder quelque chose attentivement, et Kellan rit en secouant la tête. Je soupirai en voyant à quel point ils étaient beaux puis je me rappelai de la bague à mon doigt et souris. C'était moi qu'il avait choisie.

– C'est un cadeau de Kellan ? demanda ma mère.

– Oui. On en a une chacun, c'est un anneau de promesse. C'est adorable, non ?

Elle hésita avant de répondre.

– Chérie, je ne suis pas d'accord avec la façon dont ton père a abordé le sujet, mais je pense qu'il n'a pas tout à fait tort à propos de Kellan.

Elle secoua la tête en regardant Kellan et Anna se lancer dans une bataille de papier cadeau.

– Il est tellement séduisant, Kiera... C'est le genre d'homme qui attire tous les regards, et les hommes aussi séduisants que lui ne sont pas toujours doués pour la monogamie... Et même s'il ne va pas voir ailleurs, il faut vraiment avoir du courage et du caractère pour supporter toute l'attention dont il fait l'objet. Tu es sûre d'être cette personne ? Tu es sûre de vouloir être avec lui ?

Elle regarda de nouveau dans la direction de Kellan et de ma sœur, et j'eus soudain le sentiment que ce qu'elle essayait vraiment de dire, c'était qu'Anna, ma sœur si belle, spontanée et provocante, aurait été bien plus accordée avec lui. Je fronçai les sourcils et croisai les bras sur ma poitrine.

– Oui, j'en suis sûre. Je sais ce que vous pensez de moi, mais Kellan voit plus que ça en moi. Il m'aime.

Elle recula d'un pas et plissa les yeux.

– De quoi tu parles, Kiera ?

Je n'avais pas vraiment envie de rabâcher tout ce que j'avais déjà entendu ni d'évoquer les différences entre Anna et moi, celles qu'on m'avait mises sous le nez pendant toute mon enfance. Ma mère pressa mon épaule en voyant que je ne lui répondais pas et répéta sa question, et je soupirai en rassemblant mon courage.

– Tu sais... Qu'Anna est la jolie fille ... et moi, la fille intelligente.

Ma mère soupira à son tour et me serra contre elle.

– Kiera, ma chérie, j'espère que ce n'est pas à cause de nous que tu crois ça, car on n'a jamais voulu que tu penses une chose pareille. Ce n'est pas du tout ce qu'on pense. Dès qu'on discute avec quelqu'un, on dit toujours à quel point nos deux filles sont belles, et tout le monde est toujours d'accord avec nous. Tu es aussi séduisante que ta sœur, Kiera. Et on dirait que tu es la seule à ne pas le voir.

Elle regarda de nouveau dans le salon et secoua la tête.

– Mais Anna… Elle s'est construite sur son apparence, et maintenant, c'est comme ça qu'elle se définit. Parfois, j'ai peur que son apparence soit tout ce qu'elle ait, et quand le temps va commencer à faire son œuvre…

Elle me sourit et me lissa les cheveux.

– Tu es belle et intelligente, et je sais que tu réussiras tout ce que tu entreprendras. Ton père et moi, on est très fiers de la femme que tu deviens, dit-elle en m'embrassant sur le front. Mais on te voit encore comme notre bébé, et on veut être sûrs que tu n'es pas malheureuse.

Je souris en regardant Kellan. Anna était en train de s'extasier devant son anneau et il s'aperçut que j'étais en train de les regarder. Il me fit un petit signe de tête, comme pour me dire que tout irait bien. Quand ma mère retourna dans le salon, j'entendis la veste de Kellan sonner. Pensant que c'était peut-être un des garçons qui nous souhaitait un joyeux Noël, j'allai chercher son portable et regardai l'écran. Le message venait d'un numéro que je ne reconnus pas, et j'allais presser le bouton pour le lire quand on me prit le téléphone des mains.

Étonnée, je dévisageai Kellan qui se tenait juste à côté de moi. Il regarda l'écran, sourit, appuya sur un bouton puis rangea son portable dans sa poche. Il n'avait même pas lu le message, comme s'il avait prévu de le faire quand il serait seul.

Lui avoir offert un portable n'avait pas que des avantages, et je sentis ma curiosité piquée au vif.

– Tu veux jouer à un jeu ? Ta sœur pense qu'elle peut me battre au Monopoly.

Je me renfrognai. Non, je ne voulais pas jouer à un jeu, je voulais juste savoir qui venait de lui envoyer un message.

– D'accord, marmonnai-je.

Alors qu'il me poussait vers le salon, je me demandai si mes parents n'étaient pas plus sages que je ne voulais le croire.

– Qui est-ce qui t'a envoyé un message ? demandai-je.

– Griffin. Et crois-moi, avec les trucs qu'il m'envoie ces derniers temps, tu n'as vraiment pas envie de voir.

Je fronçai les sourcils mais hochai néanmoins la tête. C'était tout à fait plausible et il venait de nous offrir des anneaux de promesse. Il n'aurait pas fait ça s'il n'avait pas l'intention de tenir sa promesse… pas vrai ?

15

Quelque chose d'inattendu

Kellan passa encore cinq jours avec moi, et je lui fis découvrir la ville dans ses moindres recoins. Mon ancienne école, les rues où on jouait avec les voisins quand on était enfants, le café où j'allais déjeuner tous les jours quand j'étais en terminale... Kellan se comportait comme si je lui faisais visiter Disneyland, et il semblait réellement intéressé de voir l'endroit où j'avais grandi.

Néanmoins, j'évitais de lui montrer tous les endroits qui avaient été importants dans ma relation avec Denny. Le restaurant de notre premier rendez-vous, le stand à expresso où on se retrouvait presque tous les matins avant les cours, le magasin de livres où on allait souvent traîner le samedi matin... Mais même si j'évitais ces lieux avec Kellan, la présence de Denny était encore tellement palpable que c'en était parfois perturbant. On avait grandi et on était devenus adultes ensemble dans cette ville, et me promener dans Athens ramenait sans cesse des souvenirs de Denny à la surface, mais j'essayais de les repousser.

Je pourrais parler à mon ami de longue date plus tard. Pour le moment, c'était sur mon copain, l'homme qui m'avait récemment donné son cœur sous forme d'un anneau d'argent, que je me concentrais. D'autant qu'à la fin des cinq jours, je ne savais pas vraiment quand je le reverrais.

Et quand son séjour toucha à sa fin, j'eus l'impression qu'il était là depuis à peine cinq minutes. Je l'accompagnai aussi loin que possible dans l'aéroport, le cœur lourd. Ma mère avait raison sur un point concernant notre relation : c'était difficile. Le voir partir, le savoir sur les routes avec des inconnus… Il fallait vraiment avoir les nerfs bien accrochés pour tenir le coup, et je voulais être comme ça. Je le voulais désespérément. Mais j'avais toujours aimé la constance et la vie de Kellan n'était plus prévisible à présent, suivant un chemin aussi changeant que le temps, et ça me nouait affreusement l'estomac.

Son sac à l'épaule, Kellan se retourna pour me faire face au moment de nous dire au revoir et il appuya son front contre le mien.

– Ce n'est pas vraiment un au revoir, murmura-t-il.

Je hochai la tête, les yeux pleins de larmes.

– Tu vas me manquer.

– Et toi, tu vas me manquer encore plus.

Je souris un peu et secouai la tête.

– Non, ça ne marche pas comme ça. C'est toujours plus dur pour la personne qui reste que pour celle qui part. C'est comme ça.

– Je ne pars pas. Je ne partirai jamais.

– Je sais, dis-je en espérant qu'il dise la vérité.

Il me regarda dans les yeux un long moment puis se pencha sur moi pour m'embrasser. C'était l'acte physique le plus doux, le plus tendre et le plus adorable qu'on ait jamais partagé, et j'aurais voulu qu'il dure toujours. Soudain, je regrettai qu'on ne soit pas candidats à un de ces concours de baiser où le couple qui reste collé le plus longtemps gagne un prix quelconque.

Mais ça n'était pas le cas, et notre baiser finit par toucher à sa fin. Kellan s'écarta doucement, à contrecœur, et il soupira avant d'essuyer les larmes sur mes joues. C'est seulement à ce moment-là que je réalisai que j'étais en train de pleurer, et il me serra tout contre lui.

– Je t'aime. Toi et personne d'autre… je te le promets.

Je souris et lui caressai la joue.

– Moi aussi, je te le promets.

Il me sourit et embrassa le dos de ma main, puis il partit, et je sentis mon cœur se serrer en le regardant s'éloigner. Mais ensuite, les mots de la voisine de Matt me revinrent soudain et je souris en secouant la tête. La vieille dame avait raison : il avait vraiment de jolies fesses.

On passa le réveillon de la nouvelle année dans l'Ohio, Anna et moi, elle avec d'anciens copains d'école et moi à la maison avec nos parents. Je jouai avec eux à un jeu de société tout en imaginant Kellan quelque part sur une scène en train de chanter. Ça me manquait de l'entendre… Je ne l'avais pas vu sur scène depuis une éternité.

Le premier janvier, on reprit l'avion avec Anna pour rentrer à la maison. Nos parents nous accompagnèrent à l'aéroport et notre mère pleurait comme une madeleine quand elle nous prit dans ses bras. Notre père nous répéta qu'on pouvait revenir quand on voulait, aussi longtemps qu'on voulait, et il me dit même que Kellan pouvait revenir nous rendre visite, étant donné qu'il avait respecté les règles de la maison.

Je me gardai bien de lui dire que Kellan et moi avions désobéi dès la première nuit. Je ne lui dis pas non plus que toutes les nuits suivantes, je m'étais faufilée au rez-de-chaussée pour dormir avec Kellan dans le canapé. Techniquement, ce n'était pas contraire aux règles : mon père avait juste interdit que Kellan monte dans ma chambre, il n'avait pas interdit que moi, je descende le voir. Je n'en parlai pas non plus à ma mère, étant donné que Kellan et moi avions fini par succomber à la tentation une ou deux fois sur le canapé alors qu'elle m'avait bien dit qu'elle ne voulait pas qu'on fasse ça dans la maison. Mais je n'avais pas pu m'en empêcher : parfois, tout mon bon sens m'abandonnait quand Kellan me touchait. Bon, d'accord, pas parfois, presque tout le temps.

Quand notre avion atterrit sur la côte Ouest, mon cœur se serra dans ma poitrine. Au moins, dans l'Ohio, j'étais géographiquement plus proche de Kellan, étant donné que la tournée était actuellement sur la côte Est. Mais maintenant que j'étais rentrée à la maison, la distance entre nous me paraissait infranchissable.

Lorsque j'arrivai au Pete's, ce soir-là, une jolie blonde me sauta dessus et me serra dans ses bras.

– Kiera, tu es de retour ! Tu nous as tellement manqué !

Je ris et répondis à son étreinte, émue par son accueil.

– Vous aussi, vous m'avez manqué.

Soudain, un éclat autour de son cou attira mon regard : c'était un pendentif en or en forme de cœur avec un diamant au milieu. Je le pris entre mes doigts et souris.

– C'est vraiment joli. Ça vient d'Evan ?

– Oui.

Elle montra du doigt la guitare autour de mon cou.

– On est assorties, maintenant.

Je souris et hochai la tête, et elle effleura la bague à mon doigt avec un sourire complice.

– C'est Kellan ?

J'acquiesçai et elle prit ma main pour la regarder de plus près.

– Evan m'en a parlé. Il était avec Kellan quand il les a achetés. Il en porte un aussi, c'est ça ?

J'acquiesçai de nouveau en jouant avec l'anneau autour de mon doigt.

– Oui. Le sien est plus simple, c'est juste un anneau en argent. Mais ça lui va vraiment bien.

J'avais l'air rêveur et Jenny sourit en me lâchant la main.

– Il n'arrêtera jamais de me surprendre. Je n'aurais jamais cru qu'il puisse être aussi impliqué avec quelqu'un. En tout cas, je suis heureuse que ce soit avec toi, dit-elle en me serrant une nouvelle fois dans ses bras.

Elle commença à s'éloigner et secoua la tête d'un air soulagé.

– Si j'avais dû passer tout mon temps avec certaines des filles avec qui il est sorti, je pense que je me serais tiré une balle.

Elle sourit puis se rendit compte de ce qu'elle venait dire et resta clouée sur place.

– Oh, je ne voulais pas parler de… tu sais… C'est juste qu'il… Enfin, il y a eu…

Elle soupira, l'air vraiment gênée, et je me forçai à rire.

– Je sais. Ça ne fait rien, Jenny, ne t'en fais pas pour ça.

Elle se détendit un peu et s'excusa avant de retourner au travail, et je pris une grande respiration en essayant d'oublier ce qu'elle venait de dire. Les aventures passées de Kellan n'étaient pas un secret. C'était presque comme s'il y avait un club d'ex qui se réunissait une fois par semaine pour se livrer à des études comparatives. *Oh, il a fait ça avec toi aussi ? On en a, de la chance !*

Je souris toute seule en imaginant Rita présidente du club, Candy vice-présidente et Rain trésorière… La fille du garage aurait pu être la secrétaire. Je levai les yeux au ciel et allai dans la réserve pour me préparer.

La routine s'installa de nouveau en un clin d'œil. Le deuxième trimestre commença et je m'inscrivis à de nouveaux cours. Je choisis un cours qui allait sûrement être aussi complexe que celui de critique : l'analyse d'écriture. En suivant les conseils de ma conseillère d'orientation, je m'inscrivis aussi à un cours appelé théorie et pratique de l'enseignement de l'écriture. Sa philosophie était qu'enseigner aux autres était, en soi, un fabuleux outil d'apprentissage. J'étais d'accord sur le principe, mais l'idée de me tenir devant un public pour faire cours me donnait envie de faire pipi dans ma culotte. Mais j'étais sûre que je finirais par y parvenir. Si Kellan avait réussi à traverser toutes les épreuves que la vie avait mises sur son chemin, je devais bien être capable de survivre à ce genre de choses.

La bonne nouvelle, c'était que je n'avais pas cours le vendredi après-midi. Je le passerais à étudier, mais c'était déjà ça. Et surtout, mon cours d'éthique était terminé, et plus d'éthique voulait dire plus de Candy. Étant donné que sa licence ne portait pas sur la littérature, on n'avait plus cours ensemble désormais.

En revanche, j'étais toujours avec Cheyenne. Elle eut l'air ravi de me voir quand elle arriva au cours de poésie et me demanda brièvement des nouvelles de Kellan avant de me raconter par le menu ses vacances d'hiver. Je l'écoutai attentivement, contente d'avoir une vie et des amis à moi. Pour une fois, je pouvais me concentrer sur autre chose que Kellan. Je ne voulais pas construire ma vie et mon bonheur autour d'une seule chose (comme le craignait notre mère pour Anna). Ça ne voulait pas dire qu'il n'était pas la plus grande joie dans ma vie : il l'était, mais il y avait d'autres choses qui me rendaient heureuse et me donnaient aussi de la force.

Ce nouveau trimestre allait peut-être être le meilleur que j'avais passé ici, et aussi le plus difficile. Par un après-midi glacial de février, après le cours de poésie, on décida d'aller boire un café bien mérité avec Cheyenne pour se changer les idées. Le professeur avait longuement expliqué combien les différentes interprétations pouvaient totalement altérer la signification d'un poème, et j'avais du mal à cerner le langage poétique, mais Cheyenne avait toujours de bonnes intuitions à ce sujet.

Elle m'expliqua notre dernier devoir sur le chemin et je l'écoutai, captivée. J'avais enfin l'impression de comprendre le texte, et j'étais tellement absorbée par ce qu'elle disait que je rentrai dans quelqu'un. Cheyenne rit de ma maladresse tandis que je rougissais comme une tomate. L'étranger que j'avais failli faire tomber recula d'un pas pour reprendre l'équilibre, et on bafouilla simultanément des excuses.

– Je suis vraiment dé…

Je fus incapable de finir ma phrase en voyant la personne en face de moi. Une personne que j'avais cru ne jamais revoir.

– Denny ? murmurai-je, pâle comme une morte.

Il prit une grande respiration et sourit doucement.

– Bonjour, Kiera, dit-il à voix basse.

Entendre son accent me noua l'estomac et je restai là à le regarder, trop choquée pour dire quoi que ce soit. Denny Harris. Il n'avait pas changé depuis la dernière fois que je l'avais vu, plus d'un an auparavant, et pourtant, il y avait quelque chose de différent. Ses cheveux étaient un peu plus longs qu'avant et coiffés en arrière d'une façon qui le vieillissait un peu, et il était plus barbu aussi. En réalité, tout chez lui le faisait paraître un peu plus vieux, des vêtements de marque qu'il portait à la façon dont il se tenait avec assurance. C'était comme s'il avait quitté Seattle en étant un garçon et qu'il était revenu en étant un homme.

– Tu as l'air en forme, finis-je par murmurer.

J'avais mal à la gorge tellement elle était sèche, et il sourit d'un air incertain en me scrutant.

– Toi aussi.

Une tension s'installa alors qu'on s'observait l'un l'autre, et je me demandai si Cheyenne se sentait mal à l'aise. Moi, en tout cas, je l'étais…

– Il faut que j'y aille, murmura-t-elle alors en plaçant une main sur mon épaule. À plus tard.

Je hochai la tête sans quitter Denny des yeux. Les gens passaient à côté de nous sur le trottoir gelé mais je ne les voyais même pas. Est-ce que c'était vraiment lui qui se tenait debout devant moi ? Après un long moment, il finit par regarder autour de lui, comme s'il ne savait pas quoi dire, et je brisai le silence.

– Alors tu es à Seattle ?

Il sourit et je me sentis complètement stupide. Bien sûr qu'il était à Seattle. Il était à un mètre de moi.

– Je veux dire, qu'est-ce que tu fais là ?

Je fermai les yeux un instant, sachant à quel point ce que je venais de dire pouvait paraître impoli, et je pris une grande respiration avant de reprendre la parole.

– Je veux dire… Je suis contente de te voir.

Il se passa la main dans les cheveux et mit un instant avant de répondre.

– Je suis content de te voir aussi.

Je secouai la tête face au côté surréaliste de la situation. Une seule question me venait, ou plutôt une deuxième, après celle que je venais de lui poser de manière si impolie. Mais la deuxième n'était pas du même style et je m'autorisai à la formuler à voix haute.

– Pourquoi tu ne m'as pas dit que tu venais ?

Embarquer sur un vol de seize heures n'était pas le genre de truc qu'on faisait sur un coup de tête, et on se donnait des nouvelles de temps en temps, même si on ne s'était pas parlé depuis le départ de Kellan en novembre.

Il regarda autour de lui et ses yeux se posèrent sur le café où on devait aller avec Cheyenne.

– Tu veux aller boire quelque chose ? On pourrait discuter au chaud.

Il frissonna et je souris. Il était habitué à un climat plus chaud désormais, surtout à cette époque de l'année.

Je hochai la tête et il se dirigea vers la porte en silence. Tandis que je marchais derrière lui, une petite partie de moi eut envie de prendre sa main. C'était bizarre de ressentir ça après tout ce temps, mais c'était toujours là, quelque part. Je ne le fis pas, néanmoins. J'avais fait une promesse à Kellan, une promesse qui était autour de mon annulaire, et j'avais bien l'intention de la tenir.

Denny me tint la porte, toujours aussi gentleman, et je le remerciai en souriant. Il détourna le regard en rougissant légèrement. Apparemment, je n'étais pas la seule à être troublée, mais je savais que Denny ne ferait rien non plus. Il était loyal, et il était avec Abby maintenant. On fit la queue pour commander nos boissons et je me demandai si elle était à Seattle avec lui.

Je commandai un latte et lui un thé, et la scène était si familière qu'elle me fit sourire. On alla s'asseoir dans un box à l'écart et on se mit à boire en silence. Ce fut de nouveau moi qui parlai en premier.

– Tu as besoin de ta voiture ?

Je me sentis instantanément coupable de lui demander ça d'entrée de jeu, d'autant plus en sachant ce qu'Anna en avait fait. Il n'en voudrait sûrement pas s'il la voyait.

– Non, la société m'en a loué une. Tu peux la garder, dit-il avec un sourire chaleureux.

Je m'éclaircis la gorge et ramenai mes cheveux derrière mes oreilles.

– La société ? Alors tu es là pour le travail ?

– Oui. Ils se développent et veulent ouvrir une filiale américaine à Seattle. Comme je connais le coin et que j'ai pas mal de contacts en ville, ils m'ont confié la mission. Je serai responsable du bureau ici.

Un petit sourire se forma sur ses lèvres tandis que j'ouvrais grand la bouche. Il était si jeune. Plusieurs années le séparaient encore de ses trente ans, et on lui avait confié un tel poste ? J'avais toujours su qu'il était brillant, mais là…

– Ça alors, Denny, c'est… incroyable. Félicitations.

– Merci, dit-il en souriant plus franchement.

– Abby doit être tellement fière de toi. Elle est ici ?

Je regardai autour de moi comme si elle allait soudainement émerger de dessous une table.

Il soupira et secoua la tête tristement.

– Non. Elle est en Australie.

En voyant son air malheureux, je posai ma main sur son bras, et je ressentis malgré moi un courant entre nous pendant ce bref instant. Quelque chose de tendre et de familier, quelque chose qui me rappelait ce que ça faisait d'être dans ses bras, d'être réconfortée et aimée. Quand ses yeux rencontrèrent les miens, je retirai ma main : je venais d'y lire les mêmes souvenirs.

– Je suis désolée que ça n'ait pas marché entre vous, dis-je dans un murmure.

Il fronça les sourcils et secoua la tête.

– On est toujours ensemble. C'est juste que… elle ne peut pas encore venir. On travaille pour la même boîte et ils n'ont pas voulu qu'elle quitte la mission sur laquelle elle travaille. Elle doit finir ce qu'elle a commencé avec le client avant de pouvoir venir ici, et ça va peut-être prendre des mois avant qu'elle puisse me rejoindre. Mais pourquoi es-tu automatiquement partie du principe qu'on n'était plus ensemble ?

Je ne savais pas trop quoi répondre à ça. J'avais juste supposé qu'il avait dû choisir entre sa copine et son travail.

– C'est parce que j'ai accepté le job à Tucson, c'est ça ?

Je ne voulais pas répondre et je haussai les épaules. Il soupira et se pencha sur la table pour prendre ma main.

– Tu sais que je m'en veux d'avoir fait ça, Kiera. Je pense que c'est la chose que je regrette le plus avec toi. Enfin, ça et...

Il fit un geste en direction de ma tête et je me crispai. Je n'avais vraiment pas envie d'y repenser, et il secoua la tête, plein de remords.

– Mais pour Tucson... j'aurais dû t'appeler. J'aurais dû t'en parler avant, avant de juste... accepter comme ça.

Je me mordis la lèvre pour ne pas me mettre à pleurer. J'avais assez pleuré pour lui et moi. Il caressa ma main en cherchant mon regard d'un air désolé, et je me forçai à lui sourire. S'il y avait quelqu'un qui devait être désolé ici, c'était moi...

– Tout va bien, maintenant. Tu n'as pas besoin de continuer à te sentir coupable pour ça.

Il hocha la tête, mais il n'avait pas l'air convaincu. Je le regardai, sans toujours réussir à croire qu'il était là, dans ma ville, presque sur le pas de ma porte.

– Pourquoi tu ne m'as pas dit que tu venais ?

Il détourna le regard et ne répondit pas, et en voyant sa mâchoire se contracter, je devinai pourquoi.

– Tu espérais que tu ne me verrais pas. Que la ville serait assez grande pour réussir à ne pas me croiser.

Il me regarda de nouveau, sans rien dire.

– J'ai raison, pas vrai ?

Il haussa les épaules et baissa les yeux : entre deux questions, j'avais pris sa main dans la mienne. Je ne la retirai pas et lui non plus.

– Parler avec toi au téléphone, c'est une chose, mais je ne... Je ne savais pas si je pourrais supporter de te voir. Tu es tellement...

Il ne finit pas sa phrase et posa son regard brillant sur moi.

– J'espérais juste pouvoir revenir sans rien dire, reprit-il, et conserver une amitié longue distance. Je voulais éviter cette… confusion.

Il soupira et je lâchai enfin sa main, que je tapotai avant de la repousser vers lui.

– Il n'y a pas de confusion, Denny. Tu es avec Abby et tu es heureux avec elle, pas vrai ?

Il hocha la tête en souriant doucement et je souris également, en tentant d'ignorer le pincement au cœur que je venais de ressentir, aussi infime soit-il.

– Et moi, je suis heureuse avec Kellan.

Il tressaillit si imperceptiblement que je ne m'en serais pas rendu compte si je n'avais pas guetté sa réaction. Je me forçai à ne pas m'attarder sur ma culpabilité et souris à nouveau.

– Alors si on est heureux tous les deux, il n'y a pas de raison d'avoir peur d'être amis dans la vraie vie, et pas juste à distance. Et cette amitié-là m'a manqué, finis-je par admettre au bord des larmes.

– À moi aussi, concéda-t-il en prenant brièvement ma main dans la sienne.

Puis il rit doucement et se passa la main dans les cheveux, et je ris aussi. On avait été amis pendant bien trop longtemps pour laisser ce malaise altérer notre relation de façon permanente. Et s'il venait vivre à Seattle, on trouverait un moyen de laisser ça derrière nous.

Je bus une gorgée de latte et il m'imita, quand soudain, ses yeux se posèrent sur mon annulaire. Il ne réagit pas, et je ne savais pas s'il savait ce que ça signifiait. Beaucoup de gens portaient des bagues à la main droite, et ça ne voulait pas nécessairement dire quoi que ce soit. Je ne lui dis pas ce que ça représentait. Il trouverait sûrement ironique le fait que Kellan nous ait offert quelque chose qui nous rappelait qu'on devait être fidèles l'un à l'autre. En regardant le cadeau à travers les yeux de Denny, ça me parut soudain un peu triste.

Brusquement, je pensai à quelque chose : je ne pouvais absolument pas dire à Kellan que Denny était à Seattle. Pas alors qu'il était à des milliers de kilomètres. Il paniquerait complètement et laisserait tout tomber pour rentrer à la maison. Il était ami avec Denny et le considérait comme un frère, mais il y avait beaucoup trop d'incertitude entre nous. Nos anneaux en étaient la preuve, et c'était avec Denny que j'avais trompé Kellan.

Enfin, ce n'était pas vraiment ce qui s'était passé : techniquement, j'avais été infidèle à Denny, pas à Kellan. Mais j'avais fait l'amour avec Kellan et je lui avais dit que j'étais à lui… avant de recoucher une dernière fois avec Denny. Kellan le savait, et ça le rongeait. S'il y avait une personne à propos de laquelle il ne me ferait jamais confiance, c'était Denny. Je ne pouvais risquer qu'il abandonne son rêve à cause d'une peur infondée. Je ne referais jamais une chose pareille. Jamais. Même si Kellan me trompait et que je finissais par le détester, je romprais d'abord avec lui avant de ne serait-ce qu'effleurer un autre homme. Je ne serais plus jamais une « garce ». J'étais incapable de vivre avec les conséquences. Et de toute façon, ça n'arriverait pas. Denny et moi n'étions plus amoureux l'un de l'autre, et Kellan n'avait aucune raison de s'inquiéter, mais je n'avais pas réussi à l'en convaincre. Il était comme un animal qui défendait jalousement son territoire en repoussant les autres mâles. Il ne partageait pas… Il avait été très clair à ce sujet.

– Tout va bien ? demanda Denny.

Il avait dû remarquer que je faisais une drôle de tête et j'essayai de me reprendre.

– Oui, je réfléchissais.

Je me mordis la lèvre en me demandant s'il fallait que je parle de mes peurs à Denny. Une fois de plus, il trouverait sûrement que c'était le comble de l'ironie. Je décidai donc de formuler les choses différemment.

– Ça ne dérange pas Abby que tu sois ici… avec moi ?

– Je ne suis pas ici avec toi.

Je rougis et baissai les yeux un instant. Je ne m'étais pas attendu à ce qu'il soit aussi brutalement honnête. J'étais habituée aux fleurs et à la poésie, habituée à ses déclarations sentimentales quand il me disait que j'étais tout pour lui.

– Je ne voulais pas dire ça comme ça. Ce que je veux dire, c'est que… je suis venu pour le travail. Abby sait ce qui s'est passé entre nous, et elle sait que je ne retournerai jamais avec toi.

Il soutint mon regard, comme pour renforcer ce qu'il venait d'assener froidement et je sentis ma lèvre trembler. Il n'y avait rien d'étonnant : il venait juste de dire à voix haute ce que je pensais tout bas, mais quand même… l'entendre formulé de cette façon… cela faisait mal.

– Je suis désolé d'avoir l'air aussi dur, mais la vérité est dure à entendre, parfois. Je voudrais quand même qu'on reste amis, parce que tu comptes encore pour moi.

Je hochai la tête et essuyai une larme sur ma joue.

– C'est bon, tu peux être honnête avec moi.

Je soupirai et ris doucement.

– Je pensais plus ou moins la même chose de toute façon.

Il fronça les sourcils et je ris à nouveau.

– Je veux dire que Kellan n'a aucun souci à se faire te concernant parce que je ne referai jamais ça.

Denny rit, attrapa sa tasse et la leva.

– Aux relations platoniques ?

En voyant son sourire, je levai ma tasse pour trinquer avec lui.

– Aux relations platoniques ! Enfin, entre toi et moi, je veux dire.

Il rit de bon cœur et but une gorgée de thé tandis que je finissais mon latte. Je souris en sentant que les restes de tension entre nous étaient en train de disparaître. Je ne pensais pas pouvoir redevenir juste amie avec Kellan un jour – on ne pouvait déjà pas l'être quand on était censés être juste des amis –, mais avec Denny… on était tellement à l'aise l'un avec l'autre que c'était facile de reprendre ce rôle.

Je repensai à Kellan et reposai ma tasse en m'éclaircissant la gorge.

– Euh… Ça va te paraître bizarre, mais si tu parles à Kellan… tu peux éviter de lui dire que tu es là ?

– Kiera…

– S'il te plaît ? l'interrompis-je à la hâte. Juste… Oublie de lui en parler.

– Kiera, je ne vais pas te dire comment gérer ta relation mais… ça ne marchera jamais si tu commences à lui mentir.

– Et je ne vais pas lui mentir. Je veux juste attendre un peu avant de lui dire.

Il me regarda d'un air ennuyé, comme s'il ne comprenait pas la différence. En toute honnêteté, je savais que je tirais sur la corde, mais Kellan le prendrait mal de savoir que Denny était si proche de moi alors que lui était loin. Ça ressemblait trop à la situation dans laquelle j'étais quand on s'était retrouvés ensemble la première fois.

Je pris la main de Denny dans la mienne et secouai la tête.

– Je sais que c'est important, et je vais lui en parler. Je dois juste trouver un moyen de lui dire sans lui faire peur.

Denny me dévisagea un moment et son expression finit par s'adoucir.

– D'accord, je ne mettrai pas le sujet sur le tapis… mais je ne vais pas lui mentir non plus. S'il me pose la question, je lui dirai la vérité.

Je hochai la tête et Denny haussa les sourcils.

– Je lui raconterai tout, Kiera… y compris cette conversation.

– D'accord. Mais ce ne sera pas nécessaire, je vais lui en parler en premier.

– Tu as intérêt. Je n'ai pas besoin qu'il passe ses nerfs sur moi.

Il regarda par la fenêtre en se pinçant la lèvre. C'était exactement ce que lui avait fait avec Kellan, le soir où il l'avait frappé.

– Merci, Denny.

Il hocha la tête et je changeai de sujet. Je lui parlai de son nouveau job et son visage s'illumina immédiatement. Il était en ville depuis environ un mois, et il était dans un hôtel quatre étoiles en attendant de trouver un appartement.

– Pourquoi tu ne vas pas chez Kellan ? demandai-je sans réfléchir.

Il me regarda bizarrement et secoua la tête.

– Je ne pense pas que ce soit une très bonne idée.

Je hochai la tête. Probablement pas, non. Pour Denny, qui s'était pris tout ça en pleine figure, les fantômes seraient sans doute encore plus durs à affronter. Je ne pouvais pas lui en vouloir s'il décidait de ne plus jamais remettre les pieds chez Kellan. Ma question était stupide mais j'essayais juste d'être pratique, comme Denny l'était souvent, et la maison de Kellan était complètement vide, attendant patiemment le retour de son propriétaire. Comme moi.

Il me parla de plusieurs des campagnes sur lesquelles il avait travaillé, y compris une pour un produit d'hygiène féminine dont il était incapable de parler sans perdre son sérieux. Soudain, je remarquai l'heure qu'il était.

– Mince, je dois y aller.

Je me levai et attrapai ma veste et mon sac.

– Je vais être en retard au travail.

Denny hocha la tête et se leva à son tour. J'enfilai mon manteau, et je fis un geste en direction de la porte.

– Tu veux venir avec moi ? Je pourrais te commander à dîner… comme au bon vieux temps.

– Comme au bon vieux temps, répéta-t-il avec un petit sourire. D'accord, pourquoi pas ?

Il me suivit au Pete's au volant de sa luxueuse voiture de sport noire. J'étais contente qu'il réussisse aussi bien. J'avais toujours su qu'il y arriverait, ce n'était jamais quelque chose qui m'avait inquiétée à son sujet. Je me garai à la place habituelle de Kellan et Denny se gara à côté de moi. Il fronça les sourcils en regardant la Chevelle. Peut-être qu'il se demandait ce que j'avais fait de la Honda. Il faudrait que je lui dise qu'Anna me l'avait pour ainsi dire confisquée, et j'espérais que ça ne le contrarierait pas trop.

Il ne dit rien en sortant de sa voiture et m'attendit. C'était tellement bizarre de le voir ici, comme un voyage dans le temps. Je le rejoignis et on se dirigea vers les portes, et je sentis mon cœur se serrer pendant une demi-seconde en voyant qu'il ne me tendait pas la main. Je ne voulais pas qu'il le fasse et je n'en avais pas besoin non plus. C'était plutôt comme si je m'y attendais, et le fait qu'il ne le fasse pas me ramena rapidement dans le présent.

En entrant dans le bar, je compris que mon idée d'invitation improvisée n'était peut-être pas si bonne que ça : tout le monde resta bouche bée en nous voyant. Rita, Kate, tous les habitués… même Jenny nous regarda sans y croire. Peu de personnes étaient au courant du triangle Denny-Kellan-Kiera, mais ils savaient que Denny était mon ex et Kellan mon actuel.

Le fait que Denny soit de retour en ville pendant que Kellan était en tournée était suffisant pour déclencher une tempête de rumeurs. Et à voir leur tête, le fait qu'on vienne au bar ensemble était encore plus scandaleux. J'allais sûrement devoir avoir la conversation « N'en parle pas à Kellan » avec plusieurs de mes amis. Juste pour le moment. J'avais besoin d'un peu de temps.

Denny se pencha vers moi pour murmurer à mon oreille.

– C'est moi ou tout le monde nous regarde ?

Je soupirai et levai les yeux au ciel.

– Il ne s'est pas passé grand-chose ces jours-ci, alors on est sûrement le scoop de la semaine.

– Tant mieux, moi qui avais peur que ce soit bizarre !

Je ris et lui fis signe d'aller s'asseoir où il le voulait. Bizarrement, il s'installa à la table du groupe. Mais peut-être que c'était juste la force de l'habitude.

Je le regardai un instant avant d'aller dans la réserve pour déposer mes affaires. En chemin, je faillis rentrer dans quelqu'un pour la deuxième fois de la journée. C'était Jenny, cette fois, et elle fronça les sourcils en regardant vers Denny avant de me parler à voix basse, comme si elle avait peur qu'il ne surprenne notre conversation.

– Qu'est-ce que tu fabriques, Kiera ?

Je sentis une pointe d'agacement naître en moi. Est-ce que tout le monde pensait que j'étais incapable d'être amie avec quelqu'un du sexe opposé ?

– Je viens travailler.

Je tentai de poursuivre ma route mais elle m'attrapa par le bras.

– Non, avec lui. Qu'est-ce que tu fabriques avec lui ?

Je jetai un coup œil dans la direction de Denny : les coudes sur la table, il regardait autour de lui. Peut-être que le bar lui avait manqué ? En voyant que son ami était de retour en ville, Sam se dirigea vers lui et je l'entendis lui dire bonjour avant de me tourner de nouveau vers Jenny.

– J'ai croisé un vieil ami qui est de retour en ville, et je lui ai proposé de venir ici pour lui payer à dîner, parce que ça m'a manqué de ne pas le voir pendant tout ce temps. En quoi est-ce un problème ? demandai-je en dégageant doucement sa main de mon bras.

Je savais très bien en quoi c'était un problème… et Jenny aussi. Elle secoua la tête.

– Ce n'est pas juste un ami, Kiera. C'est ton ex, l'ex que toi et Kellan vous…

Elle soupira et je me mordis la lèvre pour ne pas lui répondre. Oui, je savais exactement ce qu'on lui avait fait, Kellan et moi. Je n'avais pas besoin qu'elle me fasse un dessin. Elle regarda la bague à mon doigt et reprit la parole.

– Kellan sait qu'il est ici ? Est-ce que tu vas le… voir… pendant que Kellan est absent ?

Je penchai la tête, en me demandant si elle venait vraiment de me demander si je comptais recommencer à voir deux hommes en même temps.

– Non ! répondis-je plus brusquement qu'il n'était nécessaire.

Elle tressaillit et je me forçai à me calmer. Je passai un bras autour d'elle et l'entraînai avec moi dans le fond.

– Oui, je vais probablement le voir de temps en temps pendant qu'il sera à Seattle. Mais non, je ne vais pas le « voir ». Je suis avec Kellan, et je n'ai pas l'intention que ça change, mais Denny est un ami, et je ne vais pas faire comme s'il n'était pas là.

On arriva dans le couloir et Jenny hocha la tête d'un air songeur.

– Je ne vais pas refaire les mêmes erreurs, ajoutai-je. Je sais à quel point ça a mal fini et j'ai retenu la leçon. Je ne suis plus cette personne-là.

Elle me tapota dans le dos alors que nous étions arrivées devant la porte.

– Je sais, Kiera. Je veux juste que tu ne mettes pas en

danger ta relation avec Kellan. Vous êtes tellement bien ensemble.

Je souris en hochant la tête et elle me serra brièvement contre elle. Elle allait partir quand je l'attrapai par le coude.

– Jenny… Quand tu auras Evan au téléphone, est-ce que tu peux éviter de lui dire que Denny est ici ?

Elle fit exactement la même tête que Denny quand je lui avais posé la question.

– Kiera…

– Il ne comprendrait pas… Il ne croira pas qu'il ne se passe rien, il lâchera la tournée pour rentrer à la maison, et il restera ici jusqu'à ce que j'aie fini les cours ou que Denny s'en aille. Il abandonnera tout, Jenny… son rêve, et celui d'Evan aussi.

– Tu vas lui dire ?

– Oui… Dès que j'aurai trouvé les mots.

Elle secoua la tête d'un air à la fois résigné et agacé.

– Je déteste mentir, Kiera, et encore plus à Evan.

Je lâchai son coude et baissai les yeux. Moi aussi, je détestais ça, mais parfois, c'était nécessaire, pour protéger les gens. Comme l'avait dit Denny, la vérité pouvait être dure à entendre. Pourquoi faire de la peine à quelqu'un quand vous pouviez l'éviter ?

– Je sais, Jenny. Évite juste d'en parler, si tu peux.

Elle fit la moue puis hocha la tête avant de s'éloigner. Je la remerciai mais elle ne se retourna pas. Je détestais déjà cette petite tromperie, mais pour le moment, je n'avais pas le choix.

16

Les doutes

Quand je revins au bar, Denny était encore en train de discuter avec Sam, sauf qu'à présent ils étaient aussi entourés de Kate et de quelques habitués. Ils étaient tous en train de rire et il me fallut un instant pour réaliser qu'il était vraiment de retour. Le voir sourire et l'entendre rire me rappelait tout un tas de bons souvenirs de l'époque où on était ensemble. Je me rendis alors compte à quel point il m'avait manqué depuis un an. Ce serait dur de le voir partir de nouveau. Ça l'avait déjà été la première fois.

Kate le prit dans ses bras et il balaya la salle du regard. En me voyant, il me sourit et je me sentis rougir comme une pivoine. J'arrêtai donc de me rappeler du bon vieux temps et me dirigeai vers le bar pour aller lui chercher à boire.

Rita me jaugea du regard en lui servant une bière.

– Quand le chat n'est pas là… murmura-t-elle, assez fort cependant pour que je l'entende.

Je serrai les dents. Lui rentrer dedans ne me servirait à rien. Elle était convaincue que tout le monde couchait avec tout le monde et elle voyait toujours le mal partout. Elle m'avait même dit une fois que *La Petite Sirène* était à la limite du film porno…

Je fis semblant de ne pas avoir entendu et de ne pas voir le haut de son soutien-gorge ressortir de son décolleté, et je pris la bière de Denny avant de me diriger vers la table qui était auparavant celle du groupe.

Les portes s'ouvrirent alors que je passais à côté de l'entrée et, en voyant qui venait d'arriver, je restai clouée sur place. Le regard pétillant de Rachel me repéra tout de suite et elle souleva l'ordinateur portable qu'elle avait sous le bras en me souriant.

– Salut, Kiera. Je suis contente que tu sois là. Je voulais vous montrer quelque chose, à Jenny et toi.

En voyant sa colocataire arriver, Jenny vint nous rejoindre, curieuse.

– Tu as réussi ? demanda-t-elle en montrant l'ordinateur du doigt.

Rachel hocha la tête et se dirigea vers la table de Denny, ce qui était normal, étant donné que c'était la table où son copain s'asseyait toujours d'habitude. À la place qu'occupait Denny en ce moment même, d'ailleurs.

Je me demandai de quoi elles parlaient et fronçai les sourcils en voyant Rachel poser l'ordinateur en face de Denny. Sam et les habitués retournèrent à leurs occupations et Denny fit un signe de tête à la nouvelle arrivante.

– Bonjour, dit-il poliment.

Elle ramena nerveusement une mèche de cheveux derrière son oreille et se tourna vers l'ordinateur en le regardant à peine.

– Bonjour, bafouilla-t-elle. J'espère que ça ne te dérange pas si je t'emprunte un coin de table un instant.

Sa timidité fit rire Denny, qui me fit un petit sourire, comme si la gêne de Rachel lui rappelait la mienne.

– Pas du tout.

– Denny, c'est Rachel. Rachel, je te présente Denny.

Ils se regardèrent brièvement et j'eus envie de rire en voyant à quel point elle était mal à l'aise.

– Rachel est la colocataire de Jenny et la copine de Matt. Et Denny est… mon ex.

Les yeux de Rachel se posèrent enfin sur lui.

– C'est toi, l'ex? Le fameux ex?

Elle rougit immédiatement et baissa les yeux, et Denny rougit également avant de détourner le regard. Matt ou Jenny avaient dû raconter l'histoire à Rachel et lui expliquer que Kellan et moi avions eu une aventure dans le dos de Denny. Génial. Je devrais lui demander à elle aussi de ne pas en parler à Kellan.

Je tendis sa bière à Denny, qui en but immédiatement une longue gorgée, et je lui donnai une sucette parce que je me sentais coupable. Il la prit en souriant et j'allais lui demander ce qu'il voulait manger quand Rachel reprit la parole.

Elle lança le navigateur et tapa quelque chose dans le moteur de recherche.

– Matt m'a demandé de mettre ça en place, et je me suis dit que je le ferais pendant leur absence.

Elle secoua la tête et sourit.

– J'ai mis le site en ligne il y a seulement une heure et il y a déjà des gens qui m'ont envoyé du contenu.

La page se chargea et je restai bouche bée: c'était le site Internet des D-Bags. Elle cliqua sur les différentes sections du menu, et je secouai la tête sans y croire. Il y avait tout: des photos des garçons, des playlists avec leurs morceaux, les dates de la tournée, une courte biographie pour chaque membre du groupe et une page réservée aux fans.

Je fronçai les sourcils quand elle cliqua sur la bio de Kellan. En bas de la description, il y avait une photo de lui…

sur scène, torse nu. Ce n'était pas une photo récente car il n'avait pas encore son tatouage, mais elle était incroyablement sexy : la personne qui l'avait prise avait réussi à saisir un moment où il se passait une main dans les cheveux en regardant l'objectif. Il avait la tête baissée et regardait droit dans la direction de l'appareil, avec des yeux pleins de promesses et un petit sourire séducteur. Je voulais bien parier que la personne qui avait pris cette photo devait ensuite avoir eu droit à un concert très privé.

Je me demandai si c'était des photos prises par Rachel et croisai les bras sur ma poitrine. Ma contrariété augmenta en voyant les photos des autres, tous habillés normalement.

– Pourquoi est-ce que Kellan est le seul à moitié nu ?

Rachel me regarda en rougissant.

– Je ne sais pas, c'est Matt qui m'a donné les photos.

Elle plaça le curseur sur le corps de Kellan puis cliqua pour revenir sur la page d'accueil, et je remarquai que son corps nu était aussi le fond d'écran du site. Elle secoua la tête en regardant l'écran et moi alternativement.

– Matt m'a dit de faire au mieux avec ce qu'ils avaient et de les montrer sous leur meilleur jour. Et le corps de Kellan est l'un de leurs atouts… Même moi, je suis bien obligée de le reconnaître.

Je levai les yeux au ciel, agacée, et Denny se leva pour venir regarder l'écran. Il rit doucement et hocha la tête.

– Elle n'a pas tort, d'un point de vue marketing, c'est une stratégie solide. Le sexe, ça fait vendre.

Je détestais que le « sexe vendeur » soit directement lié à mon copain, et aussi que ce soit mon ex qui défende cette idée.

– Tu as dit que des gens envoyaient du contenu ? Quel genre de contenu ?

Elle tapa des mains.

– Justement, c'est ce que j'avais hâte de te montrer.

Elle cliqua sur un onglet intitulé « Vidéos » sous mon regard confus. Le groupe n'avait pas de vidéos… du moins, pas à ma connaissance.

Elle finit par arrêter son choix sur une vidéo et la lança. Ce n'était clairement pas une vidéo éditée par un professionnel : c'était un film d'amateur, fait avec un téléphone portable. L'image tremblait et on entendait plus les fans hurler que la musique. Ça avait l'air d'être un concert récent et Rachel me confirma que la vidéo datait d'il y a deux semaines.

Jenny ne tarda pas à être absorbée par l'image de son copain en train de jouer de la batterie. Rachel sourit joyeusement en voyant Matt jouer de la guitare, si rapidement qu'on pouvait à peine distinguer les mouvements de ses doigts. Mes yeux restèrent collés sur Kellan. J'avais l'impression que ça faisait mille ans que je ne l'avais pas vu sur scène. Pourtant, nous étions séparés depuis seulement trois mois.

Je soupirai, mais de satisfaction cette fois. Comme quand il jouait encore au Pete's, Kellan dominait toute la scène de sa présence. Il avait l'air tout à fait à l'aise, dans son élément, alors que c'était encore surréaliste pour moi.

Sans m'en rendre compte, je m'appuyai contre Denny, qui se raidit et fit un pas de côté pour s'écarter de moi. Je balbutiai des excuses mais il ne me répondit pas. Lui aussi avait les yeux rivés sur Kellan et je me demandais ce qu'il pouvait ressentir en voyant l'homme à cause de qui il m'avait perdue s'épanouir dans son métier. J'essayai de ne pas y penser et de me concentrer sur Kellan qui chantait tout en communiquant avec la foule. Il tendait la main vers les fans, portait sa main à son oreille quand ils criaient et les abreuvait de sourires charmeurs. J'aurais pu jurer qu'il avait même fait un ou deux clins d'œil, et je tentai d'ignorer le nœud dans mon estomac.

Quand la chanson toucha à sa fin, j'eus envie d'applaudir avec le public. Ils étaient tellement bons… Je n'avais jamais douté de leur talent, mais c'était vraiment génial de voir que les semaines passées sur la route et la fatigue n'avaient pas l'air de les affecter le moins du monde.

Au moment où j'allais demander à Rachel combien de vidéos elle avait, et si je pouvais emprunter son ordinateur pendant ma pause, la vidéo se concentra sur Kellan et je m'arrêtai en plein milieu de ma phrase pour le regarder. Il avait l'air si près tout en étant si loin. Il sourit à la foule, les remercia, salua et leur envoya un baiser. La caméra restait rivée sur lui et le suivait : la personne qui avait filmé ce moment avait dû trouver que c'était lui, le plus intéressant à regarder. Alors qu'il s'approchait d'un coin de la scène qui avait l'air de mener aux coulisses, une femme en sortit. Je fus surprise de la voir apparaître d'un seul coup, mais Kellan ne réagit pas, comme s'il savait qu'elle était là. Il se contenta de lui adresser un sourire radieux, et je sentis mon sang se glacer dans mes veines en le voyant la prendre par les épaules. Il secouait la tête, l'air joyeux, et lui parlait en faisant de grands gestes.

La femme sculpturale hocha la tête et lui rendit son sourire d'un air tout aussi ravi. Elle était loin de ressembler au portrait de groupie que j'avais imaginé. Elle était classe, posée et élégante, avec des cheveux couleur ébène ramenés en queue-de-cheval et des vêtements de marque qui transpiraient l'argent. Elle avait la peau mate, une silhouette parfaite et une bouche magnifique. Elle était tout simplement splendide, digne d'un mannequin ou d'une célébrité, à la Halle Berry. Je scrutai l'image un instant en me demandant si c'était elle. Ce serait bien ma chance qu'il soit tombé dans les bras d'une actrice mondialement célèbre.

Elle tourna suffisamment la tête pour que je voie que ce n'était pas elle, et Kellan pencha la tête vers son oreille. J'étais incapable de dire s'il lui parlait ou s'il titillait son lobe, et soudain, la vidéo coupa brusquement. Est-ce que j'avais bien vu ce que j'avais vu ? Je ne voulais pas y croire, mais ça avait l'air… suspect. Il y avait aussi ce drôle de message à Noël qu'il n'avait pas voulu que je lise. Il avait dit que ça venait de Griffin. Est-ce que c'était vrai ?

Je sentis la colère monter et montrai l'écran du doigt.

– Tu peux me remontrer la dernière partie, s'il te plaît ?

Ma voix était tendue et Rachel tripota nerveusement une mèche de ses cheveux.

– Kiera, je suis désolée. On venait juste de me l'envoyer et j'étais tellement impatiente de vous la montrer que je ne l'ai pas regardée en entier.

Je la regardai méchamment sans pouvoir m'en empêcher.

– Repasse-la, Rachel. S'il te plaît, ajoutai-je un peu plus calmement.

Je sentis la main de Denny sur mon épaule mais je ne le regardai pas. Je savais qu'il n'allait pas jubiler, mais je savais aussi qu'il ne serait pas étonné. Peut-être que la relation monogame dont je rêvais avec Kellan était impossible. Je fermai les yeux et secouai la tête. Non, il ne fallait pas que je tire de conclusions hâtives sans même lui avoir parlé. Je ne pouvais pas le condamner sans lui laisser sa chance. C'était bien comme ça que j'avais convaincu mon père, non ?

En sentant une autre main me toucher, j'ouvris les yeux et vis que c'était Jenny, qui se mordait la lèvre.

– Je suis sûre qu'il y a une explication parfaitement logique, Kiera. Je suis sûre que ce n'était rien. Vraiment.

Je hochai la tête en sentant les larmes me monter aux yeux. Peut-être que ce n'était rien, on ne savait pas. Mais c'était assez pour me faire me poser des questions.

Jenny retourna travailler et raconta à Kate la performance d'Evan tandis que je regardais à nouveau la vidéo. Denny resta là sans rien dire, et sans faire un geste pour partir. Je secouai la tête en voyant Kellan se pencher de nouveau vers cette fille. Ça me soulevait l'estomac et j'aurais vraiment dû arrêter de regarder mais, incapable de bouger, je restai là à scotcher l'écran par-dessus l'épaule de Rachel.

Après avoir revu la vidéo, Rachel tenta d'attirer mon attention sur d'autres parties du site pour me changer les idées mais j'étais trop aveuglée par la jalousie. Je sentais que ma patience atteignait ses limites, et même si j'avais mûri au cours de l'année précédente, j'étais encore loin du compte. J'attrapai la souris et cliquai de nouveau sur la vidéo. Rachel soupira, se leva et vint se mettre entre Denny et moi.

– Je reviens dans deux minutes, murmura-t-elle avant de s'éloigner.

Je regardai la vidéo à nouveau en me rongeant les ongles, à me demander ce que cela pouvait bien vouloir dire. Il avait l'air très à l'aise avec cette personne inconnue. Une personne dont il n'avait sans doute jamais parlé lors de nos conversations téléphoniques. Je me repassais encore la séquence où il se penchait sur elle pour la vingtième fois lorsque quelqu'un rabattit l'écran de l'ordinateur d'un coup sec.

Je regardai Denny et il croisa les bras sur sa poitrine.

– Tu vas attraper un ulcère si tu continues. Tu n'as aucune preuve, alors arrête. Crois-moi, je sais de quoi je parle.

Je rougis et détournai le regard.

– En plus, tu m'as promis un dîner et je meurs de faim.

Il parvint à m'arracher un faible sourire.

– Tu penses que tu pourrais me commander un de ces super hamburgers mondialement connus ?

Je jetai un coup d'œil vers l'ordinateur. J'avais envie de regarder la vidéo une fois de plus mais Denny avait raison : je n'avais pas de preuve que Kellan ait fait quoi que ce soit de répréhensible. Regarder n'allait me servir à rien, à part me mettre en colère pour quelque chose qui était sorti de son contexte… avec un peu de chance. J'allais devoir attendre et poser la question à Kellan plus tard, et lui demander indirectement pour ne pas avoir l'air de l'accuser de coucher avec quelqu'un d'autre. Il faudrait que je sois subtile… et c'était loin d'être mon point fort.

Je laissai la vidéo de côté et me levai.

– Bien sûr. Désolée de t'avoir fait attendre.

– Pas de problème, Kiera… je comprends.

J'aimerais pouvoir dire que j'ai oublié la vidéo à partir de ce moment, mais ce serait mentir. Je pris l'ordinateur en disant à Rachel que je le lui rendrais le lendemain. Denny secoua la tête tout en mangeant, mais il me sourit d'un air compatissant, et avant de partir, il me promit de m'appeler le lendemain pour prendre de mes nouvelles. Je n'arrivais pas à croire que, malgré tout ce qui s'était passé, il prenait encore soin de moi. Je le serrai brièvement dans mes bras, un geste qui déclencha un concert de murmures dans le bar, et lui dis de dire bonjour à Abby de ma part. Un grand sourire illumina son visage, et il sortit son portable de sa poche à la seconde où il passa les portes, sans doute pour l'appeler.

Après le travail, je rentrai à la maison et regardai toutes les vidéos disponibles sur le site du groupe. La femme de tout à l'heure apparaissait sur deux autres vidéos qui, d'après ce que je pouvais distinguer, avaient été tournées dans des villes différentes, comme si elle suivait vraiment le groupe d'une ville à l'autre.

J'étais tellement perturbée que je passai une nuit blanche. Je me repassai les vidéos sans arrêt, mon portable à la main, à deux doigts d'appeler Kellan pour lui demander des explications. Au petit matin, ma sœur entra dans ma chambre et vint se vautrer sur mon lit. Comme Denny, elle rabattit l'écran de l'ordinateur en rouspetant.

Je soupirai et me laissai aller contre mes oreillers.

– Qu'est-ce que tu fais debout ?

Elle retira l'ordinateur de mes genoux et y posa sa tête à la place.

– Je pouvais presque t'entendre enrager de l'autre côté du couloir. Qu'est-ce qui se passe ?

– Rien.

Il fallait que ce ne soit rien. Il avait promis… Elle se rassit en voyant ma tête.

– Tu mens. Qu'est-ce qu'il y a ?

Elle s'empara de l'ordinateur et l'ouvrit.

– C'est là-dessus ?

– Juste une fille qui apparaît plusieurs fois sur des vidéos du groupe.

Je soupirai tandis qu'Anna naviguait sur les pages sur lesquelles je venais de passer la nuit.

– C'est juste… Je ne sais pas ce que ça veut dire.

Elle me regarda interloquée et je lui montrai de quelle vidéo je parlais. Elle la regarda en silence puis posa les yeux sur moi en secouant la tête.

– Je ne sais pas, Kiera. Pourquoi tu ne l'appelles pas pour lui poser la question, tout simplement ?

– Je voudrais bien… Mais je refuse d'être cette fille-là. Et puis qu'est-ce que je lui dirais ? Je t'ai vu toucher une fille dans une vidéo… Ça t'embêterait de m'expliquer ?

Je baissai la tête et les mots de Denny me revinrent.

– Je n'ai pas la preuve qu'il m'a trompée. Il est juste familier avec une fille que je ne connais pas et ça ne suffit pas pour lui faire subir un interrogatoire. Je ne veux pas être la fille jalouse qui ne supporte pas la célébrité de son mec. C'est à cause de ça que les couples comme nous se séparent.

– Tu as sans doute raison.

Soudain, son visage s'illumina.

– Je pourrais demander à Griffin ? Je suis sûre qu'il la connaît.

Elle fronça les sourcils tout de suite après, comme si le fait que Griffin la connaisse voulait automatiquement dire qu'il la connaissait intimement. Je secouai la tête.

– Non, les réponses doivent venir de Kellan. Je ne veux pas utiliser ses amis pour l'espionner.

Je fermai les yeux et repoussai l'ordinateur.

– Il faut que j'oublie ça et que je lui fasse confiance. Il n'y a que comme ça que cela pourra marcher entre nous. Et je suis sûre que ce n'est rien, de toute façon.

– Je pense aussi. Il est bien trop amoureux de toi pour faire quelque chose d'aussi stupide.

Je hochai la tête en souriant doucement et Anna me prit dans ses bras. Soudain, je me rappelai de quelque chose.

– Dis-moi, c'est quoi, le numéro de portable de Griffin ?

Elle me dévisagea avec surprise, et il y avait de quoi : nous n'étions pas du genre à nous donner des nouvelles. J'étais même plutôt du genre à éviter toute conversation avec lui. Mais je n'arrivais pas à me sortir cette histoire de texto de la tête, encore moins avec ce que je venais de découvrir.

– C'est juste que… Kellan a reçu…

Je soupirai.

– J'ai juste besoin du numéro de Griffin.

Elle le récita instantanément et je fermai les yeux à nouveau. Le numéro que j'avais vu sur le portable de Kellan était resté gravé dans ma tête… et ce n'était pas le même que celui qu'Anna venait de me donner. Le message ne venait pas de Griffin. Kellan m'avait menti.

Quand je finis par m'écrouler de fatigue, je fis un rêve horrible. Je rêvais que je n'arrêtais pas de tomber sur des filles qui portaient exactement le même anneau de promesse que celui que Kellan m'avait offert. Puis je n'arrêtais pas de trouver des petits mots cachés chez lui, et adressés à d'autres filles. Je rêvai même qu'il demandait le fichu sosie de Halle Berry en mariage en direct à la télévision. Et Denny était là, à me lancer des regards compatissants, ce qui ne faisait qu'aggraver les choses. Quand je finis par me réveiller, j'eus l'impression de ne pas voir fermé l'œil.

Agacée par ma propre réaction, je me forçai à prendre une douche et à me préparer. Heureusement, mon cours avait lieu l'après-midi, autrement, je me serais sûrement endormie sur la table. Les cheveux encore trempés, j'allai dans le salon où je pouvais entendre Anna regarder des dessins animés tout en mangeant des céréales. En tentant de chasser tous les doutes de mon esprit, je vins m'asseoir à côté d'elle et posai ma tête sur son épaule.

– Tu te rappelles quand je suis rentrée à la maison et que toi et Kellan étiez en train de vous grimper dessus dans le canapé ?

Je me raidis et la regardai avec des yeux écarquillés.

– Oui…

Comment aurais-je pu oublier un truc pareil ? J'avais été mortifiée pendant des jours. L'incident avait eu lieu durant notre période d'abstinence. On n'avait pas encore couché ensemble, mais on poussait nos petits jeux de plus en plus loin. Il avait retiré son tee-shirt et déboutonné son jean IKKS, et mon débardeur était remonté par-dessus mon soutien-gorge. Le souvenir de ses lèvres sur ma peau me prit d'assaut alors que je repensais à cette soirée. Ses mains sur mes hanches, repoussant le tissu de mon short comme s'il voulait l'arracher. Mes doigts dans ses cheveux tandis que j'attirais sa bouche jusqu'à la mienne. Les gémissements que j'avais laissé échapper tandis que son corps se pressait contre le mien.

Nos respirations rapides tandis qu'on se demandait tous les deux jusqu'où aller. Ça faisait plus de deux mois qu'on était ensemble mais on avait continué à prendre notre temps, car on voulait que le moment soit parfait. Mais se retenir avec Kellan était loin d'être facile.

Tout comme le fait de ne pas céder à la pression de son corps contre moi. Je me souvins avoir momentanément perdu le contrôle et avoir pris sa main. J'avais juste besoin qu'il me touche à nouveau. Je l'avais guidé le long de ma cuisse, voulant qu'il sente le renflement de ma chair gonflée de désir pour lui, voulant qu'il sache à quel point j'avais envie de lui. C'était la première fois qu'il me touchait à cet endroit depuis notre aventure.

Comprenant où je voulais en venir, sa main s'était rapidement glissée sous mes vêtements. Quand son pouce avait décrit un cercle sur ma peau humide, on avait tous les deux gémi avant de retenir notre souffle. Je me rappelais encore de la façon dont il avait niché sa tête dans mon cou en me disant à quel point ça lui avait manqué. Et combien je lui avais manqué, moi aussi.

Sachant exactement quelle pression appliquer et comment me caresser, il m'avait amenée au bord de l'orgasme, et j'avais glissé ma main dans son pantalon pour lui donner du plaisir à mon tour. Et c'était bien sûr à ce moment-là que ma sœur était rentrée à la maison sans prévenir. Je n'avais jamais été aussi près de me faire surprendre en flagrant délit. C'était aussi la dernière fois que Kellan et moi étions allés aussi loin en « public ».

Je rougis terriblement, reportai mon attention sur la télé, et Anna rit bruyamment.

– Ça avait l'air vraiment chaud. Et je me suis vraiment sentie mal d'avoir ruiné votre orgasme.

Je la regardai méchamment et elle rit à nouveau.

– Je te rappelle que je t'ai proposé d'aller dans ma chambre pendant quelques minutes si vous vouliez finir.

Elle rit une fois de plus et je rougis encore plus fort. Quand je m'étais enfin rendu compte qu'elle était à la maison, je m'étais précipitamment rhabillée tout en repoussant Kellan. Il avait ri, absolument pas gêné, et avait voulu accepter l'offre d'Anna, mais je l'avais emmené avec moi faire un tour à pied pour apaiser l'incendie qui faisait rage dans mon ventre. Je me pris la tête dans les mains.

– Pourquoi tu me reparles de ça ? Pour le plaisir de m'humilier ?

– Non.

Elle laissa sa cuillère tomber dans son bol et se vautra dans le canapé.

– Tu te rappelles de ce que Kellan a dit ?

J'essayai de me rappeler d'autre chose que de la gêne que j'avais ressentie mais j'en étais incapable.

– Il a dit : « Ne t'en fais pas, Kiera. Quand on sera vieux et qu'on aura les cheveux gris, tu repenseras à ce moment et ça te fera rire. On racontera ça à nos petits-enfants, et ils trouveront ça complètement immonde. »

Je baissai les yeux et Anna posa une main sur ma joue pour m'obliger à la regarder. Quand je les relevai, ils étaient pleins de larmes.

– Je te reparle de ça pour te rappeler que Kellan voit les choses sur le long terme avec toi. Tu n'es pas juste une fille avec qui il sort. Tu es *la* fille. Tu es tout pour lui, je le vois dans ses yeux quand il te regarde.

Elle soupira d'un air nostalgique.

– Il t'aime passionnément, à la folie, plus que tout, et il veut passer sa vie avec toi. Alors arrête de stresser.

J'eus l'impression qu'on ôtait un poids de mes épaules. Elle avait raison. J'avais peur, alors que tout allait bien.

J'étais en train de me dire que je devrais peut-être appeler Kellan pour lui dire à quel point je l'aimais quand quelqu'un frappa à la porte. Anna ébouriffa mes cheveux et recommença à regarder la télé pendant que je me levais pour aller voir qui était là.

En ouvrant la porte, je fus accueillie par le sourire chaleureux de Denny. J'étais presque aussi surprise que quand j'étais tombée sur lui la veille. Passer un moment avec lui hier soir était une chose, mais qu'il passe me voir chez moi en était une autre. J'en déduisis que notre amitié avait dû lui manquer autant qu'à moi.

– Salut, Kiera. J'allais t'appeler mais j'étais dans le quartier alors je me suis dit que je ferais mieux de passer. Ça va ?

Il me dévisagea mais je me sentais un peu mieux après avoir parlé à Anna et je secouai la tête en riant.

– Oui, ça va. Je pense que j'ai un peu dramatisé hier soir, je me suis emportée pour rien.

Il sourit et je posai ma main sur son bras.

– Merci en tout cas. Je ne pense pas que beaucoup de mecs seraient aussi compréhensifs dans ce genre de situation.

Il regarda ma main et haussa les épaules.

– On a traversé beaucoup de choses, toi et moi, et la plupart étaient de bonnes choses. Je ne veux pas te voir souffrir ou me venger. Tu es toujours ma meilleure amie, Kiera, et je ferai n'importe quoi pour toi, ajouta-t-il d'une voix à peine audible.

J'adorai et je détestai ce qu'il venait de dire. Je savais que je n'aurais pas dû, mais je m'approchai de lui et le serrai dans mes bras et il en fit autant, tout en s'assurant qu'il y avait un grand espace entre nous.

– Toi aussi, tu es mon meilleur ami, Denny. Je sais que ça n'en a pas forcément l'air, parfois… mais c'est la vérité.

Au moment où je me disais que c'était peut-être ça, notre problème depuis le début, qu'on était plus des amis que des amants, j'entendis un juron en provenance du canapé. On tourna la tête pour voir Anna bouche bée, en train de fixer Denny comme si c'était un fantôme. Avec tout ce qui s'était passé, j'avais oublié de lui dire qu'il était en ville, et elle le regardait comme s'il venait d'apparaître par magie. Je fis un pas de côté et fis signe à Denny d'entrer.

– Denny ? C'est quoi, ce délire ? On est remontés trois ans en arrière ?

Elle regarda le lac Union par la fenêtre.

– On n'est pas de retour dans l'Ohio, rassurez-moi ? Parce que je refuse de retourner vivre chez les parents !

– Non, Anna, on n'a pas voyagé dans le temps pendant ton sommeil. Denny est ici pour le boulot.

Elle fronça les sourcils et le dévisagea d'un air soupçonneux et mécontent. Denny n'était plus dans ses bonnes grâces depuis qu'il avait cogné Kellan et qu'il avait failli me briser le crâne. Je ne pensais pas qu'elle lui pardonnerait un jour de m'avoir frappée, même si c'était un accident. C'était moi qui avais bêtement utilisé mon corps comme bouclier, et Denny n'était pas vraiment lui-même à ce moment-là. Mais Anna n'arrivait pas à dépasser le fait qu'il avait frappé des personnes qu'elle aimait… même si on le méritait, en quelque sorte.

– Salut, Denny. Ça fait un bail, dit-elle d'une voix tendue, comme si elle aurait préféré que le bail continue.

Il détourna le regard d'un air coupable. Il savait ce qu'Anna pensait : elle n'avait pas hésité à le prendre à part pour le lui dire en face. Elle n'était pas du genre à mâcher ses mots et si elle avait un problème avec vous, vous étiez la première personne à le savoir.

– Bonjour, Anna.

Mal à l'aise dans l'atmosphère tendue qui régnait dans la pièce, je me tournai vers Denny.

– Tu ne devrais pas être au bureau ?

Avec sa chemise et sa cravate assortie, il avait l'air de sortir tout droit de *GQ*.

– C'est ma pause déjeuner. Tu veux qu'on mange ensemble ?

J'avais juste assez de temps pour déjeuner avant mon cours et je hochai la tête en attrapant mon sac. Anna fronça les sourcils mais ne dit rien devant Denny, et je pris note mentalement de lui demander de ne rien dire à Griffin. Je ne savais pas s'ils se parlaient souvent, mais je n'avais pas besoin qu'il aille tout rapporter à Kellan. Je lui dirais quand ce serait le bon moment, et d'une manière qui ne le blesserait pas. Griffin n'aurait sans doute pas autant de tact.

Penser à Griffin me fit repenser au message que Kellan avait reçu, mais j'essayai de chasser cette idée en me dirigeant vers la voiture de Denny. Peut-être qu'il m' avait raconté un bobard, ou pas. Peut-être que Griffin avait un nouveau numéro qu'Anna ne connaissait pas, ou qu'il se servait du téléphone de Matt pour envoyer des photos salaces. C'était tout à fait possible.

La voiture de Denny était le genre de voiture de sport qui faisait des demi-tours dans les pubs. J'émis un petit sifflement admiratif et il m'ouvrit la portière.

– Je comprends pourquoi tu ne veux pas récupérer ta Honda, dis-je en m'installant sur le siège beige en cuir.

Denny rit et alla s'installer au volant.

– Oui, je ne me plains pas, dit-il en faisant rugir le moteur avec un sourire.

Il nous conduisit à travers les collines et j'étais ravie de le voir si joyeux. Au moins, je n'avais pas blessé les hommes dans ma vie au point de les empêcher d'être heureux. Mon téléphone sonna au moment où on approchait du café que Denny fréquentait. Je le pris dans mon sac en supposant que c'était Anna qui voulait me faire la leçon. En voyant le nom sur l'écran, j'hésitai un instant avant de répondre sous le regard curieux de Denny.

– Allô ?

– Bonjour, ma belle. Devine où je me suis réveillé aujourd'hui ?

Je souris en entendant sa voix rauque dans mon oreille.

– Je n'en sais rien du tout.

Et c'était vrai : ça faisait longtemps que j'avais perdu le fil de ses déplacements. Kellan rit et je regardai vers Denny, qui avait de nouveau les yeux rivés sur la route. Je me sentais étrangement coupable d'être une nouvelle fois dans une situation similaire à celle de l'année dernière. À la différence près que Denny et moi ne faisions rien de mal.

– Dans le Kansas… Et tu sais ce qu'il y a dans le Kansas ?

– Non.

– Rien. Des kilomètres de rien.

Je ris et il soupira.

– Ton rire me manque. Ce n'est pas pareil au téléphone.

– Je sais… Toi aussi, tu me manques.

J'entendis Denny se tortiller à côté de moi et je fermai les yeux en sentant ma culpabilité augmenter. Au moment où je réfléchissais à différentes manières d'annoncer à Kellan que Denny était de retour, il reprit la parole.

– Alors, qu'est-ce que tu as fait ces jours-ci ?

Je me crispai en me demandant s'il était déjà au courant.

– Rien de spécial à part aller en cours et travailler. Je t'ai dit que j'avais commencé un nouveau trimestre ? J'ai un cours de poésie maintenant.

J'avais vraiment choisi le truc le plus insignifiant, mais il réagit comme si je venais de lui dire que j'avais gagné à la loterie.

– Ah bon ? J'aime bien la poésie… C'est comme écrire des paroles… Mais en plus classe, quand même.

Il ricana et je me détendis un peu. S'il était au courant pour Denny, il ne serait pas en train de plaisanter. Celui-ci continuait à fixer obstinément la route, peut-être pour me laisser un peu d'intimité, mais je n'en étais pas sûre.

– Tu vas faire quoi aujourd'hui ? reprit Kellan.

Je ne voulais pas lui mentir, mais je n'étais pas encore prête à lui dire la vérité.

– Rien de spécial, répondis-je en rougissant.

– On va passer des heures sur la route aujourd'hui, dis-moi que ta vie est plus intéressante que ça. Un de nous doit bien avoir une bonne histoire à raconter.

Je souris en sachant pertinemment que sa vie était de loin la plus intéressante, même si ça impliquait de passer des heures sur les routes.

– Je suis en route pour aller déjeuner avec des amis, dis-je en regardant Denny.

Il tourna la tête vers moi et fronça les sourcils. Il voulait clairement que j'en dise davantage, mais je ne pouvais pas. Pas encore et pas au téléphone. On devait avoir cette conversation face à face.

– Tant mieux, dit Kellan gaiement. C'est bien que tu fasses des choses de ton côté.

– Bien sûr que je fais des choses de mon côté. Tu crois que mon monde tourne autour de toi ?

Je le taquinais mais il ne répondit pas tout de suite.

– Non, ce n'est pas du tout ce que je pense, finit-il par dire à voix basse.

Une fois de plus, je me demandai s'il savait quelque chose. Peut-être que je ferais mieux de le lui dire, même si c'est au téléphone ?

– Tout va bien ? demandai-je doucement.

Il prit une grande inspiration et mit un moment avant de me répondre.

– Oui, ça va.

J'entendis à sa voix qu'il me cachait quelque chose. Il était peut-être très doué, mais je savais qu'il me mentait.

– Kellan… tu as quelque chose à me dire ?

Mon cœur se mit à battre à toute vitesse et mon ventre à me faire si mal que j'avais envie de me plier en deux. Le visage de la femme me revint en mémoire, ainsi que le regard de Kellan penché sur elle, et le mystérieux texto.

– Ce n'est rien, Kiera… juste le stress d'être tout le temps sur la route. Tu peux imaginer à quoi ça ressemble de passer sa vie dans un bus avec Griffin. Il rit et sa voix était de nouveau joyeuse mais je n'en crus pas un mot. Je regardai Denny, qui me jetait des coups d'œil inquiets à présent. Kellan me cachait quelque chose, je ne savais pas quoi ni pourquoi mais j'en étais sûre et je ne pouvais pas lui parler de Denny pour le moment.

– D'accord. Mais s'il y avait quoi que ce soit, tu sais que tu peux tout me dire.

– Oui, je sais… Mais je t'assure, tout va bien. À part que tu me manques terriblement.

Je souris tristement.

– Toi aussi. Je viens d'arriver au restaurant, dis-je alors qu'on parvenait sur le parking. Je vais devoir te laisser, mais je peux te rappeler plus tard ?

– OK. Je serai là, sur une route au milieu de nulle part, à regretter que Griffin fasse prendre l'air à Hulk aussi souvent.

Sa légèreté me dénoua un peu l'estomac et je ris.

– Je t'aime, Kellan.

– Moi aussi, je t'aime, répondit-il aussitôt sans l'ombre d'une hésitation.

Au moins, il le pensait sincèrement. Je raccrochai au moment où Denny coupait le contact.

– Tu ne lui as pas dit que j'étais là, dit-il en se tournant vers moi avec un air désapprobateur.

Je soupirai en tripotant mon téléphone.

– Pas encore. Ce n'était pas le moment. Mais je vais le lui dire bientôt... Je te le promets.

Il secoua la tête et n'ajouta rien. Il allait sortir de la voiture quand son téléphone se mit à sonner.

– Qu'est-ce qu'on est populaires, dit-il en souriant.

Il regarda son écran et son sourire devint mille fois plus rayonnant.

– Il faut que je réponde, c'est Abby.

Je hochai la tête et il décrocha.

– Salut, ma chérie. Je suis sur le point de déjeuner avec Kiera, dit-il en sortant de voiture.

Puis il referma sa portière et je n'entendis plus rien mais j'étais admirative de voir qu'il avait dit avec qui il était. Ils n'avaient sûrement pas les mêmes problèmes de confiance que Kellan et moi. Voilà ce que vous obtenez quand vous entamez une relation en trahissant quelqu'un : un puits de doute sans fond. Si vous pouviez faire ça à quelqu'un, alors quelqu'un pouvait vous le faire à vous aussi.

Je laissai Denny seul pour discuter avec sa copine et fixai mon téléphone. Je souhaitais qu'une explication apparaisse comme par magie, mais rien ne se passa. Je tapai un message en soupirant et appuyai sur la touche « Envoyer ».

Je regardai ensuite Denny par la fenêtre en attendant une réponse. Il était appuyé contre le capot de la voiture, en train de rire. Il avait vraiment l'air heureux et ses yeux brillaient alors qu'il lui parlait. Je me demandai s'il avait cette tête-là quand il me parlait avant, et s'il avait tendrement fait l'amour à Abby avant de partir. J'étais sûre que oui, et ça avait sûrement été bien plus romantique que de faire l'amour bourrés dans une salle de bain pendant une soirée.

Soudain, mon portable vibra dans ma paume.

Je t'aime aussi… plus que tout. Et j'ai vraiment hâte de te revoir. Bientôt, j'espère.

Je répondis puis ouvris ma portière pour rejoindre Denny, qui avait fini sa conversation.

– Désolé, elle allait partir travailler, et je ne voulais pas rater son appel. J'essaie de lui parler le plus souvent possible.

Il me regarda du coin de l'œil et je sentis une vague de culpabilité me submerger. Mon infidélité avec Kellan avait commencé pendant son absence. L'expérience l'avait rendu plus attentif avec sa copine actuelle. Au moins, il y avait eu des conséquences positives à tout ce bazar. Je me contentai de hocher la tête et ne fis pas de commentaire tandis qu'on entrait dans le café. On alla s'asseoir et j'essayai de sourire avec légèreté.

– Alors, Abby… comment elle est ?

Il me dévisagea avant de s'emparer du menu.

– Tu n'as pas vraiment envie de parler de ça, si ?

Il commença à feuilleter le menu sans vraiment le regarder et je hochai la tête.

– Si. On est amis, tu te souviens ? Ça veut dire qu'on se parle de nos vies, et dans la tienne Abby occupe une place importante. J'ai vu ton expression quand tu lui parles…

– Elle est… géniale, dit-il en souriant à nouveau. Douce, gentille…

Il garda les yeux rivés sur la table et rougit légèrement. Je me sentais un peu embarrassée moi-même mais je fis en sorte de ne pas y faire attention. On devait être capables de parler des gens qui comptaient dans nos vies. Il tapota sur la table du bout des doigts et soupira doucement.

– J'étais vraiment dans un sale état quand je suis arrivé à la maison et elle m'a aidé à traverser ça. Elle m'a redonné le sourire.

Il leva les yeux sur moi et je sentis mon estomac se tordre. C'était moi qui avais fait ça, moi qui l'avais mis dans cet état.

– Je crois que je l'aime, Kiera, vraiment. Je crois que c'est la bonne, murmura-t-il.

Je sentis les larmes me monter aux yeux sans pouvoir me contrôler. Je hochai la tête en les essuyant.

– Tant mieux. Je suis très contente pour toi.

Et je l'étais… mais j'étais dévastée aussi. C'était dur de voir quelqu'un que vous aviez aimé s'éprendre de quelqu'un d'autre, et chérir cette personne plus que vous. Mais en réalité, c'était exactement ce qui m'était arrivé avec Kellan. Il tendit la main et la posa sur mon bras.

– Je suis désolé si ça te fait de la peine. Je voulais juste être honnête avec toi, dit-il en insistant sur le mot.

Je me mis à penser à toutes les choses au sujet desquelles je n'avais pas été honnête dans ma vie et il pressa mon bras.

– Et toi et Kellan, alors, ça va ? Tu es heureuse ?

Un sourire naquit tout seul sur mes lèvres.

– Oui, je le suis, affirmai-je en repensant à tous nos bons moments partagés. Enfin, ce n'est pas toujours facile d'être avec lui, mais tout va bien.

Je touchai l'anneau à mon doigt sans y penser et Denny le fixa des yeux. Son regard était brillant lorsqu'il le releva vers moi et il sourit à son tour.

– Tant mieux. Moi aussi, je suis ravi pour toi. Vraiment.

17

Boise

Un autre mois passa sans grand changement dans ma vie, en dépit du retour de Denny. J'allais en cours, j'allais travailler, je prenais des cafés avec Cheyenne pendant qu'elle essayait de m'expliquer la poésie, que j'avais encore du mal à appréhender. Je parlais à Kellan trois ou quatre fois par jour, voire davantage quand il passait la journée sur la route. Parfois, les appels étaient brefs, et parfois, ils duraient pendant des heures. Nos appels le jour de la Saint-Valentin avaient été particulièrement longs. Denny venait souvent dîner au bar, et on traînait un peu ensemble pour rattraper le temps perdu.

J'allais aussi à un nouveau cours d'art avec Jenny et Kate les samedis matin… même si j'étais vraiment nulle et que le prof se moquait gentiment de moi à chaque séance. Je me promis de ne plus jamais m'inscrire à ce genre de truc avec Jenny. Son talent était juste insurpassable.

Mais si les bonnes choses restaient les mêmes, les moins bonnes ne changeaient pas non plus. J'évitais les ordinateurs, trop tentée de googliser le nom de Kellan et trop effrayée par ce que je pourrais découvrir. Je ne voulais surtout pas tomber sur une autre vidéo de lui avec le sosie d'Halle Berry. Je savais que je serais incapable de le supporter.

Pourtant, je ne me résolus pas à lui en parler. Et je ne lui dis pas non plus que Denny était de retour à Seattle. Ma bouche se paralysait à chaque fois que j'essayais. Rien que l'idée qu'il puisse me tromper me terrifiait... à tel point que je ne voulais pas lui infliger la même angoisse. Mes doutes rampants continuèrent donc à s'immiscer entre nous et je les laissai là, sans avouer mon secret et trop terrorisée d'entendre celui de Kellan...

En rentrant à la maison après les cours, par un jeudi après-midi venteux, je m'effondrai dans le canapé à côté de ma sœur, heureuse d'avoir quelques heures de répit. Je ne travaillais pas jusqu'au lendemain soir et je n'avais pas cours jusqu'au lundi, ce qui signifiait que j'étais libre de végéter devant la télé.

Anna soupirait et tapait du pied sans arrêt en zappant d'une chaîne à l'autre mais j'essayai de ne pas y faire attention. Elle était comme ça depuis les vacances de Noël. Était-elle en rogne que Griffin ne lui ait pas proposé qu'ils se voient pendant les vacances ? Ça l'avait sûrement contrariée plus qu'elle ne voulait bien l'avouer. Il lui manquait peut-être. Ils ne s'étaient pas vus depuis la soirée de départ du groupe, et pour une raison quelconque, elle avait vraiment l'air de bien l'aimer. Elle laissa tomber la télécommande par terre et appuya sa tête contre la monstruosité orange sur laquelle on était lovées.

– Qu'est-ce que je m'emmerde !

Soudain, elle se redressa et se pencha en avant.

– Et si on allait à Boise ?

– Quoi ?

Elle hocha la tête et se pencha encore plus, son décolleté dévoilant des atouts que je n'aurais jamais.

– Les garçons jouent là-bas ce soir, et c'est la ville la plus près de nous de toute la tournée. On n'a qu'à aller à leur concert !

Elle me fit des yeux de chien battu pour m'attendrir et fit la moue par-dessus le marché, mais je secouai la tête.

– Aller dans l'Idaho ? Ce soir ? Il est presque cinq heures, Anna, on n'aura jamais le temps d'aller jusque là-bas en voiture.

Elle s'agenouilla, surexcitée.

– On n'a qu'à prendre l'avion. Il doit y en avoir pour une heure environ.

– On ne peut pas juste « prendre l'avion » pour aller à un concert, Anna !

– Bien sûr que si. On peut faire tout ce qu'on veut, Kiera. Allez, vis un peu !

Sentant qu'elle était en train de gagner, elle commença à me tirer hors du canapé.

– Tu es trop concentrée, trop structurée. Il faut que tu te lâches, de temps en temps. Et puis, tu n'as pas envie de voir Kellan ?

J'étouffai un soupir. Bien sûr que j'avais envie de le voir. Mais on devait avoir certaines discussions, et je n'étais pas prête. N'empêche qu'il me manquait horriblement… et que ça faisait un moment que je n'avais pas trouvé un petit mot pour tenir la solitude à distance.

Elle dut voir que je commençais à être convaincue, car elle me traîna jusqu'à ma chambre et commença à emballer des affaires pour moi. Je me crispai quand elle trouva la lingerie en dentelle que j'avais achetée à Noël, et je me crispai encore plus en voyant qu'elle la glissait dans mon sac. Comme si j'allais porter ça dans un bus. Je m'assis sur mon lit pendant qu'elle fermait le sac.

– Je ne veux pas qu'il croie que je l'espionne.

Elle marqua une pause, prenant conscience que je me posais encore des questions à propos de la vidéo.

– Justement, ce serait l'occasion de lui poser la question à propos de cette fille. Enfin, il sera trop occupé à te prendre dans tous les sens pour s'en soucier, de toute façon.

Je lui balançai un oreiller et elle rit brièvement.

– Kiera… Je veux voir Griffin. Je crois qu'il me manque.

Elle fit la grimace, comme si l'idée lui paraissait saugrenue. C'était un peu étrange pour moi aussi de l'entendre parler ainsi, cela dit. J'abandonnai la bataille et laissai échapper un soupire théâtral.

– C'est bon. L'avion est à quelle heure ?

Elle poussa un petit cri et tapa dans ses mains avant de courir dans sa chambre.

– Tu ne le regretteras pas, Kiera ! Ça va être génial !

J'attrapai mon sac, en espérant qu'elle avait raison.

Conduire depuis l'État de Washington jusqu'au sud de l'Idaho aurait pris une demi-journée, mais en avion, on mit à peine une heure, ce qui nous permit d'arriver à Boise à temps pour le concert. Je détestais dépenser l'intégralité de mes pourboires gagnés si durement pour le billet, mais en sortant de l'aéroport et en respirant le même air que Kellan, je me dis que ça valait le coup.

Pour leur faire la surprise, on n'appela pas les garçons sur la route, ni personne d'autre d'ailleurs. Je n'avais jamais rien fait d'aussi impulsif de toute ma vie, à l'exception peut-être de faire l'amour dans un stand à expresso.

C'était vraiment excitant d'aller rejoindre Kellan alors qu'il ne savait pas que je venais, et mon cœur battait à mille à l'heure quand on grimpa dans un taxi. En appelant Rachel pour vérifier où le concert avait lieu, je me sentis immédiatement coupable de ne pas avoir pris le temps de les inclure, elle et Jenny, dans nos projets. Elles aussi auraient aimé voir leurs copains. Mais avec tous les contrôles de sécurité, on avait à peine réussi à embarquer à temps en étant juste deux, mais il faut dire que la collection de «jouets» qu'Anna avait glissée dans son sac ne nous avait pas aidées non plus.

Au moment où on arriva, c'était presque l'heure du début du concert. Je n'avais aucune idée de comment on allait faire pour entrer alors que toutes les places étaient vendues. Même si j'étais ravie que la tournée marche aussi bien, ça ne nous facilitait pas les choses. Je n'avais jamais eu besoin d'acheter une place pour voir Kellan sur scène avant. Je n'avais qu'à aller au travail pour le voir chanter juste pour moi. Du moins, c'était l'impression que j'avais.

On sortit du taxi devant ce qui ressemblait à un vieux cinéma, et j'espérais tomber sur des revendeurs. L'endroit était immense et des gens traînaient dehors, certains fumant ou d'autres parlant au téléphone. Des guichets près de l'entrée étaient décorés des posters de la tournée, le nom de notre groupe préféré se trouvant tout en bas de la liste des groupes qui monteraient sur scène ce soir.

Néanmoins, ils étaient le deuxième groupe par ordre de passage sur scène. Pour un petit groupe relativement inconnu, c'était difficile de faire mieux. Je sentis mon cœur déborder de fierté pour Kellan. Il était en train d'y arriver : il devenait une star juste sous mes yeux. Je n'arrivais pas à y croire. Au moment où je me dirigeais vers un groupe de gens en me sentant complètement ridicule, Anna me prit par le bras et me tira vers une allée sombre qui ne m'inspirait pas du tout confiance.

– On va où ?

– L'entrée des artistes doit être par là. C'est par là qu'on va rentrer, dit-elle en indiquant l'allée où j'étais sûre que Jack l'Éventreur était planqué.

– Ils ne vont pas nous laisser entrer comme ça, Anna. On doit acheter des places, comme tout le monde.

Elle leva les yeux au ciel et ajusta son tee-shirt beaucoup trop serré.

– Kiera, je n'ai jamais acheté une place de concert de ma vie, ce n'est pas maintenant que je vais commencer.

Elle m'adressa son plus beau sourire et se remit en route. Je me dépêchai de la rattraper en priant pour qu'on ne se fasse pas agresser. Anna marchait avec assurance, et j'aurais aimé avoir le même courage qu'elle, mais j'essayai au moins de l'imiter. Comme elle l'avait prévu, on arriva à une porte gardée par un videur qui aurait pu être le frère jumeau de Sam. Avec ses muscles et son air de gros dur, il plissa les yeux en nous voyant approcher.

– Dégagez le passage.

Anna caressa l'ourlet de son décolleté du bout de son doigt.

– On voudrait vous parler.

– Je viens juste de me débarrasser des dernières groupies. Franchement, les filles, vous n'avez rien de mieux à faire que d'essayer de vous envoyer des rock stars ?

Je sursautai en l'entendant dire ça, à la fois parce que ce n'était pas vraiment ce qu'on était en train de faire et parce qu'il y avait donc des groupes de filles qui étaient là pour faire exactement ce qu'il venait de dire. Je relevai le menton d'un air de défi.

– On veut juste voir nos petits copains, et ils sont dans l'un des groupes. Si vous pouviez nous laisser passer, on vous en serait vraiment reconnaissantes.

– Ça alors, c'est la première fois qu'on me fait ce coup-là. Quand est-ce que vous allez comprendre que les vraies petites copines obtiennent des pass pour le concert ? Elles ne viennent pas me voir pour essayer d'entrer. Enfin, on ne les voit pas souvent, les vraies petites copines, si vous voyez ce que je veux dire.

Il nous déshabilla du regard, et je plissai les yeux : il voulait dire que le nombre d'allumeuses dépassait de loin celui des copines des musiciens.

– Mais nos copains ne savent pas qu'on est là, insistai-je. C'est une surprise.

Il eut un petit sourire en coin, sans bouger d'un millimètre.

– Alors quand ils vous verront dehors après le spectacle, ce sera vraiment une surprise.

J'allais répliquer quand Anna me lança un regard meurtrier pour me faire taire. Elle alla le rejoindre et lui caressa le bras, avant de s'humecter les lèvres aussi lentement et sensuellement que possible.

– On doit bien pouvoir trouver un moyen de s'arranger, murmura-t-elle d'une voix rauque. Impressionnant, ajouta-t-elle en passant sa main sur ses pectoraux.

Il lui sourit et posa les yeux sur son décolleté. Elle redressa subtilement les épaules pour lui offrir une vue encore meilleure et il décroisa les bras pour lui poser effrontément une main sur la poitrine. J'avais envie de lui décoller la tête, mais Anna agita un doigt dans son dos pour me faire signe de ne pas bouger.

Comme elle ne portait pas de soutien-gorge, il en profita pour lui caresser les seins. Il me donnait envie de vomir mais Anna se comportait comme s'il venait de la complimenter sur ses cheveux. Il sourit en voyant qu'elle ne bougeait pas, puis il baissa la main et désigna son tee-shirt.

– Fais voir, et j'ouvre la porte.

J'allais protester mais Anna haussa les épaules et souleva son tee-shirt. Quand elle finit par le rebaisser, il était évident que le videur était content. Si son sourire niais ne suffisait pas, le renflement de son pantalon ne laissait aucun doute. Je fis la grimace et détournai le regard.

– Sale porc, grommelai-je.

J'étais sûre que jamais Sam n'aurait fait une chose pareille. Anna caressa la joue du videur.

– Satisfait ? ronronna-t-elle en se mordant la lèvre et en baissant les yeux sur son entrejambe.

– Pas qu'un peu, grogna-t-il. Le mec qui remportera le gros lot ce soir a vraiment du bol.

Anna sourit et il s'écarta de la porte. J'allais la suivre quand cet abruti me bloqua le passage.

– Pas si vite, ma jolie, dit-il en secouant la tête et en regardant ma poitrine. Tu n'as pas payé le prix d'admission.

Je laissai tomber mon sac et croisai immédiatement les bras sur ma poitrine pour me protéger de son regard.

– Hors de question !

Il haussa les épaules, placide.

– Alors, tu ne rentres pas.

Je restai bouche bée et le poussai, mais à la façon dont il fronça les sourcils, je compris que je n'étais pas en train de chahuter avec un videur du Pete's.

– Espèce de porc.

Il sourit et me fit un clin d'œil.

– Oui, et c'est pour ça que tu ne rentres pas jusqu'à ce que j'aie vu tes nichons.

Je soupirai avec exaspération et regardai vers Anna, qui m'attendait en tenant la porte. Elle haussa les épaules et me fit signe de faire ce qu'il disait mais je n'en avais vraiment aucune envie, même si je voulais voir Kellan. Les joues en feu, je secouai la tête, indignée.

– Allez chercher Kellan Kyle ! C'est le chanteur des D-Bags, il vous confirmera que je suis sa copine, et là, vous serez bien obligé de me laisser entrer.

Il bâilla en affectant un air exagérément ennuyé.

– Écoute, poupée, on a un accord, les musiciens et moi. Je les laisse tranquilles, et ils me laissent profiter d'une groupie ou deux. Ça marche super, et je ne vais pas gâcher ça pour toi.

Il sourit encore d'un air qui me hérissa les cheveux sur la tête.

– Alors soit tu te désapes, soit tu dégages.

Je sentis des larmes me monter aux yeux.

– Anna, je vais te tuer.

Avant qu'elle ait eu le temps de répondre, je me tournai de nouveau vers le videur.

– Je garde mon soutien-gorge.

Il haussa les épaules et leva les yeux au ciel. Je fermai les yeux en ayant envie de disparaître sous terre et je dus rassembler toutes mes forces pour soulever mon tee-shirt devant cet homme répugnant.

– Ah, coton blanc et une jolie petite fleur au milieu, tu es vraiment adorable, dit-il en riant.

Au moment où il tendit la main pour me toucher, je lui donnai une tape et rabaissai mon tee-shirt. Apparemment satisfait, il désigna la porte et je ramassai mon sac pour aller rejoindre Anna. Alors que je passais à côté de lui, il me prit par le bras et se pencha sur moi.

– J'adore les petites innocentes... ce sont les plus cochonnes au lit. Je serai dans le coin une fois que tu auras fini avec ce Kellan, si tu veux tester ce que c'est qu'un vrai mec.

Il pressa son entrejambe contre ma jambe et j'eus toutes les peines du monde à ne pas le gifler.

– Non, merci, dis-je en m'écartant.

Puis je poussai brutalement Anna pour qu'elle avance et qu'on quitte cette fichue allée.

– Je vais te tuer, lançai-je tandis qu'elle poussait la lourde porte métallique.

Le bruit du petit rire du videur derrière moi ne tarda pas à disparaître dans la cacophonie de l'intérieur de la salle. Anna avait l'air de s'amuser comme une petite folle. Alors qu'on avançait dans le couloir, elle passa un bras autour de mes épaules et rit joyeusement.

– Bon sang, j'ai vraiment cru que tu allais le cogner !

Je la fusillai du regard, ce qui la fit rire encore plus fort.

– Détends-toi, Kiera, tu n'as rien fait de mal, et c'est un obstacle en moins entre Kellan et toi. Je vais vraiment finir par faire de toi une femme fatale.

Je la repoussai tout en dissimulant un petit sourire. Kellan voulait que j'aie une histoire digne de ce nom à lui raconter ? Eh bien à présent, c'était le cas.

La musique d'un groupe sur scène nous parvenait tandis qu'on marchait sans but dans les couloirs et il y avait des gens dans tous les sens. Certains d'entre eux travaillaient ici et se baladaient avec des oreillettes et des porte-blocs, d'autres avaient l'air de faire partie du service de sécurité – on évita soigneusement ceux-là –, certains appartenaient à une station de radio locale, et d'autres étaient clairement des musiciens. Mais la plupart des gens étaient des filles, comme nous. Ça nous aidait à nous mêler à la foule, mais je n'étais pas ravie du ratio.

Sans savoir quand les garçons devaient monter sur scène ni où ils étaient en attendant leur tour, on continua à chercher. Anna poussa un petit cri en repérant Justin et son groupe : elle les adorait autant que moi et commença à se diriger vers eux, mais je la pris par le bras.

– Anna, non !

– Tu sais qui c'est ?

– Oui, on s'est rencontrés avant le départ de la tournée.

Elle passa son bras autour de moi et me tira en avant.

– Tant mieux, il pourra te dire où est Kellan.

Je me sentis rougir. Nos présentations avec Justin n'avaient pas été géniales et surtout… il était à côté de Kellan au restaurant lors de sa petite performance. Comment pourrais-je le regarder dans les yeux après ça ?

– Il ne se souviendra pas de moi, Anna.

Elle rit alors qu'on se rapprochait de lui.

– Qui pourrait t'oublier, Kiera ?

Je levai les yeux au ciel et voulus protester mais Justin tourna la tête et remarqua notre présence. Il écarquilla les yeux en me montrant du doigt, et je compris qu'il m'avait reconnue. Il se rappelait de moi, ce qui voulait dire qu'il se rappelait aussi du reste. Génial. *Je te déteste, Kellan.*

– Hey, mais c'est bien toi, la copine de Kellan ?

Il me sourit et j'avançai vers lui, les jambes tremblantes.

– Oui, je suis venue avec ma sœur. C'est une surprise.

Je gardai les yeux rivés sur les tatouages sur sa poitrine, incapable de le regarder en face. Anna tendit la main et s'approcha de lui autant que l'étiquette le permettait.

– Anna Allen, j'adore ce que vous faites. Surtout « Kick Me When I'm Down », c'est ma chanson préférée.

Naturellement, elle se rappelait d'un titre de chanson et Justin eut l'air enchanté. Par ça et par le fait qu'elle ne portait pas de soutien-gorge, même s'il la regardait plus discrètement que le videur.

– Ravi de te rencontrer, Anna.

Il avait les yeux qui pétillaient en la regardant, et ça ne m'aurait pas étonnée qu'elle ait une chance avec lui. Mais elle n'avait pas l'air intéressée.

– On cherche les D-Bags. Tu sais où on peut trouver Kellan et Griffin ?

Justin fit la moue, apparemment déçu qu'Anna ne veuille pas lui tenir compagnie.

– Griffin ?

En voyant sa tête, j'en déduisis qu'il avait rencontré Hulk, lui aussi. Il désigna un endroit par-dessus son épaule.

– La dernière fois que je les ai vus, ils étaient là-bas en train de boire des verres avec des filles.

J'eus immédiatement un nœud à l'estomac. Boire avec des

filles ? J'essayai de me raisonner : boire avec des filles ne voulait pas dire coucher avec des filles. Du moins, en ce qui concernait Kellan.

Le visage d'Anna s'illumina tandis qu'elle le remerciait, et Justin eut l'air un peu triste de la voir partir. Je me retournai une fois arrivée au bout du couloir et vis qu'il me regardait d'un air amusé. Il rit et me montra du doigt à un de ses amis, qui rit à son tour. Je savais qu'ils parlaient de la fois où Kellan avait fait semblant de se toucher alors qu'ils étaient à table. Je serrai les poings et rejoignis Anna qui se faufilait entre des groupes de gens. Ce n'était vraiment pas comme ça que je voulais qu'une star se souvienne de moi. D'ailleurs, j'aurais préféré qu'il ne se souvienne pas de moi du tout.

On arriva dans une grande pièce noire de monde qui me donna l'impression d'être au Pete's. C'était plus petit qu'au bar mais il y avait de l'alcool dans tous les sens, des filles qui riaient, et la musique de la scène retentissait dans des haut-parleurs. J'avais presque l'impression qu'il ne me manquait que mon plateau et mes sucettes.

Je passai en revue les différents groupes sans toutefois repérer Kellan. Il y avait des chaises et des canapés ici et là, ainsi que des petites tables recouvertes de gobelets vides. Je ne savais pas depuis combien de temps la fête avait commencé, mais elle avait l'air de battre son plein.

Des filles crièrent à l'arrivée de garçons que je ne connaissais pas, sans doute des membres d'un autre groupe. En voyant une groupie mordiller le lobe d'un des garçons, je me demandai si ces types avaient des petites copines qui les attendaient à la maison et rien que le fait d'y penser me donna la nausée. Anna me prit par la main, et je sentis mon estomac se nouer un peu plus à chaque pas.

Peut-être que ce n'était pas une si bonne idée de venir ici. Si je surprenais Kellan sur le fait avec une autre fille…

mon cœur risquait d'exploser. Je ne pensais pas être capable de le supporter. Si je m'étais toujours sentie coupable que Denny nous ait surpris, à présent je comprenais sa peine. Pas étonnant qu'il ait pété un plomb… J'étais déjà sur le point d'en faire autant en regardant ces gens flirter, et je n'avais même pas encore trouvé Kellan.

Je le repérai quelques instants plus tard. Il me tournait le dos, et par chance, il n'était pas entouré d'une nuée de filles. Il riait en regardant quelque chose devant lui, et des filles à côté de moi firent semblant de lui pincer les fesses en gloussant. D'autres assises pas loin avaient l'air sur le point de se jeter à son cou pour l'embrasser, mais je les oubliai pour me concentrer sur les cheveux en bataille qui m'avaient tellement manqué. Il se pencha pour murmurer quelque chose à la personne à côté de lui, qui s'avérait être Griffin, et mes yeux se fixèrent sur la ligne de sa mâchoire, ses lèvres sensuelles et son sourire.

Il était tellement beau que c'en était presque injuste. Mais il était aussi bien plus que ça et je sentis mon cœur gonfler sous l'effet de l'amour que je ressentais pour lui, et qui ne faisait qu'augmenter depuis qu'on était loin l'un de l'autre.

Alors qu'Anna contournait un groupe de filles qu'elle ne parvenait pas à traverser, je vis ce qui les faisait rire, lui et Griffin : sur le bar improvisé que quelqu'un avait installé là se tenait une bimbo blonde et plantureuse. Elle ne portait qu'un short microscopique et un soutien-gorge et se faisait renverser des shots d'alcool dans le nombril que d'autres filles tout aussi vulgaires buvaient à même sa peau. L'une d'elles lui versa même de l'alcool dans la bouche et se pencha pour l'embrasser tout de suite après.

Je les regardai, dégoûtée de voir ce qu'elles étaient prêtes à faire pour attirer l'attention, puis je tournai la tête vers Kellan. Il avait les yeux fixés sur elles et se mordait la lèvre en jouant avec la bière qu'il avait entre les mains. Je plissai les yeux en regardant son jean. Je savais qu'un homme ne pouvait pas s'empêcher d'être excité en regardant des filles se comporter comme ça. Mais j'avais besoin de savoir que ce genre de choses n'avait pas d'effet sur lui. Je ne distinguai aucun signe… du moins, pas encore.

J'étais encore en train de regarder son entrejambe quand Anna se rapprocha suffisamment pour que Kellan et Griffin nous remarquent. Quand il se tourna vers moi, mon cœur se mit à battre dix fois plus vite et je levai les yeux vers lui, rougissant qu'il m'ait surprise en train de regarder son entrejambe, mais il avait l'air trop étonné pour s'en préoccuper. Il avait la bouche grande ouverte et me regardait comme si je venais d'apparaître par magie. Griffin avait l'air aussi surpris que lui en dévisageant Anna.

Étonnamment, ce fut lui qui parla en premier.

– Trop bien ! s'exclama-t-il en dépassant Kellan pour rejoindre Anna.

Il avait sa langue dans sa bouche une seconde plus tard, et l'instant d'après, elle avait les jambes enroulées autour de sa taille et il quittait la pièce avec elle, poussant les gens qui ne dégageaient pas le passage assez vite. Je n'en revenais pas qu'ils soient aussi rapides. Je me tournai vers Kellan, qui avait l'air de se remettre doucement de ses émotions.

– Tu es là ? demanda-t-il en faisant un pas vers moi.

Je hochai la tête, un sourire aux lèvres, puis je jetai un coup d'œil en direction des filles en train de s'embrasser sur le bar. Il haussa les épaules d'un air penaud avant de me prendre par la main et de m'attirer à lui.

– Désolé… Certaines filles sont prêtes à faire n'importe quoi pour se faire remarquer.

Je sentis ma colère diminuer en voyant ses yeux débordants d'amour se poser sur moi et je ne pris pas la peine de lui dire qu'elles avaient toute son attention avant mon arrivée. Les hommes restaient des hommes : vous ne pouviez pas vous attendre à ce qu'ils détournent le regard devant un spectacle pareil. Même Denny aurait regardé. Il posa sa main sur ma joue et la chaleur de son contact traversa mon corps tout entier.

– Je n'arrive pas à croire que tu sois là. Comment tu as fait pour entrer ici ?

– Si tu savais… N'oublie pas de faire tes adieux à Anna, parce que je vais la tuer en rentrant à la maison.

Il rit en me regardant avec un grand sourire.

– J'ai hâte d'entendre ça.

Je fis un pas de plus vers lui.

– Peut-être que ça peut attendre un peu ? murmurai-je en posant mon regard sur ses lèvres.

Il comprit ce que je voulais et colla immédiatement sa bouche à la mienne. J'avais envie d'hurler et de me plaquer contre lui. On était début mars, et la dernière fois qu'on s'était embrassés remontait à plus de deux mois. Cela m'avait tellement manqué… Il m'entoura de ses bras et je sentis sa langue sur la mienne, me goûtant et me provoquant. On ne tarda pas à oublier le chaos qui nous entourait, et l'espace de quelques secondes, ce fut comme si on était seuls au monde.

Mais ensuite, quelqu'un tapa sur l'épaule de Kellan et il s'écarta de moi à contrecœur. Je réfrénai un froncement de sourcils et regardai qui était la personne qui ne pouvait pas attendre avant de le déranger. Je regrettai presque que ce ne soit pas la bimbo du comptoir en voyant qui était là : le sosie d'Halle Berry.

La fausse actrice me jeta un bref regard avant de reporter son attention sur Kellan.

– Kellan, je t'attends.

Je restai aussi bouche bée que Kellan à mon arrivée.

Elle venait sérieusement de lui faire des avances juste sous mon nez ? C'était qui, cette fille ?

– D'accord. Laisse-moi juste une minute.

J'avais cru qu'il bégaierait et qu'il se tortillerait dans tous les sens en cherchant un mensonge qui se tenait. La femme me regarda de la tête aux pieds, secoua doucement la tête et lui sourit. Elle plaça une main sur son épaule et se pencha pour qu'il l'entende malgré la musique et les rires dans la pièce.

– Rejoins-moi dans la salle de réunion à l'étage… quand tu seras prêt.

Kellan hocha la tête en lui souriant chaleureusement, et j'eus envie de lui coller un pain en pleine figure. Elle me fit un sourire, puis tourna les talons, quitta la pièce et je restai là, les bras ballants. J'étais en train de rêver, non ? J'enfonçai mes ongles dans mes paumes pour me réveiller. Je rêvais, c'était sûr. C'était juste un autre cauchemar dans lequel elle apparaissait, rien de plus.

Mais je ne me réveillai pas, et Kellan se tourna vers moi. Le fait de s'être fait surprendre n'avait absolument pas l'air de le contrarier. Bien sûr, il ne se doutait pas que je savais qu'elle le suivait partout. Il n'était pas au courant pour les vidéos, pas courant que je l'avais vue près de lui, que je savais qu'il la connaissait. En voyant mon air, il finit par paraître un peu nerveux.

– Il faut que je te dise quelque chose… on peut parler ?

Je fermai les yeux en entendant ces mots détestés par-dessus tout, puis je hochai la tête et lui tournai le dos. Je me dirigeai vers le couloir où Anna et Griffin avaient disparu, sans trop savoir où j'allais mais en espérant qu'il y aurait assez d'intimité pour que je puisse le tuer sans trop attirer l'attention.

On finit par trouver un coin sans trop de monde, et Kellan me prit par le bras pour que j'arrête d'avancer. J'eus envie de me dégager et de continuer à marcher : si je continuais, je n'aurais pas à l'entendre me dire qu'il était tombé amoureux de quelqu'un d'autre... et qu'il était sur le point d'aller coucher avec elle dans la salle de réunion. Comme c'était de bon goût...

Je me raidis dans ses bras et il fronça les sourcils.

– Tu es fâchée contre moi ?

Je balançai mon sac par terre.

– Mais non, pourquoi je serais fâchée ?

Il secoua la tête et s'apprêta à répondre mais je l'en empêchai.

– Tu es juste sur le point de me larguer pour une nana aussi canon qu'une célébrité et qui te suit partout depuis des semaines. Tu es juste sur le point de coucher avec elle sur un bureau. Tu es juste sur le point de me réduire en miettes, et juste après que j'ai dû montrer mes seins à un abruti juste pour avoir le droit de te voir.

– Attends, tu penses que... Tu as fait quoi pour me voir ?

Agacée, je le poussai et me dirigeai vers... quelque part. Il soupira et me prit par les épaules pour me faire faire demi-tour, avant de me plaquer contre un mur.

– Je ne suis pas sur le point de te larguer. Je ne suis pas sur le point de coucher avec elle ni de te briser le cœur.

Il me laissa une minute pour me calmer et j'attendis de respirer de nouveau normalement pour reprendre la parole.

– Mais alors, qu'est-ce qui se passe ?

Il lâcha mes épaules et secoua la tête.

– Ce que j'allais te dire, avant que tu ne tires des conclusions hâtives, c'est que... on nous a proposé un contrat, dit-il en hochant la tête en direction de l'étage. C'est Lana, elle représente une maison de disques et elle a suivi la tournée et les groupes. Et elle veut qu'on signe avec son label.

On va enregistrer un album, Kiera, un vrai album… Tu te rends compte ?

Je restai bouche bée une fois de plus et sentis les larmes monter. Je n'avais pas du tout pensé à ça. J'avais automatiquement imaginé le pire.

– Pourquoi tu ne m'en as pas parlé, crétin !

– Parce que je ne voulais pas me faire de film. Je ne pensais pas qu'elle nous choisirait, et…

Il s'interrompit et soupira avant de prendre mes mains dans les siennes.

– … je ne voulais pas te décevoir… au cas où on ne l'aurait pas vraiment intéressée. Je sais que tu penses que je vais réussir… et j'avais peur que tu ne sois déçue si ce n'était pas le cas.

Il baissa les yeux et je me sentis ridicule. Je le pris dans mes bras et le serrai de toutes mes forces.

– Kellan, jamais tu ne me décevras. Je suis tellement fière de toi et de tout ce que tu fais, que même si ça devait s'arrêter ici et maintenant, je serais toujours aussi fière.

Il soupira, l'air soulagé.

– Je n'ai pas encore prévenu les autres pour ne pas nous porter la poisse. Il faut qu'on les trouve et qu'on les emmène là-haut pour signer les papiers. C'est ça qui va se passer sur la table de la salle de réunion, et non une partie de jambes en l'air. Mais si tu veux, une fois que tout le monde sera parti…

Il me prit par les hanches pour m'attirer à lui et je l'embrassai passionnément. Il se pourrait bien que j'accepte son offre. J'étais tellement soulagée de savoir qu'il ne couchait pas avec quelqu'un d'autre… et tellement fière de lui. Il attrapa mon sac, oublié par terre.

– Viens, il faut qu'on s'occupe de ça avant que ce soit notre tour de monter sur scène.

Il me tendit la main et sourit comme un petit garçon.

Ils ont changé l'ordre de passage. On est juste après le groupe de Justin, maintenant. C'est génial, non ?

– C'est vraiment super.

Je me sentais bien mieux tandis qu'on explorait les couloirs à la recherche des autres, et je repensais à toutes les vidéos que j'avais vues avec elle. C'était donc pour ça qu'elle traînait toujours dans les parages et qu'elle ne quittait pas le groupe des yeux. Et c'était pour ça qu'ils avaient l'air de se connaître. Elle lui faisait la cour… d'une certaine façon. Lana… Ça avait l'air d'un nom plutôt respectable… Enfin, les noms ne voulaient pas forcément dire grand-chose, mais quand même…

– Au fait, demanda Kellan en souriant, qu'est-ce que tu voulais dire quand tu as dit qu'elle me suivait depuis des semaines ? Comment tu savais ça ?

Je levai timidement les yeux vers lui.

– Rachel a créé votre site Internet, et des fans ont posté des vidéos de vos concerts.

Soudain, j'eus l'impression de l'espionner.

– Alors ça y est, le site est en ligne ? Matt va être super content. Alors comme ça, tu m'as surveillé ?

Je regardai son visage et ses yeux rieurs tandis qu'il continuait à chercher ses amis.

– Non…

Il eut l'air encore plus amusé et je soupirai.

– Juste un petit peu…

– Et je me tenais bien ? demanda-t-il en me serrant plus fort.

Je ne savais pas trop quoi répondre, étant donné que deux minutes plus tôt, je pensais encore qu'il s'envoyait la représentante de la maison de disques. Heureusement, Griffin et Anna réapparurent au détour d'un couloir. Je souris en les voyant, ce qui était plutôt étrange de ma part, car ce n'était pas le genre de réaction que Griffin avait tendance à provoquer chez moi. Anna était radieuse et en la voyant rajuster ses vêtements et se recoiffer, j'en déduisis qu'ils étaient déjà passés à l'action.

Kellan donna une tape sur l'épaule de Griffin et lui expliqua la situation. Aux anges, Griffin partit à la recherche de son cousin, qui était apparemment enfermé quelque part avec Evan en train de travailler sur un morceau. Penser qu'ils consacraient tout leur temps libre à jouer au lieu de flirter avec les innombrables fans me fit sourire. Rachel avait raison, pour Matt, il n'y avait que la musique qui comptait. Et c'était un peu la même chose avec Evan.

Kellan nous guida vers un ascenseur gardé par un vigile. Apparemment, être dans les coulisses ne vous donnait pas accès à l'étage. Avec Anna qui gloussait à mon bras, on dépassa le gardien, à qui Kellan dit quelques mots. Il le regarda d'un air approbateur au moment où les portes de l'ascenseur se refermaient derrière nous, comme s'il pensait que Kellan était sur le point de faire un plan à trois avec ma sœur et moi. Beurk.

Anna attrapa une sucette dans son sac (je ne voulais pas savoir pourquoi) et Kellan laissa tomber le mien pour me prendre dans ses bras. Puis il m'embrassa, un peu trop passionnément si on considérait que ma sœur était juste à côté de nous.

– Je suis désolé de ne pas t'en avoir parlé plus tôt… mais je suis content que tu sois là.

Heureuse, je passai mes doigts dans ses cheveux.

– Moi aussi, je suis contente d'être là.

Tout le stress des semaines passées disparut sous l'effet de ses baisers. J'aurais juste aimé être dans un endroit un peu plus tranquille au moment où l'ascenseur s'arrêta et où les portes s'ouvrirent. Anna sortit, Kellan attrapa mon sac et me prit par la main.

– Et toi, est-ce que tu as quelque chose à me dire que tu m'aurais caché ? demanda-t-il gaiement.

Il rit, ce qui me fit me dire qu'il n'était au courant de rien, et Anna me fusilla du regard. Elle voulait que je le lui dise, évidemment. Et j'allais le faire… je devais le faire. Il devait savoir que Denny avait réapparu pendant son absence. Et si moi je devais accepter les nuées de groupies dans le genre de celles au rez-de-chaussée, il allait devoir me faire confiance, lui aussi.

Je pris une grande respiration, et j'étais sur le point de tout lui dire quand son téléphone vibra. Il fronça légèrement les sourcils, attrapa son téléphone dans sa poche arrière, et coupa le signal d'appel sans même regarder le numéro. Puis il le remit dans sa poche et avança dans le couloir en regardant droit devant lui, comme si rien ne s'était passé. Je passai en revue les différentes personnes qui peuplaient la vie de Kellan et me demandai qui pouvait bien l'avoir appelé. Lana l'attendait dans une salle à quelques mètres de nous, et le reste des garçons étaient derrière nous. Ce n'était pas Griffin, cette fois. D'ailleurs j'étais presque sûre que ce n'était pas Griffin la fois d'avant non plus.

Tous les sentiments positifs que je venais de ressentir s'évanouirent tandis que je le regardais éviter délibérément mon regard. Il me cachait encore quelque chose, et je n'avais aucune idée de ce que ça pouvait être… ou de qui. Les larmes aux yeux, je serrai les dents et ne dis pas un mot concernant le retour de Denny.

18

Laisse tomber

Je regardai mes mains tandis qu'on était tous assis autour d'une grande table en bois. Lana distribua les contrats, qui avaient l'air d'être d'une longueur interminable, et les garçons se mirent à les lire silencieusement tandis qu'elle les assaisonnait de jargon juridique. Je n'y prêtai pas attention et me concentrai sur la musique qui nous parvenait depuis la scène. Le groupe n'en était même pas à la moitié de son set, ce qui voulait dire que Kellan et les garçons avaient bien assez de temps pour jauger l'opportunité qui se présentait à eux. Quand Lana eut fini de parler, Kellan leva les yeux vers elle avant de regarder Matt et Evan.

– Vous en pensez quoi ? demanda-t-il à voix basse.

Ils venaient juste d'apprendre ce qui se passait et ils le regardèrent tous les deux avec un air des plus sérieux. Puis, à l'unisson, ils tournèrent la tête pour se regarder l'un l'autre. Ils sourirent et Matt hocha la tête.

– C'est d'accord.

Kellan rayonna et Lana leur montra où ils devaient signer. D'après ce que je savais de ce genre de contrats, l'accord qu'on leur proposait paraissait plutôt honnête. Ils ne se faisaient pas voler ou exploiter. Ils gardaient le contrôle des chansons qu'ils produisaient et qu'ils sortaient, et Kellan pouvait donc continuer à écrire ses propres textes. Les bénéfices du premier album ne seraient pas très élevés, mais ils augmenteraient proportionnellement avec les deux suivants. Leur contrat portait sur trois albums, avec la possibilité d'en produire davantage si les trois premiers rencontraient le succès auprès du public. J'étais sûre qu'ils allaient cartonner : je n'avais encore jamais rencontré quelqu'un qui n'aimait pas leur musique.

Soudain, j'entendis un grognement en provenance de Griffin. Je me tournai vers lui et le vis froncer les sourcils devant l'une des pages.

– Kell, mec, tu as lu ça ? C'est quoi, ce bordel ?

– Je ne savais pas que tu savais lire, murmura Matt en riant.

Griffin le fusilla du regard puis s'empara d'une des pages qu'il montra à Kellan, qui m'adressa un coup d'œil nerveux.

– Oui, j'ai vu.

– Vu quoi ? demandai-je à Griffin, morte de curiosité.

Griffin me tendit la page, comme si je pouvais lire les tout petits caractères de là où j'étais assise.

– Ça dit qu'on n'a pas le droit de coucher avec les filles qui viennent nous voir en concert, parce qu'elles peuvent essayer de nous entuber en se faisant mettre en cloque ! Et après, on devrait verser une pension pendant dix-huit ans !

Il avait l'air complètement choqué, comme si cette pensée ne lui avait jamais traversé l'esprit. Si je n'avais pas été d'aussi mauvaise humeur, j'aurais certainement trouvé ça drôle. Je plissai les yeux en regardant Kellan.

– Ils vous ont donné un mode d'emploi pour vous expliquer comment de ne pas coucher avec les fans ?

– C'est juste une mise en garde, dit-il en gardant les yeux rivés sur le contrat.

Lana prit la parole pour clarifier la situation.

– C'est une clause standard qu'on fait signer à toutes nos stars montantes. Les garçons seront la cible de toutes sortes de personnes, et on leur donne des conseils pour se protéger au mieux et ne pas se faire… manipuler.

Elle me sourit avec gentillesse.

– C'est notre manière de protéger nos actifs. C'est une pratique très répandue de nos jours. Les athlètes suivent carrément un séminaire là-dessus, dit-elle en riant doucement avant de fouiller dans sa mallette. Mais ils n'écoutent jamais, de toute façon.

Griffin renifla et jeta son stylo.

– À quoi ça sert d'être une rock star si je ne peux pas me taper les groupies ?

– Je croyais que le but était de jouer de la musique, grommelai-je presque malgré moi.

Malheureusement, Griffin m'entendit.

– Non, non, le but est bien de choper autant que possible.

Je me laissai aller dans mon fauteuil et croisai les bras sur ma poitrine. Connard ! Kellan se pencha sur moi pour me tapoter la cuisse et j'eus envie de le taper. Le commentaire de Griffin m'avait un peu trop touchée. J'entendis ma sœur lui donner une claque derrière la tête et le vis la fusiller du regard en frottant l'endroit où elle l'avait frappé.

– Quoi ? râla-t-il.

Elle leva les yeux au ciel et Matt se mit à rire.

– Mec, ça ne dit pas que tu n'as pas le droit de coucher, ça dit que tu dois te protéger. Tu peux toujours coucher avec des filles si tu veux, mais tu dois sortir couvert. Et de toute façon, ça vaut mieux. Le monde n'a vraiment pas besoin d'un autre Griffin.

– Va te faire foutre, dit-il avant de se tourner vers Kellan d'un air abattu. C'est vrai ? Les filles font vraiment ça ?

– Certaines, dit-il en pressant ma cuisse.

Griffin ramassa son stylo et signa le contrat.

– Ça craint.

Kellan finit de signer le sien et tendit la liasse de papiers à Lana. Elle lui sourit chaudement et les rangea dans son attaché-case, et son sourire indiquait clairement qu'elle l'appréciait aussi bien personnellement que professionnellement. Leur amitié ne m'enchantait pas, mais elle ne m'étonnait pas vraiment. Kellan se faisait des amis partout où il allait, même s'il ne s'en rendait pas compte. Il pensait toujours être seul au monde, mais ce n'était pas vrai : indépendamment de moi, beaucoup de personnes l'entouraient. Il m'embrassa sur la joue et amena ses lèvres jusqu'à mon oreille, et je fermai les yeux.

– J'ai encore quarante-cinq minutes devant moi, murmura-t-il. Tu veux aller dans un coin un peu plus tranquille ?

Je ne pus que hocher la tête, aveuglée par un flash de désir. J'avais peut-être encore des doutes et des incertitudes quant à notre relation, je me posais encore des questions sur son amitié avec Lana, ou sur ses relations avec les fans, et j'avais toujours envie d'attraper son téléphone dans sa poche pour lire ses messages… mais en fin de compte, je l'aimais et il me manquait, et je voulais être seule avec lui.

Kellan se leva et dit aux garçons qu'il les rejoindrait avant le concert. Matt et Evan me regardèrent d'un air entendu, sourirent et hochèrent la tête tandis que Griffin avait toujours les yeux rivés sur son contrat, l'air terriblement confus. Anna se pencha par-dessus son épaule et sa poitrine se pressa contre son bras, ce qui attira son attention et suffit à lui faire oublier son contrat et ses inquiétudes.

Toujours en portant galamment mon sac, Kellan nous emmena à l'extérieur à travers une sortie secrète qui menait à l'endroit où les bus étaient garés, derrière le bâtiment. Il ouvrit la porte d'un des bus et me sourit.

– Viens, je vais te montrer où j'habite.

Je ris en serrant sa main. Je n'étais jamais montée dans ce genre de bus avant. Il y avait des sièges confortables qui se faisaient face, avec des petites tables au milieu, ce qui me rappela l'intérieur d'un train. Je souris en me souvenant de notre voyage en train... Kellan laissa tomber mon sac sur un des sièges et m'attrapa par la taille. Il n'y avait aucun bruit à part celui de nos respirations, et il se pencha au-dessus de moi.

– Bienvenue dans ma chambre.

Ma respiration se fit plus rapide en voyant ses lèvres se rapprocher des miennes.

– Ta chambre ? murmurai-je d'une voix un peu rauque.

J'étais tellement impatiente d'être avec lui que j'avais les jambes en coton. Il m'embrassa le long de ma mâchoire et je fermai les yeux.

– La mienne et celle des autres.

Une de ses mains descendit le long de mon dos tandis qu'il m'embrassait dans le cou, et je penchai la tête pour lui offrir le meilleur angle possible.

– On est tous serrés comme des sardines dans les cabines.

Je sentis sa langue sur ma peau et je retins mon souffle.

– Ce n'est pas aussi grand que ton lit à la maison, mais il y a pile assez de place pour nous deux.

C'était difficile de me concentrer sur autre chose que sa bouche à quelques millimètres de la mienne, mais je me forçai à regarder de quoi il parlait : il y avait trois lits superposés par rangée, avec deux rangées de chaque côté, et chaque lit avait un petit rideau. Ils avaient l'air atrocement petits et confinés, et Kellan montra du doigt le lit tout en bas de la rangée contre laquelle on était appuyés.

– C'est le mien. C'est là que j'essaie de dormir au milieu d'un tas de mecs ronflants et puants.

Il rit doucement puis prit mon visage dans ses mains.

– C'est là que je rêve de toi… et là que tu me manques.

Ses yeux se remplirent de larmes et je ne tardai pas à être dans le même état.

– Toi aussi, tu me manques, Kellan.

Puis, incapable de résister plus longtemps, je l'attrapai par les cheveux et plaquai ma bouche contre la sienne. Il grogna et me rendit passionnément mon baiser, et l'espace fut rapidement rempli par nos respirations haletantes. Il me pressa contre les lits et souleva ma jambe pour l'enrouler autour de lui. J'enfonçai mes ongles dans son dos et il pressa son corps contre le mien. Peut-être que je pouvais le laisser me prendre ici même, contre la rangée de lits ?

Je remontai son tee-shirt et il le retira puis le balança quelque part derrière lui. Je passai le bout de mes doigts sur mon nom tatoué sur son torse et il laissa échapper un soupir tout en murmurant quelque chose qui ressemblait à « Je t'aime » ou « Je te veux ».

Alors qu'il pressait ses hanches contre moi et que je pouvais sentir la dureté de son désir contre la douceur du mien, j'enroulai mes bras autour de son cou pour l'attirer plus près. Il m'avait tellement manqué… Ses lèvres recouvraient mon cou de baisers tandis qu'il remontait mon tee-shirt. Il dégrafa ensuite mon soutien-gorge et referma ses lèvres autour de la pointe hyper sensible d'un de mes seins. Ses caresses m'avaient tellement manqué que la simple succion m'amena immédiatement au bord de l'orgasme.

Sachant qu'on était seuls, je laissai échapper un long gémissement. Il grogna contre ma peau en sentant mon corps se contracter et il déboutonna mon jean d'une seule main, avant de faire descendre sa main. Ses petits mots érotiques et ses appels enflammés avaient été agréables, mais ce n'était vraiment rien comparé au fait de le sentir me toucher. J'étais agrippée à ses épaules et à bout de souffle en attendant qu'il fasse glisser son doigt contre ma peau… lorsque un flash de lumière m'aveugla presque.

Kellan retira immédiatement sa main de mon jean et rabaissa mon tee-shirt. Je restai paralysée, mon orgasme étouffé dans l'œuf, et je luttai pour me remettre à respirer normalement. La respiration de Kellan était aussi rapide que la mienne et il restait devant moi pour faire bouclier, même s'il était bien plus déshabillé que moi.

On regarda tous les deux la personne qui venait d'entrer dans le dortoir, du côté opposé aux toilettes, et je refermai précipitamment mon jean. Toujours cachée derrière Kellan, j'observai le rockeur débraillé qui venait d'arriver. Il avait les cheveux en bataille – une piètre imitation de la coiffure de Kellan, si vous voulez mon avis – des cernes sous les yeux, des bracelets tressés autour des poignets et des bagues à tête de mort à tous les doigts. Entre ça et ses ongles peints en noir, il ne voulait clairement pas passer pour autre chose que pour un stéréotype de musicien. Il ne lui manquait plus qu'une inscription « Je suis rebelle et vous ne pouvez pas me comprendre » imprimée sur le front.

En espérant qu'il ne m'avait pas entendue mais en sachant que c'était impossible, je devins écarlate. Il feignit la surprise en maintenant les rideaux ouverts.

– Désolé, Kellan, je ne voulais pas… t'interrompre.

Il me fit un sourire et entra dans la pièce.

– Salut, ma jolie, ça va ?

Je cachai mon visage dans le cou de Kellan en ayant envie de disparaître. Maintenant, ce n'était plus seulement en présence de Justin que j'étais mortifiée, mais de ce musicien-là aussi. Génial.

Kellan poussa le type pour lui faire quitter la pièce où on essayait d'avoir un peu d'intimité.

– Ouais, OK, ça arrive, pas de problème.

Le type recula sous la force de Kellan et rit en se dirigeant tranquillement vers la sortie.

– C'est bon, je m'en vais. N'empêche, je ne sais pas comment tu fais, mais tu ramasses toujours les plus sexy. Et puis deux dans la même soirée… ajouta-t-il en me regardant de la tête aux pieds. J'aimerais avoir autant d'énergie.

Je me sentis pâlir comme une morte en regardant Kellan et j'eus l'impression qu'il était livide, lui aussi.

– Hé, ma jolie, je suis dispo si tu veux, une fois que vous aurez fini. Ça ne me dérange pas de passer après lui… Ce ne serait pas la première fois.

J'étais trop choquée pour répondre ou dire quoi que ce soit. En deux phrases, ce type venait de confirmer ma plus grande peur : mon mec m'avait trompée. Plusieurs fois. Le musicien rit en quittant la pièce, et je m'écartai de Kellan. Je n'avais plus aucune envie de le toucher. Il ferma les yeux, avala sa salive et les rouvrit, puis il se tourna vers moi.

Je le fis sans y penser. Je le fis sans même me rendre compte que j'étais en train de le faire. Mon bras se tendit de son propre chef et je le giflai. L'anneau à mon annulaire s'enfonça dans sa chair et lui fit une coupure à la mâchoire, et une petite goutte de sang perla là où je l'avais frappé.

– Espèce de salaud ! criai-je en reculant autant que l'espace confiné le permettait.

Il grimaça de douleur et se frotta la joue.

– Bon sang, Kiera, je peux t'expliquer avant que tu me sautes dessus ?

La colère se lisait dans ses yeux mais ce n'était rien comparé à celle que moi, je ressentais.

– Alors explique-moi ce que ça veut dire, « toujours les

plus sexy». Et «deux dans la même soirée». Et puis «passer après toi», aussi?

Il soupira en se passant une main sur le visage, et quand il me regarda de nouveau, il avait l'air moins en colère. Mais il était bien le seul.

– Oui, Kiera, je peux expliquer.

Je le poussai et il recula d'un pas.

– Tu me trompes?

Il attrapa ma main et essaya d'entrelacer nos doigts.

– Non, je ne te trompe pas.

Il se baissa pour me regarder dans les yeux mais j'étais tellement en colère que je tournai la tête.

– Kiera, je ne te trompe pas. Je te l'ai déjà dit... et plus d'une fois.

Je pris une grande inspiration pour me calmer mais ma voix tremblait en dépit de mes efforts pour la contrôler.

– Alors... il parlait de quoi?

Kellan attrapa mon autre main et essaya de me faire ouvrir le poing. Il venait peut-être de se rendre compte que si je le frappais à nouveau, ce ne serait pas une simple gifle. Je ne m'étais jamais considérée comme quelqu'un de violent. C'était sans doute lui qui provoquait ça. Quand il vit que m'obliger à desserrer les poings ne servait à rien, il prit ma tête entre ses mains pour me forcer à le regarder. Je sentis des larmes me monter aux yeux mais je reniflai pour ne pas céder. Je ne voulais surtout pas pleurer.

– Il ment, Kiera, dit-il en scrutant mon visage. Il a dit ça pour que tu pètes un câble. Il sait qui tu es, tout le monde le sait, parce que je passe tout mon temps à feuilleter l'album photo.

Il sourit doucement en secouant la tête.

– Et ils te trouvent tous très belle.

– Pourquoi il mentirait? dis-je en repoussant ses mains.

Il soupira, sans tenter de se rapprocher.

– Parce qu'on a été le dernier groupe à rejoindre la tournée et qu'on est deuxième dans l'ordre de passage. Parce que Lana nous a offert un contrat à nous et pas à son groupe. Parce que c'est un connard immature qui m'en veut, et que si te faire douter de moi nous fait nous disputer au lieu de…

Il soupira à nouveau et leva les mains, sans défense.

– Parce que ça, ce qui vient de se passer, c'est exactement ce qu'il voulait… c'est comme ça qu'il se venge parce que notre groupe est meilleur que le sien.

Je me radoucis un peu en voyant son air exaspéré. Ça paraissait plausible. Et en même temps, tous les mensonges de Kellan paraissaient toujours plausibles. J'étais bien placée pour le savoir. À l'époque où on se voyait dans le dos de Denny, je l'avais souvent vu mentir, et il était vraiment doué.

– Pourquoi je devrais te croire ? murmurai-je.

– Je n'ai rien fait de mal ! Pourquoi tu ne devrais pas me croire ?

Pile à ce moment-là, comme si le destin voulait nous achever, son téléphone sonna dans sa poche. C'était un message écrit, et il ferma les yeux, apparemment aussi en colère contre le destin que moi. Quand il les rouvrit, il me regarda avec une expression indéchiffrable et je plissai les yeux.

– Tu devrais peut-être répondre.

– Non.

Je serrai les dents, et les poings, une fois de plus.

– Qu'est-ce que tu en sais ? C'est peut-être important.

– C'est toi qui es importante. Ça peut attendre.

– Qu'est-ce qui peut attendre ? demandai-je à voix basse sans savoir si sa dernière phrase était rassurante ou pas.

Il fit un pas vers moi et tenta de me caresser la joue.

– Je n'ai rien fait du tout. Je t'aime, et je suis fidèle.

Il leva la main où il portait sa bague et fit tourner l'anneau avec son pouce.

– J'ai promis. Et je tiens ma promesse.

Il appuya son front contre le mien.

– On n'a pas beaucoup de temps ensemble. Laisse tomber, s'il te plaît.

– Laisser tomber quoi ?

Il soupira et amena ses lèvres tout près des miennes.

– Je t'aime, Kiera… Fais-moi confiance, s'il te plaît.

J'eus envie de protester. De lui crier de me dire ce qu'il me cachait, de me dire quelque chose qui me redonnerait foi en lui, mais les mots me manquèrent quand je sentis ses lèvres sur ma peau.

Peut-être que j'étais faible… ou peut-être que je n'étais pas encore prête à entendre la vérité. Mais pour une raison quelconque… je laissai tomber.

Après quelques instants, Kellan se baissa pour ramasser son tee-shirt, le remit, et on s'allongea côte à côte sur son lit. Il y avait une petite niche dans le mur et je regardai les quelques objets que Kellan gardait près de lui : les carnets que je lui avais offerts, son Discman, l'album photo que ma mère et ma sœur avaient fabriqué, et la petite voiture. J'avais vraiment envie de le croire, et je pris le modèle réduit entre mes doigts. Il soupira et m'embrassa sur l'épaule.

– Je t'aime… chuchota-t-il.

Je serrai la voiture dans ma main, en me rappelant de la connexion entre nous, de la façon dont il s'était confié à moi et dont il m'avait laissé entrer dans sa vie comme personne auparavant, pas même les garçons.

– Moi aussi, je t'aime…

Il sourit et remit une mèche de mes cheveux derrière mon oreille avant de caresser la chaîne autour de mon cou. Je sortis le collier de sous mon tee-shirt et son pouce caressa les contours de la guitare. Le diamant en son centre brillait, en dépit du peu de lumière autour de nous.

– Kiera… il faut que je te dise quelque chose.

Je sentis mon sang se glacer instantanément. Je détestais savoir qu'il me cachait des choses, mais je me rappelai aussitôt que moi aussi, je lui en cachais.

– Moi aussi… avouai-je, envahie par la culpabilité.

– Qu'est-ce que c'est ?

Je scrutai son visage sans savoir comment faire pour ne pas lui briser le cœur. Je savais qu'il réagirait mal en apprenant que son rival était de retour. Même si Denny n'était plus un rival à proprement dit mais Kellan ne s'était jamais senti à la hauteur par rapport à lui. Pour une raison quelconque, il avait l'air de penser que je serais mieux avec Denny. Alors s'il savait qu'il était de retour dans ma vie, en particulier durant son absence… ça pourrait être la fin de notre relation.

La vue troublée par des larmes, je repensais aux étranges textos secrets de Kellan dont il refusait clairement de parler, aux doutes que ce crétin de rockeur avait si facilement insinués dans mon esprit, aux vidéos avec Lana qui m'avaient fait brûler de jalousie, à la peur constante dans mon ventre sur ce qu'il devait apparemment me dire…

– Euh…

Alors que je réfléchissais à quelque chose à dire, quelqu'un tambourina à la porte du bus et une voix familière nous parvint depuis l'extérieur.

– Kell ? Kiera ? Vous êtes là ?

Entendre la voix joviale d'Evan me ramena à une époque plus simple où Kellan et moi avions seulement une aventure dans le dos de mon copain. Waouh… Je n'aurais jamais cru qu'un jour, je repenserais à cette période de ma vie comme au « bon vieux temps ».

– Oui, on est là, cria Kellan.

On entendit les pas d'Evan se rapprocher et il s'éclaircit la gorge.

– Vous, euh… vous êtes habillés ?

– Oui, dit-il en riant. Qu'cst-ce qu'il y a ?

– On monte sur scène dans dix minutes.

– Déjà ? Merde, dit-il en se levant. Je suis désolé…

Je hochai la tête, la gorge nouée.

– Je sais.

Il me tendit la main, en ayant l'air de ne pas savoir si j'allais la prendre ou non. J'expirai doucement, me levai et l'attrapai. Peu importait nos problèmes… je l'aimais toujours de tout mon cœur.

Il laissa échapper un soupir de soulagement et embrassa le dos de ma main, au niveau de ma bague. Je fis la grimace en voyant qu'il avait toujours une marque à l'endroit où je l'avais frappé. Je l'embrassai sur son égratignure, étreinte par la culpabilité, et il hocha la tête en comprenant mes excuses silencieuses.

– Tu veux assister au concert ?

Je hochai la tête énergiquement avec un grand sourire.

– Bien sûr.

S'il y avait bien une chose qui pouvait faire changer mon humeur en un clin d'œil, c'était de le regarder chanter. Et ça aussi, ça m'avait manqué.

On retrouva Evan à l'extérieur du bus, et il me serra joyeusement dans ses bras. J'avais tellement envie de l'interroger sur le secret de Kellan, mais je ne le fis pas. D'abord, il ne me répondrait sûrement pas, car c'était son ami et son chef, d'une certaine façon. Et ensuite… à l'époque Kellan avait caché notre aventure aux garçons, y compris à Evan. Il avait été vraiment étonné quand il l'avait appris, et j'étais presque sûre que peu importait ce qui se passait, les garçons étaient sans doute aussi ignorants que moi. Je devais lui faire confiance et me convaincre qu'il m'en parlerait quand il serait prêt… et que ça ne me ferait pas trop mal.

On rentra par le passage super secret réservé aux rock stars pour aller en coulisses et on croisa Justin, qui nous fit signe. Je rougis en répondant timidement. Je ne me sentirais vraiment jamais à l'aise en sa présence, maintenant. Heureusement, on ne recroisa pas le type qui avait fait des insinuations à propos de Kellan. Autrement, je lui aurais sûrement envoyé mon poing dans la figure.

En arrivant près de la scène, je regardai le groupe saluer la foule en délire. Je sentis le stress m'envahir quand Kellan lâcha ma main et attrapa sa guitare. J'étais nerveuse pour lui : le peu de foule que je pouvais voir me paraissait immense, et le vacarme quand le présentateur annonça l'arrivée du groupe était assourdissant, mais Kellan me souriait avec un calme olympien.

Quand les cris de la foule diminuèrent, il me fit un petit signe de tête puis se précipita sur scène. Si on avait inversé les rôles, j'aurais été paralysée par la peur. Les garçons le suivirent et je les regardai, envoûtée. Evan et Matt firent signe au public pendant que Kellan et Griffin venaient taper dans la main de quelques fans chanceux au premier rang.

Le bruit était tonitruant, et j'aurais pu jurer que quelques-unes des filles que Kellan venait de toucher étaient en train de pleurer. C'était complètement surréaliste. Alors qu'ils n'avaient même pas une chanson qui passait en boucle à la radio, ces filles savaient qui était Kellan, et qui était le groupe. Tout était en place pour que les garçons deviennent célèbres… y compris un contrat avec la même maison de disques que celle qui venait de produire l'album de Justin. Alors que je ruminais ce que cela voulait dire pour nous, ma sœur passa ses bras autour de ma taille.

– C'est excitant, non ?

Je la regardai, momentanément jalouse de la simplicité de sa relation avec Griffin. Ils savaient exactement ce qu'ils étaient et ce qu'ils n'étaient pas l'un pour l'autre. Il n'y avait pas de déception, pas de mensonges, pas de jalousie… Ils s'apportaient mutuellement ce dont ils avaient besoin et passaient à autre chose ensuite. D'une certaine façon, tout le monde y trouvait son compte… même si ça avait l'air un peu vide de sens.

Je hochai la tête en me laissant aller contre elle, avant de sentir l'adrénaline monter en moi en voyant Evan commencer à jouer. Puis ce fut au tour de Matt, rapidement suivi par Kellan, et d'un seul coup, j'eus l'impression d'être dans le loft d'Evan et de les regarder répéter. Sauf qu'il y avait bien plus de public, cette fois.

Je souris en entendant la voix de Kellan remplir la salle. Il était tellement doué… Pour lui, c'était aussi naturel que de respirer. Je l'avais vu chanter soûl, déprimé, enrhumé… je l'avais même vu chanter avec une grippe intestinale. Il avait le teint un peu vert ce soir-là, mais sa voix… elle était toujours aussi parfaite. Et son jeu de scène l'était aussi : il était électrisant et il savait comment insuffler de l'énergie à la foule. C'était une de ces choses que le pauvre type dans le bus ne comprendrait jamais. S'habiller comme une star ne faisait pas de vous une star : vous aviez le talent, ou vous ne l'aviez pas. Et Kellan en avait à revendre. Même s'il n'avait pas été aussi séduisant, il aurait quand même attiré tous les regards sur lui. Il agissait sur les gens comme un aimant.

Étant donné que plusieurs groupes montaient sur scène, leur concert dura moins longtemps que d'habitude, mais la foule avait quand même l'air enchantée. Ils jouèrent leurs plus gros succès, ceux que les fans adoraient à Seattle, à part notre chanson, et d'une certaine façon, je fus soulagée. Même s'il la jouait au Pete's, je n'avais pas envie qu'elle soit reprise dans tout le pays. Même si la soirée ne s'était pas déroulée comme prévu, j'étais quand même contente d'avoir pris l'avion sur un coup de tête avec ma sœur pour assister à ça. Je savais que je m'en rappellerais toujours.

Kellan salua la foule une dernière fois puis se pencha pour embrasser une fille en pleurs sur la joue. J'étais étonnée de le voir faire ça, mais quand la fille s'effondra dans les bras de ses amies comme si elle était en train de s'évanouir, je fus obligée de sourire. Descendant les marches deux par deux, Kellan me souleva dans ses bras et me fit tourner dans les airs en riant, encore sous le coup de l'adrénaline. Puis il me reposa, ses bras fermement serrés contre moi.

– Alors, ça t'a plu ?

– C'était génial.

Il me sourit et un autre groupe nous dépassa pour monter sur scène. Kellan les regarda s'installer derrière les micros puis se tourna vers moi en souriant.

– Tu veux rester pour regarder ton groupe préféré ?

– Mon deuxième groupe préféré, corrigeai-je en jetant un coup d'œil vers Justin.

Il rit et je posai ma tête sur son épaule.

– Je veux juste être avec toi… n'importe où, murmurai-je à son oreille.

Il hocha la tête et me serra contre lui.

– D'accord.

Alors que le reste des D-Bags se dispersait, avec Evan et Matt qui parlaient du contrat et Griffin qui était déjà en train de tripoter ma sœur, Kellan et moi restâmes là où on était, dans les bras d'un de l'autre. Je ressentis de nouveau ce sentiment paisible de contentement, et si j'avais pu, je serais restée comme ça toute la nuit, et même toujours.

Mais ce n'était pas au programme et, avant que je m'en rende compte, le concert était terminé et les techniciens de scène étaient déjà en train de tout démonter. Kellan m'emmena à l'écart, vers les coulisses, où un groupe de fans attendaient que les musiciens fassent leur apparition.

En grand professionnel, Kellan signa quelques autographes pendant que j'attendais dans un coin. Personne ne faisait attention à moi, et j'étais ravie de le laisser capter toute leur attention. Au bout d'un moment, un videur finit par arriver pour faire sortir tout le monde.

– Toi aussi, ma belle… tout le monde dehors.

Il m'attrapa par le coude et je me dégageai immédiatement, ce qui n'eut pas l'air de lui plaire.

– Tu ne peux pas rester là, les groupies doivent s'en aller.

– Je ne suis pas une groupie.

Il leva les yeux au ciel, comme s'il entendait ça tous les soirs. Alors que je me demandais comment faire pour le convaincre, Kellan intervint.

– Désolé, elle est avec moi.

Le videur haussa les épaules et me lâcha, et Kellan me prit par la main pour me guider vers la sortie.

– Justement… commença-t-il avec un sourire malicieux, qu'est-ce que tu as dû faire exactement pour pouvoir accéder aux coulisses ?

Je me passai la main sur le visage.

– Tu n'as vraiment pas envie de savoir.

– Maintenant, j'ai encore plus envie de savoir !

– Je me suis exhibée pour le videur.

Il s'arrêta brusquement et je lui rentrai dedans.

– Tu as quoi ? demanda-t-il platement.

Je secouai la tête et reculai d'un pas.

– Il ne voulait pas nous laisser rentrer, sauf si on lui montrait nos seins, avec Anna. Mais j'ai gardé mon soutien-gorge. Anna, en revanche…

Il serra les dents et son expression se durcit, comme le soir où il avait empêché un pervers de me tripoter, et qu'il avait pris un coup de couteau dans les côtes.

– Il était comment ?

Il scanna le couloir derrière moi comme s'il était à la recherche du videur en question.

– C'est bon, calme-toi. C'était super humiliant mais il ne m'a pas fait de mal. Il ne m'a même pas touchée.

J'omis de mentionner qu'il avait eu les mains baladeuses avec Anna, et aussi qu'il m'avait fait des avances. C'était la première des deux invitations non voulues que j'avais reçues ce soir. Qu'est-ce que j'étais populaire, tout à coup…

– Pourquoi tu as fait ça, Kiera ? Tu aurais dû m'appeler… Je t'aurais fait entrer.

– Je voulais te faire la surprise.

– Tu croyais que je couchais avec Lana. Tu voulais me faire la surprise ou me prendre en flagrant délit ?

– Je ne sais pas, murmurai-je.

Il secoua la tête, se retourna et poussa la porte pour sortir, et je le suivis à pas lents, abattue.

19

D'accord

Le parking fourmillait d'activités : des gens chargeaient les vans et les bus, des musiciens discutaient entre eux, et quelques fans traînaient encore dans les parages. Ma sœur et Griffin avaient disparu et Evan arrêta Kellan à mi-chemin pour lui donner sa guitare et discuter un moment. Quand je le rejoignis, il avait l'air plus calme. Il me sourit, me prit la main et Evan lui donna une tape sur l'épaule avant d'aller rejoindre Matt près du bus.

– Vous partez ? demandai-je en voyant tout le monde grimper dans les bus.

– Oui, dit-il en montrant du doigt le chauffeur qui buvait une grande tasse de café. Les chauffeurs se relaient, alors il y en a toujours un prêt à partir. Comme on peut dormir dans les bus, on ne passe jamais la nuit là où le concert a eu lieu, à moins d'avoir un autre concert pas loin le lendemain. Le prochain est à Reno… Tu veux venir avec moi ? Et reprendre l'avion depuis Reno pour rentrer ?

Il passa ses bras autour de ma taille et je l'imitai en souriant à la pensée d'un long trajet en bus à ses côtés. Puis mon sourire s'évanouit en pensant à l'aspect logistique, sans parler du fait que le billet de retour m'avait coûté une fortune.

– J'ai déjà mon billet de retour, et il est au départ de Boise…

Je détestais ne pas pouvoir être aussi impulsive que ma sœur : je savais qu'elle n'aurait pas hésité à monter dans ce bus vers une destination inconnue.

– Et si je te payais un billet depuis Reno jusqu'ici ? Comme ça, ton billet ne serait pas perdu.

– Je ne veux pas que tu gaspilles ton argent pour moi.

– Et moi, je trouve que c'est le meilleur moyen de le dépenser. Et puis ce n'est pas juste pour toi, c'est aussi pour moi. J'ai envie de passer encore un peu de temps avec toi.

Je cédai en soupirant de contentement.

– D'accord, mais seulement si Anna vient aussi. Je ne veux pas la laisser toute seule ici.

Il sourit et me conduisit vers le bus.

– Elle est sûrement collée à Griffin en ce moment même.

Il avait probablement raison… Et effectivement, quand on grimpa dans le bus, des bruits indiquaient clairement que quelqu'un était en train de passer un bon moment. Je rougis instantanément et Kellan se contenta de sourire en secouant la tête. En entendant un bruit de vibration doublé de cris approbateurs, je me rappelai des jouets qu'Anna avait apportés et je fermai les yeux, horrifiée. Kellan me conduisit jusqu'au siège où il avait déposé mon sac un peu plus tôt et fit un geste en direction de la zone fermée par des rideaux.

– Je peux aller chercher mon Discman si tu ne veux pas les entendre.

Embarrassée pour Anna, je l'attrapai par le bras, même si, la connaissant, ça lui serait sûrement égal qu'il les surprenne.

– Non !

Il rit en s'asseyant près de moi et prit ma main.

– C'est bon, ils sont sûrement dans la chambre du fond.

– Il y a une chambre ?

Pourquoi il ne m'avait pas emmenée là-bas tout à l'heure, alors ? Il fit la grimace.

– Oui… Mais comme Griffin se l'est plus ou moins appropriée, je me suis dit que tu n'aurais sûrement pas envie d'aller traîner là-dedans.

L'idée de faire quoi que ce soit d'intime dans un endroit où Griffin avait « dormi » m'était écœurante.

– Non merci, ça va aller.

Le chauffeur monta à bord et compta les personnes présentes. Il fronça les sourcils en entendant les bruits qui venaient du fond du bus et soupira.

– C'est qui, là-dedans ? Si je pouvais ne pas avoir à aller vérifier moi-même… une fois de plus.

Quelques garçons tournèrent la tête vers le fond du bus et l'un d'entre eux répondit en riant.

– C'est Griffin.

– Pourquoi je ne suis pas étonné ?

Il soupira en se dirigeant vers son siège, qui ressemblait plus à un poste de pilotage de fusée qu'à un siège de chauffeur de bus, et quand il démarra, le vrombissement du moteur couvrit un peu les cris de ma sœur. Mais pas suffisamment.

Je détestais que tout le monde soit en train de les écouter avec les yeux rivés sur les rideaux, comme s'ils avaient le pouvoir de voir à travers. Je me tournai vers Kellan : il ne regardait pas, mais il souriait. J'espérai qu'il n'était pas en train de visualiser ce que tous les types autour de nous étaient sans doute en train d'imaginer.

– Tu es fâché contre moi ?

Il me regarda et son petit sourire s'évanouit.

– Non. Je comprends pourquoi tu as des doutes et pourquoi tu te poses des questions.

J'expirai doucement et hochai la tête, puis il passa son bras autour de moi et je me blottis contre lui. Il m'embrassa sur le front et on regarda les lampadaires défiler par la vitre en traversant la ville.

Au moment où le bercement du bus commençait à m'endormir, un tonnerre d'applaudissements retentit. Réveillée en sursaut, je relevai la tête juste à temps pour voir Griffin faire un salut. Lui et Anna avaient apparemment fini et ils étaient enfin sortis de leur cachette. Griffin tapa dans la main du type le plus proche, et bizarrement, c'était le même crétin qui nous avait interrompus avec Kellan. Il ricana dans le dos de Griffin mais s'arrêta en voyant Anna. Il ouvrit tellement grand la bouche que je crus qu'il allait se décrocher la mâchoire. Ça me fit rire, sûrement parce que je savais que cet abruti n'aurait jamais la moindre chance avec ma sœur.

Anna était ce que tous les hommes désiraient, le pendant de Kellan au féminin. Presque tous se firent un torticolis alors qu'elle passait à côté d'eux : elle avait l'air d'une star de cinéma qui venait de filmer une scène d'amour, avec ses cheveux légèrement en bataille et son maquillage impeccable. Je ne savais vraiment pas comment elle faisait pour être aussi parfaite après ça. À sa place, j'aurais été tout sauf parfaite.

Elle adressa un sourire plein de charme à ses admirateurs, et elle ébouriffa même les cheveux de l'un d'entre eux, qui sourit niaisement avant de se pencher pour regarder ses fesses, comme tous les autres. Enfin, ce n'était pas comme si je n'avais pas l'habitude d'assister à ce genre de scène. Quant à Anna, elle ne le remarquait même plus.

Elle suivit Griffin qui, malheureusement, se dirigeait vers nous. Avec un soupir satisfait, il s'assit en face de nous, attrapa mon sac et le balança sur la table. Anna vint s'asseoir à côté de lui, avec un sourire comblé sur les lèvres. Au moins, ils s'étaient fait plaisir, et avec un peu de chance, ça suffirait à satisfaire Anna pour un moment.

– La chambre est libre, si ça vous intéresse, dit Griffin en nous souriant.

– Non merci, dit Kellan alors que je secouai déjà la tête.

Hors de question que je me donne en spectacle comme elle venait de le faire. Pas en étant sobre, du moins.

– Tu veux aller dormir ? proposa Kellan en voyant plusieurs des garçons aller dans leur « chambre ». Tu as l'air fatiguée.

Griffin ricana en interprétant la question de Kellan à sa sauce puis il se pencha vers Anna pour lui caresser les seins. Quand je l'entendis lui murmurer « Je ne m'en lasse pas » avant de se pencher en avant pour embrasser sa poitrine, je me tournai vers Kellan en me crispant.

– Oui, je veux bien.

Anna passa les doigts dans les cheveux de Griffin et pencha la tête en arrière, les yeux clos, tandis qu'on se levait avec Kellan.

– À demain matin, sœurette. Et amuse-toi bien, ajouta-t-elle en ouvrant un œil.

Je lui souris en résistant à l'envie de frapper Griffin.

– On prend le premier vol pour Boise demain matin, et on rentre à la maison.

Elle hocha la tête et referma les yeux, en ayant l'air de se moquer complètement de comment on allait rentrer, et je soupirai en m'éloignant. Si seulement j'avais pu être aussi désinvolte…

Quelques garçons encore réveillés sifflèrent en nous voyant disparaître derrière les rideaux, et l'un donna même une tape sur l'épaule de Kellan. Ils risquaient d'être déçus, car on n'allait rien faire du tout. Certains lits étaient occupés, et des ronflements s'en échappaient, au moment où Kellan m'aidait à me glisser sur son lit. Je ris doucement en m'allongeant, car ça me rappelait les colonies de vacances.

Je m'allongeai sur le côté et pressai mon dos contre la paroi pour lui laisser autant de place que possible. Il s'allongea sur le côté aussi et entrelaça ses jambes avec les miennes. Il recouvrit nos pieds d'une petite couverture et on se blottit l'un contre l'autre. Nos têtes étaient si proches sur l'oreiller que nos nez se touchaient presque.

Il m'embrassa doucement en me caressant les cheveux et mon cœur se mit à battre un peu plus vite. Je lui rendis son baiser dans l'obscurité et nos lèvres se retrouvèrent comme si elles ne s'étaient jamais quittées.

– Ça m'a manqué… et toi aussi, tu m'as manqué, dit-il à voix basse.

– Toi aussi.

Une voix retentit au-dessus de nous.

– Fermez-la et passez à l'action.

Plusieurs personnes rirent et je rougis en me rappelant qu'on n'était pas aussi seuls que je l'aurais souhaité. Kellan donna un coup de poing dans le lit au-dessus de nous.

– La ferme, Mark.

J'appuyai ma tête contre son torse et il rit en me caressant le dos.

– Je pourrais finir ce que j'ai commencé tout à l'heure, chuchota-t-il. Enfin, si tu veux.

Sa main se posa en bas de mon dos et une partie de moi mourait d'envie qu'il continue. Mais je savais aussi que je n'arriverais jamais à ne pas faire de bruit. On était bien trop tassés les uns sur les autres pour que personne ne nous entende. Je soupirai et secouai la tête à contrecœur, et il me sourit en me caressant la joue.

– Une autre fois, alors ?

Je hochai la tête et il m'embrassa.

J'eus du mal à me rappeler où j'étais en me réveillant. D'ailleurs, je n'étais même pas sûre d'être vraiment réveillée : les bras de Kellan autour de moi me donnaient l'impression de rêver. C'était loin d'être absurde : je rêvais souvent de lui, après tout. Je passai ma main sur ses pectoraux en me demandant quand je me réveillerais. Probablement quand j'arriverais au meilleur moment. C'était toujours comme ça. Je l'embrassai sur le torse dans un soupir, en espérant que pour une fois, le rêve nous laisse finir ce qu'on avait commencé. Il soupira et me serra un peu plus fort.

– Bonjour, dit-il dans un souffle.

Je frissonnai et je souris.

– Je rêve ou je suis vraiment en train de me réveiller à côté de toi ? murmurai-je.

– Tu rêves de te réveiller à côté de moi ?

– Oui, sauf que d'habitude, tu es tout nu, alors là, je dois être réveillée.

– Toi aussi, tu es toute nue dans mes rêves, murmura-t-il avant de m'embrasser dans le cou.

Un frisson me parcourut, interrompu par un bruit de ronflement, une quinte de toux et d'autres bruits disons… inconvenants.

– Désolé pour le bus puant rempli de mecs… Côté romantisme, c'est moyen…

– C'est mieux que rien, dis-je en lui caressant la joue.

Sa main vint recouvrir la mienne et je me rappelai des montagnes russes de la veille.

– Au fait, tu as dit que tu voulais me dire quelque chose hier soir… C'était quoi ? chuchotai-je en me demandant si j'étais vraiment prête à entendre ce qu'il avait à me dire.

– Je…

Il baissa brièvement les yeux et jeta un coup d'œil vers son portable. Puis il fronça les sourcils en scrutant longuement mon visage.

– Je ne t'ai pas parlé de l'inconvénient concernant le contrat.

J'étais étonnée par le tour que prenait la conversation, et j'eus aussi l'impression qu'il venait subtilement de changer de sujet.

– C'est quoi ?

Il baissa les yeux une nouvelle fois.

– Dès que la tournée se termine, en mai, ils veulent qu'on vienne à Los Angeles pour enregistrer l'album. Entre-temps, il va falloir qu'on parcoure notre répertoire, choisir les meilleures chansons et les améliorer… On devra être prêts en arrivant là-bas.

Je sentis mon cœur se serrer dans ma poitrine.

– Tu es en train de me dire que tu ne vas pas pouvoir passer du temps avec moi avant… longtemps, c'est ça ?

– Je suis désolé… On n'a pas le choix, et ça veut dire que je ne pourrai pas venir te voir comme je l'avais prévu.

– Ne t'en fais pas. Je comprends.

Je baissai les yeux en repensant à tous les moments qu'on avait déjà manqués. Notre première Saint-Valentin ensemble était déjà passée, et les fleurs qu'il m'avait envoyées étaient fanées depuis longtemps. Il ne restait que deux semaines avant notre anniversaire à la mi-mars, l'anniversaire de Kellan était en avril, le mien en mai, puis il y avait ma remise de diplôme…

– Tu pourras rentrer en juin ?

– Hors de question que je ne sois pas là ta remise de diplôme. Même si je dois partir en plein milieu d'un enregistrement, je refuse de rater ça.

Je souris en sachant que je le verrais au moins à ce moment-là… dans trois mois. Après ça, ils partiraient sûrement encore en tournée pour faire la promo de l'album… Je tentai de ravaler ma tristesse pendant qu'il me serrait tout contre lui en me frottant le dos.

– Et toi, qu'est-ce que tu voulais me dire ?

Je me crispai sans savoir quoi répondre. Il n'irait jamais à Los Angeles s'il savait que Denny était revenu. Il flipperait complètement s'il apprenait que c'était lui, l'ami avec qui j'allais souvent déjeuner. Mais surtout, si je ne voulais rien dire, c'était parce qu'au fond de moi je savais qu'il m'avait menti. J'étais persuadée que ce n'était pas de Los Angeles et de l'enregistrement qu'il avait prévu de me parler à la base. J'étais certaine que son départ n'avait rien à voir avec la personne qui l'appelait. Je me mordis la lèvre en me demandant quoi dire, puis je finis par me mettre sur un coude pour mieux le voir.

– Je t'aime, Kellan, et tu n'as aucun souci à te faire me concernant. Mais je ne pense pas que je peux te le dire pour le moment.

– Quoi ? Pourquoi pas ?

Je secouai la tête en me sentant coupable.

– Il va falloir que tu me fasses confiance.

Il entrouvrit la bouche et jeta un bref regard vers son téléphone, puis il referma la bouche et je sus qu'il avait saisi. Il savait que j'avais compris qu'il ne m'avait pas vraiment tout dit. Que ce dont il avait prévu de me parler hier soir et ce qu'il m'avait dit ce matin étaient deux choses différentes. Je sentis les larmes me monter aux yeux face à son manque d'honnêteté et il me regarda avec des yeux brillants, lui aussi.

– D'accord, murmura-t-il d'un air triste qui me brisa le cœur.

On se fit des câlins et on s'embrassa mais on ne se dit plus grand-chose après ça. Je sentais comme un fossé entre nous, et je détestais l'idée de repartir de cette façon, terrifiée à l'idée qu'on s'éloigne davantage. Il n'arrivait pas à me parler et je n'y arrivais pas non plus, et la seule solution était que l'un de nous cède, mais je savais qu'aucun de nous n'était prêt à le faire… pas avec le peu de temps qui nous restait.

Kellan avait réservé des billets pour Anna et moi dans la nuit, pendant que je dormais. Quand le bus arriva enfin à destination, il s'arrangea pour qu'une voiture vienne nous chercher dans l'après-midi, et ainsi passer autant de temps que possible ensemble. À ma grande surprise, au moment de partir, Griffin nous accompagna à l'aéroport. J'avais envie de voir ça comme un signe qu'Anna allait lui manquer, mais en vérité, ça pouvait tout aussi bien être pour le plaisir d'aller faire une promenade.

On se dit au revoir devant le contrôle de sécurité et je scrutai le visage de Kellan, en l'implorant silencieusement de me parler. Il prit mon visage entre ses mains et m'embrassa sur chaque joue avant de poser son front sur le mien.

– Ne sois pas fâchée pour le vol, murmura-t-il.

Il me tendit mon billet et je le regardai d'un air maussade : il nous avait pris un vol direct jusqu'à Seattle. Il ignora mon air agacé et sourit.

– Tu travailles ce soir, tu peux te passer d'une escale.

Je soupirai, tout en sachant qu'il avait raison.

– C'est vrai... Merci.

Je secouai la tête et je l'embrassai.

– Ça valait le coup, murmura-t-il.

Je reculai d'un pas, en tentant de ne pas faire attention à ma sœur et Griffin qui s'agressaient sexuellement un mètre plus loin.

– Kellan ?

– Oui ? demanda-t-il d'un air nerveux.

Je faillis tendre la main et lui demander de me donner son téléphone. J'en avais encore plus envie depuis que son téléphone avait bipé le matin, pendant le petit déjeuner. Il l'avait ignoré, comme toujours, et ça m'avait rendue folle, comme toujours. Mais je ne voulais pas être le genre de petite amie qui fouille dans le portable de son copain. Je lui avais demandé de me faire confiance et je devais en faire autant.

J'expirai doucement en secouant la tête.

– Tu vas me manquer, chuchotai-je.

Il sourit, visiblement soulagé.

– Toi aussi, tu vas me manquer. Je t'appelle ce soir, d'accord ?

Je hochai la tête et l'embrassai une dernière fois avant de passer la porte d'embarquement. Kellan me fit signe tandis que je m'éloignai en tirant ma sœur derrière moi. Les garçons finirent par disparaître de notre champ de vision et Anna gloussa en se collant à moi.

– Tu vois, je t'avais bien dit que ce serait génial !

Je retins le soupir frustré que j'avais envie de pousser. Il s'était passé beaucoup de choses, certaines bonnes, d'autres mauvaises, mais rien que je qualifierais de génial, à part peut-être le concert. Et peut-être aussi prendre Kellan dans mes bras, l'embrasser, m'endormir dans ses bras, sentir à nouveau son parfum… Je lui souris et hochai la tête.

– Tu avais raison. C'était super.

Elle rit pendant presque tout le trajet jusqu'à la maison.

Notre petite expédition me laissa un goût amer, surtout quand je pensais à quel point Kellan allait être absent, quand je me demandais ce qu'il me cachait, et que je réfléchissais à comment lui dire ce que moi, je lui cachais. Et Denny, attentif comme à son habitude, s'en rendit compte.

Il sirotait sa bière verte en l'honneur de la Saint-Patrick en me regardant d'un air inquiet pendant mon service. Ça faisait deux semaines que j'avais vu Kellan, et deux semaines que j'attendais des réponses claires qui ne venaient pas. Lui non plus ne me posait pas de questions : il comprenait que si je me confiais, il devrait en faire autant, et il n'avait pas l'air d'être prêt pour ça.

Je soupirai en nettoyant une table déjà propre, et Denny vint me rejoindre. En costume de ville, il leva les yeux vers les Poetic Bliss qui étaient sur scène.

– C'est bizarre de voir quelqu'un d'autre jouer ici, non ?

Je souris en regardant Tuesday en plein solo à la guitare. Tuesday… Tu parles d'un nom.

– Oui… ça fait vraiment drôle.

– Tu es sûre que ça va ? Tu as l'air déprimée depuis ton voyage. Il s'est passé quelque chose à Boise ?

Je me mordis la lèvre et baissai les yeux. Personne d'autre n'avait remarqué mon changement d'humeur, pas même Jenny. Elle n'avait pas participé à notre petit voyage improvisé et elle ne l'avait pas très bien pris. Ça m'avait étonnée, car elle ne se fâchait jamais, mais Evan lui manquait autant que Kellan me manquait, alors je pouvais comprendre pourquoi elle était un peu désagréable… même si je m'étais excusée des dizaines de fois de ne pas l'avoir invitée.

– Je ne sais pas… Peut-être… admis-je.

– Tu veux en parler ?

Je hochai la tête. Je n'avais personne à qui me confier.

– Tu veux passer après mon service ?

– D'accord. Je te retrouve chez toi. Je suis sûr que tout va bien aller, assura-t-il en me tapotant l'épaule.

Je lui souris puis il alla rejoindre Sam, nonchalamment adossé contre un mur. Je m'étais déjà fait la réflexion et je me la ferais sans doute encore, mais vraiment, Abby avait beaucoup de chance d'avoir Denny.

Bizarrement, Anna était déjà couchée quand je rentrai à la maison, et je fis bouillir de l'eau pour le thé sans faire de bruit. Je n'aimais pas trop ça, mais avec une bonne dose de miel et beaucoup de lait, ce n'était pas si mal. Et Denny adorait ça, et je voulais lui faire plaisir. Dix minutes plus tard, des petits coups frappés à la porte indiquèrent son arrivée. Sa ponctualité me fit sourire, et j'allai ouvrir pour le laisser entrer. En sentant l'odeur du thé, il se dirigea vers la cuisine avec un grand sourire.

– Ça tombe bien, c'est exactement ce que je voulais.

Il souleva sa tasse et renifla l'odeur de l'Earl Grey.

– Mon préféré, en plus. Comment tu as deviné ? demanda-t-il en feignant un air étonné.

– Tu es vraiment un imbécile, dis-je en riant.

– C'est pour ça que tu m'aimes, dit-il avant de boire une gorgée de thé.

Puis il se rendit compte de ce qu'il venait de dire et s'immobilisa.

– Enfin, que tu m'aimais serait sûrement plus exact.

Son expression se durcit légèrement et je soupirai en m'adossant contre le plan de travail. Il avait peut-être l'air d'aller bien et d'avoir dépassé ce qui s'était passé entre nous, mais ce n'était pas le cas, ou du moins, pas complètement. Je ne pouvais pas lui en vouloir : personnellement, je n'arrivais toujours pas à croire qu'il soit dans ma cuisine. Sachant qu'il ne voulait plus d'excuses de ma part, je haussai les épaules.

– Non. Tu peux laisser ça au présent.

Il m'adressa un regard à la fois curieux et méfiant.

– Tu es mon meilleur ami, tu te souviens ? Et les meilleurs amis s'aiment.

Il posa sa tasse et me fit un grand sourire.

– Tu as sans doute raison.

Puis il fronça les sourcils et croisa les bras sur sa poitrine.

– Alors, mon amie, qu'est-ce qui se passe ?

Je regardai ma tasse intacte qui refroidissait et décidai de ravaler ma peine et ma fierté.

– Comment as-tu su que je te trompais ?

Ma voix était à peine audible et la culpabilité me frappa comme une gifle en pleine figure. Je n'avais jamais voulu lui poser la question, mais tout à coup, elle paraissait appropriée. J'étais incapable de le regarder, mais je me doutais de l'expression sur son visage, de son regard pensif teinté de peine et surtout plein d'inquiétude.

– Tu penses que Kellan te trompe ?

Je le regardai sans vraiment être étonnée. Ma question ne pouvait mener qu'à une conclusion et Denny était loin d'être idiot.

– Je ne sais pas, peut-être… Comment tu l'as su ? Qu'est-ce que j'ai fait qui t'a amené te poser des questions ? demandai-je tout en me détestant de l'obliger à en parler.

– Je ne sais pas trop… C'était une impression, plus que des faits. Tu étais distante, secrète, comme si tu me cachais quelque chose. Comme si tu voulais me parler de quelque chose mais que tu n'y arrivais pas.

Mes yeux se remplirent de larmes et Denny soupira.

– Il te trompe, c'est ça ?

Incapable de répondre, je me contentai de hausser les épaules en sentant une larme rouler sur ma joue. Denny ne fit pas un geste pour venir me consoler.

– Je suis désolé, Kiera. Je ne suis pas surpris, mais je suis désolé.

– Tu pensais qu'il me tromperait ?

Il se passa une main dans les cheveux et soupira, visiblement gêné.

– Écoute, je sais que tu l'aimes, mais je le connais depuis longtemps, et il n'est pas…

Il ferma les yeux un instant puis les rouvrit et posa son regard sur moi.

– J'aime beaucoup Kellan, vraiment, mais il n'est pas fait pour être en couple avec une seule personne. Ça n'a jamais été son style. Je suis désolé de ce qui t'arrive, mais honnêtement, je suis surpris que ça ne se soit pas produit plus tôt.

Je le regardai, bouche bée. C'était comme s'il venait de me transpercer le cœur. En avoir peur sans en parler était une chose, mais entendre un ami de Kellan me l'affirmer en était une autre. Et même si Denny avait des raisons de me faire détester Kellan, jouer ce genre de petit jeu tordu n'était pas son style. Il n'aurait pas dit ça s'il ne pensait pas que c'était la vérité. Bien sûr, il ne connaissait pas Kellan aussi bien que moi : il ne connaissait qu'une fraction de son passé.

Il fit un pas vers moi et me prit la main.

– Je suis désolé d'avoir à te dire ça, vraiment, mais il faut que tu saches à qui tu as affaire. Et Kellan ne sait pas comment être fidèle, Kiera. Ça le dépasse.

D'autres larmes coulèrent, que j'essuyai rapidement.

– Tu ne le connais pas aussi bien que moi. Tu ne sais pas tout ce qu'il a traversé et à quel point il a souffert. Tu penses qu'il était juste un enfant battu, mais c'est bien pire que ça.

Je fermai la bouche avant d'en dire trop. Ce n'était pas à moi de raconter ses secrets.

– Une enfance difficile n'excuse pas le fait d'être un… de traiter les gens comme ça. Tu peux venir d'un endroit horrible et être quand même quelqu'un de respectable. Ça ne t'autorise pas à faire mal aux gens.

– Je sais… Ce que je veux dire, c'est qu'il y a beaucoup de choses que tu ne sais pas.

– Comme quoi ?

– Ce n'est pas à moi de te le raconter, désolée.

Il hocha la tête d'un air un peu triste, comme s'il venait de se rendre compte à quel point on était proches, Kellan et moi.

– Peut-être que je me trompe, alors. Mais si tu penses qu'il te trompe… c'est que c'est probablement le cas.

Une autre larme roula sur ma joue et Denny l'essuya, cette fois.

– Je suis désolé. Tu lui as dit que j'étais revenu à Seattle ?

Je soupirai et secouai la tête en gardant les yeux fixés sur la table. Un vase rempli de roses rouges y trônait, que Kellan m'avait offertes pour notre anniversaire. Il les avait fait livrer au Pete's mais comme je ne me sentais pas bien, j'étais rentrée tôt à la maison et je ne les avais récupérées que le lendemain soir. On s'était loupés pour la célébration de notre première année ensemble, et ça paraissait horriblement symbolique.

– Pourquoi tu ne lui en as pas parlé ? Et ne me dis pas que c'est parce que tu ne voulais pas lui faire de peine. C'est peut-être en partie à cause de ça, mais c'est quoi, la vraie raison ?

J'aurais tellement voulu échapper à cette conversation douloureuse, mais c'était trop tard.

– Il me cache quelque chose… et comme il me cache quelque chose, j'ai voulu lui cacher quelque chose, moi aussi.

Je laissai échapper un sanglot, et Denny enroula ses bras autour de moi. J'étais secouée par des sanglots de peur et de frustration, et je me détestais pour ce que je ressentais, et aussi pour l'avoir avoué à Denny. Je me laissai aller et il me garda contre lui sans rien dire, en me frottant le dos. Il devait remercier le ciel que sa nouvelle relation ne soit pas aussi compliquée.

Quand je repris un peu mon calme, Denny me lâcha et nous resservit du thé chaud. On alla s'asseoir sur le canapé et je lui fis part de toutes mes inquiétudes : les fans, la représentante de la maison de disques qui pourrait poser pour des magazines de mode, le fait que Kellan savait que je lui cachais quelque chose et qu'il n'avait rien dit parce qu'il ne voulait pas divulguer ses propres secrets.

Denny m'écouta sans vraiment faire de commentaire sur l'attitude de Kellan, et sans non plus essayer de me donner de faux espoirs. Une fois mon récit fini, il ne me dit pas que ce n'était rien, ou que tout irait bien, ou encore que je dramatisais. Il se contenta de hocher la tête, et je compris soudain pourquoi les gens se rassuraient quoi qu'il arrive : parce que ne pas entendre « ce n'est sûrement rien » de la part de la personne à qui vous confiiez vos peurs rendait ces peurs totalement justifiées, même si vous n'aviez aucune preuve concrète.

Quand je n'eus plus rien à dire, Denny tira sur un fil du canapé, peut-être en se demandant quoi dire aussi. Je le regardai et me sentis soudain vide et épuisée. C'est alors qu'il remarqua quelque chose et qu'il enfonça sa main dans un trou du canapé auquel je ne prêtais même plus attention, pour en extraire quelque chose.

Quand il en retira un bout de papier, mon cœur s'arrêta de battre. C'était un mot d'amour de Kellan. Denny le déplia et me le tendit au bout de quelques instants.

– Je pense que c'est pour toi, dit-il doucement.

Je tendis une main tremblante pour m'en emparer et lus son contenu à travers mes larmes.

J'ai caché celui-ci en espérant que tu le trouves longtemps après mon départ. J'espère que tu trouveras ça dans des mois, alors que je serai encore sur les routes, loin de toi. J'ai du mal à imaginer l'effet que tout ce temps séparé a pu avoir sur nous. J'espère qu'on est plus proches qu'avant. J'espère qu'on est plus amoureux que jamais. J'espère que quand je reviendrai, tu voudras bien vivre avec moi. En toute honnêteté, j'espère qu'après mon retour, tu voudras bien te marier avec moi un jour. Parce que c'est ce que je veux et ce dont je rêve : de t'avoir rien que pour moi jusqu'à la fin de ma vie. J'espère que tu ressens la même chose… parce que je ne sais pas ce que je ferais sans toi. Je t'aime tellement. Mais si on n'est pas plus proches, si quelque chose est venu s'interposer entre nous, je t'en supplie : ne me laisse tomber. Reste avec moi. Trouve une solution avec moi. Mais ne me quitte pas… s'il te plaît.

Je t'aime plus que tout,
Kellan

20

Dites-moi que je rêve

Après le départ de Denny, j'allai me coucher en gardant la lettre de Kellan serrée dans ma main. Je savais qu'il l'avait écrite à l'automne, avant que les choses ne changent entre nous, mais cela me réconfortait quand même. Il savait déjà, à ce moment-là, que quelque chose viendrait peut-être mettre de la distance entre nous. Il le savait et il me suppliait d'avance de ne pas le quitter. Ce n'était pas ce que je voulais de toute façon : je voulais rester avec lui. Je voulais la vie qu'il avait décrite sur ce bout de papier. Et je voulais lui faire confiance aussi.

Mon téléphone sonna tôt le lendemain matin. Avec la lettre chiffonnée encore entre mes doigts, je tâtonnai pour l'attraper et parvins à décrocher juste avant que le répondeur ne se mette en route.

– Joyeux anniversaire, dit une voix chaleureuse.

Je souris en roulant sur le dos et en imaginant le regard bleu qui accompagnait cette voix.

– Tu n'as pas besoin de me dire ça à chaque fois que tu appelles, tu sais.

– Je sais, mais je me sens encore super mal de ne pas avoir pu venir te voir. Un premier anniversaire, c'est important, et je voulais vraiment rentrer… mais ça ne s'est pas passé comme j'avais prévu.

Je me mordis la lèvre. Il avait déjà dit que c'était à cause du nouvel album. Pile au moment où il pensait pouvoir s'esquiver, les directeurs de la maison de disques l'avaient recontacté car ils avaient ajouté une clause à son contrat : le label voulait approuver formellement chaque chanson avant de donner son accord pour l'enregistrer. Kellan n'était pas ravi qu'une société ait le dernier mot concernant sa musique, mais produire un album coûtait cher et le studio devait s'assurer que son argent était investi au mieux. Financièrement, c'était logique, mais ça rendait aussi le processus d'enregistrement bien plus compliqué. D'autant qu'ils voulaient la liste définitive des chansons avant l'arrivée du groupe à Los Angeles, en mai, ce qui ne leur laissait pas beaucoup de temps.

Je comprenais tout ça… mais j'avais vraiment eu envie de passer notre anniversaire avec mon copain, et pas avec un flacon d'aspirine.

– Je comprends, Kellan, ce n'était pas ta faute. De toute façon, j'étais malade, et tu m'as envoyé des fleurs.

– Oui, des fleurs que tu n'as pas reçues à temps. Je suis désolé, j'étais sûr de te trouver au Pete's un samedi soir.

– C'est bon, Kellan, ça ne fait rien.

– Pour moi, ça ne fait pas rien. Je suis désolé que ça se soit passé comme ça. Je me rattraperai, je te le promets.

Je m'allongeai sur le côté et posai la tête sous mon bras. Un silence s'installa, qui ne tarda pas à devenir oppressant à mesure que je pensais à tous les obstacles entre nous, aussi bien physiques qu'émotionnels.

– J'ai trouvé ta lettre hier soir. Celle qui était cachée dans le canapé, dis-je en la serrant dans ma main.

– Oh… et ?

J'entendis le doute dans sa voix, comme s'il pensait qu'il était allé trop loin en admettant ouvertement qu'il voulait m'épouser. Peut-être qu'il pensait que ce n'était pas ce que moi, je voulais. Peut-être qu'il croyait que j'espérais toujours épouser Denny un jour, étant donné que ça avait été le plan non officiel.

– Tu vois vraiment un avenir pour nous ?

– Bien sûr que oui… Tout le temps. Et toi ?

– Oui.

Je me remémorai les peurs que j'avais confessées à Denny la nuit précédente, des peurs que son silence avait renforcées, et une pensée vint interrompre ma réponse. Ou plutôt une petite voix dans ma tête qui criait *Si tu penses qu'il te trompe, c'est que c'est probablement le cas.*

– Peut-être… un jour, ajoutai-je.

Il digéra ma réponse plutôt tiède, et le silence s'installa de nouveau, si oppressant que je sentis la tension me nouer l'estomac.

– Tu me manques, murmurai-je.

– Toi aussi, répondit-il immédiatement. Je sais qu'on s'est vus il y a deux semaines, mais ça ne suffit pas… Tu me manques tellement.

Je fronçai les sourcils en entendant à quel point il était mélancolique.

– Kellan, ça va ?

Mon cœur se mit à battre plus vite dans l'attente de sa réponse, et même s'il n'attendit que quelques secondes, cela me parut une éternité.

– Oui… Je suis crevé, c'est tout. Je n'avais pas cru que ça serait aussi épuisant. Être toujours sur la route, être loin de la maison, toujours être entouré d'autres gens. Je sais qu'il est tôt pour toi et que tu veux sûrement retourner dormir, mais est-ce que tu peux rester encore un peu ? J'aimerais juste t'écouter respirer un moment.

J'aurais tellement voulu pouvoir le prendre dans mes bras…

– J'ai tout mon temps.

Il soupira avec contentement.

– Tant mieux. Je t'aime, tu sais ? J'ai l'impression que ça fait une éternité que je ne t'ai pas tenue dans mes bras. Que je ne t'ai pas fait l'amour.

Je rougis légèrement en repensant à notre dernière fois… pendant les vacances de Noël.

– Ça fait une éternité, confirmai-je en espérant que ma dernière fois coïncidait avec sa dernière fois.

– Où es-tu ? demandai-je, en me disant soudain qu'il appelait peut-être d'une chambre d'hôtel.

– Dans le bus, dans la chambre du fond. Il n'y a personne alors je squatte le lit de Griffin.

L'imaginer dans un endroit où Griffin faisait… des trucs du genre Griffin me fit grimacer. Mais ensuite, je souris en l'imaginant allongé sur un lit, et je sentis une pointe de désir naître en moi.

– Et… tu es vraiment tout seul ?

– Oui, pourquoi ?

Je laissai tomber la lettre et me couvris les yeux d'une main. J'étais juste incapable de lui demander d'avoir un moment d'intimité avec moi au téléphone. Mais je sentais qu'on s'éloignait de plus en plus, et peut-être qu'une reconnexion de ce genre était pile ce qu'il nous fallait.

– Je veux… Est-ce que tu…

– Quoi, Kiera ?

Je fermai les yeux, m'allongeai sur le dos et essayai d'imaginer que j'étais Anna. Ça ne lui poserait aucun problème de demander à Griffin de faire l'amour au téléphone. Bon sang, je n'aurais jamais dû penser à ça.

– J'ai l'impression qu'on s'éloigne, Kellan, et je veux juste me sentir plus proche de toi. Je…

Il m'interrompit.

– Je suis désolé, Kiera, c'est ma faute. Je devrais… On devrait parler de… C'est tellement difficile…

Les larmes aux yeux, je secouai la tête. Je ne voulais pas qu'il me brise le cœur. Je voulais juste qu'il me fasse me sentir mieux, qu'il me fasse me sentir comme si on était en parfaite harmonie, fous amoureux et totalement dévoués l'un à l'autre. Je voulais me sentir valorisée de nouveau, même si c'était juste pour un moment.

– Arrête, Kellan. Je n'ai pas envie de discuter. Je veux juste que tu me fasses me sentir bien.

– Est-ce que tu es en train de me demander… tu veux que je te fasse l'amour ?

Le simple fait d'entendre ces mots m'arracha un grognement. J'utilisais le sexe comme une diversion, comme il le faisait parfois. Je savais que j'esquivais nos problèmes, et je savais aussi que si je le mettais vraiment au pied du mur, j'obtiendrais sans doute des réponses honnêtes… mais je n'étais pas prête à écouter sa confession. Ça faisait tellement longtemps et il me manquait tellement… Si on pouvait juste faire semblant…

– Oui, dis-je d'une voix rauque. Fais-moi sentir que je suis ta femme.

– Kiera… j'ai tellement envie de toi.

Je laissai courir ma main sur mon corps, sur les endroits qu'il aimait toucher, et je me mis à respirer plus vite.

– Je ne sais pas quoi faire, avouai-je à voix basse.

Il grogna dans mon oreille et je sentis tout mon corps se contracter. En gardant les yeux fermés, je découvris que je pouvais facilement imaginer sa main à la place de la mienne. Surtout quand il se mit à me guider.

– Enlève ton haut, j'ai envie de passer ma langue sur tes seins...

Une demi-heure plus tard, il offrit enfin à mon corps l'explosion dont celui-ci avait besoin. Il m'avait tenue en haleine en me titillant, en me disant exactement où aller et quelle partie de mon corps toucher. Il le disait comme si c'était lui qui le faisait, ce qui m'évitait de me sentir stupide ou mal à l'aise. De toute façon, j'avais arrêté de m'en inquiéter au bout de cinq minutes, quand il avait commencé à se caresser. Sa voix quand il jouit continuait à résonner dans ma tête.

J'étais à bout de souffle et il me fallut une bonne minute pour me rendre compte qu'il me parlait.

– Tu es toujours là ?

– Oui, désolée. J'étais un peu distraite.

On rit tous les deux et il ronronna dans mon oreille.

– Tu m'étonnes. C'était incroyable. Tu es incroyable.

Je n'avais pourtant pas l'impression d'avoir fait quoi que ce soit de spécial.

– Tu es sûr que c'était bien ? Je n'avais jamais fait ça avant.

– Si on considère que je n'ai pas joui comme ça depuis je ne sais pas combien de temps... alors oui, c'était parfait. Et pour moi aussi, c'était la première fois.

J'étais tellement étonnée que je m'assis dans le lit.

– Tu n'avais jamais fait l'amour au téléphone avant ?

Je me sentis aussitôt gênée d'avoir posé la question avec autant d'audace mais il se contenta de rire.

– Non, pourquoi, c'est si étonnant que ça ?

Je me rappelai des mots brûlants qu'il avait utilisés pour mettre le feu à mon corps : ça m'avait paru si naturel sortant de sa bouche qu'on aurait pu croire à un vrai professionnel. Avoir une sexualité exacerbée n'avait pas que des inconvénients...

– Parce que tu étais génial.

– Génial, vraim...

Il s'interrompit et je l'entendis jurer.

– Kellan, tout va bien ?

– Oui, c'est juste que les garçons arrivent. Il faut que j'aille… nettoyer tout ça, désolé.

Je rougis en imaginant dans quel état il devait être et j'enroulais une couverture autour de mon corps nu, gênée qu'il se fasse surprendre comme ça.

– Oh, d'accord, je t'aime.

Il rit, me dit qu'il m'aimait aussi, puis il raccrocha. Je posai mon portable sur ma table de nuit et m'étirai en repensant à lui en train de gémir mon nom. Pour le moment, je me sentais totalement détendue et heureuse, et j'espérai que ça durerait.

Étonnamment, ça dura un moment. Je passai plusieurs jours sur un petit nuage, et Cheyenne le remarqua. Pendant le cours de poésie, elle me demanda si ça avait quelque chose à voir avec la rose que je faisais tourner entre mes doigts et je hochai la tête en souriant. Je ne savais pas comment il s'était débrouillé, mais depuis notre petite conversation coquine, j'avais été approchée chaque jour par de parfaits inconnus qui m'offraient une rose. Parfois, ça arrivait sur le campus, parfois au travail, parfois encore au Starbucks. C'était presque comme si Kellan voulait être sûr de ne plus me rater.

J'avais déjà un vase rempli de quatorze roses à la maison. S'il continuait à ce rythme, j'allais bientôt devoir en racheter un autre. Et je devrais déménager aussi : ma sœur était une vraie rabat-joie ces derniers temps et le moindre geste romantique de Kellan lui tapait sur les nerfs. Elle fit même la réflexion que l'appartement puait la rose. Sérieusement ?

J'essayais de ne pas jubiler, étant donné qu'elle avait vraiment l'air agacée par le manque de… de tout, chez Griffin, et j'espérais que son humeur s'améliorerait bientôt. Sinon… peut-être que je pourrais aller chez Denny ?

Il avait enfin trouvé un endroit où habiter et c'était... impressionnant. C'était une maison dans un quartier résidentiel huppé sur Queen Anna Hill. Les maisons là-bas étaient vraiment magnifiques, et Denny avait une superbe vue sur la ville. J'en avais eu le souffle coupé quand il m'avait fait visiter. Après mon cours, je devais aller l'aider à choisir des meubles. Il avait bon goût en matière de décoration (je m'étais toujours dit que c'était indispensable pour quelqu'un travaillant dans la pub), mais il m'avait sans doute demandé de l'accompagner pour vérifier que j'allais bien.

Il n'avait pas parlé de mon changement d'humeur depuis le soir où j'avais pleuré dans ses bras, mais il avait l'air à l'affût, comme s'il craignait que je m'effondre. Je me sentais coupable d'avoir craqué et de lui avoir confié mes peurs. Je surjouais donc ma bonne humeur, sans doute de manière peu subtile. Par conséquent, il m'appelait beaucoup et m'invitait souvent à sortir. Ça ne me dérangeait pas : j'aimais bien passer du temps avec lui. J'avais toujours aimé ça.

Mon trimestre touchait à sa fin et aujourd'hui marquait la fin de mon cours de poésie. Je serrai Cheyenne dans mes bras et la remerciai pour son aide. Je n'aurais jamais réussi à déchiffrer le langage poétique sans son aide.

– Pas de problème, Kiera. Peut-être qu'on pourra encore se voir pendant le dernier trimestre et continuer à réviser ensemble autour d'un café ?

Sachant que mon dernier trimestre allait être aussi compliqué que le précédent, je laissai échapper un long soupir.

– Oui, bien sûr !

Je lui fis un signe de la main en m'éloignant et elle m'adressa un sourire chaleureux. Si chaleureux que j'en fronçai les sourcils. Son attitude me paraissait un peu trop affectueuse. Je fis signe à mes autres camarades en espérant que Cheyenne n'ait pas un coup de cœur pour moi. Je ne savais pas vraiment si elle préférait les filles ou les garçons, car le sujet n'était jamais venu sur le tapis. Quand on parlait de Kellan, elle mentionnait souvent son ex du lycée, et j'étais presque sûre qu'il s'agissait d'un garçon. En aucun cas, je ne voulais pas faire de la peine à quelqu'un d'autre dans ma vie. Mais encore une fois, peut-être que j'interprétais mal les choses. Cheyenne s'entendait bien avec tout le monde dans la promo et ce n'était pas comme si j'étais la beauté fatale que tout le monde désirait. Non, ça, c'était Kellan.

Je ris toute seule et me dirigeai vers le parking où je devais retrouver Denny. Comme je savais qu'on allait faire les magasins ensemble, j'avais laissé le bébé de Kellan à la maison, en interdisant catégoriquement à ma sœur de la prendre. Elle s'était contentée de hausser les épaules d'un air morose et fatigué. Denny sortit de sa voiture en me voyant arriver.

– Qu'est-ce qu'il y a de si drôle ?

J'étais encore en train de rire à l'idée qu'une autre personne puisse être amoureuse de moi.

– Rien, je me rends juste compte que j'ai une bien trop haute opinion de moi-même.

Il secoua la tête en souriant et je lui rendis son sourire.

– C'est vrai que tu ferais bien de travailler un peu sur ta modestie.

Je lui donnai une bourrade et ouvris la portière pour m'installer sur le siège en cuir luxueux avec chauffage intégré. Denny prit place derrière le volant et regarda la fleur dans ma main.

– Ça vient de Kellan ?

– Oui, dis-je d'un air un peu rêveur.

– Tout va bien, alors ?

Il avait l'air l'inquiet et je tournai la tête vers lui.

– Je pense. Enfin, on n'a pas encore discuté mais j'ai l'impression qu'on a fait un pas l'un vers l'autre.

– Mais vous n'avez pas encore discuté, donc rien n'a vraiment changé, pour le moment.

Je soupirai et regardai par la fenêtre.

– Je suppose que non. Mais je n'ai pas vraiment envie d'en parler.

– Comme tu veux, Kiera. C'est ta relation, pas la mienne.

– En parlant de ça… des nouvelles concernant l'arrivée d'Abby ?

Son visage s'illumina.

– Oui, sa mission est bientôt terminée. Elle pense pouvoir être là d'ici à la fin du mois d'avril.

Ses yeux avaient le même éclat que lorsqu'il parlait de moi avant. Ça faisait un peu mal, mais étrangement, ça me faisait aussi du bien. Denny faisait partie de ma vie, et je l'aimais. Je voulais le voir heureux et c'était Abby qui le rendait heureux.

– Je suis vraiment contente, Denny. Elle a dû te manquer, dis-je en mettant ma main sur son genou.

Je me demandai instantanément s'il avait eu des conversations coquines avec elle au téléphone. Probablement pas, ce n'était pas le style de Denny. En même temps, ce n'était pas mon genre non plus, et pourtant, je l'avais fait. Si Abby était comme Kellan, elle avait peut-être ouvert de nouveaux horizons à Denny. D'une certaine façon, on se ressemblait trop, lui et moi. Le fait qu'on soit avec des gens à la personnalité si différente de la nôtre était sans doute une bonne chose. Les opposés s'attirent, non ?

Le regard de Denny alla de ma main sur son genou à mon visage et il me sourit, mais décala sa jambe immédiatement. Je compris son geste et retirai tout de suite ma main. Certaines choses étaient trop familières, et certaines limites ne devaient plus être dépassées. Et puisqu'on se ressemblait tellement, on le comprenait tous les deux.

On fit tous les magasins du centre avant de trouver les bons meubles pour le salon et la salle à manger. On choisit même ceux pour la chambre à coucher, et oui, c'était bizarre de faire ça avec son ex en sachant que c'était pour lui et sa nouvelle copine. On avait tous les deux l'air plutôt mal à l'aise quand le vendeur nous fit nous asseoir sur le matelas. Mais ensuite, une fois allongés sur le dos, on se regarda et on se mit à rire. C'était tellement bizarre que ça en devenait amusant.

Soudain, je ne pus m'empêcher de me demander ce que Kellan dirait s'il savait ce que j'étais en train de faire. S'il pouvait nous voir et constater qu'il n'y avait plus que de l'amitié entre nous, peut-être qu'il l'accepterait. Mais lui en parler au téléphone, sans visuel pour accompagner l'explication... Ça se passerait mal, surtout que Denny était là depuis plusieurs mois maintenant. Plus le temps passait, et plus c'était difficile à expliquer.

Le choix se porta sur un matelas queen size et on choisit les meubles pour aller avec. Denny opta pour un lit traîneau magnifique dont j'espérai qu'il plairait à Abby quand elle le verrait... Bizarre, je vous dis !

Il était tard quand je rentrai à la maison. Après avoir tout arrangé pour la livraison des meubles, Denny m'avait emmenée dîner pour fêter ça et il n'avait pas arrêté de parler d'Abby et d'à quel point il avait hâte qu'elle voie leur nouvelle maison. Je souris poliment, contente de le voir si heureux, mais je sentis une pointe de tristesse en l'entendant parler de « leur » maison. Néanmoins, ça ne me dérangea pas autant que je l'aurais cru. Peut-être parce que Kellan désignait parfois sa maison comme la « nôtre », et que cela me faisait toujours sourire. Je voulais qu'Abby ressente le même bonheur, même si on ne s'était jamais rencontrées.

En poussant la porte, aux environs de vingt-deux heures, je fus surprise de trouver ma sœur en train de faire les cent pas dans le salon. Premièrement, elle était rarement énervée au point de faire ça, et deuxièmement, j'étais presque sûre qu'elle aurait dû être au travail.

Je posai mon sac sur la table et commençai par lui demander pourquoi elle n'était pas chez Hooters mais elle me coupa la parole immédiatement.

– Pas trop tôt ! Tu étais où ? Je t'ai appelée je ne sais pas combien de fois !

Je me rendis compte que je n'avais sûrement plus de batterie. Pourvu que Kellan n'ait pas essayé de me joindre.

– J'étais sortie avec Denny, pourquoi ?

Elle me fusilla du regard.

– Je ne comprends vraiment pas pourquoi tu traînes avec lui.

Je commençai à le défendre mais elle leva les mains en l'air et m'interrompit à nouveau.

– Je n'en ai vraiment rien à faire, de Denny et toi. Kiera, dit-elle en agrippant mon avant-bras, j'ai du retard.

Je fronçai les sourcils.

– Euh, d'accord. Mais la Honda est sur le parking, tu aurais pu partir au travail n'importe quand, répondis-je, confuse.

Elle soupira d'un air exaspéré.

– Bon sang, Kiera, pas ce genre de retard ! J'ai. Du. Retard, répéta-t-elle lentement.

Elle regarda son estomac et j'ouvris des yeux grands comme des soucoupes.

– Mon Dieu, tu es enceinte !

Elle me fit signe de me taire, comme si elle craignait que quelqu'un ne nous entende.

– Je n'en sais rien… mais je flippe complètement.

Hébétée, je lui posai toutes les questions qui me passaient par la tête.

– Tu es en retard de combien ? Tes dernières règles remontent à quand ? Avec qui tu as couché en dernier ?

Puis je marquai une pause d'une seconde et haussai les sourcils.

– Tu sais qui est le père ?

Elle me jeta un regard assassin et me donna une tape sur le bras.

– Mais, oui, je sais qui est le père, espèce de garce !

Je reculai d'un pas en essayant de parer ses coups.

– Bon sang, désolée, Anna.

Je parvins à me mettre hors de sa portée et levai les bras.

– Excuse-moi de dire ça, mais tu n'es pas toujours du genre à t'en tenir à un seul mec.

Ses lèvres tremblèrent et ses yeux se remplirent de larmes. Elle prit sa tête dans ses mains et se mit à pleurer, et je la serrai dans mes bras, rongée par la culpabilité.

– Je sais… Mais je ne suis sortie qu'avec un seul mec ces temps-ci et… Mon Dieu, Kiera… C'est Griffin.

– C'est ce que je craignais.

S'il y avait bien une personne au monde qui n'aurait jamais dû procréer, c'était bien Griffin. Mais il l'avait fait, et c'était apparemment ma sœur qui en portait le fruit. J'attrapai mon sac et la pris par le bras pour l'attirer vers la porte.

– Viens, on va t'acheter un test.

Elle dégagea mon bras et secoua la tête, l'air terrifiée.

– Je ne peux pas…

Je caressai son bras aussi doucement que possible.

– Il faut que tu saches, Anna.

Elle paraissait toujours apeurée mais elle ne protesta pas et je la poussai doucement vers l'avant. J'avais l'impression d'essayer d'apprivoiser un animal sauvage susceptible de m'attaquer au moindre mouvement brusque. Je parvins à la faire monter en voiture, mais au moment où je mis le moteur en route, elle ouvrit sa portière et sortit.

– Vas-y, toi. Je t'attends là-haut.

Contrariée qu'elle refuse d'affronter la réalité, je hochai la tête et me mis en route. J'espérai qu'elle serait encore à la maison à mon retour. Anna pouvait aller loin quand il s'agissait d'éviter des responsabilités, et je ne savais vraiment pas ce qu'elle ferait si le test était positif.

Une fois à la pharmacie, je pris tous les types de tests possibles et imaginables, y compris ceux qui détectaient les grossesses dès les premiers jours. Si Griffin était le père, alors ça avait dû se produire à Boise, et ça remontait seulement à quelques semaines. Cela me semblait tôt pour que les tests soient positifs, mais je n'étais pas vraiment experte en la matière.

Je posai mon panier plein de tests à la caisse en regrettant qu'Anna ne soit pas là et que la personne à la caisse ne soit pas une femme mais un jeune d'une vingtaine d'années.

– C'est pour ma sœur… grommelai-je.

Il me sourit mais ne dit rien, et j'étais sûre qu'il pensait que je mentais. Bizarrement, je ressentis le besoin de me cacher. Acheter des tests de grossesse était un peu comme acheter des préservatifs. C'était comme se balader avec une pancarte qui indiquait en grosses lettres *J'ai des rapports sexuels !*

Heureusement, je ne tombai sur personne que je connaissais et je sortis de là avec les joues en feu et ma fierté presque intacte. Quand j'arrivai à l'appartement, ma sœur était en boule dans le canapé, cachée sous une couverture et tremblante comme si elle venait de regarder un film d'horreur. Je lui tendis le sac, mais au lieu de l'attraper, elle se cacha le visage dans les mains et se remit à pleurer. Je m'agenouillai, mis le sac hors de son champ de vision et caressai ses cheveux soyeux.

– Ça va aller, ne t'en fais pas. Tu n'es sûrement pas enceinte. Tu prends la pilule ?

Je l'avais prise religieusement depuis que les choses entre Denny et moi étaient devenues sérieuses, et je supposais qu'Anna en faisait autant.

– La plupart du temps…

Je me retins de lui faire la leçon : elle était terrifiée, et la dernière chose dont elle avait besoin était d'une leçon de morale. Au lieu de ça, je lui souris et lui tapotai la jambe.

– Tu veux que je t'aide ?

– Non merci, je peux faire pipi toute seule.

Je soupirai et la regardai se lever, attraper le sac et sortir en trombe de la pièce. J'essayai de l'imaginer enceinte… mais je n'y parvins pas.

Elle ressortit de la salle de bain quelques minutes plus tard avec cinq bâtonnets dans la main, qu'elle fixait avec horreur, comme s'ils allaient l'appeler Maman d'un moment à l'autre.

– Et maintenant ?

Je la rejoignis et regardai les petites cases. Elles étaient vides.

– Je pense qu'il faut attendre quelques minutes.

– Attendre ? Je dois rester assise là à attendre de savoir si ma vie est finie ou pas ?

– Anna, ta vie n'est pas forcément finie si tu es en…

Elle mit un doigt sur ma bouche pour me faire taire.

– Ne dis pas le mot. Ça va me porter la poisse.

Je levai les yeux au ciel en espérant au passage qu'elle s'était lavé les mains, mais je ne fis aucun commentaire sur sa superstition. Elle passa une main dans ses cheveux sans quitter les tests des yeux.

– J'ai besoin d'un verre.

Elle allait se diriger vers la cuisine quand je l'attrapai par le bras.

– Anna, tu ne peux pas boire, pas si tu es en…

Elle me fusilla du regard et je reformulai ma phrase.

– Si tu attends un enfant.

– Ça craint déjà, ce truc !

Je lui pris les tests des mains et la fis s'asseoir sur le canapé.

– Alors ? demanda-t-elle au bout de dix secondes.

– Sois patiente.

Après sa dixième demande, je remarquai enfin un changement. En voyant que je ne répondais pas tout de suite, Anna se leva. Je la retins d'une main tout en essayant de me rappeler si, pour cette marque-là, deux lignes étaient une bonne nouvelle… parce que j'en voyais définitivement deux.

– Alors ? Ça dit quoi ? demanda-t-elle, agitée.

– Je ne sais pas encore.

Je plissai les yeux en espérant que je ne me rappelais pas bien du mode d'emploi et relus la notice la plus simple du lot. En voyant les mots défiler devant mes yeux, j'eus presque envie de me mettre à pleurer.

– Tu es enceinte… Les tests sont positifs.

Elle écarquilla les yeux et se retrouva au bord des larmes.

– Tous ? demanda-t-elle, comme si un seul test négatif aurait annulé tous les autres.

Je regardai de nouveau les tests : tous ceux sans mots étaient pareils. Deux traits, un trait et un signe plus, il y en avait même un avec un smiley. Sans parler de celui qui indiquait joyeusement « ENCEINTE ». Je hochai la tête et lui souris tristement.

– Tous. Félicitations, Anna, tu vas avoir un bébé.

Elle se mit à sangloter… et ce n'était pas des larmes de joie. Puis elle se ressaisit et eut soudain la conviction de pouvoir changer le résultat de la technologie.

– Non ! s'exclama-t-elle en s'emparant des tests et en se dirigeant vers la salle de bain. C'est impossible ! Les tests ont dû se tromper. Je ne suis PAS enceinte !

Je la suivis de loin, soucieuse de l'aider mais craignant de me faire arracher les yeux au passage. Elle me claqua la porte de la salle de bain au nez et j'attendis un peu avant de frapper timidement.

– Anna ? Qu'est-ce que tu fais ?

Quand elle me répondit, sa voix tremblait de peur et de rage.

– J'en fais d'autres ! Parce qu'il n'y a pas moyen que cet enfoiré m'ait mise enceinte !

Je soupirai et résistai à l'envie de lui dire que c'était tout à fait possible. Le fait que Griffin soit un idiot ne voulait pas dire que ses spermatozoïdes étaient inefficaces.

– Tu es sûre que c'est Griffin ?

Je me crispai après avoir dit ça, en sachant qu'elle ne manquerait pas de m'étrangler pour l'avoir quasi traitée de salope deux fois dans la même soirée. La porte s'entrouvrit et deux yeux émeraude me dévisagèrent.

– Oui, j'en suis sûre.

Elle claqua de nouveau la porte et je sursautai.

– C'est bon, je posais juste une question.

Après un long silence, j'ouvris doucement la porte. Tous les tests étaient alignés autour du lavabo, tous de couleurs et de formes différentes, et les fenêtres montraient différents mots ou différents symboles, mais le résultat était le même à chaque fois.

Une douzaine de tests disaient la même chose : Anna était enceinte. Elle leva vers moi des yeux pleins de larmes.

– Kiera, qu'est-ce que je fais ?

Je fis un pas en avant et la pris dans mes bras. Elle avait l'air complètement désemparée, et je ne l'avais jamais vue comme ça. Elle arrivait toujours à s'adapter, peu importe ce que la vie mettait sur sa route, et à passer d'un endroit à un autre, d'un homme à un autre ou d'un job à un autre. Mais un enfant… c'était une responsabilité permanente à laquelle elle ne pouvait pas se soustraire.

– Tu feras de ton mieux, et je t'aiderai autant que possible.

Elle s'écarta de moi et recula d'un pas.

– Je ne peux pas faire ça, Kiera. Je ne suis pas comme toi : je ne suis pas responsable, ou fiable, je ne suis même pas intelligente. Je bosse chez Hooters, bordel. Tout ce que j'ai, ce sont de longs cheveux et un beau cul. Qu'est-ce que j'ai à offrir à un enfant ?

Je posai une main sur son bras en soupirant.

– Tu te débrouilleras bien mieux que tu ne le crois, et je te connais, tu aimeras ce bébé de tout ton cœur. Et de quoi un bébé a besoin, à part d'amour ?

Des larmes roulèrent sur ses joues et elle secoua la tête.

– Je ne peux pas faire ça… et je ne veux pas. Je ne veux pas d'enfants, je n'en ai jamais voulu. Et Papa ! Il va me tuer… Et Maman… elle ne pourra plus jamais me regarder en face.

Elle renifla et se couvrit le visage un instant.

– Ils s'y feront, Anna. Ils seront de super grands-parents, et toi et Griffin…

– Griffin ! Bon sang, Griffin va être père !

Elle dit ça comme si elle venait juste de se rendre compte du rôle qu'il allait jouer dans tout ça.

– Oui, c'est comme ça que ça marche, en général.

Elle secoua la tête d'un air incrédule.

– Griffin ne peut pas être père, Kiera. Il fait des soufflettes à des bébés chiens ! Tu l'imagines avec un enfant ?

Je me raidis. Non, pas avant des millions d'années. J'essayai de sourire mais Anna remarqua mon air.

– Mais moi je serai là, et Kellan, et Evan, et Matt aussi. Surtout Matt, car il est de la famille. Ils l'auront à l'œil.

Elle soupira, rabattit le couvercle des toilettes et s'assit.

– Il croira que je l'ai fait exprès, comme ces groupies dont on leur a parlé. Il ne voudra plus jamais me voir.

– Anna, il ne…

Je ne finis pas ma phrase, car Anna avait raison : c'était exactement ce qu'il penserait.

– Je suis désolée, dis-je en secouant la tête.

Je ravalai les larmes qui menaçaient de couler sur mes joues. Peu importe ce qu'il y avait entre elle et Griffin, c'était clair qu'elle tenait à lui. Peut-être même qu'elle l'aimait, je n'en étais pas sûre, mais en tout cas, c'était fini entre eux maintenant, et je savais à quel point une rupture faisait mal. Soudain, Anna se leva.

– Je vais être malade.

J'avançai pour la prendre dans mes bras mais elle me poussa et plaqua une main sur sa bouche.

– Je vais vraiment être malade.

Elle se retourna, souleva rapidement le couvercle et vomit dans les toilettes. Je lui tins les cheveux et lui caressai le dos pendant qu'elle restait là, sa tête appuyée sur son bras. Elle renifla à plusieurs reprises en respirant bruyamment, puis la colère parut reprendre le dessus.

Elle bondit sur ses pieds, s'essuya la bouche avec une serviette et attrapa le sac de la pharmacie pour y fourrer tous les tests. Puis elle ferma le sac et sortit en trombe de la salle de bain. Curieuse de savoir par quelle nouvelle phase elle s'apprêtait à passer, je la suivis et constatai avec surprise qu'elle allait dans ma chambre.

– Anna, qu'est-ce que tu fais ?

Elle ouvrit un de mes tiroirs, glissa le sac à l'intérieur et le referma.

– Ça n'est pas en train d'arriver. C'est juste un rêve tordu et je vais me réveiller d'une minute à l'autre.

– Tu ne rêves pas, Anna, dis-je en montrant le tiroir du doigt. Ça s'est vraiment passé, et maintenant, il faut que tu agisses en conséquence.

– Je ne comprends pas de quoi tu parles, dit-elle en faisant mine de quitter la pièce.

– Tu ne peux pas juste faire comme si rien ne s'était passé, dis-je en l'attrapant par les épaules. Ça va arriver, que tu veuilles l'admettre ou non.

D'un air dénué de toute expression, elle me regarda enfin.

– Non, Kiera. Ça ne va pas forcément arriver.

Je sentis mon sang se glacer dans mes veines. Est-ce qu'elle parlait de… ? Je n'arrivais pas à croire que ma sœur puisse envisager cette solution. Je savais qu'elle était paniquée et complètement flippée, mais je ne pouvais pas croire qu'elle envisage de mettre un terme à sa grossesse.

– Anna… tu ne peux pas…

– Je ne sais pas encore, d'accord ? J'ai juste besoin de quelques jours pour digérer la nouvelle.

Je hochai la tête. Réfléchir était une bonne chose. Elle allait quitter ma chambre, la tête basse, quand elle s'interrompit arrivée à la porte.

– N'en parle à personne, s'il te plaît. Pas à Maman, pas à Papa, pas à Jenny, pas à Kellan ou à Denny non plus… à personne.

– Anna, tu n'as pas à faire ça toute seule.

– S'il te plaît, dit-elle en levant la main pour m'arrêter. Si je décide d'avor… Si je décide de mettre un terme à tout ça, je veux que personne ne soit au courant, jamais. Je n'ai pas dit ton secret à Kellan et je t'ai couverte quand tu étais à l'hôpital après ton fiasco avec Kellan et Denny en inventant une histoire bidon de perforation d'appendicite quand Papa a reçu la facture… Alors tu me dois bien ça.

Sa voix tremblait, trahissant à quel point cette décision la rongeait. Je savais que ma sœur n'avait pas un cœur de pierre et qu'elle n'était pas du genre à décider de mettre fin à une grossesse sur un coup de tête, mais je savais que l'idée de mettre au monde un bébé lui fichait une trouille indescriptible, surtout compte tenu de sa drôle de relation avec Griffin. Peut-être qu'elle changerait d'avis si je la laissais tranquille…

– D'accord, je te promets que je ne dirai rien à personne.

Elle hocha la tête et allait partir quand je la pris par le bras.

– Mais je veux que tu me préviennes… avant de le faire, dis-je en pleurant. Si tu décides de ne pas le garder, tu me le dis avant, et pas après, d'accord ?

Des larmes roulèrent lentement sur ses joues marbrées et je la pris dans mes bras.

– C'est ma nièce ou mon neveu là-dedans. Tu dois au moins me laisser une chance d'essayer de te convaincre de ne pas le faire. Et si j'échoue… tu dois me laisser venir avec toi pour te tenir la main.

Quand je m'écartai, elle avait le visage baigné de larmes et elle refoula un sanglot.

– Je t'aime, Anna, et je sais que tu feras au mieux.

Elle hocha la tête, tourna les talons et quitta la pièce.

21

Espoir

Au cours des semaines suivantes, tout tourna autour de ma sœur et on passa les vacances de printemps cloîtrées dans l'appartement. J'avais tenté de la convaincre d'aller voir un médecin, mais elle avait refusé et était allée vomir dans la salle de bain avant de passer des heures à pleurer dans son lit.

Je restais assise près d'elle à lui caresser les cheveux et lui montrais son calendrier Hooters accroché au mur pour lui rappeler à quel point elle était belle. C'était son mois : on était en avril, et c'était elle qui occupait cette page-là. Elle se plaignait déjà d'être ballonnée et grosse et que ses vêtements lui donnaient l'impression de rétrécir jour après jour. Elle avait fini par arracher le calendrier du mur et à le fourrer dans le tiroir de sa table de nuit.

J'espérais que son travail n'influencerait pas sa décision de garder le bébé ou pas. Elle était la seule fille de son restaurant à être sur le calendrier, et elle était un peu la mascotte. Je n'étais pas sûre qu'ils la laissent continuer à travailler comme serveuse une fois qu'elle commencerait à s'arrondir. Je n'avais jamais vu de fille enceinte servir dans un débardeur trop serré et un micro-short, mais je savais qu'elle avait des droits, et si elle utilisait son job comme une excuse pour avorter, je ne manquerais pas de les lui rappeler.

Dès qu'elle était dans les parages, je marchais sur des œufs pour ne pas la rendre encore plus anxieuse. Elle stressait pour un oui ou pour un non, mais je ne pouvais pas lui en vouloir : elle était terrifiée, et être en proie à des attaques hormonales n'arrangeait rien. Je l'envoyai quand même se faire voir quand elle me dit méchamment que l'odeur du café lui donnait la nausée et qu'il fallait que j'arrête d'en boire à la maison. Elle pleura quand je la remis en place et je me sentis tellement coupable que j'arrêtai d'en faire le matin. Je pouvais bien survivre sans caféine, surtout si ça aidait à la convaincre qu'elle pouvait être mère. Je savais qu'elle en était capable : derrière son insouciance se cachait une femme aimante, et même si elle n'avait pas encore trouvé le bon partenaire pour partager ça, je savais qu'il était là quelque part.

Je l'invitai même à venir suivre avec moi un des cours de dessin de Jenny. Je ne savais vraiment pas pourquoi je continuais à m'inscrire… sans doute parce que je me sentais encore coupable d'être allée à Boise sans elle. Anna vint à contrecœur et fut morose pendant tout le cours. Jenny le remarqua et regarda avec curiosité celle qui était habituellement si joyeuse, mais elle ne fit aucun commentaire. Peut-être qu'elle pensait que Griffin s'était comporté comme un con avec elle… et c'était le cas, même s'il ne le savait pas encore.

Personne n'était au courant. Anna ne voulait toujours pas que j'en parle à qui que ce soit, pas même à Denny, même s'il avait remarqué que quelque chose n'allait pas. Il était venu me chercher pour aller au ciné et Anna ne lui avait même pas jeté un de ses regards assassins.

– Amuse-toi bien… une de nous deux devrait, avait-elle murmuré en le regardant à peine.

Elle faisait des remarques de ce genre à longueur de temps. C'était comme si elle venait d'apprendre qu'elle avait une maladie mortelle et qu'il ne lui restait que neuf mois à vivre. J'essayais de la rassurer en lui disant qu'avec toutes les structures qui existaient, elle pourrait très bien vivre une vie normale avec un enfant, mais elle ne me croyait pas. N'empêche qu'elle était toujours enceinte, de sept semaines, à en croire la date que j'avais entourée sur mon calendrier. Je continuais à croiser les doigts en espérant tenir mon neveu ou ma nièce dans mes bras d'ici à la fin du mois de novembre.

Un peu verdâtre, Anna écouta le professeur de dessin expliquer le thème du cours du jour. Quand elle découvrit de quoi il s'agissait, elle poussa un grognement sonore. Aujourd'hui, on dessinait… des enfants. Je levai les yeux au ciel et maudis le destin. Ça n'aurait pas pu être un cours d'art abstrait ? Anna fit un geste pour se lever de son tabouret et partir. Kate tourna la tête vers elle.

– Ça va, Anna ? On dirait que tu vas être malade.

Anna écarquilla les yeux puis se reprit rapidement. Elle se rassit, attrapa un stylo, et deux enfants adorables âgés d'environ dix ans vinrent s'asseoir pour poser.

– Ça va, râla Anna après un soupir.

Soulagée, je remerciai le ciel que le modèle ne soit pas un poupon endormi. Ça l'aurait sans doute achevée.

Jenny avait déjà bien avancé quand le reste de la classe se mit au travail. Je soupirai en regardant son trait impeccable dessiner la forme d'une tête. Le mien avait l'air de Monsieur Patate. Au bout de je ne sais pas combien de cours, j'avais encore du mal à saisir le réalisme.

– Tu vas finir par y arriver, me dit Jenny en souriant.

Toute trace de notre dispute avait disparu. Par chance, Jenny n'était pas rancunière, et surtout, elle était allée rendre visite à Evan pendant les vacances de printemps. Elle m'avait appelée pour m'inviter à aller au Texas avec elle et Rachel, mais je ne pouvais pas laisser ma sœur toute seule dans son état. Je lui avais donné une vague excuse, dégoûtée de rater une opportunité de voir Kellan. Jenny n'avait sûrement pas compris mon raisonnement, mais à son retour, elle n'était plus fâchée contre moi.

Je soupirai de nouveau et effaçai la ligne que je venais de tracer.

– Je ne sais pas pourquoi je continue à venir à ces cours avec toi. J'ai toujours été nulle. J'imagine que j'essaie d'être une femme complète.

Jenny rit en pointant mon dessin du doigt.

– Il va falloir que tu continues à travailler, alors.

Je lui donnai une tape sur l'épaule puis la regardai opérer, admirative. J'étais vraiment nulle, et Kate se débrouillait plutôt bien, mais Jenny… son talent était tout simplement incroyable. À la fin du cours, j'avais dessiné un truc qui aurait peut-être pu passer pour un mammifère, ce qui était toujours mieux que l'horreur que ma sœur avait pondue. Le dessin de Kate n'était pas mal, bien qu'un peu disproportionné. Quant au portrait de Jenny, il était à couper le souffle.

Elle avait transformé les modèles en enfants en bas âge. Je ne savais pas si c'était parce qu'elle était dans une phase « J'aime mon copain et je veux avoir des enfants un jour », ou si quelque chose l'avait inspiré chez les modèles, mais c'était parfait.

– Waouh, Jenny…

Je fus incapable de trouver autre chose à dire, et un bruit à côté de moi attira mon attention. C'était Anna, qui venait de reculer son tabouret de son chevalet et regardait le dessin de Jenny la bouche ouverte. Elle posa une main sur son ventre et ses yeux devinrent brillants, et je posai une main sur sa cuisse.

– Ça va, Anna ? demanda Jenny.

Anna hocha la tête sans la regarder.

– Oui, c'est juste que… c'est vraiment très beau, Jenny.

– Merci ! dit-elle en rayonnant. Je suis contente qu'il te plaise autant. Tu le veux ?

Anna leva des yeux pleins de larmes vers elle.

– Tu me le donnes ?

Jenny haussa les épaules et l'arracha de son pupitre.

– C'est juste un dessin.

Elle roula la feuille et la tendit à Anna.

– Tiens. Puisqu'il t'émeut tellement, tu devrais le garder.

Anna l'attrapa en tremblant et je crus qu'elle allait se mettre à sangloter dans un déluge d'hormones, mais elle parvint à se maîtriser et sourit à Jenny.

– Merci. Il me plaît vraiment beaucoup.

Je me penchai sur elle et lui demandai à voix basse si elle allait bien.

– Oui. Je suis juste un peu crevée, je crois que je vais rentrer à la maison.

Je hochai la tête et lui tapotai l'épaule, et Kate la regarda partir en fronçant les sourcils.

– Ta sœur va bien ?

Je souris en repensant à son expression en regardant les bébés sur le dessin de Jenny.

– Très bien.

Étant donné qu'aucune de nous n'avait rien à faire avant d'aller travailler le soir, on alla dans un de mes cafés préférés. Comme Anna avait banni la substance de la maison, il fallait que je m'en procure ailleurs. Ça me coûtait un bras, mais en tant qu'étudiante à plein temps avec un job à plein temps, j'avais besoin de toute l'aide que je pouvais trouver. On choisit un box dans le fond avec Kate et Jenny, car on avait prévu de rester là un moment. Jenny envoya un texto à Rachel, qui ne tarda pas à nous rejoindre, et notre petite pause café se transforma rapidement en une après-midi ragots sur les garçons. Kate était particulièrement intéressée par les détails de nos vies amoureuses, étant donné que la sienne était inexistante.

Je réfléchis intérieurement à ma situation avec Kellan, et aux secrets qu'il gardait. Il avait failli les révéler à plusieurs reprises, et la dernière fois, juste avant notre petite séance au téléphone, il s'était presque étranglé au moment de le dire.

Ses mots résonnaient dans ma tête tandis que Rachel admettait à voix basse que Matt embrassait à la perfection.

C'est tellement difficile...

Les mots de Kellan se mélangeaient à ceux de Denny.

Si tu penses qu'il te trompe... c'est que c'est probablement le cas...

Maintenant que la grossesse de ma sœur occupait un peu moins le premier plan et que je pouvais vraiment y réfléchir, je repensais à toutes les conversations que j'avais eues avec Kellan récemment. Même s'il avait toujours l'air heureux de me parler et ravi de me titiller, il m'avait aussi paru las et fatigué, comme s'il portait un poids sur ses épaules.

Je ne savais pas ce que cela voulait dire, mais mon intuition me disait que ce n'était pas bon. Mon cœur me disait qu'il était tombé amoureux de quelqu'un d'autre, et qu'il ne savait pas comment m'en parler. Je comprenais que ça puisse arriver... Ça m'était arrivé à moi, après tout. Mais ça me tuait de me dire qu'il me faisait marcher et qu'il traînait pour me briser le cœur. Tout comme Denny avait dû se le dire à l'époque. Il valait mieux savoir que passer son temps à se poser des questions.

Je sentis une pointe de désespoir naître en moi et regardai mon café fumant sans écouter les conversations autour de moi. Un menton posé sur mon épaule me ramena sur terre.

– Ça va ? Tu as presque la même tête que ta sœur tout à l'heure, dit Jenny.

Je regardai Rachel et Kate en grande conversation sur la méthode à adopter pour trouver un nouveau mec à Kate, puis je me retournai vers Jenny en me demandant quoi lui répondre. Elle venait juste de voir les garçons. Est-ce qu'elle avait remarqué quelque chose ? Est-ce qu'Evan avait dit quelque chose ? La curiosité finit par l'emporter et je décidai de lui poser la question.

– Quand tu es allée voir les garçons… comment as-tu trouvé Kellan ?

Elle cligna des yeux, visiblement prise au dépourvu.

– Euh… Normal. Pourquoi ?

Je baissai les yeux en haussant les épaules.

– Je ne sais pas… J'ai juste l'impression qu'il veut me dire quelque chose…

– Peut-être que tu reportes ta propre culpabilité.

Je la regardai, étonnée, et elle haussa les sourcils.

– Tu sais, parce que tu ne lui as pas encore dit que Denny était de retour à Seattle. Si ? Je suppose qu'il n'est pas au courant de tout le temps que vous passez ensemble, ajouta-t-elle en secouant la tête.

– Non, je ne lui en ai pas encore parlé, mais je vais le faire. C'est juste…

Mes yeux se remplirent de larmes et l'expression de Jenny s'adoucit.

– J'ai besoin de savoir ce qu'il cache en premier.

Elle passa un bras autour de moi.

– Tout va bien, Kiera. Enfin, je veux dire que je n'ai rien

remarqué de particulier, et Evan m'en aurait parlé si Kellan faisait quelque chose de mal.

Je m'essuyai les yeux discrètement et jetai un coup d'œil en direction des filles, toujours absorbées par leur conversation.

– Kellan est doué pour cacher des choses, quand il veut... Evan ne se doutait de rien pour nous deux, tu te souviens?

Elle m'attira contre elle en soupirant.

– Oui, mais il est fou amoureux de toi... jamais il ne te tromperait.

Elle parlait à voix basse, mais j'avais l'impression qu'elle hurlait et je me crispai en tentant de ravaler mes larmes. Je ne voulais vraiment pas craquer devant Kate et Rachel, car je n'avais pas envie d'en parler avec elles. Je voulais juste mettre ça dans un coin de ma tête, si loin que je n'aurais pas besoin d'y penser. Ce serait tellement pratique.

– En plus, je l'ai vu passer tout son temps avec toi au téléphone. Tu crois qu'il te parlerait autant s'il te trompait? dit-elle dans un effort pour me remonter le moral.

Je me sentis devenir blême.

– Il était au téléphone? Souvent?

– Oui... Avec toi, non?

Je secouai lentement la tête. Ma sœur était dans un tel état la semaine où Jenny et Rachel étaient au Texas que j'avais à peine eu le temps de répondre au téléphone, et encore moins de parler à Kellan. En fait, les seules fois où je lui avais effectivement parlé, c'était tard le soir, quand Anna s'écroulait de fatigue. Jenny était sûrement déjà couchée à ce moment-là, alors la personne avec qui elle l'avait entendu parler au téléphone... ce n'était pas moi. Je l'agrippai par le bras et me penchai vers elle.

– Il disait quoi ? Il avait l'air heureux? Amoureux?

Ma voix se brisa et les yeux clairs de Jenny se mirent à briller.

– Je pensais qu'il te parlait à toi.

– Qu'est-ce qu'il disait ? demandai-je, au bord de la crise de nerfs.

– Je ne sais pas trop, je ne faisais pas vraiment attention, mais…

Elle avala sa salive et elle eut l'air sur le point de se mettre à pleurer.

– Il riait… Il avait l'air content.

Je me levai, au bord de l'évanouissement. Jenny allait se mettre debout mais je lui fis signe de rester assise.

– Je reviens dans une minute.

Je filai au pas de course aux toilettes en espérant que Jenny et les autres me laissent m'effondrer toute seule. Elle venait de confirmer ma plus grande peur : il y avait quelqu'un d'autre, quelqu'un qui le faisait rire. Et j'imaginais qu'elle devait être canon, par-dessus le marché…

Je me laissai glisser contre le carrelage froid du mur en sanglotant, avec une main plaquée sur la bouche, puis je m'assis par terre et me pris la tête dans les mains. Comment il pouvait me faire ça ? Est-ce que c'était une vengeance, pour toutes les fois où je lui avais fait du mal ? Est-ce que l'univers me rendait la monnaie de ma pièce pour avoir été aussi horrible avec Denny ? Ou est-ce que Kellan était tout simplement l'obsédé sexuel que Candy décrivait ?

Peut-être Kellan avait-il trouvé que passer plusieurs mois sans sexe était impossible et qu'il avait cédé. Ça arrivait tout le temps, alors je ne voyais pas pourquoi ça m'étonnait autant. Peut-être parce que je m'étais attendue à mieux venant de lui. Peut-être parce que j'en avais trop attendu. Je me mis à sangloter de manière incontrôlable, submergée par le doute.

– Kiera, tu vas bien ?

Je levai les yeux vers la blonde qui se tenait sur le pas de la porte, sauf que ce n'était pas celle à laquelle je m'attendais : c'était Cheyenne, ma copine de fac.

– Ce n'est rien, balbutiai-je en m'essuyant les yeux rapidement avant de me mettre debout.

Elle s'approcha de moi pour m'aider à me relever.

– Tu es sûre ? Tu as l'air hyper mal. Il s'est passé quelque chose de grave ? Tout va bien ?

C'était un peu bizarre, étant donné que ma relation avec Cheyenne était principalement scolaire, et je me contentai de hausser les épaules.

– Ce n'est rien, tout va bien.

Elle m'attrapa par les épaules et me regarda dans les yeux.

– On ne dirait pas. Je sais qu'on ne se connaît pas depuis longtemps, mais tu peux me parler, tu sais.

Sa gentillesse me fit sourire, et je m'adossai contre le mur.

– C'est juste… C'est Kellan. Je pense qu'il voit quelqu'un d'autre.

Le fait de l'avouer à quelqu'un me retourna l'estomac, et elle me prit immédiatement dans ses bras.

– Mon Dieu, Kiera, je suis tellement désolée. Je sais que tu es vraiment amoureuse… Tu en es sûre ?

– Non. Je ne suis sûre de rien, en ce moment… à part que les mecs sont tous des salauds.

Je reniflai en souriant tristement mais Cheyenne fit la grimace. Elle recula d'un pas et se passa une main dans les cheveux, et elle avait presque l'air nerveuse quand elle regarda la pièce vide autour de nous.

– Écoute, je sais que je vais avoir l'air d'une idiote mais je te trouve vraiment géniale. Tu es intelligente et drôle, et je sais que tu es hétéro, mais je me demandais si…

Mes yeux s'écarquillèrent à mesure qu'elle parlait. Est-ce qu'elle était en train de me dire qu'elle m'aimait bien ? J'avais vu juste, alors ? Je fis un pas vers elle tout en me demandant comment ne pas la décevoir, étant donné que je n'avais aucune expérience en la matière.

– Euh… Cheyenne, je te trouve géniale, toi aussi, et je t'aime bien…

Son visage s'illumina et je réfléchis à un moyen de reformuler ce que je venais de dire.

– Non, je veux dire… je t'aime bien, pas je t'aime bien…

Je m'étais complètement embrouillée dans mon explication, mais ça avait l'air de lui être égal : je lui avais dit que je l'aimais bien et ça lui suffisait.

– Oh, moi aussi, je t'aime bien ! s'exclama-t-elle en souriant jusqu'aux oreilles.

Puis elle prit mon visage entre ses mains si vite que je ne sus même pas comment réagir. Il n'y avait aucun cours pour apprendre quoi dire ou quoi faire dans ce genre de situation, ou alors j'avais été absente… Elle amena sa bouche jusqu'à la mienne et se pressa fermement contre moi avant de se mettre à bouger doucement. J'eus juste le temps de me dire *Hum, c'est différent* avant de la repousser. Elle me dévisagea avec des yeux ronds et elle avait l'air si mortifiée que je me sentis affreusement mal pour elle. Se faire jeter était loin d'être facile.

– Mon Dieu, je suis désolée, dit-elle en reculant d'un pas. J'ai cru que tu… Je suis désolée.

Je soupirai en voyant que j'induisais même en erreur mon propre sexe et je secouai la tête.

– Non, c'est moi qui suis désolée. Je ne voulais pas que tu penses que… Je ne suis pas attirée par les filles. Je ne veux surtout pas te vexer, mais je préfère les hommes… même si ce sont tous des minables.

Elle rougit et je soupirai tristement.

– Bien sûr, je le savais. Tu as un copain et je sais que tu l'aimes. Je me suis juste laissé emporter… Ça fait un moment que je t'aime bien et… Bon sang, quelle idiote !

– Non, tu n'es pas idiote, et tout va bien. Vraiment.

– Tu ne veux plus jamais me revoir ?

– Pourquoi tu penses ça ?

– Parce que j'ai profité de toi. Et parce que je t'aime bien.

– Bien sûr que je veux encore te voir. Comme une amie et une copine de fac, mais ça n'ira jamais plus loin… Désolée.

Ses yeux se remplirent de larmes mais elle sourit.

– Je crois que j'ai toujours su que ça n'arriverait pas, mais j'ai quand même voulu espérer.

Je hochai la tête sans savoir quoi ajouter et elle attrapa la poignée de la porte.

– Je ferais mieux d'y aller. On se voit toujours la semaine prochaine pour réviser ?

– Oui, bien sûr.

Je savais qu'à partir de maintenant, j'allais devoir faire plus attention avec elle. Je ne voulais surtout pas lui faire du mal. Mais on ne choisissait pas toujours de qui on tombait amoureux, je l'avais appris à mes dépens.

Tandis qu'elle s'éloignait, je me dis qu'il y avait au moins un aspect positif dans tout ça : elle m'avait fait oublier ma détresse l'espace d'un instant. Et maintenant, je pouvais rayer « embrasser une fille » de ma liste.

J'étais encore perturbée quand je rentrai à la maison après mon service au bar. Je n'avais pas parlé du baiser aux filles, étant donné que tout ce qui les intéressait était la raison pour laquelle j'avais quitté la table. Jenny ne leur avait pas raconté notre conversation, ce dont je la remerciai un peu plus tard.

Je me demandais si Cheyenne allait devenir un problème à la fac maintenant que j'étais débarrassée de Candy. Aux dernières nouvelles, elle était enceinte, apparemment. Ça devait être la mode, ces temps-ci.

Quand j'ouvris la porte de ma chambre, je trouvai une autre fille enceinte assise sur mon lit. J'étais étonnée de voir Anna encore debout, car elle avait commencé à aller se coucher relativement tôt ces derniers temps. Elle avait l'air triste mais sereine et son regard capta le mien tandis que je m'asseyais à côté d'elle.

– J'ai pris ma décision.

– Et alors ?

Je retins mon souffle en attendant sa réponse, et elle me regarda pendant d'interminables secondes.

– Je ne sais pas si je vais garder ce bébé ou pas, finit-elle par dire, mais je refuse de le tuer. Je ne peux pas.

Elle posa une main sur son ventre et je la pris dans mes bras, les yeux humides.

– Je suis tellement contente.

Elle hocha la tête et resta contre moi, et je lui caressai doucement les cheveux, comme le faisait notre mère quand on avait peur de quelque chose.

– Tout va bien se passer. Je suis là, et je t'aiderai.

– J'ai rendez-vous avec le docteur la semaine prochaine. Tu pourrais venir avec moi ?

– Bien sûr que je vais venir avec toi. Je peux le dire ? À Kellan, à Jenny ?

Elle secoua la tête immédiatement.

– Non, pas encore. Je ne sais pas encore si je veux élever un enfant, et je ne veux pas qu'un million de personnes me donnent leur avis. Je veux que ce soit mon choix, et je veux le faire avant que le monde entier me condamne.

– D'accord. Je ne dirai rien.

Elle garda le silence et je posai la question qui me brûlait les lèvres.

– Tu ne crois pas que Griffin devrait être au courant ? Il a son mot à dire, tu ne penses pas ?

Elle fixa ses mains, incapable de me regarder en face.

– Je sais que tu ne vas pas être d'accord, mais si je décide de faire adopter le bébé, Griffin ne saura jamais que c'était lui le père. Je ne l'admettrai jamais, et si quelqu'un dit que c'était lui, je dirai que c'est un mensonge.

Elle avait l'air fermement décidée.

– Mais pourquoi tu ne veux pas qu'il sache ?

Elle détourna le regard et haussa les épaules.

– C'est comme ça, c'est tout… Mais si je le garde, je lui dirai, d'accord ?

Je hochai la tête, en espérant réussir à la convaincre de ne pas faire ça. Peu importe ce que je pensais de Griffin, il avait le droit de savoir qu'il avait un enfant quelque part. Je n'étais pas sûre de la façon dont il réagirait, mais j'avais l'impression qu'il méritait d'être au courant. Anna dut voir que j'étais en plein débat intérieur car elle plissa les yeux.

– Je suis sérieuse, Kiera, tu ne le dis à personne.

– Promis, je ne dirai rien.

Satisfaite de ma réponse, elle se leva et me laissa seule dans ma chambre. J'avais presque la tête qui tournait avec tout ça, et l'impression d'attirer l'angoisse et la douleur comme un aimant.

Heureusement, l'humeur de ma sœur s'améliora, et l'atmosphère à la maison redevint un peu plus agréable. La semaine suivante, je retrouvai Cheyenne et lui proposai de faire nos devoirs ensemble. Elle suivait un cours avancé de poésie ce semestre, et je suivais un cours avancé d'analyse d'écriture. C'était vraiment compliqué, et de plus, j'essayais aussi d'obtenir trois lettres de recommandation et un essai d'écriture critique pour ma licence.

Même si j'adorais la fac, c'était épuisant, et j'avais hâte que ça se termine… dans un mois et demi. Cheyenne était aussi débordée que moi, on se comprenait. On plaisanta sur la poésie que j'avais rendue au semestre précédent et qui était à peine digne d'un élève de cinquième. Assise en face de moi à ma table recouverte de livres et de notes, Cheyenne soupira et se laissa aller contre le dossier de sa chaise.

– Au fait… Je suis désolée de t'avoir embrassée la semaine dernière.

J'arrêtai d'écrire et levai les yeux en me sentant rougir un peu.

– Ne t'en fais pas pour ça.

Elle baissa les yeux et se remit au travail.

– En tout cas, je suis contente que tu n'aies pas complètement flippé et que tu continues à me parler. C'est vraiment cool.

– Si tu savais combien de fois j'ai fait un truc impulsif que j'ai regretté après… Je comprends tout à fait, et je ne veux vraiment pas que tu te sentes mal à cause de ça.

– Impulsive ? Toi ? Raconte !

Je lui jetai un stylo et fronçai les sourcils en voyant son petit air amusé. Elle me faisait un peu penser à Kellan.

Ma sœur arriva dans la pièce quelques secondes plus tard, vêtue d'un pantalon de jogging et d'un tee-shirt large. Elle n'avait pas encore grossi, mais elle essayait déjà de cacher le tout petit ventre qu'elle avait. Je ne savais pas comment elle avait prévu d'expliquer la situation à son travail. Pour l'instant, elle passait son temps à se gaver devant ses collègues pour pouvoir justifier une prise de poids. Ça marcherait peut-être… pour les premiers mois. Elle avait une sucette dans la bouche qui venait d'un magasin spécialisé et qui l'aidait à lutter contre ses nausées.

– Quelqu'un t'a embrassée ? Je vais le dire à Kellan.

Je plissai les yeux pour lui faire comprendre qu'elle ferait mieux de se taire, et elle rougit.

– Ou pas, dit-elle rapidement.

Cheyenne avait l'air un peu mal à l'aise et je fusillai ma sœur du regard en déplorant qu'elle n'ait pas un peu plus de tact. Cheyenne se sentait déjà assez mal, elle n'avait pas besoin qu'Anna remue le couteau dans la plaie.

L'air réellement désolée, Anna posa sa main sur l'épaule de Cheyenne.

– Ne t'en fais pas… tout le monde embrasse Kiera.

Je lui donnai une tape sur le bras mais Cheyenne gloussa.

– Il faut dire qu'elle est tellement mignonne, répondit-elle malicieusement.

Elles se mirent à rire toutes les deux et je secouai la tête. Est-ce que me mettre mal à l'aise était le passe-temps préféré des gens ? En voyant ma tête, Anna se pencha et m'embrassa sur le front. J'étais contente qu'elle se sente mieux, mais pas qu'elle recommence à se payer ma tête.

– Au fait, c'est l'heure d'aller à mon… truc.

Elle parlait de son premier rendez-vous chez le médecin. Je pris une grande respiration et commençai à remballer mes affaires, et Cheyenne en fit autant. Elle nous accompagna sur le parking et sourit en voyant la voiture de Kellan.

– Sexy, la voiture… À plus tard, Kiera.

Je ris en lui disant au revoir. C'est vrai que la voiture était sexy, et plutôt sympa à conduire, aussi. Je ne le dirais jamais à Kellan, mais j'étais partie en virée avec plusieurs fois. Anna devint de plus en plus silencieuse sur la route, jouant avec la fermeture Éclair de sa veste. Je lui souris d'un air rassurant. Ça me rappela comment je me sentais quand elle m'avait conduite à Kellan contre mon gré, il y a plus d'un an. J'étais tellement angoissée ce soir-là, où on s'était retrouvés, sans savoir s'il voulait me voir, s'il allait me parler… Mais au final, tout s'était bien passé, et j'étais sûre que ce serait pareil pour Anna.

Quand on arriva devant le cabinet du docteur, elle laissa échapper un long soupir et je posai ma main sur son épaule.

– Je suis là, d'accord ?

– Allez, on y va, dit-elle en souriant.

Le début du rendez-vous fut ennuyeux à mourir car on dut attendre pendant une éternité et remplir un tas de formulaires. Anna n'avait pas l'air très à l'aise, entourée d'un tas de femmes enceintes dans la salle d'attente, et elle décida de se concentrer sur son *Cosmo*. J'observai tous les ventres ronds autour de moi en essayant d'imaginer ma sœur, ou même moi, dans cet état. C'était tellement le bazar en ce moment qu'avoir un bébé au milieu de tout ça était difficile à imaginer. Pleine de compassion, je pris la main de ma sœur en attendant.

On dut encore attendre une fois dans la salle d'examen, et Anna regarda le diagramme d'un bébé à l'intérieur de l'utérus d'un air horrifié.

– Merde alors. Kiera, regarde, c'est énorme ! Comment une tête comme ça est supposée sortir d'un trou comme ça ?

Elle désigna sa braguette du doigt et je lui fis signe de parler moins fort.

– Je n'en sais rien, mais des tas de femmes le font tous les jours, alors c'est que ça doit marcher.

– Alors en plus je vais douiller à mort, ajouta-t-elle en faisant la grimace.

Je lui donnai un coup d'épaule.

– Tu pourrais parler autrement ? Tu portes un embryon impressionnable, je te rappelle.

Elle leva les yeux au ciel.

– Il ne peut pas m'entendre, il n'a pas encore d'oreilles.

Elle écarquilla légèrement les yeux.

– Tu crois qu'il peut ? Désolée, dit-elle en baissant les yeux sur son ventre, Maman jure comme un charretier.

Je réfrénai un sourire, amusée de l'entendre parler d'elle comme une maman. Elle ne l'avait jamais fait avant, mais je choisis de ne pas faire de commentaires. Elle était encore trop fragile.

Je me levai quand la doctoresse entra dans la pièce et Anna me prit la main. On répondit à des dizaines de questions et elle amena ensuite un appareil qui aurait pu être utilisé dans une chambre de torture… ou vendu dans un sex shop.

– Euh, ça va où, ça ? demanda Anna.

La doctoresse souleva une espèce de baguette de forme phallique connectée à un ordinateur portable.

– Il est trop tôt pour vous faire une échographie traditionnelle, alors on va en faire une pelvienne.

Elle sourit en mettant en route la machine.

– Vous êtes prête à voir les battements de cœur de votre bébé ?

Anna se redressa sur les coudes.

– Vous pouvez déjà voir ça ?

La doctoresse hocha la tête, et Anna se rallongea. Quelques instants plus tard, elle voyait son enfant pour la première fois : au milieu d'une mer d'obscurité, une petite tache grise clignota à plusieurs reprises, comme si elle nous disait bonjour en morse, et Anna faillit se décrocher la mâchoire.

– Est-ce que c'est… ?

La doctoresse acquiesça en montrant la petite tache.

– Oui. Et là, c'est son cœur, fort et en bonne santé. Tout a l'air parfaitement normal.

Je sentis mes yeux se remplir de larmes et Anna serra ma main. Quand je la regardai, elle avait une main sur son ventre et les yeux humides.

– Tu te rends compte, Kiera… Il y a un truc vivant à l'intérieur de moi !

Je ris et la pris brièvement dans mes bras.

– Oui, je sais, dis-je en me penchant pour l'embrasser sur le front. Et il ou elle va être magnifique, comme sa maman.

Elle rit et une larme roula sur sa joue. C'était la première larme de joie que je la voyais verser, et cela me redonna de l'espoir.

22

Ne me mens pas

L'Anna effervescente que je connaissais réapparut après sa visite chez le médecin. Je la surpris en train de regarder des habits pour enfants en l'emmenant faire les magasins une après-midi, et observer les enfants en poussette quand on en croisait. Je trouvai même un exemplaire de *J'attends un enfant* de Laurence Pernoud dans la cuisine[5]. Il était planqué dans le congélateur, ce qui voulait dire qu'Anna avait dû y lire quelque chose qui l'avait fait paniquer. Quand on était enfants, elle cachait toujours les livres qui lui faisaient peur. À neuf ans, elle avait caché *Ça* de Stephen King dans mon tiroir à chaussettes.

Elle n'avait pas encore accepté la situation, mais elle était dans sa neuvième semaine et elle avait l'air de s'y faire petit à petit. J'étais toujours la seule personne à être au courant pour sa grossesse. J'avais le sentiment qu'elle voulait attendre aussi longtemps que possible pour annoncer la nouvelle. Ça ne m'aurait pas étonnée qu'elle le dise à nos parents en sonnant

---

5. Dans la version originale, l'ouvrage en question est *What to Expect When you're Expecting*, un classique des ouvrages sur la grossesse aux États-Unis, tout comme *J'attends un enfant* de Laurence Pernoud en France.

à la porte le matin de Noël avec le bébé dans les bras. Enfin, en supposant qu'elle le garde, bien sûr.

Je n'aimais pas me dire qu'elle allait peut-être le faire adopter, mais au moins, penser à son dilemme me permettait d'oublier un peu mes propres inquiétudes. Mes dernières conversations avec Kellan n'avaient pas été géniales. Depuis que Jenny m'avait dit qu'il passait son temps au téléphone avec quelqu'un d'autre, je ne savais pas quoi penser. Ça aurait pu être n'importe qui, comme quelqu'un de la maison de disques ou un ami de Seattle, mais mon intuition me disait que c'était une autre fille.

Pourtant, quand on se parlait, il avait l'air de toujours m'aimer autant. Il n'était pas froid ou distant et il se comportait comme s'il était toujours fou amoureux de moi. Il continuait à me dire combien il m'aimait et à quel point il aurait aimé être avec moi. On refit même l'amour au téléphone. Ce n'était pas la même chose qu'en vrai, mais ça m'aidait à me sentir proche de lui.

Inutile de préciser que je ne lui avais pas parlé de Denny. Ça semblait inutile, maintenant qu'il était revenu depuis aussi longtemps. Je n'étais pas sûre de ce qui allait se passer à la fin de la tournée, quand Kellan irait à Los Angeles pour travailler sur le disque, mais j'étais sûre de ce qui allait se passer entre Denny et moi. En l'occurrence, rien.

Même si Kellan et moi devions rompre aujourd'hui, et Dieu sait que ce n'était pas ce que je voulais, rien n'arriverait entre Denny et moi. Les sentiments n'étaient plus là. Il n'y avait plus que de l'amitié et des souvenirs. Même l'aigreur latente de Denny concernant notre rupture s'était atténuée. On était juste bons amis. Alors quand il arriva au Pete's un mercredi soir au bord des larmes, je fus immédiatement submergée par l'inquiétude. J'ignorai un instant mes autres clients pour aller l'installer à une table et lui apporter une bière.

– Ça va ? demandai-je à voix basse.

– Non, ça ne va pas, dit-il en attrapant sa bière.

Son regard habituellement si joyeux était sombre.

– Tu veux en parler ?

Il leva les yeux vers moi en reniflant.

– Je voudrais bien, oui. Je peux passer après ton service ?

Je souris et lui tapotai le bras.

– Bien sûr. Je te retrouve à la maison.

Il hocha la tête en me souriant tristement et je l'embrassai sur la joue. Son sourire s'illumina un peu, et je me sentis heureuse d'avoir le pouvoir de le réconforter, même un tout petit peu. Quand j'arrivai à côté de Jenny, elle fronça les sourcils.

– Je t'ai vue. Il se passe quoi ?

Je savais qu'elle se demandait s'il se passait quelque chose entre Denny et moi et je lui répondis sèchement.

– Il ne se passe rien du tout. Il est triste et j'essayais de lui remonter le moral.

– C'est vrai qu'il n'a pas l'air en forme, dit-elle en le regardant fixer sa bouteille de bière. Écoute, je sais que c'est compliqué avec Kellan en ce moment, mais… ne fais rien sur un coup de tête. Comme un peu trop consoler Denny.

Je lui adressai un sourire narquois.

– Ce n'était pas prévu, Jenny, mais merci quand même.

– De rien, dit-elle en souriant.

Je secouai la tête en la voyant se diriger vers Denny et le prendre dans ses bras. Il lui sourit un peu, puis plus franchement quand elle mit une sucette sur sa table. Je finis mon service en me demandant ce qui arrivait à mon ex, et aussi ce qui se passait avec mon actuel.

Quand je rentrai à l'appartement, je trouvai un petit mot d'Anna disant qu'elle passait la soirée chez une amie. Encore un signe qui montrait qu'elle redevenait elle-même. J'espérai cependant qu'il s'agissait vraiment d'une amie, et pas d'un ami. La dernière chose dont elle avait besoin était d'ajouter un autre mec à l'équation. C'était déjà bien assez compliqué comme ça. Au moment où je posais mon sac, on frappa à la porte. J'allais ouvrir et découvris Denny, l'air abattu. Il avait l'air épuisé, et son regard paraissait encore plus sombre avec les cernes qu'il avait sous les yeux. Je lui fis signe d'entrer et il posa sa veste sur une chaise de cuisine avant de desserrer sa cravate.

– Merci de m'avoir proposé de venir… Je ne savais pas à qui parler.

– Qu'est-ce qui se passe ?

– Ce n'est pas grand-chose… Je ne sais pas pourquoi je t'embête avec ça.

– Si ça te contrarie, alors c'est important. Je suis toujours ton amie, en dépit de tout ce qui s'est passé.

– Je sais… On peut s'asseoir ? demanda-t-il en regardant le canapé.

– Si tu veux. Tu veux boire quelque chose ?

Il secoua la tête avant de se diriger vers le divan, et je le suivis. Une fois assis, il appuya ses coudes sur ses genoux et mon cœur se serra en le voyant dans cette position. Ça me rappelait une autre conversation qu'on avait eue sur un canapé, et qui avait été difficile pour nous. J'essayai de repousser le souvenir de cette fois où Denny m'avait demandé si j'étais heureuse avec lui et posai une main sur son genou.

– Alors, qu'est-ce qui se passe ?

– C'est Abby.

Je me mis à passer en revue toutes les choses qui auraient pu se passer entre eux et le rendre si triste. Est-ce qu'elle l'avait quitté ? Trompé ? Est-ce qu'une autre femme l'avait trahi, lui, l'homme le plus aimant et le plus gentil que j'avais jamais rencontré ? Ça me semblait ridicule, et la colère me gagna lorsque je pensai à la femme qui aurait pu lui faire autant de mal. Et oui, je savais que j'étais plutôt mal placée sachant que je lui en avais fait plus que quiconque dans sa vie.

– Vous avez rompu ?

Il me regarda d'un air perplexe et secoua la tête.

– Non… Elle a juste un problème avec son visa de travail, et ça va retarder son arrivée de plusieurs semaines. On est séparés depuis tellement longtemps, je voulais juste… J'avais juste envie de la voir.

Il leva vers moi des yeux brillants et je me radoucis en voyant qu'elle n'avait rien fait de mal. Elle lui manquait, tout simplement. C'était moi qui lui avais fait du mal, mais Abby, elle, était le genre de personne qu'il méritait d'avoir dans sa vie. Je lui pris la main et il regarda nos doigts sans pour autant faire un geste pour s'écarter.

– Je suis vraiment désolée. Je sais à quel point tu as hâte qu'elle voie la maison.

Il acquiesça et ferma les yeux.

– Elle devait arriver ce week-end, et j'avais déjà tout prévu. J'allais lui faire à dîner, acheter ses fleurs préférées, allumer plein de bougies…

Il me regarda avec un air d'excuse, comme s'il s'en voulait de me décrire tous les détails romantiques qu'il avait en tête. Mais mon estomac se noua à peine et je lui souris d'un air encourageant.

– Je veux juste qu'elle soit là, dit-il, avachi sous le poids de la tristesse.

Il caressa ma main avec son pouce et me regarda pendant longtemps avant de reprendre la parole à voix basse.

– Je pense que je t'ai détestée quand tu m'as trompé. Pendant longtemps…

Mon cœur se serra et je sentis les larmes me monter aux yeux.

– Mais en fait, je pense que je dois te dire merci.

– Me remercier ? Pourquoi ? J'ai été horrible…

– Oui, mais si tu ne m'avais pas fait autant de mal, je ne serais pas rentré à la maison. Et si je n'étais pas rentré, je n'aurais jamais rencontré Abby.

Il regarda dans le vide avec un grand sourire.

– Elle a été un vrai miracle…

Bizarrement, cette phrase me fit moins mal que je ne l'aurais cru. Elle me fit même sourire.

– Je suis contente que tu sois heureux. C'est ce que j'ai toujours voulu pour toi.

Il hocha la tête puis fronça les sourcils.

– Je serais encore plus heureux si elle était là…

Je me sentis assez à l'aise pour serrer mon ami dans mes bras, en sachant que ça ne blesserait aucun de nous. Il rit doucement et me serra dans ses bras à son tour, et je ris aussi, heureuse de réussir à le réconforter.

– Si ça peut te consoler, une fille m'a embrassée il y a environ deux semaines.

Il eut un petit sourire diabolique et posa sa tête sur mon épaule.

– Tu as toute mon attention. Parlons plutôt de ce baiser.

J'étais en train de rire quand j'entendis le verrou, et je regardai vers la porte d'entrée en me demandant pourquoi Anna avait finalement décidé de rentrer. Mais en voyant qui était là, j'arrêtai de rire immédiatement. Je pense que j'arrêtai même de respirer. Denny me lâcha immédiatement et une voix froide remplit la pièce.

– Je me sentais coupable d'avoir manqué notre anniversaire, et on avait une pause entre deux concerts. Matt avait envie de me tuer mais je me suis dit qu'il fallait que je vienne te voir.

Je restai bouche bée en voyant Kellan dans le couloir. Les yeux plissés, il nous fixait Denny et moi comme s'il voulait que l'on prenne feu.

– Je voulais te faire une surprise, dit-il d'une voix blanche.

Tu es surprise ? Parce que moi, oui.

Je m'écartai instantanément de Denny et me levai. Je savais de quoi ça avait l'air et je levai les mains en l'air.

– Je peux tout t'expliquer.

Il avança vers nous et claqua la porte derrière lui. Puis il leva vers nous une main tremblante qui tenait un bouquet de fleurs.

– Tu peux tout m'expliquer ? cria-t-il. M'expliquer quoi, exactement ? Le fait qu'il est assis dans ton canapé au lieu d'être à des milliers de kilomètres, ou que vous soyez en train de vous peloter ?

Il jeta les fleurs par terre et entra dans le salon. Je plaçai immédiatement mes mains sur son torse, par peur qu'il ne se rapproche trop de Denny. Il me fusilla du regard et me repoussa brusquement.

– Vas-y, explique-moi. Je t'écoute !

Je sentis ma gorge se serrer en voyant Denny se lever.

– Kiera… Je t'avais dit de lui en parler, murmura-t-il.

Les yeux de Kellan se posèrent sur lui.

– Me dire quoi ? Me dire pour le baiser ? C'est bien ça que je vous ai entendu dire ?

Puis son regard revint sur moi, glacial et enragé.

– C'est ça que tu devais me dire ? Ou il y a autre chose ?

J'avalai ma salive en souhaitant que ce soit juste un mauvais rêve. En effet, j'aurais dû lui en parler, dès le premier jour où je suis tombée sur Denny.

– Non, Kellan, je n'ai pas embrassé Denny.

Il me fit reculer jusqu'à ce que mes jambes touchent le canapé, et même en sachant qu'il était en colère, même débordée par la culpabilité et la peur, le sentir si proche de moi m'excita. Ma respiration s'accéléra et je dus résister à l'envie de le toucher.

– Mais quelqu'un t'a embrassée. Qui ça ?

Denny s'approcha de Kellan et posa sa main sur son bras.

– Kellan… Calme-toi, mec.

Kellan le poussa brutalement.

– « Mec » ? Tu te prends pour qui ? Et qu'est-ce que tu fous ici avec ma nana ?

L'accent possessif qu'il avait mis sur le mot était si marqué qu'il sembla résonner dans l'air. Je posai une main sur son torse pour l'obliger à se calmer mais il m'ignora, les yeux toujours rivés sur Denny, qui réussit à reprendre l'équilibre après avoir failli tomber en arrière et lui lança un regard assassin.

– Ouais… ta nana.

Kellan renifla et je le vis serrer les dents, en même temps que ses poings. Je sentis qu'une bagarre était sur le point d'éclater et je pris le visage de Kellan dans mes mains pour le forcer à me regarder.

– C'est une fille de la fac qui m'a embrassée ! D'accord ?

Il cligna des yeux et eut l'air de se détendre.

– Une fille ? Vraiment ? demanda-t-il en scrutant mon visage.

– Oui, une fille. Denny et moi n'avons rien fait de mal. Je sais que ce que tu viens d'entendre peut prêter à confusion, mais je ne l'ai pas embrassée, expliquai-je en lui caressant la joue. Ni elle ni personne… à part toi.

Ses yeux sombres plongèrent dans les miens pendant ce qui me parut une éternité, et il finit par sourire.

– Une fille t'a embrassée et j'ai raté ça ?

Je soupirai et lui donnai un coup dans l'estomac. Denny profita de ce petit moment d'accalmie pour s'éclaircir la gorge et annoncer son départ.

– Je ferais mieux de vous laisser.

Kellan eut l'air de se rappeler de sa présence et se tourna de nouveau vers lui.

– Qu'est-ce que tu fais ici ? demanda-t-il, un peu plus calme qu'à son arrivée.

– Écoute, je ne veux pas me retrouver au milieu de tout ça. Je suis ici pour le travail, rien de plus. Je lui ai dit de te prévenir que j'étais là quand je suis arrivé en février, mais elle avait peur de…

Il soupira, visiblement mal à l'aise.

– C'est entre vous deux et je n'ai pas envie de rester là pour vous regarder en parler.

Kellan se raidit mais hocha la tête, visiblement reconnaissant de son honnêteté. Denny passa à côté de lui sans le quitter des yeux, méfiant, puis il me regarda une fois hors de sa portée.

– Merci de m'avoir écouté, Kiera. Je t'appelle demain.

Il jeta un dernier regard à Kellan puis enfila sa veste et partit. Je soupirai de soulagement en voyant qu'ils ne s'étaient pas tapé dessus et attendis que Kellan se tourne vers moi. Quand il le fit, ses traits étaient crispés de nouveau.

– « Je t'appelle demain » ? Vous êtes quoi maintenant, super potes ?

Je secouai la tête en sachant que j'avais foiré, une fois de plus. Je laissai ma main descendre le long de son torse et je sentis ses abdominaux se contracter à mon contact, mais seule la colère se lisait sur son visage.

– Oui, on l'est, et je suis désolée de ne pas te l'avoir dit… Je ne savais pas comment tu réagirais.

Il posa ses mains sur ses hanches et serra les mâchoires.

– Tu ne savais pas comment je réagirais ou comment toi, tu réagirais ? Tu t'es peut-être dit que vous pouviez remettre le couvert ? Peut-être que tu espérais reprendre les choses là où vous les aviez laissées ?

Il était penché sur moi, l'air furieux, et ses lèvres étaient si proches des miennes que j'avais du mal à me concentrer. J'essayai de le faire reculer mais je finis assise sur le canapé. Il resta debout devant moi, tremblant de colère, et même si je détestais ce qui était en train de se passer, je ne l'avais pas vu depuis tellement longtemps que j'étais estomaquée par sa beauté, surtout quand il était fâché.

– Il ne s'est rien passé, murmurai-je, et je ne veux pas qu'il se passe quoi que ce soit. On est juste amis… je te le promets.

Il observa ma réaction puis m'aida à me relever. Une fois debout, tout mon corps fut pressé contre le mien, et après des mois de séparation, je mourais d'envie de le toucher, d'être avec lui et de lui faire l'amour. Je savais que c'était bizarre de penser à ça alors qu'il était aussi furieux mais je ne pouvais pas m'en empêcher, et ses mains plaquées en bas de mon dos ne m'aidaient pas non plus.

– Ne me mens pas, Kiera, dit-il lentement.

Je secouai la tête, le cœur battant.

– Je ne mens pas, je te jure. Je ne l'ai jamais touché. Je l'ai juste pris dans mes bras parce qu'il était triste que sa copine reste coincée en Australie, mais il n'y a jamais rien eu entre nous à part de l'amitié depuis ton départ… je t'assure.

Je me rapprochai de lui inconsciemment à mesure que je parlais, et je finis par être collée à lui. Je posai une main sur son torse et sentis son cœur battre à toute vitesse.

– Kiera… ne me mens pas, s'il te plaît.

Je gémis en sentant une de ses mains sur ma taille pendant qu'il me pressait les fesses de l'autre.

– Je ne mens pas. S'il te plaît, il faut que tu me croies, murmurai-je entre ses lèvres.

Il entrouvrit un peu plus la bouche et sa main glissa lentement le long de mes côtes. Il grogna et ferma les yeux en caressant ma poitrine et j'expirai bruyamment en me pressant contre lui.

– Prends-moi… s'il te plaît.

Il plaqua sa bouche sur la mienne. Je gémis en sentant

sa langue glisser contre la mienne, reprenant jalousement possession de moi, et je lui tirai les cheveux tandis qu'il m'attrapait par les hanches et me soulevait. On avait le souffle court, nos bouches étaient déchaînées, et il m'emmena dans ma chambre.

Tout m'était égal, à part sentir encore plus la dureté de son désir pressé contre mon abdomen. J'essayai de me frotter contre lui et Kellan me plaqua contre un mur.

– J'ai tellement envie de toi…

Je balbutiai quelque chose du même style et me remis à l'embrasser. Sa bouche m'avait manqué pendant des semaines, et je ne voulais pas perdre une seconde de plus.

Il me posa et ouvrit la porte de ma chambre, puis nos baisers firent place à un déshabillage frénétique. Je lui arrachai sa veste et lui mon tee-shirt, et il en fit autant avec mon soutien-gorge avant de lécher immédiatement ma poitrine. Ça me fit l'effet d'une décharge électrique et je criai tout en me débattant avec mon pantalon. Il marqua une pause pour me le retirer puis se débarrassa du reste de ses vêtements. J'étais trempée de désir au moment où il me poussa sur le lit. Sans arrêter de m'embrasser, il vint se placer au-dessus de moi et resta immobile. Je me tortillai sous lui et le suppliai de me prendre. Il serra les mâchoires et me pénétra sauvagement, comme s'il voulait réaffirmer que je lui appartenais.

On bougea l'un contre l'autre rapidement et on jouit tous les deux en à peine quelques minutes. Mes jambes enroulées autour des siennes, je tremblai au moment où mon orgasme explosa, et lui aussi frissonna en venant en moi. En sueur, on cria à mesure que la passion nous emportait, puis il s'affala sur moi. J'étais à bout de souffle et je me couvris les yeux d'une main. Il se retira doucement et s'allongea à côté de moi.

– Désolé, je ne voulais pas que notre première fois après

aussi longtemps soit…

Je me tournai vers lui et il roula sur le dos, les yeux fixés au plafond.

– Tu me crois ? demandai-je après un long silence. Pour Denny ?

Il renifla et évita mon regard, puis il soupira et finit par tourner la tête vers moi.

– Oui, je te crois.

Bon. Il n'avait pas l'air ravi, mais au moins, il me croyait. Je hochai la tête puis me penchai sur lui pour l'embrasser.

– Je suis contente que tu sois là. Tu m'as manqué.

Pour la première fois depuis son arrivée surprise, il me fit un vrai sourire.

– Toi aussi, tu m'as manqué… Au cas où tu n'aurais pas remarqué.

Il rit et je me mordis la lèvre en observant son corps nu.

– Je vais me brosser les dents et me mettre en pyjama, je reviens. Tu restes là, hein ?

– Je ne bouge pas.

Je souris, me levai rapidement et attrapai un pyjama dans un tiroir avant de filer à la salle de bain. Je sentis le regard de Kellan sur moi quand je quittai la pièce, et je me dépêchai, à la fois hébétée, nerveuse, euphorique et coupable.

Après m'être brossé les dents, je m'appuyai contre le lavabo et pris une grande respiration. On n'était vraiment pas passés loin de la catastrophe. Et même si Kellan disait qu'il me croyait, il n'avait pas vraiment l'air sûr. Il avait l'air blessé, alors que j'avais juré de ne plus jamais lui faire du mal. Ça faisait même partie de mes résolutions pour la nouvelle année. Mais en ne lui disant pas la vérité dès le début, en lui cachant quelque chose qui, je le savais, le contrarierait, je l'avais blessé une fois de plus. Pile au moment où je commençais à croire que je devenais quelqu'un de bien.

Je soupirai en essayant de ne plus penser à son expression quand il m'avait surprise. Il était tellement en colère... Et même s'il avait dit qu'il était surpris, il n'avait pas vraiment eu l'air étonné. Il avait paru résigné, comme s'il avait su que je finirais par le faire souffrir.

Je rouvris les yeux en entendant une porte claquer, et je réalisai que c'était la porte de ma chambre. Je sortis de la salle de bain juste à temps pour voir le dos de Kellan qui s'éloignait à grands pas.

– Kellan, tu fais quoi ?

Il m'ignora. La seule réaction qu'il eut en entendant ma voix fut de serrer les poings. Rhabillé, il alla jusqu'à mon sac et se mit à fouiller à l'intérieur. Quand il en ressortit la main, je vis qu'il tenait ses clés de voiture. Il les fourra dans la poche de sa veste et se dirigea vers la porte d'entrée. Il partait ? Cette idée me fit enfin remuer et je traversai le couloir comme une flèche.

J'atteignis la porte d'entrée en premier et restai devant pour l'empêcher de sortir, du moins pas avant de m'avoir donné une explication.

– Tu t'en vas ?

Il vint se planter devant moi et me lança un regard furieux en serrant les mâchoires. Si cela avait été quelqu'un d'autre, il n'aurait sûrement pas hésité à le jeter par terre pour pouvoir sortir. Il avait les yeux plissés, le souffle court et il était fou furieux... encore.

Je me collai contre la porte et secouai la tête face à son absence totale de réponse.

– Pourquoi ? À cause de Denny ? Je t'ai déjà dit qu'il ne s'était rien...

Son regard suffit à me faire taire, plus efficacement que s'il m'avait crié dessus.

– Rien ? dit-il d'une voix tendue et glaciale. Tu me prends

vraiment pour un idiot. Je ne suis peut-être pas aussi « brillant » que lui, mais je ne suis pas stupide.

Il me prit par le bras et me tira brutalement.

– Maintenant, laisse-moi passer.

– Pas avant que tu me dises ce qui se passe !

Il ouvrit grand la bouche et recula d'un pas.

– Tu te fous de moi ?

Il fit un autre pas en arrière et je m'écartai un peu de la porte, certaine qu'il préférerait me crier dessus plutôt que de partir en courant.

– D'accord, je sais que j'aurais dû t'en parler pour Denny, mais on n'a rien fait !

Il ferma les yeux, tremblant de colère.

– Je veux partir d'ici, loin de toi. Alors pousse-toi, avant que je fasse quelque chose de vraiment stupide.

Soudain, je fis quelque chose de vraiment stupide. Je pris son visage dans mes mains pour le forcer à me regarder, et mon contact lui fit apparemment perdre le peu de contrôle qui lui restait. Il écarta mes mains et me poussa par les épaules si fort que j'allai me cogner contre la porte, mais j'ignorai la douleur.

– Non, reste ici et parle-moi !

Il secoua la tête et recula, et mes frustrations refirent surface. Lui aussi me cachait des choses. Comment il osait me faire une scène pour Denny alors qu'il me mentait ? Au moins, mon secret n'impliquait pas de le tromper, alors que le sien… Je sentis la colère exploser en moi et dégageai son bras.

– Espèce de salaud ! Non, tu ne sortiras pas d'ici ! Tu essayes toujours de fuir, mais pas cette fois, dis-je en le poussant. Cette fois, tu vas me parler ! Parce que c'est ce qu'on fait quand il y a un problème, tu te souviens ?

Il parvint à attraper la poignée de la porte derrière moi et à la tourner. Puis il réussit à ouvrir la porte en partie et laissa sa main sur la poignée.

– Je n'ai rien à te dire. Laisse-moi passer !

Tiraillée entre la colère et la douleur, je reniflai pour ne pas pleurer.

– Rien à dire ? Après tout ce que tu m'as fait ?

Ses yeux s'agrandirent sous le choc. C'était vraiment un bon acteur.

– Moi ? Qu'est-ce que je t'ai fait ? Tu baises avec ton ex et c'est moi le méchant ? Tu veux la jouer comme ça ?

En disant ça, il s'approcha de moi et je le repoussai violemment. La poignée de la porte lui échappa et je vins me mettre juste devant. Je serrais aussi les points à présent et je secouai la tête.

– Je. Ne. Couche. Pas. Avec. Denny. Et oui, tu…

Au moment où je m'apprêtais à l'accuser, il parvint à m'attraper et à me faire dégager le passage. Il plaça ses bras autour de ma taille, me souleva et me planta un mètre plus loin, puis il ouvrit de nouveau la porte. En voyant qu'il était vraiment sur le point de partir, je m'agrippai à son bras et le retins de toutes mes forces. Il tourna la tête vers moi, fou de rage.

– Laisse-moi passer, Kiera. J'en ai assez, je veux partir.

– Tu ne disais pas ça quand on s'est envoyés en l'air il y a dix minutes !

Ses yeux se remplirent de larmes.

– C'était une erreur.

Je déglutis, sans réussir à croire que c'était vraiment en train de se passer.

– Tu m'as dit que tu me croyais, murmurai-je.

Il renifla et secoua la tête.

– Et tu m'as dit que tu ne me mentais pas. Au revoir, Kiera.

J'étais tellement abasourdie de l'entendre dire ça que je lâchai son bras, et des larmes ruisselèrent sur mes joues.

– Tu as dit qu'il n'y avait pas d'au revoir entre nous…

Il ferma les yeux et baissa la tête, et quand il la releva, une larme coulait sur sa joue.

– J'ai dit beaucoup de choses qui n'étaient pas vraies.

Je sentis mon sang se glacer dans mes veines et m'entendis poser une question.

– Tu me quittes ?

Ses yeux brillants restèrent rivés aux miens et une autre larme coula sur sa joue, que j'eus envie d'essuyer. Je voulais le prendre dans mes bras et lui dire qu'il n'avait aucune raison d'être en colère, qu'il ne s'était rien passé entre Denny et moi, que j'avais été fidèle et que je l'aimais plus que tout. Mais je ne pouvais pas. J'étais paralysée.

– Oui, c'est terminé, murmura-t-il.

J'entendis un sanglot sortir de ma gorge malgré moi, puis Kellan tourna immédiatement les talons et disparut. Je restai là, debout, secouée par des spasmes incontrôlables. Puis j'entendis le moteur de la voiture démarrer, s'éloigner petit à petit, et je tombai à genoux, le visage dans les mains.

Ça ne venait pas vraiment d'arriver, si ? Il ne venait pas de rentrer par surprise, de me faire l'amour, puis de me jeter ? Alors que le bruit de la voiture disparaissait, celui de mes sanglots s'amplifiait de plus en plus. Oui, ça venait bel et bien d'arriver…

Je l'avais perdu… Je l'avais finalement perdu.

23

Rien à perdre

Je ne sais pas trop combien de temps je suis restée par terre, à contempler la tournure que venait de prendre ma vie. Avant le début de cette tournée, j'étais sûre qu'on était des âmes sœurs, destinées à être ensemble pour toujours. Alors que j'avais peur qu'il finisse par se réveiller et se rendre compte qu'il pouvait trouver bien mieux que moi, je m'étais aussi accrochée à la conviction qu'il ne me tromperait jamais, parce que j'étais la première personne à entrer dans son cœur. Je croyais que ça avait scellé notre union. Mais peut-être que ça avait juste laissé une marque sur sa peau. Peut-être que mon nom tatoué sur sa poitrine suffisait, comme un symbole que je l'avais aidé à se dévoiler et à s'autoriser à s'aimer lui-même… et à en aimer d'autres.

Et maintenant qu'on n'était plus ensemble, j'étais sûre qu'il aimerait à nouveau. D'abord, il se taperait des groupies dans tous les sens pour noyer son chagrin, puis il la trouverait. Elle serait douce, peut-être timide, et elle aurait totalement confiance en lui. Parce que leur relation n'aurait pas commencé comme la nôtre. On avait démarré sur une trahison.

On s'était regardés en train de mentir à quelqu'un qu'on aimait. On s'était regardés coucher avec d'autres personnes tout en étant amoureux l'un de l'autre. Fous amoureux. Assister à ce genre de trahison, et y prendre part… ça vous rendait aigri.

On savait tous les deux de quoi on était capables. Peut-être qu'on s'était condamnés dès le début. Peut-être que c'était ma faute. Quand Denny était revenu de Tucson, j'aurais dû lui dire ce qui s'était passé pendant son absence. Ça aurait mis fin à notre relation, mais c'était déjà fini entre nous de toute façon. Ça aurait été une rupture propre et honnête, et là, peut-être qu'on aurait eu une chance, Kellan et moi.

Les yeux rivés au plafond, incapable de dormir, j'avais mon téléphone portable à la main, en attendant qu'il m'appelle pour me dire qu'il avait eu tort et qu'il ne voulait pas rompre avec moi. Mais il n'appelait pas, et je savais qu'il ne tarderait pas à devoir rejoindre les autres… et que je ne le reverrais plus jamais. Je me demandai si je devais céder et l'appeler. Qu'est-ce que je pourrais bien lui dire ? Je ne pourrais que clamer mon innocence, mais il ne me croirait pas. Il m'avait crue pendant un moment… puis d'un coup, sa confiance s'était ébranlée. Et je ne savais même pas pourquoi.

J'envisageai d'appeler Anna et de lui demander de rentrer à la maison. Mais elle était chez une amie, elle se sentait enfin assez bien dans sa peau pour reprendre une vie sociale et je ne voulais pas la miner avec mes histoires. Peut-être que je pourrais appeler Jenny ? Au moment où j'allais l'appeler, mon téléphone bipa dans ma main. J'avais reçu un message. En espérant de toutes mes forces qu'il s'agisse de Kellan, je regardai l'écran. Puis je soupirai. C'était Denny.

Je voulais juste prendre des nouvelles… Tout va bien ?

Je répondis en me demandant si tout irait bien à nouveau un jour.

Non… Kellan m'a quittée.

Du moins, je crois que c'est ce que j'écrivis, car je pouvais à peine voir ce que je tapais à travers mes larmes.

J'arrive dans cinq minutes.

J'eus envie de protester, de lui dire que ce n'était pas la peine qu'il sorte de son lit pour moi, étant donné qu'il devait travailler dans quelques heures. Mais je ne répondis pas, parce que je n'avais vraiment pas envie d'être seule. Je reniflai dans mon oreiller en attendant que les coups de poignard qui m'atteignaient en plein cœur s'arrêtent. J'attendais de ne plus avoir l'impression que ma vie était fichue, mais ça ne vint pas. Tout était perdu. Le bonheur était derrière moi. Toute la joie, je l'avais déjà ressentie. Je repensai à tous les moments passés avec Kellan. Si j'avais su que ça se finirait si abruptement, j'aurais peut-être chéri chaque minute un peu plus.

Puis je me rendis compte que c'était ce que j'avais fait : j'avais toujours vécu à fond la moindre seconde passée avec lui, pris soin de mémoriser chaque instant, chaque sourire, chaque mot, chaque caresse. Je le savais depuis le début. Une partie de moi effrayée et incertaine avait su que ça ne marcherait pas… alors j'avais savouré mon temps avec lui autant que possible. Je me remis à sangloter. La porte de ma chambre s'ouvrit un moment plus tard et j'entendis un léger soupir. Je me redressai dans mon lit et vis Denny dans l'encadrement de la porte. J'avais dû oublier de fermer la porte à clé après le départ de Kellan. Denny avait l'air fatigué, et la compassion se lisait dans ses yeux. Il s'assit au bord de mon lit, dans lequel Kellan et moi venions de faire l'amour.

– Je suis tellement désolé, Kiera… Vraiment.

Je hochai la tête et le pris dans mes bras, et il soupira en me frottant le dos. En étant si proche de lui, j'attendis de ressentir… quelque chose. Mais rien ne vint. Même dans ma douleur, même en sachant que c'était fini avec Kellan, je ne ressentis rien pour lui, à part le besoin désespéré de son amitié. Soulagée de constater ça, je le serrai plus fort.

– Il est parti, Denny. Il a dit qu'il n'en pouvait plus… Il a dit que c'était terminé, et il le pensait vraiment.

– Est-ce que c'est à cause de moi ? Ou à cause de ce qu'il te cachait ?

Je m'écartai et regardai Denny, qui haussa les épaules.

– Peut-être qu'il se sent coupable pour ce qu'il a fait. Peut-être qu'il cherchait juste un prétexte pour te quitter et que tu lui en as donné un ?

Je reniflai et essuyai mon visage avec ma couverture.

– Je ne sais pas. Il a refusé de me parler.

Je sentis la colère resurgir en pensant que toute cette dispute était peut-être due à la culpabilité qu'il ressentait, et non pas au fait qu'il m'avait surprise avec Denny.

– Il m'a dit qu'il me croyait quand je disais qu'on était juste amis, toi et moi. Après, on a fait l'amour, et après il m'a larguée ! Qui fait ça ?

Je rougis d'en avoir autant dit à Denny mais il se contenta de soupirer en secouant la tête.

– Je ne sais pas, Kiera. Je suis désolé.

Il leva les yeux sur moi, inquiet, et je vis la même amitié que celle que je ressentais pour lui reflétée sur son visage. Il n'y avait plus que ça entre nous à présent. Abby avait son cœur, et elle ne lui ferait jamais ce que Kellan venait de me faire. Pourquoi avait-il réagi comme ça ? S'il ne me faisait pas confiance, s'il ne me croyait pas, pourquoi ne pas juste me quitter ? Pourquoi coucher avec moi d'abord ? Pour tirer un dernier coup pour la route ? Ça me rendait folle.

– Tu peux me rendre un service ?

Il eut l'air confus mais il hocha la tête, visiblement désireux de m'aider.

– Bien sûr, ce que tu voudras.

Je m'extirpai de sous les couvertures et me levai.

– Je dois aller quelque part et Anna a pris la voiture.

Il se leva en hésitant et me regarda d'un air inquiet alors que j'enfilais un pull par-dessus mon haut de pyjama.

– Tu dois aller où ? demanda-t-il prudemment.

J'enfilai la première paire de chaussures qui me tombait sous la main et m'attachai les cheveux à la hâte.

– Chez Kellan.

Denny soupira, comme si ses craintes venaient de se révéler exactes.

– Kiera, peut-être que tu devrais laisser tomber…

– Je ne peux pas laisser tomber, Denny. Je l'aime, et s'il décide de me quitter, alors je veux savoir pourquoi. Je veux découvrir la vérité, même si je dois lui taper dessus pour ça.

J'attrapai Denny par le bras et il soupira tandis que je le traînais vers la porte. Il garda le silence dans la voiture, en se demandant sûrement comment me convaincre de changer d'avis. J'espérais que j'aurais le courage d'avoir cette conversation avec Kellan, et de toute façon, je n'avais rien à perdre. C'était fini entre nous, alors qu'est-ce qu'il pourrait bien me dire qui me blesserait encore plus que ça ?

J'espérais juste qu'il était chez lui. Il pouvait très bien être parti directement à l'aéroport pour essayer de prendre un vol direct pour… peu importe là où était le groupe. Je priai pour qu'il ait eu besoin d'une minute pour retrouver ses esprits. Le soulagement m'envahit quand je vis sa voiture dans l'allée. Il était encore là. Puis une boule de nervosité se forma dans mon estomac. Il était là… et on allait devoir se dire tout ce qu'on s'était caché pendant si longtemps. J'eus envie de faire demi-tour et de rentrer chez moi mais j'ouvris la portière de la voiture.

Denny ouvrit la sienne aussi mais je l'en dissuadai.

– Ça ne fera qu'empirer les choses si tu viens avec moi. C'est vraiment gentil de m'avoir accompagnée mais je pense que tu ferais mieux de rentrer chez toi.

– Kiera, je ne pense pas…

Je posai une main sur son bras.

– Ça va aller, Denny, tu en as assez fait. Rentre chez toi et essaie de dormir un peu… Ou appelle Abby et dis-lui à quel point tu es heureux de l'avoir. Je sais qu'elle sera ravie de l'entendre.

Il sourit en baissant les yeux.

– Oui, peut-être que je vais faire ça. Appelle-moi… quand tu auras fini.

– D'accord… Je t'appelle tout à l'heure.

Je me penchai pour l'embrasser sur la joue.

– Merci, mon ami.

Il sourit et je sortis de la voiture.

– De rien, mon pote.

Je souris en l'entendant m'appeler comme ça pour la première fois puis je refermai la portière derrière moi. Je lui fis un signe de la main tandis qu'il faisait marche arrière, tout en le remerciant silencieusement. Je ne pouvais pas le voir à travers le pare-brise mais j'étais sûre qu'il secouait la tête, me souhaitant bon courage tout en pensant que j'étais cinglée de venir ici.

En me tournant vers la maison de Kellan, je commençai à me dire qu'il n'avait peut-être pas tort. Peut-être que j'étais folle de venir ici, surtout qu'il avait été clair quant au fait que c'était terminé entre nous. Mais il fallait que je sache. Il savait ce que je lui avais caché, alors c'était à mon tour de connaître la vérité.

Tremblante, j'avançai jusqu'à la porte. Je ne voulus pas utiliser ma clé, étant donné que techniquement, je n'en avais plus le droit, et je frappai doucement. Je ne pensais pas qu'il m'entendrait et j'étais déjà prête à frapper plus fort quand la porte s'ouvrit.

Le regard glacial de Kellan me dévisagea par l'entrebâillement puis il leva les yeux au ciel et me claqua la porte au nez. Je ne m'étais pas attendue à ça et je clignai des yeux sous l'effet de la surprise. Est-ce qu'il venait sérieusement de faire ça ?

La colère prit le pas sur ma nervosité et j'ouvris la porte. Bizarrement, il ne l'avait pas fermée à clé et la première chose que je vis fut le dos de Kellan qui s'éloignait de moi. J'entrai et claquai la porte derrière moi et il sursauta avant de me faire face. Il soupira et passa une main dans ses cheveux en bataille.

– Je refuse de faire ça, Kiera. Je refuse d'avoir encore cette conversation. C'est fini.

Il tourna les talons mais je l'attrapai par le bras.

– Non, ce n'est pas fini ! Pas avant que tu m'aies dit la vérité !

Il se retourna à nouveau, les yeux assombris par la colère.

– Toi d'abord !

Je soupirai et lâchai son bras, puis je levai les mains en l'air.

– Je t'ai dit la vérité à propos de Denny ! Il ne s'est rien passé ! Pourquoi tu ne me crois plus, bon sang ? Ou alors peut-être que tu ne m'as pas crue dès le début et que tu voulais juste coucher avec moi une dernière fois ?

Il pâlit et ouvrit grand les yeux.

– Tu penses que je savais que j'allais rompre avec toi avant de coucher avec toi ? Tu penses que je t'aurais touchée si j'avais su ce que je sais maintenant ?

Il me regarda de haut en bas et je rougis, furieuse.

– Et qu'est-ce que tu crois savoir, exactement ?

Il recula d'un pas, l'air dégoûté.

– Tu es vraiment incapable d'être honnête, hein ? J'ai tout vu, Kiera. J'ai vu les tests positifs. Tu les as mis dans mon tiroir, avec mes affaires, juste pour que je les trouve ! Et tu croyais vraiment que j'allais rester après ça ?

– De quoi tu parles ? demandai-je en reculant d'un pas.

Je commençai juste à comprendre ce qui s'était passé mais il ne me laissa pas beaucoup de temps pour assembler les pièces du puzzle.

– Je sais que tu es enceinte, bordel, alors arrête de faire comme si tu étais innocente !

Je le regardai, sans voix. Je me rappelais très bien d'Anna, pendant sa phase de déni, en train de fourrer un sac plein de tests de grossesse positifs dans le tiroir de ma commode. Le tiroir de Kellan… Il avait dû vouloir mettre des vêtements propres, alors il avait ouvert le tiroir et il était tombé sur les tests… et il avait cru que c'étaient les miens.

C'était évident. Ils étaient dans ma chambre, dans le tiroir que je lui avais donné. Il pensait vraiment que je lui aurais annoncé un truc aussi sérieux de cette façon ? Pour qui il me prenait ?

Je secouai la tête et il plissa les yeux dangereusement.

– N'essaye même pas de le nier. Pas maintenant, pas quand je suis au courant. Admets-le, Kiera. Pour une fois dans ta vie, dis la vérité.

Son visage s'adoucit et je vis la peine dans ses yeux. Il pensait que j'étais enceinte… et que c'était Denny qui en était responsable. Je secouai la tête à nouveau et fis un pas vers lui.

– Kellan, non. Denny et moi, on n'a pas…

Il m'interrompit et me repoussa.

– Arrête, Kiera. Ne me sers pas une demi-vérité. Tu as menti en me cachant que Denny était ici. Et un mensonge par omission, ça reste un mensonge. Tu devrais le savoir mieux que quiconque, murmura-t-il.

Je voulais l'assurer que ce n'était pas moi qui étais enceinte, mais à ce stade, je ne savais même plus comment faire. Il ne croirait plus un seul mot sortant de ma bouche, et je ne savais plus quoi dire.

– J'ai seulement été avec toi… finis-je par chuchoter.

– On n'a pas couché ensemble depuis décembre, et je suis bien placé pour savoir que tu n'as pas encore de ventre, dit-il en regardant cette partie de mon corps. Alors tu n'en es pas à quatre mois de grossesse. Je ne suis pas stupide, Kiera, je sais que l'enfant n'est pas de moi.

J'essayai de lui dire que je n'étais pas enceinte mais il ne me laissa pas parler.

– Si tu veux continuer à prétendre que tu n'as pas couché avec Denny, siffla-t-il en approchant son visage tout près du mien, vas-y. Tu n'as qu'à me sortir la seule autre explication possible. Dis-moi que tu as été violée. Vas-y.

Ses yeux brillaient d'une telle colère que je sentis mes jambes trembler sous moi. Je n'en revenais pas qu'il aille aussi loin, et je tendis le bras pour le gifler, mais j'arrêtai ma main à quelques centimètres de son visage. Je ne pouvais pas lui en vouloir de penser ça : c'était ce que sa mère avait fait à son père, et le père de Kellan l'avait détesté pour ça avant même sa naissance.

Il ne bougea pas d'un millimètre et continua à me dévisager. Je baissai le bras et il me fit un petit sourire ironique.

– Tu peux t'en aller, maintenant.

– Tu te trompes, murmurai-je, les larmes aux yeux.

Il tourna les talons et se dirigea vers le salon.

– Ah bon ? lança-t-il par-dessus son épaule.

Je serrai les poings et le suivis.

– Tu te plantes complètement. Je n'ai pas couché avec Denny, ni avec personne. Ce n'est pas moi qui…

Un bip émergea de sa veste accrochée pas loin, signe qu'il venait de recevoir un nouveau message. Je me rappelai soudain pourquoi j'étais venue – pour tirer les vers du nez à ce sale hypocrite – et je fonçai droit sur sa veste. Il écarquilla les yeux quand il vit ce que je m'apprêtai à faire.

– Kiera, non !

Il se précipita vers moi mais je fus plus rapide et j'avais déjà ouvert le message avant qu'il ne soit à côté de moi.

– Appelle-moi, j'ai besoin de te voir, lus-je à voix haute.

J'étais tellement en colère que ma voix tremblait. Kellan pâlit, ses yeux allant de mon visage au téléphone comme s'il avait peur de ce que j'allais faire. Il tendit une main tremblante vers moi.

– Kiera, rends-le-moi, s'il te plaît.

Je serrai son portable plus fort dans ma main, tremblante comme une feuille à mesure que je découvrais son secret.

– Je pense que je vais plutôt répondre à cette pétasse.

Je commençai à taper un message et Kellan péta les plombs : il se jeta sur moi et m'arracha le téléphone des mains en me poussant violemment. J'atterris contre le porte-manteau où sa veste était accrochée et un éclair de douleur me traversa lorsque je m'écorchai. Je fis la grimace et frottai mon bras. Le regard de Kellan s'adoucit immédiatement mais il continua à s'agripper à son portable d'un air soulagé.

– C'est qui, le menteur, maintenant ? éructai-je.

Il secoua la tête, toujours pâle comme un mort.

– C'est différent. Ça n'a rien à voir avec toi et moi.

– Alors dis-moi la vérité. Qu'est-ce que tu me caches ?

Il regarda mon ventre et son regard se durcit à nouveau.

– Ça ne te regarde pas et je n'ai plus rien à te dire.

Des larmes se mirent à couler sur mes joues.

– Comme tu voudras. Garde tes putains de secrets.

Il cligna des yeux en m'entendant parler comme ça puis il serra les mâchoires. Je savais que rien de bon n'arriverait si je restais, alors je tournai les talons et me dirigeai vers la porte et il ne fit pas un geste pour m'empêcher de l'ouvrir. L'air froid de la nuit rafraîchit mon visage en feu et je marquai un temps d'arrêt en regardant le ciel noir.

– Et pour ta gouverne, dis-je par-dessus mon épaule, ce n'est pas moi qui suis enceinte, connard. C'est Anna. Griffin l'a mise enceinte à Boise et elle est complètement flippée.

Là-dessus, je sortis et claquai la porte derrière moi. J'étais au milieu de la rue, sans avoir la moindre idée de là où aller étant donné que je n'avais envie d'aller nulle part, quand Kellan ouvrit sa porte.

– Kiera, attends !

Je ne m'arrêtai pas. C'était fini. Je n'avais plus à l'écouter, et j'étais furieuse de toute façon. J'avais traversé la rue quand il me rejoignit. Il m'attrapa par le bras pour me forcer à m'arrêter, avec la tête de quelqu'un qui vient d'apprendre que les poules ont des dents.

– Anna est enceinte ?

Je dégageai mon bras et relevai le menton.

– Oui, dis-je d'un ton aussi glacial et cassant que possible.

Il vacilla puis essaya de poser une main sur mon bras mais je m'écartai pour l'empêcher de me toucher.

– Pourquoi tu ne me l'as pas dit ? murmura-t-il.

Je soupirai, sentant mon amour pour lui refaire surface en regardant ses yeux tristes. J'avais envie de lui pardonner mais je ne pouvais pas. Je ne pouvais pas lui faire confiance.

– Elle m'a fait promettre de ne pas en parler. Elle n'est pas sûre de le garder.

Son corps se raidit et il me regarda d'un air incertain.

– Elle ne… Elle nc va pas… ?

Il ne finit pas sa question et je secouai la tête.

– Non, elle va mener sa grossesse à terme, mais elle ne sait pas encore si elle va le garder ou le faire adopter.

Je soupirai en espérant que ma sœur ne choisisse pas cette option. Même si c'était une moitié de Griffin, je voulais quand même connaître mon neveu ou ma nièce. Mais ce n'était pas à moi de décider, et je la soutiendrais, peu importe ce qu'elle choisirait.

– Ah, tant mieux, j'aurais été vraiment triste qu'elle…

Une fois de plus, il ne termina pas sa phrase et il se mordit la lèvre, songeur. Kellan aurait pu être un bébé avorté, alors il avait certainement des idées bien arrêtées sur le sujet. Je me demandai ce qu'il pensait de l'adoption, étant donné que cela aurait sans doute rendu son enfance plus facile. Puis je m'endurcis de nouveau. Ce qu'il pensait n'avait plus d'importance…

– Foutu Griffin… Je vais le tuer, murmura-t-il.

Je tournai les talons pour reprendre ma route et j'eus à peine le temps de faire cinq pas qu'il m'avait déjà rattrapée.

– S'il te plaît, attends.

Je me tournai vers lui à contrecœur et il haussa les épaules.

– Kiera, je suis désolé. Ne t'en va pas, s'il te plaît.

– Tu viens de me traiter de salope et de dire que tu ne voulais plus jamais me voir, alors pourquoi je devrais rester ?

–Je ne savais pas… J'ai cru que… En voyant Denny, et puis les tests… J'ai cru que ce qui était arrivé à mon père était en train de m'arriver à moi. J'ai cru que tu portais l'enfant d'un autre, et j'étais en colère. Je ne m'étais jamais senti aussi mal. Je suis désolé de ne pas t'avoir crue.

Je hochai la tête en comprenant comment il avait pu tirer cette conclusion. Il se détendit en voyant que j'acceptais ses excuses et il voulut me prendre dans ses bras mais je me raidis et le repoussai. Je levai la main pour lui montrer l'anneau à mon doigt et il fronça les sourcils.

– J'ai tenu ma promesse : j'ai été fidèle. Et toi ? dis-je en montrant la maison du doigt, là où se trouvait son téléphone.

Il regarda vers la maison et se mordit la lèvre, puis il reposa les yeux sur mon anneau, puis le sien.

– Kiera, ce n'est pas ce que tu crois.

Je posai ma main sur sa joue pour l'obliger à me regarder.

– Justement, je ne sais pas ce que je dois croire, parce que tu refuses de me parler. Ça veut dire quoi, ce message ?

Son visage était glacé et il me regarda avec des yeux apeurés.

– Je ne peux pas… Je ne pense pas que…

Il chercha quoi ajouter et je secouai la tête, à bout de patience.

– Il faut que tu m'en parles, parce que c'est ça qui nous éloigne. Soit tu me dis tout maintenant, soit je pars et c'est vraiment fini.

Il secoua la tête, les larmes aux yeux.

– S'il te plaît, ne me quitte pas.

Même si son visage me donnait envie de céder, même si je désirais par-dessus tout le prendre dans mes bras, l'embrasser, le supplier de m'emmener dans sa chambre et de me refaire l'amour, je me forçai à résister et à m'en tenir à mon ultimatum. C'était maintenant ou jamais.

Je haussai les sourcils, dans l'attente, et il soupira.

– Et merde, grommela-t-il.

Il ferma les yeux et prit plusieurs grandes respirations, puis il les rouvrit, l'air résigné.

– D'accord, je vais tout t'expliquer. Mais pas ici, d'accord ? À la maison.

Je soupirai, résignée moi aussi. Il allait enfin m'avouer ce qu'il me cachait… et cette perspective était loin de m'enchanter. Kellan me prit la main et me guida vers la maison, et il garda la tête baissée pendant tout le trajet.

Une fois à l'intérieur, il montra son canapé du doigt en refermant doucement la porte d'entrée. Ça faisait un moment qu'on n'avait pas refermé une porte sans la claquer. Je m'assis et il se mit à faire les cent pas, ce qui me rendit encore plus nerveuse. J'avais envie qu'il vienne s'asseoir mais il avait l'air d'avoir besoin de bouger, et je ne dis rien.

Il essuya nerveusement ses paumes sur son jean, ce que je trouvai très bizarre car il n'était presque jamais nerveux. Il continua à arpenter la pièce sans rien dire, et je décidai de commencer la conversation, étant donné qu'il n'avait pas l'air prêt à le faire.

– C'était qui au téléphone ?

Il s'immobilisa et se pinça les ailes du nez.

– Je ne peux pas commencer par ça.

Il se passa une main sur le visage, l'air tellement épuisé que j'avais peur qu'il ne s'écroule, et il secoua la tête.

– En décembre, une fille est venue me voir en coulisse.

Mon estomac se noua. Alors c'était bien à propos d'une fille ? J'aurais aimé pouvoir dire que j'étais choquée… mais je ne l'étais pas et il s'avachit en voyant mon expression.

– Elle m'a dit que…

Il s'arrêta pour déglutir et soudain, je compris et je sentis la peur et la tristesse me submerger. C'était tellement évident… Je ne savais pas pourquoi je n'y avais pas pensé plus tôt.

– Elle t'a dit que tu avais un enfant, c'est ça ? À un moment de ta vie, tu n'as pas pris de précaution, et maintenant, tu as un enfant quelque part.

Je sentis les larmes me monter aux yeux tandis que la vision de mon avenir avec Kellan s'effondrait. Il ne fermerait jamais sa porte à un enfant et je devrais le partager avec une autre femme… pour toujours. La tristesse de savoir que je ne serais pas la première à lui donner un enfant me bouleversa et une larme roula sur ma joue. Il s'agenouilla devant moi et posa sa main sur ma joue.

– Non, Kiera, ce n'est pas du tout ça. Il n'y a pas de Kellan miniature où que ce soit, d'accord ?

Je m'essuyai les yeux et fronçai les sourcils, encore plus paumée qu'avant.

– Alors c'est quoi ? Parce que je ne comprends vraiment pas.

Il s'assit sur ses talons, la tête basse.

– Je sais. Et je sais qu'on pourrait croire que j'ai une aventure. Mais en sachant tout ce que tu sais sur moi, tu ne vois vraiment pas ce que ça peut être, ce pourquoi je t'ai menti ?

Un éclair de douleur me transperça en l'entendant admettre qu'il avait menti. Mes larmes redoublèrent et je secouai la tête. Il soupira, l'air un peu abattu de devoir tout m'expliquer puisque je n'arrivais pas à deviner de quoi il s'agissait.

– Elle m'a dit qu'elle voulait que je rencontre son père, dit-il dans un murmure.

Il ferma les yeux un instant, et il était au bord des larmes quand il les rouvrit.

– Son père ? C'est bizarre...

Il sourit tristement en secouant la tête.

– Elle a l'air de penser que... c'est peut-être mon père aussi.

Il avait parlé si bas qu'il me fallut quelques secondes pour imprimer ce qu'il venait de dire.

– Ton père aussi ? Alors c'est ta...

Je clignai des yeux, le cerveau en ébullition.

– Attends un peu... ton père biologique ? C'est vraiment lui ? Et elle, c'est vraiment ta sœur ?

– Oui. Elle m'a montré une vieille photo de lui et la ressemblance est frappante. Et en plus, j'avais déjà vu le même cliché avant… ma mère me l'avait montré une fois. Je ne peux pas le voir, Kiera… Je suis incapable de faire ça.

J'étais tellement étonnée que je ne savais pas quoi dire et je me contentai de le regarder, sous le choc. Tous les scénarios que j'avais imaginés impliquaient une fille. Jamais je n'aurais cru qu'il me cache quelque chose autrement que par culpabilité, et non parce qu'il souffrait trop ou qu'il ne savait pas comment gérer la situation.

Je ne pouvais pas imaginer un changement plus brutal dans sa vie que d'entrer en contact avec l'homme qui l'avait engendré, puis abandonné. Il l'avait laissé face à un destin qu'aucun enfant ne méritait. J'étais incapable d'imaginer ce que Kellan pouvait bien ressentir : de l'incompréhension, de la douleur ? Ou peut-être qu'il ne ressentait rien. Peut-être qu'il était dans une phase de déni encore plus forte que celle de ma sœur. Je pris son visage dans mes mains en me demandant si c'était pour ça qu'il me l'avait caché depuis le début. Il avait un regard d'animal blessé pris dans le piège dont il voulait désespérément s'échapper.

– Pourquoi tu ne m'as rien dit ?

– Parce que je te connais. Tu vas vouloir que je le rencontre, que je crée des liens avec lui… et je ne peux pas.

– C'est ta famille, Kellan, dis-je en lui caressant la joue.

– Il n'est rien pour moi, dit-il en se redressant brusquement.

Il passa une main dans ses cheveux et se mit à regarder la maison autour de lui. La maison de ses parents.

– Il m'a laissé. Il est parti et il m'a abandonné, il m'a laissé grandir avec ces gens…

Il se mit à trembler et je vis ses mâchoires se contracter.

– Il n'en avait rien à foutre de moi. Alors je n'en ai rien à foutre de lui.

La colère brisa sa voix et je me levai pour venir contre son corps tremblant et poser une main sur son torse. Il était tendu et évitait mon regard.

– Il ne savait pas ce qui se passerait quand il est parti. Comment voulais-tu qu'il se doute de ce qui allait arriver ? Peut-être qu'il pensait te rendre service en restant dans l'ombre et en ne détruisant pas complètement la famille qu'il avait déjà abîmée…

– Me rendre service ? Mon père me fouettait avec sa ceinture quand il était en colère. Il me frappait tellement fort qu'après je devais dormir sur le ventre pendant plusieurs jours. Et j'ai vite appris qu'essayer de lui échapper ne faisait qu'empirer les choses quand il finissait par réussir à me mettre la main dessus. Alors je restais là, comme un chien, et je le laissais me frapper. C'est me rendre service, ça ?

Il avait les yeux pleins de larmes en me racontant ces horreurs qu'il n'avait jamais évoquées auparavant. Je tentai d'ignorer le nœud dans ma gorge et je secouai la tête.

– Il ne savait pas… Peut-être que tu devrais le voir pour lui raconter. Tu pourrais enfin parler de tout ça à quelqu'un.

– Je n'ai pas besoin d'en parler, je vais bien. Et je ne veux pas le voir. Jamais.

Il recommença à faire les cent pas dans le salon.

– De toute façon, j'ai déjà une famille. J'ai une tante qui me déteste autant que ma mère, mais je m'en fiche. Je n'ai pas besoin d'eux, je me débrouille très bien tout seul.

Sachant à quel point il détestait être seul, je secouai la tête et allai me planter devant lui.

– Justement, tu n'es plus tout seul. Il y a des gens dehors qui sont ta famille et qui veulent te connaître. Tu as une sœur, Kellan… Tu n'as pas envie de la connaître ?

– Hailey m'a dit que j'avais un frère, aussi.

Je souris en constatant que sa famille n'arrêtait pas de s'agrandir. Il avait été seul pendant tellement longtemps… Peut-être que c'était une bonne chose, et pas le cauchemar qu'il avait l'air d'imaginer.

– Hailey ? C'est le nom de ta sœur ?

Il hocha la tête.

– Je lui ai donné mon numéro de portable quand elle est venue me voir, et on est restés en contact.

Il sourit un peu, et un petit rire lui échappa.

– Elle est plutôt marrante. Et intelligente aussi. On a pas mal discuté ces derniers temps, elle est chouette.

– Alors, c'est avec elle que tu passais ton temps au téléphone quand Jenny est venue voir Evan ?

Il secoua la tête, les sourcils froncés.

– Quand Jenny était au Texas ?

Il regarda dans le vide, confus, puis eut soudain l'air de comprendre.

– C'est pour ça que tu as cru que je te trompais ? Parce que Jenny m'a vu rire au téléphone avec quelqu'un d'autre ?

Je hochai la tête doucement puis je pointai sa veste du doigt.

– À cause de ça et de tous les messages mystérieux que tu ne voulais pas que je voie. Tu dois bien admettre que c'était suspect.

– Je suis désolé, dit-il en me caressant la joue. Je n'ai jamais voulu te faire du mal. Je n'étais pas prêt, c'est tout… J'ai voulu t'en parler tellement de fois, mais je ne trouvais pas les mots. C'était comme si ça devenait réel si je t'en parlais, et moi, je voulais faire comme si ça n'existait pas.

Sa voix se durcit, vibrante d'émotion.

– Mais Hailey lui a donné mon numéro et il m'écrit tous les jours… Tous les jours, il m'envoie des messages, et tous les jours, je l'ignore. Et je n'en peux plus de tout ça. Je veux juste qu'il me laisse tranquille.

Il poussa un soupir exténué.

– J'ai même pensé à changer de numéro pour qu'il n'ait plus de moyen de me joindre, mais je voulais pouvoir continuer à te parler, et je ne pouvais pas te dire que je voulais changer de numéro sans explications.

Je voyais à quel point il était fatigué. Je pouvais comprendre pourquoi il ne voulait pas avoir affaire à son père, pourquoi il ne voulait jamais le voir, mais je ne comprenais pas qu'il laisse cette situation le ronger autant. En repensant au Kellan qui avait commencé la tournée et en voyant l'homme en face de moi, j'avais l'impression de regarder deux personnes différentes.

Il renifla et se frotta les yeux dans un effort pour ne pas craquer et je lui frottai les épaules.

– Ça te ronge, Kellan, tu ne t'en rends pas compte ?

Il me regarda comme si je dramatisais, mais il n'avait pas assez de recul pour voir à quel point il avait changé au cours des deux derniers mois.

– C'est vrai. Ça te ronge, je le vois bien. Tu en as parlé à quelqu'un ? Aux garçons, à Evan ? Ou alors tu as géré ça tout seul depuis le début ?

Il alla s'asseoir dans le canapé, abattu.

– À qui j'aurais pu en parler ? Tout le monde pense que mon père est mort en même temps que ma mère. Tu es la seule à savoir la vérité, et je suis incapable d'en parler à qui que ce soit d'autre.

J'allai m'asseoir près de lui et posai ma main sur son genou.

– Mais ton père biologique qui te contacte, ça, tu n'as pas réussi à m'en parler ?

– Je ne voulais pas te le cacher, mais je n'arrivais pas à te le dire. Je suis désolé de t'avoir fait du mal…

Je l'attirai contre moi et sentis des larmes rouler sur mes joues.

– Ça ne fait rien… Je comprends.

Il soupira et m'entoura de ses bras.

– Le message que tu as reçu le jour de Noël… ça venait vraiment de Griffin ?

– Non… Ça venait de lui. Je suis désolé d'avoir menti, mais je ne voulais pas que tu me poses des questions. Je n'étais pas prêt à en parler.

– Alors tous ces messages…

– Ils venaient tous de lui… Je te le promets.

Il pressa son front contre le mien et m'embrassa doucement.

– Tu peux les lire, si tu ne me crois pas. Mais c'est tout ce que j'ai caché. Je t'assure.

Je laissai ma peur et mes doutes s'évanouir et l'embrassai à mon tour.

– Je te crois, murmurai-je.

Et c'était la vérité.

Sa main passa de ma joue à ma nuque et il m'attira à lui dans un baiser plus intense. J'avais été tellement sûre que ça n'arriverait plus jamais que je savourai le goût de ses baisers et son parfum envoûtant. Mais alors que nos bouches donnaient à notre conversation un tour plus physique, je le sentis trembler sous mes doigts. Je m'écartai pour le regarder dans les yeux, et si je vis sur son visage la même passion que d'habitude, j'y vis aussi de la douleur.

– Il faut que tu le voies, Kellan. Tu dois clore ce chapitre pour pouvoir avancer.

Il secoua la tête et se pencha en avant pour m'embrasser et se distraire avec la seule chose qu'il savait vraiment utiliser pour arrêter de souffrir : le sexe. Je me forçai à le repousser, même si une partie de moi avait envie de se laisser aller.

– Il faut que tu le rencontres, insistai-je.

– Tu vois, dit-il en plissant les yeux, c'est exactement pour ça que je ne voulais pas t'en parler.

J'allais protester et essayer de le raisonner en lui disant que parler avec l'homme qui l'avait engendré puis abandonné l'aiderait à guérir, mais il ne me laissa pas le temps d'aligner deux mots. La bouche pincée et le regard dur et résolu, il secoua la tête.

– Tu peux garder pour toi toutes les raisons logiques et tous tes points de vue philosophiques sur le sujet, parce que je ne le verrai jamais. Compris ?

Puis il se leva et quitta la pièce. Il n'était pas prêt et je me demandais s'il le serait un jour.

24

On essaye encore

Je laissai Kellan seul un moment pour qu'il se calme, puis je partis à sa recherche. Je le trouvai dans sa chambre, assis sur son lit et les yeux fixés au mur. Il était impossible de deviner ce qu'il pensait ou ce qu'il ressentait : son visage était inexpressif et indéchiffrable, peut-être parce qu'il essayait de ne rien éprouver, justement.

Je m'adossai à l'encadrement de la porte et l'observai longuement. Il ne bougea pas et continua à scruter le mur comme si je n'étais pas là, et je contins un soupir.

– Je peux entrer ?

Il tourna la tête vers moi, acquiesça, puis se tourna de nouveau vers le mur. Je regardai l'endroit qu'il fixait et remarquai quelque chose que je n'avais jamais vu avant. Il y avait un endroit sur le mur où le plâtre n'avait pas la même texture, et qui faisait la taille d'un poing. Je détestai l'idée que Kellan ait pu se faire mal en donnant un coup de poing dans le mur. Ça ne s'était pas produit pendant que j'habitais là, alors ça avait dû arriver avant… peut-être juste après la mort de ses parents.

J'allai m'asseoir à côté de lui et j'appuyai ma tête sur son épaule. Il ne bougea pas au début, puis il soupira et laissa aller sa tête contre la mienne.

– Je suis désolé de t'avoir parlé comme ça. Mais n'insiste pas, d'accord ?

– D'accord, dis-je en sachant que c'était exactement pour cette raison qu'il avait gardé le secret à la base.

On resta comme ça sans rien dire pendant plusieurs minutes et j'écoutai sa respiration régulière que je n'avais pas entendue depuis si longtemps. Je plaçai une main sur son cœur pour sentir les battements et je fermai les yeux.

– Tu repars quand ?

Je savais qu'il était parti sur un coup de tête pour me faire la surprise, mais je savais aussi qu'il était super occupé avec le nouvel album. Il ne devait pas avoir beaucoup de temps devant lui.

– Je reprends l'avion demain matin… Enfin, dans quelques heures.

C'était presque encore plus cruel que s'il n'était pas revenu du tout, mais on avait eu besoin de cette pause et de ces discussions. Je serrai son tee-shirt entre mes doigts en regrettant que les choses ne soient pas différentes.

– J'aimerais tellement que tu restes avec moi.

Il releva la tête et chercha mon regard.

– Parce que tu veux toujours être avec moi ? demanda-t-il en ayant l'air d'avoir peur de ce que j'allais répondre.

– Bien sûr. Je t'aime et je veux rester avec toi.

Il sourit et baissa la tête.

– Je sais que c'est compliqué d'être avec moi… Je me suis dit que tu en avais peut-être marre…

Il plaisantait ou quoi ? Je l'observai de plus près et me rendis compte qu'il était sérieux. Il ne comprenait vraiment pas comment et pourquoi quelqu'un pouvait l'aimer, était donné que les personnes qu'il avait le plus aimées (car je pensais vraiment qu'il avait aimé ses parents, en dépit de leur cruauté) avaient été incapables de lui rendre son amour. Parfois, c'était en famille que l'amour se manifestait de la manière la plus cruelle : personne ne peut faire plus de mal que ceux qui vous ont mis au monde. Je l'obligeai à relever la tête et je lui souris.

– C'est tellement facile de t'aimer, Kellan, il n'y a rien de plus simple. C'est te faire confiance qui est compliqué.

Le sourire qui était né sur ses lèvres s'évanouit.

– On a merdé, hein ?

– Pourquoi tu dis ça ?

– La façon dont notre histoire a commencé, les trahisons... On s'est condamnés avant même de commencer. On s'aime plus que tout et on est incapables de se faire confiance.

L'entendre énoncer à voix haute les peurs qui m'habitaient si souvent me noua l'estomac. Est-ce que c'était possible de rester ensemble ? Peut-être qu'on ne devait pas. S'aimer ne suffisait pas toujours. De l'amour sans confiance... est-ce qu'on pouvait même appeler ça de l'amour ? Peut-être qu'il n'y avait que du désir entre nous.

M'imaginer sans lui, imaginer mettre un terme à notre relation me coupa le souffle. On ne pouvait pas se séparer. C'était impossible. Ce n'était pas juste du désir, on s'aimait. Je le pris dans mes bras, le souffle court.

– Ne me quitte pas, le suppliai-je quand j'arrivai enfin à parler.

Il me serra contre lui de toutes ses forces.

– Je suis là, Kiera. Et je serai à toi aussi longtemps que tu voudras bien de moi.

– Pour toujours.

– Ça me va, dit-il tout bas en versant une larme.

J'amenai ma bouche contre la sienne, dévorée par le besoin de sentir l'amour entre nous, et pas juste la passion, et je le ressentis immédiatement se répandre dans tout mon être. Puis on se déshabilla dans un silence uniquement troublé par le bruit de nos baisers et de nos respirations.

Quand il m'allongea sur le lit, il me regarda de haut en bas, mais l'incendie que son regard provoquait d'habitude ne se déclencha pas. J'avais toujours envie de lui, passionnément, mais ce qui consumait mon corps et mon esprit, c'était le besoin de nous sentir connectés, de le réconforter, de lui montrer qu'il comptait pour quelqu'un. Je voulais me donner à lui d'une façon qui me laisserait totalement nue et vulnérable, et je voulais qu'il fasse la même chose pour moi.

Je l'attirai au-dessus de moi et nos regards restèrent rivés l'un à l'autre tandis que j'enroulais mes jambes autour de lui. Quand il glissa doucement en moi, on ouvrit tous les deux la bouche mais aucun de nous ne ferma les yeux, et il me scruta tandis qu'on commençait à bouger sans rien dire.

– Je t'aime, finis-je par murmurer avec les yeux pleins de larmes. Je n'aime que toi.

Ses yeux aussi se remplirent de larmes et il les ferma brièvement.

– Moi aussi, je n'aime que toi. Pour toujours.

Il baissa la tête pour m'embrasser, et quand je sentis l'orgasme monter en moi un peu plus tard, je pris sa main et la serrai dans la mienne. Il en fit autant et notre rythme s'accéléra tandis que je commençais à trembler. Il me caressa la joue et se mit à respirer plus vite.

– Je t'aime tellement.

Il laissa échapper un soupir puis frissonna en jouissant, et je m'agrippai à lui en sentant le plaisir envahir mon être tout entier. Enfin, on s'écroula l'un sur l'autre puis Kellan se blottit contre moi.

– Je te promets que je ne te cacherai plus jamais rien, murmura-t-il en m'embrassant dans les cheveux.

Je hochai la tête et l'embrassai.

– Moi aussi, je te le promets.

Il acquiesça et on resta collés l'un à l'autre. On allait essayer encore. C'était tout ce qu'on pouvait faire.

Je me réveillai au paradis, avec une tasse de café fumant presque sous mon nez. Kellan était à côté de moi sur le lit, la tasse dans la main et un grand sourire aux lèvres. Je l'attirai à moi en ignorant la tasse.

– Bonjour, murmurai-je avant de l'embrasser doucement.

– Salut.

– Tu es un vrai cadeau du ciel, dis-je avant de prendre une gorgée.

Il rit en me caressant les cheveux.

– Toi et ton café...

Je rougis en posant la tasse sur le drap et essayai de lutter contre mon envie de retourner dormir.

– Ton avion est à quelle heure ? demandai-je en jetant un coup d'œil à son réveil.

– Je dois bientôt y aller.

C'est seulement à ce moment-là que je remarquai qu'il était déjà habillé. J'avais dû dormir comme une masse, exténuée par la « rupture » de la veille. Je me redressai dans le lit et faillis renverser mon café.

– Je vais me préparer, je viens avec toi.

Il prit ma tasse pour la poser sur la table de nuit.

– Non. Je veux que tu restes ici et que tu te reposes.

Je fronçai les sourcils et il sourit.

– C'est toujours dramatique à chaque fois qu'on se quitte, comme si on n'allait plus jamais se revoir. Comme si on savourait chaque instant parce qu'on pensait que c'était peut-être le dernier.

J'avais pensé exactement la même chose... Je me mordis la lèvre en acquiesçant et il sourit en voyant que j'étais du même avis.

– Alors on va faire autrement.

Il prit une grande respiration et se redressa.

– Salut, mon cœur. Je dois aller travailler.

– À tout à l'heure.

Il rit, secoua la tête et m'embrassa.

– Garde le lit bien chaud. Je t'appelle dès que j'ai atterri.

Je hochai la tête et son portable bipa à ce moment-là. Kellan leva les yeux au ciel, sortit son téléphone de sa poche et regarda le numéro.

– Ça doit être mon père avec son message du matin. Tu peux être sûre qu'il y en aura un autre cette après-midi et encore un ce soir.

Il rangea son portable sans même lire le message et je fronçai les sourcils.

– Tu ne les lis même pas ?

– Non. Je ne les lis jamais, et je ne réponds jamais. C'est pour ça que j'ai paniqué quand tu as failli lui répondre hier, parce que je ne veux pas l'encourager. Je veux qu'il arrête.

J'eus envie de protester mais je savais que Kellan ne changerait pas d'avis et qu'il se fâcherait si je remettais le sujet sur le tapis.

– Qu'est-ce que ta sœur en dit ? demandai-je sans pouvoir m'en empêcher.

Il soupira et se rassit à côté de moi.

– Elle pense que je suis têtu. Elle ne comprend pas pourquoi je lui fais du mal en refusant de…

Il s'interrompit et ressortit son téléphone de sa veste.

– À chaque fois que je lui parle, elle me demande de lui laisser une chance.

– Elle a raison, murmurai-je.

Il m'entendit et haussa les sourcils. Je ne voulais pas me disputer avec lui mais je tendis la main.

– Je peux les lire ? Je ne répondrai pas. Mais j'ai l'impression que quelqu'un devrait les lire, au moins.

Il réfléchit un moment puis me tendit lentement son portable. C'était une telle marque de confiance que j'eus envie de sauter de joie : peut-être qu'il y avait encore de l'espoir pour nous. Je pris le téléphone, allai dans la section des messages reçus et ouvris le message. Puis je parcourus les différents messages que Kellan avait refusé de lire, et les larmes me montèrent aux yeux.

S'il te plaît, parle-moi. J'ai tellement de choses à te dire.

Je sais que tu es en colère, mais s'il te plaît, réponds-moi.

J'en lus plusieurs, qui se ressemblaient tous.

J'ai besoin de te parler. Je t'en prie, appelle-moi, je veux t'expliquer.

Je regrette d'être parti. Laisse-moi me rattraper, fiston.

J'essuyai une larme en lisant celui-ci. C'était le message du matin de Noël. Si Kellan m'avait laissé le lire, rien de tout cela ne serait arrivé, et on n'aurait pas failli se séparer.

– Quoi ? Qu'est-ce qu'il dit ? demanda-t-il en voyant ma réaction.

Je secouai la tête et lui tendis son téléphone, qu'il rangea dans sa poche sans le regarder.

– Il veut juste une chance de s'expliquer. Il veut faire ta connaissance. Il regrette de t'avoir laissé.

Ses yeux s'embrumèrent et il hocha la tête avant de se lever.

– Il faut que j'y aille.

Je souris en le regardant et espérai qu'il laisse une chance à son père… un jour. Il était plongé dans ses pensées et sur le point de quitter la pièce quand je le rappelai. Il se retourna et sourit d'un air satisfait en me voyant dans son lit, nue sous le drap léger entouré autour de ma poitrine.

– Je voulais juste te souhaiter bonne chance pour la fin de la tournée… et te dire que je serai là à ton retour, dis-je en désignant la maison.

Il écarquilla les yeux et chancela presque.

– Tu reviens vivre avec moi ?

J'acquiesçai et ris en ramenant mes genoux sous mon menton. J'avais plus ou moins pris la décision à la minute où il était parti en novembre mais les événements récents ne faisaient que me convaincre davantage. Il hocha la tête, retira sa veste et je le regardai sans comprendre, tandis qu'il retirait son tee-shirt et déboutonnait son jean.

– Tu fais quoi ? Je croyais que tu devais partir ?

Il me sourit et me rejoignit sur le lit.

– J'ai encore cinq minutes.

– Cinq ? demandai-je alors qu'il commençait déjà à me caresser.

– D'accord, quinze alors, dit-il en faisant valser ses chaussures.

Il baissa son jean et ne tarda pas à me rejoindre sous le drap, et je ris en sentant son corps chaud et musclé contre le mien. On avait peut-être été silencieux la veille, mais on ne tarda pas à se rattraper. Il partit avec une demi-heure de retard… mais ça en valait la peine.

Je restai une éternité dans son lit après son départ. Je m'étirais en imaginant où je pourrais ranger toutes mes affaires, quand j'entendis le téléphone sonner dans la cuisine. J'avais laissé mon portable à la maison et peut-être que Kellan avait déjà atterri et qu'il essayait de me prévenir qu'il était bien arrivé.

J'enroulai le drap autour de moi et me précipitai dans la cuisine. Je réussis à répondre de justesse, essoufflée.

– Allô ?

– Kiera… tout va bien ?

L'accent familier qui retentit me fit sourire.

– Oui, Denny. Tout va bien.

– Tu es sûre ? demanda-t-il après un long silence.

– Oui, je suis sûre.

Il rit doucement et je devinai qu'il était sûrement en train de se dire que, une fois de plus, il était vraiment content que sa propre relation ne soit pas aussi compliquée. J'aurais aimé que la mienne soit plus simple, elle aussi : le côté fougueux et passionnel nous consumait parfois. Mais je n'aurais changé pour rien au monde ce qu'on éprouvait l'un pour l'autre. J'avais déjà eu une relation solide et stable, et cela ne suffisait pas. Que cette histoire soit compliquée ou pas, Kellan et moi avions besoin l'un de l'autre.

– On a réussi à se parler de tout. C'était une bonne discussion, et on est de nouveau ensemble. On ne se cache plus rien.

– Je suis très content pour vous. Enfin, je suis un peu étonné car j'avais l'impression de te lâcher en pleine guerre civile. J'étais vraiment inquiet ce matin, surtout quand j'ai vu que tu ne répondais pas à mes messages. Et puis je me suis dit que tu avais sûrement laissé ton portable chez toi alors j'ai essayé chez Kellan.

– C'est vrai que c'était un peu la panique la nuit dernière. En tout cas, merci mille fois d'avoir été là. Ça représente beaucoup pour moi. Après tout ce qui s'est passé, tu n'imagines pas à quel point.

– Tu compteras toujours pour moi, Kiera. Peut-être qu'on n'est plus ensemble, mais je suis toujours celui que tu appelles quand tu es perdue, pas vrai ?

Je souris en jouant avec le fil du téléphone.

– Oui. Et c'est pareil pour toi : tu sais que je suis là si tu as besoin de parler.

– Je sais.

Sa voix, douce et chaleureuse, ne portait plus la moindre trace de rancœur ou de tristesse. Il allait vraiment bien. Et moi aussi.

– Kellan est là ? Peut-être que je devrais lui parler, maintenant que les choses se sont un peu calmées.

– Non, il a dû partir tôt ce matin, il devait reprendre l'avion.

Denny soupira doucement, comme s'il était soulagé. Il devait se dire que Kellan allait lui hurler dessus. C'était plutôt courageux de sa part d'appeler ici, en y réfléchissant.

– C'était vraiment une visite éclair.

– Que veux-tu, monsieur est très occupé, répondis-je en souriant.

– Alors ça va vraiment mieux entre vous ? Après juste une discussion ?

– Ça va demander plus qu'une seule conversation mais au moins, on se parle et on va continuer comme ça. On veut que notre histoire fonctionne et on va se battre pour ça.

Denny eut l'air impressionné et je l'imaginai sourire.

– Tu as changé… Tu as grandi. La maturité te va bien, en tout cas.

Je me pinçai les lèvres en regrettant de ne pas pouvoir lui donner une bourrade, puis je ris avec lui en pensant que je n'étais peut-être pas si mature que ça, finalement.

– Je vais devoir y aller si je veux arriver en cours à l'heure.

Je poussai un long soupir en me rappelant que j'avais des obligations et que je ne pouvais pas passer la journée dans le lit de Kellan.

– Tout le monde n'a pas encore obtenu son diplôme.

Je souris de toutes mes dents en pensant que j'en avais presque fini avec le stress des études. Il n'y avait plus que la pression concernant ce que j'allais faire du reste de ma vie… mais comme tous les autres jeunes diplômés, je m'occuperais de ça plus tard.

Ma dernière remarque fit rire Denny et il me souhaita bon courage, puis on se dit au revoir et je raccrochai. J'allai prendre une douche bien chaude et m'habillai avec des affaires de rechange que j'avais chez Kellan. En faisant les poches de mon jean, je sentis quelque chose au fond d'une d'entre elles. C'était un petit bout de papier, un dernier petit mot de la part de Kellan.

Aujourd'hui, rappelle-toi que je t'aime.

Je souris comme une idiote, fourrai le papier dans ma poche et finis de me préparer pour la fac.

Il s'était passé tellement de choses au cours des dernières heures que faire quelque chose d'aussi banal que d'assister à un cours d'écriture paraissait presque bizarre. Le retour de Denny n'était plus un secret, et celui du père de Kellan non plus. J'allais essayer de lui faire confiance en dépit de toutes les bimbos qui traînaient dans son sillage, et il allait me faire confiance concernant mon amitié avec Denny. C'était une étape énorme pour nous, et un pas dans la bonne direction. C'était peut-être un peu tôt pour ça, mais j'avais confiance en l'avenir et je me sentais heureuse.

Je sautillai jusqu'à la porte d'entrée et attrapai les clés de la Chevelle que Kellan avait laissées sur la console en forme de demi-lune de l'entrée qu'on utilisait toujours comme vide-poches quand on vivait ensemble.

Je fermai la porte à clé, montai dans sa voiture et rentrai chez moi pour aller chercher mes affaires avant les cours. Enfin, ce ne serait plus chez moi pour longtemps. Il fallait que je dise à Anna qu'elle avait une chambre pour le bébé maintenant. Je n'étais pas sûre que ça rende sa décision plus facile. Elle aurait plus de place mais elle serait seule. Enfin, en quelque sorte, car je ne la laisserais jamais vraiment seule.

Elle était dans la cuisine quand j'arrivai, et elle avait même rassemblé assez de courage pour se remettre à lire un livre sur la grossesse. Ça n'avait pas l'air d'être très effrayant, à en juger par son petit sourire et sa main posée sur son ventre.

– Salut, sœurette.

Elle leva le nez de son livre, les yeux humides.

– Salut. Dis, tu savais que le bébé fait la taille d'une grappe de raisin et qu'elle est en train de former ses doigts et ses orteils ?

Je jetai un coup d'œil au bouquin en réfrénant un sourire.

– Elle ? demandai-je nonchalamment.

– Oui, je vais avoir une fille. Je refuse d'amener un autre Griffin sur cette planète.

Je finis par sourire, amusée de voir qu'elle pensait avoir son avis à donner sur la question. N'empêche que j'espérais qu'elle ait raison : un mini Griffin n'était pas une perspective très réjouissante. La fermeté de son ton faisait aussi plaisir à entendre. Elle avait dit *Je vais avoir une fille*. Elle avait personnalisé sa grossesse comme jamais auparavant. Elle se rapprochait du bébé qui poussait dans son ventre, et c'était vraiment bon signe.

Je ne dis rien qui aurait été susceptible de l'influencer et j'attrapai mon sac sur la table à manger. Je sentis les yeux de ma sœur sur moi et je savais que j'avais un sourire niais sur le visage. Ça faisait une éternité que je ne m'étais pas sentie aussi bien dans ma relation avec Kellan. Elle posa son livre et croisa les bras sur sa poitrine. Ou plutôt sur son énorme poitrine.

– Tu rentres seulement à la maison ? Tu étais où cette nuit ?

Elle plissa les yeux, comme si elle était sûre que j'étais avec Denny.

– J'ai dormi chez Kellan.

– Oh… Toute seule ?

– Non… dis-je avec un grand sourire.

Je repensai aux doigts de Kellan sur moi, à ses lèvres dans mon cou, et Anna me donna une tape dans la nuque en voyant mon air satisfait.

– Bon sang, Kiera, tu as remis ça avec Denny, c'est ça ?

Je fronçai les sourcils en me frottant l'arrière de la tête. Le bébé qu'elle portait était bien la seule chose qui me dissuada de ne pas la taper en retour.

– Non, je n'ai pas remis ça, merci bien.

Elle fit la moue et je levai les yeux au ciel.

– Kellan est rentré hier soir pour me faire une surprise et j'ai passé la nuit avec lui.

– Oh… Oh ! s'exclama-t-elle en me serrant dans ses bras. Si tu savais comme je suis soulagée. Je t'aurais tuée si tu étais allée te recoller dans un autre triangle amoureux. Surtout avec les mêmes mecs… Tant qu'à faire un truc débile, autant varier les plaisirs.

Je lui donnai une tape, cette fois, mais sur le bras.

Je repensai à Kellan et à toutes les choses dont on avait parlé. Il y avait un épisode de la nuit dernière qui n'allait pas plaire à Anna… Je me mordis la lèvre et elle fronça les sourcils.

– Quoi ? demanda-t-elle prudemment.

– Ne te fâche pas…

Il lui fallut une demi-seconde pour se mettre en colère.

– Tu lui as dit ! cria-t-elle. Kellan est le meilleur ami de Griffin, et tu lui as dit ? Kiera !

Je fis un pas en arrière en entendant la colère dans sa voix, puis je fronçai les sourcils.

– Kellan est le meilleur ami de Griffin ? Vraiment ?

J'avais toujours eu l'impression qu'il tolérait Griffin, sans plus…

– Bon sang, Kiera, tu avais promis…

Rongée par la culpabilité, je posai une main sur son épaule.

– Je suis désolée, je n'ai pas eu le choix.

– Pas eu le choix ?

En voyant son regard assassin, je retirai ma main.

– Kellan a trouvé le sac avec les tests. Il a cru que j'étais enceinte…

Elle se couvrit la bouche d'une main et eut immédiatement l'air mortifiée.

– Mon Dieu, Kiera, je suis désolée… Je n'ai pas pensé que… Je suis tellement désolée.

Je lui souris faiblement et elle pressa mon épaule, inquiète.

– Tout va bien ? Vous êtes… encore ensemble ? murmura-t-elle.

Je hochai la tête en me rappelant du sourire de Kellan avant qu'il parte.

– Oui. On a réussi à… en discuter.

À en discuter et à accuser, crier, hurler, faire l'amour… Elle poussa un soupir de soulagement avant de sourire.

– Tant mieux. Je me serais détestée si…

Soudain, son visage se rembrunit.

– Il ne va rien dire à Griffin, pas vrai ? Tu lui as dit de ne rien dire ?

Je tentai de me rappeler si j'avais spécifiquement demandé à Kellan de ne rien dire au futur papa.

– C'est un peu parti dans tous les sens et je ne suis pas sûre d'avoir pensé à…

– Kiera ? insista-t-elle en me secouant par le bras.

– Je lui ai dit que tu envisageais l'adoption, alors je suis sûre qu'il ne dira rien à Griffin jusqu'à ce que tu aies pris ta décision.

Elle resta bouche bée et posa inconsciemment sa main sur son ventre.

– Tu lui as dit que je pensais l'abandonner ? Pourquoi tu as fait ça ?

– Il voulait savoir pourquoi je ne lui avais pas parlé tout de suite de la grossesse. Il y avait trop de tension entre nous et je n'ai pas pu lui mentir. Je suis désolée, mais j'ai dû lui dire la vérité.

Elle s'assit sur une chaise, les yeux pleins de larmes.

– Il doit me trouver horrible maintenant. De croire que je vais abandonner mon bébé...

Elle étouffa un sanglot et je m'agenouillai devant elle pour lui prendre la main.

– Bien sûr que non... Il comprend.

Je n'étais pas sûre que ce soit le cas mais je ne voulais pas aggraver les choses. Elle acquiesça plusieurs fois puis soudain, son humeur changea du tout au tout. Elle se leva, le visage en feu.

– Tu dois appeler Kellan et lui dire de la boucler.

Elle s'était relevée si brusquement que j'en avais perdu l'équilibre, et je tombai sur les fesses.

– Quoi ?

Anna fouilla dans mon sac à la recherche de mon portable et me le tendit.

– Appelle-le ! Fais comme tu veux mais règle ça !

Elle montra mon corps du doigt.

– Fais ce truc avec ta respiration et tes gémissements comme je t'ai déjà entendu faire à travers le mur, fais n'importe quoi, mais assure-toi qu'il la boucle !

J'ouvris grand la bouche. Elle nous avait entendus faire l'amour au téléphone ? Vivement que je déménage... J'appelai Kellan et je tombai sur son répondeur.

Salut, c'est Kellan. Je suis sûrement sur scène ou en train de peloter ma copine, alors laissez-moi un message et je vous rappellerai... peut-être.

Je souris en entendant le message que je l'avais supplié de changer des dizaines de fois.

– Kellan, c'est moi. Euh… Anna flippe que tu parles à Griffin… Rappelle-moi, d'accord ?

Je raccrochai et elle me fusilla du regard.

– Il doit encore être dans l'avion.

Elle pesta avec mauvaise humeur et je me levai en me demandant si je devais essayer de la réconforter ou m'enfuir. Quasi certaine que son humeur ne pouvait pas être pire, je décidai de lui annoncer la grande nouvelle. J'attrapai mon sac pour partir en cours, et reculai de quelques pas.

– J'essaierai de le rappeler tout à l'heure, d'accord ? ET aussi… je devrais probablement te prévenir maintenant pour que tu puisses t'organiser… je retourne vivre chez Kellan.

J'eus juste le temps de la voir ouvrir grand la bouche, puis je me précipitai vers la porte. Je crus l'entendre jurer en traversant le couloir.

Kellan me rappela au moment où j'arrivais sur le parking de la fac. En regardant les autres étudiants se diriger vers les différents bâtiments, je ne pus m'empêcher de me demander si leurs vies étaient aussi mélodramatiques que la mienne.

Une fine pluie d'avril se mit à tomber sur le pare-brise et je vis que les fleurs commençaient à éclore dans les plates-bandes. Quand j'étais arrivée à Seattle, je détestais les averses et préférais de loin la chaleur et la sécheresse, mais j'avais tellement de bons souvenirs sous la pluie que j'avais fini par l'apprécier autant que les gens d'ici.

Je collai le téléphone à mon oreille et le son de sa voix, combiné au bruit des gouttes qui tombaient sur le toit de la voiture, me rappela un souvenir. Kellan avec les cheveux trempés collés sur les tempes, des gouttes de pluie ruisselant le long de son visage…

– Je viens d'atterrir. Je te manque déjà ?

– Tu me manques toujours.

– Il se passe quoi avec Anna ?

– Elle a peur que Griffin l'apprenne… avant qu'elle ne soit prête à lui dire.

– Je ne me permettrais jamais de lui en parler. Ce n'est pas à moi de le faire.

Sa réponse me fit sourire, ça voulait dire qu'il comprenait pourquoi je ne lui en avais pas parlé non plus.

– Je pense qu'elle va lui en parler, et je pense qu'elle va le garder, aussi. Enfin, la garder, vu qu'elle est convaincue qu'elle va avoir une fille.

– J'espère. Une petite fille à chouchouter est pile ce qu'il faudrait à Griffin.

– Tu voudrais une petite fille, un jour ?

Je me raidis instantanément. Je ne devrais pas lui parler d'enfants. Chaque chose en son temps, Kiera… Il resta silencieux un instant.

– Oui… Une fille, ou un garçon d'ailleurs, mais oui, je voudrais bien avoir des enfants.

Je ris doucement.

– Moi aussi.

Il y eut un court silence confortable entre nous puis je soupirai en pensant qu'il fallait que j'aille en cours.

– Je dois y aller… Tout va bien entre nous alors ?

Ce fut à son tour de rire.

– Je ne t'ai pas convaincue avant de partir ? Parce que… tu avais l'air convaincue.

Je rougis en repensant à la façon dont j'avais bruyamment manifesté ma conviction le matin même.

– Oui, dit-il sans me laisser le temps de répondre. Je pense même que ça n'a jamais été aussi bien.

– Même avec Denny à Seattle ?

Je détestais en parler mais il le fallait. On ne pouvait plus esquiver les conversations difficiles, et je ne voulais plus que Denny soit un sujet tabou.

– Oui, même avec Denny à Seattle. Je ne peux pas vraiment expliquer pourquoi, mais cela ne m'inquiète plus. Peut-être que je te fais vraiment confiance.

Je soupirai et me sentis plus légère.

– Je suis tellement heureuse de t'entendre dire ça. Parce que vraiment, il n'y a rien du tout. Personne ne t'arrive à la cheville. Absolument personne.

– Tu me fais regretter de ne pas être sous la couette avec toi quand tu dis des trucs comme ça, dit-il en riant. Et je pense exactement la même chose : tu es incomparable.

Je fermai les yeux, bercée par le réconfort de ses mots et de son amour.

– Je t'aime. Et on se voit bientôt.

– D'accord. Moi aussi, je t'aime.

25

Plus de doutes

Peut-être que c'était parce qu'il n'y avait plus de doutes entre nous, mais les semaines suivantes passèrent à toute vitesse. Avant que je puisse m'en rendre compte, c'était la fin du mois de mai et la tournée était finie. Les garçons rentrèrent à Seattle pour faire la fête, avant de partir à Los Angeles et enregistrer leur album. Je fus plutôt surprise quand Kellan m'appela pour me dire qu'il rentrait à la maison, car j'avais cru comprendre qu'il devrait aller directement à Los Angeles dès la tournée terminée. Je fus encore plus surprise, et mortifiée, quand il me dit que Justin et son groupe venaient aussi. Apparemment, les deux groupes s'étaient vraiment bien entendus. Ça n'avait rien de surprenant : c'était tellement facile de bien s'entendre avec Kellan…

C'était un jeudi soir et j'étais en train de discuter avec Jenny et Kate au comptoir quand ils firent leur entrée. Je vacillai en entendant les portes s'ouvrir en grand et je me sentis submergée par une vague d'excitation.

Griffin apparut en premier, comme à l'époque où les D-Bags étaient l'attraction locale. Le voir se tenir là comme un roi devant ses sujets ne fut pas ce qui fit s'accélérer les battements de mon cœur. Non, non, c'était celui qui n'allait pas tarder à emboîter le pas à l'égocentrique de service. Griffin attendit que le bruit diminue pour s'adresser à la foule.

– Votre maître est de retour. Vénérez-moi.

Des rires sonores retentirent et le bruit augmenta de nouveau tandis que les clients accueillaient leurs rockeurs prodigues. Matt poussa Griffin et leva la main en réponse aux gens qui criaient son nom dans la salle, puis il se dirigea immédiatement vers leur ancienne table dans un effort désespéré pour échapper aux feux de la rampe.

Griffin fusilla Matt du regard avant de repérer une table d'étudiantes à aller harceler. Puis ce fut au tour d'Evan et Kellan d'entrer, avec un grand sourire aux lèvres. Les cris redoublèrent pour accueillir le groupe au complet de retour au nid, et Kellan balaya la salle du regard en faisant signe de la main. Evan secoua la tête d'un air incrédule, comme s'il n'arrivait toujours pas à y croire, puis il repéra enfin sa copine. Le rockeur plein de tatouages avec des plugs dans les oreilles et un piercing à l'arcade eut l'air de fondre quand Jenny sauta dans ses bras.

Je ris en assistant à leurs retrouvailles puis je laissai Kate seule au bar pour aller rejoindre Kellan, avant d'être devancée par d'autres groupies. Il était déjà en train de marcher dans ma direction, un grand sourire aux lèvres, et quand il arriva devant moi, il m'attrapa par le cou et plaqua sa bouche contre la mienne. Notre baiser fut intense, et je passai ma main dans ses cheveux tandis qu'il pressait son corps contre le mien. Au bout d'un moment, je finis par me rappeler qu'on était dans un lieu public mais je continuai à l'embrasser, en parvenant même à ignorer les sifflements des gens autour de nous. C'est seulement quand les mains de Kellan descendirent au niveau de mes fesses que je m'écartai de lui.

Je souris, esoufflée, et fronçai les sourcils en guise d'avertissement, mais il haussa les épaules, comme s'il ne pouvait pas s'en empêcher.

– Tu es là, dis-je avant de l'embrasser doucement.

– Je ne voudrais être nulle part ailleurs.

Je souris, tout en pensant à ce qu'il allait avoir à faire au cours des prochaines semaines, avec l'enregistrement de l'album. En voyant que notre moment d'intimité était terminé, les habitués vinrent nous rejoindre pour le féliciter. Il leur serra la main, leur sourit, et se mit à papoter avec chacun comme s'il était parti hier.

Quelques instants plus tard, et alors que Kellan était en train de recevoir une accolade de la part de Sam, les portes s'ouvrirent une nouvelle fois. J'étais juste derrière, et je reculai d'un pas pour ne pas les prendre en pleine figure. En voyant ceux qui venaient d'entrer, je restai tétanisée. J'avais envie de rentrer dans un trou de souris, mais il fallait que j'arrête de dramatiser : c'étaient des êtres humains comme tout le monde en dépit de leur statut de célébrité. Je me forçai à sourire et à m'approcher du deuxième groupe qui venait d'arriver.

– Bonjour, Justin. Ravie de te revoir. Je vous sers quelque chose ? demandai-je aux cinq garçons de vingt ans et quelque qui regardaient autour d'eux.

Le regard clair de Justin croisa le mien et il hocha la tête.

– Un pichet de bière, ce sera parfait. Merci Kiera.

Il me tapota l'épaule en passant à côté de moi et j'observai les deux groupes en me sentant terriblement fière d'avoir agi comme une adulte. Kellan et Justin se serrèrent la main et s'assirent côte à côte à la table préférée du groupe, et le reste des garçons s'installa tout en discutant entre eux ou avec des fans. Avec le groupe de Justin dans les parages, c'était à la fois normal et surnaturel de voir les D-Bags ici. Ils étaient partis depuis si longtemps…

Je passai ma commande à Rita, qui regardait Kellan et Justin comme s'ils étaient tous les deux nus allongés sur la table. J'attendais qu'elle prépare le pichet à l'aveuglette, vu qu'elle ne les quittait pas des yeux, quand je sentis quelqu'un s'approcher de moi.

– Tu sais qui c'est, le mec avec Kellan ? me demanda Kate en m'attrapant par le bras.

– Oui, je l'ai déjà croisé plusieurs fois. Il est sympa.

Ellc écarquilla les yeux.

– Il faut que tu me présentes. Sans déconner.

– Pas de problème, suis-moi.

J'attrapai la bouteille de bière de Kellan et Kate me suivit avec le pichet et les verres. Avec une assurance qui m'étonnait moi-même, je la conduisis jusqu'à leur table et la présentai à l'autre groupe. Elle était aussi nerveuse et balbutiante que moi la première fois que je les avais rencontrés et je souris en m'asseyant sur les genoux de Kellan.

Une ou deux heures plus tard, tout le monde dans le bar était ravi, et les rires coulaient autant à flots que la bière. Quelqu'un lança un morceau sur le juke-box et un groupe de filles vint chercher Justin et ses musiciens pour danser. Il ne fallut pas longtemps à Rita pour abandonner son poste et les rejoindre. C'était affreusement gênant de la voir se frotter contre Justin, avec son faux bronzage et ses cheveux décolorés. Kellan avait raison, certaines femmes étaient prêtes à faire n'importe quoi pour attirer l'attention.

On prit un moment tous les deux pour danser un peu sur le côté de la piste quand je sentis une tape sur mon épaule. En voyant Griffin, je sentis une boule se former dans mon estomac. Il ne voulait quand même pas m'inviter à danser, si ?

– Elle est où, ta sœur ? demanda-t-il d'un air contrarié.

Je serrai la main de Kellan et me mordis la lèvre. Quand Anna avait appris que les garçons rentraient pour quelques jours, elle avait paniqué. Elle avait du ventre maintenant, et elle ne pouvait pas cacher sa grossesse à Griffin. Et étant donné qu'elle ne lui avait pas encore dit, elle ne voulait pas le voir, à tel point qu'elle était rentrée à Athens. Parfaitement, elle préférait l'annoncer à nos parents plutôt qu'au père.

Kellan me regarda en haussant les sourcils. Je savais qu'il voulait que Griffin soit au courant, mais c'était à Anna de lui annoncer la nouvelle, et il le savait.

– Elle a dû rentrer voir nos parents quelques jours…

– Ah bon ? Et elle ne pouvait pas y aller à un autre moment ? demanda-t-il en fronçant les sourcils. Je lui avais pourtant dit qu'on rentrait ce week-end.

Je soupirai, frustrée de ne pas pouvoir lui parler.

– Désolée, problème de famille.

Il leva les yeux au ciel, visiblement agacé que son plan cul, comme il l'appelait, ne soit pas disponible. Je détestais savoir qu'il utilisait ma sœur, même si elle était totalement consentante.

– Je suis sûre que tu trouveras quelqu'un d'autre avec qui… passer le temps ce week-end.

Il haussa les épaules, l'air un peu triste.

– Je sais bien, mais… j'aurais préféré voir Anna. Elle me connaît et elle sait exactement ce que j'aime.

Il regarda les groupes de filles au bar.

– Toutes les autres, elles n'ont rien dans la tête. C'est gonflant, par moments.

Surprise d'entendre ce genre de phrases sortir de sa bouche, je lui dis quelque chose que je n'aurais jamais cru dire dans ma vie.

– Tu veux passer le week-end avec nous ?

Je le regrettai immédiatement et Kellan me dévisagea, tout aussi surpris. Les sourcils froncés, il secoua la tête, et c'était comme si je pouvais lire dans ses pensées : *Pourquoi tu invites Griffin à traîner avec nous ? Tu es cinglée ou quoi ?*

– Nan, merci, dit Griffin en donnant une bourrade à Kellan. Je préfère rester tout seul plutôt que de traîner avec ce branleur.

– Mais qu'est-ce que je t'ai fait, à la fin ?

– Les deux nanas, dans le Jersey… Tu te souviens ?

Je haussai les sourcils mais m'interdis d'en faire tout un plat. Tout ce que disait Griffin était à prendre avec des pincettes, et je savais que Kellan ne ferait jamais rien susceptible de me faire du mal. J'en étais enfin convaincue.

Kellan se mordit la lèvre, comme s'il avait du mal à s'empêcher de ne pas lui rire au nez.

– Griff… je t'ai rendu service.

– Arrête ton char, mec. Tu étais juste jaloux parce que tu étais en plein dans ton délire monogame. Bref, tu aurais pu éviter de casser mon coup. Pile au moment où ça devenait intéressant !

– Griffin…

Griffin secoua la tête et fit demi-tour, et Kellan rit alors qu'il s'éloignait.

– J'ai juste essayé de te prévenir… C'étaient des mecs.

Griffin lui fit un doigt sans se retourner et Kellan rit encore plus fort.

– Peut-être que j'aurais dû le laisser s'en rendre compte tout seul.

Je secouai la tête tout en me moquant du crétin qui était sur le point d'avoir un enfant avec ma sœur.

– Ton délire monogame ? demandai-je alors que Kellan me prenait dans ses bras.

– Tu vois ? Je t'ai dit que je m'étais bien tenu.

Je ris et l'embrassai doucement.

– Je n'en doute pas. Qui aurait cru qu'une conversation avec Griffin pouvait me rassurer ?

Kellan me sourit d'une façon qui me donna envie d'avoir terminé mon service.

– Les mystères de la vie, murmura-t-il.

Je soupirai en passant ma main dans ses cheveux. J'observai son visage, le bleu de ses yeux, la courbe parfaite de ses sourcils, l'inclinaison de son nez, l'angle fort de sa mâchoire, sa haute taille, son corps musclé... Physiquement, il était l'incarnation de l'idéal masculin. Mais son cœur, son âme, sa tristesse, son humour, sa musique... c'était tout ça qui faisait vraiment battre mon cœur.

Je voulais tout lui donner, je voulais décrocher la lune pour lui, mais je ne pouvais pas. Néanmoins, il y avait une chose que je pouvais faire pour l'aider. Et je savais que c'était quelque chose qu'il voulait, même s'il se battait contre cette idée.

J'avais fait quelque chose le matin. Quelque chose qui n'allait pas lui plaire mais qu'il fallait que je fasse. Et il fallait aussi que je lui dise que je l'avais fait, même si ça allait sûrement le mettre très en colère.

Le bar était plein à craquer, alors il ne pourrait pas me tuer sans témoins, au moins. Je m'éclaircis la gorge, nerveuse.

– Kellan... Puisqu'on a dit qu'on faisait ce truc de l'honnêteté à tout prix, j'ai quelque chose à te dire.

– Tu as cambriolé une banque ?

– Non.

– Un sex shop ?

– Non, je n'ai rien cambriolé du tout.

Je ris en voyant son sourire, il était probablement en train de m'imaginer dans un sex shop.

– Arrête, dis-je en lui donnant un coup dans les côtes.

– Tu as fait quoi, alors ?

– Tu ne vas pas être content... Mais écoute-moi avant de te mettre à crier.

Il cessa immédiatement de sourire et plissa les yeux.

– Qu'est-ce que tu as fait ? demanda-t-il prudemment.

Je caressai son tatouage à travers son tee-shirt, comme pour lui rappeler subtilement qu'il m'aimait, au cas où il l'oublierait dans trois secondes.

– J'ai invité ton père et sa famille à ma fête de remise de diplôme au Pete's.

Il me repoussa instantanément.

– Quoi ? Kiera, je t'ai dit que je ne voulais pas le voir. Pourquoi tu as fait ça ?

Je reculai d'un pas en soupirant.

– Parce que tu as besoin d'eux.

Il se mit à secouer la tête mais je l'empêchai de répliquer.

– Tu crois que tu n'as pas besoin d'eux… mais tu te trompes. Je vois bien comment tu parles de ta sœur. Elle compte pour toi. Et ton frère ? Tu n'as pas envie de le rencontrer ?

Kellan hocha imperceptiblement la tête.

– Et ton père, comment peux-tu savoir ce que tu ressens pour lui si tu ne lui donnes pas une chance ? continuai-je en lui caressant la joue. Peut-être que tu passes à côté de quelque chose de génial, juste parce que tu as peur.

– Kiera… commença-t-il en baissant la tête.

– Je t'ai vu le matin de Noël. Tu en as envie, de ces liens avec une famille… et tu peux les avoir. Tu dois juste être courageux.

M'entendre lui dire qu'il devait être courageux me fit sourire, sachant à quel point j'étais moi-même trouillarde et mal assurée alors qu'il avait toujours confiance en lui.

– Tu es une rock star, tu es beau, intelligent, et tu as une copine qui t'adore. Tu n'as rien à craindre. Jamais.

Il sourit et me regarda avec des yeux pleins d'amour.

– Depuis quand es-tu aussi sage ?

– Je suis diplômée, maintenant, tu sais.

– Pas encore.

Je ris, soulagée de voir qu'il n'était pas trop en colère.

– Ça ne va pas tarder.

Soudain, il eut l'air perplexe.

– Attends un peu... Comment as-tu eu son numéro ?

– Tu rigoles ? Il est gravé dans ma tête depuis le mois de décembre.

Il fit la grimace, penaud.

– Désolé...

– C'est bon... je comprends maintenant.

Je remarquai que le verre de plusieurs habitués était vide, signe que ma pause avait duré assez longtemps et que je devais me remettre au boulot. Je pris Kellan par la main et l'emmenai avec moi derrière le bar. Étant donné que Rita était encore en train de se frotter à Justin sur la piste, peut-être qu'il pouvait jouer au barman ?

En plaisantant, je lui demandai s'il voulait bien remplacer Rita, et ses yeux s'illuminèrent. À voir sa tête en observant toutes les bouteilles, vous auriez pu croire que je venais de lui donner les clés du royaume. Je me demandai s'il savait comment préparer les boissons, mais il m'avait aidée à me préparer pour être serveuse à mon arrivée ici, alors il devait bien savoir un truc ou deux.

Je souris en le voyant attacher un tablier autour de sa taille. Il allait recevoir un max de pourboires... La bonne nouvelle, c'était qu'on mettait tous les pourboires dans un pot commun qu'on se partageait à la fin de chaque soirée. Je commençai à servir mes clients assoiffés quand Pete sortit de son bureau pour venir faire sa ronde.

Il observa le bar plein à craquer pour un jeudi soir et sourit. Puis il se rembrunit en voyant sa barmaid sur la piste avant de regarder vers le bar. Pete et Kellan travaillaient ensemble depuis des années et je savais que le patron l'aimait bien, mais je n'étais pas sûre que cela lui plairait de le voir servir les clients. Kellan était déjà au centre de l'attention avec son nouveau job : une ligne s'était formée au bar et il souriait et flirtait entre deux commandes.

Je souris, impressionnée. Il savait vraiment tout faire, et être barman ne faisait pas exception à la règle. Je pouvais facilement l'imaginer gagner sa vie comme ça – s'il n'avait pas été une star presque célèbre – à travailler à côté de moi en servant des verres tous les soirs. Mais son destin était la musique, et je savais qu'il était sur la bonne voie. Il lança une bouteille dans les airs à la façon de Tom Cruise dans *Cocktail*, la laissa presque tomber, mais il parvint à la rattraper de justesse avant qu'elle n'explose par terre. Les filles crièrent, applaudirent, et Kellan les salua. Pete secoua la tête mais je le vis sourire en regardant les billets que Kellan mettait dans la caisse. Kellan pouvait faire tout ce qu'il voulait, en fait.

Il croisa mon regard et rit en voyant toute l'attention dont il faisait l'objet. Je ris à mon tour et lui envoyai un baiser. Je passerais ma propre commande plus tard… chez lui. Ou plutôt, chez nous, étant donné quand j'avais apporté mes affaires le week-end dernier.

Alors que je repensais à Jenny, Kate et Cheyenne m'aidant à transporter mes cartons – ma sœur s'était contentée de superviser, étant donné qu'elle embrassait pleinement son état désormais et qu'elle avait déclaré que porter la vie l'empêchait de porter un carton –, un visage familier fit son apparition.

Je souris en voyant Denny entrer. C'était un habitué maintenant qu'il venait dîner ici environ deux fois par semaine. Il avait été mystérieusement absent ces derniers jours, néanmoins, et il ne m'avait pas appelée non plus. En voyant qu'il tenait la main de quelqu'un, je compris soudain pourquoi il avait disparu de la surface de la Terre. Je lui fis signe, ainsi qu'à Abby, qui était donc enfin arrivée d'Australie, et Denny passa un bras autour de sa taille, rayonnant de fierté. Ravie au possible pour lui, je lui indiquai une table libre dans ma section et il hocha la tête. Je me retournai vers le trio d'étudiantes installées à une table et leur servis leur deuxième tournée de Margarita.

– Voilà pour vous, et dites-moi si vous avez besoin d'autre chose.

Une des filles avait les yeux rivés sur Kellan.

– On peut l'avoir à emporter ? marmonna-t-elle.

Ses amies se mirent à rire et je regardai Kellan, toujours derrière le bar. Lui aussi avait vu que Denny était là, et il le regardait tout en servant une pinte de bière. Je n'arrivais pas à déchiffrer son expression et à savoir si mon amitié avec Denny lui posait un problème ou non. Mais il pouvait aussi voir que Denny n'était pas seul, et s'il avait encore des doutes, voir la blonde au bras de Denny devait suffire à les enterrer.

Je ramenai mon regard sur mes clientes et secouai la tête.

– Désolée, mais ça ne va pas être possible… c'est le mien.

Elles me dévisagèrent, choquées, et je sentis des papillons dans mon estomac après avoir dit quelque chose d'aussi personnel à de parfaites inconnues. Moi qui ne voulais jamais être au centre de l'attention, c'était raté. Je me sentais horriblement gênée en les voyant me regarder, mais mon amour pour Kellan m'aida à reprendre courage. Je souris en levant la main où je portais ma bague.

– Il n'est plus sur le marché.

Elles regardèrent toutes ma bague, puis Kellan.

– Eh ben… Bien joué.

Je ris, tout en pensant qu'elles avaient raison. Ce n'était pas toujours facile d'être avec Kellan, mais ça valait la peine, et j'avais beaucoup de chance. Je m'excusai et retournai au bar le rejoindre.

Je tournai délibérément le dos à Denny pour réaffirmer à Kellan ce qu'il aurait déjà dû savoir – que j'étais à lui et rien qu'à lui – et je me penchai sur le bar. Il me sourit, se pencha vers moi, et je laissai mes yeux se balader sur son corps mis en valeur par son tee-shirt rouge IKKS. Puis je regardai ses yeux et le dévorai avec le même enthousiasme que celui que les filles mettaient à boire leurs Margarita.

Son regard était paisible et tendre et il fit un geste par-dessus mon épaule.

– Je devrais aller lui dire bonjour. Je n'ai pas été très cool la dernière fois qu'on s'est vus.

On fit tous les deux la grimace. On aurait effectivement pu faire mieux dans le genre réunion après une longue séparation. Mais ça aurait aussi pu être bien pire : si Kellan avait été un peu plus en colère et si Denny l'avait provoqué un petit peu plus, c'est peut-être Denny qui aurait fini avec le bras cassé, cette fois.

– Je devrais aller les voir, moi aussi. Je n'ai pas encore rencontré Abby, dis-je en me tournant vers eux.

Je vis alors Denny froncer les sourcils, puis il dit quelques mots à Abby et se leva, comme s'il voulait venir nous parler. Il y avait sans doute plusieurs choses dont il fallait qu'on discute tous ensemble. Abby me jeta un regard et me sourit brièvement, puis elle posa sa main sur le bras de Denny, qui se rassit. Je me retournai vers Kellan pile au moment où quelqu'un lui pinçait les fesses. J'avais été tellement préoccupée par Denny et Abby que je n'avais pas remarqué que Rita s'était glissée derrière lui. Il sursauta et fit un pas de côté pour s'écarter d'elle, mais elle passa ses bras autour de sa taille.

– Je savais bien que je finirais par réussir à te faire revenir derrière ce bar, mon joli, roucoula-t-elle d'une voix rauque, comme si elle avait fumé trop de cigarettes.

Je rougis en l'entendant parler de leur aventure, puis, à ma grande surprise, je me mis à rire. Kellan essayait de se dégager, mais à chaque fois qu'il faisait un mouvement, elle se raccrochait à lui. La frustration sur son visage était comique et il plissa les yeux en voyant que je me moquais de lui. Quand Rita appuya sa tête sur son torse et ferma les yeux d'un air ravi, Kellan soupira et je secouai la tête en lui faisant un sourire qui voulait dire *Tu récoltes ce que tu sèmes.* Il sourit à son tour. Il y a encore peu de temps, voir une autre femme collée à lui m'aurait rendue folle de jalousie, mais j'avais enfin confiance en lui, à présent. Soudain, Kellan l'attrapa fermement par les épaules avant de la repousser. Elle ouvrit les yeux, surprise, et le regarda avec la bouche grande ouverte.

– Je sais qu'il s'est passé un truc une fois, mais c'était il y a des années et j'ai changé. Et toi aussi, dit-il en regardant l'alliance de Rita. Je suis avec Kiera maintenant, et ça ne me plaît pas que tu flirtes en permanence, et aussi que tu continues à raconter à tout le monde ce qui s'est passé entre nous. Alors je voudrais que tu arrêtes… s'il te plaît.

Rita cligna des yeux et je l'imitai, stupéfaite. Kellan n'avait jamais envoyé bouler quelqu'un comme ça auparavant. Ou pas devant moi, en tout cas. Elle ne répondit pas et il vint à côté de moi avant de défaire son tablier, qu'il tendit à Rita, toujours abasourdie.

– Merci, Rita, c'était sympa.

Je ne savais pas s'il parlait du fait de l'avoir remplacée derrière le bar ou du temps passé ensemble il y a longtemps, mais son ton indiquait clairement que c'était fini dans tous les cas. Elle s'empara du tablier, morose, et je me sentis un peu mal pour elle en la regardant, mais ça devait finir par lui tomber dessus. Elle avait toujours arboré son désir de recoucher avec lui, et ça n'arriverait jamais, du moins pas tant qu'il était avec moi. Et j'avais bien l'intention d'être avec lui pour très, très longtemps.

Heureuse qu'il ait pris la défense de notre relation, je lui pris la main et le guidai vers la table de Denny. On faillit se rentrer dedans, étant donné que Denny et Abby se dirigeaient aussi vers nous. Denny trébucha pour m'éviter et on rit tous les deux, puis il reprit l'équilibre et passa un bras autour de la taille d'Abby.

– Kiera, Kellan, je vous présente ma copine, Abby.

Elle me tendit la main et je l'examinai discrètement. Elle était vraiment mignonne et adorable, avec ses lèvres pleines et ses fossettes quand elle souriait. Avec ses longs cheveux blonds et ses yeux gris clair, elle était tout le contraire de moi en termes d'apparence. Mais on était aussi grandes l'une que l'autre, et je me sentis son égale en lui serrant la main.

– Bonjour, Kiera. Ravie de te rencontrer enfin.

Son accent était aussi charmant que celui de Denny, et je me demandai si chacun trouvait l'accent de l'autre attendrissant. Mais comme ils parlaient tous les deux de la même façon, peut-être qu'ils ne s'en rendaient pas compte. Je trouvais ça dommage.

Je la vis m'examiner prudemment à son tour : elle détailla mon jean IKKS et mon tee-shirt Pete's rouge tandis que j'observai sa jupe grise et sa veste de tailleur. Je ne pus m'empêcher de penser que si les rôles étaient inversés, j'aurais été vraiment méfiante envers elle. Peu importait qu'elle ait confiance en Denny, il avait passé six mois seul dans la même ville que son ex, celle qu'il avait envisagé d'épouser. Ça aurait mis la pression à n'importe quel couple, et c'était l'une des raisons pour lesquelles je n'avais pas dit à Kellan que Denny était revenu. Mais Abby se contenta de me sourire gentiment. Elle avait une totale confiance en Denny, ce qui me donna immédiatement confiance en elle. Si elle croyait en sa fidélité, alors elle savait qu'elle ne le tromperait jamais, elle non plus.

– Moi aussi, je suis contente de te connaître. Denny parle de toi sans arrêt.

Denny rougit légèrement et je lui souris. C'était un grand sentimental, et après avoir digéré la nouvelle de l'arrivée retardée d'Abby, il avait commencé à me parler d'elle plus souvent. Et à chaque fois, il s'épanchait sans arrêt. Il n'avait pas tort quand il disait que notre rupture désastreuse avait été une bénédiction : il était fou amoureux d'elle, et j'étais folle de joie pour lui.

Quand je lâchai la main d'Abby, Kellan lui tendit la sienne.

– Ravi de te rencontrer, Abby.

Bizarrement, elle ne le dévisagea pas avec le même intérêt que les autres filles. Bien sûr, elle regarda son visage, mais ça n'alla pas plus loin, et j'étais prête à parier que ce n'était pas par égard pour Denny. C'était plutôt parce qu'elle n'était pas intéressée, tout simplement. Elle eut l'air d'hésiter en serrant la main de Kellan et elle regarda en direction de Denny. Ça devait être plutôt bizarre, pour elle, de serrer la main de l'homme qui était venu s'interposer entre son copain et l'ex-amour de sa vie. Je n'arrivais pas à imaginer ce qu'elle devait ressentir, à part peut-être la gratitude de savoir qu'elle ne blesserait jamais Denny comme je l'avais blessé. Et moi aussi, j'étais reconnaissante pour ça. Denny hocha imperceptiblement la tête et elle regarda de nouveau Kellan.

– Je suis contente de faire ta connaissance, Kellan. Denny parle souvent de toi.

Kellan ouvrit la bouche, surpris, puis il regarda Denny.

– Vraiment ? Pourtant, j'ai été un vrai connard...

Il avait l'air sincèrement surpris qu'il parle de lui sans en dire du mal. Denny regarda le bout de ses pieds pendant un instant avant de relever les yeux sur celui qui, à une époque, avait été si proche de lui.

– Et moi, j'ai failli te tuer. Au bout du compte, je ne sais pas ce qui est le pire.

Denny soupira et Kellan détourna le regard. En sentant une tension naître, je posai la main sur le ventre de Kellan et il me regarda avant de se tourner vers Denny.

– N'empêche que j'ai pris quelque chose qui n'était pas à moi. Tu te sens peut-être coupable mais… tu pourrais très bien refuser de m'adresser la parole.

Il baissa les yeux, incapable de soutenir le regard de Denny, et je me sentis submergée par une telle culpabilité que je baissai la tête aussi. Que la fin soit heureuse ou non, Kellan et moi restions des salauds. À ma grande surprise, Denny se mit à rire. Puis il serra Abby contre lui et nous sourit.

– Vous devriez voir vos têtes.

On échangea un regard perplexe avec Kellan et Denny rit encore plus avant de donner une tape sur l'épaule de Kellan.

– Écoute, je sais que la vie n'a pas été facile pour toi, et je me rends compte que Kiera a été une planche de salut pour toi. Ça ne m'a pas plu, mais je comprends.

Kellan lui fit un petit sourire et Denny se tourna vers moi.

– Et toi… Je sais que j'ai fait passer mon boulot en premier.

Je secouai la tête mais il m'interrompit.

– C'est la vérité, Kiera. Je serais venu à Seattle, avec ou sans toi. Et je suis parti à Tucson, avec ou sans toi. Et même si j'ai paniqué et que je suis revenu à Seattle quand j'ai cru que je t'avais perdue… j'avais toujours la tête au bureau. Je suis désolé, et je ne t'en veux plus d'être tombée amoureuse de quelqu'un qui te donnait l'attention dont tu avais besoin, et que tu méritais.

Je hochai la tête, les larmes aux yeux, et un silence s'installa entre nous, qu'Abby finit par rompre.

– Bon, vous allez vous prendre dans les bras, oui ou non ?

On la regarda tous les trois en souriant, puis je m'essuyai les yeux et fis un pas vers Denny. On s'étreignit en se murmurant des excuses et Kellan nous entoura de ses bras. Blottie contre les deux hommes qui avaient failli se mettre en pièces à cause de moi, je sentis une partie de moi guérir, et je sentis la culpabilité se diluer enfin. On allait tous bien. On avait tous survécu. Et surtout, on était tous restés amis. On se sépara puis Kellan me serra contre lui et m'embrassa sur le front. Abby se réfugia dans les bras de Denny et je lui souris, heureuse de voir qu'il avait trouvé quelqu'un d'aussi tendre, attentionné et loyal.

– On vient de vous piquer la place, dit Kellan en pointant la table de Denny et Abby, où un groupe de garçons à peine majeurs venait de s'installer. Il y a de la place à notre table… si vous voulez vous joindre à nous.

Denny et Abby échangèrent un regard, puis il hocha la tête.

– Avec plaisir… mec.

Kellan sourit, m'embrassa encore une fois puis donna une tape dans le dos de Denny. Ils se dirigèrent vers Matt et Evan qui souriaient, heureux d'être de retour, et j'entendis Kellan murmurer quelque chose à Denny.

– Désolé d'avoir été aussi con l'autre jour… c'était un malentendu.

– Pas de problème. Avec toi, j'ai l'habitude.

Abby rit en serrant la main de Denny et Kellan finit par rire aussi. Les voir ainsi réunis me mit les larmes aux yeux. Jamais je n'aurais cru qu'ils redeviendraient amis. Il fallait vraiment être mature pour réussir à voir plus loin que la trahison et la douleur… Mais Denny était comme ça.

Lui et Abby partirent une heure plus tard. Blottis l'un contre l'autre, ils étaient l'image du bonheur, et je leur souris en leur faisant un signe de la main avant qu'ils ne partent retrouver la maison que j'avais aidé à aménager pour elle. Je me demandai s'il avait rempli la maison de fleurs le jour de son arrivée. Sentimental comme il était, il y avait de grandes chances.

Les deux groupes restèrent jusqu'à la fermeture, et on dut presque les mettre dehors avec Jenny, surtout Justin, qui avait l'air de vouloir rester jusqu'au petit matin. C'était tellement typique d'un mec de son âge que je me sentis bien plus à l'aise d'un coup. C'était juste un mec soûl, comme tous les autres mecs soûls que je connaissais. En voyant Matt et Griffin devoir pour ainsi dire le porter jusqu'au van de Griffin, je me demandai pourquoi j'avais été aussi impressionnée avant.

Mon propre D-Bags fut le dernier à partir. Assis sur le bar, il discutait avec Pete pendant que je nettoyais le bazar que les clients avaient laissé derrière eux. Il tapa sur l'épaule de Kellan et le remercia d'avoir trouvé le nouveau groupe. De fait, le groupe de Rain commençait à rassembler pas mal de monde, aussi bien des filles que des garçons. D'après ce que Cheyenne m'avait confié une après-midi, elle avait maintenant un coup de cœur pour la batteuse des Poetic Bliss, Meadow. J'étais soulagée qu'elle n'ait plus de vues sur moi, et aussi qu'elle n'ait pas craqué sur Tuesday. J'aurais été incapable de garder mon sérieux en parlant d'elle.

Quand j'eus fini de tout nettoyer et de remplir les salières, je donnai une tape sur la cuisse de Kellan et souhaitai une bonne nuit à Pete. Il nous dit au revoir puis grommela quelque chose à propos de ne plus laisser Kellan aller derrière le bar, étant donné que, techniquement, il ne travaillait pas là. Mais à la façon dont il le dit, il était clair qu'il l'embaucherait sans hésiter si jamais il était intéressé.

Kellan lui dit au revoir en ignorant sa remarque. Il avait un boulot, qui était sur le point de le mener très loin. Je serrai sa main dans la mienne et il me guida jusqu'à la voiture en fredonnant une chanson. Je me serrai contre lui, heureuse de l'entendre si joyeux et de voir les étoiles dans ses yeux.

Son regard s'illumina encore plus en arrivant près de son bébé. Comme promis, j'en avais pris soin. J'avais toujours fait attention d'utiliser le bon carburant, je l'avais même cirée avant le retour de Kellan, et les lumières orange du parking se reflétaient sur sa carrosserie. Kellan caressa le métal noir et me sourit.

– Merci de ne pas l'avoir cassée.

– Je sais qu'elle est importante pour toi. J'ai fait bien attention.

Je le lâchai puis me dirigeai vers le côté passager.

– Il n'y a qu'une fois où je l'ai poussée à plus de cent quatre-vingts.

Il se pencha pour inspecter sa voiture de plus près et je m'installai sur le siège passager en me moquant de lui.

– Très drôle, lança-t-il en s'installant au volant.

Je souris et me penchai vers lui pour l'embrasser mais il recula.

– Joyeux anniversaire, Kiera.

J'allais lui dire qu'il se trompait quand je me rendis compte qu'il avait raison. Ça ne faisait que quelques heures, mais techniquement, c'était le jour de mon anniversaire.

– Merci. Tu es le premier à me le souhaiter.

– Je sais… C'était prévu.

Il posa ses lèvres sur les miennes, douces et provocantes, puis il glissa sa langue entre mes lèvres et je frémis. Il pencha la tête pour m'embrasser plus profondément et je grognai en sentant sa langue contre la mienne. Ça faisait des semaines que je ne l'avais pas touché, et mon corps le réclamait. Je respirai son parfum et je m'écartai, et il me regarda intensément, comme s'il voulait me dévorer. S'il savait à quel point j'avais envie de lui…

– Emmène-moi à la maison, dis-je en posant une main sur sa cuisse. Emmène-moi chez nous.

Il ferma les yeux un instant. Il ne bougeait plus et il retenait son souffle.

– Kellan, ça va ?

Il ouvrit un œil et me décocha un de ses sourires ravageurs.

– J'avais juste besoin d'une minute.

Je ris et l'embrassai à nouveau, puis il nous conduisit chez lui en un temps record. On entra dans la maison toujours en s'embrassant, il enleva sa veste et la jeta vers le porte-manteau sans regarder, et je l'entendis atterrir par terre. Il referma la porte du pied, puis m'attrapa par les hanches et me souleva.

– Tu veux qu'on baptise quelle pièce en premier ? murmura-t-il en m'embrassant dans le cou.

Je ris et penchai la tête pour lui offrir un meilleur angle.

– On n'a jamais fait grand-chose dans la buanderie.

Il traversa instantanément le couloir et dépassa la cuisine pour aller dans la petite pièce où se trouvaient le lave-linge et le sèche-linge.

– Je plaisantais ! Emmène-moi dans la chambre, Kellan, dis-je avant de l'embrasser doucement. Je veux t'explorer dans un lit.

Il me regarda avec un mélange d'amour et de curiosité, puis il fit demi-tour et alla au premier. Je l'embrassai dans le cou en chemin tandis qu'il me caressait les fesses, puis il me posa par terre une fois qu'on arriva sur le palier, devant les trois portes du premier étage : deux chambres, et une salle de bain. Les trois portes étaient ouvertes, ce qui était exceptionnel étant donné que la porte de la chambre que j'avais partagée avec Denny était toujours fermée d'habitude. Mais j'avais pris les choses en main pendant l'absence de Kellan.

Je le tirai par le bras et décidai de prendre un instant pour lui montrer ce que j'avais fait. Il me suivit et sourit en entrant dans la pièce. Je m'étais enfin débarrassée des meubles de

Joey : le lit, la commode et les tables de nuit, tout. Si elle n'était toujours pas venue les chercher au bout de deux ans, l'ex-colocataire/liaison de Kellan ne reviendrait sûrement jamais. Ils contenaient bien trop de mauvais souvenirs de toute façon, et je n'en voulais plus dans notre maison.

Ce que j'avais mis à la place n'était pas ce à quoi vous auriez pu vous attendre pour une chambre. Ni lit, ni penderie pleine de vêtements d'hiver, ou encore de télé. Il y avait une bibliothèque avec tous les carnets de Kellan, mon vieux futon plié pour faire office de canapé, et la première guitare de Kellan, que j'avais accrochée au mur. J'avais ajouté un petit bureau sous la fenêtre et posé des rideaux. Dans un coin, il y avait un lecteur CD sur une vieille table basse avec tous les CDs préférés de Kellan. C'était l'endroit parfait pour qu'il se détendre et compose de nouveaux chefs-d'œuvre.

– C'est pour moi ? murmura-t-il.

– Étant donné que tu n'as plus de colocataire, je me suis dit qu'on pourrait utiliser la pièce autrement. C'est pour toi et ta musique, ajoutai-je en l'embrassant sur la joue.

Il me sourit et je fronçai les sourcils.

– Enfin, tout sauf l'armoire. J'ai besoin d'un endroit où ranger mes vêtements.

Et j'espérais aussi pouvoir y mettre un parc pour bébé. Si Anna décidait de garder le bébé, je voulais être parée.

Kellan rit et me serra contre lui.

– C'est génial, merci… Mais attends, c'est ton anniversaire. C'est moi qui devrais t'offrir quelque chose.

– On n'a pas pu fêter le tien le mois dernier, alors vois ça comme un cadeau d'anniversaire en retard.

Je me mordis la lèvre et fis un geste en direction de la chambre.

– Mais il y a un truc que tu peux faire pour moi.

– Ah bon ? Et qu'est-ce que c'est ?

Une fois dans la chambre, je fermai la porte et plaquai Kellan contre elle. Il ouvrit la bouche, surpris, et je pressai mon corps contre le sien. Hanches contre hanches, je pouvais sentir son désir, et j'imaginais déjà ce qu'il s'apprêtait à me faire. Je l'embrassai dans le cou et il resserra ses doigts sur mes hanches, m'attirant tout contre lui. Il retint son souffle quand je glissai rapidement ma langue le long de sa lèvre supérieure et il gémit mon nom. Je me frottai contre lui et me mis sur la pointe des pieds pour atteindre son oreille. Je la titillai puis la léchai et il laissa échapper un soupir sifflant. Soudain, j'eus le sentiment d'être invincible, comme si j'étais capable de tout, enveloppée par la chaleur de son amour. Il m'avait toujours tirée vers le haut, toujours encouragée à me sentir comme celle que lui voyait quand il me regardait. Et blottie dans ses bras, je commençais enfin à me sentir comme ça.

J'osai lui murmurer quelque chose qui m'aurait fait mourir de honte il n'y a pas si longtemps. Ça montrait à quel point je lui faisais confiance, à quel point je me sentais en sécurité avec lui, et même si ça pouvait paraître vulgaire, ça ne l'était pas. C'était beau et honnête.

– Il y a des menottes sous ton oreiller… si tu as envie de me les mettre.

Je m'écartai et le vis écarquiller les yeux comme jamais. Il avait plaisanté, il m'avait provoquée, mais je pense que jamais il n'aurait imaginé que j'accepterais. Pour être honnête, je me surprenais moi-même. Mais je lui faisais confiance, je l'aimais et je savais qu'il ne ferait jamais rien susceptible de me blesser ou de me dévaloriser. Il ferait seulement en sorte que je me sente aimée, protégée et comblée. Et puis ça faisait une chose en plus à cocher sur ma liste. Décidément, j'avais vraiment grandi depuis notre première rencontre. Son regard s'adoucit quand il comprit ce que je lui offrais et il m'embrassa doucement.

– Je t'aime, Kiera. Bon anniversaire.

Je lui souris et l'embrassai de nouveau sans attendre.

26

Nouveaux départs

Kellan et les garçons devaient repartir le lundi pour Los Angeles, et on se retrouva tous au Pete's pour une vraie soirée d'au revoir. Lana, la représentante de la maison de disques arriva en limousine pour les conduire à l'aéroport. Griffin était au septième ciel quand il ouvrit la portière et jeta un coup d'œil à l'intérieur.

– Il y a du champagne ! s'exclama-t-il en souriant à Kellan.

Kellan secoua la tête et se tourna vers moi.

– Je n'arrive toujours pas à croire qu'il va être père.

– On est deux.

Anna était encore chez nos parents. Je l'avais appelée pour essayer de la convaincre de rentrer voir Griffin, mais elle avait refusé. Puis notre père avait attrapé le téléphone et commencé à me reprocher de ne pas les avoir prévenus à la minute où j'avais su qu'Anna était enceinte. J'essayai de lui expliquer que j'avais promis de ne rien dire, mais il n'en avait pas grand-chose à faire des pactes entre sœurs, pas quand la santé et le bien-être de sa fille étaient en jeu. Une fois sa leçon de morale terminée, ça avait été au tour de ma mère, et ils avaient passé plus d'une heure à me mettre en garde et à me demander de ne pas suivre l'exemple de ma sœur.

Je leur répétai encore et encore que je prenais mes précautions, mais cela ne servit à rien, à part les convaincre que la meilleure solution était l'abstinence jusqu'au mariage. Et pour y arriver, ils avaient même l'air prêts à accepter Kellan comme mon mari potentiel. Tout cela m'avait paru plutôt drôle et absurde étant donné que j'étais au lit avec Kellan pendant toute la conversation… Je n'aurais peut-être pas dû, mais ce fut aussi le moment que je choisis pour leur annoncer que je retournais vivre chez Kellan. Leurs protestations résonnaient encore dans ma tête.

Quand Griffin ressortit de la limousine, Matt et Evan regardèrent à l'intérieur, et Griffin passa un bras autour des épaules de Kellan, surexcité.

– Ça va déchirer, mec. Tu te rends compte ? Des nanas, du fric, des palaces… On va avoir tout ce qu'on veut.

– Enregistrer un disque ne veut pas forcément dire qu'on va cartonner, Griffin. On va peut-être rester d'illustres inconnus… des inconnus qui devront rembourser les coûts d'enregistrement à leur maison de disques.

Griffin renifla d'un air suffisant.

– Ça n'arrivera pas. On a un truc qu'on est les seuls à avoir.

– Et qu'est-ce que c'est ? demandai-je, curieuse.

– Lui, dit Griffin en donnant un coup dans les côtes de Kellan.

Il secoua la tête et observa Griffin filer vers son cousin pour lui donner une tape derrière la tête. Je me blottis contre Kellan dans l'air tiède et frais du printemps et je lui souris.

– Il a raison… Et je n'en reviens pas d'être d'accord avec Griffin.

– Vous racontez n'importe quoi tous les deux.

Je restai serrée contre lui et regardai Evan serrer Jenny

dans ses bras. Matt en fit autant avec Rachel, avec un peu plus de réserve, mais l'amour entre eux se voyait comme le nez au milieu de la figure. Griffin partit à la recherche de quelqu'un à serrer dans ses bras, mais à part Lana, qui était déjà en train de monter en voiture, tout le monde était déjà pris. Il eut l'air mélancolique pendant quelques instants, puis il monta dans la limousine. Une fois de plus, je regrettai qu'Anna ne soit pas là. Bizarrement, ils allaient plutôt bien ensemble.

Une fois tous les couples séparés, je serrai brièvement Matt dans mes bras. Il me rendit mon étreinte puis je sentis quelqu'un m'attraper par derrière. C'était Evan, qui me souleva de terre et me mit presque sur son épaule. Kellan rit et dit au revoir à Jenny tandis qu'Evan me reposait. Les deux amis échangèrent quelques mots que je n'entendis pas, puis ils se prirent dans les bras l'un de l'autre. Après ça, Kellan passa un bras autour des épaules de Rachel et Jenny tapota le dos de Matt.

Puis les garçons nous firent signe et montèrent dans la limousine pour partir à la conquête de leur étoile. Comme Griffin, j'étais sûre qu'ils réussiraient. Kellan était trop talentueux et trop séduisant pour échouer : c'était son destin, et tout ce que je pouvais faire était de lui tenir la main et de lui répéter qu'il méritait d'y arriver.

J'avais les larmes aux yeux en regardant la voiture s'éloigner. Mais cette fois, ce n'étaient pas des larmes de tristesse ou d'inquiétude : c'était de la fierté. Combien de personnes avaient une telle opportunité dans leur vie, et combien la saisissaient ? Il n'y avait que peu de gens qui vivaient vraiment leur rêve.

Une fois Kellan à l'abri dans un studio d'enregistrement et occupé à peaufiner les morceaux qui seraient bientôt dans la tête de milliers de fans à travers le monde, je me concentrai sur mes rêves et mes objectifs. Ma remise de diplôme était dans quelques semaines, et je savais enfin ce que je voulais faire de ma vie.

Je voulais écrire. Je voulais être un auteur, avec mon nom sur la couverture d'un livre. C'était ce que je voulais plus que tout. Je découvris que tout le temps passé à rédiger mon mémoire avait débloqué quelque chose en moi. J'adorais ces instants de tranquillité où je pouvais déverser mes pensées sur une page blanche au lieu de les garder enfermées en moi. Après notre fameuse conversation avec Kellan sur la façon dont on avait failli tout gâcher en fondant notre relation sur une trahison, j'avais commencé à écrire là-dessus. Au début, je prenais juste des notes autour d'un café avec Cheyenne et Jenny. Mais finalement, j'avais fini par me prendre au jeu.

Je revivais le passé en écrivant. C'était comme regarder un film dans ma tête, un film que j'aurais parfois voulu mettre sur pause quand on arrivait aux moments trop douloureux. Mais c'était aussi thérapeutique. Je ne cachais aucun détail. C'était comme être sur des montagnes russes qui repassaient par toutes les phases qu'on avait traversées avec Kellan. Nos débuts lents, nos dérapages passionnés, notre tentative de dissimuler ce qu'on ressentait derrière un mur d'amitié, nos disputes… j'écrivais tout.

Je savais que j'avais le rôle de la méchante, détestée et honnie après avoir trahi un homme aussi bon que Denny. Ça aurait peut-être été différent si il avait été un type froid, jaloux ou violent, mais ce n'était pas le cas. C'était quelqu'un de génial, et je savais que je passerais pour la garce sans cœur. Mais ça ne me dérangeait pas : c'était ce que j'avais fait, après tout, et je devais vivre avec les conséquences. Mais surtout, je n'étais plus comme ça : être avec Kellan m'avait fait mûrir et j'avais beaucoup appris sur moi-même et sur la personne que je voulais devenir. Je me battais encore contre mes insécurités, et même si elles étaient encore présentes, je savais que j'arriverais à les dépasser.

La femme confiante qui se dandinait en sous-vêtements devant son copain en dansant dans la cuisine avec une part de pizza à la main ? Elle était là, quelque part, et elle était prête à sortir de sa cachette.

Les jours passaient à la vitesse de la lumière tandis que je me préparais à affronter la vie post-université. Entre le travail, mes derniers examens et le retour de ma sœur à Seattle, j'avais à peine le temps de dormir. Mais je finis par y arriver, et avant d'avoir le temps de dire ouf, on était déjà à la mi-juin… et j'étais sur le point de devenir diplômée de l'université de Washington.

Comme promis, Kellan revint de Los Angeles pour assister à ce grand moment. Assis sur notre lit, il me parlait de l'enregistrement pendant que je cherchais quelque chose à me mettre. En l'écoutant m'expliquer certains détails techniques, je sentis des papillons dans mon estomac. J'avais réussi. Ça avait été dur, mais j'avais réussi à passer ma licence. Et aujourd'hui, je devais jouer à la potiche.

C'était le seul aspect négatif, mais bizarrement, j'avais hâte d'y être. Peut-être parce que je savais que Kellan, Anna et mes parents seraient là. Même Denny avait dit qu'il viendrait. Tous les gens que je considérais comme ma famille seraient dans le public pour me soutenir, ce qui me donnait une force incroyable. Je tenais un pantalon noir et un chemisier gris devant moi en me demandant si ça faisait diplômée quand une voix attira mon attention.

– Pas celle-là.

Anna était à la porte, en train de secouer la tête. Elle entra dans ma chambre et me tendit quelque chose.

– Mets ça. Dieu sait que je ne vais pas pouvoir la porter avant un moment.

Je pris le bout de tissu et souris en regardant son ventre arrondi. Elle en était à seize semaines, presque à la moitié de sa grossesse. Dans un mois, elle saurait si son intuition était correcte et si elle allait avoir une petite fille ou pas. On ne pouvait pas manquer son ventre désormais, et ça lui allait vraiment bien. Elle avait fini par embrasser ses nouvelles courbes et par arrêter de se cacher derrière des pantalons larges et des sweat-shirts. Le tissu rose pâle de son tee-shirt de grossesse moulait sa poitrine et son ventre, et elle était la plus sexy des futures jeunes mamans.

Étonnamment, ses collègues de travail l'avaient beaucoup soutenue quand elle avait fini par annoncer la nouvelle. Sa responsable lui avait donné un plus grand uniforme en lui garantissant que sa grossesse ne poserait pas de problèmes : plein de serveuses tombaient enceintes. Même si j'avais dit à Anna que, légalement, ils ne pouvaient pas la virer, et qu'ils ne le feraient pas, elle avait quand même eu l'air soulagée.

Elle avait été encore plus soulagée quand la responsable lui avait avoué qu'elle avait eu les mêmes peurs qu'elle quand elle était tombée enceinte alors qu'elle était serveuse. Et surtout, elle commença à apprendre à ma sœur le fonctionnement du restaurant. Anna adorait ça, et elle était douée. Je pense que cela lui donnait confiance en elle de pouvoir et de savoir faire quelque chose qui ne reposait pas seulement sur son physique.

Je souris en pensant à ma sœur insouciante qui avait soudain des responsabilités, et je dépliai le vêtement qu'elle venait de me tendre. C'était une petite robe noire courte IKKS, parfaite pour n'importe quelle occasion. Je la serrai contre moi et me pinçai les lèvres. Anna s'habillait de manière bien plus provocante que moi et j'avais peur que la robe ne dévoile bien trop de peau.

– C'est parfait, murmura Kellan, toujours allongé sur le lit.

Il avait les yeux rivés sur ma poitrine. L'avant de la robe

était décolleté, et je n'étais pas sûre de pouvoir porter un soutien-gorge. Anna rit et me fit un grand sourire tout en caressant son ventre.

– Tu vas être canon, sœurette.

Je pris une grande respiration et me redressai. Je me sentais déjà belle, parce que j'étais entourée de ceux que j'aimais. Et même si je n'étais pas convaincue par la robe, je la porterais, et je la porterais avec fierté. Parce qu'aujourd'hui était une journée placée sous le signe du courage, et que j'avais des modèles de courage autour de moi. Anna était courageuse chaque jour en assumant sa grossesse… et elle avait acheté un lit pour bébé la semaine précédente. Je l'avais aidée à le monter dans mon ancienne chambre et elle avait pleuré à la fin. J'avais confiance en elle et j'étais sûre qu'elle serait assez courageuse pour garder le bébé… et le dire à Griffin un jour.

Kellan aussi était courageux. Pas parce qu'il enregistrait un disque à Los Angeles. Non, ça n'avait pas l'air de le stresser plus que ça. Il était courageux parce qu'il allait venir au Pete's avec moi pour fêter mon diplôme, et que son père serait là. J'avais déjà reçu un message de sa part confirmant qu'il avait atterri à Seattle. Le visage de Kellan était imperturbable tandis qu'il me souriait, mais je savais qu'il balisait complètement. Et par-dessus le marché, Kellan était courageux… parce qu'il avait accepté que mes parents dorment chez nous.

J'entendis les pas de mon père résonner sur le palier alors qu'il venait rejoindre Anna. Il posa une main sur son épaule et fronça les sourcils en voyant la robe provocante que j'avais dans les mains. Puis il se força à sourire.

– Magnifique, ma chérie. Ta mère et moi sommes très fiers de toi… même si tu n'es pas diplômée de l'université de l'Ohio.

Il soupira pour la énième fois à cette pensée et serra Anna contre lui, qui appuya sa tête sur son épaule. Sa grossesse avait été un choc pour eux – notre père avait pleuré, d'après ce qu'Anna m'avait raconté –, mais après, ils étaient redevenus des modèles d'amour et de soutien parentaux. Ils avaient même proposé à Anna de l'héberger si elle voulait revenir dans l'Ohio, mais elle avait refusé, bien décidée à rester ici. Peut-être que c'était à cause de Griffin, ou à cause de moi, ou peut-être qu'elle se sentait chez elle ici.

– Merci, Papa.

Ils m'observaient tous, et je sentis le rouge me monter aux joues.

– Je peux me changer, maintenant ? demandai-je en riant.

Anna rit et sortit de la pièce en tirant mon père par le bras.

– Viens, on va aller chercher quelque chose à manger. Je meurs de faim.

Mon père fronça les sourcils et ne bougea pas. Il regardait Kellan, toujours confortablement allongé sur notre lit.

– Kellan, mon garçon, tu veux bien venir me donner un coup de main pour quelque chose ?

Je hochai la tête, sachant très bien que mon père voulait faire sortir Kellan de la chambre pendant que je me changeais. Le pauvre. Il devait pourtant bien se douter qu'il m'avait déjà vue nue. Je veux dire, Kellan m'avait déjà attachée au lit avant de caresser chaque centimètre carré de mon corps avec une plume… Bon d'accord, mon père n'avait besoin d'être au courant de ça. Kellan se leva et lui sourit.

– Bien sûr, pas de problème.

Il m'embrassa sur le front avant de sortir, et je le remerciai à voix basse. Peut-être parce qu'il se rendait compte du respect que Kellan lui montrait, mon père lui donna une tape dans le dos en quittant la pièce avec lui et je souris en l'entendant commencer à parler baseball : il faisait un effort pour tisser des liens avec Kellan, et ça voulait dire beaucoup pour moi.

Une fois que je fus prête, Kellan nous conduisit à la fac. Je lissais le devant de ma robe, jouais avec mon pendentif et faisais tourner mon anneau autour de mon doigt. À la fois nerveuse et excitée, je ne pouvais pas arrêter de remuer. Au bout d'un moment, Kellan me prit la main comme pour me communiquer un peu de son calme, ce qui fonctionna.

Une fois sur place, ma mère se mit à pleurer, et j'eus les larmes aux yeux en voyant la version plus âgée de ma sœur et moi dans cet état, mais je parvins à garder mon calme. Mon père l'emmena un peu plus loin et Anna me serra dans ses bras. Pile au moment où on était serrées l'une contre l'autre, le bébé donna un coup.

– Tu as senti ?

Anna rit et se frotta le ventre.

– La petite gymnaste ? Elle n'arrête pas. Au moins, elle a arrêté d'appuyer sur ma vessie.

Kellan rit et passa un bras autour de ma taille, puis Anna m'embrassa sur la joue avant d'aller rejoindre nos parents. Comme toujours, Kellan resta avec moi et m'accompagna jusqu'à ma place, tandis que j'avais les yeux fixés sur la quantité de peau que ma robe dévoilait.

– C'est gentil de rester avec moi.

– Tu ne me trouves pas collant ?

– Certainement pas, répondis-je en riant.

Il me sourit puis leva les yeux et s'immobilisa. Je levai les yeux à mon tour et vis une rousse familière quelques mètres devant nous. Candy. Elle nous tournait le dos, en pleine conversation avec quelques amies, dont ses deux espionnes. J'envisageai de la contourner mais elle se tourna vers nous et j'écarquillai les yeux sous l'effet de la surprise. Elle était enceinte jusqu'aux dents, son ventre bien plus gros que celui d'Anna.

Kellan haussa les sourcils en voyant son état mais ne fit pas de commentaires. Quand elle nous vit, elle dit quelques mots à ses amies avant de se diriger vers nous, et je soupirai. Moi qui pensais finir l'année sans la revoir…

Kellan la regarda sans ciller et elle baissa les yeux, l'air un peu gênée. Puis elle prit la parole avant que j'aie le temps de le faire.

– Je voulais juste m'excuser… de t'avoir autant ennuyer à propos de Kellan.

Elle nous regarda chacun notre tour et rougit.

– Je pense que je voulais juste être au centre de l'attention. Personne ne faisait attention à moi au lycée, et j'ai un peu pris le melon après être sortie avec toi. Ce n'était pas très malin de ma part, je suis désolée.

Kellan lui fit un demi-sourire et secoua la tête.

– Ça ne fait rien, Candy, dit-il en regardant son ventre. On a changé maintenant. Ne t'inquiète pas pour ça.

Je souris en constatant qu'il se rappelait enfin de son prénom. Elle hocha la tête, se caressa le ventre puis s'éloigna. Je me demandais qui était le père mais je ne posai pas la question. À en croire les ragots, c'était notre professeur d'éthique, mais j'étais bien placée pour savoir que, si elle pouvait avoir raison, la rumeur pouvait aussi bien se tromper. Je décidai d'ignorer ce drame qui, pour une fois, ne me concernait pas, et je pris la main de Kellan avant de me mettre à la recherche de la fille que je voulais lui présenter. Cheyenne venait de sortir des toilettes quand elle me repéra. Elle poussa un petit cri d'excitation et me prit dans ses bras, me forçant à lâcher la main de Kellan.

– Kiera ! Tu te rends compte, on a réussi !

Puis ses yeux clairs eurent l'air de remarquer que je n'étais pas seule. Elle dévisagea Kellan et lui fit un petit sourire, les yeux brillants.

– Tu dois être son copain ?

– Kellan, dit-il en tendant la main.

Elle lui prit la main et se pencha vers moi.

– Je comprends pourquoi tu es hétéro, maintenant. N'importe qui reconsidérerait son orientation sexuelle en le voyant.

Kellan fronça les sourcils en l'entendant dire ça, puis il eut un petit sourire diabolique qui capta mon regard. Je sus qu'il venait de comprendre que c'était elle qui m'avait embrassée. Je levai les yeux au ciel et le poussai.

– Pourquoi tu n'irais pas t'asseoir avec mes parents ?

– Tu es sûre ? Ça va aller ? demanda-t-il avec un grand sourire.

Il rit doucement et je le forçai à faire demi-tour et à aller rejoindre les autres. Il nous regarda une dernière fois par-dessus son épaule avant de disparaître, et son sourire était résolument déplacé. Vraiment, les mecs…

– Il a l'air… sympa, dit Cheyenne en riant.

– Sympa… ce n'est vraiment pas le mot qui le décrit le mieux.

Génial, beau, sexy, émouvant, talentueux, profond, joueur, lunatique, aimant, et parfois attentionné, oui… mais sympa ? Bon, d'accord, peut-être que le mot lui allait bien.

La cérémonie se déroula dans le brouillard. J'étais tellement nerveuse et émue que la chronologie m'échappa un peu. Voir ma famille dans le public, ma mère en train de pleurer, mon père s'essuyer les yeux l'air de rien, ma sœur siffler entre ses doigts, et Denny et Kellan applaudir, assis côte à côte, m'émut aux larmes. Je me rappelai vaguement des discours et de la musique, ainsi que du moment où mon nom fut appelé et du vacarme en provenance de mon petit groupe. Puis c'était déjà fini et on était de nouveau dans la voiture de Kellan, en route vers le Pete's.

Maman, Papa et Anna sautèrent à bas de la voiture à peine arrivés, impatients de fêter l'événement. Ma sœur serra

Jenny et Kate dans ses bras sur le parking, bientôt rejointe par Cheyenne. Une fois que ma famille et mes amies eurent passé les portes, je défis ma ceinture, prête à les rejoindre.

– Tu viens ? demandai-je en ouvrant ma portière.

Kellan n'avait pas dit un mot depuis qu'il avait garé la voiture. Ses mains étaient encore scotchées au volant et ses yeux étaient fixés sur le rétroviseur, où l'image du bar se reflétait.

– J'arrive dans une seconde.

Il était pâle comme un mort et donnait l'impression d'être à deux doigts de redémarrer dès que j'aurais le dos tourné. Je refermai ma portière et me tournai vers lui.

– Ça va ?

– Je ne crois pas que j'en suis capable.

Je posai une main sur sa joue et soutins son regard.

– Bien sûr que tu en es capable. Tu es capable de tout.

Il secoua la tête et je pressai ma bouche sur la sienne. Il ne me rendit pas mon baiser au début. Trop effrayé ou inquiet à l'idée d'affronter son père biologique, ses lèvres étaient rigides contre les miennes. J'utilisai alors les tactiques que j'avais apprises avec lui : je le provoquai en léchant et en mordillant sa lèvre jusqu'à ce qu'il cède, et il finit enfin par me rendre mon baiser.

Quand il prit mon visage dans ses mains avec l'air d'être sur le point de m'allonger sur le siège, je m'écartai.

– Viens, tout le monde nous attend.

Il secoua doucement la tête alors que j'ouvrais ma portière, et il fronça les sourcils.

– Tu m'as excité… c'est de la triche.

Je sortis de la voiture en riant et il sortit aussi.

– La question serait plutôt : quand est-ce que je ne t'excite pas ?

Il sourit en voyant que j'admettais enfin que je pouvais être séduisante et il ferma sa portière.

– Tu comprends enfin mon problème depuis la première fois que je t'ai vue.

Je lui tendis la main et attendis qu'il me rejoigne.

– Je comprends… et je réglerai ton petit problème plus tard, promis, dis-je en lui mordillant l'oreille.

Il se raidit et retint son souffle en entrant dans le bar, mais il se détendit en voyant le groupe habituel, et non pas une version plus âgée de lui-même. Tout le monde se rassembla à l'entrée pour m'accueillir et je rougis. Cependant, je gardai la tête haute, fière de ce que j'avais accompli, et j'acceptai les compliments et les accolades de mes amis, de ma famille et de mes collègues.

Comme on était samedi après-midi, c'était l'équipe de jour qui était là. Quand on passa à côté du bar, Troy sourit à Kellan, qui lui rendit son sourire. Tant que la personne qui l'aimait bien me respectait, Kellan était cordial, même s'il s'agissait d'un mec. « Mon cœur » et « ma chérie », les deux serveuses aux cheveux gris qui régnaient sur le Pete's en journée couraient dans tous les sens pour servir des boissons fraîches à tout le monde. Et Sal, l'associé de Pete qui était aussi le cuisinier du midi, arriva avec des plateaux pleins de choses à grignoter.

Je regardai tous ces visages familiers réunis dans le bar. Les murs étaient toujours de la même couleur crème que la première fois que j'étais venue, et le plancher était toujours aussi usé. Il y avait quelques pancartes supplémentaires sur les murs et les fenêtres mais sinon, rien n'avait changé, à part les instruments au mur : une guitare était rose, une autre violette et une autre bleu électrique. L'une d'elles était même décorée d'autocollants Hello Kitty. Mais surtout, le portrait des garçons dessiné par Jenny était venu s'ajouter aux instruments féminins, même s'il n'était plus sur le mur derrière la scène.

Mes amis et mes camarades de classe me serrèrent tous dans leurs bras pour me féliciter, et j'en fis autant pour ceux qui venaient aussi d'être diplômés. Cheyenne me prit dans ses bras, imitée par Meadow. Elle devait jouer avec son groupe plus tard dans la soirée, mais à en juger par la façon dont elle tenait la main de Cheyenne, c'était clair qu'elle était venue pour elle. Je souris à celle qui m'avait souvent sauvé la mise quand il s'agissait de poésie, ainsi qu'à sa copine. Meadow avait les cheveux flamboyants et les yeux aussi sombres que ceux de Denny, et son petit sourire reflétait parfaitement celui de Cheyenne. J'étais ravie de voir qu'elle avait enfin trouvé quelqu'un.

Alors que Kellan était parti nous chercher à boire au comptoir, Denny et Abby firent leur entrée. Kellan leur dit bonjour en premier, donnant une tape dans le dos de Denny avant de lui indiquer notre table. Je m'assurai que mes parents étaient bien installés avant d'aller les rejoindre et je serrai Denny dans mes bras.

– Denny, j'ai réussi !

Il me sourit de toutes ses dents.

– Parce que tu as vraiment cru que tu n'y arriverais pas ?

– Il y a eu pas mal de moments où la fac n'était pas vraiment au centre de mes préoccupations…

On se tourna tous les deux vers Kellan, qui discutait avec Troy au bar, puis Denny se retourna vers moi en souriant.

– Je sais…

Pile au moment où je sentais la culpabilité m'envahir, il rit.

– C'est un miracle que tu sois diplômée.

Sa blague me mit à l'aise et je lui donnai une bourrade.

– La ferme.

Il rit puis passa un bras autour de la taille d'Abby et l'embrassa sur le front. Ce fut ensuite au tour d'Abby de me serrer brièvement dans ses bras et de me féliciter, et je leur fis de la place à notre table. Ma mère nous regarda tour à tour, Kellan, Denny et moi, d'un air vraiment confus. Elle avait dû comprendre ce qui s'était réellement passé entre nous trois et était sans doute en train de se demander comment on avait pu rester amis. Elle n'était pas la seule... J'avais vraiment beaucoup de chance.

Kellan nous apporta à boire et j'allai m'assurer qu'Anna ne manquait de rien. Je mis même la main sur un coussin dans la réserve pour qu'elle soit installée plus confortablement. Pile au moment où elle me remerciait, les portes s'ouvrirent en grand et un vacarme pas possible envahit la pièce.

Bouche bée, je regardai Griffin et le reste des D-Bags faire leur entrée. Je ne savais pas qu'ils étaient revenus avec Kellan. Je fus d'abord touchée, avant de me rappeler qu'ils avaient autant de raisons que lui de rentrer. Evan repéra Jenny une demi-seconde avant qu'elle ne lui saute dans les bras pour le couvrir de baisers. Matt regarda Evan en secouant la tête et se tourna vers Rachel, qui était juste derrière lui et elle lui prit tendrement la main. Le cœur de tous les D-Bags était à Seattle. Même celui de Griffin, s'il prenait la peine d'y réfléchir.

Et de fait, il fouillait la pièce du regard... à la recherche d'Anna. Elle se raidit sur sa chaise et devint pâle comme une morte. Elle ne lui avait pas encore dit qu'elle était enceinte. Elle ne l'avait pas dit à Evan ni à Matt non plus, et elle avait fait promettre à chaque personne qui l'avait vue de ne pas en parler à Griffin. Elle voulait le lui annoncer en personne, même si ça la terrifiait.

Et maintenant... elle était au pied du mur. Il était là, elle aussi, et avec ses vêtements moulants, même Griffin ne pouvait pas passer à côté du fait qu'elle était enceinte. Elle se leva avec une rapidité que je n'avais pas vue chez elle depuis des semaines, étant donné qu'elle adorait jouer le rôle de la femme enceinte sans défense. Paniquée, son regard parcourut la pièce, à la recherche d'une issue de secours. Kellan se leva pour aller à la rencontre des garçons et j'attrapai Anna par le bras pour l'empêcher de s'enfuir.

– Lâche-moi, Kiera, dit-elle entre ses dents.

– Non. Tu dois lui dire. Il a le droit de savoir.

Elle serra les dents et me fusilla du regard, mais il était trop tard : Kellan arrivait, suivi des garçons. Nos parents nous regardaient avec curiosité et je la lâchai. Elle se mit à trembler en voyant Griffin s'approcher d'elle.

Au début, il ne remarqua rien. Avec un grand sourire aux lèvres, il s'approcha d'elle nonchalamment et lui colla sa langue dans la bouche. Anna poussa un petit cri de surprise et ses genoux semblèrent sur le point de se dérober. Je sentis mon estomac se retourner et mon père avait l'air sur le point de casser la figure de Griffin.

Derrière lui, Evan et Matt regardaient Anna avec des yeux ronds comme des billes. Visiblement, ils avaient remarqué ce que Griffin n'avait pas encore vu. Ils me regardèrent et je leur fis un petit signe de la main, puis je hochai la tête pour répondre à leurs questions silencieuses. Oui, elle était enceinte. Et oui, l'abruti qui était en train de l'embrasser était le père. Ils ouvrirent grand la bouche en regardant Griffin.

Quand il eut fini de nettoyer les amygdales d'Anna, il la prit dans ses bras, et c'est à ce moment-là qu'il eut l'air de se rendre compte que quelque chose avait changé. Il baissa les yeux et fronça les sourcils, confus.

– Anna ?

Il recula d'un pas et posa un doigt sur son ventre.

– C'est quoi, ça ?

Elle repoussa sa main et se pinça la bouche.

– À ton avis, crétin ?

Il fit la grimace comme s'il ne comprenait pas et Matt lui donna une tape derrière la tête.

– Mec, je t'avais bien dit de faire attention ! Tu ne m'écoutes jamais ou quoi ?

Griffin regarda son cousin d'un air méprisant.

– De quoi tu parles, bordel ?

Je me raidis en l'entendant parler comme ça devant nos parents. Mon père, pâle en voyant qui était le père de son petit-fils ou de sa petite-fille, se leva. Ses cheveux clairsemés avaient l'air de blanchir de seconde en seconde, et il tapota l'épaule de Griffin, qui se retourna, agacé.

– Vous allez parler autrement en présence de ma fille, d'autant plus qu'elle porte votre enfant.

Il haussa les sourcils en disant ça, comme s'il voulait clarifier la situation au cas où ce dernier n'aurait pas encore compris. Griffin secoua la tête et eut enfin l'air de percuter. Les yeux écarquillés, il regarda Anna d'un air horrifié.

– Tu es enceinte ?

Elle leva les yeux au ciel, excédée.

– J'espère que, d'une façon ou d'une autre, notre fille héritera de l'intelligence de Kiera… sinon, elle est mal barrée.

Le visage de Griffin s'adoucit et il regarda Anna dans les yeux.

– On va avoir une fille ?

Il se mit à sourire et les yeux d'Anna s'embuèrent.

– Je ne sais pas encore… mais j'ai l'impression qu'on a fait une fille.

Plus sérieux que jamais, Griffin posa doucement sa main sur le ventre d'Anna, dont les yeux se remplirent tellement de larmes que je doutais qu'elle parvienne encore à discerner le père de son bébé. À ma grande surprise, je vis que les yeux de Griffin aussi étaient humides tandis qu'il caressait son ventre. J'espérai et priai que le bébé profite de l'occasion pour donner un coup. Tout le monde était silencieux tandis que Griffin fixait le ventre d'Anna. Puis il finit par parler, d'une voix si basse que je l'entendis à peine.

– Une fille… je vais avoir une petite fille ?

– Je ne sais pas encore si je vais la garder, dit Anna, les joues ruisselantes de larmes.

Ma mère fit un pas en avant en entendant sa fille dire ça. Elle ne l'avait dit à personne à part moi. Mon père attrapa ma mère par le bras et l'empêcha d'avancer, tout en fixant Griffin du regard. Ma mère se mordit la lèvre, comme si elle avait envie de se lancer dans un discours de quatre heures, et je pouvais la comprendre. C'était la première fois qu'elle allait être grand-mère, après tout.

– Quoi ? Mais tu ne peux pas abandonner mon enfant !?

Il regarda autour de lui, jusqu'à repérer Kellan.

– Elle ne peut pas faire ça, pas vrai, Kell ? J'ai mon mot à dire, non ?

Je sentis un énorme nœud dans ma gorge en voyant l'expression sur le visage de Griffin. Je ne l'avais jamais vu aussi paniqué. C'était comme si on venait de lui offrir quelque chose qu'il voulait désespérément, et qu'on le lui reprenait ensuite. Il avait l'air terrifié. Kellan allait lui répondre quand Anna posa une main sur sa joue et l'obligea à la regarder. Il tremblait quand elle reprit la parole.

– Pas si tu veux la garder. Si tu veux faire ça avec moi… alors je ne l'abandonnerai pas.

Je retins mon souffle en attendant sa réponse, et je remarquai que mes parents serraient les poings. On voulait tous de ce bébé mais ce n'était pas notre décision. Apparemment, c'était celle de Griffin. Il avala sa salive puis regarda de nouveau le ventre d'Anna. Et après une éternité, il releva les yeux sur elle.

– On peut l'appeler comme ma grand-mère ?

Anna se mit à sangloter, puis elle hocha la tête et se jeta à son cou. Il sourit et prit une grande respiration en la serrant contre elle, et le reste du groupe se regarda en souriant.

À travers mes propres larmes, j'entendis Matt dire quelque chose à l'oreille de Rachel.

– Quelqu'un devrait peut-être la prévenir que notre grand-mère s'appelait Myrtille.

Je ris entre deux sanglots, heureuse de savoir que les autres membres du groupe seraient là pour aider Griffin à élever son enfant. Quand j'entendis Griffin demander à ma sœur s'ils pouvaient toujours faire l'amour pendant sa grossesse (inutile de préciser qu'il employa des mots bien plus crus), je leur tournai le dos et vis qu'un nouveau petit groupe avait discrètement fait son entrée. Je les observai, bouche bée.

Un homme d'âge mûr se tenait près du bar, visiblement mal à l'aise. Vêtu d'un pantalon sombre et d'une élégante chemise noire, mince et musclé, avec des cheveux châtains, il faisait partie de ces hommes qui vieillissaient bien et qui étaient encore attirants à soixante ans. Mais ce n'est pas ce qui me coupa le souffle : c'était le portrait craché de Kellan. Ou plutôt, Kellan était son portrait craché. La ressemblance était impossible à manquer : la mâchoire, le nez, les sourcils… tout, jusqu'au même regard bleu nuit.

J'étais en train d'observer le père de Kellan. Son père biologique. Il remarqua que j'étais en train de le dévisager et hocha la tête, puis il me fit un petit signe de la main. Je lui fis signe à mon tour et remarquai les deux personnes à côté de lui. L'un était un enfant mais l'autre était sans doute juste un peu plus jeune que moi. C'était Hailey, la sœur de Kellan. Elle avait les cheveux et les yeux de la même couleur que Kellan et son père. En le voyant me dire bonjour, elle l'imita, puis sourit en voyant son demi-frère. Leur sourire était si ressemblant que je clignai des yeux.

Un petit garçon d'environ dix ans se tenait à côté d'elle. Comme le reste de la famille, il avait les cheveux châtains et les yeux bleus, même si les siens étaient un peu plus clairs.

Il regardait Kellan d'un air admiratif et j'eus le sentiment qu'il avait beaucoup entendu parler de son grand frère ces derniers temps. Il avait clairement l'air de l'idolâtrer.

Mes yeux se dirigèrent lentement vers Kellan. Il était en train de discuter avec Evan, sûrement pour s'assurer qu'ils allaient tous garder un œil sur Griffin. Il n'avait pas encore remarqué que sa famille était là, et il tourna la tête vers moi en sentant que je le regardais. J'étais incapable de cacher à quel point j'étais sonnée et je le vis froncer les sourcils. Puis il eut l'air de comprendre ce qui se passait et il pâlit. Il ferma les yeux et je contournai rapidement les gens qui félicitaient à présent Anna et Griffin pour le rejoindre.

– Kellan, c'est l'heure, dis-je en prenant son visage dans mes mains.

Il secoua la tête, les yeux toujours fermés.

– Je ne peux pas. Demande-leur de revenir plus tard. Là, tout de suite, je ne peux pas.

Il se risqua enfin à ouvrir les yeux et tourna doucement la tête. Il respirait plus vite quand il repéra enfin son père. Il recula d'un pas, attrapa ma main et la serra de toutes ses forces. Il se mit à trembler comme une feuille en regardant les trois personnes qui avaient bouleversé sa vie. Son père leva une main puis la laissa retomber en voyant que Kellan ne réagissait pas.

– Je ne peux pas. S'il te plaît, Kiera, laisse tomber.

Il se tourna vers moi et me prit par le bras.

– J'irai où tu voudras. On n'a qu'à partir par la porte de derrière, et faire ce que tu veux.

Je pris une grande respiration et le fixai du regard. Il se tut et me regarda dans les yeux, et quand il reprit la parole, il était un peu plus calme.

– J'ai peur, murmura-t-il.

– Je sais… mais je suis là. Et puis, qu'est-ce qui pourrait arriver de si terrible ?

– Je pourrais m'attacher à eux.

Il ferma les yeux, et quand il les rouvrit, il avait soudain l'air un peu plus fort et déterminé. Puis il avança vers son père, et sa détermination avait l'air de croître à chaque pas. Je ne savais pas si c'était moi qui lui donnais du courage, mais je l'espérais puisque lui m'en donnait tout le temps.

Quand Kellan arriva juste devant son père, ce dernier lui sourit tristement.

– Bonjour, fiston, chuchota-t-il.

Kellan se raidit et serra ma main en hochant la tête, mais il ne dit rien, et une tension envahit la pièce tandis que le père et le fils se regardaient. Ils se ressemblaient tellement que je me dis que chaque personne présente dans le bar devait avoir compris que l'homme qui était mort dans un accident de voiture il y a quelques années n'avait aucun lien biologique avec Kellan. À l'inverse de l'homme qui se tenait face à lui, de toute évidence.

Alors que je me demandais comment leur faire rompre le silence, Hailey fit un pas en avant. Elle les regarda tour à tour en soupirant puis elle posa une main sur le bras de Kellan. Il se détendit instantanément et je sentis enfin le sang recommencer à circuler dans ma main.

Elle posa son autre main sur l'épaule de son autre frère et le présenta à Kellan.

– Kellan, c'est Riley. Ry, c'est notre grand frère… Kellan.

Médusé, Riley lui tendit la main.

– Waouh… J'ai regardé plusieurs de tes concerts en ligne. Vous êtes super bons. Je viens seulement de commencer la guitare, mais j'espère que je réussirai à être aussi bon que toi un jour.

Il lui fit un petit sourire à la fois charmant et embarrassé et Kellan rit doucement.

– Peut-être que je pourrais te montrer un ou deux trucs un de ces jours, dit-il en lui ébouriffant les cheveux.

Je sentis ma gorge se serrer en voyant Kellan commencer à créer des liens avec la famille qu'il n'avait jamais eue et son père s'éclaircit la gorge, visiblement ému, lui aussi. Kellan leva un regard timide vers lui et Hailey emmena Riley à l'écart, sentant qu'une conversation sérieuse était sur le point de commencer.

– Viens, Ry, on va aller jouer au billard.

Je voulus les suivre mais Kellan agrippa de nouveau ma main. Je posai mon autre main sur son bras pour le soutenir et son père se mit à parler.

– Écoute, je sais que tu m'en veux de t'avoir abandonné, et je comprends, mais j'étais jeune et stupide et j'espère que tu voudras bien me donner une chance de…

– Vous savez ce qu'ils m'ont fait ? interrompit Kellan.

– Qui ça ? Tes parents ?

Kellan hocha la tête, les mâchoires serrées.

– Vous saviez ce qu'ils allaient faire… comment ils allaient m'élever… quand vous êtes parti ? Vous saviez quel genre de personnes ils étaient ?

Son père cligna des yeux.

– John et Susan ? De quoi tu parles ?

Il plissa les yeux et dévisagea Kellan prudemment. Celui-ci se raidit en entendant le nom de ses parents, puis il fit un pas vers son père.

– Vous saviez que vous me laissiez avec des gens qui m'ont maltraité jour après jour ? Vous saviez ?

Son père pâlit en comprenant enfin de quoi Kellan voulait parler, et ce qu'il avait subi en grandissant dans cet enfer. À en juger par les larmes dans ses yeux et son expression horrifiée, il n'était pas au courant. Parfois, les gens que vous pensiez connaître le mieux étaient ceux que vous connaissiez le moins bien… et ça avait l'air d'être le cas ici.

– Non… Je n'en savais rien… Je croyais que… J'ai cru que je te laissais dans une maison heureuse, avec des gens qui avaient bien plus à t'offrir que ce que moi j'aurais pu t'apporter à l'époque.

Kellan tremblait et son père posa une main sur son bras.

– Je sais que tu ne peux pas comprendre, mais j'étais à la dérive. Je ne savais pas ce que je faisais. Je me suis retrouvé embarqué dans une situation compliquée avec ta mère… et c'était une terrible erreur. Enfin, toi tu n'étais pas une erreur, corrigea-t-il rapidement.

Kellan soupira, apparemment un peu radouci.

– Ça, je peux comprendre.

Il me regarda et je vis la culpabilité dans ses yeux, pour ce qu'il avait fait à Denny avec moi. Si je m'étais retrouvée enceinte de Kellan à l'époque… qu'est-ce qu'il aurait fait ? Tenté d'élever l'enfant avec moi ? Ou laissé l'enfant avec quelqu'un qui, d'après lui, aurait été un père plus responsable, à savoir Denny ? Je ne savais vraiment pas ce que Kellan aurait fait. Il n'avait pas l'air de le savoir non plus, et la pensée qu'il aurait pu être confronté à la même situation le mit dans de meilleures dispositions par rapport à son père. Soulagé que Kellan comprenne, celui-ci soupira et lui sourit, d'un sourire aussi beau que celui de son fils.

– J'ai essayé de te voir une fois, tu sais. Tu devais avoir l'âge de Riley.

– Ma mère ne me l'a jamais dit.

– Oui, elle m'a dit que tu n'étais pas au courant pour moi, et que tu pensais que c'était John, ton père. C'est vrai ?

– Non. J'ai toujours su que j'étais un bâtard.

Son père vacilla en l'entendant utiliser ce mot, puis il secoua la tête.

– Elle m'a convaincu que je te ferais du mal si j'essayais d'entrer dans ta vie. Que c'était mieux si je gardais mes distances… alors c'est ce que j'ai fait. Elle m'a manipulé parce que je lui avais fait du mal mais je n'aurais jamais dû l'écouter. J'aurais dû insister davantage pour te voir… Je suis tellement désolé.

Kellan détourna le regard et je vis une larme rouler sur sa joue.

– Je ne savais même pas que ça vous arrivait de penser à moi, murmura-t-il d'une voix tremblante.

– Bien sûr que je pensais à toi. Quel père pourrait oublier son fils ? Son premier-né ? Je suis resté éloigné pour de mauvaises raisons, parce que je croyais que je te protégeais en te laissant croire à ce mensonge, même après leur mort. Mais je suis là maintenant, et j'aimerais apprendre à te connaître.

Puis il fit un sourire que Kellan aurait tout aussi bien pu faire et il lui tendit la main.

– Bonjour, je m'appelle Gavin Carter, et je suis ton père.

Kellan sourit et me lâcha la main pour prendre celle de son père.

– Je m'appelle Kellan Kyle… et on dirait bien que je suis votre fils.

– Je suis heureux de te rencontrer enfin, dit Gavin en riant alors qu'ils se serraient la main.

– Moi aussi.

– Je ne veux pas te brusquer, mais sache que tu as une maison en Pennsylvanie. Quand tu seras prêt, tu seras toujours le bienvenu.

Je m'essuyai les yeux et Kellan renifla.

– Je peux t'offrir une bière ? demanda Gavin.

Kellan me regarda et je hochai la tête en souriant. Il avait besoin de ça. Il avait besoin d'eux. Même s'il aimait penser qu'il se débrouillait très bien tout seul, quelque chose lui avait manqué depuis la naissance. Il avait comblé ce vide avec de la musique, avec du sexe, et même avec moi, mais ce dont il avait vraiment besoin, c'était ce qu'on lui offrait désormais : une famille.

Je l'embrassai sur la joue et le laissai avec son père pour aller retrouver mes parents, qui étaient en grande conversation avec Griffin et Anna. Apparemment, ils essayaient de leur vendre l'idée du mariage et Griffin les regardait d'un air absent, sans doute plus préoccupé par ce qu'il allait bien pouvoir faire à Anna une fois à la maison. J'étais vraiment contente de ne plus habiter avec elle.

Denny vint me rejoindre et regarda Kellan avec des yeux inquisiteurs.

– Tout va bien ? Qu'est-ce qui se passe ?

Je regardai le père et le fils en souriant.

– Tout va bien. Très bien, même.

Denny avait les sourcils froncés en regardant Gavin, comme s'il essayait de le resituer. D'un coup, il écarquilla les yeux et se tourna vers moi.

– Cet homme… il est de la famille de Kellan ?

– C'est son père… son vrai père.

Denny ferma les yeux, comme s'il comprenait en une seconde ce qui lui avait échappé pendant des années.

– Ça explique tout un tas de choses… Est-ce que Kellan va bien ?

Je souris en voyant à quel point Kellan comptait encore pour lui.

– Je pense qu'il va très bien.

Je passai mon bras sous celui de Denny et regardai les personnes qui peuplaient ma vie : Evan et Jenny qui se faisaient un câlin sur une chaise, Matt et Rachel qui discutaient dans un coin, Anna et Griffin qui riaient tandis que mes parents leur expliquaient qu'il n'était jamais trop tard pour l'abstinence. Rita arriva et me fit un timide signe de la main pour me dire bonjour. Kate était en train de montrer à Abby un message de Justin, qui apparemment avait flashé sur elle quand il était venu. Et la sœur et le frère de Kellan riaient en jouant au billard pendant qu'il rattrapait le temps perdu avec son père. D'ailleurs, il était en train de rire et de trinquer avec lui.

– Je pense que tout va bien se passer pour tout le monde, à vrai dire, dis-je en souriant au premier amour de ma vie qui s'était transformé en mon meilleur ami.

– Je crois bien que tu as raison, me répondit-il en souriant lui aussi.

À mesure que la soirée avançait, les gens commencèrent à quitter le bar. Kellan et moi étions près de la scène, où les Poetic Bliss venaient juste de finir leur concert. Elles étaient en train de discuter avec des fans, à présent, mais avec Kellan, on continuait à danser sur une musique non existante.

Ses bras autour de ma taille, Kellan me souriait. Son père était parti depuis un moment, mais ils devaient se revoir pour le petit déjeuner. J'étais vraiment contente qu'il veuille bien lui donner sa chance. Tout le monde en méritait une.

– Alors, mademoiselle la diplômée… il se passe quoi ensuite ?

– Bonne question, dis-je en souriant.

Il m'embrassa et je ressentis toute l'étendue de son amour à son contact. Il mit sa main derrière ma nuque et notre baiser se fit plus intense. L'incendie ne tarda pas à se déclencher, encore plus violent que d'habitude, renforcé par la confiance et l'engagement que nous nous manifestions jour après jour.

– Je vais devoir repartir bientôt pour finir l'album.

Je soupirai en lui caressant la joue.

– Je sais, murmurai-je.

– Et après ça… il y aura une autre tournée pour faire la promo de l'album.

Il sourit tristement et je l'embrassai au coin de la bouche.

– Ça va aller. On trouvera un moyen de rester proches l'un de l'autre, comme durant ces dernières semaines.

Kellan hocha la tête, l'air sombre en pensant à tout le temps qu'on allait passer séparés. Il détestait ça autant que moi. Denny était peut-être mon meilleur ami mais Kellan était mon âme sœur, et être loin de lui… ça faisait mal.

On continua à danser silencieusement tandis que les gens passaient à côté de nous. Par-dessus l'épaule de Kellan, je regardai Evan et Jenny partir main dans la main, suivis de Matt et Rachel. Anna et Griffin s'étaient échappés peu après leurs retrouvailles, et je ne voulais même pas penser à ce qu'ils étaient en train de faire en ce moment. Le seul couple qui était encore là était Denny et Abby. Ils étaient au bar en train de rire, l'air parfaitement heureux dans leur bulle. J'appuyai ma tête contre le torse de Kellan, heureuse d'avoir encore une nuit à passer avec lui.

– Viens avec moi, me murmura-t-il soudain.

– Quoi ? Où ça ?

Je regardai vers la porte, en pensant qu'il voulait peut-être rentrer à la maison. Avec un peu de chance, mes parents seraient déjà couchés à notre arrivée. Ils étaient partis il y a plusieurs heures, alors ce n'était pas impossible. Mais il y avait aussi de grandes chances pour que mon père trop protecteur soit encore debout à attendre que je rentre à la maison. Kellan rit et mit une mèche de cheveux derrière mon oreille.

– Tu es trop mignonne.

Je fronçai les sourcils et il rit un peu plus fort.

– Viens avec moi à Los Angeles. Et viens avec moi en tournée.

– Mais mon…

Je m'interrompis en me rendant compte que la raison qui me retenait à Seattle n'existait plus. Je n'étais plus obligée de rester. Bien sûr, je ne voulais pas abandonner ma sœur, mais si je voulais m'absenter pendant une durée indéterminée... je pouvais le faire.

– Tu as fini la fac, dit Kellan comme s'il lisait dans mes pensées. Tu peux faire tout ce que tu veux.

– Tu ne crois pas que je devrais avoir d'autres ambitions que d'être une groupie ?

– Tu n'es pas une groupie si c'est moi qui t'invite à venir avec nous. Quand est-ce qu'une opportunité comme ça se représentera ? Tu as la vie devant toi pour trouver un travail... ou pour ne pas en trouver un. Ça ne me dérangerait pas.

– Mes parents seraient drôlement fiers...

– Tu n'auras qu'à leur dire que c'est ma faute, ils me détestent, de toute façon.

– Ils ne te détestent pas... enfin, pas tant que ça, dis-je en souriant.

Il m'embrassa doucement puis il soupira.

– Je me fiche de ce que tu fais, je veux juste que tu sois avec moi. Et puis tu n'avais pas envie d'écrire ? Tu n'es pas en train d'écrire un livre sur nous ?

Je haussai les sourcils, je ne savais pas qu'il était au courant. Non pas que c'était un secret, mais je n'étais pas encore prête à le lui montrer.

– C'est Jenny qui m'en a parlé, expliqua-t-il. Et j'adorerais le lire quand tu auras terminé.

Je fis la grimace. Certains passages étaient douloureux pour moi, et ils le seraient encore plus pour lui. Mais on avait décidé d'être ouverts et honnêtes, alors je hochai la tête.

– Quand ce sera fini, d'accord.

– Tu peux écrire n'importe où, et pour être un bon écrivain, il faut aller sur le terrain... Qu'est-ce qu'il y a de mieux que voyager dans tout le pays avec moi et... avec Griffin ?

Je ris et Kellan laissa aller son front contre le mien.

– Tu pourrais rentrer aussi souvent que tu veux pour voir Anna et tes amies. Mais j'aimerais vraiment que tu viennes avec moi, cette fois.

Je l'embrassai doucement en me serrant contre lui.

– D'accord. Je viens avec toi.

Il fit un grand sourire, puis il fronça les sourcils.

– Il y a juste un petit problème.

– Quoi ?

– Ils ne laissent plus les petites copines venir sur les tournées.

– Oh…

Moi qui avais soudain tellement envie de partir en tournée dans un bus avec un groupe de mecs immatures… Ça me paraissait bizarre mais peut-être que c'était un truc de maison de disques pour protéger les artistes ou quelque chose comme ça. Est-ce que j'allais devoir les suivre dans le van de Griffin ? Alors que je me demandais pourquoi Kellan avait proposé un projet qui n'était pas réalisable, il se mit à rire et je me demandai à quoi il jouait.

– Ils laissent venir seulement les épouses.

Je restai bouche bée et Kellan plaça un doigt sous mon menton pour me faire fermer la bouche.

– Les épouses ?

Il était sérieux ? Il était vraiment en train de me faire sa demande ?

– On a pris notre temps et on est allés aussi doucement que possible, mais j'en ai assez. Je t'aime, et je sais que je veux passer ma vie avec toi. Et toi ? Tu es sûre que c'est ce que tu veux ?

– Oui, j'en suis sûre.

Il sourit et m'embrassa, puis il s'écarta, retira mes mains d'autour de son cou et attrapa ma main droite. Je fronçai les sourcils en le regardant me retirer mon anneau de promesse avec un sourire plus rayonnant que jamais. Puis il glissa la bague à mon annulaire gauche, et il fit pareil avec sa bague à lui.

– Voilà, on est mariés, dit-il en prenant ma main gauche dans la sienne.

Les larmes aux yeux, je secouai la tête.

– Je ne suis pas sûre que ça marche comme ça.

– Tu chipotes, dit-il en haussant les épaules avec un petit sourire.

Puis il mit sa main gauche sur mon cœur et ma main gauche sur le sien.

– On est mariés. Tu es ma femme, déclara-t-il en me regardant intensément.

Je hochai la tête, les joues mouillées de larmes.

– Et tu es mon mari…

Il soupira, soulagé, et prit mon visage entre ses mains pour officialiser notre union avec un baiser à en perdre haleine. Je savais que notre mariage n'était pas légitime, mais ce n'était qu'un détail légal qu'on pourrait régler quand on le voudrait. Dans nos cœurs, on était mariés, et au bout du compte, c'était ça le plus important.

On arrêta enfin de s'embrasser et je fis signe à Denny et Abby de nous rejoindre. Il fallait que je dise à quelqu'un que je venais de me marier. Abby se mit à pleurer quand je lui montrai nos « alliances » et elle nous serra dans ses bras. Denny secoua la tête d'un air amusé, sachant que notre « mariage » était au mieux symbolique, mais ensuite, il serra Kellan dans ses bras.

– Félicitations, mec, dit-il en lui donnant une tape dans le dos avec un petit rire. Je suis heureux d'avoir pu être là.

Kellan rit et baissa les yeux.

– Moi aussi. Ça me paraît… approprié.

Denny sourit et me prit dans ses bras, et je pleurais tellement que je dus m'essuyer avec une serviette en papier.

– Je dois dire que je suis étonné que vous en soyez arrivés là, murmura Denny dans mon oreille. Mais je suis heureux pour vous.

– Merci, Denny…

Je me remis à sangloter et Kellan passa un bras autour de moi.

– Si on rentrait fêter ça ?

Il haussa les sourcils d'un air suggestif et je ris, imitée par Abby.

– Non… on va aller louer une chambre dans le meilleur hôtel de Seattle. Je refuse de passer ma nuit de noces dans une chambre à deux mètres de mes parents.

Kellan rit et hocha la tête, et je priai pour que mon père ne tue pas mon nouveau mari quand on rentrerait le lendemain. Ma mère serait verte d'avoir raté ça, mais j'étais sûre que je n'aurais pas de mal à convaincre Kellan d'organiser une cérémonie plus formelle pour lui faire plaisir. Personnellement, je n'avais pas besoin de ça, notre tête-à-tête silencieux sur la piste, plongés dans les yeux l'un de l'autre… c'était parfait.

Kellan commença à nous emmener vers la sortie et jeta un dernier regard vers Denny et Abby qui avaient commencé à danser sur la piste déserte. Je les regardai aussi un instant, ravie pour eux et ravie pour moi.

– Je suis sûr que je peux vous dégoter deux bagues si vous voulez vous marier aussi.

Je donnai une bourrade à Kellan et Denny rit mais Abby fronça les sourcils.

– Hors de question que je me marie dans un bar. Je veux la robe blanche et tout le toutim.

Denny la regarda et elle haussa les sourcils, comme si elle le mettait au défi de dire le contraire. Il eut la sagesse de ne rien répondre et de se contenter de lui sourire en la serrant dans ses bras. Kellan rit, puis il me prit la main et nous emmena vers un avenir qui débordait de possibilités. On était jeunes, amoureux et sur le point de plonger dans l'inconnu pour créer des trésors de souvenirs qu'on pourrait raconter à nos enfants un jour. J'embrassai cet océan de changements sans en avoir peur, parce qu'il y avait une chose qui ne changerait jamais, et qui était plus importante que tout le reste.

Kellan m'appartenait et je lui appartenais… à jamais.

Hugo Roman

Romans parus et à paraître
dans la collection Hugo New Romance :

Du même auteur, S. C. Stephens :
Indécise tome 1 [Thoughtless]
Insatiable tome 2 [Effortless]
Intrépide tome 3 [Recktless] : septembre 2014

De Christina Lauren :
Beautiful Bastard
Beautiful Stranger
Beautiful Bitch
Beautiful Sex Bomb
Beautiful Player
Beautiful Beginning : août 2014

De Lexi Ryan :
Unbreak Me tome 1
Unbreak Me tome 2, Wish I May
Unbreak me tome 3, Rêves volés : septembre 2014

De Emma Chase :
Love Game tome 1 [Tangled]
Love Game tome 2 [Twisted] : novembre 2014
Love Game tome 3 [Tamed] : janvier 2015

De Katy Evans :
Fight for love, tome 1 REAL : octobre 2014
Fight for love, tome 2 MINE : janvier 2015
Fight for love, tome 3 REMY : mars 2015

Retrouvez toute l'actualité de la série [*Thoughtless*],
de l'auteur S. C. Stephens et des autres titres de la collection
New Romance, sur notre page Facebook,
Hugo New Romance.